Blutpuppen

Die Autorin

Linda Ladd ist die erfolgreiche Autorin nervenaufreibender Psychothriller. Seit 1984 hat sie 21 Romane veröffentlicht, die Gesamtauflage ihrer Titel umfasst mehr als drei Millionen Exemplare. Linda Ladd hat zwei erwachsene Kinder und lebt mit ihrem Mann in Missouri.

Mehr über die Autorin erfahren Sie unter www.lindaladd.com.

Linda Ladd

Blutpuppen

Thriller

Aus dem Amerikanischen
von Wolfgang Seidel

Weltbild

Die amerikanische Originalausgabe erschien 2010 unter dem Titel *Mostly Murder* bei
Kensington Publishing Corp., New York

Besuchen Sie uns im Internet:
www.weltbild.de

Dieses Werk wurde vermittelt durch die Literarische Agentur Thomas Schlück
GmbH, 30827 Garbsen.
Übersetzung: Wolfgang Seidel
Projektleitung und Redaktion: usb bücherbüro, Friedberg/Bay
Umschlaggestaltung: Johannes Frick, Neusäß
Umschlagmotiv: © Johannes Frick, Neusäß unter Verwendung
von Motiven von Fionline (© ETSA Johner)
und Shutterstock (© ALEXSTAND, © Antonov Roman, © worawut2524)
Satz: Datagroup int. SRL, Timisoara
Druck und Bindung: GGP Media GmbH, Pößneck
Printed in the EU
ISBN 978-3-95973-262-8

2019 2018 2017 2016
Die letzte Jahreszahl gibt die aktuelle Ausgabe an.

Prolog

Der Maskenmann

Er war ungefähr zwölf, als er zum ersten Mal merkte, wie viel Freude es ihm bereitete, anderen Menschen Angst einzujagen. Damals war seine kleine Schwester sein bevorzugtes Opfer, denn sie war erst sechs Jahre alt und noch ziemlich klein. Eines Nachts schlich er sich in ihr Zimmer; Mandy schlief ganz friedlich, eingemummt unter ihrer Bettdecke, umgeben von ihrem rosafarbenen Plüschhasen und ihren drei Lieblings-Barbies. Tagsüber war er durch das Gebüsch am Rande des Sumpfes gestreift, um eine von den harmlosen kleinen schwarzen Nattern einzufangen. Jetzt war es endlich so weit, sie zum Einsatz zu bringen.

Mit Mühe verbiss er sich ein Lachen, als er grinsend die weiße Plastiktüte öffnete und das kleine, sich unablässig windende Reptil auf Mandys rosafarbenes Kissen fallen ließ. Damit Mandy aufwachte, stieß er ein lautes, zischendes Geräusch aus und ging rasch zur Tür. Die Schlange war sogleich auf Mandys Körper geglitten; sie lag jetzt auf der Brust nahe am Hals. Er blieb im Flur stehen und wartete gespannt, beinahe zitternd, was als Nächstes passierte. Mandy erhob sich ein wenig und im Schein ihrer Schneewittchen-Nachtlampe, die immer brannte, wenn sie schlief, entdeckte sie noch schlaftrunken die kleine Schlange. Das Mädchen stieß einen Schrei aus, so laut und schrill, wie er es nie für möglich gehalten hätte. Wahrscheinlich hat sie sich sogar das Höschen nass gemacht, ging es ihm durch den Sinn, als er flugs in sein Zimmer rannte. Jetzt musste er nur noch die beste Show seines Lebens abziehen.

Die wichtigste Lektion dieser erfolgreichen Nacht lautete für ihn, dass er selbst bei den scheußlichsten Taten davonkam, ohne entdeckt zu werden und ohne bestraft zu werden, sofern er alles sorgfältig plante. Er hatte es also rechtzeitig zurück in sein eigenes Zimmer und in sein eigenes Bett geschafft, bevor seine Eltern aufwachten und panisch den Flur entlang in Mandys Zimmer rannten, um nachzusehen, was ihrem kleinen Liebling zugestoßen war. Nun stand auch er wieder auf und stellte sich schlaftrunken; er gab sich ganz brüderlich besorgt und erkundigte sich scheinheilig nach dem Grund für den ganzen Aufruhr. Dabei bereitete ihm nichts mehr Freude als das absolute Entsetzen im Gesicht seiner Schwester.

Im Nachhinein fand er es schade, dass er sich als Teil seiner Komödie vorgenommen hatte, Desinteresse an Mandys »Pech« zu heucheln, um sich rasch wieder aus dem Staub machen und zurück in sein Bett gehen zu können. Dadurch bekam er kaum etwas von dem anschließenden Drama und dem geradezu hysterischen Aufruhr rund um Mandy mit, ihr untröstliches Flennen, das Angstgeschrei und vor allem nichts von den ebenso tollpatschigen wie an Raserei grenzenden Versuchen seines Dads, die harmlose kleine Schlange einzufangen. Es war keineswegs so, dass er sein Schwesterchen nicht leiden konnte – im Gegenteil. Sie war ganz niedlich und süß. Aber nichts gefiel ihm so sehr wie der Ausdruck äußersten Entsetzens auf ihrem Gesicht. So war es nun mal. Egal, wen es traf – nichts fand er aufregender als in Panik verzerrte Mienen. Je größer das authentische Entsetzen, desto schöner für ihn.

Diesmal musste er enttäuscht hinnehmen, dass ihm die stundenlange Prozedur entgangen war, bis das zu Tode erschrockene Kind wieder beruhigt und in Schlaf gewiegt war. Doch er schwor sich, dass er eines Tages nicht mehr darauf verzichten würde. Der Tag würde kommen, da würde sich eine Gelegenheit ergeben, bei der er jemanden nur zu seinem Vergnügen dermaßen quälen und in Todesangst versetzen würde, dass er jede Träne, jeden Schrei, jeden Fluchtversuch ganz offen genießen konnte. Dafür würde er alles mit höchster Sorgfalt planen und mit großer Umsicht einfädeln; keine Sorge vor Entdeckung, Bestrafung oder Rache sollte ihm den Spaß verderben. Das würde gewiss der schönste Tag in seinem Leben. Ganz gewiss. Er konnte es kaum erwarten.

Und der Tag kam bei Weitem früher als gedacht – dank eines Wochenendbesuchs von Tante Pamela und Onkel Stanley, die ihren kleinen Donnie mitbrachten, der gerade mal anderthalb Jahre alt war. Das Beste daran war, dass der Kleine noch gar nicht richtig sprechen konnte – nicht mehr als Mama und Dada und ein paar Brabbelwörter. Mit seinen rotblonden Löckchen, seinen großen blauen Augen und dem rundlich-unschuldigen Putto-Gesichtchen war er das ideale Opfer. Seine Mummy und sein Daddy liebten ihn heiß und innig; unablässig herzten, küssten und verwöhnten sie ihn nach Strich und Faden, als wäre er das reizendste aller Kinder. Alles drehte sich nur um den kleinen Donnie hier und den kleinen Donnie da und den niedlichen Kleinen und so weiter und so fort. Es war einfach ekelhaft.

Verdammt, seine eigenen Eltern hatten doch auch nie so ein Gewese um ihn gemacht, als ob er ein kleines Engelchen wäre. Und natürlich war er alles andere als ein Engel, sondern ganz im Gegenteil ein Teufelchen, und darauf war er durchaus stolz. Er fand sogar, er glich eher jenen mörderischen Dämonen, wie er sie aus Horrorfilmen kannte. Natürlich hatte er noch nie jemanden umgebracht oder in den Wahnsinn getrieben, bis jetzt jedenfalls noch nicht. Aber er wollte das für die Zukunft keineswegs ausschließen. Dem kleinen Donnie würde er nichts wirklich Schreckliches antun; jedenfalls im Moment noch nicht. Der war schließlich noch zu klein und süß und unschuldig, um getötet zu werden. Und außerdem handelte es sich um seinen Cousin.

Als er hörte, dass seine Eltern mit ihrem lieben Verwandtenbesuch am Abend zum Essen und vielleicht noch zum Tanzen in ihren Country Club ausgehen wollten, war er hocherfreut und bot sogleich an, auf die beiden Kleinen den ganzen Abend lang aufzupassen. Vater, Mutter, Onkel und Tante fanden das reizend und lieb von ihm; für ihn hingegen eröffnete sich die große Gelegenheit, zwei kleine Opfer zur Verfügung zu haben. Insgeheim lachte er sich fast krank, wie blöd Erwachsene sein konnten. Für ihn war es ganz offensichtlich, warum seine kleine Schwester darum bettelte, mit den Erwachsenen mitgehen zu dürfen. Das kam an diesem Abend selbstverständlich nicht infrage. Aber sie würde ihn auch nicht verraten. Schließlich hatte er ihr schon vor langer Zeit eine Höllenangst davor eingejagt, was passieren würde, wenn sie ihn verpetzte. Kaum hatten seine Eltern die Tür hinter sich zugemacht, rannte sie nach oben in ihr Zimmer und kroch unter ihr Bett. Erfahrungsgemäß konnte er sie von dort nur mithilfe des Besenstiels hervorzwingen, aber heute war es ihm egal. Er verfügte ja über ein Opfer, das er noch leichter zum Schreien bringen konnte.

Das kleine Donnie-Engelchen blieb natürlich völlig arglos mit ihm allein zu Hause. Er rannte sogar zu ihm und streckte seine pummeligen Ärmchen aus, als ob er hochgenommen werden wollte. Tatsächlich packte er das Bürschchen bei den Armen und schwang es herum, was der Kleine mit Freudenjuchzern quittierte. Doch nach einigen spielerischen Augenblicken stieg in ihm ein unwiderstehliches Verlangen auf; etwas, dem er einfach nicht widerstehen konnte, worüber er keine Kontrolle mehr hatte. Zuerst lachte er noch mit, als er den Jungen hoch in die Luft schwang, aber plötzlich fing er selbst an, schrill zu kreischen, zu heulen und zu jaulen wie ein wild gewordener Dämon. Einige Augenblicke lang wirkte der Kleine ganz verblüfft, aber dann zog er nach und begann seinerseits ganz jämmerlich zu weinen. Schließlich zog der böse Mann seinen kleinen Cousin wieder in seine Arme und wiegte ihn hin und her, bis er aufhörte und sich allmählich wieder beruhigte.

Als Donnie endlich still war, setzte er das Kind auf den Boden und machte sich in der Küche etwas zum Essen. Als er zurückkam, vergnügte sich der Junge mit einem Spielzeug, bei dem man bunte, kleine Bälle in Löcher steckte, woraufhin eine kurze Melodie erklang. Er schlich sich von hinten an den Kleinen heran und als er ganz nahe dran war, stieß er so laut er konnte ein »Buuh!« hervor. Donnie erstarrte sekundenlang vor Schreck und fing dann so laut an zu kreischen, dass er sich mit den Händen die Ohren zuhalten musste.

»Na ja, ist ja schon gut, mein Kleiner. Schsch. Ich wollte dich ja gar nicht so erschrecken«, säuselte er, nahm den Jungen hoch und ließ sich mit ihm auf dem Schoß im Schaukelstuhl neben dem Kamin nieder. Donnie beruhigte sich rasch wieder; vermutlich fühlte er sich in der Umarmung sicher geborgen. Also schaukelte er sanft mit dem Knirps, der eigentlich wirklich umwerfend niedlich war. Er hatte schon vor längerer Zeit bemerkt, dass es in den Augen der Menschen, die er erschreckte, eine Art magischen Moment gab, auf den er voll abfuhr. Es war genau jenes sekundenlange Erstarren, bevor ihr Gehirn Alarm schlug und panische Befehle aussandte: »Um Himmels willen, Mann, beweg dich! Hau ab, so schnell du kannst!«

Und er liebte es über alles, »in böser Absicht«, wie Anwälte in den Fernsehserien es immer formulierten, solche panischen Momente zu provozieren. Derartige Fernsehserien mit Gerichtsdramen mochte er sehr gern, denn er war ebenfalls sehr intelligent, genauso wie diese Anwälte. In fast allen Fächern in der Schule glänzte er mit Bestnoten. Vielleicht würde er eines Tages selbst Anwalt werden. Diese oft gebrauchte Formulierung hatte für ihn einen besonderen Geschmack. Er sprach sie gerne vor sich hin, sie ging so glatt von der Zunge und hörte sich irgendwie gut an. Er hatte einmal die genaue Definition im Lexikon nachgeschlagen, um sicherzugehen; und da stand es auch schwarz auf weiß: »Böse Absicht: Ein zielgerichteter Wille, der sich nicht nur auf die Tatausführung, sondern ganz bewusst auf die Herbeiführung des Schadenserfolgs richtet aus niederen Beweggründen.« Das traf hundertprozentig auf ihn zu – Herbeiführung des Schadenserfolgs aus niederen Beweggründen. Vielleicht sollte er sich selbst einen passenden Beinamen geben, der seine Bösartigkeit auf schöne, knappe Weise zum Ausdruck brachte. In einem historischen Buch hatte er mal ein etwas altmodisches Wort aufgeschnappt, das ihm gefiel: Malefiz – die schlechte, die böse Tat. Mit Malefizien bezeichnete man früher alle möglichen Freveltaten und Verbrechen, manchmal auch in Verbindung mit Zauberei. Ja, diesen Spitznamen wollte er sich selbst zulegen.

Malefiz musste grinsen, als er erneut an jenen magischen Moment dachte, seine Lieblings-Schrecksekunde, wenn seine Opfer erkannten oder befürchteten, dass ihnen etwas Schreckliches bevorstand, und unmittelbar bevor sie mit Schreien, unkontrollierter Abwehr, Flucht oder regelrechten Tränenergüssen reagierten. In diesem Augenblick spürte er tief in seinem Innern ein ungeheures Gefühl der Freude, eine Art Erleichterung. Tiefe Befriedigung. Genau das war es. Wie eine umfassende Belohnung. Manchmal fragte er sich, ob das normal war oder ob er deshalb wirklich ein von Grund auf schlechter Mensch war oder vielleicht ein Fall für den Psychiater. Aber was sollte er sich über solche Dinge groß Gedanken machen, solange es sich für ihn so überaus gut und befriedigend anfühlte? Also beschloss er, es so oft wie möglich zu tun, solange er sicher sein konnte, nicht erwischt zu werden.

Warum sollte er es nicht ganz systematisch zu seinem Steckenpferd ausbauen, ein netter Zeitvertreib. Er konnte damit anfangen, eklige Gegenstände zu sammeln und ausprobieren, was den Leuten am wirkungsvollsten unter die Haut ging. Er konnte sich darauf konzentrieren, wie Mörder in Filmen agierten, und blutrünstige Bücher lesen, um seine einschlägigen Talente weiter auszubauen und zu perfektionieren. Lächelnd wiegte er den kleinen Donnie in den Schlaf und legte ihn dann in seine Kindertrage. Nun wollte er nachsehen, was Mandy machte. Schließlich war sie nach wie vor sein Lieblingsopfer und vor allen Dingen hatte sie viel zu viel Angst vor ihm, um ihn zu verraten.

1

Es war ein wunderschöner, sonniger Tag Anfang Dezember. Zur Abwechslung hatte sich in der letzten Zeit mal nichts Schlimmes ereignet. Alles ging seinen gewohnten Gang. Detective Claire Morgan von der Mordkommission war es gerade recht. Sie saß an ihrem neuen Schreibtisch im Sheriff's Office, dem Polizeipräsidium von Thibodaux im Bundesstaat Louisiana, ganz im Süden der USA, und beobachtete, wie ihr neuer Kollege Zander Jackson einen Tüllengel auf der Spitze des zwei Meter hohen Büro-Weihnachtsbaumes zu befestigen suchte, ohne von der schmalen Trittleiter zu fallen. Sie war erst vor ein paar Wochen dieser Kommission im tiefen Süden unweit von New Orleans zugeteilt worden. Kurz zuvor war ihre große Liebe, der Superpsychiater Nicholas Black, in seinem privaten Learjet nach London abgeflogen, wo er sich in seiner Psychiatrischen Klinik persönlich um einen besonders eklatanten Verrückten kümmern musste, wie er es selbst formuliert hatte. Black war in der Tat ein weltweit anerkannter Psycho-Doktor und außerdem der bestaussehende Mann, den sie je kennengelernt hatte.

Claire zählte nämlich bis vor Kurzem selbst zu den Patienten, die von Black behandelt wurden, aber inzwischen ging es ihr wesentlich besser als noch vor einigen Monaten. Sie hatte die durchaus irritierende Tendenz, in Schwierigkeiten verwickelt zu werden, was immer sie auch anpackte. Black hatte wie ein Schutzschild für sie gewirkt, gerade in letzter

Zeit. Wahrscheinlich hätte sie ein berufsbedingtes achtzehntägiges Koma ansonsten kaum überlebt; das war alles noch gar nicht so lange her. Dabei war er keineswegs begeistert von der Vorstellung, dass sie jetzt schon wieder die Arbeit aufnahm, egal ob hier im trägen tiefen Süden oder am Orzak-See in Missouri, wo sie zuletzt an dem Fall arbeitete, bei dem sie fast drei lange Wochen in den erwähnten komatösen Zustand gefallen war. Aber es war nicht seine Art, ihr Vorschriften zu machen, was sie zu tun und zu lassen hatte – und umgekehrt. Das war wahrscheinlich der Hauptgrund, warum sie so blendend miteinander auskamen.

Claire kannte Zander noch nicht so gut – er wurde von allen nur Zee genannt und schien ein ganz netter Kerl zu sein. Fast so wie Claires Partner in Missouri, Bud Davies. Sie vermisste Bud und alle anderen Kollegen sehr, aber es war auch gut und richtig, dass man sie aus der Schusslinie genommen hatte, angesichts der äußerst brenzligen Fälle, an deren Untersuchung sie beteiligt war. Außerdem waren Weihnachtstemperaturen von um die zwanzig Grad zur Abwechslung auch mal nicht zu verachten; hier ließ es sich aushalten, bis die Sommerhitze einsetzte. Außerdem kamen die Freunde aus Missouri öfter zu Besuch, also gab es immer etwas, worauf man sich freuen konnte. Da sie nun wieder ganz normal am Arbeitsleben teilnehmen konnte, und zwar genau dort, wo sie hingehörte, bei der Mordkommission, hatte sich auch die quälende Langeweile des erzwungenen Nichtstuns in Luft aufgelöst. Ab und zu wurde sie noch von Albträumen heimgesucht, die mit den scheußlichen Verbrechen zu tun hatten, aber inzwischen konnte sie damit umgehen.

»He, Claire, für wen bist du eigentlich? Die Saints oder die Rams?«

Claire musste lachen. Zee hatte außer seinem Job fast nur Football im Kopf. »Die New Orleans Saints, wenn ich hier bin, und die Rams, wenn ich in Missouri bin.«

»Das würde ich dir auch raten, Saints-Fan zu sein, solange du hier bist.«

»Der Meinung ist Black auch.«

Darüber mussten sie zusammen lachen. Claire stand von ihrem Platz auf und half ihm, goldene Lamettaketten über die zarten Zweige zu ziehen; diese Ketten sahen allerdings sehr gebraucht aus, als ob sie sich schon seit Jahrzehnten hier im Lagerraum befänden. Bei dem Baum handelte es sich um eine ausladende Zeder, sicherlich irgendwo in der Umgebung frisch geschlagen; ihre Spitze ragte fast bis an die Zimmerdecke. Claire gefiel das: ein echter Baum, der noch frisch und harzig duftete. Black hatte auch stets darauf bestanden, einen echten Baum im Haus zu haben; und sie waren immer so riesig, dass sie in ein Kirchenschiff gepasst hätten. Nach Möglichkeit war er auch immer losgezogen, um den Baum selbst zu schlagen. Mit der Axt über seiner breiten Schulter wirkte er immer wie ein großer, gut aussehender Holzfäller aus der amerikanischen Folklore. Weihnachten war für ihn immer das Größte – was konnte man daran aussetzen?

Claire hoffte, dass er seinen besonders eklatanten Verrückten bis Weihnachten so weit im Griff hatte, dass er spätestens Heiligabend wieder zurück sein konnte. Es blieb ihm also nicht mehr so viel Zeit, seine therapeutischen Künste zur Entfaltung zu bringen und mit einem schönen Geschenk für sie nach Hause zu flitzen. Normalerweise hatte er einen ausgesprochen guten Sinn, ein passendes Geschenk auszusuchen. Womit man ihm eine Freude machen konnte, das stand auf einem ganz anderen Blatt. Da würde sie sich noch etwas einfallen lassen müssen. New Orleans war seine Heimatstadt, die er über alles liebte und wo er alles toll fand. Dementsprechend konnte man davon ausgehen, dass ihm alles, was in irgendeinem Zusammenhang mit der Stadt stand, große Freude bereiten würde. Er hatte hier sogar ein *Hôtel* erworben sowie eine restaurierte Villa für sie beide. Diese Immobilien waren sein größter Schatz.

Als sie das Haus in einem Bezirk der historischen Altstadt, im sogenannten French Quarter, für das er sich so begeisterte, zum ersten Mal zu Gesicht bekam, fand sie es von außen nicht besonders eindrucksvoll. Im Gegenteil, es wirkte wie ein ziemlich heruntergekommenes Gebäude in einem Gewerbeviertel. Doch nachdem er die schlichte schwarz lackierte Eingangstür aufgeschlossen hatte, spazierte sie in eine Art Traumreich aus *Schöner Wohnen*; alles wirkte so ansprechend, modern und komfortabel. Nicht nur das – es war geradezu glamourös.

So gab es beispielsweise eine mit Marmorstufen belegte Wendeltreppe nach oben und einen Aufzug. Ganz zu schweigen von den acht sehr geräumigen Schlafzimmern mit jeweils eigenem, in Marmor gefasstem Kamin, dem großzügigen Wohn- und Essbereich, der luxuriösen Küchenausstattung, einem Atrium mit Brunnen und schmalem Schwimmbecken samt Wasserfall sowie einem hübsch angelegten Garten mit Rosensträuchern, der von einem

Mimosenbaum überwölbt wurde. An einem von dessen Ästen ließ sich sicher ihr Punching-Bag für ihr Boxtraining aufhängen. Black hatte ihr erzählt, dass er dieses Haus bereits vor Jahren ins Visier genommen hatte und sofort zuschlug, als es zum Verkauf stand. Zugegeben, er hatte dafür eine Stange Geld hinlegen müssen. Aber wenn er von etwas genug hatte, dann war es Geld, und er verdiente ständig neues hinzu. Ihr Freund zählte nicht zu den Armen – so viel stand fest.

Claire hängte noch ein paar silbrig glitzernde Eiszapfen an den Büroweihnachtsbaum. Zee trat zurück, stemmte die Hände in die Hüften und betrachtete ihr gemeinsames Kunstwerk. »He, das gefällt mir jetzt. Diese Fleur-de-lis-Verzierungen, diese Lilien, die du angebracht hast, passen echt gut. Weißt du was? Ich rufe Nancy an und bestelle Pizza für uns. Das wird heute noch langsamer gehen als eine Prozession bei einer Beerdigung, das kannst du mir glauben. Sonntags ist es hier meistens ziemlich ruhig. Aber umso besser, dann können wir uns das Spiel mit den Saints ohne Unterbrechungen reinziehen.«

Claire fand diesen Vergleich nicht besonders passend. Dazu hatte sie schon viel zu viele Beerdigungen miterleben müssen. Sie sah zu, wie er den Flachbildfernseher im Aktenzimmer einschaltete und dann die Nummer von Nancy in sein über alles geliebtes weißes Smartphone eintippte. Nancy Gill war die für ihren Distrikt zuständige Gerichtspathologin; eigentlich war sie der Hauptgrund, warum Claire jetzt an einem Schreibtisch bei einer Mordkommission im Bundesstaat Louisiana saß. Nancy war im vergangenen Sommer im Rahmen eines Austauschprogramms der Justizbehörden bei ihnen in Missouri gewesen und hatte Claire dazu überredet, im Zuge dieses Austauschs für einige Monate im Winter hierher in den Süden zu kommen.

Zee lümmelte sich mit dem Telefon am Ohr lässig in den Schreibtischsessel ihr gegenüber. Er war ein wirklich gut aussehender Typ mit einem geschmeidigen, athletischen Körper und schokoladenfarbener Haut samt karamellbraunen Augen. Mittlerweile wusste sie über seinen Werdegang so weit Bescheid, dass er den größten Teil seiner bisherigen Laufbahn hier im Police Department von New Orleans verbracht hatte, hauptsächlich im Rauschgiftdezernat. Das bedeutete etliche Jahre Jagd auf bärtige Drogendealer und das Ausheben von illegalen Drogenlaboren, die irgendwo in abgelegenen Sumpfgegenden versteckt waren. Schließlich hatte er eine Fortbildung absolviert und war nun bei der Mordkommission gelandet.

Weil sie bereits über eine längere einschlägige Berufserfahrung verfügte, hatte sie in einigen Fällen, an denen sie gemeinsam arbeiteten, die Leitung der Ermittlungen übernommen. Bei einem dieser Fälle war ein gestohlenes Bateau mit im Spiel, ein spezieller Bootstyp für die flachen Gewässer hier unten im Mississippi-Delta, und im Fall eines vermissten Kindes stellte sich heraus, dass es in seinem ziemlich wackeligen Baumhaus im Hinterhof eingeschlafen war. Zee hatte bei den Ermittlungen stets eine gute Spürnase an den Tag gelegt. Offensichtlich musste man hier im Süden nicht so sehr auf grauenerregende Mordserien oder psychotische Gewaltausbrüche gefasst sein, womit sie zur Abwechslung mal ganz gut leben konnte. Vielleicht zogen es die Übeltäter vor Ort vor, nach New Orleans zu fahren, um dort ihre Verbrechen zu begehen. Wie Zee bereits angedeutet hatte, versprach es ein ruhiger Tag im Büro zu werden. Die Leute waren hauptsächlich damit beschäftigt, sich die Fernsehübertragung vom Spiel der Saints aus Dallas im Fernsehen anzuschauen.

»Nancy braucht noch eine Viertelstunde – höchstens. Ich hoffe, du isst auch Pizza Salamischinkenextra, also mit besonders viel Fleisch.«

»Davon kannst du ausgehen. Hört sich prima an.«

Als Claires Smartphone anfing, ihr neuestes Klingelzeichen zu spielen, erschien auch schon der Name von Black in der Anruferanzeige. Als Referenz an den Süden hatte sie den Countrysong »Blue Bayou« als Klingelton ausgesucht. Ihr Lover meldete sich direkt aus Merry Old England.

Claire ging nach draußen in den leeren Korridor, schaltete das Gerät ein und meldete sich mit »He, cheerio alter Kumpel und so weiter.«

»Cheerio! O Mann, du fehlst mir sehr. Kannst du nicht das nächste Flugzeug nach London nehmen? Du würdest einen alten Mann sehr glücklich machen.«

»Ja, das ist ein guter Witz, aber es freut mich zu hören, dass es dir schlecht geht ohne mich. Und vice versa. Wie läuft's denn so da drüben? Laufen ein paar von euren Verrückten Amok?«

»Ich kann überhaupt nicht schlafen, wenn du nicht neben mir im Bett liegst.«

»Auch das freut mich zu hören. Aber mal ganz im Ernst. Was macht dein Patient? Hast du ihn in eine Zwangsjacke gesteckt und damit ist der Fall erledigt?«

»Es geht ihm schon recht ordentlich. Ich hab ihn erst mal auf andere Medikamente umgestellt. Und wie sieht's bei dir aus? Wie fühlst du dich?«

Black machte sich schon wieder Sorgen um sie. Ihr Koma hatte ihn sehr mitgenommen, und er kümmerte sich noch immer mehr als nötig. »Mir geht's prima, wirklich. Bin völlig in Ordnung. Im Übrigen gefällt es mir hier in Lafourche sehr gut. Zee ist ein ganz cooler Typ. Nancy kümmert sich echt. Um ehrlich zu sein, ist es hier fast zu ruhig.«

»Und du hast keine Kopfschmerzen? Irgendwelche Sehtrübungen?«

»Du kannst ganz beruhigt sein, Black. Mit mir ist wirklich alles in bester Ordnung.« Nun ja, er war eben ein sehr guter Arzt. Er stellte immer sicher, dass er nichts übersah. Außerdem war sein Umgang mit Kranken wirklich außerordentlich wohltuend. Jedenfalls, was sie anbelangte.

»Du hattest keine Visionen von Autounfällen? Niemand hat auf dich schießen wollen? Dich zusammengeschlagen? Von hinten auf dich eingestochen?«

Sein Sarkasmus war auch nicht von schlechten Eltern. Auch wenn ihr die meisten Dinge, die er erwähnte, in der Tat schon einmal widerfahren waren – mit Ausnahme einer Messerattacke hinterrücks. Zum Glück hatte noch nie jemand auf sie eingestochen, abgesehen von dem einen Mal, als einer mit einem Fleischerbeil auf sie losgegangen war. Black meinte das natürlich alles ironisch, fast jedenfalls. »Na ja, irgendein Verrückter hat mich vor zwei Tagen beim Fahren böse geschnitten. Ich musste voll auf die Bremse. Zählt das?«

»Ich wage nicht, mir vorzustellen, wie du ihn dir vorgeknöpft hast.«

»Es war eine Sie. Ich habe es bei einer Verwarnung belassen.«

Einen Moment lang schwiegen beide. »Also, wie findest du deinen neuen Job wirklich? Gefällt es dir dort? Erzähl mir jetzt bitte nicht, dass du Jagd auf einen Serienkiller machst.«

»Ich mache keine Jagd auf Serienkiller. Bis jetzt haben wir Glück gehabt.«

»Damit hast du mich für heute glücklich gemacht.«

»Um die Wahrheit zu sagen: Das einzig Spannende hier wird das Spiel der Saints heute Abend sein. Ich habe den Rekorder programmiert, damit er es für dich aufzeichnet. Zee ist ein noch glühenderer Saints-Fan als du, falls so etwas überhaupt möglich ist. Kannst du dir jetzt eine Vorstellung davon machen, wie aufregend mein Leben ist, seit du weg bist?«

»Ich möchte gar nicht, dass dein Leben aufregend ist, wenn ich nicht da bin.« Wieder entstand eine kurze Pause. »Kannst du problemlos schlafen? Hast du noch Albträume?«

Man sollte es nicht glauben. Er machte sich einfach viel zu viele Sorgen. Sie hielt es für besser, die Sache herunterzuspielen, damit seine Seele Ruhe hatte. »Überhaupt nicht. Ich bin wirklich so gut wie kuriert, bestimmt schon zu neunundneunzig Prozent, und es geht auf die hundert zu.«

»Du fehlst mir«, sagte er noch einmal.

»Dann komm bald nach Hause zurück. Ich bin auch nicht besonders drauf erpicht, in deinem großen runden

Bett in deinem großen Palast allein zu schlafen. Im French Quarter zu wohnen ist schon toll, aber wenn du nicht da bist, ist es trotzdem einsam. Wofür brauchst du denn noch so lange? Verbringst du die Abende mit William und Kate im Buckingham-Palast?«

»Das könnt dir so gefallen. Meinem Patienten geht es inzwischen sehr viel besser, aber er ist noch nicht ganz über den Berg. Voraussichtlich komme ich am Dienstag zurück. Nimm dir den Tag doch frei und am besten den Tag danach auch. Ich hab mir ein paar schöne Sachen ausgedacht im Zusammenhang mit dem großen runden Bett in dem großen Palast.«

Claire musste lächeln. Das klang ja sehr vielversprechend. »Na, mal sehen, was sich machen lässt, Black. Ich muss hier jetzt weitermachen. Nancy ist gerade mit der Pizza und den Getränken aufgetaucht und das Spiel fängt gleich an.«

»Pass auf dich auf, Claire. Ich meine es ernst. Juan und Maria sind doch auch da, nehme ich an?«

Juan Christo war der frisch engagierte Hausmeister-Gärtner-Hausbewacher, der seine Maschinenpistole immer in Reichweite hatte; seine Frau Maria kümmerte sich um den Haushalt und ums Essen und sie konnte wahrscheinlich mindestens mit einem Revolver umgehen – so wie Clair Black kannte. Die beiden stammten aus Mittelamerika und hielten das Anwesen tipptopp in Ordnung. Wenn Black verreist war, leisteten sie ihr Gesellschaft, und Claire mochte das Paar im mittleren Alter sehr gern. »Den beiden geht es gut, und sie kümmern sich mindestens genauso innig und intensiv um mich wie du.«

»Dann bin ich ja beruhigt. Denk immer dran: runterducken und in Bewegung bleiben. Wenn's brenzlig wird, bleib immer nahe an Zee dran.«

Der Spruch war einer der Standards zwischen ihnen; damit wollte er sagen, dass sie auf sich aufpassen sollte. »Hör auf, dir ständig Sorgen zu machen. Es ist alles in Ordnung. Hier ins Polizeipräsidium kommen freiwillig keine Verbrecher.«

Sie legte auf und gesellte sich wieder zu den beiden anderen. Nancy platzierte gerade die Pizza auf Claires Schreibtisch. »Duftet richtig lecker, findest du nicht? Ich habe auch noch was zum Knabbern mitgebracht.«

Ja, die Pizza roch wirklich wie frisch aus dem Ofen. Claire hob den Deckel der Schachtel und nahm sich ein großes, fettes Stück heraus, während Nancy die eiskalten Pepsi-Dosen aus dem Sixpack befreite. Eine reichte sie gleich an Claire weiter. »Schau dir das an! Sie machen gerade ein Interview mit Jack Holliday. Der Typ ist doch einfach `ne Wucht.«

»Kannst du wohl sagen«, meinte Zee. »Der beste College-Quarterback, den die Welt je gesehen hat, meiner unmaßgeblichen Meinung nach.«

»Vor allem der bestaussehende, meiner unmaßgeblichen Meinung nach«, fügte Nancy hinzu.

Claire biss ein Stück von ihrer Pizza ab. »Heißt das, er spielt gar nicht für die Saints?«

»Eine Saison lang. Dann hat er sich das Knie ausgerenkt. Er lebt hier in New Orleans; war der größte Star, den Tulane je hatte, deswegen sind immer noch alle verrückt nach ihm. Jetzt ist er Spielermanager für die meisten von seiner ehemaligen Mannschaft und verdient Geld wie Heu.«

Nancy rollte mit dem Schreibtischstuhl neben Claire. Vom Aussehen her erinnerte sie an eine kriegerische Amazone aus der Antike; sie war sehr groß und eine ausgesprochene Schönheit mit rotbrauner Mähne und rostfarbenen Augen. Im Job gehörte sie zu den Besten; sie war praktisch genauso gut wie Buckeye Boyd, der Gerichtsmediziner, mit dem Claire in Missouri zusammengearbeitet hatte. Ihre Ausbildung hatte sie bei der Polizei von New Orleans absolviert, wo viele der besten CSI-Leute des Landes rekrutiert wurden. Bei der Tatortanalyse ging sie mit äußerster Gewissenhaftigkeit vor. Inzwischen waren Claire und sie eng befreundet. Da Black von Berufs wegen ständig auf dem ganzen amerikanischen Kontinent unterwegs war, verbrachten die beiden Frauen viel Zeit zusammen.

Die Pizza schmeckte köstlich, und auf dem Bildschirm schwenkte die Kamera über die Zuschauerränge, wo Zehntausende von aus dem Häuschen geratenen Fans herumschrien, sie wollten Blut sehen. Die Saints waren bereits aufs Spielfeld gelaufen und tummelten sich, in den Mannschaftsfarben Gold und Schwarz gekleidet, schon überall herum. Jetzt liefen auch die Dallas Cowboys ein. Alles fieberte dem Moment des ersten harten Aufeinanderpralls der beiden Mannschaften entgegen, bei dem es, wie üblich, ordentlich krachen sollte.

Gerade als die Saints ihren ersten Pass spielten, klingelte Zees Mobiltelefon. Bei ihm war der Klingelton die einschmeichelnd sexy Stimme von Usher mit einem romantischen Song, der die Herzen vieler Frauen höherschlagen ließ. Zee fluchte leise vor sich hin; er ließ den Bildschirm nicht aus den Augen, während er den Anruf entgegennahm. »Hallo? Was ist denn los? Beeil dich, Mann, das Spiel hat gerade angefangen.«

Claire und Nancy beobachteten ihn, wie er die Augen verdrehte. Dann legte er auf und grummelte: »Eine Streife hat eine Leiche gefunden. Übrigens in der Gegend, wo du ein paar Mal übernachtet hast, Claire.«

Claire runzelte die Stirn. Sie hatte in letzter Zeit, wenn Black verreist war, hin und wieder auf einem Hausboot übernachtet. Black wusste nichts davon, und er musste auch nichts davon wissen. Es befand sich in einem der sumpfigen Nebenarme des Mississippi im Delta, einem typischen Bayou, wo sie als Pflegekind bei der Familie LeFevre aufgewachsen war. Das Haus der LeFevres war bei dem Wirbelsturm Katrina 2005 schwer in Mitleidenschaft gezogen worden, aber ihr Hausboot hatten sie rechtzeitig landeinwärts geschleppt und auf diese Weise gerettet. Als Claire nun nach New Orleans zurückgekommen war, hatte sie den Kontakt mit den Brüdern der Familie, mit denen sie zusammen aufgewachsen war, wieder vertieft; sie hatten ihr angeboten, das Hausboot jederzeit zu benutzen, wenn sie wollte. Dieses Angebot wollte sie sich nicht entgehen lassen. Schließlich verband sie damit einige der wenigen angenehmen Erinnerungen an ihre ansonsten so düstere Kindheit.

Zee wirkte leicht verstört. »Da draußen wartet Riesenärger auf uns. Sie haben ein totes Mädchen gefunden, und angeblich sieht es ziemlich scheußlich aus. Nancy soll auch gleich mitkommen.«

»Okay, dann nichts wie los.« Claire spürte schon, wie die Aufregung anfing zu kribbeln, und sie merkte, dass sie schon die ganze Zeit auf so einen Einsatz gewartet hatte. Trotz der schweren Verletzungen und der Gefahren, denen sie in der letzten Zeit ausgesetzt gewesen war, war es ihre Berufung, Morde aufzuklären. Sie war schon bereit zu gehen.

»Wo genau soll das denn sein?«, wollte Nancy wissen, griff sich noch ein Stück Pizza und machte den Deckel der Schachtel zu.

Zee nahm die Schachtel mit; offenbar hatte er nicht die Absicht, das gute Essen einfach verkommen zu lassen. Er sah Claire an. »So wie es sich angehört hat, liegt der Fundort der Leiche auf dem Grundstück, wo du dich manchmal aufhältst. In den Ruinen von dem Haus, oberhalb von dem Hausboot. Hast du vergangene Nacht dort übernachtet?«

»Allerdings. Aber ich habe rein gar nichts gehört und ich schlafe bei weit geöffnetem Fenster. Niemand ist zum Haus raufgefahren, das hätte ich mitbekommen. Du weißt ja, wie weit Geräusche über Wasseroberflächen tragen.«

»Und als du heute Morgen weg bist, ist dir auch nichts Besonderes aufgefallen?«

Claire schüttelte den Kopf. »Nein. Alles war genau wie immer. Meinst du nicht, dass es sich doch um ein anderes Grundstück handeln könnte? Da in der Bayou-Gegend gibt es etliche verlassene und eingefallene Häuser. Vielleicht handelt es sich um eins von denen.«

»Er sagte eindeutig, dass es sich um das alte LeFevre-Grundstück handelt.« Zee schloss seine Schreibtischschublade auf und nahm seine Beretta aus dem schwarzen Lederholster.

Claire legte ihre Waffen nie ab, jedenfalls nicht mehr seit jenem letzten Fall. Selbst nachts hatte sie eine Waffe immer griffbereit unter dem Kopfkissen. Unbewaffnet zu sein hatte sich für sie in der jüngsten Vergangenheit nicht als hilfreich erwiesen. Ihre vertraute Glock neun Millimeter trug sie immer im Schulterholster, und die süße kleine .38, die ihr bester Freund und Ex-LAPD-Partner Harve Lester ihr mal zu Weihnachten geschenkt hatte, war am rechten Knöchel befestigt. Sie griff nach ihrer leichten schwarzen Kapuzenjacke und streifte die Kette, an der der Lafourche-Deputy-Sheriffstern befestigt war, über den Kopf.

»Wir sollten noch Sheriff Friedewald verständigen. Er muss davon in Kenntnis gesetzt werden, dass wir es aller Wahrscheinlichkeit nach mit einem Mordfall zu tun haben.«

Nancy sagte: »Wir sollten in meinem Tahoe hinfahren. In dem Wagen habe ich meine ganze Ausrüstung. Sieht so aus, als könnte ich sie gebrauchen.«

Damit machten sie sich eilig auf den Weg. Schon wenige Augenblicke später waren sie in dem weißen Chevrolet Tahoe auf dem Weg zum Leichenfundort. Claire rauschte das Blut durch die Adern. Einen Mord hatte sie ausgerechnet an so einem sonnigen Sonntagnachmittag nicht erwartet. Aber sie war auf alles gefasst, ihr Instinkt sagte ihr, dass etwas Außerordentliches bevorstand. Und auf ihr Bauchgefühl konnte sie sich verlassen. Insbesondere, wenn es um Mord, um hässliche Morde und um gefährliche Verrückte ging. Was ihr allerdings extrem zu denken gab, war der Tatort nahe bei dem Hausboot. Gab es da irgendeine Verbindung zu ihr selbst? Das konnte sie sich nicht vorstellen. Black würde nicht glücklich sein, wenn er was von dieser Sache mitbekam.

2

Zehn Minuten später rasten sie so schnell über eine der Landstraßen im Bayou Lafourche zum Grundstück der LeFevrès, dass hinter ihnen der Staub aufwirbelte, als führen sie vor einem Tornado davon. Das Grundstück befand sich in einem sehr abgelegenen Winkel des Countys an einem Flussarm, den kaum jemand kannte und wo nur wenige Leute wohnten. Für Claire war es gerade deshalb ein himmlischer, ruhiger Rückzugsort inmitten einer waldigen Wildnis mit einer Fülle von Vögeln und kleinen Tieren. Hier hatte sie sich als Teenager endlich sicher gefühlt – ein Gefühl, das sie von wechselnden Heimen und Pflegefamilien gar nicht kannte.

Als die Brüder ihr anboten, gelegentlich das Hausboot zu nutzen, ergriff sie die Gelegenheit nur zu gern und sagte sofort zu. Aber sie hatte erst davon Gebrauch gemacht und dort übernachtet, als Black nach Europa abgereist war. Das Schicksal hatte sie also wieder in die Bayou-Sümpfe geführt. Nun hatte sich auch der Tod dorthin gekehrt, als sei er ihr auf der Spur.

»Dort musst du abbiegen, Nancy.« Claire deutete auf eine Schotterstraße ein Stück voraus. Nancy bog scharf nach links in eine ziemlich zerfurchte Zufahrt ab; danach wand sich der Weg durch einen lichten Bestand zweihundertjähriger Eichen, deren Äste durchweg mit Fetzen von grauem Louisianamoos wie mit Leichentüchern behängt waren, ähnlich wie Bartflechten. Schließlich öffnete sich der Wald zu einer grasbestandenen Lichtung. In der Mitte thronte das alte Holzhaus im karibischen Stil, das allseitig von einer breiten Veranda umgeben war. Davor standen bereits zwei Streifenwagen. Jenseits davon und etwas seitlich war das mit weißen Muscheln dekorierte Hausboot am Ufer der äußerst träge fließenden Bayou-Strömung befestigt; es dümpelte still und offenbar unangetastet vor sich hin. Bis auf die beiden Polizeiautos wirkte alles genauso wie heute Morgen, als Claire nach Thibodaux gefahren war. Sie stellten den Wagen neben den beiden anderen Polizeiautos ab und gingen aufs Haus zu. Es handelte sich um ein ehemals ziemlich imposantes, zweistöckiges Gebäude mit einer Holzverschalung; die ursprünglich weiße Farbe hatte einen gräulichen Ton angenommen und blätterte allmählich ab. Das Dach war teilweise eingesackt, aber das Erdgeschoss schien noch ganz intakt zu sein. Der mächtige, aus Flusssteinen errichtete Kamin begann auch schon zu bröckeln. Dabei war das Haus einst ein gemütliches Zuhause für eine Familie mit Kindern gewesen, die hier ein unbeschwertes und fröhliches Leben führen konnten. Bobby und Kristen LeFevre hatten alles getan, um ihren beiden Kindern und den vielen Pflegekindern ein glückliches Leben zu bereiten.

Bobby LeFevre war Polizeibeamter bei der Stadt New Orleans und hatte Claire eines Tages mit Schürfwunden und blauen Flecken im Gesicht und an den Armen im Stadtpark aufgefunden, wo sie sich in einem Parkpavillon versteckte, nachdem sie von ihrer bisherigen Pflegefamilie davongelaufen war, wo sie viele Schläge bezog. Er hatte das Mädchen zuerst mit hierher nach Hause genommen und dann bei den Behörden darum gekämpft, das Sorgerecht so lange behalten zu können, bis die zuständigen Stellen eine neue Pflegefamilie in der Gegend der Stadt Baton Rouge gefunden hatten. An ihre Zeit im Haus der LeFevres hatte Claire nur die besten Erinnerungen. Bis jetzt.

Wie bereits von außen zu vermuten, erwies sich das Erdgeschoss als relativ intakt, aber im Obergeschoss, wo sich Claire ein Zimmer mit dem Nesthäkchen der Familie, Sophie, geteilt hatte, war nicht mehr viel heil. Das Dach hing durch, der Holzboden war vom Regen stark beschädigt. Vor der Haustür hatten sie Schutzstiefel und blaue Latexhandschuhe übergestreift. Dann erst betraten sie das ehemalige Wohnzimmer und trafen an der Schiebetür zum Essbereich auf die Streifenpolizisten. Hier verharrten sie einige Zeit und betrachteten den Tatort. Das war alles andere als ein angenehmer Anblick. Im Gegenteil, man hatte lange nichts derart Schauriges ansehen müssen.

Es handelte sich um ein weibliches Opfer. Die Leiche war mit einer Art Samtrobe bekleidet, die ursprünglich weiß gewesen war. Die Hände waren im Schoß gefaltet, allerdings waren sie unter den weit ausladenden Ärmeln nicht zu sehen. Das Gesicht war wie ein Totenschädel angemalt. Die größten Teile des Gesichts waren weiß grundiert, nur Augen, Nase und Kinn waren in Schwarz gehalten, aber das war nicht das Schlimmste an dem Gesamtanblick. Der Täter hatte die weiß angemalten Lippen mit einem schwarzen Faden mit großen senkrechten Stichen zugenäht. Auch die schwarzen Augen waren zugenäht, mit weißem Faden in x-förmigen Stichen. Die Haare des Opfers waren unter einer Art Turban verborgen, an den jede

Menge Zauberzeug und Federn genäht waren. Kleine Knöchelchen steckten in Schlitzen in den Ohrläppchen. Um den Hals herum befand sich geronnenes Blut, das inzwischen getrocknet und fast schwarz geworden war.

Der Leichnam war von einer Unmenge weißer Kerzen umgeben, die längst bis auf den Boden heruntergebrannt waren und von denen viel Wachs seitlich heruntergeflossen war. Einige dieser Kerzen, die in hohen Glaszylindern standen, waren mit Bildern von Jesus und der Jungfrau Maria versehen. Eine einzige brannte noch. Weitere Bilder mit religiösen Motiven, einige billige Kunststoff-Ikonen sowie weitere Federn und Knochen waren zu einer Art Schrein um einen Stuhl arrangiert, ferner gehörten etliche Menschenschädel zu der makabren Szenerie. Ein intensiver Leichengeruch durchwaberte den Raum; der Übelkeit erregende Geruch von verwesendem Fleisch legte sich auf alles und jeden. Dicke Schmeißfliegen summten und krabbelten über das Gesicht der Toten.

»Meine Güte«, murmelte Zee, bekreuzigte sich und trat einen Schritt zurück. »Das ist ja der reinste Voodoo. Seht ihr, wie rundherum Maismehl ausgestreut wurde? Und darin etwas eingezeichnet ist? Das nennt man ein Veve-Symbol. Das wird unmittelbar vor dem Beginn einer Zeremonie ausgeführt. Tretet bloß nicht rein. Nicht berühren! Mist, das ist wirklich ein Riesenscheiß hier.«

Claire konnte nur mühsam den Blick von diesem Voodoo-Altar lösen, sah dann aber Zee an. »Woher weißt du das alles, Zee?«

»Na hör mal. Schließlich bin ich in dieser Gegend geboren. Und Mama Lulu versteht wirklich was von Voodoo.

Sie kann uns bestimmt erklären, was das alles zu bedeuten hat. Es hat auf alle Fälle nichts Gutes zu bedeuten, das kann ich dir jetzt schon versichern.«

»Wer ist Mama Lulu?«

»Meine Großmama. Sie lebt nicht weit von hier in diesem Bayou, und außerdem betreibt sie einen Voodoo-Laden mitten im French Quarter auf der Bourbon Street. Ich meine es wirklich ernst, Claire. Niemand sollte das hier anrühren, sonst kann ich für nichts garantieren.«

»Ich hab's euch ja gesagt, dass das hier eine scheußliche Angelegenheit ist«, mischte sich einer der Polizisten ein. Claire fiel jetzt auch der Name wieder ein: Clarence Dionne. Sie hatte ihn erst ein paar Mal gesehen. Er war jung und schlank und hatte große, dunkelbraune Augen; seine dunklen Haare trug er ein wenig länger, als dem Sheriff bei seinen Streifenpolizisten lieb war. Dionne war hier in Lafourche geboren und aufgewachsen und kannte daher so gut wie jeden. So viel wusste sie also von ihm, und es sah so aus, als könnte sich seine Ortskenntnis bei den Ermittlungen als nützlich erweisen.

Das Ganze war in der Tat oberscheußlich und regelrecht gruselig. Sogar noch schlimmer. Es war bizarr und ganz entsetzlich. Claire wandte sich an Dionne: »Kennen Sie das Opfer? Könnten Sie es identifizieren?«

»Kann ich leider nicht, Madam. Jedenfalls nicht bei der aufgemalten Zombie-Maske. Auf mich wirkt das Opfer ziemlich jung. Vielleicht kann ich es später identifizieren, nachdem Nancy das Gesicht gereinigt hat.«

»Und Sie haben auch wirklich nichts angefasst, Dionne?«

»Bestimmt nicht, Madam. Ich kenn mich ja aus. Voodoo-Altäre darf man nie berühren, weil einen sonst ein Fluch trifft.«

»Wer hat die Leiche eigentlich entdeckt?«

»Keine Ahnung. In der Telefonzentrale ging wohl ein anonymer Anruf ein, wir sollten wegen eines möglichen Mordfalles herkommen. Machte auch ziemlich konkrete Ortsangaben. Anruf kam von einem Prepaid-Telefon. Lässt sich nicht zurückverfolgen.«

»Waren das genau die Worte, die der Anrufer benützt hat? Sie sollten wegen eines möglichen Mordfalles hierher kommen?«

»Jawohl, Madam, so wurde es mir übermittelt.«

»Das klingt irgendwie nach Polizei- oder Justizjargon. Wissen Sie, ob es von dem Anruf einen Mitschnitt gibt?«

»Gibt es. In der Notrufzentrale. Da können Sie's sich anhören. Aber mir haben sie schon gesagt, dass der Ton sehr gedämpft klang und die Stimme schwer zu verstehen war.«

»Danke für die Auskünfte, Officer. Ist Ihnen irgendwas Verdächtiges aufgefallen, als Sie hier am Tatort eintrafen?«

»Nein. Keine Reifenabdrücke außer einem auf dem Weg rüber zum Boot. Könnten von einem SUV stammen.«

»Wahrscheinlich von meinem Range Rover. Wir sollten aber auf jeden Fall Reifenabdrücke nehmen.«

»Sie fahren einen Range Rover?«, hakte Dionne nach und bekräftigte sein Erstaunen mit einem anerkennenden Pfiff.

»Der gehört nicht mir, sondern einem Freund.« Damit war natürlich Black gemeint. Er mochte so teure Spielsachen, und er mochte es, wenn auch sie sie hatte. Und als besonderes Extra hatte er ihren mit jedem erdenklichen Peil-Schnickschnack ausrüsten lassen, genauso wie ihr Smartphone, ihren Computer und die Sicherheitsmedaille mit dem Erzengel Michael als Schutzpatron, die sie immer um den Hals trug. In der Vergangenheit hatte er sie ein paar Mal aus den Augen verloren, als es entscheidend gewesen wäre, sie orten zu können. Deshalb minimierte er dieses Risiko so weit wie möglich. Sie hatte gegen die verschiedenen Alarmsignale an ihren Fahrzeugen und sonstigen wichtigen Gegenständen überhaupt nichts einzuwenden. Es hatte eindeutig Situationen gegeben, da war es geradezu lebenswichtig gewesen, dass er sie je eher desto besser fand.

»Du hast doch sicher deine Kamera dabei, Nancy?«

»Klar. Aber ich halte es für besser, zuerst das ganze Team zusammenzutrommeln, und zwar so schnell wie möglich. Bis wir diesen Tatort vollständig aufgenommen und untersucht haben – das wird einige Zeit dauern. Ein Albtraum. Ich kann mit diesem Voodoo-Zeugs auch nichts anfangen. Das jagt mir echt Angst ein – geb ich gerne zu. Zee, hast du eine Ahnung, was dieses Symbol in dem Maismehl bedeuten könnte?«

Zee zuckte bloß mit den Schultern, und da sich auch sonst niemand äußerste, ging Claire vor dem Opfer in die Hocke, während Nancy jede ihrer Bewegungen filmte. Sie betrachtete die Gravur im Maismehl, die vermutlich mit dem Finger gezeichnet worden war oder mit irgendeiner Art von Stift; selbst ein Messer war denkbar.

»Also, auf mich wirkt das wie zwei Schlangen. Sie sind

in aufrechter Haltung gezeichnet und haben große Kringel an den Schwanzenden. Am anderen Ende, am Kopf, sieht es so aus, als träten die Giftzähne hervor. Und das dazwischen sieht aus wie Sterne. Und was ist das? Könnte ein Pluszeichen sein, da ganz rechts außen. Seht ihr das? Oder vielleicht ein Kreuz?«

Claire schaute zu Zee hoch, der von dem Ganzen immer noch ziemlich angewidert zu sein schien.

»Also, Zee, was geht hier ab?«

Zee zuckte wieder bloß die Achseln. »Da darfst du mich nicht fragen, aber Mama Lulu kann dieses Ritual-Zeugs bestimmt entziffern. Ich vermute, dass es ein Loa darstellen soll, einen großen Voodoo-Geist. Aber ansonsten verstehe ich echt nicht viel von diesem ganzen Voodoo-Scheiß, und ich will auch nichts davon wissen.«

»Aber ich will es jetzt wissen.« Claire erhob sich wieder. Na toll, jetzt hatten sie es offensichtlich mit einem Voodoo-Killer zu tun. Was passierte als Nächstes? Ein Zombie, der mit einer Machete in der Hand aus dem Wald auftauchte? Sie betrachtete den Leichnam, und plötzlich fiel ihr ein, dass diese arme junge Frau möglicherweise zu der Zeit massakriert worden war, als sie nebenan auf dem Hausboot, keine dreißig Meter entfernt, friedlich schlief. Wäre das möglich? Wie konnte der Täter sein Opfer in das Haus gebracht haben, ohne dass sie etwas davon mitbekam? Kam er aus dem Wald rings um das Haus? Dann hätte Claire auf jeden Fall hören müssen, wie sich irgendein Fahrzeug oder ein Boot näherte. Sie hatte einen leichten Schlaf. Mit Sicherheit war das Verbrechen begangen worden, als sie nicht da gewesen war.

Zee dachte offenbar gerade an das Gleiche. »Du hast also vergangene Nacht in dem Hausboot dort drüben verbracht, stimmt's Claire? Und du bist dir absolut sicher, dass du nichts gehört oder gesehen hast?«

»Wie ich schon sagte: Mir ist nichts Ungewöhnliches aufgefallen. Ich habe in letzter Zeit ein paar Mal hier übernachtet, und es ist ausgeschlossen, dass ich nicht mitbekommen haben sollte, falls sich hier jemand herumgetrieben hat. Hier ist es doch absolut ruhig. Man hört nur die Zikaden, ein paar Frösche, und gelegentlich fährt ein Boot vorbei.«

»Er könnte sie woanders umgebracht und anschließend hierher verfrachtet haben. Dann hat er dieses Szenario aufgebaut, während du tagsüber bei der Arbeit warst. Kannst du dich erinnern, wann du zuletzt im Innern des Hauses warst?« Nancy stellte die Kamera neu ein und machte Einzelaufnahmen.

»Black und ich sind einmal hierher gefahren; das war recht bald, nachdem wir nach New Orleans gezogen sind. Wir sind damals auch ins Haus rein, aber seitdem habe ich es nicht mehr betreten.«

»Du kannst gerne bei mir übernachten, bis er wieder zurück ist, falls dir das lieber ist«, bot Nancy ihr an. »Wie war eigentlich deine Verbindung zu den Leuten hier?«

Claire wollte eigentlich jetzt nicht in ihrer Vergangenheit wühlen, aber sie musste die Frage beantworten. »Ich habe in diesem Haus eine Weile gelebt, als ich noch ganz jung war. Es gehört immer noch der gleichen Familie. Black und ich haben sie in ihrem Restaurant besucht, das sich ebenfalls auf einem großen Kahn befindet, der *Bayou Blue*. Bei der Gelegenheit boten sie an, dass ich das Hausboot jederzeit benutzen könnte. Das habe ich dann ab und zu wahrgenommen. Soweit ich weiß, kommt sonst so gut wie kein Mensch hierher.«

Nancy hakte ein. »O Mensch, ich liebe dieses *Bayou Blue*. Ganz besonders den Cajun-Grillroom oben auf dem zweiten Deck.«

Da sie sich nicht weiter über ihr Verhältnis zur Familie LeFevre auslassen wollte, versuchte Claire das Thema zu wechseln. »Was meinst du, Nancy, wie lange ist sie schon tot?«

»Ich würde sagen, einige Tage. Vielleicht auch weniger. Lässt sich so schwer sagen. Ich muss erst eine richtige Autopsie durchführen, bevor ich etwas Konkreteres sagen kann. Auf Anhieb ist keine Todesursache eindeutig zu erkennen. Möglicherweise wurde sie stranguliert. Oder es gibt eine tödliche Wunde unter dieser merkwürdigen Robe, die sie da anhat.«

»Zee, sieh doch bitte mal zu, dass wir noch mehr Polizisten anfordern. Möglichst ein bisschen dalli. Ich möchte, dass das ganze Grundstück systematisch abgesucht wird, bis runter zur Straße.«

»Wird schon erledigt.« Zee gab schnell eine Nummer ein und bat einen Kollegen, samt Team und Rettungseinheit schleunigst anzurücken.

Sobald er das erledigt hatte, wandte sich Claire wieder an ihn. »Zee, ich hab ja wirklich nicht die geringste Ahnung von Voodoo und so. Aber auf mich wirkt das hier wie ein Opferritual oder Ritualmord?«

»Kann schon sein. Ich hab schon Fotos gesehen, da sah es so ähnlich aus.«

Claire hakte sogleich nach. »Willst du damit sagen, du hast schon solche »Altäre« gesehen? Auch mit Toten?«

»Nein, nur solche Altararrangements. Ohne Leichen.«

»Sag uns doch wenigstens, was du über Voodoo weißt. Damit wir es schon mal ein bisschen einordnen können?«

»Okay, aber das ist nichts im Vergleich zu dem, was Mama Lulu darüber weiß. Es handelt sich um so eine Art Mischreligion aus afrikanischen Kulten mit christlichen Elementen. Seht ihr das Kruzifix da? Und die Bilder mit der Jungfrau Maria? Und in diesen Flaschen befinden sich wahrscheinlich Zaubertränke und was weiß ich noch. Aber ich wage mal zu bezweifeln, dass das hier von einem echten Voodoo-Priester oder einer -Priesterin stammt. Kann genauso gut von jemandem sein, der uns das nur vorgaukeln will.«

»Und wieso glaubst du das?«

»Wegen der Art und Weise, wie das Gesicht bemalt wurde. Das soll Angst hervorrufen. Einige Voodoo-Priester bemalen sich für ihre Zeremonien in ähnlicher Weise und verkleiden sich sozusagen als Skelette. Andere machen es ähnlich, weil sie wie Zombies wirken wollen. Das spielt im Voodoo eine große Rolle, jedenfalls früher. Aber ich weiß darüber wirklich viel zu wenig. Wie gesagt, ich bin da kein Experte. Interessiert mich nicht.«

»Soll das heißen, dass so was hier eigentlich gar nicht mehr praktiziert wird?«

»Jedenfalls keine Leichen mit solchen »Altären«. Manche Menschen praktizieren schon noch Voodoo und sie meinen es auch ernst. Für sie ist es wie eine Religion und kein spaßiger Zeitvertreib. Im French Quarter gibt es eine ganze Reihe von Voodoo-Läden. Gar nicht so weit von dem Haus, wo du mit Nick lebst. Bist du noch nie in einen reingegangen?«

»Nee. Wozu? Aber ich denke, ich werde mich dort sehr bald mal umsehen.«

»Es führt kein Weg dran vorbei: Wir sollten mit Mama Lulu sprechen«, wiederholte Zee erneut.

»Worauf du dich verlassen kannst. Aber jetzt müssen wir erst mal herausfinden, wer diese Frau hier überhaupt ist.« Sie sah Dionne an. »Gibt es irgendeine Vermisstenmeldung?«

»Nicht seit heute Morgen, als ich meinen Dienst angetreten habe. Wenn sie aus dem Bayou hier stammt, werden wir es bald erfahren.«

»Nancy, hast du einen tragbaren Apparat für Fingerabdrücke dabei?«

»Ja, hab ich. Diese Anschaffung konnte ich letztes Jahr im Budget durchdrücken. Lass mich schnell noch meine Aufnahmen fertig machen und dann können wir versuchen, ob wir brauchbare Fingerabdrücke nehmen können. Die Haut ist an manchen Stellen schon nicht mehr in gutem Zustand. Mal sehen, was sich machen lässt.«

Es dauerte nicht lange, bis man hörte, wie sich ein Wagen näherte. »Hier kommt Saucy mit seinen Männern. Sie haben sich echt beeilt«, sagte Zee.

Kollege Ron Saucier also. Jeder in der Dienststelle nannte ihn Saucy. Dabei war er alles andere als ein »eitler Pfau«. Ganz im Gegenteil. Niemand wirkte nüchterner und bodenständiger als er, fand Claire. Sie könnte schwören, dass sie noch keine zehn Worte von ihm zu hören bekommen hatte, seit sie hier angefangen hatte. Zee hatte ihr erzählt, dass Sheriff Russ Friedewald ihn vor anderthalb Jahren mehr oder weniger heimlich, still und leise engagiert hatte; ein Schleier des Schweigens breitete sich über diesen Vorgang. Friedewald hatte unausgesprochen zu verstehen gegeben, dass es über das Wo und Woher und Warum dieser Anstellung nichts mitzuteilen gab. Claire reimte es sich so zusammen, dass die beiden vielleicht alte Kumpel waren. Außerdem vermutete sie, dass Saucier Seemann oder Segler gewesen sein könnte; da er fast immer kurzärmlige Hemden trug, hatte auch sie bereits das Anker-Tattoo auf der Innenseite seines linken Armes bemerkt.

Das Einzige, was sie sonst noch von ihm wusste, war, dass er jeden Tag in der Mittagspause mit seinem Lunchpaket die Straße vor dem Büro überquerte und sich alleine in den dort gelegenen Friedhof hinsetzte, um sein Sandwich zu verzehren. Jeden Tag das gleiche Ritual. Es kam ihr schon ziemlich merkwürdig vor. Eines Tages würde sie auch mal dort hinübergehen, um nachzuschauen, auf wessen Grab er sich setzte, das er so unverwandt anschaute.

Einen Augenblick später betrat Saucier bereits den Raum. Witzigerweise fand sie den Mann auf ganz eigenartige Weise attraktiv, wobei »eigenartig« genau der passende Ausdruck war. Er war groß und schlank und mochte Mitte vierzig sein, vielleicht auch Anfang fünfzig. Mit seinen aschblonden Haaren in sehr kurzem Mecki-Schnitt wirkte er wie ein ehemaliger Militär oder wie ein Agent, zumal er fast immer eine Piloten-Sonnenbrille trug. Das etwas verwitterte Gesicht war sicherlich zu oft der Sonne ausgesetzt und heute trug er ein T-Shirt mit Camouflage-Muster und dazu passend Cargo-Hosen.

»Was haben wir denn hier?« Er warf einen ersten Blick auf den Leichnam am Boden. Dann kauerte er sich neben dem »Altar« hin und Claire entdeckte eine lange, hässliche Narbe quer über seinen Hals. Es sah fast so aus, als wäre ihm mal die Kehle von einem Ohr zum anderen aufgeschnitten worden. Alles an ihm wirkte sehr geheimnisvoll, er schien eine bewegte Vergangenheit zu haben, aber niemand hatte es bisher gewagt, ihn danach zu fragen.

»Sieht nach Voodoo aus.« Er warf einen seitlichen Aufwärtsblick auf Claire.

»Das ist jedenfalls auch Zees Meinung. Vielleicht aber auch ein gut vorgetäuschtes Arrangement.«

»Könnte was dran sein. Normalerweise liegt ja nicht auch gleich `ne Leiche dabei. Sieht so aus, als wollte uns jemand ein bisschen Drama vorspielen. Stimmt es, dass sie auf dem Hausboot dort drüben leben?«

Claire wunderte sich, woher er das bereits wusste. »Ich bin hin und wieder dort.«

»Und das hier hat sich direkt vor ihrer Nase ereignet?«

Claire runzelte die Stirn. »Na ja, irgendwie schon. Woher wissen Sie, dass ich mich hier draußen aufhalte?«

»Neulich nachts war ich hier draußen beim Speerfischen auf Frösche; hab Ihren Wagen hier stehen sehen. Ich hab so `ne Art Jagdhütte ein bisschen weiter flussabwärts.« Saucier hielt inne und grinste sie amüsiert an. Er konnte sogar ganz nett lächeln, stellte sie fest, aber es war auch das erste Mal, dass sie ihn lächeln sah. »Neulich abends habe ich sogar mitbekommen, wie Sie Geige geübt haben.«

O weh, das war nun richtig peinlich. Außerdem war sie beinahe geschockt, wie er sich als regelrechtes Plappermaul entpuppte. »Konnten Sie mich tatsächlich hören?«

»Als wäre ich direkt neben Ihnen gestanden. Meine Hütte liegt vielleicht anderthalb Kilometer entfernt. Die Töne flossen regelrecht über das Wasser wie Engelsgesang.«

Claire und Nancy wechselten rasch einen Blick. Meine Güte, allein diese Ansage enthielt mindestens zehn, wenn nicht zwanzig Wörter. Für ihn war das ein neuer Rekord in puncto Gesprächigkeit. Mal ganz davon abgesehen, dass es passagenweise fast lyrisch klang. Vielleicht wirkte der Anblick von Voodoo-Altären auf ihn dermaßen inspirierend, dass er gleich anfing, in fünfhebigem Jambus zu rezitieren.

»Dann kann ich nur hoffen, Sie nicht in Ihrer Nachtruhe gestört zu haben. Ich stand auf dem Oberdeck und sah mir den Sternenhimmel an. Dabei fiel mir eine alte Fiedel in die Hand, die ich auf dem Hausboot entdeckt hatte.« Und außerdem war ich ziemlich gelangweilt und hatte große Sehnsucht nach Black, erinnerte sie sich.

»Aber das Geigenspiel müssen Sie irgendwann mal richtig gut gelernt haben.«

»Ach, du lieber Gott, nicht wirklich. Ich habe es mal gelernt, als ich ein Kind war, und damals musste ich auch viel üben, aber bis zu dem Augenblick habe ich jahrelang nicht gespielt.«

»Kam mir aber nicht so vor, als wären Sie sehr aus der Übung.« Saucier hielt den Blick immer noch auf sie gerichtet; seine Sonnenbrille hatte er inzwischen nach oben in die Haare geschoben. Er hatte strahlend blaue Augen, die von sehr dunklen Wimpern dicht umrahmt waren. Claire hatte sie noch nie zuvor gesehen. »Ich bin sogar aufgestanden und hab mich auf die Veranda gesetzt, wo ich besser zuhören konnte. Ich glaube, es war das Violinkonzert in e-Moll von Mendelssohn, habe ich recht? Meiner Meinung nach ist das das schönste Violinkonzert, das jemals geschrieben worden ist. Und Sie haben es wirklich ganz innig und bezaubernd schön gespielt. Ich war ganz ergriffen.«

Innig? Bezaubernd schön? Ergriffen? Meine Güte, was war denn das für ein Vokabular? An dem Mann war ja definitiv sehr viel mehr dran, als man auf den ersten Blick wahrnahm. Er war sicherlich kein Mann vieler Worte, aber er kannte sich mit klassischer Musik auf jeden Fall gut aus.

Nun war es aber mit den musikalischen Betrachtungen definitiv vorbei. »Also, was wissen wir bis jetzt hierzu?«

Zurück in die Wirklichkeit. Dave Mancini und Eric Sanders waren nun an der Reihe und betraten den Raum. Beide waren Streifenpolizisten. Claire war ihnen bisher erst ein Mal begegnet, kurz nach ihrem Dienstantritt. Dave Mancini war noch sehr jung, wahrscheinlich hatte er erst vor Kurzem seine Ausbildung beendet; er wirkte wie ein Grünschnabel. Dabei war er durchaus ernst bei der Sache, lächelte so gut wie nie, sagte auch nur ganz selten etwas; er hörte aufmerksam zu und war offensichtlich begierig, dazuzulernen. Eric Sanders war ihr bisher erst ein Mal über den Weg gelaufen und das hatte ihr bereits vollkommen gereicht. Er war der prototypische, laute, vorlaute, unaufhörlich quasselnde Angeber. Er war groß, hatte rotbraune Haare und trug eine runde Metallbrille. Auf seine Weise war er durchaus beschlagen, vor allem mit Computern machte ihm keiner so schnell was vor, aber im Hinblick auf Umgangsformen, Rücksichtnahme und Einfühlungsvermögen war er einfach grottig.

»Okay, Nancy, dann sehen wir mal zu, dass wir hier weiterkommen und versuchen, ihre Fingerabdrücke abzunehmen.«

Nancy hatte bereits ausführlich Videoaufnahmen gemacht. Nun reichte sie die Kamera an Mancini weiter und wies ihn an, mit den Aufnahmen fortzufahren. Nun kniete sie sich neben die Leiche und schob die Ärmel der Samtrobe vorsichtig nach oben, um die Hände freizulegen. Diese waren mit Klebeband zusammengebunden; die Finger waren wie zum Gebet ineinander verschränkt. Irgendein Gegenstand ragte zwischen den Handflächen hervor, ähnlich wie jemand einen Blumenstrauß hält. Alle sahen zu, wie Nancy zunächst Fotos von den geschlossenen Händen machte. Dann bog sie die Finger auseinander, um die Hände voneinander zu lösen und zu sehen, was die Handflächen verbargen.

»Güter Himmel, Claire, es ist eine Voodoo-Puppe.« Sie starrte das Objekt an und schaute noch einmal zu Claire hoch. Dabei verzog sich ihre Miene zu einem Ausdruck des Entsetzens. »Ich glaube, damit bist du gemeint.«

Zuerst schauten alle Claire an und dann das Püppchen in den behandschuhten Händen von Nancy. Claire nahm durchaus das Entsetzen in den Gesichtern der Umstehenden wahr und fragte sich, was los war. Dann fiel ihr ein, dass alle hier aus der Gegend stammten, jeder war irgendwo in den Bayous geboren und aufgewachsen, viele stammten aus alteingesessenen Cajun-Familien, Nachfahren französischer Kolonialisten des 18. Jahrhunderts; so eingewurzelt, war keiner frei von Aberglauben. Voodoo-Puppen jagten ihnen immer noch Schrecken ein. »Ihr macht euch über mich lustig. Lasst mal sehen.«

Nancy reichte ihr die Puppe und Claire betrachtete sie genauer in ihrer flachen Hand. Die Darstellung bezog sich in der Tat auf sie, daran konnte kein Zweifel bestehen. Der Täter hatte einen Schnappschuss in Nahaufnahme von ihr, der offensichtlich aus einer Zeitung stammte, auf dem Gesicht der Puppe angebracht. Und zwar mittels zweier Nadeln, die in den Ohren steckten. Über ihre Augen waren zwei schwarze X gezogen, ganz analog zu dem Mordopfer. Auch über ihren Mund waren weiße senkrechte Linien gezogen, in Entsprechung zu den Fäden bei der Leiche. Auf den Kopf waren einige Strähnen menschliches, blondes Haar geklebt, außerdem hatte der Täter extra die Augenfarbe blau aufgemalt. Das war völlig krank und sehr beunruhigend. Und was sollte das eigentlich alles bedeuten?

Die Puppe war mit schwarzen Kleidern versehen, die den schwarzen Hosen und dem schwarzen Polohemd, also der Uniform, die Claire jeden Tag zur Arbeit trug, sehr ähnlich sahen. Auf dem Hemdrücken stand POLIZEI in weißen Lettern und ein winziger, aus Alufolie ausgeschnittener Sheriff-Stern war ebenfalls mit einer Nadel an der Brust angebracht. Nadeln steckten ebenfalls in jeder der beiden Schläfen, im Herzen, im Bauch und zwischen den Beinen. Da hatte sich jemand wirklich Mühe gegeben.

Claire starrte die Puppe entsetzt an und spürte, wie ihr ein Schauer über den Rücken lief. Sie versuchte zwar, diese Reaktion zu unterdrücken, aber sie musste sich eingestehen, dass ihr jemand den größten denkbaren Schrecken eingejagt hatte.

3

Claire starrte auf die Voodoo-Puppe in ihrer Hand und versuchte dann die Anspannung rundherum mit Humor zu lösen. »Kann durchaus sein, dass du recht hast, Nancy. Dieser Typ scheint mich von irgendwoher bereits zu kennen. Sieht auch wirklich nicht so aus, als ob er mich gut leiden könnte.«

Niemand verzog eine Miene, keiner antwortete etwas darauf. Vielmehr verhielten sich alle so, als nähmen sie bereits an ihrer Beerdigung teil. So ließ sich kein Vertrauen in die Zukunft gewinnen, um es mal vorsichtig auszudrücken. Schließlich ergriff Zee das Wort: »Wir können also mit Sicherheit davon ausgehen, dass es kein Zufall war, dass die Leiche gerade hier abgelegt wurde.«

Nancy sprang auf. »Du musst dich unbedingt von diesem Fall abziehen lassen, Claire. Du hast in letzter Zeit genug durchmachen müssen mit solchen verrückten Sachen. Der Sheriff soll dafür sorgen, dass du von den weiteren Ermittlungen entbunden wirst. Wir arbeiten daran weiter.«

»So leicht lasse ich mich nicht ins Bockshorn jagen. Denkt ihr etwa, ich glaube an Voodoo?«

»Nimm dies nicht auf die leichte Schulter, Claire«, warnte Zee. »Voodoo hin oder her. So wie es aussieht, haben wir es mit einem unberechenbaren Wahnsinnstäter zu tun, der dir bereits eng auf den Fersen ist.«

Claire musste zugeben, dass einiges für diese Sichtweise sprach, aber deswegen musste es nicht zwingend so sein.

Was hingegen vollkommen sicher war, dass Black ausflippen würde, falls er von dieser Sache hier erfuhr. Ihm zitterten heute noch die Hände, wenn er an den Verrückten dachte, der sie noch vor nicht allzu langer Zeit regelrecht verfolgt hatte. »Also okay, ich habe verstanden. Das ist als Warnung zu verstehen, aber das heißt nicht zwingend, dass ich direkt bedroht bin. Es kann ja durchaus sein, dass mich der Täter von dem Fall weghaben will in dem Sinne, wie Nancy es formuliert hat. Ich glaube, darum geht es ihm hauptsächlich. Ich glaube, er will uns allen Angst einjagen. Im Augenblick sollten wir uns alle an die Arbeit machen und dafür sorgen, dass das Opfer so schnell wie möglich in die Gerichtsmedizin gebracht werden kann.«

Alle in der Runde schauten sie an, als wäre sie todgeweiht oder als hätten sie einen Geist gesehen, und niemand wirkte überzeugt. Dieser Voodoo brachte bei all ihren Kollegen offenbar eine Saite zum Klingen, allerdings in einem ziemlich dissonanten Ton. Claire versuchte es erneut. »Also, so weit ich beurteilen kann, ist die Leichenstarre bereits am Abklingen und die Verwesung hat bereits eingesetzt. Kann man mit den Fingerspitzen noch was anfangen, Nancy?«

»Sieht schon noch so aus. Ich kann es ja mal versuchen.«

Alle traten ein wenig beiseite und sahen zu, wie Nancy das mobile Gerät für die Fingerabdrücke aus einer Tragetasche nahm und die Finger des Opfers in die vorgesehene Aussparung drückte. Das Gerät trat dann umgehend in Aktion. Die Abdrücke wurden gescannt und die Daten an die Datenbank der Justizbehörden übertragen. Claire hoffte inständig, dass sie schnell ein brauchbares Ergebnis bekamen. Dieser Fall war wirklich beunruhigend, und je eher sie den Kerl fassen konnten, umso beruhigender für alle Beteiligten. So ein Fall mit Voodoo-Beigeschmack war außerdem immer ein gefundenes Fressen für die Sensationspresse. Keiner sprach ein Wort. Alle betrachteten nur das verstümmelte Gesicht des auch *post mortem* noch bemitleidenswerten Opfers. Claire steckte die Voodoo-Puppe in einen Beutel für die Beweisstücke und versuchte dann nicht mehr hinzuschauen.

Diese arme junge Frau war ermordet worden, während sie selbst ganz in der Nähe seelenruhig schlief. Möglicherweise auch zu dem Zeitpunkt, als sie die Geige spielte, von der Saucier aufgeweckt worden war. Vielleicht hatte der Täter sie vom Fenster dieses Zimmers aus beobachtet. Bei dem Gedanken lief ihr doch wieder ein Schauer über den Rücken und sie bekam eine Gänsehaut. Na los jetzt, reiß dich zusammen, ermahnte sie sich.

Black hatte viel Druck gemacht, damit sie aus Missouri wegkam, und zwar hauptsächlich wegen Fällen wie diesen. Das hatte sich offensichtlich als Sackgasse erwiesen. Kaum war sie hier, schon geriet sie wieder in ein mörderisches Szenario eines Psychopathen, und dieses hier überstieg sogar alles bisher Dagewesene. Sie konnte natürlich nach dem Motto handeln: Was er nicht weiß, macht ihn nicht heiß, und Black über diesen aktuellen Fall im Unklaren lassen. Aber die Vorstellung, ihm etwas vorzuschwindeln, ging ihr vollkommen gegen den Strich. Wenn es etwas gab in einer Beziehung, das sie auf den Tod nicht ausstehen konnte, dann waren das Lügereien. Sie und Black würden sich niemals anlügen. Sie gingen vollkommen aufrichtig miteinander um, sprachen aus, was Sache war, und gewährten sich gegenseitig die Freiheit, zu tun und zu lassen, was jeder wollte und wann jeder es wollte ohne Zwang, darüber Rechenschaft abzulegen.

Claire versuchte das Ganze konsequent zu durchdenken, indem sie Blacks höchstwahrscheinliche Überreaktion darauf einmal ausblendete. Nach den allerersten Eindrücken wäre man davon ausgegangen, dass sich der Täter dieses verlassene Haus für sein mörderisches Treiben ausgeguckt hat. Jedenfalls solange ihr Wagen nicht dastand, wirkten das Gebäude und seine unmittelbare Umgebung völlig verlassen. Nur das Hausboot befand sich in gutem Zustand und wurde vielleicht gelegentlich von einem der LeFevres aufgesucht. Mit Sicherheit hatte der Täter alles genau ausgekundschaftet. In der Tat, man musste davon ausgehen, dass der Mann wusste, wer sie war, und sie musste auch davon ausgehen, dass er verhindern wollte, dass sie hier in den Bayous wirklich Fuß fasste und ihm in die Quere kam.

Die nächste Frage lautete: Wann hatte er die Leiche hier vor dem »Altar« platziert? Tagsüber, als sie bei der Arbeit war? Oder in der Nacht, als sie schlief? Dieser Gedanke war wirklich beunruhigend. Nein, wirklich. Die Vorstellung, dass irgendein Irrer praktisch in Rufweite ums Haus beziehungsweise das Hausboot herumschlich und Leichenaugen zunähte, während sie nebenan nichts ahnend schlief, war extrem beunruhigend. Dieser Mensch hatte es darauf angelegt, dass die Leiche und die Puppe gefunden wurden – aus welchen Gründen auch immer. Mit großer Wahrscheinlichkeit war er ja auch der anonyme Anrufer. Aber warum ich? Das war jetzt die Kernfrage.

Da alle anderen irgendwie verängstigt und eingeschüchtert wirkten, sagte Claire erst einmal auch lieber nichts. Zumindest waren inzwischen alle mit vollem Ernst bei der Sache. Somit war es an der Zeit, die Dinge möglichst sachlich zu betrachten. Da war also zunächst einmal der Voodoo-Altar, ein ziemlich lächerliches Gebilde. Doch sie selbst stammte nicht aus einer ortsansässigen Cajun-Familie, sie war auch nicht anderweitig abergläubisch oder leicht zu erschrecken. Das war bei allen anderen so. Das galt selbst für Black – jedenfalls im Zusammenhang mit ihr. Sie konnte mit Sicherheit voraussagen, dass er Himmel und Hölle in Bewegung setzen würde. Vielleicht sollte sie tatsächlich vor Angst mit den Zähnen klappern, aber das war nun mal eben nicht der Fall, jedenfalls bis jetzt nicht. Sie hatte keinen Hang, sich Bange machen zu lassen, und das war schon mal eine wichtige Voraussetzung, um mit diesem Fall fertig werden zu können.

Weiter im Text. Es gab hier jede Menge Kerzen, manche steckten in Glaszylindern. Dadurch ergab sich eine gewisse Aussicht auf brauchbare Fingerabdrücke. Auf einer der Votivkerzen war Maria mit dem Jesusknaben zu sehen. Eine andere war mit einem großen Kreuz verziert, wieder eine andere mit der christlichen Geburtsszene samt dem Stern von Bethlehem. Von dieser Sorte gab es zehn bis zwanzig, in allem möglichen Größen und Formen. Der Täter musste all das Zeug ins Haus schleppen; das erforderte einen ziemlichen Aufwand. Andererseits stand ihm ja genug Zeit zur Verfügung angesichts dieses abgelegenen Grundstücks. Genau das war ja auch der Grund, warum sie so gern das Hausboot nutzte, aber das erwies sich nun als zweischneidig. Natürlich war ihr durchaus bekannt, dass New Orleans und seine Umgebung einen gewissen Ruf hatten, was Voodoo-Praktiken anbelangte. Bisher kannte sie sich in den diesbezüglichen Einzelheiten nicht aus, aber das würde sich sehr schnell ändern; so viel war klar.

»Hier hab ich sie«, verkündete Nancy und schaute auf das Display auf ihrem Gerät. Der Name der Frau lautet Madonna Christien. Wohnhaft Carondelet Street. War wegen Prostitution und Drogenbesitz inhaftiert. Vor ungefähr einem Jahr. Hier kommt ein Bild von ihr.«

Claire nahm das Gerät in die Hand und sah sich an, wie das Opfer ausgesehen hatte, bevor dieser Killer sie so bemalt und entstellt hatte. Eine durchaus hübsche junge Frau mit einem herzförmigen Gesicht und langen, dunklen Haaren. Claire seufzte und reichte das Gerät an Zee weiter. Er sah es sich kurz an und reichte es dann seinerseits an Saucier und die übrigen weiter. Niemand hatte sie zuvor gesehen.

Clair übernahm wieder die Initiative. »Also dann, Nancy, versuchen wir, sie in einen Leichensack zu stecken und sie abzutransportieren. Bist du mit den Fotos fertig?«

»Ja. Mein Team wird sicher jede Minute hier eintreffen. Normalerweise kommen sie gut durch den Verkehr.«

»Ron, sie und Zee versuchen jetzt bitte, sie auf den Boden zu legen, ohne das Altar-Arrangement zu berühren. Ich möchte, dass der Raum anschließend mit höchster Sorgfalt komplett nach Fingerabdrücken und sonstigen Hinweisen abgesucht wird, eigentlich auch das ganze Haus. Dieser Täter ist offensichtlich psychisch gestört.

Wir müssen ihn möglichst schnell finden, bevor er sich ein neues Opfer sucht. Ich bin mir sicher, dass er das vorhat. Dieser beinahe bühnenhafte Tatortaufbau ist einfach zu theatralisch; er liebt das und wird es sicher wieder versuchen. Er will uns etwas vorspielen. Das ist seine Absicht. Ansonsten hätte er sein Opfer auch als Alligatorfutter in die Sümpfe werfen können. Wahrscheinlich hat er aus diesem Grund mein Gesicht auf die Puppe fabriziert, weil ich in jüngster Zeit in der Presse war. Er will das Interesse der Medien wecken. Deshalb ist es besonders wichtig, dass niemand von uns Details von diesem Tatort an die Presse weitergibt. Keiner plaudert, habt ihr mich verstanden? Ich werde den Sheriff direkt unterrichten.«

Alle nickten, sahen aber immer noch bedröppelt drein. Saucy und Zee packten den Leichnam an Armen und Beinen und schafften es, ihn auf den Boden zu legen. Die tote Frau wirkte sehr klein und zierlich; vermutlich war sie nicht größer als eins fünfzig. Nancy öffnete den Reißverschluss der Samtrobe. Sofort quoll ein beißender Geruch hervor. Mit Sicherheit Bleichmittel. Unter der Robe war die Leiche völlig nackt, die Haut stellenweise dunkel gefleckt und Claire zuckte innerlich zusammen, als sie den Zustand dieses Körpers sah. »Sieht so aus, als hätte dieser perverse Killer sie ordentlich gesäubert, bevor er sie so hergerichtet hat.«

Zee gab einen leisen Pfiff von sich. »Lieber Himmel, seht euch die Hand- und Fußgelenke an und diese blauen Flecken. Dieser Kerl hat sie ganz eng gefesselt, dass sie sich kein bisschen rühren konnte, und dann hat er erbarmungslos auf sie eingedroschen.«

Das musste einen rasend machen vor Zorn; Claire geriet innerlich in Wallung, als sie sah, was dieser jungen Frau angetan worden war. Sie war weiß Gott an den Anblick von Leichen gewöhnt, hatte in ihrer Zeit bei der Polizei in Los Angeles einiges mitbekommen und noch schlimmere Sachen in ihrer Zeit in Missouri. Aber diese Frau hatte fürchterliche Qualen durchleiden müssen, bevor der Täter ihr quasi den Gnadenstoß gegeben hatte, um sie zur Hauptattraktion seines perversen Todesaltars zu machen. Er hatte sich viel Zeit für seine Folter genommen, sehr viel Zeit. Viele Stunden. Das war wohl die eigentliche Botschaft, die er durch diese Puppe an Claire übermitteln wollte, um ihr Todesangst einzujagen und sie damit zu vergraulen.

»Wenn ich es von draußen richtig gehört habe, Nancy, ist dein Team gerade angekommen.«

»Gut.«

Zee betrachtete die Leiche und schüttelte den Kopf. Claire versuchte ganz nüchtern zu bleiben und darin nunmehr nur noch ein Beweismittel zu sehen und nicht mehr einen lebendigen, vitalen Menschen, eine wahrscheinlich ganz nette junge Frau.

Nancy meldete sich etwas formell zu Wort. »Claire, mit deinem Einverständnis möchte ich die Leiche mitsamt der Bekleidung in die Gerichtsmedizin bringen lassen und diese Robe erst dort entfernen. Damit uns kein noch so geringfügiges Beweismittel verloren geht.«

»Du hast vollkommen recht. Man sehe sich nur die Schnitte, Quetschungen und blauen Flecken an. Sie sind über den ganzen Körper verteilt. Daran, wie tief sie gehen und wie dunkel sie inzwischen sind, kann man erkennen, dass der Täter mit großer Brutalität vorgegangen sein muss. Es hat sicherlich auch jede Menge Blutspritzer gegeben. Das kann er unmöglich hier gemacht haben. Den Körper hat er einigermaßen gereinigt, damit er ihn hier für uns sozusagen aufbahren konnte und der Schockeffekt möglichst groß war. Ron, du kümmerst dich bitte zusammen mit Eric darum, ob es draußen irgendwelche Fußspuren gibt. Hier drin gibt es ja jede Menge Schmutz und Staub. Draußen auch. Vergangene Nacht hat es geregnet, vielleicht haben wir Glück. Nancy, ich möchte auch, dass das Hausboot auf Spuren und Abdrücke untersucht wird. Falls er tatsächlich hinter mir her und so nahe dran war, will ich das wissen.«

Nancy nickte. »Das heißt, du wirst dort nicht mehr hingehen?«

»Da hast du ganz recht. Da zieht mich im Augenblick nichts mehr hin. Außerdem handelt es sich ja jetzt auch um einen Tatort.« Dann wandte sich Claire an Zee. »Was überlegst du?«

»Das Mädchen hat so einen qualvollen Tod erlitten. Irgendwie könnte das eine Art Falle für dich sein oder ein Köder. Dieser Typ führt irgendwas im Schilde, was ganz konkret gegen dich gerichtet ist. Entweder kennt er dich schon oder er will dich kennenlernen. Keins von beiden ist eine gute Perspektive. Wenn er dir etwas antun wollte, dich töten oder kidnappen, dann hätte er es allerdings längst tun können oder zumindest versuchen. Du warst hier draußen, alleine, sonst kein Mensch weit und breit. Vielleicht soll es nur so eine Art Warnung sein. Vielleicht will er nicht, dass du den Fall bearbeitest, oder vielleicht will er, dass du von hier verschwindest. Vielleicht hat es auch irgendetwas mit diesem Haus zu tun.« Er zögerte und überlegte. »Könnte es sein, dass es etwas mit einem der Fälle zu tun hat, in denen du früher ermittelt hast? Einer von diesen Serienkillern, mit denen du es zu tun hattest?«

Claire schüttelte den Kopf. »Die meisten von denen sind inzwischen tot oder sie sitzen hinter Gittern. Das erscheint mir ziemlich unwahrscheinlich.«

Ron Saucier mischte sich ein. »Claire, du solltest nicht vergessen, dass der Mann dein Gesicht auf der Puppe befestigt hat. Das muss eine bestimmte Bewandtnis haben und es ist konkret auf dich gemünzt. Ich sage es wirklich nicht gern, aber diese Schlussfolgerung ergibt für mich den meisten Sinn.«

Ansonsten sagte keiner mehr etwas dazu, aber alle wussten, dass dies das Szenario mit der höchsten Wahrscheinlichkeit war. »Wie Zee bereits richtig bemerkt hat: Wenn er mir wirklich etwas antun wollte, hätte er dazu bereits reichlich Gelegenheit gehabt.«

Saucier bestätigte das indirekt: »Ich wohne ja nicht weit von hier stromabwärts. Ich habe nie irgendwelche Schreie oder Hilferufe gehört. Wenn es sie gegeben hätte, hätte ich sie auf jeden Fall gehört wie Ihr Geigenspiel. Geräusche tragen über der Wasseroberfläche sehr weit und wir haben hier im Bayou sehr viel Wasseroberfläche.«

Claire ging noch einmal vor der Leiche in die Hocke. »Einige von diesen Schnitten oder Einschnitten kommen mir wie Bisse, wie Zahnabdrücke vor. Sobald wir so weit sind, dass wir konkrete Verdächtige haben, können wir einen über das Zahnschema vielleicht eindeutig überführen.«

Zee ließ nicht zu, dass Claire von dem Thema Voodoo-Puppe ablenkte. »Was glaubst du denn, warum er ausgerechnet dein Gesicht auf die Puppe aufgebracht hat? Und warum er diese Leiche ausgerechnet hierher in deine unmittelbare Nähe gebracht hat? Wie du selbst bereits gesagt hast. Wenn das Ganze mit dir nichts zu tun hätte, dann hätte er den Leichnam auch in den Sümpfen den Alligatoren zum Fraß vorwerfen können.«

»Genau das werden wir herauszufinden suchen.« Claire blickte auf, als die Forensiker begannen, ihre Ausrüstung in den Raum zu tragen. Sie kannte noch nicht viele von diesen Kollegen, aber viele nickten ihr zu, nahmen ihre Anweisungen von Nancy entgegen und machten sich unverzüglich an die Arbeit. »Okay. Transportieren wir jetzt die Leiche ab und fahren wir zurück in die Stadt. Ich werde mich jetzt mit Russ in Verbindung setzen. Claire zog ihr Mobiltelefon aus der Tasche und tippte die Kurzwahl für Russ Friedewalds Privatnummer ein.

»Hallo, Detective Morgan? Ich habe gerade aus der Zentrale von der Sache gehört. Haben wir es tatsächlich mit einem Tötungsdelikt zu tun?«

»Jawohl, es handelt sich um eine Tötung. Daran besteht kein Zweifel. Ich stehe gerade vor dem Leichnam. Wir wissen bereits, dass es sich beim Opfer um eine junge Frau namens Madonna Christien handelt und sie wurde in einer Art Aufbahrung wie bei einem Voodoo-Altar aufgefunden.«

»Lieber Himmel. Ist das Ihr Ernst?«

»Jawohl, Sir.«

»Na, so was hat uns gerade noch gefehlt. Nicht auszudenken, wenn die Lokalpresse Wind davon bekommt. Steht die Todesursache bereits fest?«

»Das können wir noch nicht mit Sicherheit sagen. Sie wurde an Händen und Füßen gefesselt. Dann wurde sie in schwerster Weise geschlagen.« Claire hielt einen Moment inne. »Der Täter hat die Augen des Opfers mit einem besonders strapazierfähigen Faden zugenäht.«

»Sind Sie sich sicher, dass hier Voodoo-Praktiken im Spiel waren?«

»Der Meinung sind jedenfalls Zee und Nancy. Alle Einsatzkräfte sind vor Ort und wir sind gerade dabei, den Abtransport der Leiche vorzubereiten. Ist das in Ihrem Sinn?«

»Ja, machen Sie es so. Nancy soll alles genau überwachen.«

»Das Opfer hat eine Adresse in New Orleans. Haben wir Ihre Erlaubnis, dorthin zu fahren und die Wohnung zu untersuchen?«

»Ja. Verständigen Sie Rene Bourdain. Den kennen Sie doch bereits?«

»Jawohl, Sir.« Rene Bourdain war Bobby LeFevres Kollege bei der Polizei von New Orleans, als Claire bei Bobby und Kristen lebte, aber sie hatte ihn damals nicht besonders gut gekannt und seit ihrer Versetzung hierher auch noch nicht gesehen. Aber es war sicher kein Fehler, die alte Verbindung wieder aufzunehmen. Damals war er immer sehr freundlich zu ihr gewesen.

»Sehr gut. Dann rufen Sie ihn an und holen Sie die Erlaubnis für die Durchsuchung direkt bei ihm ein. Führen Sie die Aktion aber so unauffällig wie nur möglich durch.«

»Jawohl, Sir.« Claire legte auf. »Okay, dann bergen wir das Opfer jetzt in den Leichensack. Zee, du und ich fahren noch vor Einbruch der Dunkelheit rüber nach New Orleans und nehmen ihren Wohnort in Augenschein. Wenn es sich tatsächlich um Madonna Christien handelt, müssen wir auch ihre Angehörigen benachrichtigen.«

Das Überbringen von Todesnachrichten an die Angehörigen zählte nicht zu den Lieblingsbeschäftigungen von Claire.

»Zee, du warst doch mal eine Zeit lang bei der Polizei in New Orleans. Weißt du, wie man Rene Bourdain am besten erreicht? Sheriff Friedewald hat mich angewiesen, mit ihm Kontakt aufzunehmen. Wir brauchen seine Erlaubnis für die Durchsuchung der Wohnung.«

»Klar. Ich kenne Rene gut. Wir waren Kollegen bei der Drogenfahndung und haben eng zusammengearbeitet. Er ist dann auf der Karriereleiter hochgeklettert und ist nun der Chef der Kriminalpolizei. Guter Mann. Er wird uns sicher unterstützen.«

Während Zee ein wenig beiseitetrat, um in Ruhe mit Rene zu telefonieren, versuchte Claire sich zu erinnern, wie er eigentlich aussah. Früher war er oft zu den LeFevres zu Besuch gekommen, aber sie hatte nur noch eine schwache Vorstellung. Das passierte ihr oft, seit sie dieses lästige Koma durchlitten hatte. Black hatte sie gewarnt, dass sie sich an die meisten Dinge erinnern würde; manches wäre aber für immer verloren. Leider konnte sie sich an das eine oder andere entsetzliche Ereignis nur zu gut erinnern, das sie am liebsten aus dem Gedächtnis verbannt hätte. Doch vieles war zurückgekommen, darunter auch die Erinnerung an die kurze, aber sehr glückliche Phase bei den LeFevres, als sie ungefähr zehn Jahre alt war.

Zee war mit dem Telefonieren fertig und drehte sich wieder zu ihr um. »Wir werden Rene vor Ort treffen.«

Claire wandte sich an Nancy. »Fährst du mit uns zusammen in die Zentrale oder mit dem Leichentransport?«

»Wenn ihr den Tahoe ins Präsidium fahrt, begleite ich den Transport.«

»Okay, dann fahren wir jetzt los, Zee.«

Zee war noch etwas eingefallen. »Es könnte sich bei diesem Mord auch um ein extremes Eifersuchts- oder Liebesdrama handeln, Claire. Angesichts dieser Verletzungen … vielleicht hatte er sie ›bestrafen‹ wollen.«

»Weiß der Himmel, was diesen Durchgeknallten zu so etwas getrieben hat. Eifersucht oder Rache – das ist durchaus möglich. Kann auch sein, dass es in die Kategorie von ›Wenn ich sie nicht haben kann, bekommt sie keiner‹ fällt. Was auch immer, wir müssen dafür sorgen, dass so einer nicht mehr frei herumläuft.«

»Also an deiner Stelle würde ich auf keinen Fall mehr in dieser Gegend hier aufkreuzen. Es kann kein Zufall gewesen sein, dass ausgerechnet dein Gesicht auf der Puppe steckte.«

Claire zuckte die Achseln. »Ja, du hast sicher recht. Wir werden alles sicher bald herausfinden. Nancy, sei so gut und warte mit der Autopsie, bis ich in der Gerichtsmedizin bin. Ich wäre gern dabei.«

Claire und Zee verließen das Haus über die Veranda

und gingen zu Nancys Tahoe. Draußen schien die Sonne und jetzt um die Mittagszeit war es spürbar wärmer geworden. Ein angenehmer Kontrast im Vergleich zu der düsteren und frostigen Atmosphäre im Haus. Claire war entschlossen, diesen Täter dingfest zu machen, koste es, was es wolle. Ihr Gesicht auf der Puppe und eine Leiche praktisch vor ihrer Haustür kamen einem Angriff auf sie selbst gleich. Sie würde ihn zu fassen bekommen, und ihre beiden Waffen würde sie mehr denn je schussbereit bei sich tragen. Die Warnung des Täters, dass er sie persönlich ins Visier genommen hatte, hatte sie verstanden. Sie würde auf alles gefasst sein – ganz bestimmt.

Der Maskenmann

Als Malefiz mit vierzehn Jahren in die Highschool wechselte, hatte er seine Fähigkeiten, Leute zu erschrecken, beträchtlich verfeinert und verfügte inzwischen über ein ganzes Repertoire von Tricks, um sie aus der Fassung zu bringen. Seine Lieblingsfilme im Fernsehen und im Kino waren nach wie vor alle Arten von Gruselfilmen. Auch aus Büchern und Comics hatte er viele Anregungen bezogen, wie man entsprechende Effekte erzielte, um den Menschen Furcht einzuflößen. Sein größter Traum wäre eine eigene Fernsehsendung gewesen, bei der man die Teilnehmer oder die Zuschauer in Todesangst versetzte und ihre Gesichter zeigte, wenn sie vor lähmendem Entsetzen nicht mehr aus noch ein wussten. Damit ließe sich sicher auch eine Menge Geld verdienen. Besonders gerne betrieb er seinen Schabernack mit völlig Fremden in Shopping Malls. Dabei schlich er den Leuten nach und im günstigen Moment ließ er irgendein Ekeltier, das er sich vorher beschafft hatte, in ihre Einkaufstüten oder Handtaschen fallen. Wenn die Leute später beim Bezahlen oder weil sie sonst etwas brauchten in ihren Handtaschen herumwühlten, stießen sie auf eine große haarige Spinne oder ein paar Regenwürmer.

Das betraf natürlich in erster Linie Frauen. Erstens, weil sie Handtaschen trugen, und zweitens, weil sie sich vor solchen Tieren besonders ekelten. Wenn er seinen »Köder« platziert hatte, folgte er seinen Opfern unauffällig und wartete gespannt auf das große Finale. Wenn sie dann irgendwann ihre Handtasche oder den Einkaufsbeutel aus irgendeinem Grund öffneten und hineinsahen oder hineinlangten, dann fuhren sie mit einem unvergleichlich schrillen und entsetzten Aufschrei zurück und warfen die ganze Tasche in hohem Bogen von sich, als hätten sie eine Giftschlange darin gesehen. Ihr Gesichtsausdruck war jedes Mal unvergleichlich. Es war einfach zu köstlich und er konnte solche heimlichen Tricks nicht oft genug wiederholen. Das ganze verlieh ihm auch ein Gefühl von Macht, was ihm ebenfalls gefiel. Er konnte die intensivsten Gefühlsausbrüche bei Menschen provozieren, sie zum Zittern, hemmungslosen Schreien und Fluchen bringen und niemand wäre darauf gekommen, dass er dahintersteckte. Er verhielt sich dann ganz wie der zufällige, unbeteiligte Passant und gab sich genauso entsetzt wie der Kassierer an der Ladentheke oder die Kellnerin in einem der Schnellrestaurants oder Cafés in der Shopping Mall. Allmählich hatte er seine Tricks immer besser drauf und die Reize und die Befriedigung, die sie ihm verschafften, wurden immer besser und intensiver. Er hatte dafür den Freitagnachmittag und den frühen Abend erkoren. Mittlerweile nannte er es selbst Horror-Freitag. Es war sein Lieblingstag, die schönste Zeit in der Woche.

Einige Zeit später begann er, sich auch mit den Taten von Serienmördern zu beschäftigen und wie sie ihre Opfer im Detail missbrauchten und folterten. Bisweilen bekam er einen regelrechten Orgasmus, wenn er mitbekam, auf welche bizarre und abartige Weise sie ihre Opfer töteten. Manche entwickelten dabei Rituale, arbeiteten mit Fetisch-Objekten oder behielten sich regelrechte Souvenirs oder vergingen sich irgendwie an den Leichen. Er hätte so gern einmal eine Leiche zur Verfügung gehabt, dieser Drang war ganz stark. Daher begann er bereits zu überlegen, wie er sich eine beschaffen könnte und wie es sich wohl anfühlte, wenn man einen Menschen umbrachte. Wie es war, wenn er jemandem eines der Küchenmesser seiner Mom in den Bauch rammte. Vielleicht das große Küchenmesser mit der besonders langen und scharfen Klinge, mit dem sie immer Geflügel tranchierte – das müsste doch gut geeignet sein. Er fragte sich, wie er dabei vorgehen würde; ob er imstande wäre, es fest in den Körper hineinzurammen oder ob er lieber die Haut aufschlitzen wollte, wie wenn man mit dem Frühstücksmesser durch die weiche Butter geht. Er war zu der Ansicht gelangt, dass dafür nicht unerhebliche Körperkräfte benötigt wurden, vor allem, wenn er vorhatte, mehrmals zuzustechen und ein regelrechtes Schlachtfest zu veranstalten.

Endlich ergab sich eine Gelegenheit, seine Fantasien in die Tat umzusetzen. Er hatte sich mit einem Mädchen namens Betsy angefreundet, die er ganz nett fand. Sie war recht hübsch, hatte braune Haare und Sommersprossen, aber sie war auch ziemlich schüchtern und ängstlich. Es war nicht schwer, ihr hin und wieder einen kleinen Schrecken einzujagen, sozusagen als Vorspiel. Er plante alles sehr sorgfältig, denn er wollte alles richtig machen; vielleicht eines Tages bei ihr zu Hause, wenn ihre Eltern nicht da waren. Inzwischen wusste er, dass sie immer dann besonders nervös war, wenn sie nachts allein zu Hause war. Ihre Eltern waren Mitglied in einer Square-Dance-Gruppe, deswegen gingen sie regelmäßig dienstags zum Tanzen aus, sie gingen auch gerne ins Kino oder sonst abends fort – Betsy war also oft allein.

Eines Abends nach dem Football-Training drückte er sich so lange in der Umkleide herum, bis alle anderen weg waren. Dann duschte er rasch und zog sich dunkle Ninja-Klamotten an wie ein japanischer Schattenkämpfer. Das war etwas, das er aus Kung-Fu-Filmen kannte, und er wusste, dass man darin nachts so gut wie unsichtbar war. Auch an diesem Abend war Betsy allein und sie hatte ihn ausdrücklich gebeten, nach dem Football-Training vorbeizukommen. Bisher hatten sie noch keinen Sex zusammen gehabt, daher wollte er sie diesmal nicht zu sehr erschrecken, weil er es nicht riskieren wollte, dass sie ihm den Laufpass gab. Dabei liebte er durchaus ihr hübsches, kleines Gesichtchen und ihre großen, dunklen Angsthasen-Augen.

Er hatte sie hin und wieder mit harmlosen Sachen wie

Käfern erschreckt oder indem er zu schnell mit dem Wagen über die Straße gerast war und behauptete, die Bremsen versagten. Da hatte sie sich vor lauter Schreien gar nicht mehr eingekriegt, und als sie endlich kapiert hatte, dass er ihr das mit den Bremsen nur vorgeflunkert hatte, boxte sie ihm in die Schulter. Das hatte ihm sehr gefallen. Er mochte es, wie sie ihn abwehrte, als er anschließend versuchte, sie zu umarmen, um sie zu trösten. Es versetzte ihn in Erregung, wenn sie sich wehrte. Das wollte er wieder provozieren, dass sie gegen ihn ankämpfte. Er würde sie gern richtig in die Zange nehmen, um sie zu heftigen Abwehrreaktionen zu zwingen – das wäre ein Traum.

In erregter Vorfreude verließ er also an diesem Abend das Stadion und fuhr an der Gemeindehalle vorbei, wo die Square-Dance-Treffen stattfanden, um sich zu vergewissern, dass der rote Cadillac ihrer Eltern noch dastand. Da dies der Fall war, steuerte er seinen Wagen in das Wäldchen hinter ihrem Haus und stellte ihn an einer kaum einsehbaren Stelle ab. Dann huschte er in der Dunkelheit durchs Gebüsch zur Rückseite ihres Hauses. Dabei war er sogar ein bisschen nervös, denn falls er diesmal erwischt würde, würden sie ihn sicher aus dem Football-Team werfen. Darin war er nämlich richtig gut und sogar so gut, dass er ein Universitäts-Stipendium in Aussicht hatte. Er war stolz, wie die Leute ihm nach den Spielen anerkennend auf den Rücken klopften und seine Ballabgaben und Touchdown-runs lobten. Vor allem die Mädchen waren verrückt nach ihm und wollten seine Footballjacke tragen, aber die war ihm heilig und er ließ es nicht zu, dass jemand anderes sie anzog, ja nicht einmal anprobierte.

Kaum war er auf das Grundstück hinter dem Haus gelangt, hatte Buddy, der Hund der Familie, ihn bereits erschnüffelt und fing zu Begrüßung leise an zu bellen. Doch Malefiz hatte das vorbedacht und warf ihm ein offenes Päckchen Käse-Würstchen hin und tätschelte ihm beruhigend den Kopf. Damit war das Hündchen abgelenkt und kümmerte sich nicht weiter um ihn. Nun huschte er weiter zum Haus und kauerte sich unter das große Wohnzimmerfenster. Betsy saß drinnen auf dem Sofa und beschäftigte sich mit ihrem Algebra-Buch. Sie war richtig gut in Mathe und half ihm regelmäßig bei den Hausaufgaben; das war ein weiterer Grund, warum er sie durchaus gernhatte. Aber er liebte sie nicht. Er liebte es, wenn er sie zum Schreien bringen konnte. Das war alles.

Nachdem er sich die schwarze Skimütze über dem Kopf gestülpt und die Augenlöcher zurechtgezogen hatte, zog er das große Küchenmesser hervor, das er mitgebracht hatte und nahm sich den Schlüssel, der immer unter einem der Blumentöpfe auf der Treppe zur Hintertür lag. Die Leute waren ja so leichtsinnig. Diese Art der Schlüsselverwahrung war weit verbreitet. So etwas würde er niemals machen und er achtete auch darauf, dass seine Mom nicht so unvorsichtig war. Er öffnete die Tür und schlich auf den leisen Sohlen seiner schwarzen Turnschuhe ins Innere des Hauses. Seine Freundin hatte die Musikanlage voll aufgedreht, es lief ein Song von den Rolling Stones. Diese Typen mochte sie und die Kerle hatten auch ständig Mädchen am Hals hängen, so wie Betsy auch ständig ihm am Hals hing. Aber jedes Mal, wenn er etwas von ihr wollte, stieß sie ihn zurück, als ob es das Schrecklichste auf der

Welt wäre, wenn er Sex mit ihr haben wollte. Er musste grinsen. Diesmal würde sie ihn nicht abweisen, so viel war sicher.

Er näherte sich ihr unhörbar auf Zehenspitzen vom Esszimmer her. Als er direkt hinter dem Sofa stand, grinste er breit und flüsterte dann in schaurigem Ton ihren Namen. Betsy drehte sich blitzartig um und da war er, dieser verzerrte Gesichtsausdruck, der ihn so unglaublich antörnte. Dann fing sie an zu schreien wie am Spieß, warf ihm das Buch an den Kopf und rannte Richtung Haustür. Da er durchtrainiert und kräftig war, war er ihr mit einem Satz über das Sofa auf den Fersen und hatte sie schon eingeholt, bevor sie das Zimmer verlassen konnte. Sie wehrte sich verzweifelt, aber er wog annähernd das Doppelte, betrieb er doch regelmäßig Muskeltraining. So war es nicht schwer, sie umzureißen und ihre beiden Hände über ihrem Kopf auf den Boden zu drücken, während er auf ihrem Bauch saß. Sie versuchte immer noch, sich nach Kräften zu wehren, und kreischte unentwegt. Deswegen verpasste er ihr einen Schlag ins Gesicht. Eigentlich hatte er das gar nicht vorgehabt, aber es gefiel ihm. Blut spritzte ihr aus der Nase. Sie blieb einen Moment lang reglos liegen. Aber dann fing sie wieder an zu strampeln und es gelang ihr, mit einer Hand und mit ihren spitzen, rot lackierten Fingernägeln, sein Gesicht zu zerkratzen. Er hatte nicht erwartet, dass sie in ihrer Panik derartige Kräfte entwickeln würde, und zu seinem größten Entsetzen gelang es ihr irgendwie, ihm die Skimaske vom Gesicht zu reißen.

»Du bist das? Was fällt dir ein? Hör sofort auf damit und geh gefälligst runter von mir! Warum tust du das? Lass das jetzt!« Immer und immer wieder kreischte sie die gleichen Fragen und Sätze, dann fing sie an zu weinen und wand sich heftig unter ihm, was ihn maßlos erregte.

Aber jetzt befand er sich in einer Zwickmühle. Sie war einerseits völlig verzweifelt und steigerte sich gleichzeitig in einen rasenden Zorn, wie ausgerechnet er ihr das antun konnte, dabei versuchte sie immer noch, ihm die Augen auszukratzen. Niemals konnte er es zulassen, dass sie ihn verriet, das wäre das Aus für sein Stipendium. Das durfte auf keinen Fall passieren. Seine Eltern hatten nicht genügend Geld für ein Studium an einer der teuren, angesehenen Universitäten. Er hatte nun keine andere Wahl mehr und im Übrigen wollte er doch schon seit Langem einen Menschen töten. Er wollte zusehen und es genießen, wie ihr Augenlicht langsam erlosch, so wie er es von den Filmen her kannte.

Er presste mit den Knien ihre Arme auf den Boden, legte eine Hand um ihren Hals und hielt mit der anderen die Messerspitze an ihre Kehle. Betsy lag jetzt mit weit aufgerissenen, angsterfüllten Augen vollkommen ruhig da. Er legte das Messer beiseite und drückte beide Daumen auf ihre Luftröhre. Das bereitete ihrem Schreien schlagartig ein Ende. Sie keuchte nur noch und strampelte mit den Füßen auf den Wohnzimmerboden.

Während sie allmählich erstickte, musste er an die ganzen schönen Dinge denken, die er mit ihr erlebt hatte, die Disco-Partys in der Schule und wie bildhübsch sie in dem rosafarbenen Cocktailkleid bei dem Schulball letztes Jahr ausgesehen hatte und wie sie ihm beim Durchmogeln in Mathe geholfen hatte, um seinen Notenschnitt anzuheben. Eigentlich war es schade um sie. Vielleicht hätte er sich jemand anderen für seinen ersten Mord aussuchen sollen. Also nahm er den Druck weg und prompt fing sie wieder an, sich zu wehren, indem sie versuchte, nach seinem Gesicht zu langen, und sie stieß die derbsten Schimpfwörter gegen ihn aus. Das machte ihn so wütend, dass er nach dem Messer griff und es ihr seitlich in die Kehle stieß. Dabei musste er die Halsschlagader getroffen haben, denn das Blut spritzte in hohem Bogen heraus, lief über ihn und bis an die Wand und auf den Teppich. Er rappelte sich auf und innerhalb weniger Sekunden war sie tot. So hatte er sie umgebracht, auch wenn er das eigentlich gar nicht vorgehabt hatte, und außerdem hatte er so die Gelegenheit verpasst, ihr die Jungfräulichkeit zu rauben, was echt schade war.

Dann rannte er nach draußen, zurück in den Wald. Am Rand eines Teiches blieb er stehen und wusch sich das Blut aus dem Gesicht und von den Händen. Aber auch seine Kleider waren voller Blut, also zog er alles aus bis auf seine Sporthosen und das T-Shirt. Zitternd vor Angst, Aufregung und tiefer sexueller Befriedigung, stopfte er die Kleidungsstücke in eine Supermarkt-Plastiktüte, die er in einem Müllcontainer hinter einer Garage verschwinden ließ. Dann fuhr er nach Hause und ging sofort zu Bett. Während er dalag, durchlebte er immer wieder diese ganze Szene und mit jedem Mal wurde seine Erregung stärker. O ja, töten war eine herrliche Sache. Einen Menschen zu töten, war das Größte überhaupt, so viel stand jetzt für ihn fest. Vielleicht sollte er eines Tages Auftragsmörder oder Geheimagent werden, so etwas wie James Bond. Jemand, der seine Opfer gegen Bezahlung oder fürs Vaterland tötet. Das wäre doch genau der richtige Beruf für ihn, so ein diskreter Job, der ihm viel Geld einbrachte. Er lag noch lange wach und überlegte, wie er wohl diese Laufbahn einschlagen könnte, denn das wäre sein größter Wunsch. Wie er andere Menschen in Todesangst versetzen und dabei zusehen könnte, wie sie starben. Bei der Vorstellung geriet er dermaßen in Aufregung, dass es ihm fast den Atem verschlug.

4

Die Wohnung von Madonna Christien war zum Glück nicht schwer zu finden. Sie lag sogar gar nicht allzu weit entfernt von dem »Palast«, den Black und Clair im French Quarter gemeinsam bewohnten. Die unmittelbare Nachbarschaft bestand aus etlichen Apartment-Blocks, wobei diejenigen, wo sich auch die gesuchte Wohnung befand, etwas von der Straße zurückversetzt standen. Auf der Zufahrt war der Straßenbelag teilweise aufgebrochen und löchrig, aber die Wohnblocks selbst befanden sich in ganz annehmbarem Zustand.

Auch die Wohnung von Madonna Christien machte einen deutlich besseren Eindruck als das, was man bei den Nachbarn vermuten konnte. Außen war die Wand in Hellgelb gestrichen, die Fensterläden in Weiß; es sah sauber und ordentlich aus und es schien niemand da zu sein. Das Apartment lag im ersten Stock; direkt darunter befand sich ein geräumiger, nur nach vorne offener Carport. Es gab auch einen Balkon, aber Claire konnte nirgendwo eine Eingangstür entdecken. Offensichtlich gab es eine Innentreppe vom Carport direkt in die Wohnung.

An der breiten Balkonbrüstung waren zahlreiche Tontöpfe mit Geranien angebracht, einige weitere standen auf dem Boden. Eine getigerte Katze mit einem Glöckchenhalsband saß auf dem Geländer und betrachtete die Neuankömmlinge mit äußerster Gleichgültigkeit. Auf der Zufahrt stand ferner ein wuchtiger weißer Chrysler-Pick-up neueren Baujahres.

Zee sagte: »Da ist schon Rene. Wie immer pünktlich.«

Nachdem sie den Wagen hinter dem Pick-up geparkt hatten, stieg ein Mann aus und trat die wenigen Schritte auf sie zu. Er war nur wenig größer als Claire und auf sozusagen cowboyhafte Weise gut aussehend mit dunklen Haaren. Claire hatte ihn doch ein wenig anders in Erinnerung. Als Zee das Wagenfenster hinabgleiten ließ, lehnte sich Bourdain mit ernstem Gesicht zu ihnen hinein.

»Hallo, Zee, mein Lieber, wie geht's dir? Ist ja wohl schon `ne Weile her?«

»Stimmt, aber Sie sehen großartig aus, Lieutenant, wie immer. Tut mir leid, dass wir Sie aufscheuchen mussten und dass Sie deswegen die zweite Halbzeit verpassen.«

»Seid ihr euch sicher, dass dies die richtige Adresse von dem Mordopfer ist?«

Claire beschloss, lieber mit offenen Karten zu spielen. »Im Augenblick ist in dem Fall so gut wie nichts sicher. Es handelt sich um eine registrierte Wohnanschrift, die sich ergeben hat, nachdem wir von dem Opfer die Fingerabdrücke genommen haben. Weil das Gesicht des Opfers bemalt und entstellt war, konnten wir es noch nicht eindeutig identifizieren. Aber es sieht so aus, als ob es sich um die gleiche Person handelt.«

Erst jetzt beugte sich Bourdain so weit herunter, dass er Claire sehen konnte. Claire bemerkte den überraschten Gesichtsausdruck, er starrte sie kurz beinahe sprachlos an und fragte: »Annie? Bist du das wirklich, meine Liebe?«

O nein!, dachte Claire. Er konnte sich besser an sie erinnern als sie an ihn. Sie mochte es nicht, dass er ihren Geburtsnamen verwendete. Das würde nur zu unangenehmen Fragen bezüglich ihrer Vergangenheit führen.

»Hallo, Rene. Ich bin ja völlig überrascht, dass du mich überhaupt noch erkannt hast. Es ist alles so lange her.« Claire stieg aus dem Wagen und schenkte ihm ein Routinelächeln. Aber im Geiste blieb sie bei der Sache, weswegen sie gekommen waren.

»Stimmt. Aber mittlerweile habe ich gehört, dass du hier im Viertel mit diesem Doktor Black zusammenlebst. Außerdem bist du nachgerade berühmt geworden inzwischen.«

»Das wäre übertrieben. Von wem weißt du, wo ich wohne?«

»Na ja, hauptsächlich über Hörensagen durch Luc und Clyde und die Jungs auf dem *Bayou Blue*. Da gehe ich zum Poker spielen hin und höre ihnen beim Zydco zu. Sie haben davon gesprochen, dass unsere kleine Annie zusammen mit Nick Blake da war und dass von den alten Zeiten die Rede war, als du hier im Bayou bei Bobby und Kristen gelebt hast.«

»Ich höre nicht mehr auf den Namen Annie«, erwiderte sie etwas spitz, lächelte aber höflich dazu. Sie wollte nicht undiplomatisch erscheinen, aber sie wollte dieses Thema auch nicht vor Zee erörtern. Sie konnte nur hoffen, dass Rene das jetzt verstand. »Mein Name lautet jetzt Claire Morgan, merke dir das bitte, Rene. Frag mich jetzt bitte nicht, warum, denn das ist eine lange Geschichte. Im Augenblick arbeite ich zusammen mit Zee in der gleichen Dienststelle in Lafourche.«

»Bitte um Nachsehen, kleine Annie beziehungsweise

Claire. Aber sieh dich nur an, was aus dir geworden ist – bildhübsch und blond und die großen blauen Augen. Ich hätte dich überall wiedererkannt. Auch nach so langer Zeit.«

Claire sog hörbar die Luft ein und sah ihm mit einem bedeutungsvollen Blick direkt in die Augen. Sie mochte den Mann, was sie aber jetzt auf jeden Fall unterbinden wollte, war ein Schwelgen in Erinnerungen an frühere Zeiten. »Also, ich freue mich auch, dass wir uns endlich mal wiedersehen. Freue mich auch, wenn ich alle anderen LeFevres mal wiedersehe, aber jetzt haben wir Dringenderes zu tun. Wir müssen dort hinein und uns drinnen mal ein bisschen umsehen. Rene, dieses Mordopfer hat einen grausamen Tod erlitten und wir wollen den Mörder auf alle Fälle dingfest machen. Haben wir deine Genehmigung, reinzugehen?«

Die unterschiedlichsten Empfindungen spiegelten sich in rascher Folge auf Bourdains Gesicht, gleichzeitig verlor er aber sein Lächeln nicht. »Selbstverständlich, kein Problem. Im Fernsehen hieß es ja, du wärst so eine Art Ermittler-Genie. Stimmt das? Willst du nicht die Stelle wechseln und unsere Truppe in New Orleans verstärken. Wir haben immer Bedarf an Top-Leuten.«

»Ich fürchte, das ist nicht so ganz mein Ding. Es war nur so, dass ich zufällig mit einigen Fällen zu tun hatte, die sehr viel Schlagzeilen gemacht haben.«

»Auf jeden Fall sind Luc und Clyde und alle anderen sehr froh darüber, dass du wieder hier in der Gegend bist.«

Für einen interessierte sich Claire jetzt doch. »Was ist eigentlich aus Gabe geworden? Ihm bin ich bisher noch nicht über den Weg gelaufen. Lebt er überhaupt noch hier?«

»Meine Güte, Gabe. Vergiss ihn. Mit dem ist es schlecht gelaufen, nach allem, was ich mitbekommen habe. Hat ein Drogenproblem und war einige Zeit im Knast. Der ist wirklich mal falsch abgebogen.«

Zee stand die ganze Zeit daneben und hatte erstaunt zugehört, offenbar sehr überrascht angesichts der gemeinsamen Vergangenheit der beiden.

»Zee, Rene ist ein Freund der Familie, bei der ich hier mal als Kind eine Zeit lang gelebt habe.«

Rene nickte. »Ja, das war bei Bobby LeFevre. Einen besseren Polizeibeamten gab es nie.«

»Tatsächlich?«, erwiderte Zee. »Hab ich noch gar nicht gehört.«

»Bobby und ich sind hier in der Stadt gemeinsam Streife gefahren.«

»Luc hat mir gesagt, dass die beiden LeFevres schon vor längerer Zeit gestorben sind«, sagte Claire. »Das hat mir leidgetan, als ich das gehört habe. Er und Kristen waren wirklich sehr gut zu mir.«

»Ja, so war das. Ich denke noch oft an sie. Er war wirklich ein guter Freund und ein verdammt guter Kollege.«

Jetzt reichte es aber endgültig mit diesem Herumwühlen in der Erinnerungskiste. Claire wollte jetzt dringend in die Wohnung hinein, um herauszufinden, ob es dort etwas gab, was sie in dem Fall weiterbrachte. Auf der anderen Seite befanden sie sich hier in Renes Revier und mussten das Spiel nach seinen Regeln spielen, egal wie gesprächig er war.

»Bobby und Kristen waren völlig geschockt, als das Jugendamt ihnen nicht länger erlaubte, dich zu behalten. Sie haben sogar versucht, auf gerichtlichem Wege das Sorgerecht wieder zu bekommen, aber es ist nicht so ausgegangen.«

Claire war allmählich wirklich verärgert. Sie wollte dieses persönliche Gespräch nicht und hatte es deutlich zu verstehen gegeben. Sie hatte eine unglückliche Kindheit verleben müssen, auch wenn manches davon in der Erinnerung verschwommen war, aber die Zeit bei den LeFevres war zweifellos ein Lichtblick gewesen. Sie hatten sie wie ihr eigenes Kind behandelt. Es hatte ihr das Herz gebrochen, als sie gezwungen wurde, die Familie wieder zu verlassen. Besonders der Abschied von Gabriel, dem Sohn der LeFevres, war ihr schwergefallen. »Okay, Rene, jetzt haben wir aber wirklich genug über mich gesprochen. Wir sollten jetzt da reingehen. Es wird ja bald dunkel.«

»In Ordnung. Ich hab mich übrigens schon mal umgesehen, bevor ihr da wart, und den Schlüssel gefunden. Hing an einem Haken da hinten.«

»Dann mal los.«

Rene Bourdain ging voran. Zee bedachte Claire mit einem fragenden Seitenblick, als sie die Treppe hochstiegen. Nur ganz wenige Menschen wussten, was sie in all den Jahren durchgemacht hatte, als sie von einer Pflegefamilie zur nächsten weitergereicht wurde, nicht einmal Black, und sie wollte, dass es dabei blieb. Ihre Kindheit war eine Hölle, aber das lag nun hinter ihr.

Die Treppe war in ordentlichem Zustand und sogar recht frisch gestrichen. Claire versuchte auf jede Einzelheit vor der Wohnungstür zu achten, etwa auf Spuren eines Kampfes oder eines Einbruchs, aber da war nichts zu sehen. Rene öffnete die Fliegentür und rüttelte an der Klinke der Eingangstür. Diese bestand aus dunkelblau lackiertem Stahl und war fest verschlossen. »Ich kann es immer noch nicht glauben, Annie. Nach all den Jahren. Die Wege des Herrn sind manchmal wirklich unergründlich.«

Claire bestand jetzt auf einer professionellen Vorgehensweise. »Sollen wir nicht lieber zuerst klingeln, Bourdain? Nur für den Fall, dass doch jemand zu Hause ist.«

»Aber nicht doch, *ma chère*. Wir sollten bei Rene bleiben.« Grinsend klopfte er an und sie warteten eine kurze Weile. Niemand öffnete. Man hörte weder eilige Schritte Richtung Hintertür noch das Durchladen einer MP. Angesichts der Umstände konnte man das als gutes Zeichen verbuchen. Sie warteten noch einen Moment. Rene lächelte sie so breit an, dass ihr regelrecht unbehaglich zumute war.

Was war mit diesem Mann nur los? Er betrachtete sie so eingehend, aber auch so unverhohlen, als wäre sie eine Kandidatin für eine Miss-Wahl in irgendeiner Vorstadt, während sie sich jede erdenkliche Mühe gab, das Ganze hier professionell zu handhaben, und zudem hoffte, sie hätten das Nostalgiethema jetzt abgehakt, damit sie sich auf die Ermittlung konzentrieren konnten. »Auf mich wirkt das hier alles vollkommen normal. Hier stapeln sich keine Zeitungen. Die Pflanzen sind nicht vertrocknet. Madonna Christien hat offenbar alles in Ordnung gehalten.«

»Stimmt. Aber man kann wirklich nie wissen, was hinter geschlossenen Türen vor sich geht.« Bourdain klopfte noch einmal laut an die Tür und rief: »Hier ist die Polizei. Machen Sie auf.«

Als keine Antwort kam, steckte er den Schlüssel ins Schloss, er ließ sich widerstandslos drehen und die Tür schwang auf. Bourdain rief noch einmal hinein, doch es blieb vollkommen still. Er sah die beiden an und sagte: »Soll ich draußen warten, während ihr euch hier umseht?«

»Ganz wie Sie möchten, Rene. Wir haben auch nichts dagegen, wenn Sie mit reinkommen.« Da war typisch Zee, der sich immer gern erkenntlich und von der besten Seite zeigte.

Sie traten in den Vorplatz und sahen sich um. Ihnen gegenüber befand sich eine bodentiefe Glastür, die innen mit einer weißen Gardine bespannt war. Sie war geschlossen. Zee und Claire zogen vorsichtshalber ihre Waffen. Vielleicht hatten sie immer noch das Bild von den zugenähten Augen im Kopf und waren deswegen übervorsichtig. Rene Bourdain schien unbekümmerter zu sein. Und er hielt sich im Hintergrund. Von dem Vorplatz zweigte nach links ein kleiner Flur ab, an dessen Ende Claire durch die offene Tür in ein Schlafzimmer sehen konnte. Dort stand ein weißes Messingbett mit weißen Bettbezügen. In dem schwachen Licht im Innern der Wohnung war es nur undeutlich zu erkennen.

Rene sagte: »Kollegen, das ist jetzt euer Fall. Ich werde mich nicht einmischen. Ich bleibe genau hier und werde warten.«

Was sollte denn das bedeuten? Hielt er sich für so was wie einen neutralen UNO-Beobachter?, dachte Claire, während sie sich Gummihandschuhe überstreifte und auch Zee ein Paar davon reichte. Dann stiegen sie in entsprechende Schutzhüllen für die Schuhe. »Zee, nimm du dir das Schlafzimmer am Ende des Flurs vor. Ich sehe mir mal an, wie es hier weitergeht.«

Zee ging den Flur entlang und Claire öffnete die Glastür, hinter der nun offenbar das Wohnzimmer von Madonna Christien lag. An der gegenüberliegenden Wand strömte das spätnachmittägliche Sonnenlicht durch breite Fenster ohne Vorhänge herein. Die Dielen waren weiß gestrichen, ebenso die Wände. Nur dass überall jede Menge Blutspritzer zu sehen waren. Aus irgendeinem Grund hatte Claire von dem beinahe makellosen Eindruck von außen auf einen ebensolchen Zustand im Innern der Wohnung geschlossen. Aber das erwies sich als großer Irrtum. Am Zustand des Raumes konnte man ohne Weiteres auf den schweren Kampf schließen, der hier stattgefunden haben musste, ein langer, allumfassender, sehr blutiger Kampf, bei dem praktisch alles zu Bruch gegangen war, was nicht niet- und nagelfest war. Claire schlängelte sich mit der Waffe im Anschlag und dem Finger am Abzug

vorsichtig durch den Raum, damit sie nichts veränderte und nicht in Pfützen aus getrocknetem Blut trat. Sie blieb angespannt und wachsam, obwohl ihr Bauchgefühl ihr sagte, dass der Täter mitsamt seinem Opfer, mit Nähgarn und weißer und schwarzer Schminke und einem beträchtlichen Vorrat an Votivkerzen längst verschwunden war. Dann sah sie sich schnell noch in der Küche um, ob hier möglicherweise weitere Opfer lagen oder irgendwo ein Psychopath mit einer Puppe mit ihrem Gesicht in der

Hand herumhockte. Nachdem sie sich vergewissert hatte, dass sich sonst keine lebenden oder toten Personen in diesem Teil der Wohnung befanden, nahm sie dann den gleichen Weg zurück, auf dem sie gekommen war. Zee kam im gleichen Moment zurück zum Vorplatz. »Im Schlafzimmer sieht alles wirklich picobello aus.«

»Dann schau mal hier hinein. Das ist der Ort, wo Madonna Christien gefoltert und ermordet wurde. Darauf verwette ich meinen Sheriff-Stern.«

Bourdain trat vorsichtig einen Schritt in das Wohnzimmer. »Meine Güte«, keuchte er. »Soll ich meine Forensiker für euch anfordern? Nancy hat doch sicherlich bereits alle Hände voll zu tun mit der Obduktion und der Auswertung der Beweise vom Haus der LeFevres. Außerdem verlieren wir so weniger Zeit, wenn meine Leute hier übernehmen.«

Während Claire noch überlegte, schaute sie Zee an, was der wohl dazu meinte. Er zuckte sorglos mit den Schultern und nickte. Dann sagte auch sie: »Okay, ruf deine Leute her. Hier gibt es erdrückendes Beweismaterial, das gesichert werden muss. Schrecklich, dieses Blut überall.«

Rene Bourdain trat zurück in den Vorplatz und hielt bereits sein Mobiltelefon ans Ohr. »Okay, Zee. Sehen wir uns noch einmal um, was wir hier auch so schon feststellen können. Wir können ja nichts anfassen ober bewegen, solange der Fotograf seine Aufnahmen nicht gemacht hat.«

Vor den Fenstern stand ein kleiner geöffneter Rollsekretär, auf der Schreibplatte lagen einige ungeöffnete Briefe verstreut. Es könnte sein, dass sie bereits von jemandem durchgesehen worden waren. Wonach hatte er gesucht?

Claire lehnte sich vor und las den Absender auf dem Umschlag. »Das ist eine Gasrechnung. Als Empfängerin steht hier Madonna Christien mit dieser Adresse. Daraus können wir schließen, dass sie tatsächlich hier wohnte.«

Claire fand einen Lichtschalter und knipste ihn an. Gleichzeitig begannen sich die wie Palmzweige geformten Ventilatorblätter an der Decke zu drehen und ein paar Deckenstrahler gingen an. Andere Leuchten waren umgestürzt und teilweise zerbrochen; die Splitter lagen über den ganzen Boden verstreut. Eine Topfpflanze war umgekippt, die Erde ausgebreitet, der Übertopf ebenfalls kaputt. Die Glasplatte eines quadratischen Couchtischs war spinnennetzförmig zersplittert.

»Sieht ganz so aus, als hätte der Täter ihren Kopf auf die Glasplatte geschlagen. Siehst du, Zee, man kann den Aufschlagpunkt erkennen, von dem aus die ganze Platte gesplittert ist. Wahrscheinlich hat er sie hier im Raum auf diesem Tisch erdrosselt und sie anschließend fortgeschafft.«

Zee ging in die Hocke und betrachtete die Glasplatte genau. »Durch die Haarrisse ist auch Blut gesickert und ist auf den Teppich darunter getropft.«

Claire sah ebenfalls genauer hin. Das Blut bildete in der Tat eine Art scharlachrotes Spinnennetz im Glas und die Blutpfütze auf dem kleinen weißen Vorleger darunter hatte etwa den Durchmesser eines Basketballs. Es war längst geronnen und wirkte wie klebriger, schwarzer Teer. Wegen der einheitlich weißen Inneneinrichtung von Madonna Christien waren sämtliche Blutspuren leicht zu erkennen. Claire entdeckte auch einige lange Haarsträhnen in dem Glas. »Könnten ohne Weiteres ihre Haare sein, wenn ich mich recht entsinne, Zee. Wir können nur hoffen, dass dieser Killer hier in diesem Chaos auch irgendwo ein paar DNA-Spuren hinterlassen hat. Ist dir aufgefallen, dass das hier ein Einrichtungstraum in Weiß ist?«

»Klar, genauso wie ihre Robe und die Kerzen und alles andere auf diesem Altar.« Er erhob sich und sah sich um. »Ich glaube auch, dass er sie da drüben gegen die Wand geworfen hat. Du siehst, wie das Blut dort in vielen kleinen Rinnsalen heruntergelaufen ist. Sie hat wirklich unglaublich leiden müssen vor ihrem Tod. Nancy wird sicherlich alle möglichen Arten von Verletzungen an der Leiche feststellen.«

Claire trat näher an das Blutgeschmier an der Wand heran. »Es befindet sich ungefähr in Hüfthöhe. Könnte sein, dass er sie vorgebeugt und dann mit dem Kopf voran an die Wand gerammt hat.«

»Das dürfte sie benommen gemacht haben, falls sie sich bis dahin noch gewehrt hat. Und dass sie das getan hat, danach sieht es mir ganz aus.« Zee runzelte die Stirn. »Er hat keinerlei Gnade walten lassen, so viel ist sicher.«

Rene Bourdain kam zurück. »Eine Einheit ist schon auf dem Weg. Wollt ihr, dass wir den ganzen Fall übernehmen. Ein Wort genügt; wir wären dazu nur zu gerne bereit.«

Claire hatte nicht die Absicht, das zu tun. Sie hatte die Verletzungen am Körper des Opfers gesehen. Sie wollte dieses Monster selbst fassen. Aber der eigentliche Tatort des Verbrechens lag innerhalb des Zuständigkeitsbereichs der Polizei von New Orleans, der Leichenfundort hingegen auf dem Gebiet von Lafourche. Sie war zur Kooperation bereit, aber es kam nicht in die Tüte, dass Bourdain hier alles allein übernahm. »Wir kommen sicher ganz gut zurecht. Aber auf jeden Fall vielen Dank für das Angebot. Ich nehme an, dass sie hier ermordet wurde, aber der Täter hat die Leiche zu uns hinübergebracht. Sheriff Friedewald wäre sicher nicht einverstanden. Wir werden uns mit ihm in Verbindung setzen.«

In dem Moment klingelte Bourdains Telefon und als er das Gespräch annahm, verdrehte er die Augen. Er ging zurück in den Vorplatz. Zee hatte sich auf Händen und Füßen niedergelassen und betrachtete einen einzelnen roten Schuh mit langem, spitzem Absatz. Der andere lag auf einem Kissen auf der schwarz-weiß-gemusterten Couch. »Sieht so aus, als hätte sie sich heftigst gewehrt. Vielleicht hat er auch ein paar ordentliche Kratzer abbekommen.«

Claire nickte. »Da es an der Tür keine Spuren für gewaltsames Eindringen gibt, können wir vermuten, dass das Opfer ihn selbst eingelassen hat. Wenn sie ihn tatsächlich gekannt hat, wird uns das helfen, ihn ausfindig zu machen.«

»Vielleicht war es sogar ein Freund von ihr oder ein Lover. Ich kann mir auch nicht vorstellen, dass es eine Zufallstötung oder ein missglückter Raubüberfall war.«

»Könnte auch ein eifersüchtiger Exmann gewesen sein, der noch einen Schlüssel hat. So was in der Art.«

»Kann alles sein, gibt aber immer noch keine Erklärung für die Voodoo-Puppe mit deinem Gesicht drauf.«

Claire überhörte das. Sie beugte sich neben der Couch hinunter und fand ein Cocktailglas, das auf der Seite lag.

Sie erkannte es als Souvenir aus Pat O'Briens, einer bekannten Bar im French Quarter von New Orleans. Sie war mit Black an dem Abend, bevor er nach London geflogen war, hingegangen. »Sie haben zusammen was getrunken, Zee. Ich wette, wir finden seine Fingerabdrücke auf diesem Glas.«

»Also, er hat sie bewusstlos geschlagen und sie über die Innentreppe nach unten getragen. Niemand konnte davon etwas mitbekommen, wenn sein Wagen unten in dem Carport stand.«

Claire seufzte und nickte zustimmend. Das entpuppte sich als ganz schlimmer Fall und sie hatte das ebenfalls schlimme Gefühl, dass hier noch weitere böse Wendungen zu erwarten waren.

5

Nachdem sie sich vorsichtig und auf Zehenspitzen vorbei an umgeworfenen Möbelstücken und zerbrochenen Leuchten den Weg durch das zertrümmerte Wohnzimmer gebahnt hatten, nahmen Claire und Zee die Küche von Madonna Christien etwas genauer in Augenschein. Hier war alles aufgeräumt und sauber bis auf eine Weinflasche, die vor einem Kühlschrank mit Edelstahlfront auf dem Boden lag. Ein Teil des Weins war ausgelaufen und auf dem Fußboden angetrocknet. Jenseits der Küche entdeckten sie ein Badezimmer, das wiederum auch vom Schlafzimmer aus durch eine weitere Tür zugänglich war. Dort stand eine jener neumodischen, auf alt getrimmten, frei stehenden Badewannen auf Metallfüßen, die wie Löwentatzen aussahen; die Wanne war noch mit parfümiertem Wasser gefüllt. Zwei flauschige weiße Badetücher lagen sorgfältig gefaltet, fast wie eine Dekoration auf einem mit rotem Samt überzogenen Bänkchen in Reichweite. Es sah so aus, als hätte Madonna Christien gerade ein Bad nehmen wollen, als der Killer auftauchte. Das Badezimmer selbst wirkte ansonsten völlig unberührt. Sie sahen allerdings auch nirgendwo einen Bademantel, was Claire ungewöhnlich fand. Sie würde immer einen tragen und auch im Bad auf jeden Fall in Reichweite haben. Das galt sicherlich für die meisten Frauen. Auf dem Waschbecken lag eine weiße Haarbürste neben einem kleinen Reiseföhn und einer Flasche Haarfestigerschaum.

»Vielleicht wollte sie gerade ins Bad steigen, als der Typ an der Tür klingelte. Da ist sie hin und hat ihm aufgemacht. Ich bin mir sicher, sie muss ihn gekannt haben.«

»Sieht so aus. Am Anfang war alles in Ordnung. Sie haben sich sogar einen richtig hübschen Cocktail gemacht, den sie aus diesen speziellen Cocktailgläsern getrunken haben, haben ein bisschen miteinander geplaudert. Und dann ist irgendwas schiefgelaufen und der Typ ist ausgeflippt.«

»Hört sich ganz plausibel an.«

In dem Bad befanden sich auch zwei kleinere Schränke, die Claire vorsichtig öffnete. Darin befand sich wohl ein Großteil der Garderobe von Madonna Christien. Claire nahm einige der an Kleiderbügeln hängenden Sachen heraus; man konnte leicht erkennen, dass Madonna sich ziemlich nuttig anzog, sogar auf ziemlich abgefahrene Weise. »Sie dir das mal an, Zee. Schwarzes Lederzeug, nietenbesetzte Halsbänder und Netzstrümpfe. Madonna war tatsächlich eine Prostituierte – davon können wir schon mal ausgehen.«

»Lass mal sehen.« Zee trat höchst interessiert näher und Claire ging zur Seite, damit er sich die Sachen auf den Bügeln nacheinander ansehen konnte. »Bei solchen Klamotten kannst du davon ausgehen, dass sie vor allem als Domina gearbeitet hat. Sind da auch noch Peitschen oder Knebel im Schrank? Sicher ist sie eine Prostituierte gewesen, aber vermutlich weniger eine Bordsteinschwalbe, sondern eher ein Callgirl für einen mehr oder weniger festen Kundenkreis. Vielleicht stoßen wir ja noch auf ihr Adressbuch mit einer Klientenliste.«

»Atme ganz ruhig weiter, Zee. Selbst wenn es so was gäbe, dann hätte sie es sicher in einer Bank im Schließfach verwahrt.« Claire zog die Schublade einer kleinen, weißen, auf antik getrimmten Kommode auf. Darin stapelten sich teure Tanga-Höschen und Spitzenbodys, die mehr enthüllten als verhüllten. Das brauchte man sicher nicht für einen allabendlichen Normalverkehr wie bei biederen Eheleuten. »Vielleicht hatte sie auch eine Verbindung zur Pornoindustrie. Es sieht ja so aus, als hätte sie sich einiges leisten können.«

Zee nahm sich auch den anderen Schrank vor. »Sieh einer an. Madonna huldigte auch dem Voodoo.«

Claire trat neben ihn. Im Licht der Schrankinnenbeleuchtung sah man einen Voodoo-Altar, der mit dem am Leichenfundort fast identisch war. Votivkerzen, Totenschädel und Bilder von katholischen Heiligen und Engeln. Allerdings war hier keine Leiche. Dafür stapelten sich hier aber Hunderte von Bildern des gleichen Typs. »Wer könnte das sein, Zee? Hast du eine Ahnung?«

»Na, das ist doch Jack Holliday. Das ist der Typ, über den ich mich im Büro mit Nancy unterhalten habe, der Quarterback von Tulane. Erinnerst du dich?«

»Also wer auch immer, sie scheint definitiv in ihn verknallt gewesen zu sein. Wenn das nicht eine Art Heldenverehrung ist. Vielleicht hat sie hier Voodoo-Zauber und Liebestränke praktiziert und fabriziert, um ihn sich gefügig zu machen.«

An die Schrankinnenwände waren Aberdutzende von Fotos von Holliday gepinnt. Viele waren offensichtlich aus Zeitschriften ausgeschnitten, es gab Hochglanzaufnahmen für Fans, alles dicht an dicht. Anscheinend hatte sie auch selbst heimlich Fotos gemacht, beispielsweise wie er gerade vor einer imposanten Villa in eine Limousine einsteigt, wie er in Begleitung von jemandem eine kleine Gasse entlanggeht und auf einem lag er sogar auf einer Couch, und das war offenbar durch ein Fenster hindurch aufgenommen.

»Und dieses Gestell hier vor den Kerzen? Ist das nicht ein Gebetsstuhl? Meine Güte, Zee, wenn das nicht `ne Art von Obsession ist, dann weiß ich nicht …«

»Das Ganze ist nichts anderes als ein Voodoo-Schrein, in dem sie Jack Holliday wie einen Heiligen verehrt hat, so viel ist klar. Wenn du mich fragst, hatte sie auch einen an der Klatsche. Kein normaler Mensch baut sich so ein Ding zusammen. Offensichtlich war ihr Killer nicht der einzige hier mit einem Voodoo-Tick.«

»Kannst du dir vorstellen, dass Holliday auch damit zu tun hat, Zee? Vielleicht gibt es einen Zirkel, wo sie schwarzmagische Kultsachen betreiben oder so was?«

Zee lachte hell auf. »Also, nach allem, was ich weiß, interessiert er sich für die Jagd, fürs Angeln und für Weiber. Angeblich ist er immer heiß auf Frauen.«

»Madonna war vielleicht so eine heiße Kiste?«

»Kann schon sein. Aber er ist ein Promi und schon ein paar Etagen höher unterwegs. Er ist scharf auf Hollywood-Sternchen, Models und vielleicht noch ein paar bekannte Sportlerinnen. Das kannst du in jedem Klatschblatt lesen. Bei seinem Aussehen kann er jede Tussi bekommen, die er haben will, glaub mir das.«

Zee fand auch noch ein großes Poster von Holliday an

der Rückseite der Badezimmertür. »Na ja. Holliday hatte doch irgendwie einen direkten Draht zu Madonna. Das ist der Beweis.«

Quer über das eindrucksvolle, sonnengebräunte Sixpack war ein Autogramm gekritzelt: »Für Madonna. Von Jack Holliday.«

Claire betrachtete das Poster, auf dem Holliday mit allen Schikanen professionell in Szene gesetzt war. Bei Nancy hing das gleiche an der Bürotür und sie guckte manchmal ganz versonnen darauf. Claire hatte dem nie besondere Beachtung geschenkt. Aber bei näherer Betrachtung verstand sie durchaus, was Frauen an dem Mann fanden. Er war ein gut aussehendes Exemplar seiner Art, das musste sie zugeben. Das Foto war an irgendeinem Meeresstrand aufgenommen, Marke »tropisches Paradies«. Holliday watete gerade aus den Wellen an den Strand. Das Wasser reichte ihm gerade bis zur Hüfte. Eine respektable Mähne dunkler Körperbehaarung zog sich von der Brust über den Bauchnabel nach unten, wo sie in einer im Wasser nur verschwommen sichtbaren dunkelblauen Badehose verschwand. In der einen Hand hielt er einen Schnorchel und in der anderen eine Taucherbrille. Er sah offen und direkt in die Kamera und wirkte nicht so, als hätte er etwas dagegen, fotografiert zu werden. Der Gesamteindruck vermittelte die Botschaft: sportlich und sexy. Dazu sein vom Wasser glitzerndes, dunkelbraunes Haar, der dunkle Bartschatten am markanten Kinn, die dunklen Augen mit dem fesselnden Blick. Kein Wunder, dass Madonna ihm einen eigenen Schrein eingerichtet hatte.

»Also, was schließen wir daraus, Zee? Hatte dieser Liebesgott an unserem Mordopfer mehr Interesse, als Autogramme auf ein Fanposter zu schreiben?«

»Diese Frage kann ich euch vielleicht beantworten.« Rene Bourdain war in das Badezimmer getreten. »Seht euch an, was wir gefunden haben, als wir Madonnas Namen in unseren Polizeicomputer eingegeben haben.«

Er reichte ihr sein Smartphone und Claire las, was auf dem Display stand.

»Es handelt sich um ein gerichtliches Kontaktverbot, das Madonna gegen Jack Holliday erwirkt hat. Das bedeutet, dass wir einen konkreten Anhaltspunkt haben.«

»Sieh dir das Datum an. Das ist erst zehn Tage her«, fügte Rene hinzu.

Zee wirkte beinahe aufgedreht. »O Mann, soll das etwa heißen, dass ich Jack Holliday jetzt sogar persönlich kennenlerne?«

Claire runzelte die Stirn. »Krieg dich mal wieder ein, Zee. Damit ist Jack Holliday erst mal ein wichtiger Zeuge, vielleicht ein Tatverdächtiger. Aus diesem Gerichtsbeschluss geht hervor, dass er sie massiv belästigt haben dürfte, vielleicht hat er sie mit Anrufen belagert oder sie in der Öffentlichkeit bedrängt. Hört sich für mich wie Stalking an, wenn du mich fragst.«

Zee zuckte mit den Schultern. »Also wenn ich mir hier diesen Schrein so ansehe, dann würde ich sagen, sie ist der Stalker. Vielleicht haben sie sich auch gegenseitig beharkt. Aber eins kann ich dir mit Sicherheit jetzt schon sagen: Er hat sie nicht umgebracht.«

»Und woher willst du das so genau wissen?«

»Weil er einfach unglaublich viel zu verlieren hätte, wenn

er eine Frau wie sie stalken würde, insbesondere, falls sie tatsächlich eine Professionelle war. Er ist einfach ein stadtbekannter Promi und macht Geld wie Heu als Sport-Agent.«

»Auch reiche Leute trinken zu viel Alkohol. Auch reiche Leute ziehen sich Stoff rein. Auch reiche Leute drehen manchmal durch und machen irgendeinen Blödsinn, den sie hinterher bitter bereuen. Wo Rauch ist, ist auch ein Feuer, glaub mir. Gibt es bei ihm irgendeine Verbindung zu Voodoo. Das könnte etwas sein, was uns weiterbringt. Jemals was davon gehört?«

Zee zuckte mit den Achseln. »Nie. Und ich kann es mir auch, ehrlich gesagt, kaum vorstellen. Er ist eine Sportskanone und – wie gesagt – hauptsächlich hinter Weibern her. Was soll so ein Typ mit Voodoo anfangen?«

Rene sagte: »Ich höre gerade, dass unser Forensiker-Team draußen angekommen ist. Ich bringe sie rein und ab da bist du für alles verantwortlich, Claire. Ist das so okay für dich?«

»In Ordnung. Wir machen die ganze Prozedur. Alles in diesem Appartement wird fotografiert, auf jede Art von Spuren abgesucht und es wird eine genaue Bestandsaufnahme gemacht. Falls Jack Holliday diese Wohnung betreten haben sollte, möchte ich das wasserfest beweisen können. Falls er nicht aus diesem Cocktailglas getrunken hat, möchte ich wissen, wer es dann war.«

»Selbst das würde noch nicht bedeuten, dass er ihr was angetan hat«, wandte Zee ein. Vielleicht waren sie lediglich … gute Bekannte. So was in der Art.«

»Du könntest dich schon ein bisschen mehr um die Faktenlage und um Objektivität bemühen, Zee.«

»Ich bin ganz objektiv. Es gibt keinen Beweis, dass er es getan hat.«

»Na ja. Wir werden ja bald wissen, ob er mal hier war.«

Die Forensiker brauchten nicht lange, bis sie konzentriert mit ihrer Arbeit begannen. In der Zwischenzeit sah sich Claire noch ein bisschen weiter um. Vor allem interessierte sie der Jack-Holliday-Schrein oder was immer das darstellen sollte. Sie entdeckte ein paar Fläschchen mit Herzchen oder Blümchen auf den Etiketten, die an Einmachgläser erinnerten. Das sollten wahrscheinlich Liebestränke sein, darauf würde sie ihre ganzen Waffen verwetten. In einer Schublade fand sie ein paar Voodoo-Puppen, die so ähnlich aussahen wie die am Leichenfundort. Auf einer war ein Jack-Holliday-Foto befestigt, allerdings nicht mit Nadeln. Eine andere dieser Puppen hatte eindeutig weibliche Züge; in jedem Auge steckte eine Nadel. Du lieber Himmel. Aber es gab keinen Anhaltspunkt, dass sie selbst damit gemeint war. Außerdem fand Claire ein kleines Schmuckkästchen; sie hob den Deckel mit dem Gummihandschuh vorsichtig an. Da sie irgendwelchen Glitzerkram oder besonders geheiligte Voodoo-Nadeln erwartet hatte, war sie umso mehr überrascht, ein kleinformatiges Büchlein mit einem neutralen rosafarbenen Umschlag darin zu finden. »Vielleicht hatte Madonna doch einen Terminkalender oder eine Art Adressbuch, Zee.«

Als sie durch die Seiten blätterte, fand sich in der Tat unter anderem eine Mobiltelefonnummer, die höchstwahrscheinlich diejenige von Jack Holliday war – eingerahmt von einem Herzen in Rot. Es standen auch viele weitere Namen von Männern drin – zweifellos die ihrer

Stammkunden – und sie waren, ob man es glaubte oder nicht, mit Sternchen bewertet. Bei Hollidays Rating bedeckten die Sternchen die gesamte Seite, aber bei den übrigen waren es in der Regel nur zwei oder drei. Das arme Mädchen hatte wohl wirklich einen Knacks oder sie war zumindest sehr realitätsfern.

Das einzige – größere – Problem bestand darin, dass keine Nachnamen notiert waren. Die meisten würde man über die Nummer ausfindig machen können, sofern es sich nicht um Prepaid-Telefone handelte. Das nahm natürlich viel Zeit in Anspruch und man musste dann die Adressen alle abklappern. Holliday hingegen konnte man sicher sehr leicht erreichen und er war im Moment auch der heißeste Kandidat.

Rene nahm Claire den Adresskalender aus der Hand und ließ die Seiten am Daumen vorbeigleiten. »Sollen ein paar von meinen Leuten sich die Herrschaften hier mal vorknöpfen?«

»Ja, das wäre prima. In der Zwischenzeit werden Zee und ich uns um Holliday kümmern.«

»Und ein paar andere können ja mal die Nachbarschaft hier durchkämmen. Vielleicht springt da noch die eine oder andere nützliche Information für euch raus.«

»Vielen Dank. Das spart uns sicher viel Zeit.«

»Du und Zee, ihr könntet doch noch eine Weile bleiben und dann gehen wir nachher zusammen Abend essen und plaudern über die gute alte Zeit.«

Das war das Letzte, was Claire wollte, und sie musste es jetzt möglichst freundlich abzubiegen versuchen. Sehr schade eigentlich, denn Rene war sowohl heute als auch in der Vergangenheit immer sehr hilfsbereit gewesen. »Hab vielen Dank für diese nette Einladung, aber das geht heute leider nicht. Wir müssen einfach zurück wegen der Autopsie. Sag mal, dieser Jack Holliday, das ist eine richtig bekannte Figur hier in der Gegend?«

Rene nickte. »Kann man so sagen. In seiner aktiven Zeit spielte er in Tulane. War damals ein Liebling der Presse.«

»Also, ich muss ihn auf jeden Fall befragen, aber das will ich lieber ganz diskret machen. Wir wollen die Presse so lange wie möglich raushalten. Keine Schnüffelreporter. Keine Publicity. Könntest du das für uns arrangieren, und zwar so, dass er nicht merkt, dass er momentan als Hauptverdächtiger gilt?«

»Dürfte kein Problem sein. Ich habe ihn ein paar Mal bei Wohltätigkeitsveranstaltungen getroffen. Er unterstützt die *Special Olympics* für Menschen mit geistiger Behinderung, die *Make A Wish*-Stiftung für Kinder mit lebensbedrohlichen Krankheiten und das *Wounded Warrior Project* für Kriegsveteranen, die unter Spätfolgen zu leiden haben. Vor allem Letzteres liegt ihm besonders am Herzen. Er ist hier so bekannt und beliebt, dass er sehr potente Spender anzieht.«

»Tatsächlich? Was hast du dann gegen ihn?«

»Auf den ersten Blick scheint ja alles in Ordnung zu sein. Er opfert für all diese Dinge viel Zeit und Geld. Aber diese Kontaktsperre wirft natürlich ein ganz anderes Licht auf ihn. Ich finde, das sieht gar nicht gut aus. Es grenzt ja an ein Wunder, dass die Medien davon noch nicht Wind bekommen haben. So prominent, wie er ist. Ein paar Leute in der Stadt müssen doch darüber Bescheid wissen.«

»Na ja, ich bin jedenfalls froh, dass es so ist, wie es ist. Das Letzte, was ich brauchen kann, sind Reporter und Paparazzi, die sich uns hier an die Fersen heften. Aber ich bin schon sehr neugierig zu hören, was er uns über das Mordopfer zu sagen hat und wo er sich in den letzten Tagen aufgehalten hat. Außerdem hätte ich gerne die Erlaubnis, sein Haus durchsuchen zu können, falls sich das als notwendig erweisen sollte. Was meinst du, wie schnell du eine Befragung arrangieren kannst?

»Wäre morgen Nachmittag früh genug? Falls er überhaupt in der Stadt ist. Du kannst dir ja denken, dass er viel unterwegs ist. Ich weiß zufällig, dass er heute in Dallas war, natürlich bei dem Spiel. Er wurde dabei interviewt.«

»Stimmt, das haben wir auch gesehen. Morgen jederzeit wäre toll.«

»Ich melde mich bei dir.«

»Stelle es ihm gegenüber bitte so dar, dass wir ihn einfach informationshalber sprechen wollen – nichts was ihn beunruhigen könnte. Wir wollen auf keinen Fall, dass er einen Anwalt mitbringt oder sich auf das Aussageverweigerungsrecht nach dem fünften Zusatzartikel der Verfassung beruft.«

»Na ja, was das anbelangt, stimme ich eher Zee zu. Es wäre nachgerade dumm von Holliday, so was zu tun. Das sähe ja schon halbwegs so aus, als hätte er was zu verbergen. Aber so dumm ist er nicht. Er ist ein ziemlich gerissener Hund.«

Zee wartete ab, bis Rene die Wohnung verlassen hatte. »Vielleicht die Befragung **im Dome** abhalten? Mann, das wäre echt cool.«

»Ich weiß nicht so recht, du hast ja schon einen ganz flackernden Blick. Vielleicht sollte ich stattdessen lieber Nancy zu der Befragung mitnehmen.«

»Nancy? Die fällt doch schon in Ohnmacht, sobald sie mit ihm im selben Raum ist. Sie ist doch auch dauernd nach Tulane zu seinen Spielen gefahren.«

Das konnte schon sein, aber sie konnte sich nicht sicher sein, ob Zee den Typ nicht doch um ein Autogramm bat. Um die Wahrheit zu sagen, hätte Claire auch nur zu gerne seine Unterschrift gehabt, allerdings lieber unter einem Geständnis.

6

Im sterilen Bereich des gerichtsmedizinischen Instituts von Lafourche wartete Nancy an ihrem Schreibtisch darauf, dass Claire endlich auftauchte, damit der Ball endlich ins Rollen kam.

Durch das große Fenster, welches Nancys Büro vom Obduktionsraum trennte, konnte Claire den nackten Leichnam von Madonna Christien auf dem Stahltisch liegen sehen. Das grelle Oberlicht schien grell auf das zerschundene Gesicht des Opfers. Da die schwarze und weiße Schminke inzwischen entfernt war, waren die Verletzungen und Blutergüsse deutlich zu sehen, genauso wie die üblen Stiche mit dem Garn. Die langen, dunklen Haare von Madonna lagen auf dem Tisch ausgebreitet.

»Ich habe schon mal einen Abstrich von dem Körper gemacht, aber das hat praktisch nichts ergeben. Ein paar Haare, ein paar Fasern, die ich bisher nicht zuordnen kann. Der Täter hat sie mit Chlorbleiche abgewaschen, bevor er ihr Gesicht angemalt und sie in diese Voodoo-Robe gesteckt hat. Aber von mir aus können wir loslegen. Bist du so weit? Kommt Zee noch dazu?«

Claire schüttelte den Kopf. »Er zieht bei den Nachbarn draußen im Bayou Erkundigungen ein. Ich wusste gar nicht, dass in dieser Ecke sonst noch Leute leben außer Saucier, und von dem habe ich es auch erst erfahren, als er mir erzählt hat, wie er mich Geige spielen gehört hat. Vielleicht haben wir ja Glück und Zee findet jemanden, der irgendwas mitbekommen hat. Falls die Forensiker irgendwelche weitere Spuren ums Haus herum finden wie Fußabdrücke oder Reifenspuren, dann haben wir weiteres Material, das wir mit allfälligen Verdächtigen in Verbindung bringen können. Aber bisher haben sie absolut nichts gefunden. Das ist jedenfalls der neueste Stand. Ich habe das ungute Gefühl, dass sie auch nichts finden werden. Dieser Kerl weiß, was er zu tun hat, und das bedeutet auch, dass Madonna vermutlich nicht sein erstes Opfer war – und vielleicht nicht das letzte.«

»Dieses Opfer jedenfalls hat er gründlich gereinigt«, meinte Nancy kopfschüttelnd. »Bist du dann so weit? Eigentlich bin ich schrecklich müde. Eigentlich müsste ich eher vorschlafen, wenn wir, wie geplant, morgen Abend beziehungsweise morgen Nacht um die Häuser ziehen wollen. Dabei bleibt es doch, oder? Sollen wir ins *Bayou Blue* gehen?«

»Aber klar. Ich brauch auch mal eine Auszeit. Black kommt erst am Dienstagabend wieder zurück. Deswegen stehe ich dir morgen Abend voll zur Verfügung. Nach allem, was wir heute erlebt und gesehen haben, haben wir uns ein bisschen Abwechslung redlich verdient.«

»So geht's mir auch. Dann streif dir mal einen sterilen Kittel über, damit wir hier anfangen können.«

Claire hatte eigentlich überhaupt keine Lust mehr, aber sie legte die Schutzkleidung und den Mundschutz an und folgte Nancy in den Obduktionsraum. Eigentlich war allein schon der Anblick von Leichen, die von irgendwelchen Psychopathen erdrosselt, erstochen oder sonst wie malträtiert oder gar verstümmelt worden waren, am Tatort eine Zumutung und auch für sie als Kriminalpolizistin jedes Mal eine Tragödie. Aber wenn man dann in der Gerichtsmedizin zusehen musste, wie so ein ohnehin entstellter Körper aufgeschlitzt, systematisch seziert und Gewebeproben auf Glasträger gelegt wurden, dann war das alles andere als ein Vergnügen. Im Laufe ihres Berufslebens hatte Claire oft genug Dinge ansehen müssen, bei denen man sich fragte, wie Menschen so etwas jemals anderen Menschen antun können. Wirklich mehr, als ihr lieb war. Zee war überhaupt nicht erpicht darauf, in Nancys Totenwelt einzutreten. Er vermied es so weit wie möglich, mit diesem Schattenreich, wo die Luft mit antiseptischen Gerüchen, Verwesungsgestank und allerlei Chemikalien angereichert war, in Kontakt zu kommen. Für diesmal hatte es Claire übernommen, in diesen sauren Apfel zu beißen. Beim nächsten Mal wäre er wieder dran.

Claire stand auf der einen Seite des Edelstahltisches, Nancy auf der anderen. »Ich bin bereit.«

Nancy nickte, nestelte am Mikrofon und schaltete das Aufnahmegerät ein. Claire zog den Mundschutz noch einmal stramm, während Nancy die formellen Angaben bezüglich Datum und Ort der Autopsie machte.

»Untersuchungsgegenstand ist die Leiche von Madonna Christien, weiblich, helle Hautfarbe, vermutlich ein Mordopfer. Beobachtende Teilnahme durch Detective Claire Morgan, hierher abgeordnet von der Polizeidirektion Canton Country in Missouri als Leiterin der Ermittlungen in diesem Fall. Gewogenes Körpergewicht beträgt fünfundvierzig Kilo, gemessene Körperlänge beträgt einhundertdreiundfünfzig Zentimeter. Insgesamt befindet sich die

Leiche in einem Zustand bereits einsetzender Verwesung. Augenlider und Lippen sind mit festem Garn zugenäht. Der Todeszeitpunkt ist noch nicht bestimmt; der Tod dürfte aber vor drei bis fünf Tagen eingetreten sein.«

Jeder weitere Schritt der Obduktion wurde nun von Nancy präzise durchgeführt und sorgfältig dokumentiert. Claire konnte gar nicht anders, als auf die schweren und schwersten Verletzungen zu sehen, die sich auf der Hautoberfläche zeigten. Die verschorfte Haut war mit Schürfwunden und Prellungen übersät. Außer den schweren Kopfverletzungen konnte man sehen, wie die Brust des armen Dings mit beiden Fäusten oder mit einem stumpfen Gegenstand bearbeitet worden war, bis die Atmung aussetzte. Die wahllosen Verletzungen am ganzen Körper erinnerten sehr stark an den Zustand der Leiche im Mordfall Carondelet.

Claire vermutete, dass der Täter die leichtgewichtige Madonna herumgestoßen und wiederholt gegen Wände und Möbelstücke geworfen hatte, wovon die Prellungen und blauen Flecken zeugten. Der Täter musste also auf jeden Fall über große Körperstärke verfügt haben. Auf der anderen Seite war Madonna Christien wirklich eine so zierliche Person, sodass im Prinzip auch eine Täterin infrage kam, insbesondere falls sie gleich zu Anfang durch eine Kopfverletzung benommen war. Ihre Fingernägel waren unregelmäßig abgebrochen, was den Schluss zuließ, dass sie sich intensiv gewehrt haben muss. Nancy hatte Substanz unter den Fingernägeln hervorgekratzt. Claire hoffte, dass aus diesen Resten die DNA des Täters gewonnen werden konnte.

Nancy fuhr mit ihrer Obduktion fort. »Schädel- und Gesichtsknochen sind beschädigt, die Knochenhaut angeschwollen. Am Hinterkopf befindet sich eine zwölf Zentimeter lange offene Platzwunde. Der Hals ist mit einem Hanfseil zugeschnürt, was Tod durch Ersticken nahelegt.«

Mit einer kleinen, scharfen Schere durchtrennte Nancy vorsichtig die schwarzen Fäden, mit denen die Augenlider zusammengenäht waren. Dann hob sie das rechte Lid des Opfers mit dem behandschuhten Daumen. »Nachdem der Faden, der die Lider zusammenhielt, entfernt wurde, werden petechiale Blutungen beobachtet, was ebenfalls auf Tod durch Strangulation hindeutet, ebenso wie die Quetschungen an der Kehle und die Entfärbung der Gesichtshaut, nachdem die Schminke entfernt wurde.«

Während Claire weiter zuschaute, stellte sie sich die Frage, ob nicht ein Footballathlet wie Jack Holliday in der Lage wäre, einer Frau, die ihm offenbar körperlich derart unterlegen war, solche massiven Verletzungen zuzufügen? Sie konnte sich zwar vorstellen, dass ein Mann wie er sich in solch einen rasenden Zorn steigerte, aber würde er sich anschließend die Zeit nehmen, ihr die Augen zuzunähen? Dafür brauchte es dann doch wohl einen ganz anderen Typ Mensch, eine geistig krankhafte Person, eher eine Art Monster, das im Dunkeln agierte wie eine Giftspinne. Ein prominenter Sportler, den vor allem hier in seiner Heimat fast jeder kannte, passte nicht in dieses Schema. Andererseits überstiegen Verzweiflungstaten oft die Grenzen von Schemata und Täterprofilen. Manche dieser Berühmten glaubten gelegentlich selbst, dass sie über dem Gesetz stehen und nicht so leicht verhaftet und erst recht nicht verurteilt werden, wenn sie sich etwas zuschulden kommen ließen. Leider stimmte das sogar bisweilen.

Claires Handy begann zu vibrieren, dann erklang die Melodie des Ruftons. Sie griff danach, weil sie annahm, dass Black ihr Gute Nacht wünschen wollte, aber zu ihrer Enttäuschung erschien als Anrufername Rene Bourdain. Claire schaltete in der Hoffnung auf gute Neuigkeiten rasch ein. »Detective Morgan.«

Für diese Unterbrechung war sie durchaus dankbar und bewegte sich vom Obduktionstisch zurück in Nancys Büro. Denn Nancy hatte gerade damit begonnen, den klassischen Y-Schnitt zur Öffnung des Körperrumpfes anzulegen.

»Jack Holliday hat sich bereit erklärt, morgen mit dir zu sprechen, und zwar in seinem Haus im Garden District. Vorher schmeißt er so eine Art Rummelparty für die Kids von *Special Olympics* draußen am Dome, und wenn das vorbei ist, hat er sich Zeit für dich genommen.«

Claire ließ sich auf Nancys Bürodrehstuhl nieder und beobachtete sie durch das Fenster bei ihrer Arbeit. »Anscheinend kümmert er sich ja wirklich intensiv um seine Wohltätigkeitsaktivitäten? Das passt ja so gar nicht zum Zeitvertreib eines kaltblütigen Voodoo-Killers?«

»Täusch dich da mal nicht. Wenn ich mich recht entsinne, arbeitete der Serienkiller Ted Bundy aus den Siebzigerjahren bei einer Telefonhotline für Suizidgefährdete. Ich kann nur hoffen, dass uns niemand von der Presse in die Quere kommt. Falls einer von denen aufkreuzt, sieh zu, dass sie dich nicht erkennen und dass du auf keinen Fall meinen Namen erwähnst. Falls sich herausstellen sollte, dass er irgendwie in diesen Fall verwickelt ist, dann ist hier im Nu der Teufel los. Dein Fall wird sich dann innerhalb von drei Sekunden wie ein Lauffeuer im Netz ausbreiten.«

»Beruhig dich, Bourdain, bis jetzt haben wir nichts Konkretes gegen ihn in der Hand. Außer dieser Kontaktsperre und der Tatsache, dass das Mordopfer anscheinend völlig von ihm besessen war.«

»Ich hoffe inständig, dass du recht hast. Es gibt genug Leute hier in der Gegend, die die Erde küssen, auf der er wandelt. Aber vielleicht hast du ja Glück und bekommst von ihm einen Hinweis auf jemanden, der mit dem Opfer im Clinch lag.«

»Das wird sich zeigen.«

»Mittlerweile habe ich auch in Erfahrung bringen können, dass dein Opfer auch nicht gerade das reinste Engelchen war. Es gab Anklagen wegen Prostitution und Drogenbesitz, in dem Fall Gras. Außerdem hat sie in einer Biker-Bar als Stripperin gearbeitet. Äußerst zwielichtiges Milieu. Die Bar heißt Voodoo River.«

»Na, das passt ja gut zu all den anderen Bizarrerien in diesem Fall. Sollen wir mal näher auskundschaften, was sich da abspielt? Ein Wort von dir genügt, und wir kümmern uns drum.«

»Von mir aus gern. Aber ihr müsst auf der Hut sein. Die Biker-Gang, die dort rumhängt, nennt sich Skulls, also Totenschädel, und sie haben es gar nicht gern, wenn man hinter ihnen herschnüffelt. Madonna Christien hatte jedenfalls auch mit Drogen zu tun, und ich bin mir ziemlich sicher, dass wir noch mehr Unrat in ihrem Vorstrafenregister finden. Ich melde mich, sobald ich Genaueres weiß.«

»Was ist denn mit ihrer Wohnung? Gibt es schon Ergebnisse von der Durchsuchung?«

»Na ja, sie haben eine Menge verschiedene Abdrücke und Spuren gefunden. Zwei davon konnte man bisher noch nicht zuordnen, und eine ist auf dem Cocktailglas, die man Madonna Christien alias Jilly Johnston alias Shannon Martin zuordnen konnte. Sie verwendete mehrere Namen, aber Madonna war ihr richtiger. Unter diesem Namen wurde sie zuletzt in Gewahrsam genommen, weil sie Touristen angebaggert hat. Das ist ein Jahr her, seitdem ist sie nicht mehr auffällig geworden.«

»Sie war im French Quarter auf der Straße unterwegs?«

»Das hat sie früher mal gemacht. Sieht so aus, als hätte sie sich später auf Callgirl verlegt; zwar nicht in der lukrativen Top-Etage, aber immerhin noch besser, als auf die Straße zu gehen.«

»Rene, du kennst Holliday doch ein bisschen persönlich. Meinst du, er steht so stark unter Druck, dass er sich auch noch Nutten nimmt?«

Rene prustete vor Lachen. »Ach was. Der kann jede Frau bekommen, die er haben will. Hast du den Typ noch nie gesehen? Die Weiber rennen ihm die Tür ein. Andererseits würde jeder Mann auch einmal was bezahlen, wenn es sich unter bestimmten Umständen so ergibt. Männer sind eben Männer. Das solltest du nie vergessen.«

Claire fragte sich, ob das wirklich so stimmte. Für viele Typen mochte das zutreffen, aber Holliday war eben kein Durchschnittstyp. Rene zufolge verfügte er mehr als ausreichend über Geld, Prestige, Charisma und Sex-Appeal. Der Zugang zu seinem Schlafzimmer war vermutlich eine Drehtür.

»Es gibt eben auch Männer, die mal Machtfantasien ausleben wollen. Sie besorgen sich eine Frau, die sie bezahlen, und erwarten oder verlangen dann alles Mögliche von ihr. Bei so was geht es schlicht und einfach um Dominanz.«

»Hast du Holliday gesagt, warum wir ihn sprechen wollen?«

»Nicht richtig. Wir haben uns nur kurz am Telefon miteinander unterhalten. Er hat mir angeboten, dich heute am späten Abend zu treffen, sobald sein Flug gelandet ist, aber ich bin davon ausgegangen, dass du mehr Zeit zur Vorbereitung brauchst. Sein Flugzeug landet um Mitternacht.«

»Da hast du vollkommen recht. Ich möchte so viel wie möglich über ihn wissen, bevor ich ihn ins Gebet nehme. Habe ich deine Erlaubnis, seine Fingerabdrücke abzunehmen?«

»Von mir aus kannst du tun und lassen, was du willst. Aber willst du meinen Rat hören? Frag ihn einfach, ob er freiwillig dazu bereit ist. Ich kann mir nicht vorstellen, warum er sich dagegen sperren würde. Jedenfalls nicht zum jetzigen Zeitpunkt.«

»Kannst du ihn eigentlich persönlich leiden?«

»Er kommt auf Anhieb sympathisch rüber, das wirst du schon selbst sehen. Aber das ist bei Bösewichten ja oft so. Das weißt du ja wohl.« Für einen Moment herrschte Schweigen in der Leitung. »Meine Güte, ich hab mich echt gefreut, dich wiederzusehen. Hätte nie gedacht, dass wir mal zusammen an einem Fall arbeiten.«

»Ja, geht mir auch so. Gibt es sonst noch etwas, das ich wissen sollte?«

»Nee. Meine Forensiker sitzen noch an ihren Tests und Untersuchungen. In der Wohnung war einfach auch jede Menge Zeug. Aber ich halte dich auf jeden Fall auf dem Laufenden. Soll ich dir schon mal faxen, was wir haben?«

»Das wäre toll. Schick es an Nancys Büro. Da bin ich gerade. Du wirst also nicht mit dabei sein, wenn ich mit Holliday spreche?«

»Nein, das geht absolut nicht. Ich habe morgen den ganzen Tag über Abteilungsbesprechungen. Falls du sonst noch was brauchst, lass es mich einfach wissen, okay?«

Claire gab ihm noch die Faxnummer durch und legte auf. Sie schaukelte sanft in Nancys Bürostuhl hin und her und ließ sich alles, was Rene gesagt hatte, noch einmal durch den Kopf gehen. Selbst hier drinnen konnte sie das Sirren der Knochensäge hören, mit der Nancy das Schädeldach öffnete. Sie war froh, dass Rene gerade in dem Moment angerufen hatte. Der Anblick von aus dem Schädel entfernter Hirnmasse ist kein besonders appetitanregender Anblick vor dem Abendessen. Claire konnte später im Obduktionsbericht alles nachlesen. Gegenüber vom Schreibtisch hatte Nancy etliche Poster von Footballspielern der Saints an die Wand gepinnt; Holliday nahm den Ehrenplatz ein.

Claire betrachtete weiter das Poster und stellte sich die Frage, ob dieser Mann der Mörder sein könnte, nach dem sie fahndete, ein Monster, das eine wehrlose Frau grün und blau schlug, sie strangulierte und anschließend auch noch den Leichnam misshandelte, indem er Teile davon vernähte. Plötzlich sah Claire wie bei einer Vision ein Bild von einem Mann vor sich, der im Schein Dutzender weißer Kerzen mit einer spitzen Nadel die dünnen Augenlider zusammenpresste und vernähte. Ein Schauder lief ihr über den Rücken.

Die ganze Zeit schon lief der Flachbildschirmfernseher in Nancys Büro, der auf einem Aktenschrank platziert war, ohne Ton. Er war auf einen Sportsender eingestellt. Plötzlich erschien Jack Holliday auf dem Bildschirm. Claire tastete hastig nach der Fernbedienung. Als der Ton laut genug war, pries er die Torausbeute von einem seiner Klienten.

»He, Claire, gestern haben die Saints den Jungs aus Dallas aber mal richtig Zunder gegeben. Hast du schon gehört, wie haushoch sie gewonnen haben? He, sieh dir das an. Da ist ja Jack. Sieht er nicht einfach umwerfend aus?«

Claire schielte zu Nancy hinüber. »O weh, Nancy, es tut mir ja echt leid, dir das sagen müssen, aber dein Superheld steht wegen dieser Sache hier momentan bei uns ganz oben auf der Liste der Verdächtigen.«

»Kann nicht sein.«

»Doch. Rene hat mir gerade mitgeteilt, dass das Mordopfer eine bekannte Prostituierte war und ich habe selbst einen Schrank in ihrer Wohnung gesehen, der wie ein kompletter Heiligenschrein zu seiner Verehrung ausgestattet war. Wenn wir nun auch Fingerabdrücke von ihm in der Wohnung finden, dann wird er uns einiges erklären müssen.«

»Nee, das ist doch kein Dummkopf, der wird sich doch mit so was wie Prostituiertenmord nicht die Finger schmutzig machen.«

»Das haben Rene und Zee auch schon gesagt.«

»Und? Wirst du ihn etwa ins Verhör nehmen? Kann ich dann mitkommen?«

Claire seufzte, musst dann aber laut lachen. Wie mochte man sich wohl fühlen, wenn man von Unmengen von Menschen wie ein Halbgott verehrt und verfolgt wird, von ganz normalen Menschen, die jeden Tag zur Arbeit gehen und sich um ihre Familien kümmern? Das war sicherlich höchst eigenartig und sie selbst wäre bestimmt todunglücklich dabei. Ihr war schon der Medienrummel um ihre Person in jüngster Zeit verhasst und sie mochte es überhaupt nicht, wenn die Leute sie auf der Straße erkannten oder wenn ihr Name genannt wurde.

»Ich würde es nicht Verhör nennen, sondern eher eine Befragung … noch nicht einmal eines Zeugen. Es geht nur um Informationen im Zusammenhang mit dem Fall. Aber wenn es dich aufmuntert, Nancy: Falls wir ihn einbuchten müssen, kannst du ihn ja in seiner Zelle besuchen.«

»Das wird bestimmt nicht passieren. Darauf kannst du Gift nehmen. Aber rat mal, was ich hier gefunden habe? Ein eindeutiges Identifizierungsmerkmal an der Leiche. Sieht aus wie eine selbst gestrickte Tätowierung – und zwar eine, die sehr interessant aussieht.«

Mit einem Satz war Claire zurück neben Nancy in dem Obduktionssaal. Nancy zog das beleuchtete, an einem Gestänge befestigte Vergrößerungsglas näher heran und brachte es über der Arminnenseite nahe am linken Handgelenk des Opfers in die richtige Position. »Siehst du das? Jetzt verrätst du mir, was das zu bedeuten hat.«

Claire betrachtete die winzigen blauen Markierungen. »Das ist die gleiche Markierung, eine Art Symbol, wie sie der Killer am Leichenfundort in das Maismehl gezeichnet hat. Zee sagte, man nennt es Veve.«

Die beiden Frauen sahen einander einen Moment lang sprachlos an. »Sie muss da in irgendwas verwickelt gewesen sein«, mutmaßte Claire. »Aber was? Vielleicht ein Voodoo-Kult oder schwarzmagische Rituale?«

»Könnte durchaus sein.«

»Junge, Junge, dieser Fall nimmt immer bizarrere Formen an.«

»Ich mache das hier jetzt fertig und nähe sie anschließend wieder zu. Gibt es noch was, was du sehen wolltest?«

Claire schüttelte den Kopf und in dem Augenblick hörte sie, wie in Nancys Büro die Faxmaschine ansprang, also ging sie zurück zu deren Schreibtisch. Es waren die erwarteten Berichte, die Rene schicken wollte. Es begann mit den erkennungsdienstlichen Fotos von Madonna Christien. Sie trug ein tief ausgeschnittenes Leibchen, was ziemlich aufreizend wirkte. Aber sie war wirklich ein hübsches Ding gewesen. Klein und elfenhaft mit sehr langen dunklen Haaren und Sommersprossen rund um die Nase, was ihr einen sehr jugendlichen Touch gab.

Um für das Gespräch am folgenden Nachmittag optimal vorbereitet zu sein, gab Claire auf Nancys Computer bei Google Jack Hollidays Name als Suchbegriff ein. Wie nicht anders zu erwarten, ergaben sich Abermillionen Treffer. Beim Klick auf die erste Seite erschien eine Porträtaufnahme von ihm, auf der er selbstbewusst in die Kamera blickte. Der dazugehörige Artikel gab seine Körpergröße mit fast zwei Meter zehn und über 100 Kilogramm an. Wow, so ein Schrank konnte ja fast jeden gegen die Wand werfen, und mit seinen vermutlich Riesenhänden dauerte es wahrscheinlich nicht lange, bis er einer zarten Frau die Luft abgedrückt hatte, wenn er sie ihr um den Hals legte.

Auch wenn Jack Holliday schon seit längerer Zeit nicht mehr im aktiven Sport war, fanden sich jede Menge Angaben über seine Leistungen aus seiner Glanzzeit in Tulane und während seines kurzen Engagements bei den Saints und weitere sportstatistischen Angaben, aber auffallend wenig zu ihm persönlich. Dafür fand Claire auf einer anderen Seite, einer Fanseite, eine Art unautorisierte Biografie über ihn. Sie scrollte sich schnell durch den einschlägigen Klatsch über ihn, der mit Unmengen von Fotos von Promis und Halbpromis garniert war, mit denen er sich hatte ablichten lassen und oder mit denen ihn eine Liaison verband, sofern sie weiblichen Geschlechts waren. Endlich fand Claire auch, was sie gesucht hatte.

Demnach stammte er aus Colorado, und zwar aus einem Vorort von Denver mit dem Namen Arvada. Er hatte dort schon in der Highschool-Mannschaft Football gespielt und auf diesem Weg auch das Stipendium für die altehrwürdige, private Tulane University in New Orleans erhalten. Schließlich wurde er für die Saints ausgewählt und führte seine neue Mannschaft zu einem Sieg im Super Bowl, aber kurz darauf ging sein Knie kaputt. Nach diesem Ereignis wurden die biografischen Angaben wieder recht ephemer, außer den Dingen, die mit seiner Tätigkeit als Sportmanager und -agent zu tun hatten. Claire brauchte eine weitere halbe Stunde, um festzustellen, dass er praktisch keine Verwandtschaft hatte, außer einer namentlich nicht genannten Großmutter, von der einmal auf einer Fanseite die Rede war. Alles andere war unergiebig. Überall war ausgiebig von seinen überragenden Talenten im Umgang mit dem Football die Rede und oder von seinem Umgang mit schönen Frauen.

Das war zwar noch nicht die erschöpfende Information, die sich Claire vor der Befragung wünschte, aber auf jeden Fall genug, um ihn zu ertappen, falls er ihr ein paar Lügen auftischen oder ihren Fragen ausweichen wollte. Inzwischen war Claire völlig übermüdet, sie musste unbedingt ins Bett. Daher rief sie noch schnell Zee an, um ihm zu sagen, wann er sie morgen zu Hause abholen sollte, damit sie zusammen zu dem Termin zu Holliday fuhren. Er reagierte auf die Nachricht mit ungezügelter Vorfreude auf diese einmalige Gelegenheit zu einer Begegnung mit seinem Helden. Sie klopfte an das Fenster und winkte Nancy zum Abschied zu, die gerade damit beschäftigt war, Gewebeproben aller Art, auch der inneren Organe, auf gläserne Objektträger zu verteilen.

Draußen blieb sie erst einmal stehen und atmete tief die frische, kühle Luft. Dann fing ihr Telefon zu klingeln und zu singen an. In der Hoffnung auf einen Anruf von Black nahm sie es schnell in die Hand. Die Hoffnung trog diesmal nicht und sie drückte rasch den Knopf. »Na, ich dachte schon, du hättest mich vergessen.«

»Meinst du? Dabei denke ich doch die ganze Zeit an niemand anderes als dich.«

Zugegeben, das klang ziemlich kitschig, aber sie hatte trotzdem nichts dagegen, auch wenn sie es niemals zugeben würde. »Also, wie geht es deinen Patienten heute Abend? Schlafen sie friedlich oder sind sie mit dem Hackebeilchen unterwegs?«

»Hier ist alles ruhig. Ich bin vielleicht eher wieder zurück, als du denkst. Du fehlst mir.«

»Danke, gleichfalls. Also spute dich. Jules Verne und ich teilen inzwischen dieses Riesenbett.«

Er musste kichern. »Ich werd's schon schaffen, keine Sorge. Wie geht's unserem Kleinen? Kühlt er sich immer noch so gerne im Brunnen im Hof ab?«

Black liebte den kleinen Pudel, den ihr einmal von einer Reise nach Paris mitgebracht hatte, mindestens genauso wie sie selbst. Der Hund war nachts ein kleiner Trost, wenn Black geschäftlich unterwegs war. »Aber ja! Er springt immer noch gern darin herum. Er leistet mir ein bisschen Gesellschaft.«

»Freut mich. Übrigens habe ich eine Überraschung für dich. Es ist bereits alles arrangiert, also kannst du nicht Nein sagen.«

Das war typisch Black. Er sorgte ständig für solche Überraschungen. Meistens waren sie wirklich gelungen, manchmal waren sie aber auch nicht so toll. »Aha? Was ist es denn?«

»Ich habe eine Reihe von Handwerkern organisiert, die bereits in den Startlöchern stehen, um das alte Haus im Bayou, das du so gern hast, zu renovieren. Ich will es innen völlig ummodeln und ein modernes Sicherheitssystem installieren, sodass du vollkommen sicher bist und sorglos übernachten kannst, wenn dir abends der Weg von Lafourche bis New Orleans zu weit ist. Luc LeFevre hat mir bereits freie Hand dafür gegeben. Ich kann damit machen, was ich will. Er sagte mir, er würde es sogar auf dich überschreiben, wenn du es haben willst. Sie selbst wollen nichts mehr investieren; es würde nur noch weiter verfallen.«

Auweia. Zu jedem anderen Zeitpunkt wäre sie über diese Überraschung hocherfreut gewesen, aber nicht zum jetzigen Zeitpunkt. Und sie wollte ihm erst recht nicht sagen warum, sonst drehte er durch. Sie überlegte hektisch einen Moment, aber ihre fiel auf Anhieb keine gute Ausrede ein. »Ach, Black, warte damit doch noch mal eine Weile ab.«

»Warum?«

Sie runzelte die Stirn und atmete tief durch. »Weil sich dort vor Kurzem ein Verbrechen ereignet hat.«

Es war totenstill am anderen Ende der Leitung. »Was zum Teufel hat denn das zu bedeuten? Bist du okay? Ist dir was passiert?«

Er kannte sie nur zu gut. »Na ja, wir haben da halt jetzt eine Ermittlung am Hals, aber mit mir ist gar nichts. Nichts passiert. In dem Haus wurde eine Leiche gefunden und wir müssen den Fall natürlich untersuchen. Allem Anschein nach handelt es sich um so ein Voodoo-Ding oder so was.«

»Ein Voodoo-Ding? Ist das dein Ernst? Was denn für ein Voodoo-Ding?«

Da er in New Orleans geboren war, reagierte er auf dieses Stichwort ähnlich betroffen wie Zee und Nancy. »Also hör mal, Black, du wirst dich doch nicht vor Voodoo fürchten?«

»Ich fürchte mich auch nicht davor, aber ich weiß, dass die Leute, die so was machen, das Ganze sehr ernst nehmen. Und sie mögen es gar nicht, wenn andere ihre Nase da reinhängen. Da bin ich aber froh, dass du nicht da draußen übernachtet hast. Vielleicht sollte ich die Aktion mit den Handwerkern besser abblasen. Aber ich möchte auf keinen Fall, dass du noch mal auch nur in die Nähe des Hauses gehst.«

»Mach dir keine Sorgen. Heute Abend bin ich ja wohl geborgen in unserem Haus, wo Jules auf mich aufpasst, wir beide allein in dem großen, großen Bett.«

Wie sie vermutet hatte, brachte ihn dieser Themenwechsel auf andere Gedanken. Schließlich hatte er über eine Woche lang die Nächte allein verbracht – das wollte sie jedenfalls hoffen. Der nächste Satz beruhigte sie diesbezüglich.

»Es wäre super, wenn du dir die Zeit am kommenden Dienstag so einteilen könntest, dass wir möglichst viel Zeit dort verbringen können. Ich denke, dass ich zur Abendessenszeit ankommen werde, und dann kannst du mir zeigen, wie sehr du mich vermisst hast.«

Claire lächelte vor Vorfreude. »Hört sich auch für mich super an. So eine Wiedersehensfeier kann sich lange hinziehen; sorg also am besten dafür, dass du keinen Jetlag hast.«

»Kein bisschen, verlass dich drauf. Ich schlafe im Flugzeug.«

»Dann schläfst du jetzt auch am besten schon ein bisschen vor. Wie spät ist es denn eigentlich bei euch? Muss doch schon furchtbar spät sein?«

Wieder war es still in der Leitung. Sie runzelte die Stirn. »Black? Bist du noch dran?«

»Klar. Es ist schon Mitternacht vorbei, vermute ich mal.«

»Na gut. Dann geh jetzt ins Bett und schlaf schön und wir sehen uns Dienstagabend.«

»Pass auf dich auf. Ich wünschte, du wärest hier.«

»Das habe ich mir auch schon mehrmals im Lauf der Woche gewünscht.«

»Gut. Dann halte dich von dem Hausboot fern und wenn es irgend geht, nimm dir den Mittwoch frei; möglichst den ganzen Mittwoch.«

Claire lachte und sie legten auf. Okay, sie hatte Black ein wenig angeflunkert und er würde alles andere als begeistert sein, wenn er die ganze Wahrheit erfuhr, vor allem die Sache mit der Voodoo-Puppe. Aber er würde auch wieder drüber hinwegkommen. Jetzt war es auch für sie an Zeit, ans Schlafen zu denken. Es war ein sehr langer Tag gewesen und ihr stand noch die Rückfahrt nach New Orleans bevor. Sie brauchte jetzt etwas Gutes zu essen, eine ordentliche Mütze Schlaf und eine Liste mit sachlichen Fragen, mit denen sie Jack Holliday aber so weit in die Enge treiben konnte, dass er sich wand wie ein Wurm auf einem Stacheldraht.

Doch am allerliebsten wäre es, wenn Black jetzt schon zu Hause auf sie warten würde, aber darauf musste sie halt bis Dienstag warten. Es reichte also nur noch für einen kurzen Zwischenstopp bei McDonalds's, um einen BigMac und Pommes mit nach Hause nehmen zu können. Eines war aber auch ganz klar: Sie fürchtete sich vor dem

Schlaf heute Nacht, denn sie hatte eine böse Vorahnung, dass sie in ihren Träumen von Voodoo-Zombies heimgesucht würde und zugenähte Augen und Lippen, wie Totenschädel angemalte Gesichter und ihr Porträt auf einer Voodoo-Puppe sehen würde.

Der Maskenmann

Nachdem Malefiz seine Freundin umgebracht hatte, musste er sich sehr unauffällig verhalten. Aber er verfügte ja durchaus über schauspielerisches Talent. Er vergoss Krokodilstränen bei der Beerdigung und saß sogar Seite an Seite mit Betsys untröstlicher Familie. Ihre Mutter tätschelte ihm sogar das Knie und munterte ihn auf, »tapfer zu sein«. Das war wirklich spaßig. Seine Augen füllten sich sogar mit Tränen, als er sich erinnerte, wie hübsch Betsy am Valentinstag ausgesehen hatte, als er ihr das goldene Halskettchen mit dem herzförmigen kleinen Medaillon geschenkt hatte, das er in einem Kaufhaus gestohlen hatte.

Monatelang hielt er sich mit seinen makabren Scherzen zurück und verhielt sich tadellos. Selbst seine Mutter bemerkte, dass er viel zurückhaltender war als sonst, und machte sich Sorgen, dass er zu lange und zu schwer an der Trauer um seine arme kleine Freundin trug, die so jung hatte sterben müssen. So wartete er einfach den rechten Augenblick ab und sammelte heimlich alle möglichen Waffen, die er später als Berufskiller verwenden wollte. An den Wochenenden verübte er Einbrüche und stahl Faustfeuerwaffen und Gewehre, entwendete Fleischerbeile und

Messer aus den Küchen seiner Mutter und Tanten und tötete übungshalber Hunde und Katzen. Das war alles nicht besonders schwierig.

Als er eines Tages in der Zeitung eine Meldung las, wie eine Garrotte bei einem besonders grausam durchgeführten Mord im Mafiamilieu verwendet wurde, baute er sich selbst eine aus Draht und Holzdübeln. Sein Hauptproblem bestand darin, dass er so gut wie keine Privatsphäre hatte und seine »Sammlung« im Wald hinter dem Haus verstecken musste. Seine kleine Schwester war inzwischen sehr vorwitzig geworden, ein freches, kleines Ding; sie beobachtete genau, was er tat, deswegen musste er äußerst vorsichtig sein. Zwar würde sie ihn niemals verraten, da er ihr schon von Kindesbeinen an diesbezüglich einen gehörigen Schrecken eingejagt hatte, indem er ihr wieder und immer wieder eingeschärft hatte, sie umzubringen, wenn sie petzte. Das hatte sie wirklich verinnerlicht und hielt den Mund. Und er würde sich nicht scheuen, es in die Tat umzusetzen. Sollte sie ihm je Ärger bereiten, würde Mandy einfach auf mysteriöse Weise spurlos verschwinden, so wie der schwarze Labrador der Nachbarn neulich.

Er spielte nach wie vor Football und galt in seiner Mannschaft sogar als Star-Quarterback, aber in seiner Freizeit vertiefte er sich eine Zeit lang in Bücher über Kriegsgefangenenlager und Konzentrationslager während des Zweiten Weltkriegs und las begierig, was den Gefangenen dort angetan wurde und welche Grausamkeiten sie erdulden mussten. Viele Stunden verbrachte er in seinem Zimmer im ersten Stock mit dieser Lektüre. Was den Menschen dort alles angetan wurde, vergrößerte sein Verlangen danach, anderen Menschen Todesfurcht einzuflößen und Schmerzen zuzufügen. Er las auch Bücher über die Strafverfolgung im Mittelalter in England, als Menschen auf die Streckbank gelegt, gevierteilt oder gepfählt wurden.

Ferner machte er sich über die Methoden der Spanischen Inquisition kundig, wenn Menschen der Hexerei bezichtigt wurden. Damals verfügte man über ein ganzes Arsenal raffinierter Foltermethoden; die grausamste von allen war die innen mit spitzen Nägeln bestückte Eiserne Jungfrau, wo Hexen und Hexer hineingesteckt wurden. Das war in seinen Augen besonders cool. Sein Lieblingsbuch hatte er in einem Antiquariat in der Innenstadt gefunden. Es erzählte die wahre Geschichte von einem Verrückten, der seine Opfer in ein Labyrinth dunkler Räume und Korridore steckte, sie dort verfolgte und ihnen mit einer Art Machete nach und nach die Glieder abschlug. Als er es zum ersten Mal las, liefen ihm eiskalte Schauer über den Rücken, aber er liebte die Szenen, in denen die Opfer gejagt wurden, schreiend und in voller Panik herumrannten, bis sie schließlich mit einem Schuss in den Hinterkopf getötet wurden.

Damals beschloss er, sich eines Tages auch so ein Schreckenslabyrinth zu errichten, einen Ort perfiden Terrors, aus dem es kein Entrinnen gab, wo er die Opfer nach Belieben herumjagen und durch Gucklöcher und hinter Falltüren beobachten konnte. Er wusste auch schon, wo dieses Labyrinth entstehen sollte, nämlich in der entferntesten, dunkelsten Ecke der Bayou-Sümpfe, auf irgendeiner abgelegenen Insel, dort, wo niemand hinkam und wo es außer Alligatoren, Schlangen und Wasserratten keine Lebewesen gab. Das wäre der ideale Ort für ihn. Damals begann er, die Bayous auszukundschaften, einschließlich Zugangs- und Fluchtrouten nach allen Richtungen, falls er doch einmal bei seinen Spielen überrascht wurde und entkommen musste.

Es machte ihm großen Spaß, wenn er sich von den anderen davonschleichen konnte. Manchmal fragte er sich, ob ihm nicht der eine oder andere von seinen Mannschaftskameraden bei seinen Vorhaben helfen würde, falls er ebenfalls Freude daran hätte, Menschen Schmerzen zuzufügen oder sie in Todesangst zu versetzen. Aber dann schreckte er vorsichtshalber doch lieber davor zurück, andere mit einzubeziehen. Die ganze Zeit über gab er sich als der typische sorglos-lässige Highschool-Student wie alle seine Freunde, er freundete sich mit den hübschesten und beliebtesten Mädchen der Schule an, bestand seine Prüfungen und half in seiner Freizeit in der Baufirma eines seiner Onkel aus, wo er schweißen lernte und wie man einfache Häuser baut. Mit diesen Kenntnissen und mit überflüssigem Baumaterial, das er von den Baustellen entwendet hatte, begann er nach und nach, sein eigenes Haus des Schreckens draußen in den Sümpfen zu errichten. Den Plan dazu hatte er sich selbst ausgedacht, und die Durchführung war gar nicht so leicht, aber er liebte diese Herausforderung.

Auch nachdem er das Football-Stipendium gewonnen hatte, arbeitete er weiter an der Verwirklichung seines Traums und baute das Haus weiter aus. Mittlerweile verbrachte er ganze Wochenenden im Bayou und verfeinerte alle Vorrichtungen. In jener Zeit stieß er auch auf Voodoo und lernte einiges über die damit verbundenen Ritualpraktiken. Durch Zufall war er hier einmal auf einen Voodoo-Altar gestoßen. Erst sah er eigentlich nur ganz kurz im Vorbeifahren ein Kreuz an Baumästen im Wind baumeln. Das war zwar untertags in einer völlig verlassenen Sumpfgegend, wo er im weiten Umkreis nie auch nur eine Menschenseele gesehen hatte. Aber hier war alles so zugewachsen, zu undurchdringlich und daher zu gefährlich und außerdem war diese Gegend mit Alligatoren geradezu verseucht. Aber er hatte auch bereits ein paar Mal spätnachts Trommeln gehört, und das war selbst ihm gruselig vorgekommen.

Er steuerte sein Boot ans Ufer und watete zu der Stelle, wo er glaubte, das silbrige Leuchten gesehen zu haben, und fand tatsächlich das Kreuz sowie jede Menge weiterer Gegenstände. Der Altar musste erst vor Kurzem eingerichtet worden sein. Es standen alle möglichen Arten von Kerzen herum sowie Gefäße mit merkwürdigen Inhalten. Bei einigen schien es sich um menschliche Körperteile zu handeln. Das war höchst faszinierend, er fand es aufregend, aber auch ein bisschen beängstigend. Einige der Gläser hielt er gegen das Sonnenlicht, das gedämpft durch die dichten Zypressenzweige drang. In einem befand sich ein in Formaldehyd eingelegtes Ohr, das ziemlich grob abgetrennt war. Das war echt unheimlich. Außerdem stand hier eine große Schüssel voller Blut, das noch nicht ganz geronnen war; außerdem waren eine Menge Totenschädel über den ganzen »Kultplatz« verteilt. Im Inneren brannten bei vielen Kerzen. Ansonsten waren noch gerahmte Bilder der Jungfrau Maria und von Jesus aufgestellt sowie von

Posaunenengeln in den Wolken. An den Bäumen hingen kleine Fläschchen, die vermutlich irgendwelche Körperflüssigkeiten enthielten. Dieser Platz war gespickt mit Symbolen des Todes und der Vernichtung, er fand es atemberaubend. Er nahm einige Totenschädel und noch ein paar andere Dinge mit. Später besorgte er sich einschlägige Literatur und las alles über Voodoo-Rituale, was er finden konnte. Dadurch hörte er erstmals etwas über Voodoo-Priesterinnen beziehungsweise »Voodoo-Königinnen«, die Menschen folterten und töteten oder in Zombies verwandelten. In einem Buch sah er ein Foto von einem exhumierten Leichnam, bei dem Körperteile fehlten. Er las Geschichten über Menschen, die mit einem Fluch belegt wurden, einen schrecklichen Tod fanden oder einfach in den Sümpfen verschwanden. All das erregte ihn in einer Weise, die er sich bis dahin nicht hatte vorstellen können. Das war das Größte. Das war seine Bestimmung. Er wollte ein Voodoo-Hexenmeister werden, um seine Opfer mit Verwünschungen, Zaubersprüchen und Schauerritualen ängstigen zu können. Kein Ort war dafür besser geeignet als die entlegenen Sümpfe im Bayou, wo es düster und unheimlich war mit all den Moosfetzen, die von den Bäumen hingen, den Alligatoren, die geräuschlos durchs Wasser glitten. Den Alligatoren würde er die Entsorgung der Überreste seiner Opfer überlassen, wenn er mit ihnen fertig war und seinen Spaß mit ihnen gehabt hatte. Das war einfach perfekt. Sein kleines, persönliches Paradies des Bösen.

7

Jack Hollidays Anwesen lag in der Tat im weltbekannten Garden District von New Orleans mit seinen prachtvollen Villen und sogar auf der St. Charles Avenue, wo noch die altmodischen Straßenbahnen entlangratterten und den Nostalgiefaktor erhöhten. Dieser Wohnsitz war wirklich herrschaftlich. Diese erstklassige Adresse war nicht schwer zu finden und nicht einmal ein Parkplatz war vor dieser Villa schwer zu finden, die um 1830 errichtet worden war. Claire und Zee gingen ein Stück den von ausladenden Magnolienbäumen überschatteten Gehsteig entlang und bewunderten ein traumhaft schönes und bereits mit Weihnachtsdekorationen verziertes Herrenhaus nach dem anderen. Prachtvolle, mit üppigen Samtschleifen und Glas- oder Goldfolie verzierte Kränze hingen an jeder Eingangstür. Hollidays Residenz war ebenfalls eine elegante, alte Villa in hervorragendem Zustand und versehen mit dem für diese Häuser sehr typischen, kunstvollen Gitterwerk aus dunkelgrün lackierten Schmiedeeisen mit Rosen- und Efeublätterornamentik. Zur Straße hin dominierten sowohl im Erdgeschoss wie im Obergeschoss durchgehende Galerievorbauten die Fassade. Jetzt in der Vorweihnachtszeit zogen sich außerdem Girlanden aus frischen, grünen Zweigen und weitere Kränze über diese Galerien; sie waren locker umwickelt mit breiten, roten Samtbändern, die in regelmäßigen Abständen zu Schleifen gebunden waren. Claire und Zee blieben vor dem Eingangstor stehen und betrachteten alles in aller Ruhe. Der schmiedeeiserne Gartenzaun war ähnlich wie das Gitterwerk an den Galerien mit Rosen- und Efeu-Dekor gestaltet. Am Tor selbst hing noch einmal ein enormer Kranz, der allerdings außer einer großen roten Schleife keine weiteren Verzierungen aufwies.

»Ich kann es noch gar nicht richtig fassen, dass wir jetzt gleich da reinmarschieren und Jack Holliday persönlich kennenlernen«, sagte Zee in fast ehrfurchtsvollem Ton. »Niemand in meiner Familie würde so etwas für möglich halten. Ich bin supernervös.«

Claire hatte bereits die Klinke des Gartentores in der Hand, hielt aber noch einmal inne. »Meinst du, du kannst dich einigermaßen beherrschen, wenn wir jetzt da reingehen?«

Zee machte keinen Hehl daraus, dass er sich beleidigt fühlte. »Mann, Claire, jetzt krieg dich wieder ein. Jeder Mensch wäre voll aus dem Häuschen, wenn er da reingeht. Dieser Mann ist bei uns hier eine lebende Legende.«

»Es geht jetzt nicht darum, einem Football-Helden Reverenz zu erweisen. Bitte denk daran und überlass das Reden mir.«

Nun wirkte Zee erst recht verärgert. »Du musst mich nicht schlechter machen als ich bin, Claire. Ich bin schließlich kein Anfänger, der noch nie einen Verdächtigen verhört hat.«

»Stimmt, das bist du nicht. Aber ich kann diesen Ich-lerne-gleich-den-Football-Superstar-kennen-Glanz in deinen Augen sehen. Das wirkt ein bisschen beunruhigend, um ganz ehrlich zu sein.«

»Ach, komm schon. So aufgeregt bin ich nun auch wieder nicht. Bleib aufm Teppich.«

»Also gut, das will ich hoffen. Los jetzt. Und denk daran: Ich übernehme das Reden.«

»Okay, wie du willst.«

Claire drückte das Gartentor auf und sie gingen über den mit Ziegelsteinen in Fischgrätmuster verlegten Zugang zum Haus und stiegen die Außentreppe hoch. Ein frischer Zitrusduft stieg ihr in die Nase und da entdeckte sie ein großes bouquetartiges Arrangement aus frischen Orangen, Äpfeln und etwas Laub neben der Eingangstür zum Haus. Beinahe hätte sie zugegriffen, um sich ein paar der Früchte für später mitzunehmen, aber dann hielt sie sich doch zurück, weil das sicher vollkommen unangebracht gewesen wäre. Sie standen nun vor einer Holztür, in die wunderschön facettierte Glaseinlegearbeiten eingelassen waren, die aufwendiger wirkten als die britischen Kronjuwelen. Zee hob den massiven, wie eine Lilie geformten Türklopfer aus Messing an, und ließ ihn auf die Türplatte fallen, womit ihrer beider Gegenwart offiziell verkündet wurde.

Claire war überrascht, als ihnen ein Butler die Tür öffnete. Aber andererseits: Wer sonst sollte in einem derart wohlhabenden Haushalt die Tür öffnen. Natürlich kam so ein Sportidol nicht selbst an die Tür. Echt überraschend war aber dann doch, dass der elegante Butler einen schwarzen Frack anhatte; dazu trug er ein gestärktes, gerüschtes Hemd und einen schwarzen Querbinder. Er war schätzungsweise Ende sechzig, hatte schlohweiße Haare und wirkte sehr würdevoll. Gleichzeitig wirkte er durchaus durchtrainiert und war sicherlich mühelos in der Lage, hysterischen Sportfans wie kichernden Frauen den Zutritt zu seinem Herrn notfalls mit Nachhilfe durch ein paar Handgriffe zu verwehren. Nur die Haut seines Gesichts wirkte auffallend bleich, als wäre er niemals draußen an der frischen Luft und in der Sonne gewesen, oder vielleicht war er ein Vampir. Claire schaute ihn einen Moment lang verblüffte an und hatte den Eindruck, als wäre sie in die Kulissen von *Vom Winde verweht* geraten.

»Wie kann ich Ihnen helfen?«, fragte der Butler mit einem distinkten Akzent, der allerdings kein Südstaaten-Akzent war. Nicht im Geringsten. Denn es handelte sich eindeutig – oh là là – um einen französischen Akzent.

»Wir haben mit Jack Holliday einen Termin in einer polizeilichen Angelegenheit.« Clair hielt ihm ihre Dienstmarken mit ihren Namen und Diensträngen hin. Der hochnäsige Majordomus studierte sie wesentlich eingehender als eigentlich nötig gewesen wäre. Irgendetwas an dieser gravitätischen Manier dieses Mannes irritierte Claire. Er war ihr nicht wirklich unheimlich, aber er machte sie ganz kirre. Aber sie hätte nicht sagen können, warum. Sie mochte ihn einfach nicht. Ganz und gar nicht.

»Jawohl, Madam – und Sir. Mr Holliday erwartet sie bereits. Er befindet sich im Salon.«

Ja gewiss. Wo auch sonst? Wahrscheinlich zusammen mit Scarlett O'Hara und Melanie und diesem etwas tuntigen Ashley, den sie beide so heiß fanden oder »verehrten«, wie man damals wohl gesagt hätte. Rhett Butler war eher Claires Typ, weil er männlicher wirkte wie Black. Scarlett musste blind gewesen sein oder sie hatte eine unerklärliche Schwäche für Schmachttypen mit gewelltem Blondhaar.

Der Butler schritt würdevoll voran und sie folgten betont lässig, um sich nur ja nicht übermäßig beeindruckt zu zeigen. Sie fand das ganze Getue schon ein bisschen abstoßend. Der Weg führte durch eine wirklich eindrucksvolle Empfangshalle, von der aus, wie zu erwarten war, eine edel geschwungene Treppe in die oberen Gemächer führte. Die Wände entlang der Treppe waren ebenfalls mit frischen, grünen Zweigen dekoriert, die wunderbar dufteten, und davor thronte ein über drei Meter hoher, höchst aufwendig geschmückter Weihnachtsbaum, der Black zweifellos neidisch machen würde. Den optischen Höhepunkt der Empfangshalle bildete allerdings ein glitzernder Kronleuchter, der auch im Weißen Haus hätte hängen können. Der Majordomus ging mit dem elastischen Schritt eines viel jüngeren Mannes. Er zog die beiden Flügel einer Schiebetür auf, die lautlos auf offenbar gut geölten Schienen auseinanderglitten. Dann kündigte er die besuchenden Herrschaften mit ihren Dienstgradbezeichnungen, nicht mit ihren Namen an.

Dann verschwand der Majordomus und sie verharrten am Eingang. Dies war in der Tat eher ein Gesellschaftsraum als ein bürgerliches Wohnzimmer und man konnte sich gut vorstellen, dass Jack Hollidays etwa achtzigjährige Großmutter – hätte er denn eine –

gleich den Tee für ihre Freundinnen in Reifröcken servieren lassen würde. Claire konnte sich einfach nicht vorstellen, dass jemand wie Holliday auf solchen goldlackierten und mit rotem Samt bezogenen Stühlen mit Fransen und gehäkelten Zierdeckchen Platz nehmen würde. Er würde wirken wie der sprichwörtliche Elefant im Porzellanladen. Aber er saß tatsächlich da und er wirkte auch wie der erwähnte Elefant. Er saß auf einem leicht muschelförmig gebogenen und gepolsterten, mit gold-weiß-gestreiftem Brokat bezogenen Sofa vor einem Kamin aus rosa geädertem, weißem Marmor. Den Kaminsaufsatz zierte ein üppiges Relief mit Harfe spielenden Engeln und Cherubim auf Wolken. Die Holzscheite im Kamin knisterten vernehmlich und loderten hoch, trotz der vergleichsweise milden Temperaturen draußen. Vielleicht musste ja auch die Kälte, die der Butler ausstrahlte, kompensiert werden.

Kurz nach ihrem Eintreten erhob sich Jack Holliday am anderen Ende des Raumes rasch von seinem Brokatsofa und legte die verbindlichen Manieren an den Tag, wie sie Kinofans aus Verfilmungen von »Stolz und Vorurteil« kennen. Allerdings trug er weder Rüschenhalstuch noch Zylinder, sondern schlichte Kakihosen, ein rotes Polohemd und schwarze Nikes.

»Okay, die Show beginnt, Zee«, murmelte Claire leise. »Bleib jetzt ganz ruhig; ich mein's wörtlich. Weder übertriebene Unterwürfigkeit noch Aufdringlichkeit.«

Zee bedachte sie mit einem ironischen Blick. »Haha, wie witzig«, flüsterte er seinerseits. »Halt die Luft an. Ich kann mich genauso professionell verhalten wie du.«

»Dann kannst du es jetzt ja unter Beweis stellen.«

Jack Holliday kam rasch auf sie zu, und in der Nähe überragte er sie beide im wörtlichen Sinn. Claire war noch nicht vielen Männern begegnet, die fast zwei Meter zehn groß waren. So war sie gezwungen, zu Holliday aufzuschauen, was ihr gar nicht behagte; außerdem hatte sie das Gefühl, von Anfang an im Nachteil zu sein. Sie war mit eins achtzig auch nicht gerade klein für eine Frau, aber gegenüber ihm kam sie sich vor wie ein Schulmädchen, das mit seinem Daddy spricht. Mit einem Seitenblick auf Zee erkannte sie, dass er nur noch um Nuancen von der befürchteten Ranschmeiße an sein Idol entfernt war. Beinahe erwartete und befürchtete sie, dass er vor lauter Freude, seinem Halbgott zu begegnen, ins Stolpern geriet.

Claire hob ihm ihren Dienstausweis, der ihr um den Hals hing, entgegen, in der Hoffnung, dass er ihn von dort oben aus lesen konnte.

»Wir kommen von der Polizei von Lafourche, Sheriff's Department, Mr Holliday. Ich bin Detective Morgan. Das ist Detective Jackson.«

»Erfreut, Sie kennenzulernen«, erwiderte er gelassen und ruhig und mit selbstbewusstem Charme. Lächelnd streckte er ihnen die Hand entgegen. In dem Moment spürte es auch Claire. Es kam überfallartig wie ein Schlag in den Magen – diese unglaubliche physische Ausstrahlung, die reine maskuline Präsenz dieses Mannes. Nun, das sollte wirklich nicht sein, sie ärgerte sich beinahe über sich selbst. Es wurde höchste Zeit, dass Black zurückkam. Sie nahm die ausgestreckte Hand entgegen – und sei es auch nur, um zu zeigen, dass sie dazu imstande war – und seine langen, sonnengebräunten Finger schlossen sich um ihre. Sie schüttelte seine Hand ganz bewusst und nicht nur wie nebenbei und drückte sie ebenso bewusst. Er hatte bestimmt die größten Hände beziehungsweise Pranken, die sie je gesehen hatte, aber sie konnte dabei auch an nichts anderes denken als daran, wie leicht es für solche langen, kräftigen Finger sein musste, Madonna Christien die Luft abzudrücken, falls er sie ihr um den Hals gelegt hatte. Dieser Gedanke dämpfte wiederum die Wirkung seines Sex-Appeals auf sie.

Holliday sah einen Augenblick zu lange auf Claire herab, als könnte er ihr Misstrauen spüren. Dann löste er den Handschlag und bot ihn Zee an. Claires unvoreingenommener, völlig neutral und professionell agierender Kollege von der Polizeibehörde von Lafourche sagte als Erstes: »O Mann, sie tragen ja Ihren Super Bowl-Ring an der Hand. Wow, Mann. Das war einfach großartig, wie Sie damals gespielt haben bei Ihrem allerletzten Spiel, bei dem Sie sich dann das Knie ausgerenkt haben. Ich habe alle Ihre Spiele auf Video daheim.« Dabei grinste er Holliday an und zeigte sämtliche seiner schönen weißen Zähne und glänzende Augen.

So viel zu Zees Versprechen, sich von dem Mann nicht übermäßig beeindruckt zu zeigen. Sie könnte wetten, dass sich Bud, ihr langjähriger, vertrauter Partner in Missouri, besser in der Gewalt gehabt hätte. Na ja, wenn sie es recht bedachte, vielleicht doch nicht so ganz. Außerdem war Zee noch sehr jung und völlig vernarrt in Football; das musste man ihm wohl zugestehen.

Holliday gab sich extrem gönnerhaft und großzügig, keine Frage. »Oh, vielen Dank. Aber wir hatten auch sehr viel Glück an jenem Tag, dass wir das Spiel gewonnen haben. Wollen Sie ihn mal anprobieren?«

Als Zee daraufhin ein unkontrolliertes Quieken von sich gab, das sich anhörte wie ein Kichern – und das bei einem Mann –, war es höchste Zeit, die Zügel wieder in die Hand zu nehmen.

»Wir sind hier, weil wir ein paar Fragen an Sie haben, Mr Holliday, wenn Ihnen das recht ist.«

»Ja, ich weiß. Rene hat es mir schon gesagt. Kein Problem. Schießen Sie los.« Er nahm den besagten Ring vom Finger und reichte ihn Zee, der ihn überstreifte und ihn wie ein geistesschwacher Trottel begaffte. Er war ihm natürlich viel zu groß und baumelte an Zees Finger wie ein Herrenring am Händchen eines Teenagers.

»Bitte, nennen Sie mich doch Jack, Detective.« Er lächelte sie von oben an, aber er ließ sie auch keine Sekunde aus den Augen und beobachtete sie genau. Sie fragte sich, warum. »Ach, übrigens, es ist noch so viel Essen übrig von dieser kleinen Wohltätigkeitsveranstaltung, zu der ich heute Gäste eingeladen hatte. Wollen Sie nicht etwas davon haben? Es wäre doch schade, wenn es verdirbt. Es ist noch reichlich da.«

»Hört sich gut an«, antwortete Zee und legte den Ring ehrfurchtsvoll in die Handfläche.

»Haben Sie vielen Dank für diese Einladung, Mr Holliday«, erwiderte Claire, »aber ich fürchte, dafür haben wir nicht genügend Zeit. Sollen wir das Gespräch hier führen oder beabsichtigen Sie, woanders mit uns hinzugehen?«

Er reagierte überrascht. »Hier ist es doch in Ordnung, nehme ich an. Mich stört es nicht. Und Sie sind sich sicher wegen des Essens? In der Küche sind noch lauter leckere Sachen. Grillfleisch, Meeresfrüchte, Jambalaya. Was Sie wünschen.«

»Mann, ich steh auf Jambalaya«, sagte Zee. Die beiden Männer grinsten einander bereits wie die dicksten Kumpel an. Meine Güte. Aber auch ihr Magen rumpelte ausgerechnet jetzt, als wollte er sich über sie lustig machen.

Alle drei setzten sich nun hin. Holliday nahm neben ihr auf dem Sofa Platz und wandte sich ihr zu, wodurch seine Ausstrahlung samt seinem Lächeln geradezu körperlich spürbar wurde. Dieser Mann war eine echt heiße Nummer, ein echter Frauenschwarm, wie im Übrigen auch Zee sich selbst gern bezeichnete. Holliday war sich seiner Wirkung natürlich voll bewusst und schien nur zu warten, bis Claire anfing dahinzuschmelzen wie Eis in der Sonne. Natürlich konnte sie schwach werden wie jede andere Frau auch, aber bestimmt nicht bei übermäßig von sich selbst überzeugten Typen, die nur meinten, mit den Augen zwinkern zu müssen, selbst wenn sie wirklich gut aussehend waren. Richtig schwach wurde sie nur bei Black, der mindestens ein genauso heißer Typ war wie Holliday, wenn nicht noch heißer. Ob sie dahinschmolz, hing außerdem immer von den jeweilige Umständen ab. Nancy beispielsweise hätte sich inzwischen längst völlig verflüssigt und wäre längst von dem unbezahlbaren Perserteppich zu ihren Füßen aufgesaugt worden. Da war es doch gut, dass sie sie in der Gerichtsmedizin gelassen hatten.

»Also, worum geht es denn eigentlich, Detective Morgan? Irgendwie kommen Sie mir sogar bekannt vor. Haben wir uns schon mal kennengelernt?«

Claire mochte auch diese Art von Anbiederungen überhaupt nicht: Sie mochte es nicht, wie er die Sache anging. Er versuchte, ein Spielchen mit ihr zu spielen, das spürte sie deutlich. »Nein, ganz bestimmt nicht. Wenn es Ihnen jetzt nichts ausmacht … wir haben nicht so viel Zeit.« Die hatten sie natürlich. Sie hatten so viel Zeit, wie sie wollten und wie sie brauchten, aber das musste er ja nicht wissen. Sie hatten auf jeden Fall genug Zeit, dieses breite, selbstzufriedene Zahnpastalächeln zum Erlöschen zu bringen und stattdessen ein paar Sorgenfalten auf die Stirn über den schön gezeichneten Augenbrauen einzufurchen. Das Lächeln wackelte bereits. Er versuchte in ihrer Miene zu lesen, weil er von ihrer leicht gereizten Art bereits etwas irritiert war.

»Okay, Detective, ich bin ganz Ohr.«

»Kennen Sie eine Frau namens Madonna Christien, Mr Holliday?«

Sie einer an, der Gesichtsausdruck des Allmächtigen veränderte sich innerhalb von Sekundenbruchteilen, kaum dass sie den Namen des Mordopfers ausgesprochen hatte. Schon zeigte sich, was man als das allerernsteste von Jack Hollidays Stirnrunzeln bezeichnen könnte.

»Aber ja doch. Ich kenne Madonna Christien. Leider möchte ich sagen.«

»So – leider«, wiederholte Claire langsam. »Was genau wollen Sie damit sagen, Mr Holliday?«

»Madonna Christien ist eine dermaßen beknackte Person, das grenzt schon fast an Idiotie. Seit rund drei Monaten ist sie hinter mir her und belästigt mich wie eine Stalkerin. Sie hat mir das Leben zur Hölle gemacht.«

Claire kritzelte auf ihrem Notizblock herum; das meiste sah nach Gekritzel aus, denn es war auch nichts anderes. Aber es sah professionell aus und verschaffte ihr Zeit zum Nachdenken und verunsicherte ihn hoffentlich ein bisschen.

Aber es verunsicherte ihn keineswegs. »Ihre Handschrift sieht ja aus wie Kindergekrakel«, bemerkte er indezent und grinste Zee dabei an. Zee grinste natürlich blöde zurück. Sie hob das Clipboard leicht an, damit er nicht mehr draufschauen konnte.

»Haben Sie Ms Christien persönlich kennengelernt?«

»Ich habe sie durch eine der Cheerleaderinnen der Saints kennengelernt. Wendy sagte mir, eine ihrer Freundinnen hätte gern ein Autogramm für ihren kleinen Jungen; das konnte ich nicht abschlagen. Ich habe kleine Kinder sehr gern.«

»Wo haben Sie sie also getroffen?«

»Im Superdome in Dallas, auf dem Spielfeld, gleich nach dem Spiel. Ich war dort, um einigen Spielern zu gratulieren, deren Interessen ich wahrnehme. Madonna Christien hatte eines von diesen blöden Postern mitgebracht, die aus einem Foto fabriziert wurden, das einer von diesen Paparazzi aufgenommen hat, als ich im Frühjahr im Urlaub in Miami war.«

»Und was sagten Sie noch über Ms Christien?«

»Sie behauptete, das Autogramm wäre für ihren kleinen Jungen, der zu krank sei, um zu dem Spiel zu kommen. Wir unterhielten uns ungefähr ein oder zwei Minuten lang, dann fing sie an, sich ein bisschen merkwürdig zu verhalten, also entschuldigte ich mich und brach das Gespräch ab. Im Nachhinein fragte ich mich sogar, ob sie tatsächlich ein Kind hatte oder nicht.«

»Was meinen Sie mit »sie hat sich merkwürdig verhalten«?«

Holliday zögerte und sah zu Zee hinüber. »Merkwürdig

bedeutet, dass sie mich ziemlich unverhohlen anmachte. Sie wollte unbedingt, dass ich sie zu Hause besuche, ja sie fing rasch an, regelrecht darauf zu bestehen. Sie sagte, sie hätte dort etwas, was sie mir unbedingt zeigen müsste, das wiederholte sie mehrmals, und dann behauptete sie, irgendeine Voodoo-Queen habe ihr geweissagt, die Götter hätten uns füreinander bestimmt und wir würden innerhalb eines Jahres heiraten. In dem Moment wusste ich, dass mit ihr etwas nicht stimmte und dass der weitere Umgang mit ihr nur Ärger nach sich ziehen würde.«

»Was für eine Voodoo-Queen soll das gewesen sein?«, wollte Zee wissen. Vielleicht fürchtete er, dass Mama Lulus Name mit im Spiel war.

Holliday zuckte die Achseln. »Darauf ist sie nicht näher eingegangen. Von diesem Tag an schickte sie mir unablässig alle möglichen Geschenke, Grußkarten, Blumen – alles Mögliche. Stets adressiert an ihre »wahre Liebe«.«

Interessant, dachte Claire. »Haben Sie diese Geschenke behalten?«

»Sind Sie wahnsinnig? Das meiste Zeug habe ich Wendy weitergereicht, damit sie es ihr zurückgibt und ihr sagt, sie soll mich um Himmels willen damit verschonen. Vielleicht liegen irgendwo noch ein paar Kleinigkeiten herum, die ich übersehen habe. Aber ich wollte diese Person auf keinen Fall weiter ermutigen.«

»Und wer ist noch mal schnell Wendy?«

»Wendy Rodriguez. Das ist ihr Ehename, den sie auch nach ihrer Scheidung beibehalten hat. Sie ist die Cheerleaderin, die uns miteinander bekannt gemacht hat.«

»Wir werden sie auch befragen müssen.«

Holliday zuckte wieder die Achseln. »Sie ist nicht schwer zu finden. Worum geht es denn nun eigentlich, Detective?«

Claire ignorierte seine Frage. Irgendwas an seinen Aussagen wirkte nicht ganz echt auf sie, wahrscheinlich lag es an der Art, wie er seine Antworten vorbrachte. Auf sie wirkte das alles ziemlich einstudiert. »Würden Sie also sagen, dass Sie Madonna Christien eigentlich gar nicht richtig kannten?«

»So könnte man es formulieren. Es gab nur dieses eine Gespräch und dann noch ein paar sehr kurze Begegnungen, als sie mir vor dem Haus auflauerte. Sie wollte uns beschwatzen, sie ins Haus zu lassen, aber mein Butler wies sie nachdrücklich ab.«

»Was passierte, wenn sie sich doch begegneten?«

»Eigentlich nichts Besonderes. Das waren die Gelegenheiten, bei denen sie mir die Geschenke in die Hand drückte. Wenn ich mich weigerte, sie anzunehmen, warf sie sie über den Zaun in den Vorgarten. Manchmal legte sie sie auch einfach auf die Motorhaube meines Wagens oder vors Tor. Worum bitte geht es bei diesen Fragen, Detective?«

Claire dachte an die vielen Bilder von ihm in dem Voodoo-Schrank und vor allem die Fotos, die sie anscheinend ohne sein Wissen aufgenommen hatte. Das schien zu stimmen. Der Punkt ging an ihn. »So wie Sie das schildern, Mr Holliday, klingt es in der Tat, als seien Sie systematisch gestalkt worden. Ist es das, was Sie uns vermitteln wollen? Dass Madonna Christien Sie gestalkt hat?«

»Genau das hat sie gemacht.«

»Hat sie gemacht?«

»Seit ein paar Wochen habe ich nichts mehr von ihr gehört. Ich will schwer hoffen, das bedeutet, dass sie endlich aufgegeben hat. Sie ist eine sehr instabile Person, das können Sie mir glauben. Sie verstehen schon.« Er tippte mit seinem Zeigefinger an die Stirn. »Sie hat nicht alle Tassen im Schrank.«

Claire machte sich ein paar Notizen. Dann sah sie ihn direkt an und er sah ihr in die Augen. Sein Blick wirkte in dem Moment wirklich besorgt. Okay. Es ging ans Eingemachte. »Wenn Christien angeblich Sie stalkte, wie Sie behaupten, Sir, wie kommt es dann, dass sie eine gerichtliche Kontaktsperre gegen Sie erwirken konnte?«

Starkes Stirnrunzeln. Augenbrauen eng zusammengezogen, enger ging es fast nicht mehr. Gesichtsausdruck sehr verwirrt? Oder ein Anzeichen für Schuldgefühle? »Ich verstehe nicht. Ich war derjenige, der eine Kontaktsperre gegen sie erwirkt hat.«

Na so was. Damit hatte Claire nicht gerechnet. Was war, wenn das stimmte, was er sagte? Aber Rene hätte es ihr doch bestimmt schon gesagt, wenn das der Fall gewesen wäre? »Mr Holliday, wir haben eine Kopie der offiziellen Kontaktsperrenanordnung, die gegen Sie ergangen ist und in der Ihnen verboten wurde, sich Madonna Christien auf weniger als hundert Meter zu nähern.«

»Also, das wäre mir ganz neu.« Holliday sah erst sie, dann Zee ungläubig an. Zee blieb ganz nüchtern und neutral. Gott sei Dank.

Claire hätte zu gern gewusst, ob das jetzt stimmte. Sie erwiderte erst einmal nichts darauf, in der Hoffnung, ihn weiter zu verwirren. Aber er war nicht leicht zu verwirren. Es schien so, als hätte er tatsächlich keine Ahnung, worauf das Ganze hinauslief. »Ich frage Sie zum wiederholten Mal, Detective, worauf wollen Sie eigentlich hinaus? Ehrlich gesagt, gefällt mir die Richtung nicht, die Sie mit Ihrer Fragerei hier einschlagen.«

Na ja, wenn er sich bisher sehr geschickt angestellt hatte, konnte er sehr wohl wissen, worauf alles hinauslief. »Erzählen Sie mir bitte ausführlich, wo Sie sich in den vergangenen vier Tagen überall aufgehalten haben.«

Holliday stand abrupt auf. Claire und Zee mussten den Kopf tief in den Nacken legen, um ihn anzusehen. »Ich beantworte keine weiteren Fragen, bevor Sie mir nicht sagen, worum es geht.«

»Madonna Christien wurde in einem verlassenen Haus in einem Bayou in Lafourche tot aufgefunden.«

Ihm fiel regelrecht die Kinnlade herunter; zwar nur für einen kurzen Moment, aber nach ihrem Eindruck war es echte Überraschung und nicht gespielt. Vielleicht bedeutete diese Überraschung, dass er wirklich bis jetzt keine Ahnung von dem Mord hatte. Es konnte aber auch bedeuten, dass er nicht erwartet hatte, so schnell ins Visier zu geraten.

»Werde ich im Zusammenhang damit wegen irgendwas beschuldigt? Falls das der Fall sein sollte, sollte mein Anwalt anwesend sein.«

»Es liegt keinerlei Anschuldigung gegen Sie vor, Sir.« Nun ja, implizit, in einer indirekten Art und Weise hatte sie das schon getan, aber sie würde es ihm gegenüber nicht zugeben. »Können wir jetzt bitte damit fortfahren, dass sie uns lückenlos von ihren Aufenthalten in den vergangenen vier Tagen berichten. Oder soll ich Ihnen mein Telefon leihen, damit Sie Ihren Anwalt herbeirufen können?«

Holliday blickte erst Zee an, dann sie. Jetzt war es mit seiner Freundlichkeit fürs Erste vorbei. Wahrscheinlich war ihm auch der Appetit auf die Reste von der Wohltätigkeitsparty vergangen. »Die vergangenen beiden Tage war ich in Dallas. Dafür gibt es jeden Menge Zeugen: an die hundert Pressevertreter, fünfundsiebzig Zuschauer im Stadion und Millionen von Fernsehzuschauern.«

»Das wollen wir gerne akzeptieren. Was war an dem Tag, bevor Sie nach Dallas gefahren sind? Waren Sie hier in New Orleans?«

»Nein, ich war in New York.«

»Und dafür gibt es natürlich auch Zeugen, nehme ich an.«

»Selbstverständlich. Ich habe meinen Privatermittler getroffen und anschließend einen alten Freund von mir. Sie können sich beide für meinen Aufenthalt verbürgen.«

»Und wie lauten die Namen dieser Herren?«

»John Booker und Nicholas Black.«

Jetzt war Claire an der Reihe, die Kinnlade fallen zu lassen. Sie und Zee sahen sich vollkommen verblüfft an. Zee wirkte genauso überrascht wie sie. »Sie haben sich vorvorgestern mit Nicholas Black in New York getroffen?«

»Ja, Sie kennen ihn vielleicht. Er tritt oft in Talkrunden im Fernsehen auf. Ein ganz bekannter Psychologe. Fast könnte man sagen: berühmt.«

Also das war die faustdickste Lüge, die man sich vorstellen konnte, da niemand besser als sie selbst wusste, dass

Black noch in London arbeitete. Aber wo man eine Lüge aufdecken konnte, da fand man üblicherweise auch noch haufenweise andere Lügen. Vielleicht konnte sie jetzt das Lügengespinst zerreißen, hinter dem er sich versteckte. »Behandelt er Sie womöglich wegen irgendeines psychologischen Problems, Mr Holliday? Haben Sie ihn deshalb in New York getroffen?«

Holliday lachte spontan auf, als hätte sie einen wirklich guten Witz gerissen. »Nein, Madam, er ist wirklich nur ein langjähriger persönlicher Freund von mir. Ich musste seinen ärztlichen Rat nie in Anspruch nehmen, aber ich würde ihm stets mein Leben anvertrauen.«

Ich auch, dachte Claire. Und sie hatte es auch schon getan.

Claire sah ihm in die Augen und ließ ihn absichtlich ein bisschen zappeln und darüber rätseln, was sie jetzt dachte. »Und Sie hätten nichts dagegen, uns die Telefonnummern der beiden mitzuteilen?«

»Nein, überhaupt nichts. Aber beide werden am Dienstag wieder nach New Orleans zurückkommen. Ich kann es sicher einrichten, dass Sie mit beiden sprechen können, wenn Sie wollen.«

Aha, Mr Adonis Holliday hatte anscheinend keinen blassen Schimmer, dass sie und Black ein Paar waren – und das seit Jahren. Was für eine enge Freundschaft zwischen den beiden mochte das wohl sein? Kann sein, dass sie ein-, zweimal ein Foto von den beiden in der Zeitung gesehen hatte. Aber warum hatte Black ihn ihr gegenüber nie erwähnt? Vielleicht hatte Holliday sich nur deswegen so bereitwillig bereit erklärt, ein Treffen mit den beiden zu arrangieren, weil ihm das genügend Zeit ließ, sich mit ihnen in Verbindung zu setzen, um mit ihnen abzusprechen, welche Lügen sie ihr auftischen sollten. Da würde ihre große Liebe ja ganz schön in die Zwickmühle geraten, aber sei's drum.

»Können Sie mir freundlicherweise noch sagen, mit welcher Fluglinie Sie nach New York geflogen sind und die Flugnummer?«

»Ich bin selbst geflogen. Mir steht eine Maschine zur Verfügung. Die Flugunterlagen sind sicherlich noch vorhanden.«

»Sie haben einen Pilotenschein?«

»Habe ich.«

Claires Telefon rührte sich und begann mit dem Song »Blue Bayou«. Holliday lächelte. »Schöner Klingelton. Ich mag Roy Orbinson.«

»Danke.«

Claire trat ein paar Schritte zur Seite. »Detective Morgan.«

»Hallo, mein Mädchen. Hier ist Rene. Wo bist du gerade?« Er klang ein bisschen atemlos.

»Ich führe gerade ein Ermittlungsgespräch. Ich rufe zurück.«

»Ich nehme an, dass Jack Holliday zuhört, stimmt's? Ich hatte gehofft, dich vorher zu erreichen.«

»Das ist korrekt.«

»Also, im Moment nur so viel: Wir haben die Fingerabdrücke auf dem Weinglas überprüft, das wir in der Wohnung von Madonna gefunden haben. Die von Jack Holliday sind auch drauf.« Claire ging noch weiter vom Kamin weg und wandte ihm den Rücken zu. »Wie kommen die denn in die Datenbank?«

»Nichts Ernsthaftes. Unanständiges Verhalten am Mardi Gras in seiner College-Zeit. Er geriet mit einigen Kommilitonen auf der Bourbon Street in eine Schlägerei während dieses Faschingsumzugs. Es gab aber keinerlei formelle Anklage und man hat sie am nächsten Morgen wieder laufen lassen. Das war alles. Seitdem war er nie mehr mit dem Gesetz im Konflikt. Aber damals wurden den Jungs die Fingerabdrücke genommen und so wanderten sie in die Datenbank der Polizei von New Orleans.«

Claire verabschiedete sich kurz und schaltete ab. Holliday und Zee sahen sie erwartungsvoll an. Sie wandte sich an Holliday. »Sie sollten jetzt doch besser Ihren Anwalt anrufen. Ihre Fingerabdrücke wurden am Tatort in der Wohnung des Mordopfers gefunden.«

8

Nach Claires überraschender Mitteilung bezüglich der Fingerabdrücke von Holliday am Tatort wirkte der bedeutende Sportmanager und Wohltätigkeitssponsor zum ersten Mal bedrückt. »Das ist völlig unmöglich.« Nach kurzem Zögern fügte er noch hinzu: »Ich bin doch niemals in ihrer Wohnung gewesen. Ich weiß nicht einmal, wo sie lebt.«

»Und wie erklären Sie sich dann, dass dort Ihre Fingerabdrücke gefunden wurden?«

»Das kann ich mir nicht erklären. Aber ich kann beweisen, dass ich seit Dienstagabend auf jeden Fall weit außerhalb von New Orleans gewesen bin. Das sollte doch ausreichen, um mich von jedem Verdacht zu befreien? Das deckt das fragliche Zeitfenster ab.«

Fragliches Zeitfenster – das war typische Polizeisprache. »An Ihrer Stelle, Sir, würde ich trotzdem umgehend einen Anwalt anrufen. So lange, bis ich die von Ihnen genannten Alibi-Zeugen vernommen und Ihre Aussagen verifiziert habe, stehen Sie unter Verdacht.«

Holliday hatte bereits sein Mobiltelefon in der Hand. Nachdem er die Kurzwahl seines Anwalts gedrückt hatte, informierte er ihn kurz über die Lage, in der er sich befand. »Er ist schon unterwegs«, sagte er anschließend.

»Haben Sie John Booker und Nicholas Black auch auf Ihrer Kurzwahlliste, Sir?«

»Allerdings, Madam. Bedienen Sie sich. Rufen Sie sie

von diesem Gerät aus an. Sie sind beide immer noch in New York.«

Irrtum, Jack. Immerhin war dieses Angebot ein gutes Zeichen. Wenn er etwas zu verbergen hätte, würde er auf jeden Fall versuchen, seine Kumpane zu erreichen, um sie zu briefen, was sie sagen sollten. Vielleicht war er tatsächlich unschuldig. Oder besonders gerissen. Er wirkte in der Tat nicht wie ein mordlüsterner Irrer mit einem besonderen Hang zu Näharbeiten. Und Claire hatte im Laufe ihrer Karriere schon einige verrückte Mörder erlebt. Allerdings noch nicht so viele mit einer Vorliebe fürs Nähen.

Claire nahm sein Handy und ging damit in das angrenzende Esszimmer, wo ein riesiger Kronleuchter mit unzähligen glitzernden Glasprismen über einem gigantischen, polierten Eichentisch hing, an dem bestimmt zwanzig Personen Platz fanden, wenn nicht mehr. Als Erstes fand sie die Nummer von John Booker. Booker war einer der besten Freunde von Black; sie kannte ihn selbst recht gut. Er arbeitete als Privatermittler, Claire hatte schon mit ihm zusammengearbeitet. Sie drückte die Rufwahl mit seiner Nummer. Schon nach dem ersten Ton wurde das Gespräch angenommen. »He, Jack«, sagte er unvermittelt. »Hab dich gestern im Fernsehen auf Fox gesehen. Du bist wieder mal toll rübergekommen.«

Claire sagte: »He, hallo Booker.«

Es war totenstill. »Claire? Bist du das?«

»Hier spricht Detective Claire Morgan vom Sheriff's Office in Lafourche.«

»Was ist los? Ist irgendwas mit Jack?«

»Könnte man so sagen. Ich muss dir ein paar Fragen stellen.«

»Okay. Ist mit ihm alles in Ordnung? Arbeitest du nicht wieder bei der Mordkommission?«

»Holliday ist gar nichts zugestoßen. Sagen Sie mir, Mr Booker, haben Sie Mr Holliday in der letzten Zeit persönlich getroffen?«

»Er kam am Dienstagabend nach New York geflogen und verbrachte ein paar Tage mit uns im Ritz Carlton.«

Claire legte die Stirn in Falten. »Wen meinen Sie mit ›uns‹?«

»Mit Nick und mir. Hat dir Nick nicht gesagt, wo wir sind?«

»In London vielleicht?«

»Quatsch in London. Wir waren in New York.«

»Waren Sie die ganze Zeit über in New York?«

»Klar. Warum?«

Aha, das waren ziemlich überraschende Auskünfte und nicht das, was sie erwartet hatte. Black hatte behauptet, in London zu sein und sie von dort aus anzurufen. Zuletzt gestern Abend. Sie biss die Zähne zusammen. Was ging hier vor sich?

»In welcher Weise haben Sie sich getroffen?«

»Jetzt komm schon, Claire, was soll die Fragerei?«

»Ihre Antwort bitte, Mr Booker.«

»Wir haben Jack nach seiner Ankunft am LaGuardia-Flughafen abgeholt und wir blieben gemeinsam im Hotel, bis er am Samstag nach Dallas abgereist ist.«

»Und warum ist er zu Ihnen beiden gestoßen?«

»Wir hatten etwas zu besprechen. Es ging um einen bestimmten Fall. Schließlich arbeite ich ja als Privatermittler, wie du weißt.«

»Worum ging es bei diesem Fall?«

»Netter Versuch, Detective, aber das ist vertraulich und geht nur Jack Holliday und mich etwas an, wie du dir denken kannst.«

»Na schön. Und Nicholas Black war auch die ganze Zeit über dabei?«

»Das weißt du doch. Mach nicht so ein Theater, Claire.«

Stimmt. Sie hätte es wissen müssen, aber sie war ahnungslos. »Ist Nick gerade bei dir?«

»Er ist im Salon. Willst du ihn sprechen?«

Wenn Black sich in dem Fall als wichtiger Zeuge entpuppen sollte und das dazu führte, dass sie wegen seiner Lügerei von dem Fall abgezogen würde, dann würde sie sein Gesicht auf einer Voodoo-Puppe anbringen. »Aber ja, natürlich. Das wäre ganz reizend, Mr Booker.«

»Ich gebe dich weiter.«

Claire konnte hören, wie Booker ein paar Schritte machte, dann wurden eine Tür geöffnet und ein paar gedämpfte Worte gewechselt. Dabei hörte sie die Stimme des anderen Mannes, die sie sonst hauptsächlich zwischen den Bettlaken vernahm. Sie klang rau und tief und wie stets so sexy, dass es sie anmachte. Diesmal klang sie allerdings rau und barsch und keineswegs antörnend. »Was zum Teufel ist hier eigentlich los, Claire? Wie kommst du an Jacks Telefon?«

Black klang ziemlich empört, vielleicht auch ein wenig schuldbewusst. »Soweit ich weiß, kannst du den Aufenthalt von Jack Holliday in New York in der vergangenen

Woche bezeugen, Black. Was ich sehr interessant finde, da ich dich in London vermutet habe.«

Darauf folgte ein sehr langes Schweigen. Es musste ihm hochnotpeinlich sein. »Mist, was soll ich ihr denn jetzt bloß sagen« – das waren sicher die Gedanken, die ihm jetzt durch den Kopf gingen. Die Wut, mit der sie inzwischen geladen war, war auch nicht dazu angetan, die Situation zu entschärfen.

»Ich kann das erklären.«

»Ich bin gespannt, Dr. Black.«

»Du bist verärgert. Das merke ich schon.«

»Mir war immer klar, dass du ein Genie des Einfühlungsvermögens bist.«

»Claire, glaub mir, ich kann es wirklich alles erklären.«

»Das hast du eben schon mal gesagt. Also bitte, erklär's mir.«

Claire schaute hinüber zu den beiden anderen Männern in Hollidays Salon. Es sah so aus, als versuchte Holliday ihr Telefonat mitzuhören. Zee sah so aus, als wollte er sich gleich auf die Knie niederlassen und den Ring seines Helden küssen.

»Ich werde dir alles erklären, aber nicht jetzt und sicher nicht am Telefon. »Es geht um …«

Black unterbrach sich hier, weil er sich sicher selbst noch seine größte Lüge aller Zeiten ausdenken musste, dann sprach er rasch weiter: »Ich fliege morgen, und wir sehen uns am Abend. Dann gehen wir zusammen nett essen und ich erkläre dir alles in Ruhe. Aber im Moment müssen wir noch kurz über Jack sprechen.«

»War Jack zusammen mit euch beiden in New York?«

»Jawohl, und zwar von Dienstag bis Samstag. Wir waren hier zusammen mit Booker im Ritz. Jack und ich sind alte Studienfreunde aus unserer gemeinsamen Zeit in Tulane.«

Gut, das stimmte wenigstens mit der Angabe über die Schlägerei im French Quarter überein. Blacks Fingerabdrücke waren vermutlich ebenfalls in den Unterlagen und nun in der Datenbank der Justiz von New Orleans gelandet. Das wurde ja von Minute zu Minute immer besser. »Und ihr drei wart die ganze Zeit zusammen?«

»Na ja, ich bin nicht mit ihm zusammen aufs Klo gegangen, aber ich habe eine Suite im zweiundzwanzigsten Stock gemietet und er und Booker waren die ganze Zeit über hier bei mir. Wir sind nicht einmal ausgegangen.«

»Sind Sie bereit, eine dementsprechende polizeiliche Zeugenaussage zu unterschreiben, Dr. Black?«

»Verdammt, Claire, lass den Doktor-Mist weg. Natürlich unterschreibe ich das. Wenn du willst, kann ich dir noch zwanzig andere Augenzeugen für den Freitagabend nennen. Da hatte Jack Geburtstag und es waren einige Gäste da. Ich nehme an, Jack steckt in irgendwelchen Schwierigkeiten?«

Black hatte kurzzeitig seine ruhige, unerschütterliche Gelassenheit verloren, als er Wörter wie »verdammt« benützte, aber er hatte sich schnell wieder im Griff. Aber, um das Wesentliche auf den Punkt zu bringen, befand sich Black keineswegs in London, sondern schmiss eine Geburtstagsparty vermutlich für seine alten Saufkumpane vom College im Ritz in New York. Die Grube, die er sich grub, wurde immer tiefer. Bald würde er selbst zugeschüttet werden. Sie wollte ihn ja keineswegs kontrollieren. Das hatte sie weder früher noch jetzt noch in der Zukunft vor. Aber diese ganze Sache hier war doch mehr als seltsam.

Black war schließlich kein notorischer Lügner, dazu bestand überhaupt keine Veranlassung, auch ihr gegenüber nicht. Aus ihrer Sicht konnte er tun und lassen, was er wollte; und er würde sowieso immer tun und lassen, was er wollte – mit oder ohne ihre Erlaubnis. Den gleichen Anspruch hatte sie schließlich auch. Black verhielt sich zwar manchmal ein bisschen bevormundend, speziell wenn es um ihre Sicherheit ging, aber er würde sich hüten, sie herumzukommandieren. Vielleicht gab es für diese wirklich sehr merkwürdige Situation einen guten Grund; das war zwar unwahrscheinlich, aber es mochte so sein. Im Augenblick kam sie sich regelrecht hinters Licht geführt vor; sie war darüber richtig verärgert und hatte auch keine Hemmungen, ihn das spüren zu lassen. »Wir führen hier eine Mordermittlung durch, Sir, und dabei haben wir auch einen ernst zu nehmenden Hinweis auf Jack Holliday bekommen. Deshalb überprüfen wir alle relevanten Tatsachen.«

»Aha, ich verstehe. Es handelt sich um einen hochoffiziellen Anruf. Hör zu, ich habe ja den Learjet und ich komme so früh wie möglich zurück.« Er machte eine kurze Pause und fuhr dann mit einem leidenschaftlichen Appell fort: »Claire, ich kenne Jack seit sehr langer Zeit und ich versichere dir, dass er zu einem kaltblütigen Mord niemals imstande wäre.« Dann stieß er ein Lachen aus, also er noch einmal auf diese Weise bekräftigen wollte, wie absurd diese Vorstellung war.

»Na ja, so ein Vertrauensbeweis mag ja unter Freunden

schön und gut sein, aber derartige Aussagen zählen vor Gericht nun einmal nicht. Vor allem nicht in Mordfällen. Vielmehr hast du dich soeben selbst in Tat und Wahrheit als blanker Lügner entlarvt.«

Das zog einige Sekunden reines Schweigen nach sich. In ihrer gegenwärtigen Stimmung die reinste Wohltat. Das schien auch er so zu sehen, den er fragte nur noch: »Hat Jack sich mit seinem Anwalt in Verbindung gesetzt?«

»Möchten Sie selbst mit Mr Holliday sprechen, Sir?«

Er seufzte auf. »Ja, bitte. Wenn das möglich ist, möchte ich mit Jack sprechen.«

»Vielen Dank für Ihre Zusammenarbeit, Sir. Lassen Sie uns bitte noch wissen, wann Sie in der Stadt ankommen werden. Sie können mich über das Sheriff's Office in Thibodaux, Louisiana, erreichen. Die Nummer finden Sie im Telefonbuch.«

»Um Himmels willen, Claire!«

Na Bürschchen, du kannst dir wohl denken, dass ich es nicht besonders schätze, angelogen zu werden, und erst recht nicht, wenn es sich um so eine Riesenverarsche handelt, die sich über eine ganze Woche hinzieht. Falls sich diese gegenseitigen Beteuerungen allerdings als richtig und wahr erweisen sollten, dann war Jack Holliday aus dem Schneider. Aber wenn das der Fall sein sollte, wie kamen seine Abdrücke aber dann an das Glas?«

Claire ging zu Holliday zurück und gab ihm sein Telefon zurück. »Doktor Black möchte noch mit Ihnen sprechen.«

Holliday sagte: »Sind Sie nun zufrieden, Detective?«

»Noch längst nicht, Mr Holliday. Ich gebe Ihnen den

dringenden Rat, sich zu unserer Verfügung zu halten und die Stadt nicht zu verlassen.«

»Ich habe Madonna Christien nicht mal mit der Feuerzange angefasst. Sie war diejenige, die mich belästigt und mir aufgelauert hat, das kann ich beweisen. Erkundigen Sie sich bei der Polizei von New Orleans. Die hiesige Justiz hat mir eine Kontaktsperrenanordnung gegen sie bewilligt. Und ich versichere Ihnen, dass ich seither auch nicht mehr von ihr gehört habe. Daher dachte ich, die ganze Sache ist vorbei.«

»Ich werde Ihre Vorwürfe auch untersuchen. Unsere Ermittlungen stehen erst am Anfang. Das Alibi, das Ihre Freunde Ihnen geben, macht natürlich einen erheblichen Unterschied.«

»Jack, warte! Sag jetzt nichts mehr dazu!«

Mr Schlauer Anwalt kam quer durch den Raum mit einer Geschwindigkeit auf sie zugelaufen, als hätte die Sitzfläche seines teuren Nadelstreifen-Maßanzugs Feuer gefangen.

Carson Lancaster persönlich. Claire war ihm bisher erst ein Mal über den Weg gelaufen. Das war kurz nach ihrem Umzug nach New Orleans bei der pompösen Eröffnungsfeier von Blacks neuester Unternehmung, die damals sein ganzer Stolz war, einem exklusiven, teuren Boutique-Hotel mitten im French Quarter, das er Hotel Crescent genannt hatte, gewesen. Lancaster tauchte auch hin und wieder in den Spalten der Lokalpresse auf, fast immer lächelnd und voller Freude über seinen neuesten Triumph vor den Schranken des Gerichts – es konnte auch Schadenfreude sein. Er war der bekannteste Strafverteidiger von ganz Louisiana.

»Es ist schon alles in Ordnung, Carson. Ich habe ja ein grundsolides Alibi. Detective Morgan macht nur ihren Job. Daraus können wir ihr keinen Vorwurf machen.« Holliday bedachte Claire mit einem denkbar großzügigen Lächeln.

Claire sagte nichts dazu und Holliday ließ es sich nicht nehmen, sie mit einem langen, besonders warmen Blick aus seinen dunklen Augen zu bedenken und dazu mit einem blendenden Lächeln seiner weißen Zähne. Es war eine Überdosis an Charme, süß wie traditionelles Coca-Cola. »Ich bin sicher, Sie sind eine überaus erfolgreiche Ermittlerin, Detective. Nicht wahr?«

»Ich glaube, Ihr Freund wartet in New York auf die Fortsetzung des Gesprächs«, erwiderte sie und ignorierte die Bemerkung. »Ich glaube, im Augenblick wäre das alles, Mr Holliday. Sind Sie bereit, noch einmal mit uns zu sprechen, falls sich das als notwendig erweisen sollte?«

»Solange ich mit dabei bin, wird Mr Holliday zu jeder Aussage bereit stehen«, bemerkte Carson Lancaster alias Topanwalt der Bedrängten.

Holliday legte Lancaster die Hand auf die Schulter. »Selbstverständlich gerne, Detective.«

Vermutlich würde den beiden das Lachen und Flirten mit der Polizei schon noch vergehen, wenn sie sich erst einmal mit ihrem alten Kumpel Nicholas Black ausgetauscht hatten, dem Liebling und Lügner von Claire. »Wir bleiben in Kontakt, Mr Holliday. Vorerst vielen Dank für Ihre Kooperationsbereitschaft.«

»Es war mir eine Freude, Ihnen behilflich zu sein. Yannick wird Sie hinausgeleiten.«

Draußen in der Empfangshalle erschien Yannick alias Butler-Snob wie aus dem Nichts und geruhte, »die Herrschaften zur Tür zu bringen«, wobei er sehr gekonnt eine Miene aufsetzte, die nicht »Auf Wiedersehen«, sondern »Auf Nimmerwiedersehen ihr Bauerntrampel« kommunizierte.

Sie verließen das Haus und Zee folgte ihr zu Wagen. Er sagte keinen Ton bis sie beide drin saßen. »Was für ein Glück, dass er diese Alibi-Zeugen hat, Claire. He … und du hattest keine Ahnung, dass er mit Nick zusammen die ganze Zeit dort oben war?«

Claire schüttelte den Kopf. Darüber wollte sie erst recht nicht sprechen, jedenfalls nicht, bevor sie sich beruhigt hatte. Holliday hatte nichts zu befürchten. Jedenfalls nicht wenn er zusammen mit Black und Booker Hotelanmeldungen und Augenzeugen vorweisen konnten und wenn die Flugunterlagen überprüft waren. Sollte das alles in Ordnung sein, war sein Alibi so gut wie in Stein gemeißelt. Alles, was sie jetzt noch tun musste, war, herauszufinden, wie seine Fingerabdrücke auf jenes Cocktailglas gekommen waren und wer Madonna Christien umgebracht und ihre Augen und Lippen zugenäht hatte. Und wie sie mit Blacks Riesenverarsche umging. All das versprach jede Menge Spaß.

»Jetzt hör mal, Zee. Wie wäre es, wenn wir als Nächstes den Laden deiner Mama Lulu auf der Bourbon Street aufsuchen und uns mal anhören, was sie uns über dieses Veve-Ding zu erzählen hat.«

»Heute dürfte sie sogar im Laden sein. Also los. Ich habe sie auch seit Längerem nicht mehr gesehen.«

Also machten sie sich auf den Weg in die Bourbon Street, wo es immer viel zu viele Touristen und viel zu wenig Parkplätze gab. Aber mit freundlicher Unterstützung einer Notfalleinsatz-Plakette an der Windschutzscheibe fand Zee einen freien Platz in der Fußgängerzone. Claire war das egal. Im Moment steckten sie mit den Ermittlungen in einer Sackgasse, dabei lief ihnen die Zeit davon. Sie hatte das schlechte Gefühl, dass der Voodoo-Psychopath bereits eine weitere Puppe zurechtbastelte und seine Nadeln spitzte, während sie mit dem Kopf voran gegen eine Mauer anrannten.

9

Mama Lulus Voodoo-Shop trug völlig zu Recht die Bezeichnung »Mama Lulus Voodoo-Shop«. Treffender konnte es nicht sein. Der Laden befand sich in einem winzigen, schmalen Gebäude, das zwischen eine lärmige Rhythm-and-Blues-Bar mit haufenweise Gästen auf der einen Seite und einem altmodischen kleinen Buchladen auf der anderen Seite eingequetscht war, wo die Kunden es sich in Sesseln bequem machen und Klassiker von Charles Dickens und ähnlichen alten Buch-Nerds lesen konnten. Wahrscheinlich waren die Inhaber Pfeifenraucher und trugen Tweed-Jacketts mit aufgenähten Lederflecken an den Ärmeln wie manche College-Professoren. Das war überhaupt nicht ihr Ding, jedenfalls nicht vor Ende neunzig, wenn sie einen Stock zum Gehen brauchte. Selbst dann würde sie das Tragen von Lederflecken an den Ärmeln Black überlassen.

Vor dem Laden von Mama Lulu war ein Skelett aufgestellt, das einen Anzug trug, der so ähnlich aussah wie die Garderobe von Mr Hollidays Majordomus vorhin, dazu mit einem passenden Hut, allerdings mit weniger Fleisch auf den Knochen. Das Lächeln wirkte freundlicher. Das Gerippe war zudem reichlich mit Mardi-Gras-Ketten behängt und allerlei Strass herausgeputzt. Ein fröhliches Geläut ertönte beim Öffnen der Tür und Claire folgte Zee ins Innere. Dort war die Atmosphäre wie die Beleuchtung reichlich düster und überall hingen Warnschilder, um die

Kunden vor unangemessenem Verhalten zu warnen – vor allem das Anfassen von Gegenständen war nicht erlaubt. Einige große Schilder verkündeten weitere Verbote: »Das Fotografieren von Zaubergegenständen und Amuletten ist nicht erlaubt« – »Fotoapparate im Geschäft nicht erlaubt« – »Gegenstände, die von einem Voodoo-Priester gesegnet oder verflucht wurden, bitte nicht anfassen« – »Die Firma übernimmt keine Haftung bei Beeinträchtigungen durch böse Geister« sowie *last not least* »Visa, Mastercard, American Express accepted«. Die Formel lautete: Kunde, pass auf, aber zück dein Plastik.

Die Kunden waren sich des Gefahrenpotenzials offenbar bewusst, denn die meisten ließen die Hände in den Hosentaschen und vermieden jede Berührung mit den möglicherweise von bösen Geistern kontaminierten Waren. Ladendiebstahl war hier selbstverständlich undenkbar. Ungefähr ein Dutzend Kunden strich um die Glasvitrinen herum und begutachtete die Totenschädel und Schlangenköpfe oder Windspiele aus nachgemachten Menschenknochen. Zumindest wollte Claire hoffen, dass sie nachgemacht waren. Andernfalls hätte sie Zees Großmutter wegen Störung der Totenruhe verhaften müssen.

Alle Kaufinteressenten wirkten sehr ernst und seriös und studierten aufmerksam die Erläuterungen auf den Etiketten. Claire beschloss, sich diesem Verhalten anzuschließen. Was sie gut gebrauchen könnte, war eine ganze Horde schwer zu entfernender böser Geister, die sie mit in die Governor Nicholls Street nehmen konnte. Hinter dem Ladentisch saß ein kleiner Junge, der wie eine achtjährige Miniaturausgabe von Zee aussah. Gekleidet war er ähnlich wie das Gerippe draußen vor der Tür beziehungsweise wie der hochnäsige Butler und er trug sogar einen Kinderzylinder.

»He, Etienne, wie läuft's denn so?«, sagte Zee, umrundete die Theke und begrüßte den Jungen mit einem High Five und einigen anderen Berührungen verschiedener Körperteile.

»Heute ist echt viel los, Mann, Zee. Mama Lulu ist hinten und fabriziert Glücksamulette für Weihnachten. Liebestränke sind heute auch gut gegangen.«

So einen konnte Claire heute vielleicht gut gebrauchen, genauso wie Zee. Sie wusste, dass er am Abend noch ein heißes Date hatte, und sie selbst hatte eine Stinkwut auf Black. Eine Kundin, dem Akzent nach aus New York, fragte nach einem Preisnachlass für ein Glas mit Fledermausflügeln. Etienne entgegnete mit geschäftsmäßiger Höflichkeit: »Da kann ich Ihnen leider nicht entgegenkommen, Madam. Sind leider nur schwer zu beschaffen.«

Claire musste lächeln und folgte Zee durch einen schwarzen Perlvorhang ins Hinterzimmer. Hier saß seine Großmutter auf einem hohen Stuhl an einem Arbeitstisch und hantierte auf etwas mysteriöse Weise mit … Claire fand, es sah aus wie Körperteile von Kriechtieren. Sie fragte sich, ob Tierschutzorganisationen das hiesige Sortiment schon mal unter die Lupe genommen hatten.

»Hallo, Mama Lulu! Etienne sagt, du bist so beschäftigt, du kommst gar nicht mehr zum Nachdenken.«

»Oha, na, sieh mal einer an! Der große Polizeihauptmann kommt seine Oma besuchen. Wo haste denn die ganze Zeit gesteckt, Zander? Vergisst du, wer dich gepäppelt und gefüttert hat, als du klein warst?«

»Nee, Mama, das weißt du doch. Da draußen laufen so viele Kriminelle rum, da sind wir dauernd beschäftigt. Gerade jetzt haben wir 'nen ganz großen Fall, der hält uns voll auf Touren.«

Die alte Frau war bestimmt schon in den Achtzigern und sprach in einem eigenartigen Singsang. Claire fragte sich, wo Mama Lulu aufgewachsen sein mochte. Plötzlich sprang die alte Frau von ihrem Stuhl auf. Sie wirkte überraschend flink und quicklebendig in ihrem etwas schrägen Zigeuner-Outfit. Davon waren die Touristen sicher ganz angetan, besonders wenn sie sie zusammen mit dem hübschen kleinen Jungen in seinem Kinderfrack sahen. Sie trug einen bodenlangen, üppigen Rock mit Paisley-Muster, bei dem die Farben Gelb und Rot dominierten, dazu eine langärmlige, schwarze Seidenbluse und über der Schulter einen breiten, goldfarbenen Schal. Ein fransenbesetzter, lila Turban und große Goldohrringe rundeten das etwas exzentrische Bild ab. Zee hatte ihr bereits erklärt, dass Mama Lulu mit ihrem Geschäft immerhin genug Geld verdiente, damit immer Essen auf dem Tisch stand und Etienne eine katholische Privatschule in Thibodaux besuchen konnte. Ihr war es recht. Heutzutage musste jeder sehen, wie er über die Runden kam und genug Geld verdiente, sofern man nicht Black oder Jack Holliday hieß. Die beiden hatten genug Geld und bräuchten eigentlich nichts tun.

»Wer ist das? Schleppst uns 'n hübsches Ding hier an, von dem du noch gar nix erzählt hast?« Mama Lulu musterte Claire von oben bis unten mit durchaus kritischem Blick.

»Also, hör mal, Mama, sie ist nicht meine Freundin, sondern meine Kollegin. Ich hab dir doch schon von ihr erzählt. Sie heißt Claire Morgan.«

Mama Lulu richtete sehr lange einen sehr durchdringenden Blick aus ihren tiefschwarzen Augen auf Claire, die sich dabei zunehmend unbehaglich fühlte. Vielleicht konnte diese alte Dame ihre Gedanken lesen, oder sie verhexte gerade ihr Gehirn mit Voodoo-Tricks, aber vielleicht war es auch nur die makabre Atmosphäre in diesem Laden, die Claire verunsicherte.

»Freut mich, Sie kennenzulernen, Mama Lulu«, sagte Claire in dem Versuch, diesen etwas starren Blick zu lösen.

»Du musst gut auf dich aufpassen, mein Kind. Ich sehe um dich herum dunklen Grisgris.«

Hörte sich nicht besonders positiv an. »Und was bedeutet das?«

»Das heißt, nimm dich vorm Bösen in Acht.«

Das klang noch schlimmer. »Vielen Dank für den Rat. Ich werd mir Mühe geben. Aber manchmal geht es schlimm zu in der Welt.«

»Ich hab Amulette, die schützen dich. Mach dir'n guten Preis. Du kannst zwei haben für eins. Macht fünf Dollar.«

Claire war kurzzeitig erleichtert, weil sie glaubte, die düstere Prophezeiung als simplen Verkaufstrick durchschaut zu haben. Doch Mama Lulu drehte sich einfach um, nahm zwei Halsbänder mit Ledersäckchen in die Hand und legte sie ihr um den Hals. »Ich geb dir die zwei. Du brauchst sie viel dringender als ich.«

So ein Blödsinn. Claire begann sich zu ärgern. Das war hier reine Zeitverschwendung. Das hätten sie sich sparen können. Doch da sie nun schon mal da waren, öffnete sie den großen braunen Umschlag, den sie dabeihatte, prallvoll mit hässlichen Fotos vom Leichenfundort. Sie zog eine Nahaufnahme von dem Veve mit den beiden Schlangen und den Sternen heraus. »Haben Sie vielen Dank für die Amulette, Mama Lulu, aber worum ich Sie vor allem bitten wollte, war, sich diese beiden Fotos mal anzusehen. Wären Sie so nett?«

Mama Lulu blickte missbilligend zu ihrem Enkel hinüber. Zee versuchte, sie zu besänftigen. »Es ist nichts Böses. Es ist nur eine Aufnahme von einem Veve.«

»Trägst du die Zaubersprüche immer bei dir, die ich dir gegeben hab, Zander?«

Zee wirkte wie ein kleines Kind in der Gegenwart seiner Großmutter, obwohl Claire das Gefühl hatte, sie sei auch ein bisschen kleinlauter als sonst. Wahrscheinlich lag es an der Umgebung hier und an den speziellen Gerüchen, an den Totenschädeln, Schlangenhäuten, Fledermausflügeln. Bevor sie den Laden betreten hatten, waren sie beide ganz normal.

»Ja, Mama. Sie sind auf der Innenseite von meinem Hemd befestigt, über dem Herzen, genau wie du gesagt hast.«

Mama Lulu nickte wissend und schien mit der Antwort zufrieden. Sie nahm das Foto von dem in das Maismehl gezeichneten Symbol, das Claire ihr entgegenhielt. Dann legte sie es flach auf den Tisch unter die Hängelampe und betrachtete es in aller Ruhe sehr, sehr genau und für sehr lange Zeit. Bestimmt drei Minuten. Claire musste sich beherrschen, um nicht anzufangen, mit den Fingern auf der

Tischplatte zu trommeln, sondern blieb ruhig und aufrecht stehen, derweil ihr die nicht gerade angenehmen aromatischen Düfte aus dem Lederbeutel in die Nase stiegen. Es roch nicht gerade wie Parfüm von Estée Lauder, aber Parfüm von Estée Lauder hatte wohl auch nicht die Eigenschaft, Pistolenkugeln ablenken zu können.

»Das ist ein Loa, das Damballah-Wedo genannt wird.«

»Shit«, entfuhr es Zee.

Das schien kein gutes Zeichen zu sein. »Und was genau ist ein Loa?«, fragte Claire ihn rasch.

»Loa ist eine Voodoo-Gottheit. Damballah-Wedo ist eine Gottheit in der Loa-Familie Rada. Es handelt sich um eine männliche Gottheit.«

»Bösartig oder gutartig?« Claire wollte am liebsten gleich Klarheit haben, auch wenn sie das Gefühl hatte, dass sie die Antwort schon kannte.

»Sowohl als auch.«

Was war das für ein Hokuspokus? Aber dann fing Mama Lulu plötzlich an, sich zu regen. Sie deutete auf eines der Elemente in dem Symbol.

»Wir erkennen ihn am Zeichen Schlange oder Schnecke. Menschen, die von ihm besessen sind, können nicht mehr sprechen, sondern fauchen und pfeifen. Sie bewegen sich wie Schlangen oder Schnecken, so über den Boden. Und sie zucken mit der Zunge und klettern Wände hoch oder auf Bäume. So wie bei St. Patrick.«

Zee nickte. »Ja, das stimmt. St. Patrick soll ja auch die Schnecken aus Irland verjagt haben.«

So so. Na ja. Ein fauchender, sich über den Boden windender Mordverdächtiger, der sich um Baumäste wickelt, sollte ja leicht zu identifizieren sein. »Warum sind hier zwei Schlangen zu sehen? Und was hat der Stern zu bedeuten? Soll das hier ein Kreuz oder ein Pluszeichen sein?«

»Damballah-Wedo ist der Gott der Schöpfung, voller Liebe für die Welt. Er bringt Friede und Harmonie und Wasser und Regen. Das hier ist ein Kreuz. Voodoo nimmt viele Symbole von den Christen. Ich weiß nicht, was das Veve bedeutet. Das weiß nur der, der's gemacht hat.«

»Schön, wenn hier von Frieden und Harmonie die Rede ist, dann hört sich das ja schon besser an, als wenn es auf fauchende Zombies hindeutet«, bemerkte Claire. Zee schoss einen warnenden Blick zu ihr hinüber, offensichtlich nahm er dieses Brimborium durchaus ernst. Claire war noch nicht so ganz zufrieden. Vielleicht wegen des Dingsbums, das auf einen Baum hinaufgleiten konnte. »Kann es vorkommen, dass die Priester dieses Gottes Menschen töten oder opfern?«

Mama Lulu trat erschrocken einen großen Schritt beiseite, als wäre Claires Haar plötzlich in Flammen aufgegangen. »Red nicht so schlimme Sachen.«

Claire vermutete, dass zu diesem Thema nicht mehr aus ihr rauszuholen war. Sie sah die Fotos durch, bis sie eine Gesamtaufnahme von dem bizarren Altar fand. Aber sie zögerte und sah Zee fragend an. »Was ist mit dem Foto vom Tatort, Zee? Wäre das zu viel?«

»Ich seh es mir schon an«, antwortete Mama Lulu an seiner Stelle.

Claire reichte ihr das Bild. Erneut betrachtete Mama Lulu es sehr, sehr lange. Schließlich sagte sie: »Das ruft Papa Damballah herbei. Seine Farbe ist Weiß. Deshalb trägt die Frau was Weißes und auch die weißen Blumen und Kerzen. Das ist ein Opfer.«

»Würden Sie sagen, dass es sich um das authentische Werk eines Voodoo-Priesters handelt, oder will uns da jemand etwas vorgaukeln?«

»Voodoo-Priester lassen doch keine Toten auf ihren Altären«, erklärte Mama Lulu in empörtem Ton wie eine Lehrerin, die von ihrer Schülerin längst besseres Wissen erwartet.

»Gut. Das habe ich mir schon gedacht.«

»Vielleicht mal ganz früher, in der bösen alten Zeit. Das wird Papa Damballah nicht gefallen. Er wird kommen und sehr böse werden.«

»O je, auch das noch. Als ob wir nicht schon genug Ärger am Hals hätten. Aber sagen Sie mir noch eins, Mama Lulu. Was genau hat es zu bedeuten, wenn ein Bild von einem Menschen mit Stecknadeln auf eine Voodoo-Puppe gepinnt wird und weitere Nadeln in Augen, Herz und Scham gestochen werden und diese Puppe einer Leiche in die Hände gelegt wird?«

Mama Lulu bekreuzigte sich sofort und sah sehr erschrocken drein. »Das bedeutet, dass der Mensch bald einen grausamen Tod sterben wird.«

Na, wunderbar. Vielleicht sollte Claire die stinkenden Amulette doch nicht ablegen. Black würde sich an den wenig erfreulichen Geruch gewöhnen müssen. Sie seufzte. »Haben Sie vielleicht ein Buch, in dem das alles drinsteht, Mama Lulu? Ich würde mich zu dem Thema gerne etwas weiterbilden und sehen, ob ich hier eine Art Motiv finde.«

Mama Lulu nickte und ging mit ihnen nach vorne in

den Laden, wo sich inzwischen noch mehr Kunden drängten. Viele schauten auf Etienne, der einen Totenschädel mit einer Kerze darinnen über seinen Kopf hielt. Wie sich herausstellte gab es mehrere Bücher über Voodoo und den Gott, dessen Lieblingsfarbe Weiß war – allerdings nicht ganz billig. Sie fragte sich, ob ihr Chef Russ Friedewald das als Fachlektüre anerkennen und erstatten würde, wenn sie die Bücher als Recherchematerial im Büro ließ. Ihr Gehalt war nicht mit dem Einkommen von Paris Hilton vergleichbar und sie musste Black noch ein hübsches Geschenk für Weihnachten besorgen, auch wenn er es im Augenblick nicht verdient hatte. Mann, vielleicht könnte er ein bisschen Lektüre über Voodoo und ein Wahrheitsamulett unter dem Hemd gut gebrauchen. Aber nun war es wirklich Zeit, nach Hause zu fahren, ein bisschen zu schlafen und sich über die Bücher zu beugen, um nach Möglichkeit herauszufinden, was der schleichende, fauchende Voodoo-Mörder als Nächstes vorhatte.

Der Maskenmann

Der Traum von Malefiz wurde immer schneller Wirklichkeit. Nach wie vor entwendete er alles mögliche Baumaterial, das er benötigte, von den Baustellen seines Onkels und schleppte sie in sein Geheimversteck in den Bayous. Mit dem Bau seines Schreckenslabyrinths hatte er längst begonnen, aber alleine kam er nur langsam damit voran. So hatte er bereits aus Metallfässern und großen Plastikrohren Tunnel angelegt; wenn er seine späteren Opfer zwingen würde hindurchzukriechen, würde er mit einem Hammer draufschlagen, um ihnen Angst einzujagen. Außerdem hatte er bereits etliche Falltüren über tiefen Gruben eingebaut sowie versteckte Türen, aus denen er plötzlich auf die Opfer zuspringen würde, um sie zu erschrecken, und einige Käfige. Alles verlief nach Plan und niemand schöpfte auch nur den geringsten Verdacht. Er war außer sich vor Freude.

Auch in der Schule lief alles bestens. Er hatte ein ganz reizendes Mädchen als Freundin und sie liebte ihn sehr. Sie war ganz anders als die schüchtern-furchtsame Betsy. Sie war eine starke, extrovertierte Persönlichkeit, intelligent und schön und eine hervorragende Sportlerin, so wie er. Er fühlte sich sehr zu ihr hingezogen, fast so sehr wie zu seinem geheimen Hobby im Bayou. Dabei spürte er merkwürdigerweise gar kein Verlangen, ihr irgendeinen Schrecken einzujagen. Er wollte sie einfach nur immer ansehen, mit ihr zusammen sein, den zitronigen Duft ihres Parfums riechen – am besten jeden Tag, und sie wollte das auch. Er überließ ihr sogar seine Football-Jacke mit allen Abzeichen und Medaillen drauf; sie durfte sie mit nach Hause nehmen und jederzeit tragen. Ihre Beziehung wurde immer enger. Er verehrte sie dermaßen, dass er nur noch mit ihr zusammen sein wollte, um jede Minute an jedem Tag mit ihr zu verbringen.

Während dieser Zeit kam die Arbeit an seinem Schreckenslabyrinth weitgehend zum Erliegen. Dann keimte in ihm die Vorstellung auf, was für ein schöner Ort es für sie beide sein könnte. Ein großes Geheimnis, nur sie beide wüssten, wie man durch das Gewirr der trägen Gewässer und der überschwemmten Bäume dorthin gelangte. Er könnte dort eine wunderschöne Liebeslaube für sie beide errichten, wo sie alle Kleider ablegen und sich völlig ungestört sanftem Liebesspiel hingeben könnten. Niemand würde davon wissen. Sobald dieser Gedanke konkrete Gestalt bei ihm annahm, begann er auch wieder mit dem Ausbau. Er schenkte ihr seinen Absolventenring mit dem großen roten Stein unmittelbar nachdem er ihn erhalten hatte, und sie trug ihn mit Gummi unterlegt, weil er natürlich zu groß war für ihre schmalen, wenn auch kräftigen Finger. Schließlich war sie eine bessere Softballwerferin als er.

Aber dann hatte er Pech. Die Polizei erwischte ihn, wie er Material von einer der Baustellen seines Onkels stahl, und er wurde verhaftet. Seine Eltern und seine Onkel besuchten ihn zwar in der Zelle im Polizeirevier, aber niemand bot an, eine Kaution zu übernehmen. Daher musste er dreißig Tage im Gefängnis absitzen. Das empfand er als tiefe Demütigung und zum ersten Mal machte er die Erfahrung, wie es war, wenn man in Furcht und Schrecken lebte. Er stand Todesängste aus, wenn er seine Arrestzelle verlassen und, etwa zum Sport, in die Gemeinschaftsräume gehen sollte. Dort gaben Junkies und muskulöse Gewaltverbrecher den Ton an. Zum ersten Mal verstand er, wie es war, Angst zu haben. Gleichzeitig baute sich in seinem Innern eine Mischung aus Angst und Zorn auf, die in ein tiefes Bedürfnis nach Rache mündete. Zu allem Überfluss wirkten die Eltern seiner Freundin auf sie ein, ihn zu verlassen; sie könne keine Beziehung zu einem Jungen haben, der im Knast saß. Das brachte ihn fast um, weil er sie wirklich liebte. Aber es kam noch schlimmer. Sie fing eine Beziehung mit einem anderen Jungen an, einem seiner besten Football-Kumpel, mit dem er jahrelang in einer Mannschaft gespielt hatte.

Ein doppelter Verrat, und er hasste sie beide dafür. Er hasste sie so inbrünstig, dass er nach seiner Entlassung und nachdem er den Collegeabschluss gemacht hatte entschied, zur Handelsmarine zu gehen. Vielleicht konnte er so über die ganze Sache hinwegkommen und würde nachts nicht mehr heulen, wenn er alleine im Bett lag oder draußen in den Sümpfen an seinem Labyrinth arbeitete. Er verachtete sich selbst dafür, für seine eigene Schwäche. Und er verachtete seinen ehemaligen Sportsfreund, weil er sie ihm in seinen Augen weggenommen hatte. Eines Tages würden die beiden dafür bezahlen, was sie ihm angetan hatten. Das schwor er sich tief im Innern. Er würde niemals ruhen, bis es vollbracht war. Er suchte sogar eine Voodoo-Queen im French Quarter auf und veranlasste sie, die beiden und ihre Ehe und ihre Kinder mit einem Fluch zu belegen. Sie sollten leiden und ein elender, qualvoller Tod sollte sie ereilen.

Danach ging er zur Marine-Ausbildung nach New York, und nach deren Beendigung heuerte er an und ließ alles und alle hinter sich, die ihn betrogen und verletzt hatten. Nur seinen tiefen Groll, seine Rachsucht und seine Bösartigkeit ließ er nicht zurück. Die schloss er tief in sich ein, bis er eines Tages zurückkehrte. Dann würden sie diejenigen sein, die zu leiden hatten, nicht er. Sie würden dafür bezahlen müssen, was sie ihm angetan hatten, und der Preis würde ihr Leben sein.

10

Am nächsten Tag schrieben Claire und Zee im Polizeipräsidium in Thibodaux ihre Berichte über den Fall Christien für Sheriff Friedewald, der sich gerade auf einem Fortbildungsseminar befand. Nachdem sie um halb zwölf mit allem Bürokram fertig war, fuhr sie zurück nach Hause nach New Orleans. Nach dem Mittagessen stand gemeinsam mit Zee eine Vernehmung von Wendy Rodriguez auf dem Programm, der Cheerleaderin.

Claire ließ ihren Wagen auf dem Parkplatz vom *Bayou Blue's* stehen, wo sie sich später mit Nancy treffen wollte; sie hatten sich ja verabredet, an diesem Abend gemeinsam auszugehen, und sie wollte sich nicht die Laune verderben, indem sie Black vorher über den Weg lief. Daher holte Zee sie an dem am Ufer vertäuten Raddampfer ab. Unterwegs zu dem Treffen mit Wendy Rodriguez gab sich Claire wortkarg und hörte lieber Zee zu, der ihr detailgenau die neueste Episode einer Vampir-Serie im Kabelfernsehen schilderte; noch nie hatte er eine Folge versäumt.

Black hatte den ganzen vorhergehenden Abend mehrmals versucht, sie zu erreichen, aber sie hatte die Anrufe nicht entgegengenommen. Sie hatte ihm daraufhin lediglich getextet, ihr ginge es gut und er solle nicht weiter versuchen, sie anzurufen; es sei immer noch genügend Gelegenheit, sich auszusprechen, wenn er wieder zu Hause war. Das tat sie aber auch nur, weil sie wusste, dass er sich die ganze Zeit große Sorgen um sie machte und weil er ihr bereits ein paar Mal das Leben gerettet hatte. Sie würden sich heute sowieso noch spät am Abend sehen. Dann war immer noch genügend Zeit, sich auszusprechen. Außerdem grollte sie ihm natürlich immer noch, weil er sie offensichtlich einfach angelogen hatte. Sie konnte nur hoffen, dass es dafür sehr gute Gründe gab, aber davon war eigentlich auszugehen. In der Nacht hatte sie sogar von ihm geträumt. Es war eine nette kleine Episode, in der er sich ich eine zischende Schlange verwandelte, eine Palme hinaufschlängelte und sie von oben mit Kokosnüssen bewarf. Ihr kam das recht symbolbeladen vor. Aber an schlechte Träume hatte sie sich mittlerweile gewöhnt – nicht in dem Sinn, dass sie ihr vollkommen gleichgültig waren, aber sie hatte sie oft genug durchlebt und durchlitten, dass sie nicht mehr in Panik geriet, wenn sie nachts alleine war und schweißgebadet erwachte. Wenigstens war Jules Verne bei ihr gewesen und hatte mit der Zunge ihren Schweiß abgeleckt und sie damit ein wenig getröstet. Außerdem wusste sie, dass der bullige Juan Christo sich mit schussbereitem Gewehr im Erdgeschoss aufhielt und die aufwendige Alarmanlage für zusätzliche Sicherheit sorgte. Mit Black würde sie sich später befassen und sich derweil auf den Fall konzentrieren.

Da es im mittäglichen Verkehr in der Innenstadt von New Orleans nur sehr zäh voranging, öffnete Claire den Laptop von Zee. »Als ich gestern Abend zu Hause war, habe ich ein bisschen herumgesucht, ob ich was über unsere Cheerleaderin finde; vielleicht einen Anhaltspunkt, wo man sie festnageln kann.«

»Jack Holliday hast du gestern auch ziemlich gut festgenagelt. Hast ihm ja fast das Blut rausgesaugt. Wahrscheinlich braucht er heute früh eine Transfusion.«

Offensichtlich war Zee gedanklich immer noch bei den Untoten von gestern Abend. »Da kannst du dich übrigens auf was freuen nachher. Diese kleine Vernehmung wird dir gefallen. Du brauchst dir Wendy nur mal kurz ansehen.«

Zee warf einen Seitenblick auf den Bildschirm und pfiff anerkennend durch die Zähne. »Wow, das ist ja ein heißer Feger.«

»Hast du was anderes erwartet, wenn sie Cheerleader bei den Saints ist? Sie ist wirklich sehr schlank. Sie könnte ab und zu ein paar Po-Boy-Sandwiches prall mit Fisch und Fleisch gut vertragen.«

Es stimmt, sie sieht fast überirdisch gut aus, dachte Claire. Vermutlich genau der Typ, auf den Jack Hollywood stand.

Wie sich herausstellte, wohnte Wendy Rodriguez in einem gepflegten Appartementkomplex unweit der Tulane-University. Zee parkte gleich neben dem Haupteingang; auf einem großen Holzschild stand »Mimosa Circle«. Ein Wachmann in schwarzer Uniform in einem ganz aus Zypressenholz gezimmerten Wärterhäuschen erkundigte sich, wen sie hier besuchen wollten. Sie hielten ihm ihre Dienstausweise vor die Nase und schlenderten dann über die gewundenen, von Mimosensträuchern gesäumten Wege auf der Suche nach Appartement 541. Zehn Minuten später hatte sie die Wohnung von Wendy Rodriguez gefunden. Neben der Eingangstür ragte eine Zypresse auf, wie vor vielen anderen dieser ungefähr zweihundert über das Gelände verstreuten Yuppie-Behausungen von Mimosa

Circle. Das einzige, sehr individuelle Merkmal bei ihr war die riesige schwarz-goldene Flagge der New Orleans Saints auf der vorderen Veranda.

Zee sagte: »Hast du unseren Besuch eigentlich telefonisch angekündigt? Weiß sie, dass wir kommen?«

»Das wollte ich gerade nicht. Sie hat keine Ahnung. Ich wollte sie ganz unvoreingenommen interviewen.«

»Verstehe. Das dürfte zur Abwechslung ja mal ganz amüsant werden.«

Als die beiden das kurze Stück vom Gehweg zur Haustür zurücklegten, bemerkte Claire noch: »Und bitte beherrsch dich und starre sie nicht mit offenem Mund an, wenn sie die Tür aufmacht, Zee, so wie bei Holliday. Bisweilen erinnerst du mich in dieser Hinsicht an meinen früheren Kollegen.«

»Na hör mal, Bud ist total cool!«

Das stimmte. Sie erinnerte sich noch sehr gut, wie brüderlich sich Bud und Zee verstanden, als Bud an Thanksgiving Ende November zu Besuch gekommen war. Die beiden unterhielten sich mit Black so intensiv über Football, dass sie sich völlig überflüssig vorkam.

»Tja, Bud hast du genauso schnell ins Herz geschlossen wie Holliday. Sogar seinen Ring hast du anprobiert, als ob du ihn heiraten wolltest.«

»Damit wollte ich deinen Sticheleien nur ein wenig die Spitze nehmen. Du hast dem armen Kerl ja kaum eine Chance gelassen.«

An Wendys Haustür hing ein mit Silberfarbe eingesprühter weihnachtlicher Türkranz, an dem unzählige rot-weiß-gestreifte kleine Zuckerstangen befestigt waren. An einem roten Bändchen hing eine kleine Schere. Zee schnitt sich ein Candy ab, während Claire nach dem Klingelknopf suchte und läutete. Es dauerte nicht lange und man hörte, wie sich drinnen etwas regte. An dem schmalen Fenster neben der Tür nahm sie eine schwache Bewegung an den weißen Gardinen wahr. Die Cheerleaderin mit umwerfendem Aussehen hielt Ausschau wegen unangemeldeter Gäste. Ihrem Aussehen im Internet nach zu urteilen, wäre es nicht überraschend gewesen, wenn die Kerle vor ihrer Haustür Schlange standen.

Dann folgten ein paar Klicks von Schlössern und andere metallische Geräusche wie das Schieben von Riegeln und schließlich das Klirren einer Kette, die aus der Halterung nach unten fiel. Die Tür ging allenfalls fünf Zentimeter weit auf. Mehr ließ eine nach wie vor gespannte, extra starke Sicherheitskette nicht zu.

»Ja, bitte?« Eine weibliche Stimme, die sehr zurückhaltend, aber auch heiser-sexy klang.

»Guten Tag, Madam. Wir suchen Ms Wendy Rodriguez. Sind Sie das?«

»Ja. Und wer sind Sie?«

»Ich bin Detective Claire Morgan vom Sheriff's Office in Lafourche und das ist mein Kollege, Detective Zander Jackson.«

»Aus Lafourche? Mein Gott, ist meiner Mama in Golden Meadow etwas zugestoßen?«

Claire und Zee sahen einander an. »Wegen Ihrer Mutter sind wir nicht hier. Davon wissen wir nichts, Ms Rodriguez.«

»Welch ein Glück. Sie wohnt nämlich dort, und ich

dachte zuerst, Sie wären ihretwegen hierhergekommen; dann wäre ihr sicherlich etwas zugestoßen.«

»Nicht im Geringsten, Madam. Soweit wir wissen, ist mit ihr alles in bester Ordnung. Aber wir würden uns gerne mit Ihnen unterhalten. Dürfen wir hineinkommen?«

»Ich bin aber noch gar nicht richtig angezogen.«

»Machen Sie sich wegen uns keine Umstände«, bemerkte Zee, der sich immer gerne verständnisvoll zeigte.

Claire bedachte ihn mit einem Stirnrunzeln. »Wir können gerne hier draußen warten, bis Sie sich angezogen haben«, bot Claire diskret an.

»Außerdem muss ich Sie wohl bitten, mir Ihre Ausweise zu zeigen.«

Das war immerhin kein schlechtes Zeichen. Offenbar hatten sie es mit einer jungen und sogar verführerischen Cheerleaderin der Saints zu tun, die gleichwohl über genügend Köpfchen verfügte sowie über eine Dose Pfefferspray, die griffbereit neben der Tür stand. Eine bessere Kombination konnte man sich gar nicht vorstellen. Claire hielt ihr den Dienstausweis entgegen, den sie am Band um den Hals trug, und immerhin nicht die Ansammlung von zweifelhaft duftenden Amuletten, die sie sicherheitshalber auch noch trug. »Hier, bitte sehr. Zee, zeig dein Ding.«

Zee grinste breit angesichts dieses unfreiwilligen Versprechers und tat wie geheißen.

In dem Türspalt konnten sie einen ersten Blick auf Wendys hübsches Gesicht erhaschen. »Das finde ich einen coolen Namen, Zee. Den mag ich.«

»Wie Sie meinen, Madam«, erwiderte Zee und freute sich wie ein Schneekönig über ihr Kompliment.

Die beiden grinsten sich verschmitzt an. Zee besaß zweifellos ein Talent, innerhalb der ersten zwei Sekunden das Vertrauen von Zeugen oder Verdächtigen zu gewinnen. Zee und Wendy würden bestimmt prima miteinander zurechtkommen, das spürte Claire sofort. Leider musste Claire diese heiße Kennenlernphase etwas abkühlen. »Wir können wirklich gerne warten, bis Sie so weit sind, uns zu empfangen, Ms Rodriguez. Wir haben wichtige Dinge mit Ihnen zu besprechen.«

»Ich will wirklich nicht unhöflich erscheinen, aber ich denke, ich sollte sicherheitshalber doch lieber noch bei der Polizei in Thibodaux rückfragen, ob Sie auch wirklich von dort kommen.« Sie lachte etwas verlegen und sie schien auch ein wenig nervös zu sein. Sie warf noch einmal einen Blick auf Zee.

Okay, wenn man Überraschungsbesuche machte, gestalteten sich manche Dinge etwas mühsam. »Dafür habe ich vollstes Verständnis. Alleinstehende Frauen sollten immer größte Vorsicht walten lassen. Ich kann Ihnen gerne die Telefonnummer vom Sheriff's Office geben. Sie können Sie aber auch aus dem Telefonbuch heraussuchen. Ganz wie Sie wollen.«

»Tja …« Sie überlegte noch für einen Moment und wurde dann etwas aufgeschlossener. »Ich denke, ich kann Sie auch so reinlassen. Sie machen auf mich einen seriösen Eindruck und ich habe ja Ihre Dienstausweise gesehen.«

»Ich darf Ihnen versichern, wir sind als Justizbeamte in dienstlichen Angelegenheiten hier.«

Nun wurde die Pforte zum Schloss des wachsamen Fräuleins ohne Zögern weit aufgetan – und mangels einer weiteren Unterbrechung ergab sich nun doch ein gewisses Überraschungsmoment. Zee hatte sicherlich wenig gegen diesen Anblick einzuwenden, denn sie trug nicht mehr als ein schwarzes Mieder und ein minimales Stückchen schwarze Spitze, das sie wohl für ein Unterhöschen hielt. Claire warf einen Seitenblick auf Zee, um sich über den Verbleib seiner Zunge zu vergewissern. Sein Lächeln wirkte genauso zufrieden und erfreut wie beim Genuss seiner Lieblings-Po-Boys mit Shrimps in Knoblauchmayonnaise. Von Tag zu Tag wurde er Bud immer ähnlicher.

»Ich zieh mir nur rasch was über«, sagte sie zu Zees gelinder Enttäuschung.

Zee starrte hinter ihr her, wie sie aus der Diele entschwand und wühlte dann hektisch in seinen Jacketttaschen nach einem Pfefferminz. Claire lächelte und sagte mit gedämpfter Stimme: »Atme einfach einmal tief durch, Zee.«

»Ich komm schon klar.

»Da bin ich ja mal gespannt.«

Nun erschein Wendy wieder am anderen Ende der Diele. »So, nun bin ich aber wirklich so weit und stehe Ihnen zur Verfügung. Kommen Sie doch einfach bitte mit in die Küche. Wie wäre es mit einer Tasse Kaffee? Ich bin vorhin erst aufgestanden, er ist also noch ganz heiß und frisch. Gestern Abend hatte ich noch eine Verabredung, da ist es ein bisschen spät geworden. Bin erst so gegen zwei nach Hause gekommen.«

Claire ließ sich nicht lange bitten. »Kaffee klingt wunderbar!« Das starke, duftende Kaffeearoma drang bereits bis zu ihr. Es wirkte vielversprechend und verführerisch wie ein Sirenengesang.

»Aber gern.« Zee folgte der Einladung ebenfalls mit großer Bewunderung und Vorfreude. Es ging doch nichts über eine Cheerleaderin in knappen Höschen, die einem eine ordentliche Tasse Kaffee serviert.

Claire ließ sich auf einem Sesselchen nieder, das eher für einen der sieben Zwerge von Schneewittchen designt war. Zee ließ sich auf der braun-weiß gestreiften Couch näher bei Miss Wendy nieder.

Die feenhaft schöne Wendy umrundete mit einem weißen Korbtablett mit Ledergriffen in der Hand die mit einer Granitplatte belegte Bar, die die Sitzecke vom eigentlichen Küchenbereich abschirmte. Sie trug drei schwarze, dampfende Kaffeebecher, die mit goldenem Wappenlilienmuster verziert waren. Die stilisierte Fleur-de-lis war sowohl das Symbol der französischen Krone wie, selbstverständlich, der Saints von New Orleans. Sie war wirklich sehr hübsch anzusehen und hatte alles, was von ihresgleichen Cheerleaderinnen erwartet wurde, die bei Liga-Spielen im Football die Stimmung anheizten. Dafür war sie der perfekte Klon: jung, von umwerfendem Aussehen, unglaublich schlank, tiefengebräunt, hell blondiertes hüftlanges Haar, das leider am Scheitel schon wieder nachdunkelte, wie man es gelegentlich auch bei alternden Popstars sah, sowie schweres Augen-Make-up und glänzender Lippenstift. Ah ja, nicht zu vergessen die ausladenden Brüste. Sie hatte ein ausreichend kurzes Seidenmorgenmäntelchen angelegt, das sie an ihrer anorexisch-schmalen Taille straff gegürtet hatte. Ansonsten entpuppte sie sich aber als angenehme, wohltuend bemühte Gastgeberin mit einem warmen Lächeln und zuvorkommenden Umgangsformen.

»Bitte sehr, meine Herrschaften. Ich brauche einfach meinen Kaffee am Morgen. Zugegeben, ich bin einfach süchtig danach, kann gar nicht genug bekommen.«

So kamen sie alle miteinander ins Gespräch, indem man sich gegenseitig versicherte, wie unverzichtbar Koffeingenuss für jeden von ihnen am Morgen war, ein unentbehrliches Ritual. Dann trank man beinahe gleichzeitig und vorsichtig die ersten Schlucke des heißen Gebräus. Claire musste heftig schlucken. Wendys Kaffee war unglaublich stark. Und so schwarz wie Sumpfschlamm, jawohl. Dann lehnte sich Wendy entspannt gegen einen ganzen Haufen haariger weißer Sofakissen, die so aussahen, als wären sie aus Pekinesen-Fell gefertigt, und gönnte ihren Besuchern ein freundlich-versonnenes Lächeln. »Was kann ich denn jetzt für Sie tun?«

»Habe ich das vorhin richtig verstanden, dass Sie aus Golden Meadow im Bezirk Lafourche stammen?« Claire knüpfte bewusst an diese Bemerkung von vorhin wieder an. Vielleicht war das ein glücklicher Zufall, und wer weiß, was man da sonst noch in Erfahrung bringen konnte. Sie versuchte abzuschätzen, wie ausgeprägt Wendys schlanke Muskulatur sein mochte. Und offenbar war sie ziemlich fit und kräftig, obwohl sie von keiner einzigen Fettzelle beeinträchtigt wurde. Offenbar kannte sich Wendy aus und wusste sehr wohl, wie man effektiv trainiert. Sie konnte es mit einer so zierlichen Frau wie Madonna Christien ohne Weiteres aufnehmen und sie bezwingen.

»Ganz recht, Madam – beziehungsweise sollte ich wohl Detective zu Ihnen sagen? Auf jeden Fall bin ich genau dort geboren, mitten im Bayou. In Golden Meadow. Meine Mama lebt immer noch dort.«

Claire stellte ihren fleur-de-lis-verzierten Kaffeebecher auf den Fleur-de-lis-Korkuntersetzer auf dem mit goldenen Wappenlilien verzierten Couchtisch. Die Frau identifizierte sich voll mit ihrer Mannschaft. Nun wurde es aber an der Zeit, zur Sache zu kommen!

»Kennen Sie eine Frau namens Madonna Christien, Ms Rodriguez?«

»Aber ja doch! Ich kenne sie sogar sehr gut.« Ihr Blick wanderte von Zee zu Claire und dann zurück zu Zee. Das schien so eine Art Grundmuster bei allen Befragungen zu sein, die sie gemeinsam mit Zee durchführte. Allerdings hatte es Wendy nun wohl auch darauf abgesehen, zu beobachten, wie sich Zees Pupillen weiteten, wenn sie – ganz unabsichtlich natürlich – ihre Beine überkreuzte und dabei die Falten ihrer Seidenrobe auseinanderfielen. Nicht so weit, dass es obszön gewesen wäre, aber weit genug, um anerkennend wahrgenommen zu werden. Dann sagte sie: »Ich wette, es geht um Doc?«

»Welchen Doc?«

O nein, am Ende war doch nicht auch noch Black in den Fall verwickelt? Das würde das Fass zum Überlaufen bringen. Definitiv.

»Doc Holliday«, präzisierte Wendy, »Sie wissen schon, Jack Holliday, der gut aussehende Sportmanager aus Tulane.«

Wendy sah Claire leicht verwundert an und fuhr fort: »Ich habe auch schon gehört, dass er Black Jack genannt wird. Aber er ist gar nicht so ein Schürzenjäger, wie alle Welt glaubt. Die meisten seiner Klienten in der Firma nennen ihn Doc.«

Mit der »Firma« war wohl die Profi-Football-Mannschaft gemeint, vermutete Claire. Wendy könnte aber auch die Mafia gemeint haben. So viel war klar, jemand wie Holliday hatte sicher eine ganze Reihe von Spitznamen.

Zee sagte: »Ach, ich versteh schon. Doc Holliday in Anlehnung an den Kumpel von Wyatt Earp, dem Revolverhelden.«

Wendy lächelte Zee nachdrücklich an und griff nach ihrer Kaffeetasse, die sie mit beiden Händen ganz innig umschloss, was sehr süß wirkte. »Na ja, es ist ja einfach so, dass sie ihn ständig aufziehen mit dieser alten Geschichte um seinen Doktortitel und so.

Einen Doktortitel? Claire konnte es kaum erwarten, mehr darüber zu hören. »Jack Holliday hat einen Doktortitel?«

»Jawohl, Madam. Ist das nicht zum Schreien? Er hat echt lange studiert, hauptsächlich hier an der Tulane. Ich glaube, sein Fach war Flugingenieur oder Flugzeugingenieur oder so was in der Richtung, jedenfalls echt kompliziert. Jeder zieht ihn ständig damit auf. Manche nennen ihn auch Einstein oder geben ihm echt blöde Spitznamen.«

Claire hatte den Eindruck, dass Wendy sich in den persönlichen Belangen von Jack Holliday bemerkenswert gut auskannte, sodass sich die Frage aufdrängte, ob sie nicht selbst zu den persönlichen Belangen von Jack Holliday zählte.

Wendy wusste noch mehr zu berichten. »Na ja, sein Interesse für die Fliegerei und für Flugzeuge hatte natürlich was zu tun mit der Firma seiner Familie.«

Bei dieser Bemerkung ging Claire das sprichwörtliche

Licht auf. »Wollen Sie damit sagen, dass er zur Eigentümerfamilie von Holliday Aviation Enterprises gehört, der Luftfahrtgesellschaft?«

»Ja, genau. Ich kann mir den ganzen Namen nie merken.«

Claire fand, dass er nicht schwer zu merken war bei so einem assoziationsreichen Familiennamen. Aber gut, Wendy war eine Blondine und eine Cheerleaderin. Claire wusste nicht viel über diese Firma, aber sie hatte natürlich schon die Hangars mit dem Namen auf dem Dach gesehen, wenn sie mit Blacks Learjet auf dem Flughafen von New Orleans landeten. »Ich wusste nicht, dass er zu der Familie gehört.«

»Er ist schon wirklich eine große Nummer«, bemerkte Wendy.

»So kann man es sagen«, bekräftigte Claire, und sie meinte es auch so. »Zurück zu Madonna Christien, Ms Rodriguez. Wir haben festgestellt, dass sie sie persönlich gut kannten, ist das korrekt?«

»Wir kennen uns von der Highschool. Damals waren wir beste Freundinnen. Sie lebt auch hier in der Stadt. Aber in einem anderen Viertel.«

»Und Sie haben sie mit Mr Holliday bekannt gemacht?«

»Aber sicher. Sie war ein Riesenfan von Jack, als er noch aktiv gespielt hat. Als sie mitbekam, dass ich ihn von … na ja, von der Arbeit her kannte, wollte sie ihn unbedingt wenigstens ein Mal treffen oder so. Ich glaube, sie war schwer in ihn verknallt.«

Gut, das deckte sich bisher mit der Version von Holliday.

»Also hat Madonna Christien um ein Treffen gebeten, nicht Jack?«

»Ja, und er kam damit locker klar, bis sie auf einmal voll hinter ihm her war und ihn fast in den Wahnsinn getrieben hat. Zum Glück hat er es nicht mir angelastet, aber schließlich musste er sich ans Gericht wenden, um sie loszuwerden. Sie wissen schon, eins von diesen Kontakt-Dingsbums. Hier ging es echt um Stalking, und manchmal musste ich an den Film *Fatal Attraction – Eine verhängnisvolle Affäre* denken.«

»Ich liebe diesen Film«, bemerkte Zee.

»Ich auch«, sagte Wendy. »Vor allem die Szene im Lift.«

Sogar Claire konnte sich an diese Szene erinnern. Wer könnte diese Szene jemals vergessen, bei der Glenn Close höchstwahrscheinlich ein paar üble blaue Flecken an bestimmten Körperteilen davontrug. Aber damals war noch ein junger, sehr appetitlicher Michael Douglas der Übeltäter, also war es nur halb so schlimm. Zees Gesichtsausdruck nach zu schließen, stand ihm diese Szene ebenfalls lebhaft vor seinem geistigen Auge.

»Was können Sie mir denn zu dem Stalkingvorwurf betreffend Madonna Christien sagen?«

»Haben Sie vor, sie wegen Stalking zu verhaften? Wie ich schon gesagt habe, war sie mal meine beste Freundin und ich möchte sie nur ungern verpetzen oder so tun, als ginge sie mich kaum etwas an, oder ihr Ärger bereiten oder so. Vor allem nicht nach dem, was wir alles durchgemacht haben, als wir klein waren. Hat Doc Sie hierher geschickt?«

»Er hat lediglich erwähnt, dass Sie ihn mit Madonna bekannt gemacht haben.« Claire interessierte sich aber nun sogleich für die andere Sache, die Wendy eben gestreift hatte. »Darf ich fragen, worum es sich gehandelt hat, was Sie und Madonna gemeinsam durchgemacht haben?«

Wendy wurde ganz schnell ganz steif. Sie setzte sich aufrecht hin, vermied jeden Blickkontakt und schien sich ziemlich unwohl zu fühlen. »Na ja, wir beide sind mal von so einem Verrückten gekidnappt worden.«

»Sie wurden gekidnappt? Wann war das?«

»Als wir beide klein waren.« Wendy fing am ganzen Körper an zu zittern. Die Erinnerung war ihr ganz präsent.

»Können Sie uns bitte erzählen, was passiert ist?«

»Eigentlich würde ich lieber nicht darüber reden. Madonna kann gar nicht darüber sprechen. Als Kind habe ich mal bei Madonna übernachtet, wissen Sie, in ihrem Haus, und er kam mitten in der Nacht. Hat ihre Eltern umgebracht und dann hat er uns gefesselt und uns in den Kofferraum geworfen. Wissen Sie, die ganze Zeit hatte er diese scheußliche Maske auf. So wie die Voodoo-Typen.«

»Das muss Ihnen ja einen Höllenschrecken eingejagt haben«, sagte Zee.

»Worauf Sie sich verlassen können. Jack hat auch so gedacht. Er wollte von mir alles darüber wissen. Dadurch sind Maddie und ich übervorsichtig geworden. Deswegen habe ich auch all die Riegel und Ketten an meiner Tür. Wir können von Glück sagen, dass er uns nicht getötet hat.«

Claire spürte gleich, dass das eine wichtige Episode war, vielleicht bestand sogar ein Zusammenhang mit dem Mord an Christien. Aber welcher? »Sie sind also davongekommen? Wurde der Täter gefasst?«

»Wir konnten uns nicht selbst befreien. Er lud uns in ein Boot und verschleppte uns in die Sümpfe, wo er so eine Art großen Voodoo-Altar aufgebaut hatte. Davor hat er uns hingelegt und eine ganze Reihe von Kerzen angezündet. Aber dann kam plötzlich ein anderes Boot und er haute ab und ließ uns liegen. Der Fischer, der uns gerettet hat, hatte die Kerzen brennen sehen und kam daraufhin angefahren. Das war der schlimmste Tag meines Lebens. Wir sind beide nie drüber hinweggekommen.«

»Wie alt waren Sie denn damals?«, wollte Claire wissen.

»So etwa zehn. Na ja, Maddie war noch keine zehn, ich schon.«

»Und Jack wollte von Ihnen alles über diese Entführung wissen, sagen Sie?«

»Ja, er war der Ansicht, dass das ein abscheuliches Verbrechen war, und vor allem von mir wollte er jedes Detail über den Täter wissen, an das ich mich erinnern konnte.«

»Und, wussten Sie noch viel davon?«

»Nee, nicht so richtig. Das war alles so lange her. Um ehrlich zu sein, wir hatten beide einfach zu viel Angst, um uns an Einzelheiten erinnern zu können. Außer an den Altar und an die Maske. Die Maske war wirklich schrecklich. Sie war rot und war voller Schlangenschuppen und Federn und Knochen.«

Wieder einmal tauchte Papa Damballah im Hintergrund auf. »Und der Entführer wurde nie gefasst?«

»Nein, Madam, aber er treibt sich immer noch da draußen in den Sümpfen herum. Jeder, der dort in der Gegend wohnt, weiß das. Er ist inzwischen schon eine Legende. Der Schlangenmann. Ach, die arme Madonna. Sie ist nach diesem Erlebnis total abergläubisch geworden. Hat sich viel mit Voodoo und dem ganzen Kram beschäftigt. Sie hat sich sogar einen Voodoo-Liebesaltar für Jack eingerichtet. Ach, es ist ein Jammer!«

Na gut, das war also die Erklärung für den Altar am Tatort in der Carondelet Street. Aber hier war allerorten zu viel Voodoo im Spiel; das konnte kein Zufall sein. Nicht, dass Claire auch Zufälligkeiten für möglich hielt. Aber Wendys Kidnapper könnte durchaus auch der Täter sein, nach dem sie hier suchten. Aber worauf hat er so lange gewartet? Warum hat er Madonna erst jetzt ermordet? Oder handelte es sich um ein anderes Mitglied einer Kultgemeinschaft? War das ein Initiationsritual? Das Ganze wurde irgendwie unwirklich. Claire sah zu Zee hinüber. Auch er runzelte die Stirn. Jacks besonderes Interesse an der Geschichte der Entführung war ein wichtiger Faktor, den sie nicht übergehen durften. »Gehen wir noch einmal zurück zu Jack Holliday. Sie sagten vorhin, er hätte großes Interesse an ihrer Entführung gezeigt.«

»Ja. Er hatte wirklich sehr viel Mitgefühl. Er fand es schrecklich, dass kleine Kinder so etwas durchmachen mussten.«

»Und Sie haben ihn mit Madonna bekannt gemacht? Stimmt das so?«

»Ja. Maddie hat mir anvertraut, dass sie ihn echt gut aussehend fand.« Wendy schüttelte den Kopf. »Viele Frauen stehen total auf Jack. Kennen Sie das Poster, auf dem er gerade aus dem Wasser kommt? Das ist inzwischen schon eine Weile her, aber er sieht immer noch sehr, sehr gut aus.«

»Ich weiß. Eine Freundin von mir hat es auch.«

»Er sieht aus wie ein griechischer Gott, finden Sie nicht auch? Wie Apollo oder Adonis oder auch wie Superman.«

Claire war beeindruckt von Wendys klassischer Bildung, bis die letzte Namensnennung dieses Bild wieder erschütterte. »Aber Jack hatte was gegen Madonnas Art der Heldenverehrung?«

»Anfangs konnte er noch ganz gut damit umgehen, weil er Mitleid mit ihr wegen der Entführung hatte. Aber dann fing sie an, mehr Druck aufzubauen, indem sie ihm alle möglichen Sachen aufdrängte. Geschenke und Liebesbriefe, sogar Rosen. Es wurde immer schlimmer. So was hab ich noch nie gesehen.«

»Was gab sie ihm sonst noch so alles?«

»Einmal war es ein Schlüsselring mit seinen Initialen aus Sterlingsilber.« Sie dachte nach, ob ihr sonst noch etwas einfiel. Dabei nahm sie sich auch Zeit für einen Blick und den Austausch eines süßlichen Lächelns mit Zee, der äußerst aufmerksam war. »Sie hat ihm auch mal einen schwarzen Kaschmirpullover mit einer kleinen Fleur-de-lis drauf geschenkt. Die war genau hier.« Sie tippte auf ihre linke Brust. »Den hat er dann mir gegeben, damit ich ihn an sie weiterreiche. Er hat überhaupt das meiste von dem Zeug zurückgegeben.«

Wendy streckte ihren offenbar verspannten Nacken von einer Seite zur anderen, hob dann ihr langes Haar und faltete dann die Arme in eine sehr verträumte Pose. »Er wollte wirklich rein gar nichts von ihr. Er verhielt sich auch mir gegenüber ganz prima, da ich sie doch mit ihm bekannt gemacht hatte. Es ist mir bis heute sehr peinlich, dass sie sich so danebenbenommen hat.«

»Verstehe.«

»Steckt sie irgendwie in Schwierigkeiten? Ich bin mir ziemlich sicher, dass Jack über kurz oder lang was unternehmen wird, um sie ins Gefängnis zu bringen oder so was in der Art. Ich nehme an, dieser Kontaktdingsbums hat nicht viel geholfen?«

Zee bedachte Claire mit einem bedeutungsvollen Blick. Leider war das ihr Zeichen, um Wendy den Tag zu verderben. »Es tut mir sehr leid, aber wir haben sehr schlechte Nachrichten über Madonna.«

»O Gott. Was ist los?« Wendy wirkte verängstigt. Zu Tode erschrocken, um genau zu sein.

»Sie wurde am Sonntag tot aufgefunden. Ermordet.«

Wendy wurde schlagartig bleich unter ihrer künstlichen Bräune und schlug die Hand vor den Mund. Sie war ehrlich überrascht und völlig schockiert. »Ermordet? Das kann nicht sein, das kann nicht wahr sein. Wer hat das getan?«

»Das versuchen wir gerade herauszufinden. Deswegen sind wir hier.«

Wendy starrte Claire mit weit aufgerissenen Augen an, mit so weit aufgerissenen Augen, dass man nicht leicht erkennen konnte, wann genau ihr die Wahrheit dämmerte hinter diesen mit Mascara und Eyelinern stark geschminkten Augen. »Meine Güte, und jetzt denken sie alle, dass Jack es getan hat. O nee, das kann nicht wahr sein. Er ist gar nicht der Typ für so was, das schwöre ich. Er hat sie niemals angerührt. Und sie ist wirklich tot? Tatsächlich? Sind Sie sich dessen sicher?«

Claire sah das arme Ding in seiner weißen Robe auf dem Altar vor sich, die zugenähten Lider und Lippen und wie sie nackt auf dem kalten Stahltisch im Obduktionsraum lag, wo Dutzende von Prellungen und Verletzungen über ihren grausamen Tod Auskunft gaben. »Ja, Wendy, da sind wir hundert Prozent sicher.«

Mit ihren strahlend weißen, schönen Zähnen biss sich Wendy auf die korallenrot geschminkte Unterlippe, dann wurden ihre Wimpern feucht. Es gab Verdächtige, die konnten auf Kommando weinen wie Meryl Streep. Aber Wendys Tränen waren echt, daran bestand kein Zweifel.

»Das arme, kleine Ding«, schluchzte Wendy. »Sie war so klein und zart, wissen Sie, vielleicht mal gerade eins fünfzig, und menschlich war sie voll in Ordnung, ein hübsche, gutmütige junge Frau; alles war okay bis auf ihren Tick wegen Doc.« Sie fuhr sich nun ständig mit gespreizten Fingern durch ihre langen Haare. »Weiß ihr Bruder schon davon?«

Claire merkte auf. Zee merkte auf. »Madonna Christien hatte einen Bruder?«, fragte Claire.

»Ja. Ein paar Jahre älter als sie.«

»Wie heißt er denn?«

»Rafe. Die Abkürzung von Raphael. Christien.«

Wendy zögerte. Sie fuhr sich immer noch durch die Haare. »Nun ja, er ist eben ein Junkie. Nimmt meistens Crystal-Meth. Maddie hat sich ständig Sorgen um ihn gemacht. Er hat seine Kumpels im French Quarter. Üble Gesellschaft.«

»Hat Madonna Drogen genommen?«

Wendy zögerte ein wenig zu lange mit der Antwort. Vermutlich überlegte sie kurz, ob sie ihre verstorbene Freundin im Nachhinein noch verunglimpfte, wenn sie etwas Schlechtes über sie sagte. »Ja, sie hat was genommen. Überwiegend hat sie Gras geraucht, nur manchmal was anderes. Ich sag Ihnen, sie war ehrlich entsetzt wegen Rafe und seinen Kumpanen, mit denen er Drogen genommen hat. Das sind die reinsten Drecksäcke. Seine Freunde, meine ich. Das sind die Skulls, diese Biker-Gang. Das sind Dealer, der reinste Abschaum. Aber bei denen hing er immer herum.«

»Hat Madonna Ihnen gegenüber je erwähnt, dass sie bedroht wurde oder sich vor jemand Bestimmtem gefürchtet hat?«

Wendy schüttelte den Kopf. »Nein, nie. Aber sie hat sich mit vielen Männern abgegeben, wenn Sie verstehen, was ich meine. Sehr vielen.«

So konnte man es auch nennen. Es klang immer noch besser als »Hure«, aber Claire verstand Wendys Scheu, ihre einstige beste Schulfreundin so zu bezeichnen.

»Hatten irgendwelche von diesen Männern was mit Voodoo zu tun?«

»Nicht, dass ich wüsste. He, ich will damit nicht sagen, dass sie so was wie `ne Voodoo-Priesterin war oder so was in der Richtung. Ganz und gar nicht. Sie hat sich erst damit beschäftigt, nachdem uns das mit diesem Typen zugestoßen ist. Sie behauptete, das beschütze sie vor dem Schlangenmonster. Manchmal sprach sie von ihm als Papa. Ich bin mir bewusst, dass ich mit diesem Entführungstrauma besser zurechtgekommen bin als sie. Ich weiß nicht, warum, aber ich bin irgendwie darüber hinweggekommen und hab es hinter mir gelassen so gut es ging und mich mit anderen Dingen beschäftigt. Verstehen Sie, was ich meine?«

Claire verstand vollkommen, denn sie hatte auch immer noch Probleme damit, die Dämonen, die sie quälten, endgültig hinter sich zu lassen, ähnlich wie Madonna.

Zee meldete sich nun auch zu Wort. »Fällt Ihnen irgendjemand ein, der ein Interesse daran haben könnte, sie umzubringen?«

»Nein, niemand außer Jack, der sie sicher gern losgehabt hätte, das muss man so sehen, aber, wie ich schon gesagt habe, ist das trotzdem vollkommen absurd. Alles, was er wollte, war, dass sie ihn in Ruhe ließ, und das hat sie auch getan, denke ich, nachdem sie diese Kontaktsperre bekommen hat. Sie wollte ja schließlich nicht deswegen ins Gefängnis. Das hat sie mir ausdrücklich gesagt. Sie war irgendwann schon mal im Kittchen und sie sagte, das würde sie nie wieder wollen – egal, worum es sich handelte, nie wieder wollte sie hinter Gitter.«

»Wo war sie denn im Gefängnis?«

»Hier in der Stadt. Sie war nur für dreißig Tage eingebuchtet wegen Drogenbesitz, ich meine Marihuana, und Prostitution. Sie gingen relativ nachsichtig mit ihr um, weil es das erste Mal war. Danach hat sie echt aufgepasst. Sie hat mir erzählt, dass sie dort fast durchgedreht wäre. Sie hatte voll Schiss wegen etlichen Weibern, mit denen sie eingebuchtet war, und auch wegen einigen von den Wärtern.«

Das alles passte zu den Informationen, die sie von Rene bekommen hatten. »Hat sie je davon gesprochen, dass sie ihrerseits eine Kontaktsperrenanordnung gegen Jack angestrengt hat?«

Wendy lachte bei dieser Frage sogar kurz auf, bis ihr wieder einfiel, dass es hier um ernste Dinge ging. »Warum sollte sie das denn tun?«

Tja, in der Tat, warum? Für Claire ergab es nicht im Geringsten irgendeinen Sinn, zumal nicht einmal Jack etwas davon zu wissen schien. Es sei denn, er hätte sie glatt angelogen, was keineswegs auszuschließen war. Andererseits hatte Rene eine Kopie der Kontaktsperrenanordnung auf Claires Handy geschickt, somit war es doch ziemlich offiziell. »Hat Madonna nach ihrer Kenntnis weitere Verwandte?«

»Nicht, dass ich wüsste. Wie ich schon sagte, die Eltern wurden erschossen. Sie und Rafe wurden dann von der Großmutter aufgezogen. Ich bin mir ziemlich sicher, dass die Großmutter noch irgendwo lebt; da müssten sie Rafe fragen.«

»Und ihre Eltern wurden von dem Mann mit der Maske ermordet, stimmt das?«

»Das war schrecklich. Er kam einfach ins Haus und schoss sie tot. Wir waren auch da, Maddie und ich, aber wir haben es gar nicht gehört. Nicht, bis er uns geweckt hat. Wir waren so erschrocken, wir konnten uns gar nicht wehren, sondern taten einfach, was er uns sagte.«

»Wurde der Delinquent gefasst?«

»Der was?«

»Der Mann, der die Eltern erschossen hat?«

»Nein, die Polizei hat ihn nie gefunden. Sie sagten auch zu uns, dass sie davon ausgingen, dass er auch uns töten würde.«

Das hätte Claire auch angenommen. Alle diese Verbrechen standen in einem Zusammenhang. Das war sie sich sicher. Sie musste nur noch herausfinden, wie. Das war leichter gesagt als getan. »Hat die Polizei von Golden Meadows den Fall bearbeitet?«

»Ja, Madam.«

»War Maddies Bruder auch im Haus, als die Eltern umgebracht wurden?«

»Ja, aber er war schon etwas älter und hatte sein eigenes Zimmer im Dachausbau über der Garage. Er sagte, er hätte überhaupt nichts mitbekommen.«

»Können Sie uns nähere Angaben machen, wo wir ihn vielleicht finden können? Wir müssen ihn ja als einzigen Angehörigen über den Tod seiner Schwester in Kenntnis setzen. Wir wollen nicht, dass er davon aus der Zeitung erfährt.«

Diesen Gedanken fand Wendy offenbar auch ganz entsetzlich. »Nein, nein, das darf nicht geschehen! Das wäre ja das Letzte!«

Auf diese Bemerkung hin herrschte erst mal betroffenes allgemeines Schweigen. Dann meldete sich Wendy wieder zu Wort und erwies sich als munter sprudelnde Informationsquelle. »Ich meine mich zu erinnern, dass Maddie mal was von einem Türsteherjob in so einer Bikerkneipe in einer kleinen Seitengasse von der Magazine Street erwähnt hat. Voodoo River – kann sein, dass das der Name von der Kneipe war, aber sicher bin ich mir nicht. Das Einzige, was ich sicher über Rafe weiß, ist, dass er viel mit Drogen dealt. Von ihm hatte auch Maddie ihren Stoff. Ich hab echt viel versucht, damit sie davon loskommt, aber es ist mir nie gelungen. Ich wünschte, es wäre anders gewesen. Diese Verbindung war vermutlich der Grund, warum sich auch mit diesen Typen herumhing.

Zee und Claire nickten, um ihr Verständnis und ihr Mitgefühl zu bekunden, und Claire machte sich zu der Aussage noch eine Reihe von Notizen. Bourdain hatte das Voodoo River auch erwähnt und behauptet, Madonna hätte auch dort Freier aufgetrieben. Claire setzte das Lokal auch auf ihre Liste. Damit war hier so weit alles erledigt und das Gespräch mit Wendy, der Cheerleaderin, hatte sich als wesentlich ergiebiger erwiesen als gedacht. Als Nächstes wollte sie Rafe Christien ins Visier nehmen, samt seinem üblen Umfeld von Junkies und so weiter, die möglicherweise was mit Voodoo machten und seine kleine Schwester auf dem Kerbholz hatten. Wer immer diesen abartigen Altar errichtet haben mochte, würde schon noch merken, dass er sich für sein mörderisches Treiben die falsche Gegend ausgesucht hatte.

11

Diese neuen Informationen bezüglich des Bruders von Madonna Christien waren die beste Spur, die sich ihnen im Augenblick bot, also machten sich Claire und Zee unverzüglich auf den Weg in das Viertel, wo die populäre Magazine Street lag, eine der bekanntesten Straßen in der Innenstadt von New Orleans in einer Schleife des Mississippi. In dieser Gegend sollte also auch die Voodoo River Bar sein. Wie sich herausstellte, handelte es sich in der Tat um ein echt anrüchiges Etablissement in einer echt anrüchigen Gasse in einer echt anrüchigen Gegend und gar nicht mal so weit weg vom French Quarter, wo sie mit Black wohnte. Im Allgemeinen kam Claire mit anrüchigen Kneipen in verpissten, anrüchigen Gassen durchaus zurecht. Berufsbedingt hatte sie sich schon öfter in solchen Milieus aufgehalten und hatte diese Aufenthalte bis jetzt immer überlebt und manchmal sogar ihren Spaß dabei gehabt. Bisher war es aber meistens darum gegangen, irgendeinen betrunkenen Brutalo, der seine Frau mit einem Punchingball verwechselt hatte und behauptete, er betreibe einen legitimen Sport, ins Gefängnis zu verfrachten.

Zee erzählte Claire, dass es zu seinen Lieblingsaufgaben gehörte, Kerle einzubuchten, die Frauen verprügelten, insbesondere wenn diese Missetäter mithilfe von Schlagstöcken überwältigt werden mussten. Wobei diese natürlich nur dann zum Einsatz kamen, wenn dies unumgänglich erschien. Wenn er allerdings bisweilen auch die übel zugerichtete Ehefrau voller blauer Flecke und mit zugeschwollenen Augen mit dem Eisbeutel auf dem Kopf zu Gesicht bekam, verspürte er durchaus Lust, solchen Kerlen eine Lektion zu erteilen. Gleichwohl war Zee ein guter Polizist. Niemand verhielt sich korrekter als Zee, fand Claire. Er hielt sich an die Vorschriften, genau wie sie auch. Nur wenn der Täter sich der Festnahme widersetzte und als Erster zum Schlag ausholte, dann bekam auch er schon mal zu spüren, was er seiner wehrlosen Frau angetan hatte.

Zee parkte den Wagen schräg gegenüber von der schäbigen Kneipe und schaltete den Motor aus. Nachdem sie beide ausgestiegen waren, vergewisserte sich Claire noch einmal, dass Zee den Wagen wirklich abgeschlossen hatte. Nicht, dass man jeden Moment damit rechnen musste, dass jemand seinen roten Jeep Cherokee stehlen würde, der der ganze Stolz seines Besitzers war, aber in solchen Gegenden konnte man nie vorsichtig genug sein. Das sowie eingeschlagene Beifahrerscheiben samt dem traditionellen Ausrauben des Wagens.

Zee schlenderte neben Claire einher und bearbeitete sein geliebtes Smartphone, indem er tausend Apps aufrief.

»Sag bloß, du hast jetzt sämtliche deiner Apps aufgemacht und am Laufen, Zee?«

»Ja, und ich hole mir gerade noch ein paar dazu. Dieses Gerät ist der Wahnsinn. Was hast du denn so für Apps?«

»Ich habe nur das billige, kleine TracFone von Samsung, du weißt schon, eines von diesen Prepaid. Damit kann ich anrufen, Textnachrichten schreiben und ich bin für andere erreichbar. Das ist alles.«

»Kann nicht sein. Keine Spiele oder Musik? Rein gar nichts? Nicht mal `ne Kamera?«

»Kann schon sein, dass es eine hat, aber ich habe es noch nicht mitbekommen. Ich habe was Besseres zu tun, als den ganzen Tag auf den kleinen Bildschirm meines Telefons zu schauen und dauernd verstümmelte Wörter einzutippen, was zehnmal länger dauert, als den Empfänger einfach direkt anzurufen.«

»So? Was hast du denn Besseres zu tun?«

»Mir beispielsweise diesen Rafe Christien vorzuknöpfen.«

»Okay, habe verstanden. Dann gehen wir jetzt da rein.«

Er schaltete sein Gerät ab, aber Claire spürte, dass er es nur ungern tat. Die Menschen waren geradezu süchtig nach diesen Dingern. Black war fast genauso schlimm, nur dass er fast ein halbes Dutzend von diesen Geräten hatte – alle für ganz verschiedene Zwecke. Er hatte ihr schon ein paar Mal eines gegeben, aber sie verlor sie einfach zu leicht. Deswegen hatte sie sich selbst einmal eines bei Wal-Mart gekauft, eines ohne allen Schnickschnack. Wenn sie das verlor, war es halb so schlimm. Zee deutete mit einer Kopfbewegung auf die Ansammlung von Harley Davidson-Motorrädern ein Stück weiter. »Hast du deinen Revolver schussbereit zur Hand? Wer weiß, was da für Gesichter und Schlägertypen rumhängen.«

»Da könntest du recht haben. Machen wir uns lieber auf alles gefasst.«

Zee blieb vor der Eingangstür stehen. »Also von dieser Bar habe ich schon in meinen Schulungen gehört. Hier wird massiv gedealt und hier werden falls notwendig auch Leute umgebracht. Ich weise nur mal so draufhin.«

»Dann werden wir dementsprechend vorsichtig vorgehen.«

Es handelte sich um eine echte Krawallbude, ständig gab es Schlägereien, Messerattacken, Festnahmen, ein Anziehungspunkt für Schwachköpfe aller Art. Sie mussten also sehr auf der Hut sein und entschlossen-finstere Mienen aufsetzen, als sie in das dunkle, nasskalte, überfüllte und unangenehm riechende Lokal eintraten. Sie mussten sich angesichts dieser wuchtigen, dicken, tätowierten Kerle in schwarzen Bikerhosen aus Leder und mit kettenbehängten Jeanswesten möglichst unbeeindruckt zeigen. Drinnen lümmelten haufenweise Skulls praktisch um jeden Tisch. Natürlich hing der Geruch von Marihuana in der Luft. Der Duft von Gras, verschüttetem Bier, Schweiß und Testosteron. Vor allem von Testosteron. Ohne reichlich Testosteron ging nichts im Voodoo River.

Zurückhaltend ließ Claire einen ersten Blick in die Runde schweifen. Dann, auf den zweiten Blick, erkannte sie einen Skull, den sie recht gut kannte, aber längere Zeit nicht gesehen hatte. Sie versuchte, ihren Schreck zu verbergen – und zögerte; es war jetzt nicht der richtige Moment, um diese alte Bekanntschaft zu erneuern. Falls er sie überhaupt wiedererkannt hatte. Er hockte am anderen Ende der Bar und sie ließ ihren Blick vorbeigleiten, als ob sie ihn nicht durch Adam kannte. Das war in dieser Situation besser so, für sie beide – und für Zee. Sie hoffte, er würde sich nicht rühren, sonst würden sie hier schnell Ärger bekommen. Sie tastete nach ihrer Waffe, nur für den Fall, dass sich ihr jemand nähern wollte.

Der Tresen hatte die Form eines lang gestreckten L, das

Eichenholz übersät mit Kratzern, Kerben, Brandflecken, wie es eben so ist an Orten, wo es rau zugeht. Überall fühlte sich die Platte klebrig an; nicht auszudenken, wann sie zuletzt ordentlich gewischt worden war.

Claires ehemaliger Bekannter hatte einen Arm um eine – tja, wie sollte man die junge Frau beschreiben? – halbwegs attraktive, aber ungepflegte Schlampe gelegt. Allem Anschein und allen äußeren Anzeichen nach zu schließen, handelte es sich um eine echte Biker-Braut. Welchen Anzeichen man das entnehmen konnte? Wie wäre es mit dem Tattoo auf der üppigen linken Brust, das in roten Buchstaben »Roccos Luder« verkündete. Ihre oberen primären Geschlechtsmerkmale wurden von einem locker sitzenden weißen Tank-Top kaum verhüllt. Claire konnte nur hoffen, dass dieser wogende Busen von einem ausreichend stabilen BH zusammengehalten wurde. Falls diese Dämme brachen, wäre das kein schöner Anblick.

Roccos Luder schien in der Tat seine Freundin zu sein, denn auf seiner ärmellosen schwarzen Jeansweste war der Name Rocco in verschlungenen goldenen Buchstaben aufgenäht oder aufgedruckt. Darunter trug er nichts als nackte Haut mit typischen Gefängnis-Tattoos und dicken Muskeln. Rocco war nicht der Name, unter dem sie ihn seinerzeit kennengelernt hatte, aber vermutlich hatte er so viele Namen, wie er Westen hatte, und verfügte über ein ganzes Sortiment recht fantasievoller, aufgenähter Aliasnamen. Mit einem raschen zweiten Blick vergewisserte sich Claire, dass Rocco immer noch so groß und stark und Furcht einflößend war wie früher. Seine dunklen Haare trug er inzwischen länger und mit einem Lederband am

Hinterkopf zusammengebunden und er hatte sich inzwischen eine Jack-Sparrow-Schnurrbart-Kinnbart-Kombination wachsen lassen, die bei ihm einfach unmöglich aussah.

Zu allem Überfluss hatte er sein Kinnbärtchen auch noch zu Zöpfchen geflochten, was Claire – selbst für einen Skull – unnötig albern und kindisch fand. Auf dem Kopf trug er, ebenfalls im Stil von *Fluch der Karibik*, ein Tuch in den Farben und mit den Symbolen der Flagge der abtrünnigen Südstaaten im amerikanischen Bürgerkrieg. Selbstverständlich trug er die ärmellose Jeansweste wie die meisten Biker, damit seine großen, aufgepumpten Bizepse gut zur Geltung kamen. Und sollte der dicke, schwarze Lidstrich unter den Augen auch noch an das Vorbild Johnny Depp erinnern? O ja, Rocco war einer von den ganz Verwegenen. Claire sah verstohlen hin, ob sie vielleicht auch noch sein Entermesser entdeckte und ob er vielleicht Stulpenstiefel trug, aber davon war nichts zu sehen.

Außerdem bemerkte Claire niedliche Darstellungen von bluttriefenden Messern und scharfen Beilen, die in buntem Reigen den Schriftzug von Rocco auf seiner Weste verzierten. Außerdem waren etliche Flicken aufgenäht mit Symbolen wie Blitzen und Sternen und dergleichen, von denen sich Claire lieber nicht vorstellte, welche Bedeutung sie in der Biker-Gemeinde hatten. Das Abzeichen mit dem Gerippe konnte sie allerdings nicht entdecken, das davon kündete, dass sein Träger jemanden eigenhändig umgebracht hatte. Aber vielleicht schreckte er doch vor zu viel Offenherzigkeit zurück.

Rocco bemerkte, wie Claire sich über seine Aufmachung

amüsierte, und wandte den Blick ab, was ein gutes Zeichen war. Er schaute nun bewusst nicht mehr zu ihr und gab sich so demonstrativ gelangweilt, dass sie es schon fast für echt hielt. Also nahm Claire seine Gefährtin Ms R. Luder ins Visier, bis die junge Frau ebenfalls dem Blick nicht mehr standhielt und die Augen abwandte. Sie brauchte ein paar Augenblicke länger, bis sie den Dienstausweis erkannt hatte, den Claire an einem Band um den Hals trug, sowie die geladene Glock in ihrem Halfter und die richtigen Schlüsse daraus zog.

Der Barmann wirkte ziemlich bullig und hatte ein rötliches Gesicht. Claire und Zee schlenderten zur Theke hinüber. Nach dem Auftakt des kurzen Verharrens am Eingang galt ihnen nun die ganze Aufmerksamkeit. Sie setzten sich auf zwei Barhocker, die so platziert waren, dass ihre Rücken möglichst wenig Angriffsfläche für scharfe Klingen aller Art boten. Claire versuchte, die große schwarze Lache auf der Theke zu ignorieren. Was immer das war, es roch penetrant. Frische Luft und Heublumenduft wären ihr jetzt lieber gewesen.

Der Barkeeper lehnte an der rückwärtigen Wand und kaute demonstrativ gelangweilt auf einem Zahnstocher, vielleicht auch auf einem Nagel. »Was kann ich Ihnen bringen, Mr und Mrs Gesetzeshüter?«

Demzufolge hatte jeder hier im Raum die Dienstausweise erkannt. Umso besser. Zee behielt alle scharf im Auge; er hatte seine Hand auf die Hüfte gelegt, nur wenige Zentimeter neben der Waffe. Claire war sich ziemlich sicher, dass niemand hier zwei Polizeibeamte behelligen würde, aber andererseits gehörte es zum Ehrenkodex der

Biker, sich nie mit Polizisten zu unterhalten und erst recht würden sie einander nie verpetzen. Deswegen konnte sie nicht erwarten, ohne ein paar geschickt platzierte Drohungen viele Informationen zu bekommen.

Claire erwiderte den unverwandt starren Blick des Barkeepers. »Wie läuft's denn so?«

»Was interessiert Sie das?«

Genug Small Talk. »Kennen Sie einen Mann namens Rafe Christien?«

»Rafe Christien? Lassen Sie mich mal nachdenken.« Er presste seinen Zeige- und Mittelfinger in Denkerpose gegen die Stirn, als müsste er genau überlegen. Ein echter Scherzkeks.

Zee sagte: »Jemand hat behauptet, dass er hier zugange sein soll. Stimmt das?«

Der Scherzkeks schaute demonstrativ Zee an. »Kann sein.«

»Dann sollten Sie uns was drüber erzählen«, hakte Claire nach.

Er zuckte die Achseln und wischte eifrig mit einem schmutzigen Geschirrlappen in seinen schmutzigen Händen über die schmutzige Theke. Dieses Etablissement würde es nie in die zehn Spitzenempfehlungen von New Orleans schaffen.

»Na ja, manchmal kommt er her zum Saubermachen, manchmal macht er den Türsteher. Mehr weiß ich auch nicht.«

»Das ist nicht viel. Ist Christien jetzt hier?« Claire blickte in die Runde und fand, dass jeder hier für einen Job als Türsteher oder Rausschmeißer infrage kam. Ungefähr dreißig triefäugige, böswillige und wahrscheinlich mehr oder weniger whiskyumnebelte Augenpaare bohrten sich in sie hinein.

Zee versuchte es jetzt auf die kumpelhafte Tour. Lächelnd nickte er einem Glatzkopf zu, der sich auf den Barhocker neben ihm gehievt hatte. Die rechte Seite seines Kopfes, gleich über dem Ohr, zierte ein verhältnismäßig aufwendiges Tattoo, das einen Totenschädel über zwei gekreuzten Knochen darstellte.

Der Barmann hatte sich mittlerweile entschlossen, dass es kein Schaden war, die Frage zu beantworten. »Nee, seh ich hier nicht.«

»Wissen Sie vielleicht, wo er sein könnte?«

»Yep.«

»Und wo?«

»Ich vermute stark, er sitzt gerade im Knast, weil einige von euren Kollegen vor ein paar Tagen hier aufgetaucht sind und ihn aufgemischt haben. Das Letzte, was ich von ihm gesehen hab, war, wie sie ihn auf den Rücksitz von einem Polizeiwagen gedrückt haben.«

»Ach, der Ärmste. Ich wette, das haben sie gemacht, weil er nicht zur Sonntagsmesse erschienen ist. Oder gab es sonst einen Grund?«

Der Barkeeper zuckte Achseln. »Wüsste nicht, warum. Mir hat er nichts getan.«

In der ganzen Kneipe war es auf einmal sehr still, totenstill könnte man sagen; sogar die Jukebox hatte aufgehört zu spielen.

Der auskunftsfreudige Barmann war offensichtlich zu dem Schluss gekommen, dass es nicht sehr empfehlenswert war, noch in irgendeiner Weise entgegenkommend zu sein, nun da alle jedes Wort mithören konnten. »Aber das geht mich alles nichts an.«

»Das sollte Sie schon noch ein bisschen was angehen, andernfalls kommen Sie mit uns und wir setzen unsere Unterhaltung im Polizeipräsidium von Lafourche fort. Also, ich frage Sie noch einmal: Seit wann hat Christien hier gearbeitet?«

»Drei oder vier Monate vielleicht.«

»Und was war diese Woche?«

»Da war er kaum hier. War vielleicht zum Krabbenfischen irgendwo unten in der Gegend von Chauvin. Was weiß ich. Bin doch nicht seine Mutti.«

»Und am Anfang der Woche haben Sie ihn gar nicht gesehen?«

»So was merk ich mir nicht genau.«

Ein paar weitere Fragen erbrachten nur ein paar weitere ausweichende Antworten. Claire ließ den Blick ans untere Ende der Bar schweifen, wo Rocco sich ungeniert mit Lippen und Zähnen am Hals seines Luders zu schaffen machte. Sie sollte aufpassen, dass sie keine Bissspuren davontrug.

Der Glatzkopf mit dem Tattoo neben Zee glitt vom Stuhl, baute sich mit verschränkten Armen vor Zee auf und versuchte ihn niederzustarren.

»Hör auf, mich anzustarren«, säuselte er Zee an.

Leider ging Zee darauf ein und erwiderte: »Ganz meinerseits.«

Zee mochte keine Leute, die ihn in dieser Weise anmachten. Und er war auch nicht geneigt, Beleidigungen von großen, hässlichen Bikern widerspruchslos einzustecken. Aber Zee konnte selbst auf sich aufpassen – das hoffte Claire zumindest. Sie wusste, dass er in Karate und Jiu Jitsu den einen oder anderen Pokal gewonnen hatte. Und er konnte jederzeit seine mächtige Waffe ziehen.

Die Spannung war mit Händen zu greifen. Claire atmete tief durch, denn nun rechnete sie fest damit, dass die Lage schnell eskalierte und ein Vulkanausbruch bevorstand. Man hörte fies kratzende Geräusche vom Fußboden; etliche von den knallharten Typen schoben ihre Stühle beiseite und ließen bereits die tätowierten Muskeln spielen. Dazu zählten auch der nachgemachte Pirat und seine schlampige Freundin. Roccos Luder glitt vom Stuhl hinunter und verzog sich aus der voraussichtlichen Kampfzone; so viel Klugheit hätte man ihr gar nicht zugetraut.

»Yeah«, grummelte Rocco, während er sich langsam näherte; noch blieb er cool und ruhig, aber eine Drohung hing im Raum, das spürte jeder.

»Wofür hältst du dich eigentlich, du Flittchen? Meinst du, du kannst hier einfach so reinmarschieren und uns verarschen?«

»Ich halte mich nicht nur für eine Polizistin, ich bin es auch. Ich repräsentiere hier das Gesetz. Was willst du dagegen unternehmen, Rocco?«

Zee stellte sich frontal zu all den reizenden Kneipengästen und lehnte sich dabei gegen die Bar. Gleichzeitig behielt er den Barmann hinter sich im Auge, der über jede Menge Flaschen verfügte, die er ihnen leicht über den Schädel ziehen konnte. Inzwischen stand Rocco so nahe bei Claire, dass sie seinen säuerlichen Whiskeyatem riechen konnte. »Du hast mich schon einmal hochgehen lassen, du Flittchen. Ein zweites Mal wird dir das nicht gelingen.«

Zee fand es an der Zeit, seine Waffe zu ziehen. Er tat es und jeder bekam es mit.

Einige Sekunden lang bewegte sich niemand. Claire wollte die Lage lieber deeskalieren. Das konnte nie schaden. Niemand hatte ein Interesse, dass das in eine Schießerei ausartete.

»Red doch keinen Quatsch, Rocco. Ich will doch gar nichts von dir. Ich erkundige mich hier nur nach dem Verbleib und der Adresse von Rafe Christien.«

Er starrte sie mit seinen großen, dunklen Augen an. Auf die Nähe konnte sie genau erkennen, dass er schwarzen Eyeliner unter die Augen gemalt hatte, und zwar nicht zu knapp. »Aber wenn du unbedingt willst, können wir uns auch gerne exklusiv mit dir befassen, Rocco. Was hältst du davon, wenn Detective Jackson und ich dich zu einem kleinen Ausflug ins Bayou mitnehmen, und dann kannst du uns in aller Ruhe erzählen, was du in der vergangenen Woche alles gemacht hast.«

Rocco wollte darauf natürlich nicht eingehen. »Du hältst dich wohl für was ganz Besonderes?«

»Halt die Klappe, Rocco, sonst rutscht dir noch was raus, was mir gar nicht gefällt, und dann krieg ich dich dran, mindestens wegen Beleidigung.«

Es war still, so still, dass man eine Stecknadel hätte fallen hören. Einige blickten finster, einige blickten vollkommen starr und knirschten mit den Zähnen, jeder rechnete mit dem ersten Faustschlag. Dann gab Rocco ein kurzes, wieherndes Gelächter von sich, das nicht amüsiert klang. Claire behielt den Blick auf Rocco fixiert und überließ es Zee, die anderen im Auge zu behalten. Rocco trat noch näher an sie heran und sah sie an, als wäre sie die widerlichste Kakerlake, die er je gesehen hatte. Er zuckte nicht mit der Wimper. Dann sagte er: »Komm, wir gehen jetzt. Ich kann diesen Geruch von Bullen nicht ertragen.«

Als er schon fast draußen war, drehte er sich noch einmal um und bedachte Claire noch einmal mit einem starren Blick. »Du nimmst dich besser gut in Acht, du Flittchen. Kann gut sein, dass wir uns in der nächsten Zeit unten im Bayou wieder über den Weg laufen.«

»Soll das eine Drohung sein?«

Rocco behielt die Drohpose noch einen Moment bei, dann drehte er sich um und machte seinen Abgang, wie es sich für den Anführer eines Wolfsrudels geziemt. Seine füllige Tussi kam rasch aus der Deckung und trippelte hinter ihm her. Die übrigen Skulls blieben nur noch eine kurze Weile, bis sie ihre Enttäuschung über das Ausbleiben einer tüchtigen Schlägerei verdaut hatten; dann stapften sie einer nach dem anderen mit genügend Lässigkeit nach draußen, damit es nicht so aussah, als ob sie angesichts von zwei Polizeifiguren aus Lafourche den Rückzug antraten. Kurz darauf wurden draußen fast gleichzeitig die Motoren von einem Dutzend Bike-Maschinen angelassen und sogleich im Leerlauf so hochgedreht, dass der Lärm absurde Dezibelwerte erreichte. Claire nahm an, dass das als Warnsignal gemeint war; dann düsten sie röhrend die Gasse und die Straße hinunter auf zu neuen Taten, bei denen sie sicherlich nichts Gutes im Schilde führten.

»Jetzt haben Sie es geschafft, alle meine Gäste zu vertreiben, vielen Dank«, sagte der Barmann mürrisch.

»Wir werden wiederkommen«, verabschiedete sich Claire. »Und falls Rafe Christien zwischendurch mal auftauchen sollte, richten Sie ihm bitte aus, dass wir ihn dringend mal sprechen wollen. Im Übrigen danke für Ihr Entgegenkommen.«

Als sie draußen waren, atmete Zee erst einmal tief durch. »Na, das war doch mal `ne nette Abwechslung. So was kann man sich normalerweise gar nicht mehr vorstellen. Ich meine, wer lebt denn heutzutage noch so? Erwachsene Männer, die auf großen, lauten Motorrädern durch die Gegend kurven und sich alberne Tattoos auf die Glatze stechen lassen. Das ist doch total kindisch und völlig daneben.«

Claire fand seine Bemerkung allerdings etwas merkwürdig. »So, so, du findest das kindisch. Willst du behaupten, du hättest nie mit derartigen Typen zu tun gehabt, als du bei der Drogenfahndung gearbeitet hast? Mit wem hast es denn dann bei Razzien samstagnachts zu tun bekommen? Waren das alles Sonntagsschullehrer?«

»Klar ist mir derartiger Abschaum schon über den Weg gelaufen, aber nicht in solchen Mengen und in ihrer Stammkneipe. Was ist eigentlich mit dir und diesem durchgeknallten Rocco?«

»Wirklich nichts Besonderes. Wir sind uns nur schon einmal über den Weg gelaufen. Vergiss es.«

»Er schien sich aber noch gut, beziehungsweise eher ungut, an dich zu erinnern. Scheint dich ja abgrundtief zu hassen. Du solltest dich wirklich vor ihm in Acht nehmen, wie er gesagt hat. Für mich klang das wie eine ernsthafte Drohung.«

»Er ist doch einfach abgehauen, ohne auch nur die Faust zu ballen. Keine Sorge, der markiert nur den wilden Mann.«

»Na ja, es war schon ein bisschen brenzlig da drin, fandest du nicht?«

»Das sind doch alles Dummköpfe. Aber sie sind nicht so blöd, Polizisten am hellen Tag anzugreifen.«

Kopfschüttelnd öffnete Zee die Fahrertür seines Jeeps und Claire ging auf die andere Seite und glitt auf den Beifahrersitz.

»So, Zee, weißt du, was wir als Nächstes machen könnten? Wir könnten mal in dem Knast vorbeischauen und nachsehen, ob Rafe Christien dort noch einsitzt. Ich denke, wir bekommen von Rene Bourdain die Erlaubnis dafür.«

Zee zog sein Telefon aus der Tasche. »Als ob du meine Gedanken lesen könntest. Dann mal los.«

Der Maskenmann

Malefiz fühlte sich bei der Handelsmarine sehr wohl. Er war geradezu begeistert. Er fühlte sich auf See wunderbar wohl. Er fand die Landgänge in exotischen Ländern, die er nie zuvor gesehen hatte, aufregend. Er mochte die Härte und Abgebrühtheit der Seeleute, ihre unverblümte Sprache und Direktheit. Er fand es großartig, in allen Häfen, die sie anliefen, leicht an Prostituierte zu kommen, und er liebte es, so zu tun, als wären sie die Schlampe, die ihn mit seinem besten Freund betrog, und er liebte es, sie so zu verletzen, wie er sie verletzen wollte. Er schlug sie, nahm sie mit aller Härte, stieß sie herum, biss sie, bis Blut floss, und keine beklagte sich, solange er dem Zuhälter etwas mehr Geld gab.

Nach ein paar Jahren bei der Marine lernte er einen Mann kennen, der nun sein bester Freund wurde. Er war ein älteres Mitglied in der Mannschaft und um einiges älter als Malefiz. Er stammte aus Algiers, einer Nachbarstadt von New Orleans am andern Ufer des Mississippi. Er war ebenfalls ein geborener Cajun und sie hatten auch sonst eine Menge Gemeinsamkeiten. Sie fanden heraus, dass sie beide Gewalt und Grausamkeit liebten, und spielten sich regelmäßig die Bälle zu, wenn sie Opfer fanden, die sie misshandeln konnten. Und dann stellte sich eines Tages heraus, dass sein älterer Kamerad für ein Verbrechersyndikat in Louisiana mit der Basis in Algiers gearbeitet hatte. All das plauderte der ältere Mann aus, als er einmal viel getrunken hatte. Er hatte als Auftragskiller für diese »Familie« gearbeitet, Menschen ermordet und dafür Geld bekommen, sehr viel Geld. Er war ein professioneller Killer und Malefiz war vollkommen fasziniert. Er erzählte Malefiz, wie er diese Aufträge vor allem dann erledigte, wenn er zu Hause Landgang hatte, und wie er sie zeitlich so legte, dass er unmittelbar danach wieder abfuhr, sodass so gut wie keine Möglichkeit bestand, ihn mit dem Mord in Verbindung zu bringen. Es war leicht verdientes, gutes Geld. Der Auftragskiller versprach Malefiz, für ihn ein gutes Wort bei den Familienobersten einzulegen, aber Malefiz müsse auch bereit sein, das Handwerk gründlich zu lernen. Es würde sich mit der Zeit dann schon herausstellen, ob Malefiz es wirklich draufhatte, professionell Menschen umzubringen. Aber er hatte es natürlich drauf. Selbstverständlich.

Im Lauf der Zeit brachte ihm der ältere Mann bei, wie man derartige Aufträge präzise ausführte, ohne Spuren zu hinterlassen. Wenn sie sich in fremden Ländern aufhielten, fingen sie übungshalber damit an, indem sie beispielsweise wahllos irgendwelche Betrunkenen erschossen. Der Ältere zeigte Malefiz, wie man ein Opfer unauffällig beobachtete und verfolgte, bis der Moment gekommen war, mit einem Messer zuzustechen. Malefiz lernte viel über die Kunst des Mordens und er lernte es schnell und gründlich. Was aber noch wichtiger war: Es bereitete ihm sehr viel Freude, sehr viel mehr als das kindischen Leute-Erschrecken oder einen Menschen beinahe absichtslos oder aus Versehen zu töten wie seinerzeit Betsy.

Nachdem er seine Zeit bei der Marine abgedient hatte, entschloss sich Malefiz, in die Heimat zurückzukehren. Er wollte sich einen angesehenen Beruf ergreifen; eine seriöse Fassade wäre die beste Tarnung. Dann würde er seine glorreiche Karriere als Auftragskiller in Angriff nehmen, haufenweise Blutgeld verdienen und literweise Blut verspritzen. Der Gedanke beflügelte ihn. Wenn dieses verräterische Weibsstück zu Hause wüsste, was aus ihm geworden war, dann würde sie ständig in Furcht vor seiner Rückkehr leben. Und das mit gutem Grund. Er hatte sich fest vorgenommen, sie umzubringen und gleichzeitig den Mann, der sie ihm weggenommen hatte. Aber sie würde nichts davon wissen, nichts ahnen bis zu dem Moment, wo sein Messer in ihr Herz stechen und ihre Halsschlagader durchschneiden würde, wie sein neuer bester Freund es ihm beigebracht hatte. Dann würde er einen Schritt zurücktreten und zusehen, wie das rote, klebrige Blut herausspritzte.

12

In der Justizanstalt der Innenstadt von New Orleans standen zwei Polizeibeamte am Empfangstisch. Rene Bourdain hatte bereits die entsprechenden Anweisungen erteilt, sodass Claire und Zee durchgewinkt wurden. Man spürte deutlich, wie ein gutes Einvernehmen mit Lieutenant Rene Bourdain viele Türen öffnete. Ein hochgewachsener Sergeant namens Chris Makowski geleitete die beiden in ein kleines Verhörzimmer mit grauen Wänden und einem zerkratzten Stahltisch. Dazu gruppierten sich vier unbequeme, schwarze Klappstühle, zwei auf jeder Seite. Der Ehrengast war noch nicht anwesend.

Es verstrichen noch zähe fünfzehn Minuten, bis Rafe Christien angeklirrt kam. Er wirkte ungepflegt und unausgeschlafen und trug die weiße Anstaltskleidung, auf der in großen schwarzen Lettern NOPD JAIL stand: Stadtgefängnis der Polizei von New Orleans. Mit den Ketten an den Füßen wirkte er wie eine Gestalt aus einem mittelalterlichen Kerker. Er setzte sich direkt gegenüber von Claire. Jetzt wirkte er lammfromm, aber eines seiner Augen war schwarz und dick geschwollen, zweifellos eine schmerzliche Erinnerung an seinen Widerstand gegen die Staatsgewalt bei seiner Festnahme.

»Mr Christien, wir sind Kriminalbeamte aus Lafourche. Ich bin Detective Claire Morgan und das ist mein Kollege Zander Jackson. Wir sind hier, weil wir mit Ihnen über einen Mordfall sprechen müssen.«

Sie mussten ihm außerdem mitteilen, dass seine Schwester tot war, aber darauf war Claire nie besonders versessen, nicht einmal bei so einem Miststück und Kleinkriminellen wie Rafe. Wendy hatte klar genug durchblicken lassen, dass die beiden sich ziemlich nahestanden, jedenfalls was die geschwisterlichen Gewohnheiten des Drogenkonsums und des Drogenhandels anbelangte. Wie man so sagt: Blut ist eben immer dicker als Wasser.

Rafe gehörte nicht zu denen, die sich lange mit nutzlosem Geplänkel aufhielten. »Um was für einen Fall handelt es sich? Und was soll ich damit zu tun haben?«

Rafe war ebenfalls ein schmächtiges Männchen, nicht viel größer als seine zierliche Schwester, ungefähr eins fünfundsechzig. Seine Haare waren eher kupferfarben als rötlich, er hatte viele Sommersprossen und er sah wirklich nicht aus wie ein Türsteher. Entweder musste er superathletisch sein oder er hatte immer eine Kanone bei sich. Claire würde auf eine große Kanone tippen. Und offensichtlich war so einer wie er ein Topkandidat als Gefängnisspitzel, vorausgesetzt, er bekam dafür Belohnungen und Vergünstigungen. Claire entschied sich, ihn zuerst mit den schlechten Nachrichten zu konfrontieren, um zu sehen, wie er darauf reagierte. Es war zwar nicht auszuschließen, dass er etwas mit dem Tod seiner Schwester zu tun hatte, doch sie bezweifelte das.

»Bei diesem Fall geht es unter anderem um Ihre Schwester. Madonna Christien ist doch Ihre Schwester?«

Ganz klar, allein schon diese Andeutung kam völlig überraschend für ihn. Er war mindestens erschrocken, wenn nicht gar schockiert, und er heftete den Blick aus seinen blutunterlaufenen Augen direkt auf Claire und sah sie unverwandt an. »Es geht um Maddie? Was ist denn los mit Maddie? Sie ist okay, oder? Ihr ist doch nichts passiert?«

Zee bewegte sich neben ihr unbehaglich auf seinem Stuhl hin und her. Er hatte Wendy davon in Kenntnis gesetzt, was Madonna zugestoßen war. Auch jetzt war die Reihe an ihm. »Leider haben wir keine guten Neuigkeiten für Sie, Mann«, begann Zee in rücksichtsvollem Ton und mit sanfter Stimme. Claire fand Zee bei Weitem sensibler als die meisten Männer. Er seufzte. »Leider gibt es in solchen Situationen nie eine leichte, wirklich schonende Weise, sich auszudrücken. Sie ist tot. Grausam ermordet, und sie wurde in den Bayous gefunden.«

Rafes Gesicht wurde aschfahl, sein Kinn klappte herunter und er betrachtete Zee, als wäre er ein Geist. Dann wandte er sich mit entsetztem Blick an Claire. Aber er hatte wenigstens im Augenblick weder einen Zusammenbruch noch irgendwelche Gefühlsausbrüche. Vielleicht hatte Zee in der Tat eine gute Art, derartige traurige Botschaften an den Mann zu bringen. »Aber sie hat sich keine Überdosis gesetzt?«

»Nein«, antwortete Claire.

Rafe fuhr sich mit seinen schwieligen Händen übers Gesicht. »Was ist mit ihr geschehen? Wie ist sie denn gestorben?«

Rafe fragte nach den Einzelheiten, also schilderte Claire ihm die Einzelheiten bis auf die Voodoo-Szenerie am Leichenfundort. »Wir gehen davon aus, dass der Tod durch Strangulation herbeigeführt wurde, aber der offizielle Bericht aus der Gerichtsmedizin steht noch aus.«

Erst diese Information traf ihn wirklich. Eine ganze Reihe von Gefühlen spiegelte sich in schneller Folge in seiner Miene. Es war schaurig, das mitanzusehen. Unvermittelt legte er seinen Kopf auf die Tischplatte und sang sich in eine dumpfe, schreckliche Totenklage. Dann sprach er, immer noch mit tief auf die Tischplatte gesenktem Kopf: »Vater unser im Himmel, geheiligt werde dein Name …«

Niemand unterbrach ihn. Claire tat er leid. Zee wirkte irritiert. Rafe sprach das Gebet bis zum Ende und bekreuzigte sich so gut es mit den Handschellen ging. Aber er weinte nicht, jedenfalls nicht von außen sichtbar.

»Ich bedaure den Tod Ihrer Schwester zutiefst, Mr Christien, ganz aufrichtig. Haben Sie irgendeine Vorstellung, wer Ihrer Schwester das angetan haben könnte?«

Rafe warf den Kopf hoch. In seinen Augen loderte bereits der Zorn und in seine Wangen kehrte die Farbe zurück. »Wahrscheinlich war es dieser Kerl, ihr Boyfriend Holliday, dieser Bastard.«

»Sie meinen Jack Holliday?«

»Ganz recht. Der große, bedeutende Sportmanager. Ein ehemaliger Football-Spieler.«

Claire stellte sich unwissend. »Jack Holliday soll der feste Freund Ihrer Schwester gewesen sein?«

»Ja, und sie war echt total in ihn verknallt. Dabei behandelte er sie wie Dreck. Echt – wie Müll.«

»Was wollen Sie damit sagen?«

»Na ja, er hat es fertiggebracht, vom Gericht so eine Kontaktsperre zu erlassen. Erst hat er sie angelockt und so und dann hetzte er ihr die Bullen auf den Hals, wenn sie nett zu ihm sein wollte.«

Claire verglich die beiden Versionen über die Holliday-Madonna-Beziehung. »Haben Sie die beiden denn jemals zusammen erlebt? Sind Sie mal zusammen ausgegangen oder so was?«

Rafe runzelte die Stirn und sah zu Zee hinüber. »Nein. Maddie hat mir erzählt, wie sehr er sie liebte. Aber dann wurde er ihrer überdrüssig. Hält sich wohl für was Besseres.«

»Woher wissen Sie das?«

»Weil er einverstanden war, dass Wendy sie miteinander bekannt machte, und dann gab er ihr einfach den Laufpass. Sie hat alle möglichen Sachen besorgt, die sie ihm geschenkt hat. Sie hat ihn wirklich geliebt, das schwöre ich Ihnen.«

Somit stand fest, dass Rafe die beiden nie zusammen gesehen hatte. Das stützte die Aussagen von Holliday. »Okay, Rafe, fällt Ihnen sonst noch jemand ein, der ihr etwas antun wollte?«

Rafe ballte seine Fäuste und rieb sich die Augen. Er sah aus, als käme er gerade aus einem Drogenrausch und hätte die vergangenen sechs Monate nicht mehr geschlafen. Was normalerweise das Weiße im Augapfel war, hatte sich erdbeerrot verfärbt, einschließlich der Samennüsschen. »Um Maddie hingen ständig jede Menge Kerle herum. Sie ist so verdammt hübsch. Aber er war ihre große Liebe.«

»Okay. Wer waren die anderen Männer?«

Rafe dachte nach und leckte sich dabei seine trockenen, spröden Lippen. Die untere war unter dem linken Nasenflügel aufgesprungen. Es dürfte ihm außer diesen Blessuren nicht viel gebracht haben, sich bei der Verhaftung gegen die Polizisten zu wehren. Es war nie besonders klug, sich in einer solchen Situation heftig zu Wehr zu setzen, aber Claire hatte ohnehin nicht den Eindruck, dass Klugheit zu seinen Stärken zählte.

»Sie hing viel mit den Biker-Typen herum. Sie wissen schon. Mit den Skulls. Vor allem im Voodoo River. Ich hab da auch einen Job gehabt. Da kam sie öfter, um mich zu besuchen. Ich denke, ich kann dort wieder anfangen, sobald ich hier rauskomme.«

»Ich brauche ein paar Namen, Christien.«

»Sie kannte die meisten von denen. Mit ein paar von ihnen ist sie auch ins Bett gegangen, aber das macht sie ja nicht gleich zu einem schlechten Menschen, oder? Einer von ihren Kerlen hieß Rocco. Den Nachnamen kenne ich nicht. Er hängt dort meist mit seiner Alten rum, aber er hat sich auch mit Maddie eingelassen. Dem kommt niemand in die Quere. Der sticht einem im Handumdrehen ein Auge aus. Im rechten Stiefel hat er ein Stilett befestigt.« Claire wollte sich das einprägen. Das war eine wertvolle Information. Rafe schüttelte den Kopf. »Diese Skulls sind wirklich eine üble Bande, aber keiner von denen hat einen Grund, Maddie etwas anzutun. Sie mochten sie, denn alle fanden sie sehr sexy. Sagen Sie mir, wer's getan hat. Ich muss es wissen. Und wann? Wann ist es eigentlich passiert?«

Sieh einer an, Maddie hatte sich auch mit dem falschen Piraten Rocco eingelassen. Das war interessant zu wissen, wenn man es sich vorstellte, allerdings auch eine verstörende und irgendwie unpassende Verbindung. Vielleicht hatte er sich deswegen im Voodoo River so rasch aus dem

Staub gemacht, bevor sie weitere Fragen stellen konnte. Rafe beobachtete Claire eindringlich, zweifellos wollte er abschätzen, worauf sie hinauswollte. Viel aufschlussreicher war, dass er immer noch keine einzige Träne vergossen hatte. Claire hatte das ziemlich sichere Gefühl, dass er zu jenen Menschen gehörte, die schon vor langer Zeit aufgehört haben zu weinen.

»Ihr Leichnam wurde am Sonntag aufgefunden«, erklärte Claire. »Sie befindet sich jetzt im Leichenschauhaus in Lafourche. Es müsste sich dort auch ein Angehöriger um die Leiche und ein Begräbnis kümmern.«

»Dann werde ich jemanden damit beauftragen müssen, sie nach Golden Meadows zu überführen. Ich kann es ja nicht machen.« Rafe wirkte nun ziemlich mitgenommen. Allmählich dämmerte ihm die Endgültigkeit von allem.

»Haben Sie sonst noch irgendwelche Angehörigen, die sich darum kümmern können, Mr Christien?«

Rafe legte beide Hände aufs Gesicht. Seine Handschellen klirrten dabei. Knastmusik. »Ich fürchte, unsere Großmama wird das machen müssen. Wir haben sonst weiter keine Familie. Sie heißt Leah Plummer. Ich muss sie anrufen und es ihr sagen. Könnte ich mal Ihr Telefon benutzen?«

Zee machte keine Anstalten, ihm sein teures, neues Smartphone zu überlassen, also hakte Claire ihr billiges und einfaches Handy vom Gürtel. »Sagen Sie mir die Nummer an, dann gebe ich sie für Sie ein.«

Dann hielt sie es ihm ans Ohr, denn sie wollte nicht, dass er es berührte. Er wirkte so schmuddelig und man konnte ja nie wissen, was er in der letzten Zeit alles angefasst hatte. Es war einfach eine Sache des Prinzips.

Rafe musste die ganze traurige Geschichte nun in seinen eigenen Worten wiederholen und zuhören, wie seine Großmutter am anderen Ende der Leitung zu weinen anfing. Nun brachen auch bei ihm die Dämme und er ließ ebenfalls seinen Tränen freien Lauf. Claire und Zee saßen dabei, wünschten sich aber weit weg. Nach einiger Zeit erklärte sich die Großmutter bereit, die Freigabe des Leichnams zu beantragen und sich um das Begräbnis zu kümmern. Claire ließ die beiden noch eine Weile das Thema Kaution besprechen, die er benötigte, um an der Trauerfeier teilnehmen zu können, doch dann drängte sie ihn, das Gespräch zu beenden.

»Von Wendy Rodriguez, mit der wir bereits gesprochen haben, wissen wir, dass sie und Maddie einmal als Kinder entführt wurden. Was können Sie uns über den Vorfall berichten?«

»Ja, das stimmt. Maddie war hinterher nie wieder dieselbe. Hat sich völlig in diesen Voodoo-Scheiß reingehängt und angefangen Drogen zu nehmen. Der Typ wurde nie gefasst.

»Halten Sie es für möglich, dass er sozusagen zurückgekommen ist?«

Rafe sah sie mit seinen blutunterlaufenen Augen an. »Nach so vielen Jahren? Und warum ausgerechnet jetzt?«

»Was war mit Ihren Eltern? Wendy hat uns berichtet, dass sie ermordet wurden. Waren Sie in jener Nacht auch vor Ort?«

Er schüttelte den Kopf. »Ich hatte damit überhaupt nichts zu tun. Ich war in meinem Zimmer über der Garage. Ich habe rein gar nichts mitbekommen, bis ich am nächsten Morgen vollkommen normal aufgewacht bin. Da können Sie mir nichts anhängen. Ich war damals noch ein Kind. Gerade erst dreizehn.«

»Wir wollen Ihnen überhaupt nichts anhängen«, sagte Zee.

Einigermaßen beruhigt atmete Rafe tief durch. »Ich kann's gar nicht glauben, dass sie nicht mehr ist.«

»Gibt es sonst noch etwas, was Sie uns sagen können, Christien?«, fragte Claire.

Er wischte sich die nassen Wangen mit einem Zipfel seiner Gefängniskleidung und nickte. »Ja, ich möchte, dass Sie den Kerl finden, der Maddie das angetan hat.«

»Wir tun alles, was in unserer Macht steht«, versicherte ihm Zee.

»Lieber Himmel, Maddie war so ein gutes Mädchen. Sie hat so viel durchmachen müssen und jetzt das. Diese Entführung hat sie aus der Bahn geworfen. Da hat sie sich völlig verändert, ist eine ganz andere geworden.«

»Kennen Sie jemanden aus Ihrem Umfeld, der irgendwas mit Voodoo zu tun hatte?«

Rafe wirkte schlagartig wie ernüchtert und schien seine Worte vorsichtig zu wählen. »He, Sie sollten nicht glauben oder denken, sie wär voll da drauf eingestiegen. Alles, was sie gemacht hat, war, sich diesen kleinen Altar hinzustellen, weil sie hoffte, das zu bekommen, was sie wollte. Die Angst steckte immer tief in ihr drin. Dieser Schlangenmensch hat sie und Wendy damals irgendwie mit Voodoo behext. Sie hat gedacht, sie kann sich irgendwie gegen ihn schützen, falls er jemals zurückkäme.«

Claire kam das keineswegs unplausibel vor. Sowohl

Wendy als auch er hatten betont, wie traumatisch die Entführung auf Maddie gewirkt hatte. Vielleicht war der Täter tatsächlich der gleiche durchgeknallte Psychopath in der Teufelsmaske von damals. Oder wollte der Täter genau das vortäuschen? Es hatte schon abwegigere Fallkonstellationen gegeben. »Sagen Sie, Rafe, wann findet denn Ihre Anhörung statt? Ich nehme an, es geht um Drogenbesitz und Widerstand gegen die Staatsgewalt.«

»Morgen früh. Um neun. Ich werde dem Richter genau erzählen, was passiert ist. Die Bullen haben mir nämlich den verdammten Beutel untergeschoben. Ich bin unschuldig, hab gar nichts gemacht, hab nur meinen Job gemacht im Voodoo River, kümmer mich nur um mein Zeug, und da kommen die einfach her und hauen mich zusammen. Schauen Sie, wie ich aussehe. Ich krieg ja fast keine Luft mehr. Das ist echt krass. Polizeiwillkür.«

»Da reden Sie jetzt mit den falschen Leuten, Christien.« Claire erhob sich. »Um Ihre Schwester tut es uns aufrichtig leid. Ich denke, wir werden noch mal mit Ihnen sprechen wollen, also überlegen Sie in aller Ruhe, ob Ihnen noch was einfällt, was uns helfen könnte, den Mörder Ihrer Schwester zu finden.«

Sie gingen nach draußen und waren froh, den bedrückenden, stickigen und verdreckten kleinen Raum verlassen zu können. Rafe Christien blieb zunächst sitzen, bis er abgeholt wurde. Er senkte wieder den Kopf auf die Tischplatte und fing in einem Singsang an zu jammern und zu klagen, vielleicht in Trauer um seine Schwester, vielleicht auch aus Selbstmitleid.

13

Als Claire und Zee allmählich daran dachten, Feierabend zu machen, erhielt sie eine Textnachricht von Black, in der er ankündigte, dass er etwa zur Abendessenszeit in New Orleans landen würde. Da sie weder besonders darauf erpicht war, ihn gleich zu sehen, noch die seit Langem vereinbarte Verabredung für diesen Abend mit Nancy abzusagen, schrieb sie ihm zurück, dass sie noch etwas Wichtiges zu tun hätte und sie sich erst später treffen könnten. Im Übrigen stimmte das alles auch, denn sie brauchte etwas mehr Abstand, bevor sie ihn traf, sie hatte mit der Ermittlung genug zu tun und sie hatte Nancy versprochen, mit ihr in den Cajun Grill an Bord der *Bayou Blue* zu gehen. Vielleicht würde ihr die Abwechslung guttun, ein paar Stunden weder über den Christien-Fall noch über Blacks Lügen nachzudenken; möglicherweise war sie anschließend in besserer Stimmung, wenn sie sich später trafen.

Nachdem sie und Zee diese reizenden Gespräche mit Rocco und dem Barkeeper des Voodoo River geführt und den deprimierenden Besuch im Gefängnis bei Rafe hinter sich gebracht hatten, war sie froh, als Zee sie am Parkplatz vor dem Raddampfer absetzte, wo sie auch ihren Wagen hatte stehen lassen. Claire hatte Zee eingeladen, sich ihr und Nancy für einen netten gemeinsamen Abend anzuschließen, aber er hatte bereits eine Verabredung mit einer Studentin der Tulane University, die eine Abschlussarbeit in Kriminologie schrieb, ein sehr heißer Feger war und die sehr heiß darauf war, etwas über die praktische Arbeit eines echten Detectives bei der Mordkommission zu erfahren. Ein kriminologisches Traumpaar also.

Claire schaute ihm hinterher, bis er um die Ecke bog, dann wandte sie sich um und bestaunte den eindrucksvollen Raddampfer mit seinen drei Decks. Das alte Dampfschiff hatte sich weitgehend im Originalzustand aus der Zeit des Bürgerkriegs erhalten mit all den Aufbauten und Verzierungen; heute gehörte es den LeFevres, die auch das Restaurant betrieben. Sie war mit Black schon mehrere Male zum Essen hier gewesen. Claire hatte nur angenehme Erinnerungen an jene Abende, und das sollte etwas heißen, wenn sie an ihre schwierige Jugendzeit dachte. Aber die LeFevres freuten sich immer, sie zu sehen, ganz ähnlich wie Rene Bourdain, und daher fühlte sie sich hier sehr wohl. Und so etwas wie ein Rundum-Wohlgefühl konnte sie gerade heute Abend gut gebrauchen. Denn wenn sie an Black und ihren Fall dachte oder an die Voodoo-Puppe mit ihrem Gesicht darauf, dann konnte von Wohlgefühl keine Rede sein. Also ging sie in der Hoffnung auf ein bisschen gute Stimmung und vielleicht echten Spaß die Gangway hinauf.

Auf dem Hauptdeck befand sich das »The Creole« genannte Schickimicki-Restaurant mit seinem dicken, weinroten Teppichboden mit goldenem Paisleymuster, goldfarbenen Samtvorhängen und mit weißem Leinen eingedeckten Tischen unter glitzernden Kronleuchtern. Die kreolischen Gerichte hier waren wirklich zum Niederknien. Es war Blacks Lieblingsrestaurant. Auf dem Achterdeck auf der zweiten Ebene war der Cajun Grill untergebracht, der mehr nach Claires Geschmack war. Hier gab es Meeresfrüchtesandwiches, leckere Krebsfleischsuppe, das würzige Reisgericht Jambalaya, eine Art Paella der Südstaaten, scharf gewürzte Chicken Wings, saftige Cheeseburger und Steinofenpizza; mal ganz davon abgesehen, dass man hier lässig in Jeans und T-Shirt aufkreuzen konnte. Es war noch früh am Abend, aber die Gangway war bereits heruntergelassen. Wegen des bevorstehenden Weihnachtsfests war das ganze Schiff mit Silberlametta, Tannenzweigen und bunten Lichterketten geschmückt. Es sah so aus, als wäre das Schiff bereits gut besucht, obwohl es für die Gäste, die für ein mehrgängiges Dinner im »Creole« reserviert hatten, zu früh war. Die meisten Gästen hielten sich oben im Grill auf und lauschten der Zydeco-Band. Claire spähte über den Parkplatz und entdeckte tatsächlich schnell Nancys Tahoe. Ihre Freundin war also bereits vor Ort.

Es war ein anstrengender und sehr langer Arbeitstag gewesen. Claire war es nur recht, wenn sie vor dem Essen noch ein bisschen Zeit hatte, um abzuschalten; wenn es bis dahin noch eine Stunde dauerte, war ihr das nur recht. Sie wollte es auch ganz bewusst genießen, da sie sich im Augenblick nicht viel Freizeit gönnen konnte. Morgen ging die Suche nach dem Mörder von Madonna unvermindert intensiv weiter, und vor allem musste sie sich dringend mit Rocco unterhalten, falls sie ihn ausfindig machen konnte. Diesbezüglich hatte sie bereits eine ziemlich konkrete Vorstellung. In gewisser Weise freute sie sich bereits darauf, ihn in die Zange zu nehmen. Sie musste es jedenfalls selbst machen.

Im Barraum des Grills herrschte ein Mordsgedränge. Hier war alles fast überdekoriert mit künstlichen Weihnachtsbäumen in allen Ecken, deren Zweige sich unter Lametta und Engelfiguren bogen und die mit weißen Lichterketten behangen waren. An jedem Fenster und jeder Tür hingen Kränze, ebenfalls mit bunten, blinkenden Lichterketten, und über jedem Tisch waren Mistelzweige aufgehängt. Die Mistelzweige versetzten die Gäste, wie nicht anders zu erwarten, in romantische Stimmung und überall wurde geküsst und umarmt und betatscht. Die Band auf der kleinen Bühne fiedelte und musizierte fröhlich vor sich hin. Onkel Clyde bearbeitete eifrig das Waschbrett und als er sie hereinkommen sah, machte er ihr gleich ein Zeichen, zu ihm hinüberzukommen. Als sie neben dem Podium ankam, unterbrach er sein Spiel, kletterte herunter und schloss sie zur Begrüßung fest in die Arme. Er war stolz darauf, ein typischer Cajun zu sein; auch ohne roten Mantel, Zipfelmütze und ohne dicken Bauch erinnerte er einen vom Aussehen gleich an einen Weihnachtsmann. Früher war er ein Krabbenfischer gewesen, ein waschechter Seemannstyp, aber nachdem Hurrikan Katrina 2005 seinen Kutter zerstört hatte, hatte er sich von dem Geld von der Versicherung den Raddampfer gekauft und instandgesetzt, eine gute Investition und sehr zur Freude der vielen Gäste, die gerade ausgelassen zur einschlägigen Folkloremusik tanzten und klatschten. Er war der eigentliche Eigentümer des Hausbootes, auf dem sie hin und wieder übernachtet hatte, bis die Leiche von Madonna im Haus daneben unter so makabren Umständen aufgefunden worden war. Im Übrigen hatten er und seine Brüder sowie deren Familien auch ihre Wohnungen auf der *Bayou Blue*.

»He, meine Kleine, lass dich anschauen, bist ja mal wieder \`ne Augenweide. Was hältst du davon, mal \`ne Weile die Fidel zu übernehmen? Ich schau derweil mal nach unten, ob die Kellner alle da sind für die Gäste im Creole.«

Claire musste lächeln. Eigentlich war sie darauf nicht vorbereitet und hatte auch keine sonderliche Lust dazu, aber er war ein netter Typ. Daher griff sie nach der Geige und machte ein kurzes Begrüßungszeichen hinüber zu Luc LeFevre, der gerade sein Akkordeon kräftig bearbeitete. Luc war groß und schlank und trug eine Latzhose, aber das Hemd, das er darunter anhatte, was blütenweiß und frisch gestärkt. Der vollbärtige, schwere Cousin Napier stand am Kontrabass.

Claire kannte keinen von ihnen wirklich gut, jedenfalls inzwischen nicht mehr, aber sie hatte jetzt gerne Leute um sich, und vor allem solche, die sie wie ein Familienmitglied behandelten. Ansonsten war Black der einzige Mensch, der so etwas wie einen Stellenwert von Familie für sie hatte, abgesehen von Bud und ihren alten Kollegen in Missouri. Jetzt bekam sie einen Anflug von Schuldgefühl, weil sie Black aus dem Weg ging. Der eigentliche Ärger über ihn war verflogen und hatte einer Art Neugier Platz gemacht, was er ihr zu berichten hatte. Er würde ihr alles erklären und damit war die Sache bereinigt. Sie brauchte ein bisschen Zeit, um alles zu verarbeiten, und es schadete ihm auch nicht, wenn er mal ein wenig darüber nachdachte.

Die Band spielte gerade ein sehr beliebtes Lied und sie musste sich rasch hineinfinden. Ganz am Anfang ging es noch ein wenig holprig, aber sie brachte es zustande mitzuspielen. Seit sie ganz zu ihrem Privatvergnügen – und zur zufälligen Freude von Saucy – im Bayou wieder mit dem Geigenspiel angefangen hatte, bereitete es ihr sehr viel Freude. Die Gäste auf der Tanzfläche hörten ihr aufmerksam zu und Claire entspannte sich ein bisschen. Es machte nichts, wenn sie ab und zu den Ton nicht richtig traf, ihre Mitspieler lachten dann. Jeder hier war total aufgekratzt, alle Leute plauderten miteinander und tanzten – das war genau das, was sie jetzt auch brauchte. Sie wollte wenigstens für ein paar Stunden nicht an Voodoo-Altäre, zugenähte Lippen, Lügen, Tod und Blutspritzer denken.

Als die Musiknummer vorbei war, gab es donnernden Applaus. Claire entdeckte Nancy Gill an der stark belagerten Bar bei einem Drink. Nancy winkte ihr zu und deutete dann sogleich mit der Hand in Richtung Eingang. Claire schaute hin und dort stand niemand anderer als der große Jack Holliday in all seiner Pracht und Schönheit. Er trug eine schwarze Trainingsjacke der Saints und eine dunkle Jeans. Leicht verärgert stellte Claire fest, dass er sie beobachtet hatte und nun machte er ihr Zeichen, zu ihm hinüberzukommen, als ob sie alte Kumpel wären. Ja, hatte er noch alle Tassen im Schrank, oder was?

Claire runzelte kurz die Stirn und ignorierte das komplett. Holliday war immer noch ein Zeuge, womöglich sogar ein Verdächtiger im Fall Christien. Auf jeden Fall stand er mit der Sache in einem womöglich gravierenden Zusammenhang, und sie musste die Neutralität wahren – hier und anderswo. Sie konnten sich in keiner Weise außerdienstlich treffen.

Claire legte die Geige beiseite, verabschiedete sich mit einem Winken von den LeFevres, sprang vom Podium und ging zu Nancy hinüber. Nancy hatte ihren Blick immer noch auf Jack gerichtet, als Claire endlich bei ihr ankam. Und mit einem kurzen Blick ihrerseits vergewisserte sie sich, dass ihn natürlich viele Leute erkannt hatten. Sogar Applaus brandete kurz auf und es näherten sich ihm ein paar Autogrammjäger. Na super. Die Show, die er hier abzog, hieß: »Ich bin eine bekannte Persönlichkeit, die nichts zu verbergen hat.«

»Halt mich fest, Claire, er sieht im richtigen Leben ja noch besser aus als auf Fotos.«

Claire beobachtete, wie er an einem der Tische vorbeischlenderte und sein Autogramm auf eine Serviette kritzelte. Dabei plauderte er nett und freundlich mit den Leuten, als hätte er überhaupt nichts zu befürchten und als wäre er sich absolut sicher, dass er nie im Leben für einen Mordverdacht infrage käme. Er wirkte wirklich sehr unbefangen und sorglos.

»Denk mal einen Moment an das arme kleine Ding auf deinem Seziertisch, Nancy. Denk mal daran, wie ihre Augen und ihr Mund ausgesehen haben. Es ist noch keineswegs ausgeschlossen, dass dein Halbgott dort derjenige war, welcher. Sieh dir nur mal seine Hände an. Wenn er sie dafür einsetzen will, sind sie perfekte Mordwaffen.

»Ja, du hast in allem recht. Dennoch hat er es nicht getan.«

Das meinte Nancy natürlich ironisch. Sie machte sich über Claires Einwände ein wenig lustig. »Du kannst mir doch im Ernst nicht einreden wollen, dass er nicht echt ein heißer Typ ist.«

»Er ist nicht schlecht.«

»Sag mal, spinnst du? Oh, aber ja, ich verstehe. Du hast ja sogar einen Typ wie Nick, der geradezu hinter dir herhechelt. Und der sieht sogar noch besser aus als Jack, das gebe ich zu. Somit bleibt also nur noch der fade Jack für mich übrig.«

»Nimm dich in Acht, Nancy. In dem Fall sind wir sozusagen immer im Dienst und müssen uns ihm gegenüber professionell verhalten, nicht anders, als Zee es bei diesem Typen machen würde.«

»Hast du mich jemals anders als hundertprozentig professionell gesehen?«

»Nein, das nicht. Aber bis jetzt ist Holliday auch noch nicht an der Bar hier aufgekreuzt.«

Nancy lachte auf. »Mach dir keine Sorgen. Ich behalte schon einen kühlen Kopf. Vielleicht.«

Holliday brauchte nicht sehr lange, um sich seinen Fans und Bewunderern zu entziehen. Er steuerte direkt zur Bar auf Claire zu. Sie beobachtete, wie er sich näherte und dabei immer noch Fans die Hände nach ihrem Football-Messias ausstreckten. New Orleans war voll vom Football-Fieber erfasst. So viel stand fest.

»Denk dran, uns miteinander bekannt zu machen«, murmelte Nancy. »Ich meine es ernst. Ich möchte ein Mal im Leben diese großen Pranken schütteln, diese Mörderwaffen, das ist alles.«

»Deine Hormone spielen verrückt, Nancy. Das ist alles.«

»Ich werde ihn schon nicht gleich bespringen, Claire. Wahrscheinlich leider nicht.«

Dann stand Holliday wie ein wandelnder Berg vor ihnen. Angesichts der verzückten Miene von Nancy hatte Claire Mühe, nicht loszuprusten.«

»Guten Abend, Detective«, begann Holliday. »Das ist ja ein netter Zufall, Sie hier zu treffen.«

»Ja, netter Zufall, stimmt. Haben Sie mich verfolgt?«

»Stimmt, habe ich. Wir müssen uns miteinander unterhalten.«

»Woher wussten Sie, dass ich hier bin.«

»Ich habe Zee angerufen. Er wusste, wo Sie den Abend verbringen wollten.«

Verdammt. Zee wusste, dass er das nicht sollte. Sie spürte, wie ihr Telefon in der Tasche vibrierte, und zog es heraus. Sie nahm an, der Anruf käme von Black, und sie war froh, dass sie einen Vorwand hatte, der sie von Black ablenkte. Vielleicht würde sie doch schon früher nach Hause gehen und die Sache mit Black ausdiskutieren.

»Hallo, ich bin Jack Holliday«, stellte sich die frühere Sportskanone gerade selbst bei Nancy vor.

Nancy ergriff seine ausgestreckte Hand und lächelte ihn an. »Ich bin sehr erfreut, Sie kennenzulernen. Ich bin ein großer Fan von Ihnen. War ich schon immer, schon als Sie noch in Tulane gespielt haben. Ich hab selbst an der Tulane studiert.«

Claire trat ein paar Schritte beiseite. Die Anrufererkennung meldete Zee Jackson.

»Nur eine rasche Vorwarnung, Claire. Jack Holliday hat bei mir angerufen und mich gefragt, wo er dich finden kann.«

»Und du hast getratscht.«

»Ja, na ja. Er sagte, er müsse dich dringend sprechen

und es ginge um den Fall. Er meinte, es wäre wichtig und dringend.«

»Woher hatte er eigentlich deine Nummer?«

»Ich habe ihm meine Visitenkarte gegeben.«

»Okay, er hat mich schon gefunden. Steht ein paar Schritte neben mir. Ich kann nur hoffen, dass es wirklich was Wichtiges ist. Wir sprechen uns später. Amüsier dich heute Abend.«

Claire legte auf; ein bisschen angefressen war sie schon. Aber wenn ein Verdächtiger seine Aussage um wichtige, neue Informationen ergänzen wollte, dann hatte sie dafür immer ein offenes Ohr. Sie drehte sich wieder zu Holliday um. »Ich vermute, Sie wissen bereits, dass Nancy Gill die Gerichtsmedizinerin des Bezirks Lafourche ist, Mr Holliday.«

Im ersten Moment wirkte er ehrlich überrascht, dann durchaus interessiert. »Das ist kein Scherz? Ich hätte das nie vermutet. Darf ich Sie auf ein Glas Bier einladen, Nancy?« Nancy nickte und Holliday wandte sich an den Barkeeper und orderte zwei eiskalte Turbodogs. Dann wandte er sich an Claire. »Darf ich Sie auch zu einem Glas einladen? Ein Abita für Sie, Detective?«

»Glauben Sie im Ernst, dass ich das annehme, Mr Holliday?«

»Nein. Ich wollte nur die Form wahren. Ich gehe davon aus, dass Sie noch immer im Dienst sind.«

»Nein, im *Bayou Bleu* bin ich definitiv nicht im Dienst. Aber ich werde auch nicht gemütlich mit Ihnen an der Bar stehen und wir trinken einen gemeinsam. Sie gelten im Mordfall Madonna Christien noch so lange als Person von polizeilichem Interesse bis ich jeden Verdacht, was Sie anbelangt, definitiv ausschließen kann.« Das klang zwar alles sehr offiziell, aber so musste es eben sein.

»Und was wird danach sein?«

Das wusste Holliday natürlich ganz genau. Wenn er sich in irgendeiner Weise an sie heranmachen wollte, dann kam es darauf an, was seine Absichten waren. Alles andere, als bei ihr mit seinem Charme eine milde Gangart zu erreichen, machte in ihren Augen wenig Sinn. Dazu war er noch ein Freund von Black. Sie konzentrierte ihre Aufmerksamkeit ostentativ auf die Band.

Nancy wurde gerade von der anderen Seite von einem gut aussehenden Typen angebaggert, also drehte sich Holliday vollends zu Claire und entpuppte sich im Nu als regelrechte Quasselstrippe. »Sie können ja echt toll mit der Geige umgehen. Und Sie spielen Zydeco wie eine waschechte Cajun.«

»Finden Sie?« Das war natürlich unhöflich, aber Holliday verstand es nicht als Hinweis, sich lieber zu verdrücken.

»Ich habe es wirklich als Kompliment gemeint. Ich hab für Cajun-Musik sehr viel übrig.«

»Tatsächlich? Ich dachte, Sie stammen aus Colorado.«

»Aha, Sie haben Nachforschungen über mich angestellt.«

»Das ist Teil meines Berufs.«

»Und Sie sind die Freundin von Nick? Ich muss sagen, ich war überrascht und habe mich über mich selbst gewundert, dass ich nicht längst zwei und zwei zusammengezogen habe. Er spricht oft von Ihnen. Aber ich habe nicht damit gerechnet, dass Sie als Einsatzleiterin und Deputy Sheriff ausgerechnet hier in den Bayous Dienst tun. Die Verbindung habe ich einfach nicht hergestellt. Dabei hätte ich Sie eigentlich wiedererkennen müssen. Bilder von Ihnen waren ja oft genug in der Zeitung.«

»Nun ja, Zee hat mir gesagt, Sie hätten neue Informationen unseren Fall betreffend, Mr Holliday.«

»Nennen Sie mich doch bitte Jack.«

»Nein, danke.«

»Gibt es hier eine Möglichkeit, wo wir uns ungestört unterhalten könnten?«

Claire war sich nicht sicher, ob er ihr etwas wirklich Wichtiges mitzuteilen hatte. Vielleicht wollte er ihr nur eine alberne kleine Geschichte unterjubeln, um sich in ein besseres Licht zu rücken.

Mit einem Mal wurde sein Ton ultraseriös. »Es ist wirklich wichtig, Claire.«

Das war jetzt wirklich anbiedernd. Sie hatten sich bis zu dem Moment nie mit Vornamen angeredet. Beide sahen einander offen abschätzend an, dann folgte ein provozierender Blick direkt in die Augen des jeweiligen Gegenübers.

»Okay, ich bin bereit! Was haben Sie für mich?«

»Ich möchte Ihnen etwas zeigen. Unter vier Augen.«

Nun war sie wirklich neugierig. Sie sah sich um. »Da drüben ist eine freie Sitzecke. Ist das ausreichend abgeschirmt für Sie?«

Holliday folgte ihr zu einer freien Sitzecke am Fenster, von wo aus man auf den Mississippi hinausschauen konnte. An diesem Dezemberabend wirkte der träge Strom sehr dunkel und sehr kalt. Das Fensterglas war leicht beschlagen und die Reling draußen war ebenfalls weihnachtlich mit Zweigen und winzigen Blinklichtern umwickelt.

»Ich nehme an, Sie arbeiten noch nicht sehr lange drüben in Lafourche?«

»Mr Holliday, bitte kommen Sie zur Sache.«

Holliday sah ihr weiter unverwandt ins Gesicht, er musterte jede Einzelheit, als wäre sie eine exotische Schmetterlingsart, die er gerade entdeckt hatte. Claire zuckte mit keiner Wimper. Was das anbelangte, nahm sie es mit den abgebrühtesten Typen auf.

Währenddessen stellte sie sich die Frage, ob er wirklich in der Lage wäre, Madonna zu strangulieren. Sie stellte sich vor, wie sich diese Riesenpranken um ihren Hals schlossen, nachdem er sie mit ebendiesen Fäusten grün und blau geschlagen und sie auf den Glastisch geschleudert hatte, um ihr dann die Luftröhre zuzudrücken, bis ihr Augenlicht erlosch. Als Nächstes müsste er sich über das arme Ding gebeugt und ihr mit einer sehr spitzen Nadel die Lider vernäht haben. Nun ja, für so etwas war er wirklich nicht der Typ, aber Morde wurden gar nicht so selten auch von untypischen Tätern begangen. Killertypen konnten manchmal auch so gut aussehend, höflich, lässig und reich sein wie Holliday. Sie konnten einen so freundlich und nett anlächeln, wie er es gerade tat. Es war keineswegs ausgeschlossen, dass sie ihr Opfer gerade in dem Moment freundlich und innig anlächelten, in dem sie es umbrachten.

»Wieso sehen Sie mich denn so an?«, fragte er.

»Ich warte noch darauf, dass Sie mir sagen, warum Sie hergekommen sind.«

»Sie und Nick sind also tatsächlich ein Paar?«

»Wie bitte?« Das ging ihr jetzt allmählich wirklich auf die Nerven, selbst wenn sie wegen Black gerade auch ziemlich irritiert war. »Jawohl. Aber was geht es Sie an, was zwischen Black und mir ist?«

»Ist es wirklich eine feste Beziehung?«

Claire konnte ihn nur noch fassungslos anstarren. »Jetzt sagen Sie mir bitte nicht, dass Sie versuchen, mich anzubaggern, erst recht nicht, wenn Black sich aus dem Fenster hängt, um Ihnen ein Alibi zu verschaffen. Damit würden Sie sich völlig zum Narren machen.«

»Fällt mir nicht ein, sie anzumachen. Sie sind nur so völlig anders, als ich mir Sie vorgestellt habe. Booker hat mir gesagt, dass das Verhältnis zwischen Ihnen beiden sehr, sehr eng ist.«

»Jetzt muss ich Ihnen mal was sagen, Sir. Meine privaten Verhältnisse gehen Sie überhaupt nichts an und sie gehen auch Booker nichts an. Ich werde mich hüten, mich mit Dritten über mein Privatleben zu unterhalten, und erst recht nicht mit Verdächtigen. Ende der Durchsage. Es sollte auch in Ihrem wohlverstandenen Interesse sein, sich auf jeden Fall so lange von mir fernzuhalten, wie ich in diesem Fall ermittle. Haben Sie mich verstanden?«

Als Reaktion darauf fand es Holliday nun offensichtlich angebracht, erneut seine Unschuld zu beteuern. »Ich habe dieses Mädchen nicht umgebracht, ich schwör's Ihnen. Das werde ich Ihnen auch beweisen. Ich hoffe sehr, dass wir dann Freunde werden können.«

»Ich habe bereits genügend Freunde. Das wird mir jetzt langsam ziemlich lästig. Also zum letzten Mal: Wollen Sie eine neue Aussage im Fall Christien machen oder nicht?«

Holliday lächelte und holte sein As aus dem Ärmel. »Ich

habe eine DVD von der Geburtstagsparty in New York. An dem Abend habe ich meine Videocam auf die Kommode hinter dem Tisch gestellt und sie die ganze Zeit über laufen lassen. Darauf können Sie alles sehen, was an jenem Abend passiert ist.« Er fischte das Gerät aus der Innentasche der Trainingsjacke und ließ es über den Tisch auf sie zugleiten. »Sehen Sie es sich in Ruhe an. Wie üblich sind Datum und Uhrzeiten vermerkt. Sie werden jede Menge Zeugen erkennen, die mein Alibi stützen. Es ist völlig ausgeschlossen, dass ich gleichzeitig hier unten im Süden hätte sein können, um das Mädchen umzubringen. Sprechen Sie ruhig mit allen Anwesenden. Ich bestehe sogar darauf.«

Beide sahen auf, als ein Gruppe junger Frauen, beladen mit Einkaufstüten, zur Tür hereinkam. Hier kamen beste Freundinnen vom Weihnachtsshopping. Das hatte Claire auch noch vor sich. Was sollte sie für Black besorgen? Das war das ewige Problem. Vielleicht war ein tragbarer Lügendetektor eine nette Idee – jedenfalls aus ihrer Sicht.

»Hören Sie mal, Detective, ich habe einen Anruf von Wendy Rodriguez bekommen. Sie hat mir erzählt, dass Zee und Sie heute bei ihr draußen waren und sie in die Zange genommen haben.«

»Das stimmt insofern, als wir bei ihr waren, aber von »in die Zange nehmen« kann keine Rede sein. Wir befragen jeden, der Kontakt mir Ms Christien hatte.«

»Sie sagte mir auch, Sie hätten sie nach den Geschenken gefragt, die Madonna mir aufdrängen wollte.«

»Wollen Sie jetzt Ihrer diesbezüglichen Aussage noch etwas hinzufügen?«

Claire musste sich erneut anhören, was er über Madonnas

Obsession in Bezug auf ihn zu sagen hatte, und sie wünschte sich, sie könnte einfach aufstehen und gehen. Er hatte ihr die DVD bereits übergeben. Dabei wollte Sie sich heute Abend eigentlich nur ein paar Stunden lang amüsieren, und dann musste er auftauchen und ihr alles vermasseln. Sie würde Zee eine Standpauke halten, die sich gewaschen hatte. Aber nun würde sie Holliday zum Teufel schicken, und wenn sie ihn mit vorgehaltener Pistole zu seinem Wagen dirigieren musste.

Der Maskenmann

Malefiz und sein Kumpel, der Profikiller, ließen die Seefahrt hinter sich und kehrten in ihre Heimat in New Orleans und die Bayous zurück. Dort sahen sie sich aber kaum noch, außer gelegentlich in Malefiz' Schreckenslabyrinth, das er dank neu erworbener Kenntnisse im Schweißen, die er sich an Bord der Schiffe angeeignet hatte, weiter ausbaute. Er betätigte sich nun in einem seriösen Beruf, der eine ideale Beschäftigung für jemanden war, der darauf aus war, alle Regeln des Rechts und der Moral in denkbar grauenhafter Weise zu brechen. In seinem Job verschaffte er sich durch gute Arbeit Anerkennung und gegenüber seiner ehemaligen Freundin und seinem früheren Freund tat er so, als hätte er vergeben und vergessen, dass sie ihn hintergangen hatten. Aber das hatte er keineswegs. Sie umzubringen, war mehr denn je das Hauptziel seines Lebens. Er wollte genüsslich zusehen, wie ihr Blut, ihr Lebenssaft langsam aus den Adern quoll und allmählich versiegte.

Eines Tages würde er sie umbringen. Alles, was er noch brauchte, war genügend Zeit, um alles so sorgfältig zu planen und auszuführen, dass er nie gefasst oder belangt werden konnte. Die wichtigsten Lektionen hatte ihm sein Freund, der Profikiller, beigebracht.

Endlich kam der Tag, an dem sich die perfekte Gelegenheit dazu bot. An einem sonnigen, klaren Tag während der Karnevalszeit verfolgte er seine beiden Opfer bei einem Ausflug in die Bayous. Sie hatten einen freien Tag und gingen mit den Kindern zum Angeln und Picknicken. Das kleine Mädchen hatte Geburtstag, sie tollten mit den Kindern herum und lachten die ganze Zeit. Er beobachtete eine Zeit lang diese glückliche Familie und dachte sich, das hätte seine Familie sein können, seine Kinder, sein Leben – sollten sie doch alle zu Hölle fahren. Aber es war nicht sein Leben und er hatte nie eine Familie gehabt. Ihre Kinder wuchsen allmählich heran; der Junge war etwa zwölf und die Tochter ein bisschen jünger. So versteckte er sich im Gebüsch, seine Schlangen-Karnevalsmaske griffbereit, beobachtete alles und wartete auf den geeigneten Augenblick zum Zuschlagen.

Als sich die Kinder einmal am Ufer auf sein Versteck zubewegten, wartete er ab, bis die Eltern den Blickkontakt verloren hatten. Dann ging alles sehr schnell. Als der Junge auf der Suche nach einer Stelle, wo er nach Würmern als Fischköder graben konnte, tiefer in den Wald hineinging, schnappte er ihn sich. Er verschloss ihm den Mund mit Klebeband und damit fesselte er ihn auch an Händen und Füßen. Dann war das Mädchen dran. Sie war noch leichter zu überwältigen, denn sie erstarrte einfach vor Schreck, als er auf sie zulief. Sie gab nicht einen Laut von sich. Er brauchte nicht länger als ein oder zwei Minuten, um auch sie mit Klebeband zu fesseln. Dann versteckte er die beiden im Gebüsch. Er zog die Maske ab und lief das Flussufer entlang auf die beiden zu, deren blutiges Ende seit Monaten seine nächtlichen Träume ausfüllte.

Seine ehemalige Freundin und ihr niederträchtiger Mann erhoben sich von der Wolldecke, wo sie gerade eben noch herumgeknutscht hatten. Sie strich ein wenig verlegen ihre Kleider glatt. Ihm kochte das Blut in den Adern vor Wut. Sie winkten ihm zu und er grinste und winkte zurück. Er beherrschte seine Rolle gut; sie ahnten nicht, wie abgrundtief er allein ihren Anblick hasste. Das war ein sicherer Weg, Menschen umzubringen: Tu so, als ob du sie magst, mach sie durch Freundlichkeit wehrlos – dann ist es leicht, ihnen die Kehle durchzuschneiden. Doch Malefiz wusste, dass ihr Mann immer eine Waffe bei sich trug. Er musste also aufpassen. Als er für einen sicheren Schuss nahe genug heran war, zog er unvermittelt seine .45er aus der Jackentasche und jagte ihm eine Kugel direkt in die Stirn. Bumm – und du fällst tot um. Die große Liebe seines Lebens fing an zu schreien und wollte davonlaufen. Doch er holte sie mühelos ein und presste sie gegen seine Brust. Sie setzte sich zwar heftig zur Wehr, aber er zwang ihr brutal den Abschiedskuss auf, von dem er bereits seit Jahren wieder und immer wieder geträumt hatte. Dann drückte er seine Waffe an ihre Brust und drückte den Abzug. Sie fiel auf den Rücken, strampelte und stöhnte im Todeskampf, und er stand über ihr und bekundete laut, wie sehr er sie liebte und wie er sie immer geliebt habe.

Dann ging er neben ihr in die Hocke und schoss in ihren Kopf, um ihr Leiden zu beenden.

Voller Trauer, weil sie ihn nun für immer verlassen hatte und er sie niemals wiedersehen würde, blieb er in dieser Kauerstellung, sah zu, wie sie verblutete und weinte. Nachdem Malefiz sich wieder gefasst hatte, nahm er sich in aller Ruhe die Zeit, die beiden Leichen so zu arrangieren, wie man sie finden sollte. Es sollte nach einem gemeinsamen Selbstmord aussehen; das war immer ein rührendes Szenario, das die Polizei in der Regel nicht weiter hinterfragte. Nachdem alles zu seiner vollsten Zufriedenheit erledigt war, machte er sich auf den Rückweg zum Versteck mit den beiden ausgesprochen hübschen Kindern. Den Jungen hasste er aus tiefstem Herzen. Nachdem er den Dienst bei der Handelsmarine quittiert hatte, fand er heraus, dass dieser Junge der Hauptgrund war, warum seine wahre Liebe nichts mehr von ihm wissen wollte. Sie war damals bereits mit dem Kind seines besten Freundes schwanger, mit diesem Fratz, der jetzt hilflos und mit furchtgeweiteten Augen vor ihm im Gras lag. Wenn es diese Schwangerschaft nicht gegeben hätte, wäre sie sicher wieder zu ihm zurückgekehrt und sie hätten geheiratet. Dieses Kind war an allem schuld, und dafür sollte der Junge büßen. Er sollte wirklich leiden und das Mädchen ebenfalls.

Er hockte sich neben die beiden und holte ein Handtuch und eine Flasche Chloroform aus seinem Rucksack. Als Erstes presste er das chloroformgetränkte Handtuch dem Mädchen aufs Gesicht. Als sie betäubt war, trug er das wirklich federleichte Kind zu seinem Boot. Dann kümmerte er sich um den Jungen. Der war genauso groß und stark wie sein Vater in diesem Alter; daher betäubte er ihn so lange, bis dessen Glieder erschlafften. Dann trug er auch ihn ans Ufer und warf ihn ins Boot neben seine Schwester.

Das Boot steuerte er direkt zu dem verlassenen alten Haus, wo ihn sein Mentor bereits erwartete. Sein Labyrinth war zu dem Zeitpunkt noch nicht ganz fertiggestellt. So bestand immer noch die Gefahr, dass die Kinder ihm dort entwischten. Aber aus dem Folterkeller seines befreundeten Mordkollegen gab es kein Entrinnen. Nun war es endlich so weit: Er verfügte über zwei hilflose kleine Opfer, die er nach Belieben quälen konnte. Es handelte sich um Opfer, die er sogar persönlich hasste für das, was ihre Eltern ihm angetan hatten. Er konnte es kaum mehr erwarten.

14

Nicholas Black stürmte gleich hinter der Gruppe der dummen Gänse mit den Einkaufstüten in den Cajun Grill. Er war so stocksauer wie seit Langem nicht mehr. Dass er kurz darauf beobachtete, wie Claire sich in einer stillen Ecke des Restaurants vertraulich mit Jack Holliday unterhielt, verbesserte seine Laune keineswegs. Nein, das gefiel ihm überhaupt nicht. Er war alles andere als glücklich darüber und er wollte sich diesmal zur Abwechslung nicht zurückhalten. Er schlängelte sich zwischen den Tischen durch, grüßte kurz zu Nancy an die Bar hinüber und pflanzte sich dann vor der Sitzecke auf. Die beiden sahen überrascht zu ihm hoch, und das sollten sie auch.

»Störe ich bei einer wichtigen Besprechung, Claire?«

Jack wirkte sofort peinlich berührt und schaute wieder nach unten. »Na so was, Nick! Nein, nein, du störst ganz und gar nicht! Ich kam hier nur kurz vorbei, um Detective Morgan eine Videoaufzeichnung von meiner Geburtstagsfeier im Ritz zu übergeben und ihr noch ein paar Fakten mitzuteilen, von denen ich glaube, dass sie mich entlasten.«

Nicht sehr schlau, dachte Nick. »Ich bin ehrlich überrascht, dich hier zu sehen, Jack. Wenn dein Anwalt das wüsste, wäre er auch nicht begeistert, das kannst du mir glauben. Rutsch mal rüber«, sagte er zu Claire, aber keineswegs in liebevollem Ton. »Du hättest mir doch sagen können, dass du heute Abend zum Essen verabredet bist,

Liebling. Ich könnte schon seit einer Stunde bei dir sein, statt zu Hause herumzusitzen und darauf zu warten, dass du heimkommst.«

Claire runzelte die Stirn, aber sie rückte ein wenig zur Seite, und Nick nahm neben ihr auf der Sitzbank Platz. Er gab sich Mühe, seine Verärgerung zu unterdrücken. Es war überhaupt nicht seine Art, aus der Haut zu fahren. Im Gegenteil, es kam nur sehr selten vor und vor allem dann nicht, wenn Claire dabei oder in irgendeiner Weise betroffen war. Schon von Berufs wegen musste er stets beherrscht, ruhig und konzentriert sein, und er hatte das weiß Gott verinnerlicht, aber Claire wusste wie niemand sonst, wie sie ihn in Rage bringen konnte. So konnte er es nur schwer verwinden, wenn sie ihm die kalte Schulter zeigte. Auch, was sie als Nächstes sagte, gefiel ihm überhaupt nicht.

»So, so, mein lieber Black. Hatte ich nicht was gehört, du seist in der ehrwürdigen Hauptstadt von merry old England? Harte Arbeit mit schwierigen Patienten, die auf andere Medikamente umgestellt werden müssen und so weiter und so fort.«

Angesäuert, wie er ohnehin war, reagierte Nick erst gar nicht auf ihren Spott. Wenn es mit Claire so weit war, war dies ohnehin die einzige Art, nicht alles weiter eskalieren zu lassen. Jack Holliday wirkte ziemlich verlegen, als er bemerkte, wie frostig die Stimmung zwischen den beiden war. »Tja, ihr beiden, ich werde dann mal lieber gehen, damit ihr euer gemeinsames Dinner genießen könnt. Wir können uns ja später weiterunterhalten, Detective, ich habe ja Ihre Telefonnummer. Ich ruf Sie an.«

»Willst du wirklich jetzt schon gehen?«, hakte Nick gegenüber Jack nach, aber der Ton war so trocken, dass deutlich war, dass er in Wirklichkeit lieber nicht seinen alten Freund als Zeugen seiner Auseinandersetzung mit Claire dabeihaben wollte. »Denk dran, drei sind eine Gruppe, Jack.«

Claire fand diese Bemerkung unverschämt. »Reiß dich zusammen, Black! Es besteht wirklich kein Grund, grob zu werden. Wenn jemand Grund hätte, grob zu sein, dann ich. Vielleicht haben Mr Holliday und ich unsere Unterhaltung noch gar nicht beendet. Ist dir das schon mal in den Sinn gekommen?« Sie bedachte ihn mit einem langen, unversöhnlichen Blick, womit sie vor allem auch ihre Gefühle und ihre Einstellung gegenüber seinem Verhalten ihr gegenüber zum Ausdruck bringen wollte. Selbst in dieser Situation fand er sie so umwerfend schön, dass er sich sehr beherrschen musste. Am liebsten hätte er sie jetzt überall angefasst. Er war eindeutig zu lange weg gewesen.

Claire wandte sich demonstrativ wieder an Jack. »So, dann fahren Sie bitte fort, Mr Holliday, und berichten Sie mir jetzt endlich, was für den Fall wirklich sachdienlich ist. Was wollten Sie mir noch zu Madonnas Geschenken sagen? Ich denke, Black kann das ohne Weiteres mithören. Schließlich nehmen Sie ja auch gemeinsam an geheimen Geburtstagsfeiern im Ritz teil.«

Nick verdrehte die Augen. Holliday beeilte sich mit der Antwort. »Einige dieser Sachen habe ich noch. Das meiste aber hat Wendy ihr in meinem Auftrag zurückgegeben.«

Zumindest das hört sich ja gut an, dachte Black. Jedenfalls für Holliday.

»Und?«, hakte Claire nach. »Haben Sie diese Sachen dabei?«

»Nein.«

»Warum nicht?«

»Sie befinden sich noch in meinem Wochenendhaus am Fluss.«

»Aber natürlich, sie sind im Wochenendhaus. Ihr reichen Typen könnt einen manchmal wirklich auf die Palme bringen. Bringen Sie sie so schnell wie möglich ins Sheriff's Office von Lafourche und dann besuchen Sie mich bitte auf absehbare Zeit nicht mehr. Falls Sie Ihre Aussage irgendwie ergänzen wollen, rufen Sie mich an.«

»Und mich bezeichnest du als unhöflich, Claire?«, mischte sich Nick ein. »Hör zu, Jack, nimm es nicht persönlich. So redet sie mit jedem.«

Bevor Claire nun ihrerseits etwas auf diese unfreundliche Bemerkung erwidern konnte, erschien Nancy am Tisch und sie wirkte nicht gerade angeheitert. »Meine Herrschaften, tut mir leid, dass ich ihr Gespräch unterbrechen muss, aber ich muss mal kurz mit Claire reden.

»Black, würdest du mich mal bitte rauslassen?«

Das wollte er zwar nicht, aber er gehorchte und stand auf, damit sie die Sitzecke verlassen konnte. Claire folgte Nancy rasch nach draußen, schnell waren die beiden außer Sicht. Black nahm wieder Platz. Das war eine günstige Gelegenheit für eine kurze Unterhaltung mit Jack; andernfalls redete sich Jack hier noch um Kopf und Kragen.

»Jetzt hör mir mal gut zu, Jack. Spiel hier keine Spielchen mit Claire, solange sie die Ermittlungen in diesem Fall hier leitet. Ich habe es am eigenen Leib erfahren, wie sie dann ist, und es ist einfach nicht mit ihr zu spaßen. Ich weiß, dass du das gar nicht vorhast, aber sie weiß es noch nicht. Sie wird annehmen, dass du mit ihr spielen, sie manipulieren willst.«

»Du könnest recht haben. Allmählich dämmert es mir auch. Sie ist schon was Besonderes?«

»Sie ist in Ihrem Beruf sehr gut, daran solltest du immer denken. Du warst mit uns zusammen und du kannst es beweisen. Halte dich zurück und überlasse es ihr, die Beweise zu finden, dann nimmt sie dich von selbst aus dem Spiel und du hast nichts mehr zu befürchten.«

»Sie ist so ... Mann, sie ist so ...«

»Ja, ich weiß. Ich sollte mich glücklich schätzen wegen ihr, aber im Augenblick ärgert sie sich über mich, deswegen wird es besser sein, wenn du dich alsbald verabschiedest, damit ich die Sache mit ihr klären kann.«

Jack nickte und beide sahen Claire entgegen, wie sie an den Tisch zurückkam. Sie machte keine Umstände.

»Mr Holliday, ich habe gerade erfahren, dass Madonna Christien bei ihrem Tod schwanger war. Sind Sie freiwillig bereit, bei uns im Sheriff's Office von Lafourche zu erscheinen, um sich einem Vaterschaftstest zu unterziehen?«

Im ersten Moment wirkte Holliday völlig fassungslos. Nick entschied, dass er seinem Freund beispringen und ihm beibringen musste, wie er seine Reaktionen besser in den Griff bekam, sodass man ihm nicht alles sofort anmerkte, vor allem, wenn er es mit Claire zu tun hatte.

Deswegen sagte Nick: »Du rufst am besten deinen Anwalt an. Und zwar jetzt gleich. Du hättest ohnehin nicht ohne ihn zu diesem Gespräch hier erscheinen sollen. Sie beißt sich wie ein Hund an seinem Knochen fest, wenn sie hinter jemandem her ist.«

Claire erwiderte nichts darauf. Du lieber Himmel, diese Charakterisierung gefiel ihr sogar.

Holliday ignorierte Nicks Rat und sagte unvermittelt zu Claire: kein Problem. Diesem Test kann ich mich ohne Weiteres unterziehen. Ich weiß ja, dass ich mit Madonna nie in dieser Weise zusammen war. Niemals. Nicht ein Mal. Wir können den Test sofort machen, wenn Sie wollen. Auf der Stelle. Sie brauchen es nur zu sagen.«

Das hörte sich zweifellos an wie der Protest eines Mannes, der von seiner Unschuld zutiefst überzeugt ist. Nick fühlte sich ebenfalls erleichtert und bestätigt.

Darauf erwiderte Claire: »Ich freue mich über Ihre Kooperationsbereitschaft, aber wir müssen den Test wirklich nicht heute Abend durchführen. Wenn es Ihnen möglich wäre, irgendwann in den nächsten Tagen vorbeizuschauen.«

»Legen Sie den Termin fest. Wenn Sie wollen, unterziehe ich mich auch gern einem Lügendetektortest, wenn ich schon mal da bin. Von mir aus können Sie auch meine Fingerabdrücke nehmen oder was Sie sonst noch brauchen. Ich habe dem Mädchen nichts angetan. Ich habe sie nie angefasst, ich schwör's.«

»Black hat recht, Sie sollten sich besser mit Ihrem klebrigen Anwalt in Verbindung setzen, ob er mit allem einverstanden ist, was Sie uns da anbieten, Mr Holliday. Und vielen Dank für die DVD. Vielleicht können Sie uns die Madonna-Sachen aus Ihrem Wochenendhaus auch mitbringen, wenn Sie für den Test nach Thibodaux kommen.«

»Das werde ich, Detective. Vielen Dank für die Zeit, die Sie sich genommen haben. Bleib locker, Nick. Wir sehen uns.«

Jack Holliday erhob sich eilig und machte sich möglichst schnell aus dem Staub.

Nick sah zu Claire hoch: »Setz dich doch bitte, Claire. Ich glaube, wir müssen uns auch noch ein bisschen unterhalten, meinst du nicht?«

Claire konnte Blacks Kommandoton gerade wenig abgewinnen, aber sie setzte sich ihm gegenüber. In Wirklichkeit war sie sehr, sehr froh, ihn endlich wieder wohlbehalten in New Orleans zu sehen. Und er sah auch heute Abend wieder sehr gut aus, wie ein Modeltyp, ein großer, kerniger und möglicherweise verärgerter Typ, schon möglich, mit seinen eisblauen Augen, dichten schwarzen Haaren und seinem Kinngrübchen für maximale sexy Wirkung. Er trug einen roten Pullover unter einer schwarzen Lederjacke und dunkle Jeans. Nick war zweifelsohne der bestaussehende Mann, den sie je getroffen hatte. Schade, dass er so ein Lügner und Schwindler war.

»Woher weißt du überhaupt, dass ich hier bin?«

»Von Zee. Von ihm habe ich auch erfahren, dass am Tatort eine Voodoo-Puppe gefunden wurde mit deinem Gesicht vorne drauf. Könnte es sein, dass du vergessen hast, das mir gegenüber zu erwähnen?«

»Zee scheint heute Abend ein Plappergroßmaul zu sein. Ich werde ihn verwarnen und daran erinnern müssen, dass Tatumstände und Fakten, die einen Fall betreffen, Personen außerhalb der Justiz gegenüber vertraulich zu behandeln sind.

Sie sahen einander eine Zeit lang in die Augen, bis Black seufzte. »Hör mal, ich halte überhaupt nichts davon, wenn wir uns streiten. Und mir gefällt es nicht, wenn du mich im Unklaren lässt, wo du dich aufhältst.«

»Meine Güte, Nick, was soll denn das? Willst du mich jetzt rundum-überwachen? Na ja, vielleicht war ich mit dir zusammen in London?«

»Du hast meine Anrufe nicht entgegengenommen. Findest du so was nicht ein bisschen kindisch?«

»Kann sein. Und wenn schon?«

»Das kann ich jedenfalls überhaupt nicht leiden.«

»Musst du denn alles gutheißen können, was ich tue? Mir passieren auch manchmal Dinge, die ich nicht gutheiße oder nicht leiden kann. Damit muss man eben umgehen.«

Black lehnte sich frustriert zurück, runzelte die Stirn und blickte eine kleine Weile zur Band hinüber zum Podium. Claire schaute auch hin. Sie und Black hatten lange nicht mehr miteinander gestritten und Black war nicht der Typ, der zu Kreuze kroch, also erwartete sie nichts in dieser Richtung. Jedenfalls nicht in der Stimmung, die er momentan ausstrahlte. Aber was sollte das? Schließlich war er derjenige, der sie massiv angelogen hatte, nicht umgekehrt.

»Du hast mir sehr gefehlt, Claire, wirklich.«

»Ach, tatsächlich. Die schöne Zeit im Ritz und all die Partys haben dir nicht darüber hinweggeholfen?«

»Ich gehe doch oft zu Cocktailpartys, wenn ich auf Geschäftsreisen bin. Das war früher nie ein Thema.«

»Du hast mich früher auch nicht angelogen. Jedenfalls nicht, dass ich wüsste.«

»Es tut mir leid, dass ich dir nicht die ganze Wahrheit gesagt habe. Das hätte ich tun sollen.«

Nicht die ganze Wahrheit? Was sollte das jetzt wieder bedeuten? Aber er hatte gewissermaßen eine Entschuldigung angeboten und Claire wusste das gewissermaßen zu schätzen, aber so leicht kam er nicht davon. »Sag mir doch bitte, warum du geglaubt hast, mich anlügen zu müssen. Du kannst doch nicht behaupten, dass ich je versucht hätte, dich an die kurze Leine zu legen.«

Das brachte Black sichtbar in Verlegenheit. Er rutschte auf der Sitzbank hin und her, griff nach der Speisekarte, öffnete sie aber nicht. »Das kann ich dir im Moment noch nicht sagen. Aber ich hatte sehr gute Gründe dafür.«

Claire konnte es nicht fassen. »Soll ich dir was sagen, Black? Ich habe auch sehr gute Gründe, warum ich heute Abend keine Lust hatte, den heutigen Abend mit dir zu verbringen. Ich denke, ich schnappe mir jetzt diese DVD, besorge mir Popcorn und schau mir an, was für Partys du veranstaltest, zu denen ich nicht eingeladen bin.«

»Es gibt noch was, was du wissen solltest, bevor du dir dieses Video ansiehst.«

Lieber Himmel, was sollte das nun wieder bedeuten? Er sah nicht so aus, als fiele es ihm leicht, damit herauszurücken. »Na los, spuck's schon aus.«

Black war nicht der Typ, der etwas von sich preisgab, wenn er es nicht wollte. Er hatte einen starken Willen. Aber er hatte sie fast wieder ins Leben zurückgeholt, sie gesund gepflegt, war drei Wochen lang praktisch nicht von ihrem Krankenbett gewichen, als sie im Koma lag, und gerade seitdem war ihre Beziehung so eng, daher war Claire durchaus geneigt, Nachsicht zu üben. Aber diesmal gab er sich sehr geheimniskrämerisch; das war äußerst ungewöhnlich und es machte sie neugierig.

»Steckst du in irgendwelchen Schwierigkeiten, Black? Hast du eine Bank überfallen oder bist du neben einer toten Nutte aufgewacht oder so was?«

»Sehr witzig.« Dann rückte er endlich damit heraus. »Du solltest wissen, dass Jude auch bei der Party dabei war.«

Claire konnte es nicht fassen. »Jude, deine Exfrau, das bekannte Supermodel.«

»Mach mal halblang, Claire.«

»Mach mal halblang, Black.« Das war wirklich die Sahne auf dem Kuchen der Zerknirschung. Jude war nicht nur eine völlig umwerfend aussehende Frau und ein Sexsymbol, sondern sie verhielt sich nach wie vor so, als wären Black und sie immer noch ineinander verliebt. Und sie ließ das auch alle Welt wissen.

»Sie wollte mit mir über ein paar persönliche Dinge sprechen, die ihr zu schaffen machen, aber ich konnte sie kurzfristig nicht in meinem Terminplan unterbringen; deshalb habe ich sie zum Abendessen eingeladen. Mehr war nicht.«

»Du stehst eben so erhaben über dem Rest der Menschheit. Kein Wunder, dass sie dich geheiratet hat.«

Black hatte sich wieder gefangen und war nun ganz der bekannte Psychologe, den nichts erschüttern konnte. Die personifizierte Selbstbeherrschung. »Sei vernünftig. Es war überhaupt nichts, und das weißt du nur zu gut. Die Sache zwischen mir und Jude ist längst vorbei, unsere Beziehung, unsere Ehe waren schon Jahre zuvor beendet, bevor ich dich kennengelernt habe. Wir sind jetzt wie alte Freunde. Das ist alles.«

»Ich werd dir was sagen, Black. Wenn ich mir dieses Video angesehen habe und weiß, was sich bei eurer Party abgespielt hat, kann ich mir immer noch überlegen, ob ich vernünftig sein will oder nicht.«

»Sehr schön. Dann wirst du ja sehen, dass alles völlig harmlos war.« Black wechselte das Thema. »Was hältst du denn davon, wenn ich erzählen würde, dass ich mir in der Zeit in New York eine besondere Weihnachtsüberraschung ausgedacht habe?«

»Was ich davon halte, weißt du doch, da ich auf Überraschungen nie besonders erpicht bin. Und außerdem hörte sich das Ganze ziemlich suspekt an.«

»Es war nicht das, was du denkst.«

»Und was denke ich?«

»Du denkst, dass ich eine andere Frau getroffen habe. Oder Jude.«

»Aber du hast Jude getroffen.«

»Wir waren erstens mit Freunden zusammen und zweitens handelte es sich um eine rein beruflich-medizinische Angelegenheit. Sie wollte sich mit mir über ein persönliches Problem unterhalten. Es geht dabei auch um das Vertrauensverhältnis zwischen Psychologe und Patient.«

»Worum ging es?« Meine Güte, wenn sie so weitermachte, klang sie wie jede eifersüchtige Kleinbürgerin aus einer Vorabendserie, und das war eigentlich das Letzte, was sie wollte oder wie sie gesehen werde wollte, und gerade von ihm. Aber vielleicht war sie eben doch so. Wenigstens ein bisschen.

»Ihr dreizehnjähriger Stiefsohn nimmt neuerdings Drogen und sie weiß nicht, wie sie damit umgehen soll.«

»Okay, das ist ein ernst zu nehmendes Problem. Das glaube ich dir.«

Black versuchte, ihre Miene zu deuten, hatte aber noch seine Zweifel. »Sind unsere Misshelligkeiten damit aus dem Weg geräumt?«

»Das würde ich so noch nicht sagen.«

»Was würdest du denn dann sagen?«

»Ich würde sagen, wenn du mich anlügst und mit gegenüber nicht alle Karten auf den Tisch legst, dann kannst du dich nicht darüber beklagen, wenn ich es auch nicht tue. Und diese Phase beginnt genau jetzt.«

»He, Moment mal! Was willst du mir gegenüber denn verheimlichen?«

»Ist das dein Ernst, Black? Ist das dein Ernst?«

Er drang nicht weiter in sie, wirkte erst verärgert und dann einfach resigniert. Sein ganzer Frust verflog einfach. »Du hast mir sehr gefehlt, mein Schatz. Ich würde jetzt gerne einfach mit dir nach Hause und ins Bett gehen. Wir können uns dort weiterunterhalten, wo wir ganz unter uns sind. Ehrlich gesagt, bin ich auch ziemlich müde. Der Flug war ziemlich lang und ich habe mir die ganze Zeit Sorgen um dich gemacht.«

»Dann fahr schon mal vor. Ich komme später nach. Ich habe mich für heute Abend mit Nancy verabredet, wir wollten gemeinsam zu Abend essen und ich sehe keinen

Grund, warum ich einen Rückzieher machen und sie enttäuschen sollte.

Blacks Mundpartie verspannte sich, ein Muskel zuckte am Kinn; das verriet seine wahren Gefühle, aber er nickte. Er wollte nicht versuchen sie umzustimmen und im Allgemeinen wollte er auch nicht den Eindruck erwecken, sie zu kontrollieren. »In Ordnung, dann sehen wir uns später daheim. Aber vergiss auch nicht nachzukommen. Falls ich schon eingeschlafen bin, weck mich wieder auf.«

Claire schaute ihm hinterher, wie er sich an den Tischen zum Ausgang schlängelte und verschwand. Für einen Moment war sie auch etwas niedergeschlagen. Sie hatten nur selten eine Auseinandersetzung oder gar einen Streit. Sie mochte das genauso wenig wie er. Aber trotz vieler Worte hatte er ihr bisher noch nicht erklärt, warum er sie über seinen Aufenthaltsort angelogen hatte. Inzwischen fragte sie sich, wie oft er früher schon schöne Zeiten mit seinen Freunden verbrachte hatte, während er ihr erzählte, er sei auf Geschäftsreisen. Sie seufzte und ging zur Bar hinüber, um sich endlich Nancy zuzugesellen. Sie wollte sich endlich mit ihrer Freundin zusammen amüsieren – oder es zumindest versuchen.

15

Nach einem superleckeren Essen mit Meeresfrüchte-Sandwich aus gegrillten Shrimps mit Mayonnaise, Käse-Pommes Cajun-Art und Pepsi und nachdem sie mit Nancy Gill die ganze Zeit herumgealbert hatte, verabschiedete sich Claire irgendwann von ihrer Freundin. Sie wollte noch einmal ins Polizeipräsidium von Lafourche fahren, weil sie dort noch etwas Wichtiges erledigen und einen Blick in Hollidays Video werfen wollte, bevor sie zu Black nach Hause fuhr. Die Landstraßen waren vollkommen dunkel und es herrschte wenig Verkehr. Schließlich kam sie am Tatort im Bayou an und fuhr zunächst an dem Haus vorbei, das immer noch mit rot-weißem Kunststoffband abgesperrt war. Das einzige Licht kam von den Autoscheinwerfern, die in die schwarzsamtige Nacht stachen. Claire schaltete den Motor aus und blieb in der Dunkelheit im Wagen sitzen; nur das Knacken des sich abkühlenden Motors war zu hören. Sie ließ einige Bilder des abscheulichen Verbrechens im Gedächtnis Revue passieren, vor allem der malträtierte Leichnam des Opfers. Am liebsten hätte sie den Wagen gewendet und wäre schnurstracks wieder weggefahren. Aber irgendetwas hielt sie zurück, noch ging das nicht, also stieg sie aus. Als Erstes roch sie den Zigarettenrauch, dann sah sie, wie sich ein Schatten über das Heck des Hausbootes bewegte. Sofort griff sie nach ihrer Neunmillimeter, ging hinter der geöffneten Wagentür in Deckung und zielte auf die Person, die über das Deck huschte.

»Wer ist da? Keine Bewegung, verstanden? Kein Mucks. Ich habe meine Waffe auf Sie gerichtet!«

»Claire, nicht schießen! Ich bin's bloß, Ron Saucier!«

Claire hatte seine Stimme erkannt, also steckte sie die Waffe wieder weg und ging rasch zu dem Laternenmast hinüber, in dem sich die Schalter für die Außenbeleuchtung befanden. Sie schaltete die gesamte Beleuchtung ein und das Boot wurde in helles Licht getaucht.

Ron Saucier stand, gar nicht so weit entfernt, mit brennender Zigarette in der linken Hand auf dem rückwärtigen Deck. In der rechten Faust hielt er ein Gewehr zu Boden gerichtet. Was zum Teufel hatte er hier zu suchen?

Sie brauchte ihn gar nicht erst zu fragen. »Tut mir leid, wenn ich Sie erschreckt habe. Ich war draußen auf dem Wasser beim Angeln und kam hier vorbei. Da hab ich kurz mal angelegt, um nachzusehen, ob hier noch alles ruhig ist, das ist alles. Ich wollte nur sichergehen, dass mit Ihnen alles in Ordnung ist.«

»Haben Sie nicht bemerkt, dass mein Wagen gar nicht dastand?«

»Doch, aber ich wollte trotzdem sichergehen. Der Anblick von dieser Voodoo-Szenerie da in dem Haus geht mir einfach nicht aus dem Sinn. Das hat mich sehr verstört. Ich hab mir einfach gedacht, ich setze mich hier im Dunkeln mal eine Weile hin und beobachte einfach den Tatort, ob sich da was tut. Ich dachte mir, dass der Täter vielleicht an diesen Ort zurückkehrt, nachdem die Polizei und alle abgezogen sind. Manchmal tun sie das.«

»Ja, das stimmt. Aber ich nehme an, hier war nichts und Ihnen ist nichts weiter aufgefallen?«

»Nein, und nochmals Entschuldigung, dass ich Sie erschreckt hab«, wiederholte er. »Ich konnte ja nicht ahnen, dass Sie es sind. Es war einfach zu dunkel und ich wollte auch lieber unentdeckt bleiben.«

»Ist schon gut. Und vielen Dank, dass Sie sich Sorgen um mich gemacht haben. Ich weiß das zu schätzen.«

»Warum sind Sie denn jetzt eigentlich mitten in der Nacht hier aufgekreuzt? Stimmt irgendwas nicht?«

Claire widerstrebte es, ihm die Wahrheit zu sagen; ihr kleiner Knatsch mit Black war ihr doch etwas peinlich und außerdem ging es ihn nichts an, deswegen sagte sie bloß: »Das muss so `ne Art Gedankenübertragung gewesen sein. Ich wollte auch einfach hier noch mal nach dem Rechten sehen.«

»Stimmt. Im Dunkeln ist es hier echt unheimlich, nur das Flutlicht macht es jetzt etwas besser.«

Dann herrschte einen Moment verlegene Stille, während er über die schmale, nur mit einem Handseil gesicherte Laufplanke vom Schiff herunterkam; das Gewehr hielt er immer noch in der Rechten. Claire wollte sich erkenntlich zeigen, schließlich hatte er sich Umstände gemacht, sie quasi zu beschützen. »Kann ich Ihnen noch ein Bier anbieten, oder so was?«

»Nee, danke, ich fahr wieder zurück nach Hause. Es ist ja jetzt schon spät. Sie haben ja wohl nicht vor, heute hier zu übernachten?«

»Nein, nein. Ich bleib noch eine kleine Weile hier, dann fahre ich auch nach Hause.«

»Okay, dann sehen wir uns morgen im Präsidium.«

Sie sah zu, wie er in sein Boot kletterte. Es handelte sich

um ein großes, braun und goldfarben gestrichenes Fluss-Motorboot, das schick und wendig aussah und ziemlich neu. Er startete den Motor, grüßte noch einmal kurz zu ihr hinüber und legte ab. Saucier war schon ein merkwürdiger Vogel, man sollte es nicht glauben. Einerseits zwar nett, andererseits aber schon auch komisch.

Nachdem er in der Dunkelheit in Richtung seiner Jagdhütte, die wohl auch sein Wohnhaus war, verschwunden war, ging Claire ihrerseits über den Laufsteg und schaute sich rasch auf dem Hausboot um, ob alles in Ordnung war. Auch wenn er sich angeblich Sorgen um sie gemacht hatte – so richtig kannte sie Saucier letztlich nicht. Aber es sah alles noch genauso aus wie beim letzten Mal, als sie hier übernachtet hatte. Sie fröstelte ein wenig, sowohl wegen der kühlen Nachtluft als auch bei dem Gedanken, was Madonna Christien angetan worden war. Sie zog wieder ihre Waffe heraus und überprüfte das ganze Hausboot; in jedem Raum schaltete sie die Deckenbeleuchtung ein, aber es hatte sich wirklich nichts verändert. Einigermaßen beruhigt, legte sie ihr Jeans-Jackett ab, ging zum DVD-Player und legte die Scheibe ein. Gerade als sie sich in den abgewetzten braunen Lehnsessel gegenüber vom Bildschirm fallen ließ, kamen Bild und Ton. Zu hören war zunächst nur ein Gewirr von Männerstimmen, die laut und aufgekratzt alle durcheinandersprachen. Nun waren sie auch alle zu sehen in ihrer Feierlaune, sie lächelten und lachten, prosteten einander zu und waren offensichtlich in bester Stimmung. Ungefähr fünfzehn bis zwanzig Leute saßen um eine aufwendig gedeckte Tafel, auf der Kristallgläser und Goldrandteller standen sowie in der Mitte ein riesiger silberner Leuchter mit einer Vielzahl von Kerzen. In schwarze und weiße Uniformen gekleidete Hotelkellner huschten unauffällig hin und her, entkorkten Weinflaschen und servierten köstlich aussehende Speisen.

Wow! Black wusste, wie man eine Geburtsparty aufzieht, zu der sie nicht eingeladen war, das musste man ihm lassen. So ging es nun einmal zu, wenn reiche Star-Psychologen und prominente Sportmanager was zu feiern hatten. Kürzlich erst hatten sie Zees Geburtstag im Büro gefeiert; da hatte es Drinks in roten Pappbechern und einen Blechkuchen gegeben, den Nancy bei der Fast-Food-Kette Winn-Dixie besorgt hatte. Alles war also fast genauso wie im Ritz, nur die Silberleuchter auf dem Tisch hatten gefehlt. Niemand hatte auch nur an ein Teelicht gedacht, auch Claire nicht. Aber der Schokoladenkuchen mit Zuckerglasur und bunten Zuckerstreuseln schmeckte bestimmt genauso gut wie die prachtvolle, dreistöckige weiße Torte mit Hollidays Namen auf dem Sideboard in der Ritz-Suite. Außerdem war dieses Wunderwerk der Konditorkunst mit Fleur-de-lis dekoriert. Überhaupt gab es auf der Esstafel noch reichlich weitere Deko mit Lilienmustern. Sie waren eben alle eingefleischte Absolventen der Tulane-University.

Inzwischen war die Feier wohl so weit fortgeschritten, dass es nun Zeit für allerlei ausgelassene Späße war. Anfallartig wurde Claire nun von großer Müdigkeit überfallen. Claire schob den Fußschemel beiseite und sah zu, wie sich ihr Herzallerliebster mit all seinen Freunden vielleicht etwas derb, aber auch jeden Fall prächtig amüsierte. Man konnte keinen anderen Eindruck gewinnen, als dass es sich um ein ausgelassenes und feuchtfröhliches, gleichwohl harmloses Beisammensein handelte mit vielen Reminiszenzen an die guten alten Tage auf der Uni, all der Schabernack und Unfug, den sie damals getrieben hatten, und nicht einmal die Erwähnung der gemeinsam im Gefängnis verbrachten Nacht am Ende von Mardi Gras wurde ausgelassen. Also stimmte wohl alles, was Holliday und Black davon berichtet hatten. Keine besonderen Vorkommnisse.

Trotz ihrer anfänglichen Müdigkeit war Claire schlagartig hellwach, als Blacks ehemalige große Liebe, Freundin, Ehefrau Jude von einer Anstandsdame in den Salon geleitet wurde. Jude hieß einfach nur Jude, ohne Nachnamen, denn dessen bedurfte ein berühmtes Supermodel wie sie nicht. Sie wirkte in der Tat wie eine zeitgenössische Version von Scarlett O'Hara aus *Vom Winde verweht* und dementsprechend brach sich spontan die allgemeine Begeisterung der versammelten Herrenwelt Bahn, als sie in ihrem verführerisch-anschmiegsamen scharlachroten Paillettenkleid ihren Einzug hielt. Um ihren Hals wand sich eine mehr als üppige Smaragdkette. Yep – sehr schöner Kontrast zwischen diesem Rot und diesem Grün. Vermutlich ganz vorweihnachtlich gedacht. Allerdings war an dieser Geschenkverpackung kein kleiner Anhänger zu sehen, dem man hätte entnehmen können, wem dieses reizende Geschenk zugedacht war. Vielleicht hatte sie es so gut versteckt, dass man es erst öffnen musste, um das herauszufinden. Claire wäre jede Wette eingegangen, dass Black nach wie vor der Begünstigte wäre, und zwar in Großbuchstaben. Bei ihrem Eintritt erhoben sich sämtliche Herren wie ein Mann – Manieren eben wie aus *Vom Winde verweht* oder aus *Stolz und Vorurteil*; die Anwesenden moderne Versionen eines Rhett Butler oder Mr Darcy –, fehlten nur die Zylinderhüte und die Fräcke.

Die unvergleichliche Jude nahm natürlich direkt neben Black Platz; einer der Herren machte seinen Stuhl für sie frei. Sofort fing sie an, ihn zu befummeln. Man konnte zwar nicht behaupten, dass Black sie zu diesem Verhalten ermutigte, aber er verscheuchte ihr Hand auch nicht gerade von seinem Ärmel wie ein lästiges Insekt. Unter einer Vielzahl von Toasts nahm die Feier ihren Fortgang. Die beiden stecken manchmal die Köpfe zusammen und lachten über einen Scherz, den jemand gemacht hatte, aber hauptsächlich unterhielten sie sich leise und anscheinend ernsthaft. Black wirkte nicht völlig von ihr eingenommen und machte keine sichtbaren Anstalten, sie küssen und in sein Schlafzimmer zerren zu wollen, um ihre Geschenkverpackung abzustreifen. Claire ließ ihm also seine Erklärungen durchgehen.

Nach einer Weile erhob sich Black und brachte als Gastgeber einige Toasts aus, dann nahm die Feier ihren Lauf, der Hauptgang wurde serviert, dann das Dessert, und es folgte das Absingen der bekannten Geburtstagshymne. Jude klebte während der ganzen Zeit regelrecht an Blacks Seite, aber als sie sich dann relativ früh verabschiedete und vor allen anderen ging, geleitete er sich nicht einmal zur Tür und gab ihr auch keinen Abschiedskuss, nicht einmal Küsschen rechts, links auf die Wange im Gedenken an die alten Zeiten. Im Gegenteil, er wirkte sogar erleichtert, dass er sie los war und er sich wieder dem Gelage mit seinen ehemaligen Kumpels von der Universität widmen konnte.

Na schön, es hatte also keinen Quicky mit der lieben, alten Jude gegeben, auch wenn sie während der ganzen Zeit noch so hartnäckig versucht hatte, ihre Lippen irgendwo auf seinem Körper unterzubringen. Na gut, bis jetzt war also nichts passiert. Nichts, weswegen man die Fassung verlieren musste.

Viel wichtiger war aber eigentlich, dass Jack Holliday die ganze Zeit dabei war, auch er natürlich bestens aufgelegt an seinem Geburtstag in diesem gediegenen Rahmen und jedenfalls nicht in der Carondelet Street und demnach nicht gleichzeitig einer zierlichen Person einen Strick um den Hals zuziehend. Allem Anschein nach war Holliday wirklich aus dem Schneider. Dennoch gab es nach wie vor einige Ungereimtheiten, was ihn anbelangte. Falls jemand versucht haben sollte, ihm den Mord anzuhängen, indem er ein Glas mit Hollidays Fingerabdrücken am Tatort hinterließ, dann war das entweder ein untauglicher Versuch oder in großer Hast geschehen. In jedem Fall hatten der oder die Täter einen lausigen Job gemacht angesichts der Masse von Zeugen, die Hollidays Alibi bestätigen konnten. Es war gar nicht lange her, da wollte jemand Black einen Mord anhängen und hatte es sehr viel geschickter angestellt. Selbst da war die Situation lange unklar geblieben und zu der Zeit hatte sie bei einem Autounfall ein so starkes Schädeltrauma erlitten, dass sie nicht mehr unterscheiden konnte, ob Black zu den Guten oder zu den Schlechten zählte. So viel zum Thema Wahrheitsfindung.

Aus weiter Ferne drang ein anhaltendes Brummen durch die Bäume, wohl von irgendeiner Straße, die durch den Bayou führte. Da ihr sogleich spitze Nähnadeln, schwarzer

Faden und weiße Kerzen sowie der Geruch des Todes in den Sinn kamen, trat sie hinaus aufs Deck und lauschte eine Weile. Dann wurde ihr klar, dass ein Besuch kam, der sich langsam näherte, denn sie erkannte den Sound einer getunten Harley-Davidson, wenn sie ihn hörte. Das war genügend Anlass, sicherheitshalber schon mal die Waffe zu ziehen, sie am rechten Bein schussbereit zu halten und in den Schatten zurückzutreten, wo sie nicht mehr zu sehen war. Sie behielt die Zufahrt zum Haus auf dem kleinen Hügel fest im Auge. Dann kam das Motorrad in Sicht und ratterte über ausgefahrene Reifenspuren und Kies den leichten Abhang hinab auf das Boot zu. Sie brauchte nun auch nicht lange, um den Fahrer zu erkennen. Ihrem Freund Rocco hatte es anscheinend wenig Mühe bereitet, sie ausfindig zu machen.

Rocco hielt direkt vor dem Landungssteg und gleich neben ihrem weißen Range Rover an, stellte den Motor ab und sah zum Boot hinüber. Claire verharrte völlig unbeweglich. Sie sah zu, wie er ein Bein überschwang und sein Bike aufständerte. Er trug heute Abend eine verwaschene Jeansjacke, schwarze Jeans und ein graues T-Shirt, war also fast wie ein normaler Mensch gekleidet, wäre da nicht das auf das T-Shirt aufgedruckte große rote Hakenkreuz gewesen. Immerhin hielt er keine Waffe in der Hand, was schon mal ein gutes Zeichen war.

»He, ist jemand zu Hause?«, bellte er in die Nacht, aber er setzte noch keinen Fuß auf die Gangway. Vielleicht befürchtete er, Claire könnte irgendwo aus dem Dunkel springen und ihn niederknallen.

»Hier bin ich!«, rief Claire, und als er sah, wie sich der

Lauf einer Glock langsam ins Licht schob, hob er beide Arme. »Nicht schießen! Ich komme in friedlicher Absicht.«

Claire steckte die Waffe wieder ins Holster. »Na, Rocco, was ist denn aus der albernen Blackbeard-Maskerade geworden?«

Rocco musste grinsen. »Sag nichts gegen Jack Sparrow. Gib's zu, Annie, er ist doch saucool. Ach, Moment mal. Willst du jetzt nicht lieber Claire genannt werden?«

Sein Grinsen wirkte so satanisch wie eh und je und Claire so glücklich, ihn wiederzusehen, dass es ihr fast die Kehle zuschnürte. Es waren so viele Jahre vergangen, seit sie ihn zum letzten Mal gesehen hatte, bevor sie Gabriel LeFevre im Voodoo River über den Weg gelaufen war. Es waren seine Eltern gewesen, die seinerzeit im Haus auf dem Hügel wohnten, als sie ebenfalls eine Zeit lang bei der Familie lebte. Gabe war ihr liebster Freund und bester Vertrauter, als sie beide zehn Jahre alt waren. Damals war er Ein und Alles für sie, und in gewisser Weise war es heute noch so.

»Na, also jetzt hör mal, Annie! Bekomme ich keine Umarmung und keinen Kuss?«

Gabe kam über die Gangway und sie lief ihm entgegen und warf sich ihm in die Arme. Sie drückte ihn fest an sich, weil sie so froh war, dass er wohlauf war. Er führte ein riskantes Leben, aber er hatte immer schon eine wilde, unbekümmerte Ader gehabt. Das hatte ihn immer schon in Schwierigkeiten gebracht, auch als sie noch klein waren.

»Sag mal Gabe, was fällt dir eigentlich ein, dich mit diesen Kretins abzugeben und so deine Zeit zu verplempern?«

Er lachte leise. »Eins kann ich dir sagen. Ich dachte, ich

sehe nicht richtig, als du mit deinem Kollegen da plötzlich in der Bar aufgekreuzt bist. Einen Moment lang dachte ich, ihr wollt den ganzen Laden hochnehmen.«

Claire inspizierte sein hübsches Gesicht etwas eingehender und schüttelte den Kopf. »Dieser kleine Bartzopf sieht einfach albern aus, Gabe. Sogar ganz beschissen, würde ich sagen.«

»Ich sehe damit cool aus für die Leute, das weißt du auch.«

»Du siehst damit doof aus und nichts anderes. Übrigens fand ich es alles andere als nett von dir, dass du mich Flittchen genannt hast. Insgesamt drei Mal, wenn ich mich recht entsinne.«

Gabe lehnte sich mit der Hüfte an die Reling. »Dein Kollege hätte sich nicht mit Manny anlegen sollen. Dieser Typ ist ein gefährlicher Irrer und strunzdumm und er hat keine Hemmungen, beides an den Tag zu legen.«

»Ich würde sagen, du bist auch ein gefährlicher Irrer, weil du mit solchen Leuten herumhängst. Falls sie jemals herausfinden, dass du ein Undercover bist, werden sie dich sofort umlegen.«

»Das wird nicht passieren, sofern du deine Nase nicht wieder ins Voodoo River steckst und ihr euch da aufspielt. Ich hatte die größte Mühe, die Situation zu entschärfen. Sie waren drauf und dran, dich und Zee zu Kleinholz zu machen. Und falls sie euch jemals wieder sehen, werden sie das auch tun, verlass dich drauf. Also sei auf der Hut, sie haben euch auf dem Schirm.«

»*Du* solltest auch auf der Hut sein. Du bist immer schon große Risiken eingegangen.« Sie lächelten einander an.

Claire schüttelte den Kopf. »Seit wann bist du denn wieder hier in der Heimat? Rene hat uns die übliche Coverstory erzählt – du weißt schon, dass du in schlechte Gesellschaft geraten bist und eine Zeit lang im Gefängnis warst. Das Letzte, was ich gehört habe, war, dass du als Undercover bei der Drogenfahndung in Seattle gearbeitet hast.«

»Sechs Monate.«

»Vielen Dank, dass du noch vorbeigekommen bist, um Hallo zu sagen.«

»He, ich riskiere meinen Kopf, wenn ich hierher fahre. Deinen übrigens auch. Aber mir ist niemand gefolgt. Da bin ich mir sicher.«

»Ich muss mit dir über einen Fall sprechen. Es ist sehr wichtig.«

»Ja, diese Bemerkung war deutlich genug. Hab ich gleich verstanden. Es tut mir aufrichtig leid um Maddie. Sie war ein nettes Kind. Ein bisschen wirr im Kopf, keine Frage, aber auf ihre Art ganz süß.«

»Nun ja. Soll ich dir was verraten? Du wurdest auch schon als Verdächtiger genannt. Und zwar von Rafe Christien, ihrem Bruder, der uns gesagt hat, du hättest auch gern mit ihr herumgemacht. Er sitzt übrigens noch im Knast in New Orleans.«

Gabe runzelte die Stirn und ging auf und ab. »Ich habe die Polizei auf ihn angesetzt.«

»Hast du mit ihr geschlafen, Gabe, oder nicht?«

»Teufel noch mal, nein. Warum willst du denn das wissen?«

»Weil sich herausgestellt hat, dass sie schwanger war. Das könnte ein Tatmotiv sein. Möglicherweise musst du einen Vaterschaftstest machen, es sei denn, deine Chefin bei der Drogenfahndung kann sich mit unserem Sheriff einigen.«

»Das kann sie sicher. Ich bin nicht mehr lange bei den Skulls, der Einsatz geht zu Ende. Aber egal – mit dem Test habe ich überhaupt kein Problem. Wenn du willst, mach ich ihn. Das Kind ist nicht von mir. Sie hat sich von praktisch allen Skulls beschlafen lassen, einen nach dem anderen. Das Voodoo River war praktisch ihr Strich. Das Kind kann von jedem dort stammen.«

»Hat einer von den Typen dort irgendwas mit Voodoo am Hut?«

Gabe musste lächeln. Sie haben es zwar mit den Totenschädeln und den Knochen, aber bloß als Embleme. Keiner von denen hat was mit Voodoo. Warum?«

»Weil Madonnas Leiche genau hier in eurem ehemaligen Esszimmer gefunden wurde, inmitten eines Voodoo-Altars.«

Gabe sah zu dem dunklen Haus hinüber. »Mann, Mom und Dad würden sich im Grab umdrehen.«

»Denkst du noch oft an sie und an Sophie?«, fragte Claire.

»Ja, schon. Ich habe mich sehr lange Zeit sehr einsam gefühlt. Es ist nicht leicht, keine Familie zu haben, besonders jetzt in der Vorweihnachtszeit. Immerhin habe ich meine Onkel und Tanten. Sie geben sich ehrlich Mühe, für mich da zu sein, wenn ich sie brauche. Und ich habe dich natürlich – so ungefähr alle fünf Jahre mal.«

Claire lächelte, doch wie es sich ohne Familie lebte, war ihr nur allzu vertraut. Es war besser, gar nicht erst darüber nachzudenken. Ich habe von dem tödlichen Autounfall deiner Eltern gehört, aber erst lange, nachdem es passiert ist. Es tut mir leid, dass ich so weit weg war, dass ich nicht einmal an der Beerdigung teilnehmen konnte. Als ich davon erfuhr, konnte ich es gar nicht fassen, dass ihr sie beide zugleich verloren habt, zusammen mit der kleinen Sophie. Das ist wirklich schrecklich, Gabe.«

»Clyde und Luc und das weitere Familienumfeld haben dafür gesorgt, dass ich nicht durchdrehte.« Gabe sah sie nicht mehr an, und es war klar, dass er nicht weiter über diesen Verlust seiner Eltern und seiner einzigen kleinen Schwester sprechen wollte, denn er wechselte nun das Thema. »Wie schlimm hat es denn Madonna getroffen?«

»Einfach entsetzlich. Sie wurde grün und blau geschlagen. Schwerste Misshandlungen. Außerdem hat der Täter ihr Augen und Lippen zugenäht.«

Gabe sah sie angewidert an. »Du willst mich sicher nicht auf den Arm nehmen? Das klingt nach der Tat eines entsprungenen Irren.«

»Stimmt.« Claire seufzte. »Und ehrlich gesagt, haben wir bis jetzt noch nicht viel rausfinden können.«

»Das kommt schon noch. An derartigen Tatorten finden sich immer jede Menge Spuren. Gibt es denn schon Verdächtige?«

»Jack Holliday ist einer der Verdächtigen.«

»Der Footballstar von der Tulane University? Ausgeschlossen. Er war ein überragender Quarterback, als ich dort studiert hab.«

»Hast du ihn jemals mit Madonna zusammen gesehen?«

»Nein, nie. Aber ich kann mich gut erinnern, dass sie

dauernd von ihm geschwärmt hat. Sie war ganz stark in ihn verknallt, aber ich war mir ziemlich sicher, dass sie sich da nur was vorgemacht hat. Aufgrund von einigen Einzelheiten, die ich so aufgeschnappt habe, hatte ich den Eindruck, dass sie ihn gestalkt hat.«

»Wahrscheinlich hast du recht. Er kann jede Menge Alibizeugen beibringen. Das einzige Problem, das wir mit ihm haben, ist, dass wir seine Fingerabdrücke auf einem Glas am Tatort gefunden haben. Er behauptet, er sei nie dort gewesen.«

»Vermutlich wurde es untergeschoben.«

»Hab ich auch schon gedacht.«

»An deiner Stelle würde ich ihm Glauben schenken. Wie bereits gesagt, war Maddie völlig durchgeknallt. Und ihr Bruder konnte ihr erst recht keine Stütze sein. Rafe besorgte ihr alles, womit sie high werden konnte, und es war ihr ziemlich egal, was es war. Alles, was ihr zur Flucht aus der Realität verhalf, war ihr recht.« Gabe brach ab und sah hinaus auf die träge Strömung im Bayou, die im spärlichen Licht des Hausbootes kaum auszumachen war. Dann wandte er sich wieder an Claire.

»Ich sage es dir nur äußerst ungern, aber Madonna war eine von meinen geheimen Informanten.«

»Machst du Witze? Sie war eine Informantin.«

»Was meinst du, warum ich solchen Bammel hatte, weil sie so viel Rauschgift nahm? Nachdem ich sie rekrutiert hatte, nahm sie sogar noch mehr.«

»Da kannst du von Glück sagen, dass die Drogenfahndung dich immer decken wird, Gabe. Ansonsten säßest du jetzt wahrscheinlich tief in der Tinte. Man könnte als Motiv konstruieren, dass du sie loswerden wolltest, weil die Gefahr bestand, dass deine Tarnung auffliegt. Du drehst hier ein großes, gefährliches Rad.«

Gabe zuckte bloß die Schultern. »Das bin ich gewöhnt.«

»Würde einer von den Skulls sie töten?«

»Warum nicht? Wusstest du, dass sie Ehrenzeichen haben für diejenigen, die einen Menschen umgebracht haben? Aber keiner von denen hätte so viel Grips in der Birne, sie auf was auch immer für einem Altar mit misshandelten Körperöffnungen zurückzulassen.«

»Wie auch immer. Ist dir in dieser Woche jemand mit einem schönen neu erworbenen Ehrenzeichen aufgefallen?«

Gabe lachte auf, und wenn er lachte, sah er richtig gut aus, trotz des albernen Kinnbärtchens. »Fehlanzeige – und du kannst sicher sein, dass ich davon gehört hätte, wenn etwas Derartiges in dem Umfeld passiert wäre. Alles, was sie wollen, ist, sich besaufen und rumstänkern. Die meisten kamen prima mit ihr aus. Es sein denn, jemand hätte herausgefunden, dass sie eine Informantin war. Wenn sie deswegen sterben musste, dann bin ich als Nächster dran.«

Claire stellte sich die Frage, wie er es aushalten konnte, in solch einer heruntergekommenen, abstoßenden Welt zu leben, wo Gewalt an der Tagesordnung war. »Und was ist mit Voodoo oder Voodoo-Praktiken? Bist du dir sicher, dass keiner von denen darin involviert ist?«

»Ziemlich sicher.«

»Wie lange willst du das noch machen, Gabe?«, fragte Claire. »Über kurz oder lang werden sie dir doch auf die Schliche kommen. Das weißt du sicher auch.«

Gabe zuckte wieder die Schultern. »Ich habe bald genug

beisammen, um sie hochgehen zu lassen. Ich will nur sichergehen, dass jeder Einzelne wegen Drogendelikten verurteilt werden kann, damit sie richtig lange einsitzen.« Er versuchte, einen Blick durch das Fenster der Kombüse zu werfen. »Ich bin schon einmal hier gewesen, weil ich hoffte, dich zu sehen. Hast du vielleicht ein Bier im Kühlschrank? Ich könnte einen Schluck gut gebrauchen, bevor ich mich wieder auf den Rückweg mache.«

»Du warst schon mal extra hier wegen mir?«

»Ja. Ich hatte gehört, dass du wieder hier in der Gegend bist, und ich wollte dich besuchen. Ich denke oft an früher, an die Zeit, als wir klein waren und du bei uns gewohnt hast. Denkst du manchmal daran?«

»Ja. Aber seitdem ist auch eine Menge passiert.«

»Das stimmt. Wir sind dann auch sehr getrennte Wege gegangen, so viel ist sicher.«

»Ach, Gabe, ich freue mich so, dich wiederzusehen.«

»Ich hab auch Berichte und Artikel über dich in den Zeitungen gelesen. Du bist als Ermittlerin ziemlich bekannt. Bist du immer noch mit diesem Irrenarzt zusammen?«

»Doch, ja, nur im Moment … harmonieren wir nicht gerade besonders. Na, komm, setzen wir uns und bringen uns gegenseitig auf den neuesten Stand.«

Gabe ging nach drinnen und holte zwei Flaschen Bier. Sie setzten sich an dem kleinen festgeschraubten Tisch auf dem Achterdeck gegenüber und schwelgten eine Stunde lang in Erinnerungen, wie sie angeln gegangen waren, Vögel mit der Steinschleuder gejagt und die besten Plätzchen aus der mit rosafarbenen und weißen Blümchenmuster dekorierten Kiste seiner Mutter geklaut hatten.

»So, Gabe, jetzt musst du mir nur noch verraten, wer die Tussi mit dem Rocco-Tattoo auf dem Busen ist? Hast du etwa geheiratet und der Familie nichts davon gesagt?«

»Bonnie ist vom FBI.«

Claire war völlig schockiert. »Das gibt's nicht.«

»Wir arbeiten zusammen. Sie ist echt gut, aber sie ist ein bisschen leichtsinnig und geht manchmal unnötige Risiken ein. Deswegen halte ich sie an der kurzen Leine. Solange sie als meine Tussi gilt, ist sie für die anderen sakrosankt.«

»Du sprichst von Vergewaltigung?«

Gabe erwiderte nichts darauf, was wahrscheinlich Ja bedeutete.

»Hast du dir diesen lächerlichen Namen ausgedacht? Rocco. Sag bloß?«

»Ich fand, er klingt ganz hübsch.«

»Und wie lautet der Nachname dazu?«

»Ramone.«

Claire lehnte sich zurück und lachte lauthals auf. »Rocco Ramone! Das ist ja einfach erbärmlich!«

Sie unterhielten sich weiter, tranken ihr Bier dazu und lauschten zwischendurch auf die nächtlichen Geräusche im Bayou. Schließlich sagte Gabe: »Ich kann mich ja mal umhören, ob ich noch was in Erfahrung bringe wegen Maddie. Aber erwarte nicht zu viel. Ich glaube nicht, dass einer von den Skulls etwas damit zu tun hat. Dann hätte ich schon längst etwas gehört.«

»Vielen Dank. Wir kommen mit den Ermittlungen nur langsam voran. Madonna hat sich mit vielen Männern eingelassen, aber wir haben bis jetzt noch niemanden gefunden, der ein echtes Motiv hätte. Außer Holliday wegen des Stalkens. Und jetzt hätten wir noch das Ding mit der Informantin, das als Motiv infrage käme. Ich glaube auch nicht, dass es Holliday war. Er ist so erpicht darauf, seine Unschuld zu beweisen. Aber vielleicht ist er auch nur besonders geschickt. Diesen Voodoo-Zauber als Ablenkung zu inszenieren, traue ich ihm eher zu als deinen Biker-Kumpels.«

»Es gibt Killertypen, die kommen wie die reinsten Unschuldslämmer rüber. Er hätte ein Motiv. Sie hat ihn an den Rand des Wahnsinns getrieben. Das kann ich dir schriftlich geben. Möglicherweise wollte sie ihm die Vaterschaft an dem Kind anhängen. Er hätte sicher mit allen Mitteln verhindern wollen, dass die Presse davon Wind bekommt.«

»Zum Tatzeitpunkt war er in New York, zusammen mit sehr vielen Augenzeugen. Er hätte jemanden anheuern können, der die Drecksarbeit für ihn macht. Bei den Skulls kannst du fast jeden für so was anheuern. Und die Montenegro-Mafia ist in vielfältige kriminelle Aktivitäten verwickelt.«

Beim Stichwort Montenegro zuckte Claire zusammen. Black hatte engere Kontakte zu ihnen, was niemand wusste. Natürlich war er nicht in deren Machenschaften und Verbrechen involviert, aber dass er die Kontakte hatte, wussten nur ganz wenige. Selbst Gabe musste nichts davon wissen. Zum Glück hörten sie, wie sich ein Wagen näherte. Beide standen auf. Gabe sah sie an.

»Wer könnte das sein? Dein Kollege? Du hast ihm doch

nicht gesagt, wer ich bin, oder? Das darfst du niemandem verraten. Das musst du mir versprechen.«

»Klar, ich werde niemandem etwas sagen. Es ist wahrscheinlich Black, der sich fragt, wo ich abgeblieben bin. Wir haben uns ein wenig gestritten und er hat es sich in den Kopf gesetzt, dass wir das heute Abend noch ausdiskutieren.«

»Gut, dann bekomme ich ihn ja auch mal zu sehen. Kann ich mir ja mal ein Bild machen, ob er gut genug ist für dich.«

»In Ordnung, aber halte dich zurück und überlass das Reden mir. Er ist ein Psychoanalytiker, und zwar ein sehr guter. Deine Biker-Nummer wird er ganz schnell durchschauen. Manchmal ist er auch eifersüchtig, aber er ist zu wohlerzogen und wird dich nicht direkt angehen. Unterschätze ihn ja nicht.«

Gabe lachte leise vor sich hin. »Ich war auch mal eifersüchtig auf dich, aber das ist lange her. Kannst du dich noch daran erinnern, dass du mal mit Freddy Sabattein an seinen geheimen Angelplatz mitgegangen bist und mir nichts davon gesagt hast? Junge, Junge, damals war ich so sauer auf dich. Besonders weil du einen ganzen Eimer von Barschen mitgebracht hast, die wir zum Abendessen gegrillt haben.«

»Stimmt. Damals hast du zwei Tage lang kein Wort mehr mit mir geredet. Okay, bleib einfach locker sitzen, mach einen entschlossenen Eindruck und sag so wenig wie möglich. So wird es besser gehen, als du denkst, glaub mir.«

Gabe grinste sie bloß an und feixte wegen der Zwickmühle, in die sie geriet. Claire reagierte nicht weiter darauf, und beobachtete, wie sich der weiße Range Rover von Black näherte, wie sie es erwartet hatte. Sie überquerte den Landungssteg, um ihm entgegenzugehen und ihn nach Möglichkeit von Gabe fernzuhalten.

Der Maskenmann

Malefiz wollte die beiden Kinder seiner ehemaligen Freundin vorerst im Haus seines Komplizen festhalten, bis sein Terrorlabyrinth fertiggestellt war. Sobald er mit ihnen das Haus erreicht hatte, schleppte er die Kinder vor einen Voodoo-Altar, den er extra aufgebaut hatte, um den Opfern, die in ihre Fänge gerieten, Todesangst einzujagen. Zuerst fesselte er die unschuldigen, immer noch betäubten Kleinen an Händen und Füßen mit Klebeband an Gartenstühle. Sein Hass gegen sie war fast genauso stark wie gegen ihre ermordeten Eltern. Aber sie würden ihm wenigstens Freude bereiten. Aber eins nach dem anderen. Mit der batteriebetriebenen Tätowiermaschine, die er einst ganz billig in Bombay erworben hatte, machte er sich zuerst an dem Mädchen zu schaffen. Ihre Arme hatte er so an die Stuhllehnen geklebt, dass die Handinnenflächen nach oben zeigten. So konnte er sein Veve auf die Innenseite ihres Handgelenks tätowieren. Er hatte sich vorgenommen, alle seine künftigen Opfer in dieser Weise zu brandmarken. Das war seine Gabe an seine Loa. Mit Sicherheit würde Papa Damballah hocherfreut sein, sein Symbol an solche einem jungen, unschuldigen Menschenwesen zu sehen, und die Opfer, die ihm dargebracht würden, segnen.

Für den Jungen, diese kleine Missgeburt, die ihm sein Leben vermasselt hatte, hatte er sich eine Sonderbehandlung ausgedacht. Er zog dem Jungen das Sweatshirt aus, legte ihn auf den Boden und tätowierte sorgfältig dessen Handgelenk. Damit stand er nun voll und ganz im Besitz von Malefiz, genau wie seine Schwester. Solange sie noch lebten, würden sie ihm allein gehören; das konnte noch längere Zeit dauern, vielleicht aber auch nur noch wenige Stunden. Das hing davon ab, wie viel Freude sie ihm bereiteten. Er war jetzt genauso allmächtig wie sein Schutzgott Loa.

Nachdem er die Widmung an Papa Damballah eintätowiert hatte, band er dem Jungen die Hände mit einem Strick zusammen und warf das andere Ende über einen der Deckenbalken in dem Folterkeller. Er zog ihn so weit hoch, dass er stehen konnte, wenn er wieder zu sich kam. Beide Kinder waren immer noch stark betäubt; sie hatten seit dem Abtransport keinen Muskel gerührt. Sehr gut, so sollte es sein. Mit einem Feuerzeug entzündete Malefiz die weißen Kerzen rund um den Altar; anschließend schminkte er sich hinter einem Wandschirm in aller Ruhe das Gesicht mit schwarzer und weißer Farbe.

Als er wie ein grinsender Totenschädel aussah, verschüttete er reichlich Maismehl auf dem Boden und zeichnete hier das gleiche Veve ein, das er den Kindern auf die Arme tätowiert hatte. Sie rührten sich nach wie vor nicht, das ging ihm allmählich auf die Nerven. Vor lauter Ungeduld, endlich mit dem Spiel zu beginnen, hätte er sie beinahe wach gemacht, aber er besann sich. Es hätte keinen Zweck gehabt, wenn sie noch schläfrig unter den Nachwirkungen der Betäubung standen. Er wollte, dass sie Furcht, Schrecken und Verzweiflung bei vollem Bewusstsein erleben, er wollte sie zittern und leiden und um Gnade flehen sehen.

Also begab er sich wieder hinter den Wandschirm, wo er sich hinsetzen und die beiden beobachten konnte. Außerdem hatte er einen Riesenhunger. Da er so eifrig bei der Sache gewesen war, seine große Vendetta vorzubereiten, hatte er das Mittagessen übergangen. Nun war genügend Zeit, sich aus dem Kühlschrank mit etwas zu essen und eiskalter Cola zu bedienen.

Zu guter Letzt kam als Erster der Junge zu sich und versuchte verzweifelt, aber vergeblich, sich aus den Fesseln zu befreien. Malefiz sah zu, wie das Seil ins Schwingen geriet und er hörte die gedämpften Hilfe- und Schreckensschreie unter dem mit Klebeband verschlossenen Mund. Vor allem aber gefiel ihm der panische Blick in den Augen des Jungen, die auch noch von dem großen Spiegel reflektiert wurden, den er extra aufgestellt hatte, damit der Junge selbst sein Verhängnis mit eigenen Augen sehen konnte, vor allem nachdem er sich so weit wand und drehte, dass er auch seine kleine, an den Stuhl gefesselte Schwester erkennen konnte. Mit gedämpftem Schreien und Stöhnen versuchte er, sie zu wecken, aber das Mädchen rührte sich immer noch nicht.

Malefiz stülpte seine rote Teufelsmaske über und trat hinter dem Wandschirm hervor, damit der am Seil baumelnde Junge ihn sehen konnte. Er trat nahe an den Zwölfjährigen heran und packte ihn grob an den Haaren. Der junge Gefangene versuchte, sich freizustrampeln, und kickte mit den Füßen. Es würde bestimmt nicht leicht werden, mit diesem Bürschchen fertig zu werden, aber gerade das gefiel ihm – die Herausforderung. Der Junge hatte Schneid; das hatte er von seinem Vater. Malefiz griff sich die neunschwänzige Katze, die Lederpeitsche, die er sich aus Schanghai mitgebracht hatte, und klatschte sie in der offenen Hand. Wieder trat er nahe heran und beobachtete, wie die Augen des Jungen entsetzt hervortraten. Er sprach in dumpfem Flüsterton auf ihn ein.

»Du lernst jetzt deinen neuen Daddy kennen, Kleiner. Du wirst mit deiner kleinen Schwester da von nun an bei mir leben und wir werden jede Menge Spaß zusammen haben. Und soll ich dir noch was sagen? Du wirst von nun an genau das tun, was ich dir sage, sonst wird deine kleine Schwester dafür büßen. Hast du das verstanden? Dann werde ich nämlich sie hier an deiner Stelle baumeln lassen, kapiert? Verstehst du, was ich dir sage?«

Der Junge strampelte hektisch, aber vergebens und blickte wild um sich, aber nach kurzer Zeit beruhigte er sich wieder und hing einfach nur schlaff am Seil.

»Hast du schon mal den Spruch von den ›Sünden der Väter‹ gehört, mein Sohn? Aus diesem Grund bist du hier. Und aus diesem Grund werde ich jetzt auf dich eindreschen, bis das Blut spritzt. Verstanden? Also halt gefälligst still. Die Zeit für deine erste Tracht Prügel ist gekommen.«

Voller Vorfreude holte Malefiz aus und ließ die Peitsche durch die Luft zischen. Er hatte die entsprechende Bewegung schon an streunenden Hunden eingeübt, und schon das hatte ihm gefallen und es war eine gute Übung. Der Peitschenhieb traf den Rücken des Jungen genau in der

Mitte und hinterließ einen langen, roten Striemen, genau wie Malefiz es sich vorgestellt hatte. Der Junge bäumte sich auf, schrie aber nicht. Also verpasste er ihm einen zweiten, härteren Streich.

Malefiz beobachtete genüsslich, wie nun das Blut aus der offenen Wunde sickerte, wie Wasser, das von einer Mauer tropft. Der Junge stöhnte, aber er bettelte und winselte immer noch nicht so, wie Malefiz das wollte. Also peitschte er ihn wieder und wieder, wobei er ihm ein hübsches Zickzack-Muster auf den Rücken brannte. Lächelnd hielt er einen Moment lang inne. Er spürte nach, wie sich in seinem Innern ein Gefühl tiefer Befriedigung ausbreitete. Jawohl, es fühlte sich wunderbar an, seiner Rache endlich freien Lauf zu lassen. Der Junge würde schon noch irgendwann um Gnade winseln. Ganz bestimmt. Malefiz würde so lange nicht aufhören, bis es so weit war.

Während der ganzen folgenden Woche hielt Malefiz die beiden Kinder in dem dunklen, feuchten Keller eingesperrt. Damit er tagsüber zur Arbeit gehen konnte, flößte er ihnen starke Beruhigungsmittel ein. Der von ihm begangene Doppelmord an den beiden Eltern machte in allen Zeitungen Schlagzeilen und sämtliche Fernsehsender in New Orleans berichteten darüber. Die Menschen waren entsetzt und verängstigt. Bei der Polizei herrschte Hochalarm und es wurde ein Ausgehverbot für Kinder verhängt. Es wurde eine Großfahndung nach dem Täter veranstaltet; Malefiz musste das Spiel mitspielen und so tun, als wäre auch er traurig darüber, was dieser Familie zugestoßen war. Darin lag eine gewisse Ironie. Aus dem ganzen Bundesstaat waren Fahndungsteams angefordert worden, um nach den beiden verschwundenen Kindern zu suchen, doch er war nicht im Mindesten beunruhigt.

Sie hatten keine Chance, sie zu finden. Das alte Haus seines Killerkumpans befand sich auf einem großen Privatgrundstück in ziemlich isolierter Lage am Ortsrand und am Ufer des Flusses; es war von einer hohen, überwachsenen Mauer umgeben. Nur wenige Menschen kannten das Grundstück überhaupt. Selbst wenn jemand in die Nähe käme, würde niemand einen Verdacht schöpfen, denn die Kinder waren im ehemaligen Rübenkeller in Holzkisten mit Luftlöchern versteckt und sie waren tagsüber sediert. So brauchte er sich keine Sorgen zu machen. Er musste nur abwarten, bis sich die Wogen glätteten. Dann konnte er sie nach oben holen, wo er ein Minilabyrinth für sie aufgebaut hatte. In dieser Geisterbahn sollten sie herumtollen, nur dass der Terror hier echt war. Aber selbst wenn der für ihn schlimmste Fall eintreten sollte und es der Polizei gelänge, das Versteck der Kinder ausfindig zu machen, würde er nie als der Mörder der Eltern und Kidnapper der Kinder überführt werden können. Dafür hatte er gesorgt. Die Kinder würden sein Gesicht nie zu sehen bekommen.

Nur nachts, wenn er nicht arbeiten musste, kam er zu diesem Haus des Schreckens, wo er die Kinder durch das mit Brettern vernagelte Erdgeschoss jagte; dann sprang er plötzlich aus einer dunklen Ecke hervor und packte das Mädchen. Ihr Bruder führte sich tapfer als ihr Beschützer auf und übernahm die ihr zugedachten Auspeitschungen. Das war ihm durchaus recht. Malefiz' ehemalige Freundin und seine große Liebe wäre nach seinem Gefängnisaufenthalt bestimmt wieder zu ihm zurückgekehrt, wenn sie nicht in der Zwischenzeit von dem Vater des Jungen geschwängert worden wäre. Dann war der Junge auf die Welt gekommen, und wegen diesem kleinen Satansbraten band sie sich endgültig an den anderen Mann.

Manchmal holte er auch nur die kleine Schwester nach oben, zog sie an den Haaren oder schüttelte sie kräftig, sodass sie anfing, hysterisch zu schreien und zu weinen, denn er wusste, dass dies ihren Bruder noch mehr quälte als die täglichen Auspeitschungen. Aber ansonsten tat er dem Mädchen nicht wirklich weh. Sie war ein wirklich hübsches, süßes kleines Ding. Nur ab und zu verpasste er ihr eine Ohrfeige, damit sie die Klappe hielt und ihm gehorchte. Sie reagierte nur, indem sie ihm ängstlich auswich, heulte und ihn anflehte. Das war keine Freude für ihn. Da gefiel ihm der Bruder wesentlich besser. Er verfügte über so viel Mumm und Zähigkeit. Tapferer kleiner Kerl.

Auch wenn er den Jungen nach wie vor hasste, hatte er mittlerweile Respekt vor dessen Mut. Egal wie oft er ihn peitschte, der Junge biss die Zähne zusammen und bat nie aufzuhören. Das war immerhin sehr beachtlich. Malefiz war sich nicht einmal sicher, ob er sich so verhalten würde, wenn er selbst dermaßen ausgepeitscht würde. Aber er traktierte ihn immer nur so lange, bis der Junge kurz davor war, ohnmächtig zu werden. Anschließend behandelte er sorgfältig dessen Wunden, gab ihm Schmerzmittel und ließ ihn eine Weile in Ruhe, damit er sich erholen konnte. Er wollte ihn nicht totprügeln. Vielleicht würde er die beiden eines Tages sogar freilassen, als Belohnung für die viele Freude, die sie ihm bereiteten.

Eines Abends zwang er sie in einen Tunnel, den er aus

aneinandergeschweißten Ölfässern fabriziert hatte. So konnte er immer wieder unverhofft auf das dröhnende Metall schlagen und die Schreckensschreie des Mädchens hören. Außerdem beobachtete er die beiden durch winzige Löcher, die er in die Seitenwände gebohrt hatte. Außerdem gab es an anderen Stellen Löcher, durch die er spitze Stöckchen schob, mit denen er sie in die eine oder die andere Richtung treiben konnte. Mit solchen Spielchen amüsierte er sich köstlich und die beiden wurden von Tag zu Tag zahmer.

Nachdem die Polizei einen Monat lang vergeblich nach den Kindern gesucht hatte, hatte er keine Bedenken mehr, eines Tages entdeckt zu werden. Die aufwendige Fahndung hatte nichts erbracht, die Polizei war mit ihrem Latein am Ende und nicht der leiseste Verdacht war auf ihn gefallen. In dieser Hochstimmung angesichts des makellosen Erfolgs seines ersten Doppelmords samt Kindesentführung fuhr er eines Nachts mit dem Boot zum Haus, um neue Spielchen mit den beiden zu treiben. Sein Herz klopfte schon ganz wild vor Aufregung und Vorfreude, als er mit seiner Teufelsmaske auf dem Kopf die Kellertreppe zu seinen Spielgefährten hinabstieg. Heute sollte es für sie eine ganz neue Überraschung geben, nämlich eine Wasserschaukel, die er inzwischen zusammengezimmert hatte, um sie in eiskaltes Wasser einzutauchen.

Er schloss die Kellertür auf. Zu seinem Entsetzen waren die Kinder verschwunden. Sie mussten geflohen sein! Nach kurzer, hektischer Suche entdeckte er ein paar lose Bretter an einem Fenster. Der Junge musste irgendein

Werkzeug gefunden haben, mit dessen Hilfe er es aufgestemmt hatte. Malefiz lehnte sich hinaus und sah sie im Mondlicht gerade noch über den alten Friedhof am Rande des Sumpfes wegrennen. Er lief ins Haus, holte sein Gewehr und rannte hinterher. In einiger Entfernung konnte er ihre Umrisse ausmachen, wie sie um ihr Leben liefen. Sie würden nicht weit kommen, auch der Junge nicht, mit den Verletzungen, die er bei der Auspeitschung am gestrigen Abend abbekommen hatte. Malefiz konnte es kaum fassen, dass er überhaupt schon in der Lage war aufzustehen, die Bretter aufzustemmen und so schnell zu rennen. Dann, mit einem Mal, war es so, als hätten sich die beiden in Luft aufgelöst.

Fieberhaft suchte Malefiz alles ab. Aber es war auch nichts zu hören gewesen, kein Aufplatschen im Wasser, kein Keuchen oder das Stampfen von Fußtritten. Dann kam ihm in den Sinn, dass sie sich wahrscheinlich irgendwo hinter den Grabsteinen versteckten. Er betrat den Friedhof und blieb eine Weile ganz still stehen, um in die stille Nacht zu lauschen. Erst hörte er nur den Wind in den Bäumen und das ferne Rauschen des Flusses. Aber dann tönte doch noch ein anderer Laut daher, ein leises Wimmern, ganz in der Nähe. Sie versteckten sich in einem der verfallenen Mausoleen. Er folgte dem wimmernden Ton, riss eine der Holztüren auf und richtete den Strahl der Taschenlampe ins Innere. Das hockte das Mädchen in einer Ecke und bedeckte sein Gesicht mit den Händen. Aber der Junge war nicht dabei. Er war entwischt. Wahrscheinlich nahm er an, dass er seine kleine Schwester gut versteckt hatte, während er Hilfe holte.

Fluchend packte er das Kind und zerrte es zum Haus zurück. Verdammt, nun musste er sie loswerden. Der Junge würde es kaum schaffen, lebend aus den Sümpfen herauszukommen, nicht in seinem Zustand, nicht mit diesen blutenden Wunden und nicht angesichts der vielen Alligatoren, die sich da in den beinahe stehenden Gewässern tummelten. Er würde es niemals bis in die Stadt schaffen. Höchstwahrscheinlich würde der Junge ein Festmahl für die Alligatoren, aber Malefiz musste sichergehen. Daher legte er seine Hände an den Hals des Mädchens und gab dem Kopf einen festen Ruck. Ihr zartes Genick zerbrach mit einem kurzen Knirschen der Wirbelknochen, aber völlig schmerzlos. Er trat an den Rand des Gewässers und warf ihren kleinen Leichnam in das ruhige, trübe Wasser. Es würde nicht lange dauern, bis die Alligatoren sie fanden. Er wartete eine kleine Weile, bis ein großer Alligator auftauchte; er zog sie unter Wasser. Verdammt. Er hatte nie vorgehabt, das Mädchen umzubringen, denn er mochte sie inzwischen wirklich, so süß war sie trotz der Umstände. Ihr Bruder war schuld daran, dass er sich zu dieser schrecklichen Tat gezwungen sah.

Nun war die Jagd auf den Jungen eröffnet. Der große Bruder musste auch dran glauben, sobald er ihn zu fassen bekam. Das musste eben so sein. Allmählich war ihm der hartnäckige Widerstand des Jungen sowieso lästig geworden. Der Bursche konnte nicht weit sein, nicht in dieser körperlichen Verfassung. Malefiz machte sich mit seiner Taschenlampe und dem Gewehr in der Hand auf den Spuren des Jungen auf die Pirsch. Der freche Kerl musste rechtzeitig vor Morgengrauen erledigt sein, denn Malefiz musste pünktlich um neun zur Arbeit erscheinen, andernfalls würde sein Gehalt gekürzt.

16

Nick Black war ziemlich geladen, weil er mitten in der Nacht die ganze Strecke von New Orleans bis tief in die Bayous fahren musste, um nach Claire zu sehen. Er stellte seinen schwarzen Range Rover direkt neben ihrem weißen ab und stellte den Hebel auf Parken. Dass Claire sich allem Anschein nach in das Hausboot verkrochen hatte, überraschte ihn keineswegs. Er wusste, sie sehr sie daran hing, und konnte sich nach den vorangegangenen Ereignissen leicht vorstellen, dass sie sich zurückziehen und über alles nachdenken wollte.

Allerdings befand sich das Boot auch in einer abgelegenen und ziemlich düsteren Ecke und die unmittelbare Umgebung war kürzlich Schauplatz eines schaurigen Verbrechens gewesen. Deswegen war es ihm lieber, sich trotz der Entfernung gleich auf den Weg zu machen, um sicherzugehen, dass sie nicht inzwischen das Mordopfer Nummer zwei geworden war. Allerdings hatte er mit Sicherheit nicht damit gerechnet, sie hier draußen in Gesellschaft eines anderen Mannes zu finden. Das passte ihm natürlich überhaupt nicht, aber er kannte sie gut genug, um sich zu beherrschen. Wenn er deswegen ihr gegenüber ausrastete, brachte sie es fertig und verschwand mit diesem anderen Typen, wer auch immer das war.

Nachdem er aus dem SUV geklettert war, schlenderte er hinüber zum Landungssteg, wo Claire ihn bereits erwartete. Ihr unbekannter Gast war lässig in seinen Stuhl gelümmelt auf dem Oberdeck sitzen geblieben. Wahrscheinlich war dies keine unkluge Vorsichtsmaßnahme angesichts des sehr erhitzten Gemüts von Nick. Soweit er es erkennen konnte, beobachtete der Typ sie beide sogar mit feixender Miene. Nicks unverhofftes Auftauchen schien ihn mitnichten beunruhigt zu haben.

»Hallo, mein Schatz. Ich war mittlerweile doch etwas beunruhigt und dachte mir, ich sehe mal nach dem Rechten. Wie es aussieht, gibt es noch andere, die dir heute Abend Gesellschaft leisten. Und vielleicht warst du doch gar nicht so einsam, wie ich dachte, als ich verreist war.«

»Woher wusstest du, dass ich ausgerechnet hier bin?«

»Vielleicht kenne ich dich einfach zu gut und weiß, wie du tickst.« Er schaute zu dem Typ am Oberdeck hoch. Nach seinem Eindruck sah der Mann wie eine Witzfigur auf dem Weg zu einem Kostümfest aus. »Wer ist denn der Johnny Depp da oben? Ich kann mich gar nicht an ihn erinnern.«

»Das ist ein alter Freund von mir.«

»Willst du uns nicht miteinander bekannt machen? Wie du weißt, freue ich mich immer, wenn ich alte Freunde von dir kennenlerne.«

»Weißt du was, Black? Fahr einfach wieder nach Hause und schlag dir alles aus dem Kopf, was dir gerade durch den Kopf geht. Wir können uns gerne später über alles unterhalten, aber jetzt solltest du schlicht und ergreifend von hier verschwinden. Ich komme in ein, zwei Stunden nach.«

Das könnte ihr so passen. »Was soll das, Claire? Soll das eine Retourkutsche sein, weil ich Jude auf die Geburtstagsparty eingeladen habe? Das sieht dir doch gar nicht ähnlich. Oder hältst du etwas vor mir geheim, was ich eigentlich wissen sollte?«

Claire sah ihn verärgert an und dämpfte die Stimme. »Jetzt hör mir mal zu, Black. Das ist ein ganz alter Freund von mir aus Kindheitstagen und er besucht mich heute Abend völlig unerwartet. Ich habe wirklich nicht mit ihm gerechnet. Er ist einfach so aufgetaucht. Wir wollen uns noch ein bisschen über früher unterhalten, als wir Kinder waren. Das ist wirklich alles. Es handelt sich nicht um einen Exmann, mit dem ich es mir hier gemütlich mache.«

Nick verstand die Anspielung und die Spitze durchaus. Er blickte verärgert auf sie herunter und antwortete ebenfalls mit gedämpfter Stimme: »Das zwischen mir und Jude ist seit Ewigkeiten vorbei, das weißt du ganz genau. Wie ich es dir bereits gesagt habe, war sie sehr in Sorge und fast verzweifelt wegen der Drogenprobleme ihres Stiefsohnes und wollte meinen Rat dazu hören. Das war wirklich alles.«

Claire runzelte die Stirn und es schien ihr ein bisschen peinlich zu sein, dass ihr mysteriöser Gast das ganze Gespräch doch mitbekam. Nick war das herzlich egal. Es war etwas im Busch, und das bedeutete im Allgemeinen, dass Claire sich unnötigen Gefahren aussetzte. Also wollte er unbedingt wissen, was hier vorging. Er glaubte nicht im Geringsten, dass sie ihn betrügen wollte, kein Gedanke daran. Genauso wenig wie er selbst. Dazu war die Bindung zwischen ihnen beiden viel zu stark und tief gehend, und zwar bereits seit Langem. Aber der Typ sah ja fast abartig aus und wirkte zudem ein bisschen gefährlich; außerdem mochte Nick überhaupt nicht die Art, wie er sie beide mit einem wissenden, frechen Grinsen anstarrte. Er schob Claire einfach beiseite und erklomm mit langen Schritten über den Steg das Achterdeck und stieg die Treppe nach oben. Oben angekommen, streckte er die Hand aus. »Hallo, ich bin Nick Black.«

Aus der Nähe wirkte der Mann groß und stark, selbstbewusst und lässig zugleich. Aber er wirkte wie ein schlecht zurechtgemachter Komparse für einen Piratenfilm. Der Mann erhob sich, linst nach Claire, die gerade hinter Black angekommen war, und sagte: »Rocco. Freut mich, Sie kennenzulernen.«

»Rocco – und was noch?«

»Rocco Ramone.«

Nick drehte sich mit einem vielsagenden Blick zu Claire um, der zum Ausdruck bringen sollte: Rocco Ramone der Möchtegern-Pirat? Was soll der Scheiß?

Rocco ließ sich wieder auf dem Stuhl nieder. »Trinken Sie doch ein Bier mit uns, Nick. Es sind noch viele Flaschen im Kühlschrank. Wirklich eiskalt.«

»Ja, ich weiß, denn ich habe sie selbst gekauft und hergeschafft. Also bitte, bedienen Sie sich. Wirklich. Ich habe immer ein Auge darauf, dass es hier an nichts fehlt.«

Bei diesen Worten wanderte Roccos Blick hinüber zu Claire, und langsam erschien ein schiefes Grinsen auf seinem Gesicht. Nick erkannte schlagartig, dass er wie ein eifersüchtiger Ehemann klingen musste, und dann erkannte er zu seinem eigenen Missvergnügen, dass er in der Tat eifersüchtig war. Damit war er sich selbst ganz fremd, denn er sah sich selbst nicht als eifersüchtigen Kleinbürger.

Aber Claire gegenüber hatte er wiederum so starke Gefühle entwickelt, wie er sie vorher bei anderen Frauen noch nie gekannt hatte. Zwar glaubte er nicht, dass zwischen diesen beiden irgendetwas … Anrüchiges vorgefallen war, aber der Gedanke, dass sie mit ihm hier draußen allein war, behagte ihm nicht. Claire seufzte lediglich und resignierte.

»Na gut, wenn's denn sein muss. Setz dich, Black. Du hast die Party jetzt ohnehin platzen lassen. Willst du auch ein Bier?«

Nick nickte, und während sie in die Kombüse ging, setzte er sich zu Rocco an den Tisch. »Wenn ich es vorhin richtig verstanden habe, sind Sie ein alter Freund von Claire?«

»Yep.«

»Eine sehr alte Freundschaft?«

»Uralt.«

Nick lehnte sich zurück gegen das weiche Kissen im Rücken. Er ließ den Blick über das Oberdeck schweifen, lauschte dem sanften Plätschern der Strömung im Bayou und gewann das sichere Gefühl, dass er und Rocco sich niemals gut miteinander verstehen würden. Auch wenn er sich bequem zurücklehnte, war der andere Mann mit Abstand weit mehr relaxt als er selbst. Da die Fenster der Kombüse offen standen, konnte man hören, wie Claire den Kühlschrank öffnete und Flaschen beim Herausziehen gegeneinanderklirrten.

»Also, Rocco, wer zum Teufel sind Sie wirklich?«

»Das ist Ihre Freundin, nicht wahr? Wir waren auch mal eng miteinander befreundet, aber das ist lange her. Sobald sie zurück ist, werde ich mich verabschieden. Unnötigen Ärger mit eifersüchtigen festen Freunden spare ich mir lieber. Nur eines lassen Sie sich gesagt sein: Sollten Sie ihr in irgendeiner Form wehtun, dann bekommen Sie es mit mir zu tun.«

Nick war sprachlos. Nie hätte es jemand bisher gewagt, ihn als eifersüchtig zu titulieren, das war schlimm, und vor allem hätte es niemand gewagt, ihm gegenüber eine derartig direkte Drohung auszusprechen. Roccos Dialekt klang eindeutig nach Cajun, aber mit kultivierter Aussprache, so wie bei ihm selbst. Rocco gab sich große Mühe, seine wahre Identität zu verschleiern. Er wollte als dümmlich und / oder gewalttätig und gefährlich rüberkommen, aber Nick ging jede Wette ein, dass nichts davon stimmte. Nun ja, es konnte sein, dass er unter ganz bestimmten Umständen heftig und sogar mit Gewalt reagierte. Vielleicht waren das Piratenbärtchen und die zur Schau getragene Biker-Fassade in dieser Richtung einzuordnen.

Auf der anderen Seite wirkte Rocco auf ihn wie jemand, der seinen Mann stehen konnte und auf Eventualitäten vorbereitet war. Unter seiner Jacke in der rechten Achselhöhle steckte eine Waffe, vermutlich Kaliber .38, und wahrscheinlich hatte er noch einen Dolch im Stiefelschaft. Nick hatte solche Typen schon kennengelernt, und für ihn gehörte Rocco Ramone in diese Schublade. Höchstwahrscheinlich war er ein Undercover-Agent. Was hatte Claire mit so einem zu schaffen? Und warum wollte sie es ihm gegenüber verheimlichen?

»Machen Sie sich keine Umstände und bleiben Sie noch ein bisschen. Normalerweise komme ich mit Claires

Freunden prima klar. Jedenfalls solange sie nicht auf sie schießen und ins Koma fallen lassen. Dann allerdings lernen sie mich von einer anderen Seite kennen und ich erteile ihnen meine Lektionen. Ich habe den Eindruck, in dieser Hinsicht sind wir auf derselben Wellenlänge.«

Rocco sah ihn unverwandt an, ließ dann aber schlagartig seine proletenhafte und Ich-leg-dich-schneller-um-als-du-zwinkern-kannst-Attitüde fallen. »Ich habe wirklich nicht vor, auf sie zu schießen. Darüber müssen Sie sich keine Sorgen machen. Und ich habe auch nicht vor, mich an sie heranzumachen, falls Sie das beruhigt.«

Mehr würde er aus Rocco nicht herausbekommen. Dessen war sich Nick sicher. Aber er hatte auch alles in Erfahrung gebracht, was er wissen wollte; deswegen musste er nun nicht weiter nachhaken. Er stand auf und ging zur Treppe, weil er sich wunderte, wofür Claire so lange brauchte. Am Anfang der Treppe verharrte er jedoch unvermittelt und drehte sich wieder um. Plötzlich war das Brummen eines Motorbootes zu hören, das in der ruhigen Nacht sehr laut über das Wasser klang. Das Boot schien sehr schnell zu fahren und es hatte den Anschein, als ob es sich direkt auf sie zubewegte. Als es weiter herankam, stand auch Rocco auf und sah zu, wie es sich näherte. Es fuhr am gegenüberliegenden Ufer des Bayou in ungefähr zwanzig Metern Entfernung hinter einer Gruppe von überfluteten Bäumen vorbei.

Da es so dunkel war, konnte er lediglich eine Gestalt am Heck und an dem starken Motor erkennen, die das Boot steuerte. Der Mann hatte wegen der Kälte die Kapuze seiner schwarzen Jacke über den Kopf gezogen. Der Bootsführer winkte im Vorbeifahren herüber, wahrscheinlich ein freundlicher Cajun unterwegs zur Froschjagd. Nick sah noch einen Moment hin und schaute dann die Treppe hinunter, wo er Claire kommen sah.

Dann hörte er einen dumpfen Schlag hinter sich. Irgendwas war auf dem Deck aufgeschlagen. Er wirbelte schlagartig herum und ging in Hocke. Im ersten Moment dachte er, dass Rocco hinter ihm her war und sich auf ihn werfen wollte; womöglich war er doch gefährlicher, als Nick dachte. Aber es war nicht Rocco. Vielmehr starrte Rocco auf einen Gegenstand, der über das Deck auf die Stelle zurollte, wo sie beide noch bis eben an dem Tisch gesessen waren. Beiden waren einen Moment lang starr vor Schreck, dann landete noch so eine Ding auf dem Deck, keinen Meter von Nick entfernt.

»Granaten!«, schrie Rocco und versuchte über die Reling ins Wasser zu springen.

Nick segelte im Sturzflug die Treppe hinab und landete auf dem Deck darunter. Aber er kam schlecht auf und rollte sich über die Schulter wieder auf die Beine, fast unmittelbar vor Claire. Sie beobachtete völlig baff mit drei Bierflaschen in der Hand, was für unerwartete Turnübungen er hier vollführte. Aber er warf sich beinahe auf sie, packte sie und mit diesem Schwung durchbrachen sie die Reling. Praktisch in der gleichen Sekunde, als die erste Handgranate explodierte, schlugen sie auf dem Wasser auf. Der Knall war ohrenbetäubend, es regnete rundherum Holz- und Glassplitter.

Die zweite Handgranate ging in dem Moment hoch, als sie gerade abtauchten und gleich etwas unsanft auf den

Schlamm am Grunde des Bayou stießen. Dann strampelten sie wieder an die Wasseroberfläche und als sie gerade wieder Luft geschöpft und etwas abgehustet hatten, explodierte der Gasbehälter am Heck mit einem gewaltigen Donnerschlag und ein gigantischer Feuerball erhellte blendend den Nachthimmel. Das ganze Hausboot hatte sich schlagartig in einen Trümmerhaufen verwandelt, aus dem orangerote Flammen in den Himmel schossen wie bei einem Höllenfeuer.

Claire hielt sich mit Wassertreten an der Oberfläche. Im Schein der Flammen wirkte sie wie unter Schock, aber im Großen und Ganzen unversehrt. Sie blutete ein bisschen aus der Nase, aber sie atmete normal und konnte Arme und Beine bewegen. Black hielt über die Trümmer hinweg nach Rocco Ausschau und entdeckte ihn schnell, wie er in etwa anderthalb Metern Entfernung an der Wasseroberfläche trieb. Nick war selbst noch ein wenig wie betäubt, es dröhnte ihm in den Ohren und er musste zwinkern, weil ihm Blut von der Braue oder von der Stirn ins linke Auge rann. Mit ein paar Schwimmzügen war er bei Rocco, der zwar lebte, aber bewusstlos war. Es gelang Claire und ihm, ihn zu packen und ihn irgendwie ans Ufer zu zerren.

Nachdem sie das geschafft hatten, rollten sie erst einmal keuchend vor Erschöpfung für ein paar Sekunden auf den Rücken. Claire schien zu benommen zu sein, um sprechen zu können. Er kniete neben ihr und untersuchte oberflächlich ihre Arme und Beine nach Wunden. Da war nichts, aber er fand eine Platzwunde am Hinterkopf, allerdings nichts Dramatisches. Er zog sein Hemd aus und riss es in Streifen, sodass er ihren Kopf provisorisch verbinden konnte. Dann wurde ihm bewusst, was für ein ungeheures Glück sie hatten, dass sie gerade noch rechtzeitig von dem Hausboot ins Wasser geschleudert wurden, sonst wären sie im Inferno der Gasexplosion verbrannt. Dann kümmerte er sich um Rocco, der von der Wucht der ersten Granate noch mehr abbekommen haben musste. Vermutlich war er von Trümmerteilen getroffen worden, bevor er ins Wasser tauchte. Er hatte eine Vielzahl von Splitterwunden. Außerdem sah es so aus, als wäre sein linker Arm ausgerenkt, vielleicht sogar gebrochen, jedenfalls lag er in unnatürlichem Winkel. Möglicherweise hatte er auch innere Verletzungen. Es war also gut, dass er gerade bewusstlos war, sonst hätte er wahrscheinlich große Schmerzen. Nick dröhnte der Schädel und nach wie vor rann ihm Blut über die Stirn. Jetzt entdeckte er auch noch eine ziemlich tiefe Fleischwunde am rechten Oberschenkel. Er band ihn mit den Resten seines Hemdes ab. Dann fühlte er sich plötzlich schwindlig, so als würde er gleich ohnmächtig. Er ließ sich auf alle viere hinunter und ließ den Kopf hängen, bis der Schwindel vorbei war.

»Black, Black …« Claire versuchte sich aufzurichten, stöhnte dann aber und ließ sich wieder in den Schlamm fallen.

»Beweg dich nicht, Liebling. Sonst besteht die Gefahr, dass du dir den Kopf anschlägst. Wir müssen einen Krankenwagen herholen.«

»Aber du blutest«, sagte Claire mit schleppender Stimme. Sie runzelte die Stirn, kniff die Augen zusammen und versuchte offenbar, den Blick zu fokussieren. Das

Weiß ihrer Augen hatte sich rot verfärbt; durch die Wucht der Explosion waren die Kapillaräderchen geplatzt. Seine Augen sahen wahrscheinlich genauso aus.

»Ja, aber das sind nur ein paar Schrammen. Bleib ganz still liegen. Tut dir irgendwas am Kopf weh?«

»Ich hab schreckliche Kopfschmerzen. Was ist denn passiert?«

Nick schaute zu Rocco hinüber. Er atmete zwar noch, aber er war sicher in schlechter Verfassung. »Da ist ein Motorboot vorbeifahren. Von dort aus haben sie Handgranaten rübergeworfen.«

Bei dem Stichwort wurde sie hellhörig und richtete sich viel zu weit auf. »Was? Granaten?« Dann fiel ihr ihr Freund wieder ein. »Was ist mit Gabe?«

»Rocco hat's schlimm erwischt. Falls du den meinst.«

Sie richtete sich ganz auf, fasst sich aber unvermittelt mit beiden Händen an den Kopf und schrie auf vor Schmerz. »Wo ist er? Steht es so schlimm?«

»Die erste Explosion hat ihn noch erwischt. Ich muss jetzt vom Telefon im Wagen einen Krankenwagen alarmieren.« Beim Aufrichten fühlte es sich so an, an würde die Hirnmasse gegen den Schädel wummern oder als hätte sich der Hirnstamm gelockert. Er war noch sehr schwach und benommen, aber von ihnen dreien war er noch in der besten Verfassung und musste jetzt dafür sorgen, dass sie in ein Krankenhaus kamen. Vor allem Rocco oder Gabe oder wie immer er in Wirklichkeit hieß brauchte umgehend ärztliche Hilfe. Mit seinem linken Arm war etwas nicht in Ordnung und er blutete aus Nase und Ohren. Nick schiente den Arm mit einem geraden Trümmerstück von den Deckplanken, aber das war wirklich nur äußerst provisorisch.

Immer noch ziemlich benommen, setzte sich Claire auf starrte entsetzt in die Flammen, die unter gelegentlichem Fauchen und Knistern das Hausboot langsam aufzehrten. Nick sah, wie sie auf Händen und Füßen zu dem anderen Mann hinüberkroch und seinen Kopf in ihren Schoß bettete. Da wusste er, dass ihr dieser Typ, wer auch immer das sein mochte, sehr viel mehr bedeutete als irgendeine alte Bekanntschaft von früher. Aber all das war jetzt zweitrangig. Er taumelte zum Wagen, erreichte via Satellitentelefon das Krankenhaus in Thibodaux, identifizierte sich selbst als Arzt, beschrieb die gröbsten Verletzungen und instruierte die Ambulanz hinsichtlich des Treffpunktes auf dem Highway nach Thibodaux.

Als er bei den beiden zurück war, hievte er Rocco so vorsichtig wie möglich, um den linken Arm zu schonen, auf seine Schultern. Er konnte nur beten, dass Rocco keine inneren Verletzungen hatte, also vor allem keine Blutungen im Kopf oder in der Brust. Offenbar war der Schmerz für Rocco nun so groß, dass er davon halb wach wurde und stöhnte. Claire wollte Nick helfen, aber sie stolperte selbst noch unsicher herum und fiel wieder auf die Knie. Sie war noch zu schwach und desorientiert. Es ließ sie, wo sie war, und beeilte sich, Rocco auf den Rücksitz des Range Rovers zu legen. Dann holte er Claire ab und schnallte sie auf dem Beifahrersitz fest. Sie lehnte ihren Kopf an die Stütze, schloss die Augen und fiel in eine kleine Ohnmacht.

Nick befürchtete vor allem anderen, dass sie eine weitere Gehirnerschütterung erlitten haben könnte, und er wusste nur zu gut, was das in ihrem jetzigen allgemeinen Zustand anrichten konnte, da sie sich gerade erst von dem Koma als Folge der schweren Kopfverletzung erholt hatte. Fluchend aus Ärger über sich selbst, startete er den Motor. Er hätte die Gefahr sofort erkennen und sie schneller aus der Gefahrenzone bringen müssen. Er rammte den Hebel für die Gangschaltung ein, gab Gas, machte eine halbe Kehre, der Kies spritzte nach hinten und zur Seite weg, und er donnerte Richtung Highway zu dem Treffpunkt mit dem angeforderten Krankenwagen. Inzwischen war ihm auch klar geworden, und zwar allzu klar, dass die Handgranaten, die Claire und ihren alten Freund verletzt hatten, auf das Hausboot geworfen wurden, um ihn zu töten, nicht die beiden.

17

Vier Stunden später waren sie wieder alle in Blacks Haus in der Governor Nicholls Street im French Quarter. Sie trugen Verbände, und man hatte sie aus dem Krankenhaus in Thibodaux entlassen. Gabe hatte am meisten abbekommen. Jetzt stand Claire allein neben seinem Bett in dem größten und elegantesten ihrer sieben Gästezimmer. Gabe lag in einem schönen alten Himmelbett aus Mahagoni mit königsblauen Samtvorhängen. Er lag sehr still, war sehr blass, leichenblass. Sie ließ sich in einen der goldfarben und weiß gestreiften Empire-Sessel neben dem Bett fallen und massierte ihre Schläfen. Ihre Kopfschmerzen hämmerten mörderisch. Black war wunderbar gewesen, wie immer, wenn sie ihn brauchte, und hatte ihr immer noch keine Fragen wegen Gabriel LeFevres gestellt. Aber das würde er tun. Und sie würde ihm alles erzählen. Gabe konnte auf keinen Fall mehr undercover arbeiten, jedenfalls nicht bei den Skulls. Das kam gar nicht infrage.

Als Claire sich umdrehte, sah sie Black, der am anderen Ende des Zimmers stand. Er gab der Schwester, die er gerufen hatte, ein paar Anweisungen. Julie Alvarez war eine alte Freundin aus dem Charity Hospital, eine hübsche Frau mit kurzen braunen Haaren, grünen Augen und viel Erfahrung in der Notaufnahme. Im Moment ging es aber nur darum, sie zum Schweigen zu verdonnern. Die Ärzte hatten Gabes Arm geschient – er hatte sich das Schultergelenk ausgekugelt, Ellbogen und Handgelenk waren gebrochen. Ein paar böse Splitterverletzungen an Armen und Brustkorb waren genäht worden. Aber er atmete gut und lag jetzt bequem. Er würde wieder gesund werden, aber bisher war er noch bewusstlos.

Sie hatten alle drei unheimliches Glück gehabt, dass sie die Explosion überlebt hatten. Gabe war schwer verletzt, und Black hatte zwei tiefe Schnitte an der Stirn und am Bein. Ihr war es besser ergangen, weil Black sie mit seinem Körper abgeschirmt hatte. Aber ihm ging es gut. Trotz der Verbände lief er herum und gab Anweisungen. Gott sei Dank. Eine Welle aus Zorn überschwemmte sie, und sie schwor sich im Stillen, dass sie denjenigen kriegen würde, der dafür verantwortlich war. Egal, wie lang es dauerte. Gabe bewegte sich und stöhnte, aber er hatte schwere Beruhigungsmittel bekommen und wurde sofort wieder ruhig.

Als sie sich wieder umsah, war Black verschwunden. Julie saß in einem weißen Sessel am Fenster und beobachtete sie. Claire hatte das Gefühl, dass es Black gründlich reichte. Das konnte sie ihm nicht verdenken, aber sie wunderte sich, dass er ihr noch keine Fragen gestellt hatte.

»Keine Sorge, ich passe gut auf ihn auf«, sagte Julie leise. »Sie sollten sich ausruhen. Nick ist auch am Ende, er wartet sicher schon auf Sie.«

»Sie wissen, dass niemand von Gabe erfahren darf, nicht wahr, Julie?«

»Aber sicher. Nick hat es mir deutlich gesagt.«

Claire schaute noch mal auf Gabe herunter. Die Schwester im Krankenhaus hatte ihm das lächerliche Augen-Make-up abgewischt und den geflochtenen Bart abgeschnitten. Jetzt sah er schon wieder fast normal aus.

»Sie stehen sich sehr nahe, nicht wahr?«, flüsterte Julie ihr zu.

»Er ist wie ein Bruder für mich.«

»Genauso geht es mir mit Nick. Das dürfen Sie ihm auch ruhig sagen. Ich glaube, er ist ziemlich aufgebracht wegen heute Abend.«

Claire sah sie an. Julie hatte natürlich recht. »Wenn er aufwacht und nach mir fragt, sagen Sie mir Bescheid, nicht wahr?«

»Selbstverständlich. Aber Nick hat ihm ein starkes Beruhigungsmittel gegeben, ich glaube nicht, dass er vor morgen früh aufwacht. Und das ist gut so, denn wenn er zu sich kommt, wird er Schmerzen haben.«

Claire sah Gabriel noch einmal an, dann ging sie den langen Marmorflur hinunter zu dem runden Schlafzimmer, das sie mit Black teilte. Dort saß er in einem großen braunen Ledersessel vor dem offenen Kamin. Er trug immer noch das grüne Zeug, das man ihnen im Krankenhaus gegeben hatte, nachdem sie geduscht und sich den Schlamm und das Blut abgewaschen hatten. Sie sah ihn im Profil; er starrte regungslos in den Kamin, wo ein lebhaftes Feuer knisterte. Er hatte ein Glas Chivas in der rechten Hand und stützte den Ellbogen auf die Armlehne. Das Glas war fast leer. Ein wenig Blut war durch das Pflaster über seinem Auge gesickert. Er saß ganz still. Wenn er nicht da gewesen wäre, dann wären sie und Gabe jetzt wohl tot. Oder viel schwerer verletzt.

Sie blieb für einen Moment auf der Schwelle stehen. Jules Verne schlief zusammengerollt mitten auf dem runden Himmelbett, nachdem er unablässig gebellt hatte, als sie Gabe auf der Trage hereingebracht und im Gästezimmer untergebracht hatten. Pudelstress. Jetzt war es ganz still hier, nur ein Vogel zwitscherte draußen, und die Vorhänge vor dem bodentiefen Fenster bewegten sich im Wind, der das Zimmer mit kühler frischer Luft erfüllte. Sie konnte den Brunnen unter dem Balkon hören. Juan und Maria hatten ihnen geholfen, Gabe in seinem Zimmer hinzulegen, aber dann hatte Black die beiden angewiesen, zurück ins Bett zu gehen und zu schlafen. Allmählich dämmerte der Morgen, sie konnte das graue Licht schon sehen. Aber die Stadt außerhalb ihrer Mauern war noch ruhig.

Sie stand da, spürte ihren Kopfschmerzen nach und sah Black. Sie war so froh, dass er wieder bei ihr war. Und es tat ihr so leid, dass er verletzt war, wieder einmal ihretwegen. Vielleicht hatte er bald genug von ihr und den Gefahren, die ihr Job mit sich brachte. Aber bis jetzt hatte er noch nichts gesagt. Und er hatte ihr und Gabe das Leben gerettet. Sie ging durch das Zimmer und blieb vor ihm stehen. Er schaute auf zu ihr, die Augen von der Druckwelle blutunterlaufen, ein dunkler Bartschatten auf den Wangen. Er sah so müde, so erschöpft aus, dass sich ihr Herz bei dem Anblick zusammenzog. Sie setzte sich auf seinen Schoß, vorsichtig, um ihm nicht wehzutun, und nahm ihn in die Arme, küsste seinen Scheitel.

»Es tut mir leid, Black. Es tut mir so leid, dass dir jemand wehgetan hat. Dass du da reingeraten bist.«

Seine nächsten Worte kamen gedämpft, aber sie berührten sie tief. »Was auch immer ich tue oder versuche zu tun, irgendwie finde ich keinen Ort, an dem du in Sicherheit bist.«

Sie legte ihre Handflächen an seine Wangen und hob sein Gesicht an. »Du bist mein sicherer Ort, Black. Du, hier, jetzt und immer.«

Er umarmte sie fester und zog sie an sich. Sie fuhr mit den Fingern durch seine dichten Haare und sagte ihm, wie sehr sie ihn liebte. So etwas sagte sie ihm nicht oft. Eine Weile sprachen sie dann gar nicht mehr, bis er sie ein Stück zurückschob, um ihr in die Augen zu sehen. »Wir können so nicht weitermachen, Claire, das ist dir klar, oder? Irgendwann geht einer von uns dabei drauf. Diesmal war es echt knapp, ist dir das eigentlich klar?«

Er war todernst, fast verzweifelt. Sie wusste nur zu genau, dass sie um Haaresbreite einem schrecklichen Tod entgangen waren. »Ja, das ist mir klar. Und ich weiß auch, wenn du nicht gekommen wärst, dann wären Gabe und ich jetzt höchstwahrscheinlich tot. Aber ich habe noch keine Ahnung, was da eigentlich passiert ist. Ich habe da draußen mit keiner Gefahr gerechnet, das schwöre ich dir. Eigentlich vermute ich, dass es um Gabe ging und nicht um mich. Wir beide, du und ich, wir waren nur zur falschen Zeit am falschen Ort. Er hat undercover mit den Skulls zu tun, einer Bikergang hier in New Orleans.« Sie hielt inne, atmete tief durch und schloss für einen Moment die Augen. »Sie müssen was rausgekriegt haben und ihm gefolgt sein. Wir haben überhaupt nicht damit gerechnet. Er war auch noch nicht lange da, als du kamst. Wirklich, Black. Gabe ist ein uralter Freund, ich kenne ihn seit meiner Kindheit und brauchte jemanden, auf den ich mich verlassen kann. Das ist alles, und mehr ist da auch nie gewesen.«

Black nickte ganz leicht. »Okay, ich will jetzt nicht weiter darüber reden. Lass uns ins Bett gehen, dann nehme ich dich in den Arm und wir versuchen ein bisschen zu schlafen. Morgen, wenn wir ausgeruht sind und wieder geradeaus denken können, müssen wir darüber reden, wie es weitergeht. Aber jetzt lass uns schlafen. Es war ein langer Tag für uns beide.«

»Klingt nach einem guten Plan.«

Sie standen auf, zogen sich aus und schlüpften in das weiche Bett. Er legte ihr den Arm um die Taille und zog sie eng an sich. Dann schlief er fast augenblicklich ein, seine Wange auf ihrem Kopf. Claire hatte nicht so viel Glück, aber sie lag warm und zufrieden in seinem Arm, sehr glücklich, einfach mit ihm zusammen zu sein, seinen Herzschlag zu hören und sich wieder sicher zu fühlen. Erst als es schon fast hell war, schloss sie die Augen und schlief wie tot, mit düsteren, verwirrenden Träumen voller Flammen und Glasscherben und Gabes Stöhnen.

Als sie wach wurde, war es früher Nachmittag. Sie lagen immer noch eng aneinandergeschmiegt im Bett, aber ihr Kopf tat nicht mehr weh. Sie zog sich zurück, stützte sich auf einen Ellbogen und betrachtete Black. Er schlief noch, den rechten Arm über dem Kopf wie immer. Aber er war schon mal auf gewesen, war im Bad gewesen und dann den Flur hinuntergegangen, wahrscheinlich, um nach Gabe zu schauen. Sie war wieder eingeschlafen, bevor er zurückkam. Jetzt glitt sie leise aus dem Bett, prüfte Arme und Beine und stellte fest, dass sich ihr Körper anfühlte wie nach einer stundenlangen Folter auf dem Streckbett. Sie ging ins Bad, wusch sich das Gesicht und putzte sich die Zähne. Eigentlich hätte sie gleich duschen und sich anziehen können, aber dazu hatte sie keine Lust, nicht jetzt schon. Sie fühlte sich zerschlagen und erschöpft, und sie wollte sich diesem Tag noch nicht stellen. Ebenso wenig wie der ernsten Diskussion, die Black mit ihr führen wollte.

Allem Anschein nach war er nun doch an einem Punkt angelangt, wo er die Gefahren nicht mehr ertrug, in die sie ihn unabsichtlich, aber immer wieder brachte. Sie wusste nicht, warum ihr ständig so Schreckliche Sachen passierten, und sie wollte über die Gründe auch nicht nachdenken. Aber ein Leben ohne Black wäre das schrecklichste überhaupt. Er gehörte zu ihrem Leben, das konnte sie jetzt endlich zugeben.

Sie schlüpfte wieder unter die Decke und lag bei ihm, schaute seinem Atmen zu und versuchte, möglichst wenig nachzudenken.

Nachdem sie noch eine Weile gedöst hatte, beschloss sie, es wäre Zeit, zu duschen und sich anzuziehen und nach Gabe zu schauen. Aber als sie versuchte, aus dem Bett zu gleiten, schlossen sich Blacks Finger fester um ihren Arm. »Hm-hm«, machte er mit geschlossenen Augen. »Es geht ihm gut, Julie ist bei ihm. Bleib da, ich möchte mir gern noch ein bisschen einbilden, dass die letzte Nacht nur ein böser Traum war.«

Claire kuschelte sich lächelnd an ihn, er umarmte sie und lehnte seine Wange an ihr Haar. »Bist du jetzt endlich bereit, mir zu sagen, wer dieser Kerl eigentlich ist?«

Ja, er hatte ein Recht darauf, es zu erfahren, aber sie

hatte Gabe versprochen, niemandem von ihm zu erzählen. Andererseits hatte irgendein Verrückter versucht, sie alle drei umzubringen. Black musste Bescheid wissen, schon um seiner eigenen Sicherheit willen. Und sie vertraute ihm. Gabe würde das verstehen. Und er würde ohnehin nicht zu den Skulls zurückkehren.«

»Er arbeitet undercover, deshalb habe ich nichts von ihm erzählt. Und deshalb musste ich heute Nacht auch da raus, um ihn zu treffen.«

»DEA oder FBI?«

»DEA.«

»Und woher kennt ihr euch? Habt ihr früher mal zusammen gearbeitet? Oder kennt ihr euch wirklich aus der Kindheit?«

»Er ist ein Freund aus meiner Kindheit, wie ich dir gesagt habe. Zusammen gearbeitet haben wir nie.«

»Und dieses Outfit? Furchtbar!«

»Für ihn war es genau richtig, weil er seit zwei Jahren mit den Skulls mitfährt.«

»Mit dieser Bikergang aus Algiers? Von denen habe ich gehört, und weiß Gott nichts Gutes. Drogenhandel, Zuhälterei und was weiß ich.«

»Er hat sich ihr Vertrauen erworben, sie respektieren ihn. Er ist tougher, als du denkst.«

»Oh, ich habe gar keine Zweifel daran, dass er tough ist. Aber was will er von dir? Arbeitet Lafourche mit ihm zusammen?«

»Nein.« Es ging ihr gegen den Strich, die Vertraulichkeit zu brechen, aber das hier war etwas anderes, Gabe verdankte Black sein Leben. »Wir haben dir die Wahrheit gesagt. Er ist ein alter Freund von mir, sein Name ist Gabe LeFevres, und ich habe als Kind eine Weile bei seiner Familie gelebt. Etwa ein Jahr lang. Es war die einzige Pflegefamilie, wo ich mich wirklich als Familienmitglied gefühlt habe. Und er hat mich beschützt. Er war wie ein großer Bruder für mich. Der große Bruder, den ich ansonsten nie hatte.«

»Dann verdanke ich ihm einiges.«

»Er wird dir gefallen, er ist ein toller Kerl.«

»Hattet ihr mal was miteinander?«

Claire lachte. »Damals waren wir zehn Jahre alt. Er war netter zu mir als irgendjemand sonst, und ich habe ihn geradezu angebetet. Er hat mir gezeigt, wie man angelt und mit einem Luftgewehr schießt.«

»Und heute?«

»Hör auf, Black, das ist alles ewig her. Wir waren wirklich noch Kinder.«

»Und gestern Abend? Hast du was mit seinem Fall zu tun?«

»Nein. Er wollte nur sicherstellen, dass ich seine Tarnung nicht auffliegen lasse. Zee und ich waren ihm durch einen verrückten Zufall begegnet, als wir in einer Bar namens Voodoo River nach dem Bruder unseres Opfers suchten. Da saß er da. Es war ein bisschen heikel, aber Gabe hat es geschafft, seine Kumpels rauszumanövrieren, bevor jemand etwas merkte.«

Black drehte sich so, dass sie sich anschauen konnten. Er betrachtete ihr Gesicht und schien zu überlegen, was er sagen sollte. »Und du meinst, diese Biker haben rausgekriegt, wer Gabe ist, und deshalb Handgranaten nach ihm geworfen?«

»Klingt für mich ziemlich logisch. Wir wissen, dass du nicht das Ziel sein kannst, und dass es jemand auf mich abgesehen hat, in diesem frühen Stadium der Ermittlungen, ist auch sehr unwahrscheinlich. Die Puppe trug mein Gesicht, das schon, aber ich war schon ein paar Mal da draußen, nächtelang. Wenn jemand es auf mich abgesehen hätte, dann hätte er mich leichter kriegen können als mit einer Handgranate, die jede Menge Leute in Gefahr bringt.«

Black runzelte die Stirn. »Wieso warst du allein da draußen?«

»Ich wollte nicht jede Nacht hier runterfahren, deshalb habe ich ein paar Mal auf dem Boot geschlafen. Nicht auszudenken, dass ausgerechnet da draußen etwas passiert.«

»Mir hast du gesagt, du schläfst bei den Christos.«

»Ja, wie auch immer, jedenfalls bleibt nur Gabriel als Zielperson übrig. Sie wollten ihn loswerden. Madonna war seine Kontaktperson, und sie hat gewackelt. Vielleicht hat sie den Skulls was gesteckt und sie haben sie umgebracht und dann Gabe verfolgt. Er hat auf dem Hausboot nach mir gesucht, sagte er.« Sie hielt inne und atmete tief durch. »Vielleicht sind sie ihm bis dorthin gefolgt und haben sich auf die Lauer gelegt. Aber es kann natürlich auch sein, dass ich die Zielperson bin. Der Christien-Fall wird immer seltsamer. Voodoo-Altäre und Totenschädel auf Stöcken und verstümmelte Frauen und unheimliche Embleme, die in Maismehl gezeichnet sind. Wir befragen jede Menge Leute, darunter auch Jack Holliday. Vielleicht sind wir der Wahrheit ein bisschen zu nahe gekommen und machen jemanden nervös.«

»Wie kommst du darauf, dass ich als Zielperson ausscheide?«

Sie sah ihn erschrocken an. »Wie meinst du das? Könntest du dir das vorstellen?«

Black sah sie so eindringlich an, dass sie seine Gedanken lesen konnte.

»Letzte Nacht ist mir klar geworden, dass wir alles auf den Tisch legen müssen, wir zwei. Ernsthaft. Also, es könnte durchaus sein, dass ich die Zielperson war. Ich halte das sogar für sehr wahrscheinlich.«

Claire starrte ihn an, dann setzte sie sich im Schneidersitz auf und schaute ihm ins Gesicht. »Was ist los, Black? Raus damit, in was für Schwierigkeiten steckst du?«

»Ich habe gelogen, als ich behauptet habe, ich fliege nach London. Ist mir nicht leichtgefallen, weder diesmal noch vorher.«

»Du hast mich vorher auch schon angelogen?«

»Nein, nicht wirklich, ich habe dir nur nicht die ganze Wahrheit gesagt.«

»Dann sag sie mir jetzt. Steckst du in Schwierigkeiten?«

»Nicht wirklich.« Er seufzte tief. »Es wird dir nicht gefallen, aber alles kann ich dir jetzt doch nicht sagen. Tatsächlich kann ich nur sehr wenig sagen, und das aus gutem Grund. Ich arbeite ebenfalls undercover, und wir haben uns wohl ein paar Feinde gemacht.«

»Mein Gott. Du bist doch wohl kein Geheimagent?«

»Nein, jedenfalls nicht, wenn du damit klassische Spionage meinst.« Er lachte leise, wurde aber gleich wieder ernst. »Ich helfe bloß manchmal aus, vor allem in meinem Fachbereich. Mehr kann ich im Moment nicht sagen.«

»Mein Gott, du redest von psyops, oder?«

»Vielleicht, vielleicht auch nicht. Mehr kann ich nicht sagen.«

»Oder bist du als Verhörspezialist unterwegs?«

»Nein, das nun definitiv nicht. Hör auf, mir Fragen zu stellen. Niemand weiß davon, Claire. Du verstehst das doch, oder? Niemand darf etwas davon wissen. Deshalb habe ich dir nichts gesagt und deshalb darfst du niemandem etwas sagen. Niemals. Es ist lebenswichtig, deine eigene Sicherheit hängt davon genauso ab wie meine.«

»Und das ist wirklich alles?«

Black wand sich ein bisschen, sodass Claire sofort klar war, es war noch nicht alles. »Du hast gerade gesagt, wir haben uns ein paar Feinde gemacht. Wer ist noch daran beteiligt?«

»Kann ich nicht sagen.«

»Ich will es aber wissen. Ich muss es sogar wissen, Black, das ist nicht fair.«

»Wir sind eine Gruppe von Spezialisten auf verschiedenen Gebieten. Wir arbeiten zusammen, manchmal auch als Einheit, aber in letzter Zeit nicht mehr so oft. Das ist alles, Claire, mehr gibt es nicht.«

»Lass mich raten. Booker und Holliday. Sonst noch jemand?«

»Ich sage nicht, dass die beiden dabei sind, und ich sage nicht, dass sie nicht dabei sind. Himmel, Claire, du willst es nicht wissen, glaub es mir.«

»Hast du darüber letzten Sommer am See mit Booker geredet? Als ich in dein Krankenhauszimmer kam und du sagtest, er würde nach jemandem suchen, der dich tot sehen will?«

Black starrte sie nur an.

»Du bist in Gefahr wegen dieser kleinen verdeckten Psycho-Einsätze?«

»Nicht wirklich.«

Claire hatte das Gefühl, dass er nicht die Wahrheit sagte, aber seine plötzlichen Enthüllungen machten sie auch so schon nachdenklich genug. Nachdem der erste Schock nachgelassen hatte, war sie nicht besonders überrascht. Sie hatte beobachtet, wie er mit Waffen umging, wie wachsam und vorsichtig er stets war. Er wusste, was er tat, und er hatte eine ganze Waffensammlung unten am See. Sie hatte es gesehen. Aber Sachen wie bei Jason Bourne? Oder James Bond? So etwas hatte sie nicht erwartet. Black war eher der James-Bond-Typ, so sanft und raffiniert wie der Spion ihrer Majestät, kein Attentäter wie Bourne. Oder? Himmel! Was sollte sie jetzt denken?

»Bringst du Leute um?«

Black lachte sie schon wieder aus. »Klar. Du solltest mal die ganzen Kerben an meinem Colt sehen.«

»Das ist nicht lustig. Erst wirfst du mir das alles vor die Füße, und dann lachst du darüber?«

Er wurde sofort wieder ernst. »Du wolltest die Wahrheit hören, und das ist die Wahrheit. Ich bin selten wirklich in Gefahr. Das mit der ständigen Gefahr bist du. Aber ich bin froh, dass ich es dir gesagt habe. Ich verberge nicht gern etwas vor dir, weil ich dir vertraue. Und das solltest du wissen.«

Claire hielt sich an dem einen Wort fest. Er sei *selten* in Gefahr, hatte er gesagt. Das klang einigermaßen gut. »Wow, Black, ich weiß gar nicht, was ich sagen soll. Daran muss ich mich erst ein bisschen gewöhnen.«

Für Black schien das Thema damit beendet. Wahrscheinlich würde er nie mehr darüber reden. Er sah sie an. »Nun, ich denke, du hast mir noch eine ganze Menge zu sagen. Denn jetzt bist du dran. Erzähl mir von deinem Fall und lass diesmal bitte nichts aus.«

Claire sah ihn an, immer noch unter dem Eindruck seiner Enthüllungen. Black ein Undercover-Agent? Was kam denn wohl als Nächstes? Sie atmete tief durch und berichtete ihm dann alles über den Fall Christien. Aber im Grunde genommen gab es nicht viel zu erzählen. Sie hatten keine großen Fortschritte gemacht. Dabei fiel ihr ein, sie musste im Büro anrufen und Bescheid sagen, was auf dem Boot passiert war.

»Ich muss Zee anrufen. Und Sheriff Friedewald muss erfahren, dass es im Haus der LeFevres einen zweiten Tatort gibt.«

»Ach nein, jetzt doch nicht! Du schuldest mir was, Claire!« Black umarmte sie fester und drückte seine Lippen an ihre Schläfe. »Wie gesagt, ich habe dich sehr vermisst. Und wenn du mich lässt, zeige ich dir auch, wie sehr.«

Seine Hände waren schon auf ihrer Haut, an Stellen, wo sie sie wirklich gern spürte, kein Zweifel. Aber erst musste sie ihm noch etwas erzählen. Etwas, was sie ihm nicht gern erzählte. Sie zitterte ein bisschen, als sie seine Hände wieder spürte, seinen Mund, der warm und sanft und ein bisschen gierig war. »Black, warte mal kurz.«

»Kann ich nicht.«

»Ich muss dir vertrauen können, Black. Egal, was passiert. Kann ich das?«

Das hatte er gehört. Er hielt inne, küsste sie nicht mehr und sah ihr in die Augen. »Mein Gott, was denn jetzt?«

»Du hast mir noch nicht geantwortet.«

»Herrgott, natürlich kannst du mir vertrauen, und wenn du das jetzt noch nicht weißt, dann kann ich dir echt nicht helfen. Ich habe dir gerade mein Leben anvertraut, ist dir das eigentlich klar?«

»Es geht um deinen Bruder.«

Das saß, sie sah es seinen blauen Augen an, die jetzt sehr wachsam wurden. Sehr, sehr wachsam. Black hatte vor Jahren einen anderen Familiennamen angenommen, um sich von der Bande seines älteren Bruders Jacques Montenegro zu distanzieren. Nur wenige Leute wussten von ihrer Verwandtschaft. Und aus einleuchtenden Gründen wollte Black, dass es so blieb.«

»Was ist mit Jacques?«

»Gabe glaubt, dass die Skulls für die Organisation deines Bruders mit Drogen handeln. Wenn der Anschlag nicht dir galt, dann waren vielleicht die Montenegros hinter Gabe her.«

Black schüttelte den Kopf. »Jacques hat damit aufgehört. Er versucht, in die Legalität zurückzukehren, es gibt auch keine Auftragsmorde mehr. Und wenn sie wussten, dass du auf dem Boot warst – auf keinen Fall. Jacques und seine Frau mögen dich sehr. Sie haben uns sogar zum Weihnachtsessen eingeladen.«

Das kam überhaupt nicht infrage, aber darum ging es jetzt nicht. »Niemand wusste von meiner Verbindung zu Gabe oder dass wir gestern Abend dort sein würden. Du hattest nur richtig geraten, Gott sei Dank. Also, was ist, wenn sie nicht wussten, dass ich mit ihm dort war?«

Black zog die Brauen zusammen. »Das kriege ich raus, Claire. Ich kriege raus, ob Jacques sich für Gabe interessiert. Ist das sein echter Name?«

»Ja. Gabriel LeFevres, wie ich es dir gesagt habe. Und was machen wir, wenn Jacques dahintersteckt?«

»Wie gesagt, das ist nicht mehr Jacques' Stil. Er versucht, aus der Gewalt auszusteigen. Es gibt noch ein paar andere »Familien«, vielleicht arbeiten die mit den Skulls zusammen. Aber ich werde Gabe beschützen, so gut ich kann. Und ich kann es, wenn Jacques irgendetwas darüber weiß. Allerdings sollte Gabe sich eine Weile verstecken, bis wir wissen, wer hinter dem Anschlag steht und ob er überhaupt die Zielperson war. Er hat mit gefährlichen Leuten zu tun. Bis wir das geregelt haben, muss er untertauchen.«

»Sie finden ihn, wohin er auch geht. Für ihn gibt es keinen sicheren Ort mehr.«

Black zögerte kurz. »Wenn er hierbleibt, ist er in Sicherheit. Er kann auch eine von den Suiten im Hotel Crescent haben.« Er verzog das Gesicht. »Ja, hier wäre wahrscheinlich der sicherste Ort für ihn. Allerdings hatte ich mich sehr auf ein bisschen Freizeit mit dir gefreut. Allein. Das wäre doch mal was zur Abwechslung. Wir waren eine Woche nicht mehr allein miteinander, wir haben einiges nachzuholen.«

Claire musste unwillkürlich lächeln. Ja, sie hatten einiges nachzuholen, da hatte er recht. Und da konnte Black ihre Kinderliebe hier im Haus wirklich nicht brauchen. Trotzdem war er bereit, ihn zu schützen. Das sagte eine

Menge über ihn aus. Sie nahm ihn wieder in die Arme und schmiegte sich an ihn. »Ich weiß das wirklich zu schätzen. Er war gut zu mir damals, als ich ganz allein und in großen Schwierigkeiten war.«

»Sei einfach vorsichtig, ja?«

»Unbedingt, aber ich muss trotzdem ins Büro. Ich muss arbeiten.«

Black lachte sein arrogantestes Alpha-Männchen-Lachen. »Hör auf, Claire, du hast gerade einen Anschlag überlebt. Wenn das kein Grund ist, einen Tag krankzufeiern, dann weiß ich es nicht. Das Ganze ist noch nicht mal vierundzwanzig Stunden her.«

Dagegen war nichts zu sagen. »Aber ich muss wenigstens kurz mit Russ Friedewald und Zee telefonieren. Und ich brauche ein neues Handy, meins lag auf dem Tisch, als die Handgranate losging.«

»Du kannst eins von meinen haben. Ein anständiges. Dieses Teil von Wal-Mart war wirklich mitleiderregend.«

»Hast du hier ein paar rumliegen?«

»Du hast die Tendenz, ständig welche zu verlieren, und ich habe beschlossen, dir zuvorzukommen. Schließlich will ich in der Lage sein, dich zu erreichen.«

Leider alles wahr. »Gut, dann her damit. Ich betrachte es als vorgezogenes Weihnachtsgeschenk.«

»Zu Weihnachten habe ich andere Pläne, die übrigens etwas mit einer langen Flugreise zu tun haben. Ich möchte dich jetzt wirklich mal aus dem Dunstkreis der Bayous entfernen, und zwar auf möglichst humane Weise.«

»Das wird nicht gehen, aber die Idee ist hübsch.«

»Wie auch immer, du wirst heute nicht arbeiten. Ich

habe ein schlechtes Gefühl dabei, und ich traue meinen Gefühlen immer.«

»Ich auch. Aber ich bin mitten in einer Ermittlung. Da ich mein Auto nicht hierhabe, werde ich Zee anrufen und ihn bitten, es mir zu bringen. Und in der Zwischenzeit darfst du mich küssen. Ohne Unterbrechung.«

Das gefiel Black offenbar. »Kein Problem.«

Der erste Kuss war sanft und zärtlich, der letzte aufregend und gar nicht gut für ihre Verletzungen. Aber das Feuer war da, und die Flammen strichen über ihre Nervenenden und sie ließ sich gern auf ihn ein. Vielleicht war so ein freier Tag gar keine schlechte Idee. Sie hatte ihn schließlich auch sehr vermisst.

Der Maskenmann

Lange Zeit nachdem seine kleinen Spielgefährten entkommen waren, musste Malefiz sich ruhig und sehr vorsichtig verhalten. Die Suche nach den beiden Kindern war noch in vollem Gange, da konnte er kaum mit neuen Kindern im Keller spielen. Er hatte sich gezwungen gesehen, die kleine Tochter seiner großen Liebe zu töten. Jetzt wollte er nicht, dass sie ihm noch mal die Polizei auf den Hals hetzte.

Dummerweise und obwohl er den Jungen im Sumpf aufgespürt, praktisch totgeschlagen und im schlammigen Wasser den Alligatoren überlassen hatte, war der Junge am Leben geblieben. Ein paar Entenjäger waren zufällig vorbeigekommen und hatten ihn gefunden, wo er blutend und dreckig am Ufer lag. Irgendwie war er rausgekommen und dann dort zusammengebrochen. Malefiz war erst mal außer sich vor Angst, aber dann stellte sich heraus, dass der Junge aufgrund der Kopfverletzungen keine Erinnerungen mehr an seinen Entführer oder das Haus hatte. Also, alles in Ordnung. Nach Monaten war der ungelöste Fall in Vergessenheit geraten, die Spur zu ihm war kalt. Er fühlte sich sicher genug, dass er wieder zuschlagen konnte.

Ein paar Aufträge kamen herein, sein Kumpel war außerhalb der Stadt beschäftigt. Einmal drängte er einen Typen von einer einsamen Straße in Muncie, Indiana, ab und schoss ihm in den Kopf, als er danach bewusstlos auf dem Fahrersitz seines Trucks saß. Dann überschüttete er die Leiche und das Fahrzeug mit Benzin und ließ es bis zur Unkenntlichkeit verbrennen. Für diese Sache bekam er ein paar richtig große Scheine.

Der andere Auftrag führte ihn in den Süden Floridas in die Nähe von Naples – den Typen erschoss er einfach in seinem Hinterhof, als dieser vor dem Schlafengehen noch eine Zigarette rauchte. Beide Morde gingen schnell und einfach vor sich, was eigentlich gar nicht sein Stil war. Aber man konnte nicht alles haben.

So vergingen die Jahre, immer wieder kamen Auftragsmorde herein, und er wurde gut dafür bezahlt. Es war echt ein einträgliches Geschäft, er konnte sich immer alles kaufen, was er wollte. Dann bekam er eines Tages einen Auftrag in dem Bundesstaat, in dem er lebte. Zwei Leute, die er mit seiner schallgedämpften .45 umbrachte. Aber ein paar Meter den Flur hinunter schliefen zwei zehnjährige Mädchen, allein und hilflos und reif, dass er sie pflückte.

Er konnte sich nicht helfen, er wollte sie unbedingt. Also weckte er sie mit seiner Waffe, und sie waren so verängstigt, dass sie vor dem Bett auf die Knie fielen und warteten, zitternd und bebend und betend. Er fesselte sie, klebte ihnen den Mund zu und sagte, er würde sie umbringen, wenn sie einen Ton von sich gäben. Aber wenn sie brav wären und genau das täten, was er sagte, dann würde er sie laufen lassen.

Das war natürlich gelogen. Er hatte keinerlei Absicht, sie laufen zu lassen. Er würde sie ohne Umwege in sein Labyrinth draußen im Sumpf bringen, so wie seine ersten Opfer. Diesmal würde ihn niemand beobachten, wenn er sie rausbrachte, und es würde auch niemand sein Boot finden. Er würde das Labyrinth schnell erreichen, sie würden gefesselt und geknebelt und mit verbundenen Augen auf dem Boden des Bootes liegen, und er würde die alte Plane über sie legen.

Aber erst mal würde er sie als Besitz von Papa Damballah markieren. Er brachte sie also an den Rand des Sumpfes, holte seinen batteriebetriebenen Tätowierapparat raus und kletterte mit ihnen auf die Ladefläche seines Vans. Schnell versah er sie an den Handgelenken mit seinem Zeichen. Sie lagen die ganze Zeit wie gelähmt da, vor allem die Kleinere von den beiden. Sie war so verängstigt, dass sie sich in die Hosen pinkelte. Das andere Mädchen stöhnte, als er die Nadel in ihre Haut stach, rührte sich aber nicht. Als er fertig und zufrieden mit seinem Kunstwerk war – es sah tatsächlich ziemlich gut aus –, nahm er die beiden unter den Arm und warf sie in sein Boot.

Auf halbem Weg zum Labyrinth beschloss er, an dem alten Voodoo-Altar auf Skull Island zu halten. So hatte er die Insel vor Kurzem getauft, weil es schon ein bisschen unheimlich dort war. Überall hing Moos von den Bäumen und menschliche Schädel lagen herum. Er legte die beiden Mädchen vor dem Altar auf die Erde, setzte seine Maske auf und zündete ein paar Kerzen an. Dann nahm er ihnen die Augenbinden ab, damit sie sahen, wie unheimlich es dort war. Ihre Hilflosigkeit erregte ihn, am liebsten hätte er sich die hübschere von den beiden allein vorgenommen, um zu sehen, wie tapfer sie wirklich war. Aber dann hörte er einen Außenbordmotor, der sich schnell in seine Richtung bewegte. Er erstarrte, die Hände auf den Schultern des verängstigten Mädchens. Das Boot war mit einem Licht versehen. Auf keinen Fall durfte man ihn auf frischer Tat ertappen. Also blieb ihm nur noch eine schnelle Flucht, und er fuhr mit dem Boot los und ließ die Mädchen gefesselt und geknebelt dort liegen.

Gerade hatte sich alles so gut angelassen – er war stinksauer. Malefiz zog sein Boot unter ein paar Zypressen und schaltete den Motor ab. Dann saß er nervös da und schaute, ob das Boot in seine Richtung käme. Vielleicht würde der Fischer sie nicht sehen. Er hielt die Luft an, als sich das Boot der Voodoo-Insel näherte. Aber der Fahrer sah die Mädchen – vielleicht sah er auch die Kerzen. Leise fluchend beobachtete Malefiz, wie er das Boot an Land zog, heraussprang und losrannte, um den Mädchen zu helfen. Sie schrien sich die Lunge aus dem Leib, als der Mann ihnen die Knebel entfernte. Meilenweit konnte man sie hören.

Und er saß da, absolut entsetzt, und konnte sich kaum

rühren. Wenn der Fischer anfing, nach ihm zu suchen, konnte er auf keinen Fall schnell genug fliehen. Vorsichtig hob er seine Waffe. Er wollte weder den Mann noch die Mädchen töten, nicht einfach so hier draußen, aber wenn es sein musste … Am Ende kam ihm Papa Damballah dann doch zur Hilfe. Der Fischer nahm die beiden hysterischen Gören mit und fuhr in Richtung Stadt davon. Wahrscheinlich war er selbst froh, von der Insel wegzukommen.

Danach wartete Malefiz noch lange, für den Fall, dass jemand zurückkam. Dann startete er sein Boot und fuhr in die entgegengesetzte Richtung davon. Nur weg von der Insel. Verdammt, es war doch so gut gelaufen mit den Mädchen. Er wollte sie so sehr, dass er es auf der Zunge schmecken konnte. Er hätte nicht dort anhalten dürfen, er hätte mit ihnen weiter in den Sumpf fahren und sie in sein Labyrinth einschließen sollen. Er war so nah dran gewesen! Aber er war leichtsinnig gewesen, und jetzt waren ihm zum zweiten Mal Opfer entkommen. Er musste sich zusammenreißen, sonst landete er im Gefängnis oder in einer Todeszelle, mit einer Nadel im Arm.

18

Claire rief Sheriff Friedwald an, der immer noch auf seiner Konferenz in Metairsie war, und berichtete ihm die Neuigkeiten über den Fall. Er bestand darauf, dass sie einen Tag freinahm, während seine KTU den Explosionsort untersuchte. Also konnte sie sich einen Tag lang mit Black vergnügen, einen sehr angenehmen Tag lang. Black fühlte sich wieder besser und lächelte; offenbar war er erleichtert, sein Schuldgefühl loszuwerden. Gabriel würde wieder gesund werden, aber er schlief noch viel, und Julie Alvarez war rund um die Uhr bei ihm. Also nutzten Claire und Black die Zeit und verbrachten den größten Teil des Tages in ihrem riesigen runden Bett, wo sie sich auf die beste nur denkbare Weise erholten und ihre Nerven beruhigten. Außerdem mussten sie sich nach ein paar Wochen der Trennung erst mal wieder aneinander gewöhnen. Es war herrlich.

An diesem Abend war schönes Wetter, und sie saßen auf der Terrasse, aßen frische gebratene Garnelen und Hummer und köstliche Croissants, die ihnen der Koch aus Blacks Hotel geschickt hatte. Leider endete der idyllische Tag dann abrupt, als Claires neues Smartphone anfing zu vibrieren. Als sie es in die Hand nahm, sah sie, dass der Anruf von Zee kam. Sie nahm ihn schnell an.

»Claire, wo bist du denn? Seit Stunden versuche ich dich zu erreichen. Nick finde ich auch nicht.«

»Wir haben beide unsere Telefone bei der Explosion verloren. Gerade haben wir die neuen so installiert, dass sie mit den alten Nummern funktionieren. Tut mir leid. Was ist denn?«

»Erinnerst du dich an Wendy? Die Cheerleaderin von den Saints, die wir vernommen haben?«

»Klar. Gibt's von ihr was Neues über Madonna?«

»Sie ist tot, Claire. Ich stehe gerade in ihrer Wohnung, und die KTU ist auch schon da. Rene hat mich heute früh angerufen. Er ist auch hier, er leitet die Ermittlungen. Sie liegt auf einem Voodoo-Altar, derselbe Modus Operandi, derselbe Täter. Kein Zweifel.«

Diese Nachricht schockierte Claire fast so sehr, wie Blacks zögerndes Geständnis es getan hatte. Ihr fehlten die Worte, was wirklich selten vorkam. Dann atmete sie einmal tief durch. »Mein Gott. Sie ist wirklich tot?«

»Hängt am Treppengeländer. Rene muss gleich zurück in die Stadt, aber er sorgt dafür, dass sie die Leiche noch hierlassen, weil dieser Fall mit dem Christien-Fall in Verbindung steht. Wie schnell kannst du hier sein?«

»Ich nehme Blacks Wagen, dann bin ich in fünfzehn Minuten da.«

»Beeil dich. Herrgott, das ist alles so krank. Sie war ein nettes Mädchen, sie hat es echt nicht verdient, so zu sterben.«

Black hörte intensiv zu und zeigte sich sehr interessiert an dem Gespräch. »Wer ist tot?«

»Eine Cheerleaderin der Saints, Wendy Rodriguez. Wir haben sie wegen Madonna Christien vernommen. Und sie war auch eine Freundin von Jack. Ich muss da hin, Zee wartet am Tatort auf mich.«

»Wie ist es passiert?«

»Ich kenne noch keine Einzelheiten. Zee sagt, es ist wieder was mit einem Voodoo-Altar.«

Black verzog das Gesicht. »Ich dachte, das hat aufgehört. Jedenfalls im Zusammenhang mit Morden.«

»Das hat Zees Großmutter auch gesagt. Ich brauche dein Auto, meins ist noch unten am Wasser. Geht das?«

Er sah nicht besonders beglückt aus, aber das war schon so, seit ihr Telefon geklingelt hatte. Er gab ihr die Schlüssel zu seinem Range Rover. »Es wäre schön, du könntest dir noch einen Tag freinehmen. Ich mache das jedenfalls.«

»Gut, vielleicht könnt ihr euch kennenlernen, Gabe und du. Ich weiß nicht, wann ich wiederkomme. Mach dir keine Gedanken, wenn es später wird.«

»Nein, ist in Ordnung. Ich könnte aber auch mitfahren. Vielleicht kann ich mich irgendwie nützlich machen.«

»Glaube ich nicht. Du bist in diesem Fall ein Alibi-Zeuge, weißt du. Also wirklich, versuch dir keine Gedanken zu machen. An dem Tatort sind jede Menge KTU-Leute, die auf mich aufpassen, und es ist nicht weit. Ich komme so schnell wie möglich zurück.«

Dann eilte sie zur Garage, um zu der Wohnung der hübschen Cheerleaderin zu fahren, die jetzt vermutlich gar nicht mehr hübsch aussah. Sie stieg in den Wagen, parkte aus und spürte, wie übel ihr war. Sie wollte wirklich nicht sehen, was der Irre Wendy Rodriguez angetan hatte, aber ihr blieb gar nichts anderes übrig.

Als sie vor dem Wohnblock einparkte, blockierten drei Polizeifahrzeuge das Tor zum Parkplatz. Claire wurde durchgewinkt, als sie ihre Dienstmarke zeigte, und sie folgte dem gewundenen Weg zu Wendys Haus. Der Tatort war abgesperrt, die Reporter waren schon vorn am Tor abgefangen worden. Das war gut so, denn es waren viele, und jetzt richteten sie alle ihre Kameras auf ihren SUV. In den Morgennachrichten würde wohl über den Mord berichtet werden. Die Reporter würden weiterbohren, und dann würden sie auf den Mord an Madonna kommen. Und auf Jack Holliday. Und dann würde es erst richtig losgehen und so schnell auch nicht mehr aufhören. Wenn sie von der Explosion auf dem Boot erfuhren, wenn sie erfuhren, dass ein Promi wie Nicholas Black auf dem Boot gewesen war, dann wäre das eine Story für die landesweiten Medien. Manchmal ging ihr ihr Leben wirklich auf die Nerven. Die letzten vierundzwanzig Stunden waren mehr als okay gewesen, aber sonst … Dabei hatte Black ihr versprochen, sie würden sich in dem langsamen, trägen Rhythmus des Südens hier in Louisiana so richtig wohl und sicher fühlen. So ein Blödsinn.

Drei Polizisten standen vor dem gelben Absperrband bei der Wohnung und sprachen miteinander. Viele Nachbarn hatten sich auf der anderen Straßenseite versammelt, beobachteten sie und telefonierten aufgeregt mit ihren Handys. Die Polizisten begrüßten Claire und hoben das Absperrband an, sodass sie hineinkonnte. Sie blieb an der Tür stehen, wollte am liebsten gar nicht weitergehen. So war es immer, wenn sie das Opfer irgendwie kannte. Wendy war so lebendig und frisch und freundlich gewesen. Und ihre Begegnung war ja noch gar nicht lange her. Claire wollte diese hübsche junge Frau nicht sehen, die jetzt kalt und tot war, mit aufgerissenen, leer vor sich hin starrenden Augen. Vielleicht waren sie auch zugenäht, diese Augen.

Sie atmete tief ein, nahm sich Handschuhe und stieg in die Überschuhe aus Papier, die man ihr reichte. Die Tür stand weit offen, sie ging hinein und traf Zee ganz allein in der Diele an. Sofort fiel ihr Blick auf Wendy Rodriguez, die am Treppengeländer hing, genau wie Zee es ihr schon beschrieben hatte. Die junge Frau war nackt, und sie war geschlagen worden, fast so schlimm wie Madonna. Claire wollte am liebsten die Augen schließen und nicht darüber nachdenken, wie sehr das Mädchen gelitten hatte. Der Mörder war krank und brutal und ohne Seele. Grausam. Sie mussten ihn kriegen.

»Hallo, Claire. Das hier ist gar nicht gut.«

»Nein, wirklich nicht.«

»Die Medienleute sind schon am Tor. Musstest du was sagen?«

»Ich habe sie so gut es ging ignoriert.« Claire starrte auf den aufgemalten Totenkopf auf Wendys Gesicht, die Kreuzstiche, mit denen man ihre Augen zugenäht hatte. Überall standen Kerzen: auf dem Boden unter der Leiche, auf den Treppenstufen, lauter weiße Kerzen. Und überall fanden sich Heiligenbilder, und in dem Maismehl auf dem Boden sah man dasselbe Zeichen. »Herrgott, es scheint wirklich derselbe Verrückte zu sein. Kein Zweifel.«

»Ja. Und wieder gibt es eine Verbindung zu Jack Holliday. Wir haben auf dem Couchtisch einen Brief in seiner Handschrift gefunden.«

»Verdammt, ich dachte, wir könnten ihn ausschließen.« Claire verzog das Gesicht und ging den Flur hinunter. Renes

KTU-Leute waren noch überall zugange, suchten nach Fingerabdrücken und fotografierten. Der Brief lag auf dem Tisch. Sie hob mit dem Zeigefinger die Umschlagklappe an und las: *Danke für deine Hilfe, Wendy. Tut mir leid, dass du mit der Polizei zu tun hattest, aber ich bin dir sehr dankbar. Ich komme später mal vorbei. Jack*

So ein Blödsinn. »Wer hat sie gefunden?«, fragte Claire.

»Die Nachbarin wollte mit ihr in einen Spätfilm ins Kino, und als Wendy nicht aufmachte, hat sie die Polizei gerufen. Die Beamten waren elf Minuten nach dem Anruf hier und fanden sie. Die Kerzen brannten noch und so weiter. Rene hat mich dazugerufen, weil ihm die Ähnlichkeiten mit dem Fall Christien auffielen.«

»Sie war also noch nicht lange tot, als die Nachbarin kam?«

»Vermutlich nicht.«

»Und wann war das?«

»Gegen dreiundzwanzig Uhr gestern Abend. Seitdem sind sie hier zugange. Wenn wir fertig sind, nehmen sie die Leiche runter.«

»Dann können wir Jack Holliday aber wirklich ausschließen. Denn gestern Abend war er bei mir und Black, ich habe ihn mit eigenen Augen gesehen.«

»Wo?«

»Auf der Bayou Blue. Du hast ihn doch zu mir geschickt, erinnerst du dich? Er hat mir ein Video übergeben, das beweist, dass er zum Zeitpunkt von Madonnas Tod in New York war. Aber das ist bei der Explosion natürlich auch draufgegangen. Er hat angeboten, einen Lügendetektor-Test zu machen und eine DNA-Probe abzugeben. War unglaublich kooperativ.«

»Gut für ihn. Wenn er zum Zeitpunkt ihres Todes bei dir war, ist er draußen aus dem Fall.«

»Haben die KTU-Leute irgendwas Wichtiges gefunden?«

Zee zog die Schultern hoch. »Sie hören hier auf, sobald du es ihnen sagst.«

»Ich muss mir erst die Leiche ansehen.«

»Geh die Treppe rauf, dann siehst du sie besser. Verdammt, sie war so jung und nett und hübsch. Dass sie so ein Ende nehmen musste. Eine Schande ist das.«

Claire ging in den ersten Stock und versuchte, die Leiche objektiv zu betrachten. Das fiel ihr nicht leicht. Wendys Gesicht war auberginenfarben angelaufen, an den Nadeleinstichen rund um ihre Lider und Lippen waren Blutstropfen zu sehen. Sie war also noch am Leben gewesen, ihr Herz hatte noch geschlagen, als er ihr Mund und Augen zugenäht hatte. Dieser Mörder war echt ein Psychopath. Dann sah sie die Voodoo-Puppe an Wendys Händen, genauso eine wie bei Madonna. Und wieder mit Claires Gesicht. Immerhin war der Typ konsequent.

Sie fragte sich, ob er die Handgranaten geworfen hatte. Vielleicht hatte er es auf sie abgesehen. Das klang viel plausibler als Black oder Gabe. Ein kalter Schauder zog ihr vom Rückgrat bis zu den Haarwurzeln. Sie drehte sich um und ging die Treppe wieder hinunter. Sie hatte genug gesehen.

»Hat jemand was bemerkt?«, fragte sie Zee.

»Nichts. Die Nachbarn sagen, Wendy hat oft tagsüber geschlafen, deshalb dachte sich keiner was dabei, wenn man sie mal ein paar Tage lang nicht sah. Sie haben ausgesagt, es sei letzte Nacht hier sehr ruhig gewesen.«

»Sieht auch nicht nach einem größeren Kampf aus, nicht so wie bei Madonna.«

»Nein, alles sehr ordentlich. Und Wendy war kräftig und fit. Rene sagt, wahrscheinlich wurde sie oben im Schlafzimmer umgebracht, aber auch da ist alles sauber, man sieht nicht viel. Glaubst du wirklich, du kannst Holliday ein Alibi geben?«

»Wir waren mit ihm zusammen. Nancy auch, und eine ganze Reihe von Leuten auf dem Boot haben ihn um ein Autogramm gebeten. Er war länger dort. Warten wir ab, was der Doc über den Todeszeitpunkt sagt.«

»Vielleicht hat er das absichtlich so eingefädelt mit dem Alibi. Gegen die Aussage einer Polizistin können die Ermittler nicht viel machen.«

Claire sah Zee überrascht an. »Der Typ ist nicht mehr dein Held?«

»So meine ich das nicht. Es klingt nur nach einem ziemlichen Glücksfall für ihn. Er hat mich angerufen, weil er nach dir suchte. Vielleicht hat er das alles so geplant.«

Das stimmte natürlich, aber sie glaubte immer noch nicht, dass Jack Holliday in der Lage wäre, eine Frau so zu Brei zu schlagen, geschweige denn zu ermorden. Vor allem, wenn er mit Black und Booker zusammenarbeitete. Nein, er war einer von den Guten. Und Wendy war eine Freundin von ihm gewesen. Claire vermutete ziemlich sicher, dass Jack und Black zusammenarbeiteten. Andererseits umgaben sich viele Mörder mit einer Aura der Unschuld, bis sie ihren Arm für die Todesspritze lang machten. Wenn Holliday wirklich ein Psychopath war, dann war er außerdem auch noch ein verdammt guter Schauspieler. Black würde kotzen. Er hatte gedacht, sein Kumpel wäre aus der Gefahrenzone.

»Vielleicht will ihn auch jemand irgendwo reinreiten.«

Zee sah sie an. »Meinst du? Aber wer? Und warum?«

»Keine Ahnung.« Claire sah sich noch einmal um. »Er hat sich offenbar Zeit genommen, hier sauber zu machen und alles zu arrangieren. Vielleicht hat er sie oben überrascht, aber sie ist auch geschlagen worden. Und alles ohne Blutspritzer oder umgeworfene Möbel? Das passt doch nicht zusammen.«

»Vielleicht hat er sie bewusstlos geschlagen und dann erst richtig auf sie eingeprügelt, als sie sich nicht mehr wehren konnte. Und dann hat er mit Chlorbleiche alles gereinigt.«

Claire sah das Bild vor ihrem inneren Auge. Ihr wurde schon wieder übel.

»Im Bad kann man die Chlorbleiche noch kräftig riechen. Wir werden nicht viele Spuren finden. Vielleicht hat er sie bewusstlos geschlagen, dann erdrosselt, sie und die Wohnung sauber gemacht, sie bemalt und hier über dem Altar aufgehängt. Keine Ahnung. Auf jeden Fall hat er jede Menge Zeit dafür gebraucht.«

Wer auch immer Wendy getötet hatte, war ein Profi gewesen, einer, der schon viele Morde begangen hatte. Vielleicht kannten sie noch gar nicht alle Opfer. Warum hatte er diesmal zwei Leichen so arrangiert, dass sie sie finden mussten? Warum hatte er den Tatort so bizarr hergerichtet? Und wie war er aus Wendys Haus gekommen, ohne dass ihn jemand gesehen hatte? Wie war er an den Security-Leuten am Tor vorbeigekommen? Zu Fuß? In dieser

Wohnanlage lebten unglaublich viele Menschen, irgendjemand musste ihn doch gesehen haben! Sie konnte nur hoffen, dass die Leute den Mut hatten, eine Aussage zu machen. Oder wohnte der Mörder womöglich selbst hier?

Claire und Zee blieben noch, bis Wendys geschundene Leiche abtransportiert worden war. Dann mussten sie sich mit den Reportern befassen, die draußen am Tor herumjammerten. Mehrere Fernsehstationen filmten Claire im Auto, als sie rausfuhr, und sie fluchte unterdrückt, weil sie ihr Gesicht in den Nachrichten nun wirklich nicht brauchen konnte. Vielleicht hatte der Mörder deshalb ihr Foto auf die Puppengesichter geklebt: weil er Publicity wollte. Vielleicht wollte er, dass man ihn den Voodoo-Mörder nannte oder etwas anderes Groteskes. Vielleicht wollte er selbst berühmt werden. Sie musste auf jeden Fall verhindern, dass jemand Einzelheiten über den Tatort erfuhr. Hoffentlich war das auch Rene klar.

19

»Sie beide wollen mir also erzählen, Sie haben nichts in der Hand außer der Annahme, dass man Jack Holliday als Verdächtigen ausschließen kann, weil der Vaterschaftstest negativ ist und weil alle seine Alibi-Zeugen die Wahrheit sagen. Abgesehen davon, dass er mit Ihnen und Nicholas Black und ungefähr hundert weiteren Zeugen zusammen war, als der zweite Mord mit demselben Modus Operandi begangen wurde? Ist es das so in etwa?«

Sheriff Russ Friedewald lehnte sich in seinem Drehstuhl zurück und sah Claire durchdringend an. Dann wandte er seinen Blick Zee zu, der sich unruhig auf seinem Stuhl bewegte. Claire kannte so etwas schon. Charlie Ramsay, ihr Sheriff in Missouri, war viel einschüchternder gewesen und hatte auch viel mehr Schimpfwörter benutzt. Sie saßen zusammen im Besprechungsraum, die Jalousien halb zugezogen. Russ nutzte diesen Raum lieber als sein eigenes großes Büro. Das gehörte ihm ganz allein, es war sein Heiligtum. Er saß am Kopf des Tisches, Zee zu seiner Rechten, Claire zur Linken. Vor ihnen standen ungeöffnete Wasserflaschen, falls er zu heiße Fragen stellte und sie sich abkühlen mussten. Jenseits des Fensters, wo nur Claire ihn sehen konnte, stand Eric Sanders und warf ihnen eine Kusshand zu, der Komiker. Er war sicher schon wieder auf dem Weg nach draußen, um eine zu rauchen.

Der Sheriff fuhr fort. »Und natürlich steht alles schon in den Zeitungen, während wir hier reden. Die Presse hat genug Informationen, um unseren Täter als Voodoo-Mörder zu bezeichnen. Sehe ich das so weit alles richtig?«

Claire antwortete ihm als Erste. »Ja, Sir, das entspricht leider den Tatsachen.«

Wieder diese eindringlichen Blicke. Russ Friedewald war eigentlich ein netter Mann. Er war aus Springfield, Illinois, hierhergekommen, Mitte sechzig, grau an den Schläfen, aber sonst noch ziemlich jugendlich. Ein gut aussehender Mann und ein echter Computerzauberer. Wenn man Zee glauben durfte, dann war er seit vielen Jahren mit einer wunderbaren Frau namens Rita verheiratet, hatte einige Kinder und Enkel, die er heiß und innig liebte, und war ehrlich und geradeaus. Er machte keine halben Sachen, war alles andere als streitlustig und hasste es, wenn ihm die Medien nachstellten, nur weil irgendwelche ehemaligen Sportgrößen sich in Mordfälle verwickeln ließen.

»Ich vermute, Sie haben die Nachrichten nicht gesehen.«

»Nein, Sir«, erwiderte Zee.

Claire hatte sie gesehen. Einen Bericht im Lokalfernsehen, unzusammenhängende Halbwahrheiten und Spekulationen, in denen es um Wendys Eigenschaft als Cheerleader ging. Womöglich waren irgendwelche ungenannten Spieler der Saints in den Mord verwickelt? Jack Hollidays Name war auch gefallen. Claire wollte jetzt aber nicht zugeben, dass sie die Sendung gesehen hatte, und sie wollte schon gar nicht mit Russ darüber reden. Also hielt sie den Mund. Im Übrigen hatte Russ natürlich mitbekommen, dass Claire, Black und ein Undercover-Agent der DEA in der Nähe des ersten Tatorts fast in die Luft geflogen waren.

»Sie waren auch sehr schön im Bild, Detective Morgan«, sagte Russ jetzt zu ihr. »Auf dem Weg aus der Wohnanlage. Sie haben wohl ganz vergessen, mir zu sagen, dass Sie am Tatort waren, obwohl ich ausdrücklich Anweisung gegeben hatte, dass Sie zu Hause bleiben und sich erholen sollen.«

»Tut mir leid, Sir. Rene informierte uns, was sehr kollegial von ihm war, weil der Tatort so ähnlich aussah wie beim Fall Christien. Er wollte unsere Meinung dazu hören.«

»Und Sie dachten sich auch, es interessiert mich nicht, wenn am Tag zuvor einer meiner Detectives fast in die Luft geflogen wäre? Offenbar wusste jeder in der Stadt früher davon als ich.«

Claire schluckte schwer, denn sie hatte ihn tatsächlich nicht informiert. »Sir, ich habe Sie angerufen, sobald ich konnte. Wir waren fast die ganze Nacht in der Notaufnahme und alle ziemlich fertig.«

Er biss die Zähne zusammen, das konnte sie sehen. Sie war noch nicht lange in seinem Team, wusste aber bereits, dass er nur selten Gefühle zeigte. »Ich dachte, wenn wir Jack Holliday ausschließen können, ist alles gut, aber das scheint nicht der Fall zu sein«, sagte er jetzt. »Nur zu Ihrer Information, Rene Bourdain hat mich angerufen und über alle Einzelheiten informiert. Er hat mir auch von dem Brief an das Opfer erzählt. Einem Brief in Hollidays Handschrift. Ich gehe davon aus, dass das stimmt.«

Oh, vielen Dank, Rene. Kein Wunder, dass Russ sauer war. »Ja, Sir.«

»Warum haben Sie mich darüber nicht informiert, sondern auch das Bourdain überlassen?«

»Ich habe Fakten gesammelt, um Parallelen zwischen den beiden Fällen festzustellen. Ich wollte Ihnen einen Überblick geben, sobald Sie von Ihrer Konferenz zurück sind.« Bei Charlie hatte diese Begründung immer gut funktioniert, sie konnte nur hoffen, dass es hier auch so sein würde.

»Und in der Zwischenzeit haben Sie sich ein bisschen freigenommen, um sich in die Luft sprengen zu lassen?«

»Das kann mit dem Christien-Mord zusammenhängen oder auch nicht. Gabriel LeFevres war ebenfalls auf dem Boot, und Sie wissen, dass er undercover in dem Bikerclub Skulls eingesetzt wird.«

»Ja, und er ist ein sehr guter Undercover-Agent. Schade, dass wir diesen Auftrag abbrechen müssen.«

Das fand Claire auch. »Wir haben allerdings ein paar Spuren, die uns helfen könnten, den Mörder zu finden, Sir. Möchten Sie meinen Bericht darüber hören?«

»Aber gern, Detective.«

Sie schlug den Ordner auf, der vor ihr auf dem Tisch lag, nahm die vergrößerten Fotos der Tätowierungen an Madonna Christiens Handgelenk heraus und schob sie hinüber. »Beide Opfer trugen diese Tätowierung. Wir versuchen herauszufinden, woher sie sie hatten. Hier ist das Foto von Wendy Rodriguez' Handgelenk, das Rene uns gefaxt hat. Wir wissen bereits, dass es sich um ein Voodoo-Zeichen handelt, das einer Gottheit namens Papa Damballah geweiht ist.«

Russ nahm die Fotos und schaute sie sich genau an. »Und sie sind wirklich gleich? Sie vermuten, dass es eine Verbindung zum Voodoo-Kult gibt?«

»Das müssen wir erst noch herausfinden. Wenn wir zu den Beerdigungen nach Golden Meadows gehen, können wir die Familien der Opfer dazu befragen. Die beiden Mädchen sind zusammen aufgewachsen, Sie wissen schon, BFF. Und Wendy hat uns erzählt, dass sie beide als Kinder entführt wurden. Möglicherweise hat die Tätowierung damit zu tun. Vielleicht ist es auch derselbe Täter wie damals, der jetzt versucht, die Überlebenden seiner Verbrechen loszuwerden.«

»Hat Wendy Ihnen erzählt, dass die Tätowierung von dem Entführer stammte?«

»Nein, Sir, wir wussten gar nichts von dem Tattoo, bis wir die Leiche fanden.«

»Und was zum Teufel ist BFF?«

Zee atmete durch. »Best Friends Forever, Sheriff, so ähnlich wie Facebook.«

»Jetzt bin ich viel schlauer, besten Dank. Was zum Teufel ist Facebook?«

Claire erklärte ihm, dass es um lebenslange Freundschaftsschwüre ging. Was die sogenannten sozialen Netzwerke anging, war sie auch nicht wirklich fit. »Aber wie auch immer, wir vermuten, dass es sich bei der Tätowierung um die Signatur des Täters handelt. Dasselbe Zeichen wurde auch in das Maismehl vor den beiden Leichen gemalt. Serienmörder markieren manchmal ihre Opfer, aber das wissen Sie selbst am besten.«

»Ja, wunderbar. Das wird ja immer besser. Gut, machen Sie weiter, aber schnell. Die Medien stürzen sich gerade auf den Rodriguez-Mord, weil sie Cheerleaderin war. Und die Reporter geben so schnell nicht auf, das können Sie mir glauben. Jack Hollidays Anwalt hat mich heute früh angerufen und wollte wissen, warum er von dem Rodriguez-Mord nichts erfahren hat. Er hat uns gewarnt, wir sollen Jack endlich in Ruhe lassen.«

Claire sagte: »Es gibt keinen Beweis, dass Jack jemals in Wendys Wohnung war. Nur diesen Brief, der einen Poststempel trägt. Rene hat uns noch nicht den ganzen KTU-Bericht geschickt. Aber klar ist, Jack stand mit uns am Grill, und dort haben ihn auch viele andere Leute gesehen. Der Todeszeitpunkt wird zwischen sechs und neun Uhr am Donnerstagabend angesetzt. Ich kann mir nicht vorstellen, dass er es getan hat. Ich kann mir überhaupt nicht vorstellen, dass er jemanden ermordet. Aber wir müssen klären, wie das Glas mit seinen Fingerabdrücken in Madonnas Wohnung gekommen ist. Denn er schwört, dass er dort nie gewesen ist.«

»Na, wenigstens was. Vielleicht legt sich der Sturm auch, wenn wir sagen können, dass Jack Holliday in beiden Fällen nicht mehr als Verdächtiger gilt. Im Moment ist er klug genug, den Mund zu halten, und sein Anwalt sagt, er gibt auch keine Interviews.«

»Ja, Sir.«

»Gut, dann an die Arbeit. Ich will über alles zeitnah informiert werden. Und ich will schriftliche Berichte. Haben wir uns verstanden, meine Damen? Lassen Sie mich hier nicht ohne Informationen hängen.«

»Ja, Sir«, erwiderten sie beide, als sie aufstanden.

Sie eilten aus dem Gebäude, bevor Russ ihnen noch irgendwelche weiteren Vorwürfe machen konnte. Draußen auf dem Parkplatz blieb Claire stehen. »Madonnas Beerdigung ist in einer Stunde, Zee. Schaffst du es, dahin mitzugehen?«

»Muss ja sein. Im Übrigen ist selbst so eine Beerdigung besser als diese Ausquetscherei eben.«

Golden Meadow war eine typische amerikanische Kleinstadt. Madonna Christiens Beerdigung fand in einer kleinen katholischen Kirche statt, die aus Holz gebaut war und einen eckigen Glockenturm hatte. Sie lag ein wenig abseits, aber der Ort war ohnehin nicht groß. Es waren viele Leute gekommen, mehr als Claire erwartet hatte. Auch die meisten Skulls-Biker waren da. Sie saßen zusammengedrängt in den hinteren Reihen wie schwarze Krähen. Die übrigen Trauergäste hatten sich so weit wie möglich von ihnen weggesetzt. Zee setzte sich zu den Leuten aus der Stadt auf der anderen Seite des Mittelgangs, Claire fand einen Platz neben dem voll tätowierten Manny, schon um den Typen zu zeigen, dass sie keine Angst vor ihnen hatte. Außerdem wollte sie bei dieser Gelegenheit herausfinden, wer ihren Freund Rocco auf dem Boot in die Luft gesprengt hatte.

»Hallo, Manny, alles klar?«

»Ich antworte nicht auf Ihre Fragen.«

»Ach was, Sie sind doch ein netter Kerl, oder?«

Er sah sie mit leerem Blick an, dumm wie Bohnenstroh, so viel war sicher. Die elf Biker sahen sie jetzt alle an. Wenn Blicke töten könnten, wäre sie umgefallen. »Wo ist denn euer furchtloser Anführer? Ich habe gehört, er war ein Freund von Madonna. Hat er Angst vor Beerdigungen oder was?«

Manny ließ die Schultern noch mehr sacken. »Was kümmert es Sie, was Rocco macht?«

»Es kümmert mich ja gar nicht.«

Der Typ vor ihnen sah aus, als würde ihn das Gespräch jetzt etwas mehr interessieren. Er drehte sich um und zeigt Claire sein vernarbtes, unangenehmes Gesicht. »Vielleicht haben Sie ihn ja eingesperrt, jedenfalls ist er weg.«

»Genau.« Das kam von Roccos »Freundin« Bonnie, der unerschrockenen FBI-Frau, die genauso aussah wie in Voodoo River. »Er ist weggegangen und nicht wiedergekommen. Wahrscheinlich haben Sie ihn in Thibodaux eingesperrt, wie Sie angekündigt haben. Oder? Warum haben Sie ihn da hingebracht? Er hat niemandem was getan.«

Das war eine Botschaft. Claire verstand sofort: Die Skulls hatten keine Ahnung, wo Gabe war, und das hieß, sie hatten die Handgranate nicht geworfen, um ihn womöglich loszuwerden. Nachdem Bonnie noch da war und nicht mit dem Gesicht nach unten im Bayou trieb, hatten sie wohl auch noch nicht rausgekriegt, wer sie wirklich war. Das hieß aber auch, dass sie jetzt schleunigst da rausmusste.

»Vielleicht hat er sich mit dem falschen Cop angelegt und jemanden bedroht«, erwiderte Claire ruhig. Das würde ihnen zu denken geben, wenn sie dazu überhaupt in der Lage waren. Dann stand sie auf und setzte sich zu Zee auf der anderen Seite.

»Bist du verrückt geworden?«, murmelte Zee unwillig. »Ein Handgemenge hier können wir jetzt echt nicht brauchen. Friedewald ist schon sauer genug.«

Claire schaute den Kameramann und den blonden Reporter an, die im hinteren Teil der Kirche standen. Dann beugte sie sich zu Zee hinüber und flüsterte ihm ins Ohr. »Sie haben keine Ahnung, was mit Gabe passiert ist. Das hat mir das Mädchen verdeckt mitgeteilt. Und sie wäre längst da weg, wenn sie das Gefühl hätte, dass ihr jemand auf die Spur gekommen ist.«

»Nicht für alles Geld der Welt würde ich einen Job bei diesen Idioten machen«, erklärte Zee.

Dann ertönte die Musik vorn in der Kirche, laute, traurige Orgelklänge, die für jede Menge Schluchzen und Schniefen in den vorderen Bankreihen sorgten. Claire schaute zu den Skulls hinüber, sah aber nur gelangweilte Gesichter. Wahrscheinlich hatten sie sich die Tränendrüsen rausoperieren lassen.

Nach dem Trauergottesdienst gingen sie zu Grandma Leah Plummer, die aussah, als wäre sie hundert Jahre alt. Sie war weiß wie ein Laken und bewegte sich trotz ihres Gehstocks sehr unsicher. Offenbar hatte Rafe keinen Eindruck auf den Richter gemacht, denn er war nirgendwo zu sehen. Nach den Gebeten am Grab gingen sie zu Ms Plummer, die sich bereitwillig mit ihnen in eine Kirchenbank setzte, um zu reden.

»Vielen Dank, Ma'am, wir wissen, dass Sie gerade eine schwere Zeit durchmachen.«

»Das kann man wohl sagen. Die kleine Maddie, was für ein schreckliches Leben. Das arme Kind war nie wieder ganz dieselbe, nachdem dieser böse Mensch ihre Eltern ermordet und sie entführt hatte. Sie kam einfach nicht darüber hinweg, das arme Ding.«

»Es tut mir leid, dass ich unglückliche Erinnerungen wieder aufwecke, Mrs Plummer, aber könnten Sie uns etwas über die Schlangen-Tätowierung an ihrem Handgelenk sagen?«

»O ja, da hat er sie markiert. Sie und Wendy. Um zu zeigen, dass sie ihm gehörten. Sie hatten keine Chance.«

»Wer hat das getan?«

»Der Schlangenmann. Er hat sie mitgenommen, sie hatten wirklich Glück, dass sie mit dem Leben davonkamen. Und all die Jahre hat er sie beobachtet, um zu Ende zu führen, was er damals angefangen hat.«

»Hat er wieder Kontakt zu ihnen aufgenommen? Oder gab es irgendwann einen zweiten Versuch, die beiden zu entführen?«

»Nein, aber die beiden kleinen Mädchen waren danach auch echt vorsichtig. Ich habe Maddie immer gesagt, sie soll sich dieses schreckliche Zeichen wegmachen lassen. Ich habe ihr sogar gesagt, ich treibe irgendwie das Geld dafür auf, aber sie meinte bloß, es erinnert sie daran, dass sie vorsichtig sein muss. Deshalb hat sie ja auch dieses schreckliche Gift genommen, dieses Meth. Weil sie immer so viel Angst hatte. Ja. Als sie was mit diesem großen Football-Spieler anfing, dachte ich, jetzt ändert sich was.« Sie schüttelte die ganze Zeit den Kopf.

»Sie meinen Jack Holliday?«

»Ja, aber inzwischen denke ich, das hat sie sich alles nur ausgedacht. Sie hat mir gesagt, sie würden heiraten und echt glücklich werden. Er würde den Kredit auf mein Haus abzahlen und mir einen neuen Ford Fusion kaufen und so weiter. All die Sachen, die sie immer machen wollte, wenn sie irgendwann zu Geld käme. Armes Schätzchen. Sie war ein gutes Kind. Und jetzt liegt sie da draußen in der kalten Erde, der Herr sei ihrer Seele gnädig.«

Dann brach sie in Tränen aus und schluchzte herzzerreißend. Sie stellten ihr noch ein paar Fragen, aber es ging nicht mehr. Claire wollte nur noch eine Sache wissen, bevor sie aufhörten. »Gab es irgendwelche Verbindung zu Voodoo, Ma'am? Hatte sie Verbindungen zu einem Geheimkult oder so? Irgendetwas in der Art?«

»Gott, nein, vor solchen Sachen hatte sie viel zu viel Angst. Sie wollte, dass er sie liebt, deshalb hat sie ein paar Liebestränke in den Voodoo-Läden im Vieux Carré gekauft. Aber was die Talismane und Kräuter und den Altar in ihrer Wohnung anging, das war nur wegen der Sicherheit. Sie sagte, eines Tages würde der Schlangenmann wiederkommen. Und sie hatte ja wohl recht.«

»Warum haben sie ihn den Schlangenmann genannt?«

»Er hatte eine Schlangenmaske auf, und das Tattoo zeigt ja auch eine Schlange. Sie hat ihn immer so genannt. Den Schlangenmann.«

»Du lieber Himmel, das wird ja immer unheimlicher!«, meinte Zee, als sie die Kirche verließen und in seinen Jeep stiegen.

»Ja, und ich glaube, das Tattoo ist der Schlüssel dazu.« Sie dachte noch kurz darüber nach, während Zee den Wagen startete. »Hast du nicht gesagt, Mama Lulus Laden ist heute zu?«

»Ja, wegen irgendeines Feiertags oder eines Heiligen oder so. Sie hat gesagt, sie geht mit Etienne in die Kirche.«

»Meinst du, wir können sie noch mal besuchen? Vielleicht weiß sie ja etwas über die Tattoos, sie wohnt schon so lange hier.«

»Klar, ist ja nicht weit. Sie lebt im Bayou da drüben.«

Während Zee zum Haus seiner Großmutter fuhr, lehnte sich Claire zurück und dachte nach. Es ging um diesen Voodoo-Kram, das konnte sie spüren. Aber da passte so vieles nicht zusammen. Wenn Sie nur irgendwo einen Fuß in die Tür bekämen, wenn sie einen Hinweis hätten, der alle losen Enden zusammenführte! Dann wäre der Fall schon halb gelöst. Aber so einfach war es wohl nicht. So einfach war es nie.

Der Maskenmann

Jahre später wurde Malefiz ein wirklich lukrativer Auftrag in Colorado angeboten. Die Familie, um die es ging, lebte in einer Kleinstadt unweit von Denver, und er sollte sowohl den Mann als auch die Frau beseitigen. Das war ein bisschen schwieriger als ein Einzelmord, man musste viel mehr aufpassen und beobachten und planen. Aber er konnte das, genau das war seine Stärke.

An einem schneereichen Dezemberabend, tatsächlich war es Heiligabend, fuhr er also in die Straße, wo seine Opfer wohnten. Bäume an beiden Seiten, viele große Häuser mit Gärten voller Weihnachtsdekorationen, überall diese teuren Lichterketten. Nachbarn gingen von Haus zu Haus und verteilten Geschenke, bunte Päckchen, ganze Einkaufstaschen voll. Niemand kannte ihn dort. Niemand konnte ahnen, dass Malefiz in diese exklusive Wohngegend eingedrungen war: bereit, willens und in der Lage, zwei von ihnen zu töten.

Er hatte diesen Abend gewählt, weil er wusste, dass all diese glücklichen Leute, die er jetzt beobachtete, bald warm und gemütlich in ihren schicken Häusern sitzen würden, müde und satt und ein bisschen betrunken. Die Polizei war nur mit der Notmannschaft besetzt und würde nicht besonders schnell reagieren, wenn ihn doch jemand bemerkte und dort anrief. Er hatte die Straße und alle Fluchtwege mehrmals gecheckt, und auch jetzt fuhr er lässig an dem großen Tudor-Haus vorbei. Der Familie ging es allem Anschein nach gut. Der Mann sollte als Zeuge in einem Prozess gegen einen Bandenchef in Chicago aussagen, der inzwischen in Haft saß. Und die Bande wollte diesen Zeugen loswerden. Und seine Frau. Klar. Sie war dabei gewesen, als der Angeklagte vor einem Steakhaus kaltblütig jemanden erschossen hatte. Sie waren einfach nur zur falschen Zeit am falschen Ort gewesen, aber jetzt hatten sie zugestimmt, im Prozess auszusagen, und damit hatten sie ihr eigenes Todesurteil unterzeichnet. Ihn ging das alles nichts an. Je mehr Leute er umbringen konnte, desto besser ging es ihm, und außerdem verdiente er schließlich so seinen Lebensunterhalt. Demnächst wären es fünfzig Morde, die er begangen hatte, und er hatte jeden einzelnen wirklich genossen. Eine schöne, befriedigende Arbeit war das; er hatte eine ausgefeilte Taktik und machte kaum Fehler. Er räumte Unruhestifter aus dem Weg, eine schöne Art, Geld zu verdienen. Und manchmal sah er die Angst in ihren Augen, ganz nah und persönlich.

Als er seinen Wagen unter einer einzelnen Kiefer parkte und ausstieg, fiel immer noch Schnee. Den ganzen Tag lang hatte es geschneit. Im Licht der Straßenlaternen sah das schön aus, sehr ruhig und gelassen, fast zauberhaft. Das Wetter war ein echter Glücksfall, denn so gingen die Leute nur raus, wenn sie mussten. Der Nachteil war, dass man seine Fußspuren sehen würde. Aber er hatte das im Voraus bedacht und Spikes an seinen Schuhsohlen befestigt. Diese Spuren waren fast unsichtbar. Es war schon spät, weit nach Mitternacht. Die Familie hatte einen schönen Abend am Kamin verbracht, gut gegessen und Spiele gespielt. Es sah aus, als spielten sie Scharaden. Dann hatten sie tonnenweise Geschenke ausgepackt. Reiche Leute, so viel war klar. Und gleich würden sie noch ein Geschenk bekommen. Eines, mit dem sie nicht rechneten. Eine Überraschung. Aber keine schöne.

Der Vater, das Hauptziel, sah auf dem Foto aus wie ein echter Nerd: Hornbrille, halblange braune Haare. Und tatsächlich war er einer dieser überheblichen Universitätsprofessoren. Philosophie. Die Frau hatte auch studiert, Physik sogar, aber im Moment war sie einfach nur Hausfrau. Sie war bildhübsch, groß und schlank und blond und auf eine ruhige Weise sexy. Sie hatten zwei kleine Töchter, Zwillinge, drei Jahre alt, sehr niedlich. Eine von ihnen hatte er mal angesprochen, als er der Familie durch das Einkaufszentrum von Cherry Creek gefolgt war. Nur ein kurzes Lächeln und ein Hallo, und sie hatte ihn selig angelächelt. Malefiz hätte ihr zu gern richtig Angst eingejagt.

In diesem Moment beschloss er, die Zwillinge mitzunehmen. Seit Jahren hatte er niemanden mehr entführt.

Und diejenigen, die er früher mal entführt hatte, räumte er einen nach dem anderen aus dem Weg, damit ihn niemand identifizieren konnte. Es war zutiefst befriedigend, wenn sie solche Angst und Panik bekamen und versuchten, sich aus dem Labyrinth zu befreien. Balsam für seine unruhige Seele. Ein bisschen Spaß hatte er doch auch verdient. Seine beiden Jobs waren harte Arbeit. Und er war in den letzten Jahren viel vorsichtiger geworden. Nie wieder würde er zulassen, dass ihm eins seiner Opfer entkam.

Er hatte in der Vergangenheit ein paar Mal echt Glück gehabt, dass man ihn nicht erwischt hatte. Aber genau aus dem Grund wollte er die beiden Kleinen entführen. Mit ihnen kam er allein gut klar, er konnte sie sich unter den Arm klemmen, wenn es nötig wäre. Und er hatte Paketklebeband in der Tasche, um sie zum Schweigen zu bringen. Sie waren sehr klein für ihr Alter, also würden sie es nicht schaffen zu fliehen, selbst wenn sie es versuchten. Aber wahrscheinlich hätten sie ohnehin zu viel Angst.

Ein Problem gab es allerdings. Ein großes Problem. Da war noch ein Erwachsener im Haus, einer, den er an diesem Abend bisher nicht gesehen hatte und der auch in seinen Unterlagen nicht vorkam. Der Typ war groß und sah sehr kräftig aus, mit ihm war nicht gut Kirschen essen. Er würde ihn überraschen müssen, wenn er es absolut nicht erwartete. Wahrscheinlich würde er auch dran glauben müssen. Aber er hatte einen Schalldämpfer auf seiner Waffe, es würde schon irgendwie gehen. Außerdem würden alle schlafen, wenn er ins Haus kam. Die Kinder waren natürlich schon im Bett. Inzwischen wusste er auch, wo ihr Zimmer lag, er hatte das Licht gesehen.

Er lehnte sich an den Baum. Gut, dass er sich so warm angezogen hatte. Dieses Wetter in den Bergen war er echt nicht gewöhnt, in Louisiana schneite es selten. Er beobachtete durchs Fenster, wie sich die Erwachsenen Gute Nacht sagten, sich umarmten und einander fröhliche Weihnachten wünschten. Nach diesem anstrengenden, aufregenden Tag gingen sie jetzt endlich ins Bett. In den Zimmern oben ging das Licht an, der große fremde Mann jedoch blieb im Wohnzimmer neben dem Weihnachtsbaum sitzen. Er lag auf einem der großen Sessel und telefonierte. Dann ging wohl auch er ins Bett. Durchs Fenster konnte man sehen, wie er das Wohnzimmer verließ. Dann gingen im Erdgeschoss die Lichter aus, eins nach dem anderen.

Malefiz stampfte mit den Füßen und rieb seine Hände, um sich zu wärmen. Er wartete sicherheitshalber noch einen Moment und blieb im Schatten der Bäume. Die Nacht war still. In dieser Wohngegend herrschte tiefer Friede. Ein schöner Ort für eine Familie. Aber für diese Familie war es jetzt vorbei. Er würde jetzt reingehen.

Dann entdeckte er etwas an der Hintertür, das ihn schnell wieder in den Schatten zurücktreten ließ. Der große Typ kam heraus, eingepackt in einen dunkelgrünen, fellgefütterten Parka, Handschuhe und Wanderstiefel. Er hatte eine rote Einkaufstasche bei sich und trat schnell auf die Straße, wo ein großer schwarzer SUV parkte. Tatsächlich stieg er ein, ließ den Wagen einen Moment warmlaufen und fuhr dann weg.

Lächelnd wartete Malefiz, bis das Geräusch des Autos sich in der Ferne verlor. Er beobachtete weiterhin das

Haus, falls sonst noch jemand herauskam. Nach einer Viertelstunde beschloss er, dass der große Typ wohl nicht so bald zurückkommen würde, und ging die Auffahrt hinauf. Er blieb auf dem Kies, damit er keine Spuren hinterließ. Das Schloss an der Hintertür war leicht zu knacken, der große Typ hatte offenbar die Alarmanlage ausgeschaltet. Umso besser, das sparte Zeit.

Dann war er drin in der großen, modernen, rot-weißen Küche der Familie. Die Wärme fühlte sich wunderbar an. Er ließ die Skimaske und die Handschuhe an und bewegte sich vorsichtig zur Treppe. Dort blieb er lauschend stehen. Kein Geräusch von oben. Wohin der große Typ wohl so spät in der Nacht noch wollte? Vielleicht wohnte er gar nicht hier. Vielleicht war er nur ein guter Freund der Familie, der hier über die Feiertage zu Gast war. Er wartete noch ein bisschen, um sicherzugehen. Er war wirklich sehr vorsichtig geworden, viel vorsichtiger als in den Anfangsjahren. Inzwischen machte er fast keine Fehler mehr. Genau deshalb war er immer noch am Leben und konnte töten.

Als er das Gefühl hatte, alles sei optimal vorbereitet und die Leute schliefen, ging er lautlos die Treppe hinauf und zum Ende des Flurs im ersten Stock. Die Straßenbeleuchtung spendete genug Licht, dass er Mama und Papa im Bett sehen konnte. Sie lagen eng beieinander eingekuschelt in dem großen Bett. Die Tür hatten sie offen gelassen, damit sie hörten, wenn eins der Kinder nachts wach wurde. Er bewegte sich über den flauschigen Teppich zum Bett, verpasste beiden einen Kopfschuss und dann noch einen zur Sicherheit ins Herz. Das war sein Markenzeichen. Er liebte Markenzeichen, die Opfer und die Polizei sollten sich ruhig an ihn erinnern. Danach ging er schnell wieder zurück in den Flur, blieb stehen und lauschte wieder. Nichts. Grabesstille.

Die beiden kleinen Mädchen schliefen ebenso friedlich wie ihre Eltern. In ihrem großen Kinderzimmer standen zwei weiße Himmelbetten, aber sie lagen aneinandergeschmiegt beide in einem. Zwischen den Betten stand ein kleiner Weihnachtsbaum aus Keramik als Nachtlicht. Er schaltete ihn aus und schlug vorsichtig die große, weiche Daunendecke zurück. Die Kinder trugen beide die gleichen Nachthemden mit Rudolph dem rotnasigen Rentier darauf. Gott, was würde er für einen Spaß mit den beiden Schätzchen haben. Doppeltes Vergnügen, doppelter Spaß, wie es mal in einem Werbespot geheißen hatte. Er summte die Melodie im Kopf mit und lachte leise.

Nachdem er die schlafenden Kinder noch einen Moment beobachtet hatte, nahm er die Flasche mit dem Chloroform, gab eine ordentliche Dosis auf ein Handtuch und drückte es dem ersten Kind aufs Gesicht. Die Kleine strampelte einmal kurz, dann war sie weg. Das zweite Kind machte überhaupt keine Probleme. So einfach waren die wenigsten seiner Entführungen verlaufen. Er wickelte die beiden in eine rosa-weiß geblümte Disney-Decke und trug sie aus dem Haus zu seinem Auto. Dort legte er sie mit der Decke auf den Rücksitz, stieg ein und schaltete sofort nach dem Starten die Heizung ein.

Fröhliche Weihnachten, dachte er, als er losfuhr, sehr zufrieden mit seiner Arbeit. Fröhliche Weihnachten für alle da draußen, und gute Nacht. Dann lachte er laut. Er war zufriedener, als er seit langer Zeit gewesen war.

20

Auf der Fahrt durch die Straßen von Thibodaux starrte Claire aus dem Fenster und beobachtete eine hübsche schwarzhaarige Vorschullehrerin, die ihre kleine Schar zu einem Ausflug in den Park begleitete. Die Kinder gingen hintereinander, alle mit kleinen Rucksäcken auf dem Rücken. Als ein kleines Mädchen plötzlich stehen blieb, liefen die anderen in sie hinein wie in einem Comic. Claire musste lächeln, wurde aber sofort wieder ernst. Wie sollten sie bloß weitermachen? Sie musste Zee eine Frage stellen, die sie ihm lieber nicht gestellt hätte. Vielleicht erst mal eine Einleitung. »Ich muss dich was fragen, Zee. Du darfst aber nicht beleidigt sein.«

Zee sah sie wachsam an, als er an der nächsten Einmündung anhielt. »Was ist?«

»Also, jemand hat mir gesagt, Mama Lulu kennt ein paar von den klugen Leuten drüben in Algiers. Ist das wahr?«

»Mama Lulu ist sauber, Claire. Diese Verbindung ist uralt, sie stammt noch aus der Zeit, als sie alle jung waren. Sie ist ja drüben auf der anderen Seite des Flusses aufgewachsen. Ja, es stimmt, ein paar Typen aus der Gegend da drüben hatten mit der Montenegro-Bande zu tun, aber keiner von uns ist da noch irgendwie involviert. Du willst mich wirklich beleidigen, oder?«

Immerhin konnte er mehr dazu sagen als Black, dessen älterer Bruder die Montenegro-Organisation leitete.

»Nein, ich will dich überhaupt nicht beleidigen. Ich dachte nur, vielleicht weiß sie etwas, was uns helfen könnte, uns auf irgendeine neue Spur zu führen. Im Moment kommen wir nicht weiter. Ich suche nur nach einem Strohhalm.«

»Sie hat uns doch schon gesagt, dass sie das Zeichen kennt. Und dass es nichts mit den Montenegros zu tun hat.«

»Wir müssen ihr sagen, dass Wendy es auch auf dem Handgelenk hatte, findest du nicht? Wenn es um eine Tätowierung geht, ist es vielleicht etwas anderes.«

»Ja, vielleicht fällt ihr etwas dazu ein. Wenn sie damit klarkommt, macht es mir auch nichts aus.«

Zwanzig Minuten später parkten sie vor Mama Lulus Haus. Zees winzige Großmutter stand auf der Veranda und wickelte Weihnachtsbeleuchtung um die Pfosten neben der Tür. Diesmal war sie ganz normal gekleidet, mit einem braunen Sweatshirt und Jeans. Ein paar Weihnachtslichter blinkten schon. Claire hatte für Weihnachten nicht so viel übrig und würde in diesem Jahr wohl auch nicht mehr so recht in Stimmung kommen, wenn es so weiterging. Der große Baum, den Black aus New York State mitgebracht hatte, stand noch verpackt an der Wand unterhalb der großen Treppe und wartete auf Feiertage und Fröhlichkeit.

Der kleine Etienne schlief unter einem rot-schwarzen Quilt in einem alten, hellgrünen Metallbett am Ende der Veranda. Zee ging vor und öffnete das Törchen. Mama Lulu richtete sich auf und drehte sich um, als sie sich der Veranda näherten. »Na, das ist ja eine Überraschung«, sagte sie.

»Hallo, Mama Lulu«, erwiderte Claire. »Schön, Sie wiederzusehen.«

»Mama Lulu, wir müssen dir noch ein paar Fragen wegen des Zeichens stellen, über das wir schon gesprochen haben.« Zee kam immer gleich zur Sache.

»Unsere beiden Mordopfer trugen dieses Zeichen als Tattoo am Handgelenk, genau hier«, ergänzte Claire und zeigte der alten Frau die Stelle. »Sie wissen schon, das Zeichen in dem Maismehl auf dem Boden. Sie leben schon so lange hier draußen in den Bayous, Mama Lulu, haben Sie schon mal gehört, dass Leute sich so ein Zeichen aufs Handgelenk tätowieren lassen?«

Die alte Frau starrte Claire an und nickte. »Ein oder zwei Mal hab ich so was gesehen, ja. Aber es ist schlechter Grisgris. Sehr schlechter Grisgris, dieses Zeichen da.«

»Was heißt das genau, dass Sie es gesehen haben?«

»Bei Toten.«

»Bei wem? Wann?«

»Ich hab so was bei Toten gesehen, die sie aus dem Bayou gezogen haben. Zwei Mal.« Sie hielt inne und schüttelte den Kopf. »Sehr schlechter Grisgris.«

»Kann es ein Erkennungszeichen sein? Oder eine Art Unterschrift von einem Mörder? Haben Sie so was schon mal gehört?«

Mama Lulu fing wieder an, die Lichterkette um den Pfosten zu wickeln. Zee nahm das andere Ende und half ihr. Claire wartete. »Kann schon sein, dass ich so was mal gehört habe«, sagte die alte Frau schließlich.

»Mama, es ist echt wichtig«, sagte Zee. »Zwei unschuldige Mädchen mussten schon sterben.«

Mama Lulu seufzte. »Ich kenne jemanden drüben in Algiers, der vielleicht was darüber weiß.«

Claire stieg sofort darauf ein. »Würden Sie mit uns rüberfahren und ihn bitten, mit uns zu reden?«

»Da müssen wir aber erst mal in die Kirche und Kerzen anzünden, bevor wir uns mit diesem schlechten Grisgris abgeben.«

»Endlich tut sich etwas«, flüsterte Claire Zee ein paar Minuten später zu. Sie saßen auf der Vordertreppe und warteten auf seine Großmutter, die sich für die Kirche anzog. Etienne war ebenfalls im Haus und beschwerte sich lauthals über das Bad, das Mama Lulu ihm verpasste. Als er wieder nach draußen kam, war er sauber geschrubbt und trug ein gestärktes weißes Oberhemd mit langen Ärmeln und saubere schwarze Hosen. Seine schwarzen Lederschuhe glänzten. Zee und Claire trugen Jeans und die gleichen schwarzen Diensthemden. Das musste jetzt einfach reichen.

Auf dem Weg wurde nicht viel gesprochen. Etienne spielte mit dem Nintendo DSi, den er von Zee zum Geburtstag bekommen hatte. Mama Lulu döste, ihr Kopf rollte zurück. Vielleicht tat sie auch nur so, als würde sie schlafen, damit man ihr keine unangenehmen Fragen stellte. Zee hatte zugegeben, dass sie so etwas manchmal machte.

Am Stadtrand von Algiers wachte Mama Lulu auf und erklärte Zee den Weg zur Sacred Heart Catholic Church. Claire war schon mal zu einer Beerdigung dort gewesen, bei einem lange zurückliegenden Fall, kurz nachdem sie

Black kennengelernt hatte. Damals hatte sie ihm ihr Wissen über die Bayous verschwiegen, weil sie erst mal rauskriegen wollte, ob er sie austrickste. Jetzt kam es ihr vor, als wäre das hundert Jahre her. So viel war passiert, Gutes und viel Schlechtes, jedenfalls was ihre Mordermittlungen anging.

In der alten Steinkirche setzten sich Zee und Claire zusammen auf eine der hinteren Bänke, während Mama Lulu sich hinkniete und bekreuzigte. Dann ging sie zum Beten nach vorn zum Altar, Etienne fest an der Hand.

»Ich glaube, ich gehe auch mal«, sagte Zee. »Sag mal wieder dem Jesus Hallo, sonst hält sie mir das hinterher ewig vor.«

Claire lächelte, aber ihr war auch danach zumute, ein paar Avemarias zu sprechen. Vielleicht auch ein »Dankeschön, Gott«, weil er sie auf dem Boot am Leben und unverletzt gelassen hatte. Sie sprach ein paar Gebete, zündete sogar ein paar Kerzen an zum Dank dafür, dass sie und die beiden Männer, die sie liebte, einigermaßen unbeschadet davongekommen waren. Dann noch zwei, eine für Madonna Christien und eine für Wendy Rodriguez. Schließlich kehrte sie zu ihrer Bank zurück und wartete ungeduldig auf die anderen.

Ein paar alte Frauen waren in der Kirche, die Haare mit schwarzen Spitzentüchern bedeckt. Sie saßen oder knieten an verschiedenen Stellen und beteten ihren Rosenkranz. Sonst war niemand zu sehen. Nach einer sehr langen halben Stunde tauchte ein uralter weißhaariger Priester hinter dem Altar auf. Er schlurfte zum Beichtstuhl, den Kopf gesenkt, die Hände im Gebet gefaltet. Als er hineingegangen und die Tür hinter sich geschlossen hatte, wartete Mama Lulu nur noch auf das grüne Licht, dann ging sie durch die andere Tür hinein. Claire hatte keine Ahnung, was die alte Frau wohl beichten wollte. Was in aller Welt? Hatte sie zu vielen Fledermäusen die Flügel abgeschnitten? Hatte sie aus Versehen eine Nadel an der falschen Stelle in eine nachgemachte Voodoo-Puppe gestochen oder womöglich vergessen, den Rosenkranz zu beten?

Es zeigte sich, dass sie entweder sehr brav gewesen war oder in Lichtgeschwindigkeit beichten konnte, denn nach weniger als einer Minute tauchte sie wieder auf. Sie kam durch den Seitengang und schnappte sich Etiennes Hand. Ihr Schritt war deutlich dynamischer als der des Priesters.

»Jetzt Sie«, befahl sie Claire, als sie sich in die Bank davor setzte und sich nur kurz über die Schulter umsah.

»Ich gehe später zum Beichten, Mama Lulu, zu Hause. Trotzdem vielen Dank.«

»Also ehrlich, Mädchen! Pater Gerard ist der Mann, mit dem Sie sprechen wollen. Gehen Sie rein und zeigen Sie ihm das Bild von der Tätowierung. Mal sehen, was er dazu sagt.«

Also gut.

Jetzt saß Zee im Beichtstuhl und kam seiner Christenpflicht nach. Claire wartete. Als er herauskam, nickte er ihr zu, als wüsste er Bescheid. Claire ging hinein. Sie war schon lange nicht mehr zum Beichten gegangen, aber sie war ja auch schon lange nicht mehr zur Messe gegangen. Vielleicht, weil sie nicht katholisch war. Black schon. Andererseits – wenn sie schon mal die Gelegenheit hatte, könnte sie sich vielleicht das eine oder andere von der Seele reden.

»Detective Morgan?«

»Ja, Pater. Mama Lulu hat mir gesagt, ich könnte Ihnen ein paar Fragen stellen. Ich habe allerdings nicht damit gerechnet, dass das hier stattfindet. Ist das für Sie okay?«

»Natürlich, mein Kind, es ist mir sogar lieber so. Es gibt Leute, die es gar nicht gern sehen würden, wenn ich mit einer Polizistin spreche.«

Oha, das ging ja gut los. »Ich weiß das sehr zu schätzen, Pater. Können Sie mir sagen, wer diese Leute sind, die Sie so einschüchtern?«

»Sie wissen schon, wer diese Leute sind. Aber ich kann es Ihnen auch sagen, wenn sie möchten. Jacques Montenegros Fangarme reichen weit.«

Claire zuckte unwillkürlich zusammen. Sie hatte Blacks Bruder einmal kennengelernt. Er sah gar nicht so einschüchternd aus. Er war klein und dünn und kultiviert, ganz und gar nicht einschüchternd. Vielleicht war es die Herde von Muskelmännern, mit der er sich umgab. »Und Sie sind ihm ein Dorn im Auge, verstehe ich das richtig?«

Claire hörte den Pater seufzen. Seine Stimme klang alt, müde und erschöpft von der Welt. »Ich war einmal Teil der Montenegro-Familie, aber das ist sehr lange her. Dann bin ich meinem Erlöser Jesus Christus begegnet und habe ihm mein Herz geöffnet. Mama Lulu hat mir dabei geholfen. Wir sind zusammen in dieser Stadt aufgewachsen. Aber auch das ist sehr lange her. Sie ist eine heilige Frau und wird einmal den Lohn des Himmels bekommen.«

»Sie waren Mitglied der Montenegros?« Ihre Stimme klang ungläubig, sie konnte nichts dagegen tun.

»Ja, meine Liebe. Ein Mann ohne Prinzipien, muss ich

wohl sagen. Ich habe schlimme Dinge getan, an die ich mich nur noch mit Schaudern erinnere. Ich habe mehrere Männer auf schreckliche Weise getötet, um zu Geld zu kommen.«

Also wirklich, wer legte hier eine Beichte ab, sie oder er?

»Ich habe hier ein Foto von einer Tätowierung, das ich Ihnen gern zeigen würde.« Claire nahm das Foto und drückte es gegen das Gitter mit den verschlungenen Lilien.

»Ja, Mama hat mir schon davon berichtet. Warten Sie, ich setze meine Brille auf.«

Sekunden vergingen. »Erkennen Sie das Zeichen wieder, Pater?«

»Ja, ich erkenne es wieder.«

»Bitte, Pater, erzählen Sie mir alles, was Sie darüber wissen.«

»Ich weiß, dass es das Markenzeichen eines sehr bösen Mannes ist. Eines Auftragsmörders. Sie nannten ihn immer die Schlange, wegen dieser Tätowierung. Selbst Montenegro-Männer wie ich sprachen seinen Namen nur im Flüsterton aus.«

»Kennen Sie seinen echten Namen? Wissen Sie, wie er aussieht?«

»Es tut mir wirklich leid, aber beides muss ich verneinen. Er treibt sich seit vielen Jahren – Jahrzehnten, fürchte ich – hier herum. Mord und Missbrauch, ganz furchtbar. Dieses Zeichen … damit markiert er seine Opfer als seinen Besitz. Sie werden zu Untertanen von Papa Damballah, dem Voodoo-Loa. Er signiert seine Taten immer mit diesem Zeichen, um seinem Voodoo-Gott die Ehre zu erweisen. Schauen Sie sich das Symbol an.

Einige sagen, er nimmt die Kinder seiner Opfer mit, um sie zu seinem Vergnügen zu quälen. Und dann, so heißt es, bringt er sie um und wirft sie den Alligatoren rund um sein Lager zum Fraß vor. Man sagt, er sei besessen von einem Voodoo-Dämon, der alle Überreste von Menschlichkeit in ihm gefressen hat. Er ist das personifizierte Böse.«

»Und niemand weiß, wer er ist?«

»Niemand. Er ist sehr vorsichtig. Viele glauben, er ist ein Cajun und lebt hier bei uns. Vollbringt seine bösen Taten hier bei uns.«

»Können Sie mir noch irgendetwas über ihn sagen, Pater?«

»Ich hatte mal ein Gemeindemitglied, das schwor, er würde tief im Sumpf leben und seine Opfer dorthin mitnehmen. Dort würde er sie auch umbringen und mit Steinen beschwert in den tiefen Bayous versenken oder den Alligatoren vorwerfen. Dieser Mann sagte mir, manchmal könnte man weit da draußen in der Nacht Trommeln und Schreie hören. Aber ich weiß nicht, ob das stimmt.«

»Setzen die Montenegros diesen Mann noch für Auftragsmorde ein?«

»Das weiß ich nicht. Ich habe schon lange keinen Kontakt mehr zu Jacques und seinen Leuten. Sie sind aber wohl nicht mehr so brutal wie früher. Jacques versucht, die Organisation zu reformieren und ein braver Christ zu werden. Er besucht hier die Messe, und es heißt, er trauert um sein einziges Kind und möchte vor seinem eigenen Tod Erlösung erfahren.«

Claire wusste nur zu gut darüber Bescheid. Der Mord

an Jacques kleiner Tochter war Teil des Falles gewesen, bei dem sie Black kennengelernt hatte. Für Claire selbst war es der Anfang eines Albtraums gewesen. Die Dämonen ihrer eigenen Vergangenheit hatten sie eingeholt.

»Sie ist aber nicht durch die Hand dieses Mörders gestorben, Pater.«

»Nein, das stimmt. Es war ein anderer böser Mann, der dieses Kind Gottes getötet hat.«

»Hat der Zeuge gesagt, von wo die Schreie im Sumpf kamen? War es in unserer Gegend? Um Thibodaux? Napoleonville? Chauvin? Wo?«

»Irgendwo dort, aber niemand weiß, wo der Mann sich aufhält. Ich habe gehört, er soll noch tief im Sumpf sein. Hat man dieses Zeichen an einem seiner Mordopfer gefunden?«

»An zwei Frauen. Beide waren geschlagen und erdrosselt worden, und man hatte sie auf Voodoo-Altären für uns drapiert.«

»Dann fürchte ich, er ist noch am Leben und mordet weiter.«

»Noch eine Frage, Pater. Haben Sie jemals gehört, dass der Mann anderen seine Morde in die Schuhe schiebt? Dass er falsche Beweise zurücklässt oder so?«

»Nein, er ist ein professioneller Auftragsmörder. Normalerweise tötet er wie bei einer Exekution: eine Kugel in den Kopf, eine zweite ins Herz. Aber ich habe auch von Fällen gehört, bei denen er andere Methoden angewendet hat. Und angeblich nimmt er die Kinder seiner Opfer mit. Manchmal jedenfalls. Von den meisten hat man nie wieder etwas gehört. Keiner weiß, was aus ihnen geworden ist.

Vielleicht hält er sie immer noch irgendwo da draußen gefangen.«

»Um was für Familien ging es dabei?«

»Bei einem Fall erinnere ich mich, dass das Kind überlebte und die Sache von der Familie vertuscht wurde. Er missbraucht diese Kinder auf fürchterliche Weise. Es hieß, ein Überlebender habe berichtet, er habe ihn aus purem Sadismus zu Tode geängstigt.«

»Und er wurde nie gefasst? Niemand ist ihm auf die Spur gekommen? Die Polizei nicht und auch niemand, der ihn kennt?«

»Er ist sehr schlau. Und er hat viele Jahre Übung.«

»Wir sind auch schlau. Diesmal kriegen wir ihn.«

»Deshalb habe ich mich bereit erklärt, mit Ihnen zu sprechen. Aber nur hier, im Geheimen. Ich wünschte, ich könnte Ihnen mehr sagen.«

»Sie haben uns sehr geholfen, Pater. Jedenfalls weiß ich jetzt, womit ich es zu tun habe.«

»Gott helfe Ihnen«, erwiderte er. »Ich werde beten, dass Sie ihn fassen. Geh mit Gott, mein Kind.«

Claire verließ den Beichtstuhl und warf einen Blick in die hintere Bankreihe, wo Zee und seine Familie zusammen knieten und beteten. Ja, sie würden Gottes Hilfe brauchen, dachte Claire. Denn jetzt war ihr klar, dass sie nicht nur Madonnas und Wendys Mörder jagten, sondern einen lebenden Teufel, der unter ihnen wohnte, seit langer, langer Zeit. Vielleicht jemanden, den sie kannte, der sie auf der Straße freundlich grüßte. Sie eilte in den hinteren Teil der Kirche. Wenn dieser Typ sie in den Fall verwickelte, wenn er die beiden Mädchen getötet hatte und kleine Kinder aus purer Lust am Quälen zu Tode ängstigte, dann würde sie ihn kriegen. Sie würde ihn finden und ihn für alles bezahlen lassen, was er Unschuldigen angetan hatte. Jetzt hatte sie eine Vorstellung von diesem Mann. Sie musste ihn nur noch finden.

21

Den Rest des Tages verbrachten Zee und Claire damit, ältere Leute und Bewohner des Bayous in und um die Gemeinde von Lafourche zu befragen. Es ging um den geheimnisvollen Mörder, der angeblich in den Sümpfen hauste: unbekannt und unentdeckt. Sie zeigten den Leuten in Bayou Corne und Bayou Lafourche das Foto der Tätowierung, in Lake Verret und sogar noch in Bayou Teche. Die meisten Leute bekreuzigten sich und schauten sie ängstlich an, aber keiner gab zu, irgendetwas über einen versteckten Schlangenmann zu wissen, der die tiefen Sümpfe heimsuchte. Wer auch immer dieser Typ war, er hatte seinen Nachbarn eine Heidenangst eingepflanzt. Eine Teufelsangst.

Nach einem langen Tag und mit einem pochenden Kopfschmerz, der einfach nicht aufhören wollte, beschlossen Claire und Zee, dass es ihnen reichte. Es wurde dunkel, und im French Quarter regnete es heftig, als sie endlich zu Hause ankam und auf die Fernbedienung ihrer Garage drückte. Sie fuhr hinein und kam in der Doppelgarage zum Stehen. Blacks Range Rover war nicht da, sie fragte sich, wo er hingefahren war. Er hatte sie auch nicht angerufen und ihren Anruf nicht entgegengenommen, als sie ihm hatte mitteilen wollen, dass es später würde. Irgendetwas stimmte da nicht, sie spürte es in ihren Knochen. Als sie noch einmal seine Nummer wählte, nahm er wieder nicht ab.

Im Haus traf sie die unglaublich elegante Einrichtung an – und Maria Christo, die aber auch nicht wusste, wo Black war. Die Frau kam aus Guatemala, war dunkel und zierlich und sprach mit einem schweren Akzent. Sie lächelte fast immer, trug immer einen Rosenkranz um die Taille und hatte Claire schon ein paar Mal gefragt, wann sie endlich den wunderschönen Weihnachtsbaum aufstellen wollten. Claire sagte ihr auch diesmal wieder, sie und Black würden ihn jetzt bald schmücken, dann eilte sie hinauf in Gabes Schlafzimmer.

Er lag im Bett, Jules Verne auf dem Schoß, und flirtete mit Julie Alvarez. Die Krankenschwester verabreichte ihm gerade eine Spritze, vermutlich mit einem starken Schmerzmittel. Kein Wunder, dass er so gut gelaunt war. Gabe und Julie lächelten beide, und Claire freute sich, dass die Schwester ihn ein bisschen aufmunterte. Jules sprang sofort vom Bett, als er sie sah. Sie fing den kleinen, quirligen Pudel auf und umarmte ihn.

»Na, Gabe, dir scheint es ja wesentlich besser zu gehen als gestern«, sagte sie und kam zum Bett.

Julie Alvarez war eine wirklich hübsche Frau, wenn man sie mal richtig ansah. Gestern Abend war Claire so fertig gewesen, dass sie nicht mehr geradeaus hatte denken können. Julie war wohl Mitte dreißig und trug ihre braunen Haare modisch geschnitten. Sie hatte grüne Augen und ein entspanntes Lächeln im Gesicht. Sie sah sportlich aus, vielleicht war sie Läuferin wie Claire. Und sie konnte es mit Gabe aufnehmen. Jetzt drehte sie sich zu Claire um. »Ja, er ist recht unterhaltsam, bettlägerig oder nicht, muss ich sagen. Benimmt er sich immer so?«

»Unbedingt. Wenn er nicht den harten Mann spielt.«

Gabe lachte. »Julie leistet mir gute Gesellschaft, das ist einfach so.«

»Also, ernsthaft jetzt. Wie geht es dir?«

»Nicht wirklich toll, aber auch nicht schrecklich. Ich bin am Leben, im Moment reicht mir das.«

»Er ist ein braver Patient, aber das kann daran liegen, dass er sich nicht bewegen kann und dass die Schmerzmittel ziemlich stark sind«, lachte Julie. »Also, Claire, wenn Sie ein bisschen bei ihm bleiben, mache ich jetzt Pause. Wäre das in Ordnung?«

»Absolut, nur zu. Übrigens, wissen Sie, wo Black ist?«

Julie nickte. »Nick sagte, er müsse Jack Holliday treffen. Ich soll Ihnen sagen, dass er später kommt.«

Claire fragte sich, ob da wieder irgendeine Geheimagentengeschichte lief und ob sie sich Sorgen machen müsste. Julie verließ das Zimmer, und sie setzte sich zu Gabriel. »Wie geht es dir nun wirklich, Gabe?«

»Das wird schon wieder. Ich mag diese Frau, sie lässt sich von mir nicht die Butter vom Brot nehmen. Wir kommen gut klar.«

»Zeig mir doch mal eine Frau, die du nicht magst.«

Gabe grinste, aber als er versuchte, sich aufzusetzen, verzog er schmerzvoll das Gesicht. »Apropos Frauen: Ich habe Bonnie angerufen, und sie sagt, jetzt geht es den Skulls bald an den Kragen. Sie ist schon weg, auf dem Weg zurück in ihr Büro in Miami. Ich bin froh, sie in Sicherheit zu wissen. War schon ein komisches Gefühl, sie da nicht beschützen zu können.«

»Ja. Ich habe sie bei Madonnas Beerdigung gesehen. Da

hat sie mir versteckt mitgeteilt, dass die Skulls wohl nichts mit dem Sprengstoffanschlag zu tun haben. Jedenfalls glaube ich, dass sie mir das sagen wollte.«

»Mir hat sie es auch gesagt. Offenbar haben die Jungs geglaubt, ich sei entweder tot oder im Gefängnis. Sie haben sogar in den Bayous nach meiner Leiche gesucht. Ich glaube auch nicht, dass die Skulls die Handgranaten geworfen haben.«

»Sie sollen ruhig weiterglauben, dass du tot bist. Ich denke, du musst nicht dahin zurück.«

»Den offiziellen Rückzugsbefehl habe ich schon heute Morgen bekommen. Jedenfalls bis auf Weiteres. Bonnie und ich werden vor Gericht aussagen müssen, aber bis zum Prozess dauert es noch ein Weilchen.«

»Das ist das Beste, was ich seit Ewigkeiten gehört habe.«

Gabe lehnte sich wieder zurück und suchte sich eine bequeme Sitzposition. Er sah schon wieder viel besser aus, nicht mehr so kalt und grau. Er bekam wieder Farbe, und auch seine sprichwörtliche Ungeduld war wieder da. Er drehte sich, versuchte den Arm zu heben und verzog gereizt das Gesicht. »Himmel, wie ich es hasse, den ganzen Tag untätig im Bett zu liegen.«

»Gewöhn dich dran. Flirte ein bisschen mit der Schwester, bestell dir was zu essen aus Blacks Hotel nebenan, sie bringen dir alles rüber, auf einem angewärmten Silbertablett. Unschlagbar. Frag einfach nach dem Chefkoch Stephen. Lehn dich zurück und genieß das gute Leben, solange du kannst.«

»Ja, Nick hat mir das alles schon gesagt.« Er betrachtete einen Moment lang ihr Gesicht. »Ich mag ihn, er ist cool.«

»Ja, das ist er. Macht sich viel Sorgen um mich. Zu viel.«

»Ohne Scheiß?«

Sie lachten leise, dann wurden sie wieder ernst. »Das war echt knapp, Gabe. Zu knapp, als dass man darüber hinweggehen könnte.«

»Ja, ich habe so was echt nicht erwartet. Ein Messer im Rücke, okay, oder dass mich jemand in einer dunklen Gasse zusammenschlägt. Aber eine Handgranate – auf die Idee bin ich nie gekommen. Ist auch gar nicht der Stil der Skulls. Irgendwer wollte mich wohl loswerden.«

»Oder mich. Oder Black. Jeder von uns könnte gemeint sein.«

»Ich wette, es ging um mich. Ich habe vor diesem Auftrag gegen eine ganze Menge böser Buben ausgesagt. Ich tippe, einer von denen hat einen Killer auf mich angesetzt.«

»Aber für einen professionellen Auftragskiller ist die Vorgehensweise ziemlich schmutzig, findest du nicht?«

»Doch, das habe ich mir auch schon gedacht.« Er schaute ihr wieder eindringlich ins Gesicht. »Du glaubst, es geht um dich?«

»Wie haben eine Voodoo-Puppe mit meinem Gesicht gefunden, keine dreißig Meter vom Boot entfernt und nur ein paar Tage vor dem Anschlag. Für mich klingt das sehr plausibel.«

»Und Nick? Hat er irgendwelche Feinde?«

Claire gab sich Mühe, nicht zu besorgt auszusehen, aber genau das war sie. Black konnte sehr wohl das Ziel gewesen sein, sie wusste ja inzwischen, dass er selbst einige gefährliche Spiele spielte. »Ich kenne niemanden, der sich seinen Tod wünscht.« Das stimmte, war aber nicht die ganze Wahrheit.

»Vielleicht jemand, der scharf auf dich ist?«

Claire seufzte. »Ja, da gab es mal einen, der total auf mich fixiert war. Der ist aber tot, das habe ich dir schon erzählt. Die meisten anderen Mörder, die ich gefasst habe, sind entweder tot oder im Gefängnis. Wenn es um mich ginge, hätte er mich ohne Weiteres in dieser Woche erwischen können, als ich allein draußen war. Dann hätte er nicht gleich auf uns alle losschlagen müssen, er hätte mich in einem unbewachten Moment umbringen können.«

»Ehrlich, für mich klingt das alles komisch. Irgendetwas stimmt hier ganz und gar nicht. Du musst echt aufpassen. Oder noch besser, nimm dir ein paar Wochen frei. Verschwinde einfach für eine Weile, gemeinsam mit Nick, Bonnie und ich machen das ja auch.«

»Ich sehe schon, du hast mit Black gesprochen.«

»Ja. Er meint es gut mit dir, keine Frage.« Gabe zögerte. »Zu mir hat er gesagt, er hat dir einen Privatauftrag angeboten. Volle Unterstützung, ein eigenes Detektivbüro. Und ich könne gern mitmachen, wenn du das Okay dazu gibst. Er würde gut zahlen, und es wäre nicht so gefährlich wie die Undercover-Arbeit.«

Die Idee gefiel Claire. Wenigstens wäre Gabe einigermaßen in Sicherheit, so weit das in ihrem Job möglich war. »Was hast du geantwortet?«

»Dass ich drüber nachdenke, mit dir rede und abwarte, was du meinst.«

»Er hat dich gebeten, mich zu überzeugen, oder?«

»Nicht ausdrücklich. Aber ich sehe wirklich keinen Haken an der Sache. Warum willst du nicht als Privatermittlerin arbeiten? Dann hättest du immer noch genug mit den bösen Buben zu tun.«

»Ehrlich gesagt, gefällt mir mein derzeitiger Job ziemlich gut. Ich hatte nur in letzter Zeit mit zu vielen echten Schurken und Serienmördern zu tun. Aller Wahrscheinlichkeit nach hört das bald auf und wird wieder normal. Nicht diese Woche, aber bald.«

»Ja, vielleicht. Aber wie gesagt, nimm dir frei, genieß Weihnachten und den Jahreswechsel. Du hast es dir mehr als einmal verdient.«

Gabe schloss die Augen. Claire wusste, er war müde und das Schmerzmittel tat seine Wirkung. Als er weggedöst war, schlich sie auf Zehenspitzen aus dem Zimmer und ging den Flur hinunter zum Schlafzimmer. Sie duschte kurz, wusch sich die Haare und zog eine weiche dunkelblaue Jogginghose an, die Black ihr geschenkt hatte, diesmal aus dem Laden in seinem neuen Hotel. Auf die Hosenbeine war das Logo gestickt. Juan hatte ein schönes Feuer im Kamin gemacht, und sie setzte sich in Blacks Ledersessel, bevor sie ihr Handy nahm. Black hatte angerufen, während sie duschte. Als sie ihn zurückrief, ging er sofort dran.

»Wo bist du?«, fragte er.

»Zu Hause, und da solltest du auch sein. Wir hatten uns zu einem hübschen ruhigen Candlelight Dinner auf dem Balkon verabredet, nur wir zwei. Und dann noch ein bisschen Feuerwerk im Schlafzimmer. Interessiere ich dich schon nicht mehr, oder was?«

»Du musst hierherkommen.«

»Ach nein! Warum denn? Wo bist du? Was ist passiert?«

»Ich bin bei Jack. Wir fahren gerade zu ihm raus in die River Road. Kannst du da hinkommen?«

»Warum?«

»Wir müssen reden. Es ist nicht weit. Wir sind auf dem Rückweg von Baton Rouge, wahrscheinlich bist du vor uns da.«

»Was zum Teufel machst du da, und warum bist du vorhin nicht ans Telefon gegangen?«

»Wir mussten etwas überprüfen, ich erkläre es dir später.«

»Jetzt.«

»Später, sagte ich. Komm raus, bitte.«

Clare gefiel diese ausweichende Antwort nicht, ebenso wenig wie der ernste Ton. Irgendwas war da los, wahrscheinlich nichts Gutes. »Okay. Wie komme ich dorthin?«

»Es ist ein altes Plantagenhaus in der Nähe von Vacherie. Kennst du das? Du wirst nicht lange brauchen. Kannst du dich erinnern, als wir nach Thanksgiving zum Essen im Briarside Inn waren? Es ist die erste Plantage danach auf der River Road.«

»Die mit der hohen weißen Mauer drumrum?«

»Genau. Heißt jetzt Rose Arbor. Es gibt ein elektrisches Tor, das wahrscheinlich zu ist. Wenn du vor uns da bist, warte an der Straße, Jack macht auf, sobald wir kommen.«

»Ich rate dir, mich nicht wegen irgendwelchem Kleinkram rauszujagen, Black. Es regnet, und ich habe Hunger.«

Aber Black war nicht nach Kleinkram zumute, ebenso wenig wie zum Scherzen. »Sei vorsichtig, ja? Wir treffen uns gleich.«

»Dito.«

Sie beendeten das Gespräch, Claire nahm ihre Waffen, zog eine Regenjacke an und ging zu ihrem SUV. Sie war aufgeregt und sehr wachsam. Auf dem Weg durch Marias schicke Gourmetküche schnappte sie sie sich ein paar Mini-Snickers aus dem Kühlschrank und eine eisgekühlte Dose Pepsi. Irgendwie musste sie die Zeit bis zum Abendessen überstehen.

Die Fahrt dauerte wirklich nicht lange, es war auch kaum Verkehr. Alle saßen gemütlich zu Hause, waren vor dem ekligen Wetter geflüchtet und kümmerten sich um ihre eigenen Angelegenheiten. Alle, außer ihr. Es regnete in Strömen, sodass die Scheibenwischer kaum dagegen ankamen. Sie wusste, das Briarside Inn war ein Bed & Breakfast in einem wunderschönen Haus aus der Zeit vor dem Bürgerkrieg, direkt unten am Fluss. Das Essen war gut, aber ziemlich teuer. Gut, dass Black immer darauf bestand, zu bezahlen.

Sie erreichte die River Road und fuhr nach wenigen Minuten am Briarside vorbei. Dann kam Jack Hollidays bescheidene Behausung, genau wie Black es ihr beschrieben hatte. Ein extravaganter Bau, nachgemachte Antike. Irgendwo musste Jack richtig viel Geld verdient haben. Vielleicht nicht so viel wie Black, aber immerhin. Sie musste Friedewald um eine Gehaltserhöhung bitten, schließlich war sie im Dienst fast in die Luft geflogen.

Das Plantagenhaus stand auf einem Hügel, die Straße verlief zwischen dem Grundstück und dem Fluss. Im Gewitter war das Haus kaum zu erkennen. Claire hielt vor dem Tor und zog die Handbremse an. Durch ihre regennasse Windschutzscheibe konnte sie alles ganz gut beobachten. Draußen war es vollkommen dunkel, nur zwei große elektrische Laternen an den Pfeilern vor der Haustür waren eingeschaltet. Wahrscheinlich so welche, die in der Dämmerung von selbst angingen. Aber das Tor stand weit offen. Sie gab wieder Gas. Große, kräftige Eichen mit Moosbewuchs erhoben sich an den Seiten der kurvigen Auffahrt. Sie wusste, sie konnten sich jeden Moment in dunkle, unheimliche Ungeheuer verwandeln, besonders an so einem Abend.

Es donnerte wieder, diesmal direkt über ihr. Dann wurde der Regen noch stärker, sodass sie nichts mehr sah. Sie bremste, während ihre armen Scheibenwischer aufstöhnten. Black und Holliday hatten wirklich eine tolle Nacht erwischt, um irgendetwas mit ihr zu besprechen, was man nicht am Telefon regeln konnte.

Die Straße bestand aus frischem Asphalt, trotz der Kurven und der Tatsache, dass sie in einen Wald führte. Schließlich erreichte Claire eine Rasenfläche, ungefähr so groß wie ein Football-Feld. Vielleicht trainierten Jacks Kunden hier. Im Regen roch die Luft sauber und frisch und nach Ozon, aber der Wind kam von der Küste, und das Gewitter wollte nicht aufhören. Es gab jede Menge Blumenbeete hier, an den Eichen wuchs der Efeu in die Höhe, ein paar leere Blumenkübel aus Beton standen da und warteten darauf, mit Kamelien, Azaleen und blauen Hydrangea bepflanzt zu werden, sobald es Frühling wurde. Keine fröhlichen Weihnachtsdekorationen, kein Licht, keine Fußmatte, kein Türkranz. Jack war offenbar ein Weihnachtshasser. Das Haus selbst war allerdings eine

Pracht, sozusagen eine kleine Louisiana-Version von Versailles.

Wenige Sekunden später fuhr sie um einen großen Brunnen mit griechischen Skulpturen herum. Es blitzte wieder, sie konnte das Haus jetzt gut erkennen.

Und was für ein Haus! Es sah ein bisschen aus wie Tara in »Vom Winde verweht«. Also wirklich, dieser Sport-Agent hatte sich da eine nette Hütte angeschafft. Schade, dass alles dunkel war. Man ließ doch wohl irgendeine Lampe an, wenn man wusste, dass man im Dunkeln nach Hause kommen würde? Die meisten Frauen taten das, sie auch. Aber ein Typ von der Statur Jack Hollidays konnte natürlich jedem Eindringling die Knochen zerquetschen. Auch ihr. Einige der alten Plantagen waren ziemlich heruntergekommen, alt und verwittert und vernachlässigt, aber das hier ... Ein tolles Haus, das konnte niemand leugnen.

Eine lange, breite Veranda verlief um das Erdgeschoss, und eine weitere direkt darüber. Große bodentiefe Fenster lagen zu beiden Seiten, acht oder neun in jedem Stockwerk, und offenbar ging es an den Seiten so weiter. Claire parkte vor dem Haus, stieg aus und leuchtete mit ihrer Taschenlampe eine große, halbrunde Treppe aus Ziegelsteinen an, die in der Mitte mit einem schmiedeeisernen Geländer versehen war. Die Pfosten waren aus schön geschnitztem Holz, der Endpfosten oben mit einer großen Lilie versehen, die fast aussah wie handgeschnitzt.

Sie wollte rein, das Wetter war wirklich furchtbar. Aber als sie die Treppe hinaufging und an die Türklinke fasste, war alles verschlossen. Sie probierte die bodentiefen Fenster aus und fragte sich, ob sie vielleicht ein Schloss knacken könnte, aber dann ließ sie es doch bleiben. Weiße Schaukelstühle aus Holz standen am Geländer. Dort war es trocken, und so setzte sie sich in den nächsten dieser Stühle, um zu warten. Die Blitze lieferten ihr eine fantastische Lasershow.

Sie fragte sich, was Black und Holliday so lange machten. Black saß nicht am Steuer, das war klar. So schnell wie er fuhr, wäre er vermutlich vor ihr da gewesen. Aber gut, sie war eine erwachsene Frau und eine erfahrene Polizistin. Sie würde sich von so einem Gewitter nicht erschrecken lassen. Schlimmstenfalls wurde sie nass. Trotzdem wünschte sie sich sehnlich, die beiden würden endlich auftauchen. Nach ein paar deftigen Cajun-Flüchen lehnte sie sich zurück, aß noch ein Snickers und übte sich in Geduld.

Der Maskenmann

Es lief so gut! Er hatte jede Menge Spaß in seinem kleinen Labyrinth, dachte sich neue Methoden aus, um Leuten Todesangst einzujagen, und ihm fiel tatsächlich ständig etwas Neues ein. Er beging auch keine dummen Fehler mehr. Die Leute, die er mitnahm, starben irgendwann. Es war nur eine Frage der Zeit und hing natürlich auch davon ab, wie viel Spaß sie ihm machten. Diejenigen Opfer, die einfach nur dasaßen oder um Mitleid flehten, blieben selten länger als ein oder zwei Tage. Diejenigen, die kämpfen und alles Mögliche versuchten, um aus dem Labyrinth zu entkommen, beeindruckten ihn schon mehr und lebten oft ein paar Wochen dort, bevor er ihrer überdrüssig wurde und sie an die Alligatoren verfütterte. Und die Alligatoren wussten natürlich, dass sie früher oder später etwas Leckeres bekamen, wenn sie nur lange genug warteten. Sie waren fast schon so zahm wie Haustiere, einige hatten sogar Namen: Razor, Hungry und Bully – Letzteren mochte er bei Weitem am liebsten, weil er normalerweise mit der Leiche so weit wie möglich tauchte, bevor die anderen etwas abbekamen.

Aber dann ging auf einmal alles schief. Er hatte sorgfältig Buch geführt über die Opfer, die ihm entkommen waren, damit sie ihm nicht irgendwann Schwierigkeiten bereiteten. So hatte er auch herausgefunden, dass ein Privatdetektiv in der Stadt war und herumschnüffelte, vor allem was eins der entkommenen Opfer anging. Sie war ziemlich labil, hatte einige Zeit im Gefängnis gesessen, eigentlich ein Junkie. Und sie zog ständig mit anderen Typen los. Wahrscheinlich würde sie dem Detektiv alles erzählen, was er wissen wollte, vor allem für Geld. Malefiz glaubte zwar nicht, dass sie ihn identifizieren könnte, aber es war durchaus möglich, dass sie irgendeine Bemerkung machte, die die Ermittler auf seine Spur setzte.

So ging es eine Weile, und er wurde immer nervöser. Dann tauchte ein zweiter Typ auf, ein früherer Football-Spieler namens Jack Holliday. Und der versetzte ihn nun wirklich in Unruhe. Wenig später kam nämlich auch noch eine sogenannte Expertin aus Missouri, die alles noch komplizierter machte. Sie ermittelte zwar nicht im Zusammenhang mit ihm, aber wenn es ganz blöd lief, würde man sie zurate ziehen. Sie war berühmt für ihre Erfolge bei

Serienmördern, und jetzt musste er dringend dafür sorgen, dass sie ihr Wissen nicht gegen ihn einsetzte. Verdammt, allmählich glitt ihm alles aus der Hand. Er musste handeln, und zwar schnell. Wenn er nicht für Ordnung sorgte, würden sie ihn doch noch schnappen.

Also marschierte er eines Nachts zu Madonna Christien. Sie machte ihm auf, erkannte ihn aber natürlich nicht und ließ ihn rein. Sobald sie die Tür hinter ihm zugemacht hatte, legte er beide Hände um ihren Hals und rang sie nieder. Sie kämpfte verzweifelt gegen ihn an, aber sie war viel zu schwach, um eine Chance zu haben. Einmal kam sie los, nachdem sie ihn getreten hatte, und rannte schreiend zur Tür, wobei sie alle Möbel umwarf, um ihm den Weg zu versperren. Aber er war blitzschnell wieder über ihr und schlug ihren Kopf gegen die Wand. Daraufhin gab sie Ruhe. Er schlug ihren Kopf noch mal auf den Couchtisch, um sicherzugehen.

Dann zog er seine Handschuhe an, zog sie hoch und verdrosch sie kräftig, solange sie nur halb bei Bewusstsein war. Das hatte sie weiß Gott verdient für all die Schwierigkeiten, die sie ihm machte. Er hätte sie gleich verprügeln sollen, damals, als sie noch ein Kind war. Sie war ja doch in der Gosse geendet. Niemand würde sie vermissen, außer vielleicht ein paar von ihren Stechern.

Als sie tot war, durchsuchte er ihre Wohnung und fand den niedlichen kleinen Altar für Papa Damballah. Sehr cool, vielleicht war sie doch nicht so dämlich und hatte ein bisschen was von ihm gelernt. Eigentlich schade, dass sie jetzt tot war, er hätte da draußen im Labyrinth noch ein Weilchen seinen Spaß mit ihr haben können. Aber der Altar war auch Jack Holliday geweiht, da konnte er kein Risiko eingehen.

Andererseits bot ihm dieser Altar die Möglichkeit, den Mord jemand anderem anzuhängen. Dieses Glas da mit dem Namen von Jack Holliday drauf … schon hatte er einen Plan. Jack war ohnehin ein Problem, und auf diese Weise würde er ihn vielleicht los. Er richtete den Tatort so her, dass Jacks Glas irgendwo im Chaos stand. Der Boden sah furchtbar aus, aber er hatte dafür gesorgt, dass seine DNA nirgendwo zu finden sein würde. Dann nahm er die Leiche und brachte sie zu seinem Auto, das in seiner Garage geparkt war.

Auf dem Weg ins Labyrinth fielen ihm alle möglichen Dinge ein, die er mit der Leiche machen könnte, bevor er sie so arrangierte, dass sie gefunden wurde. Es dauerte nicht lange, bis ihm eine Idee kam, wie er Claire Morgan aus dem Fall herauskicken konnte. Dann wäre er auch sie los und hätte endlich wieder seine Ruhe. Jetzt musste er das Mädchen nur mit Chlorbleiche waschen und eine spitze Nadel und Stickgarn rausholen. Er lachte laut. Er war so begeistert wie schon seit Jahren nicht mehr.

22

Nach einer Viertelstunde donnerte es fürchterlich direkt über Claire. Danach grollte der Donner noch lange, während er sich Richtung Norden nach Baton Rouge verzog. Es schüttete, die Palmwipfel und die großen Elefantenohren und Bananenstauden neben der Veranda bewegten sich heftig. Aus irgendeinem Grund graute es Claire, ein archaisches Gefühl von etwas Bösem, das sich näherte, überkam sie. Die Härchen auf ihren Armen standen zu Berge, als sie die Hand auf ihre Waffe im Schulterholster legte. Hier draußen so ganz allein im Dunkeln fühlte sie sich sehr ausgesetzt. Tief durchatmen und entspannen, das war es.

Aber allmählich ging es ihr hier wirklich nicht mehr gut. So schön das Haus war, die Umgebung war unheimlich. Und sie fand es schrecklich, hier draußen zu sitzen, wo sich jederzeit jemand anschleichen konnte. Also stand sie auf, ging die Treppe hinunter und bewegte sich ein paar Meter von der Veranda weg. Kalter Regen prasselte auf ihre Kapuze, obwohl die Äste der Bäume über ihr das meiste abhielten. Sie stand in den kauernden Schatten und fragte sich, was sie so nervös machte. Normalerweise ließ sie sich von einer solchen Situation kaum beeindrucken, also warum jetzt? Vielleicht waren es die Nachwirkungen des Sprengstoffanschlags, durchaus möglich.

»Hände hoch. Ich meine es ernst, Mädchen, ich zeige mit der Waffe auf dich.«

Claire sprang fast in die Luft, als sie die heisere Stimme aus dem Dunkeln hörte. Eine halbe Sekunde später hatte sie ihre Waffe gezogen und hielt sie mit ausgestreckten Armen vor sich. Links von ihr auf der Veranda stand jemand im Schatten, allem Anschein nach ein Mann, der ganz offensichtlich mit einem Gewehr auf sie zielte, das er an seiner rechten Schulter abstützte. Und er zielte auf ihren Kopf.

»Polizei! Waffe fallen lassen, sofort!« Ihre Stimme klang ernst, aber die Waffe schien es auch ernst zu meinen. Sie bewegte sich keinen Millimeter. Verdammt, das sah nicht gut aus.

Dann fragte der Angreifer mit der rauen Stimme: »Wer zum Teufel sind Sie? Das hier ist Privatgelände, und Sie spazieren hier im Dunkeln herum und behaupten, Sie sind von der Polizei? Ich lasse mich nicht für dumm verkaufen.«

Ja, offensichtlich. »Hören Sie, Sir, ich gehöre zur Mordkommission in Lafourche. Nehmen Sie die Waffe runter, sonst muss ich Sie verhaften. Und kommen Sie bitte raus, damit ich Sie sehen kann.«

Er schien wenig beeindruckt. »Keine Bewegung, bis ich die Lichter angemacht habe. Verstanden?«

Gut, wahrscheinlich trieben sich gelegentlich junge Frauen auf dem Gelände herum, um Jack Hollidays Unterwäsche zu klauen oder so. Vielleicht kam das wirklich oft vor und dieser schießwütige Typ hatte es gründlich satt. Sie zielte weiter mit beiden Händen auf seine Brust, während er langsam rückwärts zur Tür ging, sie mit dem riesigen Schlüsselbund an seinem Gürtel öffnete und auf einen Lichtschalter drückte.

Jetzt wurde es hell auf der Veranda. Claire sah einen kleinen, älteren Mann mit runzligem Gesicht. Er roch nach Tabak, sie konnte es mehrere Meter weit wahrnehmen. Er war mindestens Ende siebzig, vielleicht schon in den Achtzigern. Holliday hatte ein Händchen für weißhaarige Senioren, die seine Gäste unfreundlich behandelten. Sein arroganter Butler kam ihr in den Sinn. Der alte Mann hatte einen langen weißen Bart, trug eine dicke Nickelbrille, die über der Nase mit schwarzem Isolierband repariert war, und ein blau-schwarz kariertes Flanellhemd unter einem blauen Overall. Grandpa Jones. Claire nahm ihre Dienstmarke mit der linken Hand vom Gürtel und hielt sie ins Licht. Er zielte immer noch mit der Waffe auf sie, also bewegte sie sich langsam und vorsichtig. Sie konnte nur hoffen, dass sein Sehvermögen besser war, als es schien. »Ich komme jetzt die Treppe hinauf und zeige Ihnen meine Dienstmarke. Und Sie rühren sich bitte nicht.«

»Sie müssen nicht hier raufkommen, ich sehe gut.« Er ließ das Gewehr sinken. Claire wartete, bis er es schön ordentlich an die Wand gelehnt hatte, dann steckte sie ihre eigene Waffe ein.

»Sie sehen überhaupt nicht aus wie eine Polizistin. Sie sehen einfach bloß aus wie ein großes, dünnes Mädchen, das über Mr Jacks Land läuft.«

Claire ignorierte seine Worte, die gewiss nicht schmeichelhaft gemeint waren. »Ich gehöre zur Mordkommission in Lafourche, wie ich schon sagte.«

»Aber Sie sind trotzdem einfach hier eingedrungen. Was wollen Sie hier? Mr Jack lässt niemanden hier rein, ohne mir Bescheid zu sagen. Und er hat mir nichts von irgendwelchen Polizistinnen gesagt.«

Ja, vielen Dank, Jack. »Er kommt in ein paar Minuten und wird Ihnen bestätigen, wer ich bin. Würden Sie mir sagen, wer Sie sind?«

»Ich bin Old Nat Navarro. Mr Jack hat mir gesagt, ich soll Leute davon abhalten, das Tor unten aufzumachen oder über die Mauer zu klettern, um zum Haus zu kommen. Sie wären nicht die erste Sex-Verrückte, die hier ankommt, um über ihn herzufallen. Wenn Sie von der Polizei sind, was wollen Sie dann hier? Hat Mr Jack Schwierigkeiten mit der Polizei?«

Okay, die Sache mit dem großen dünnen Mädchen konnte sie ihm durchgehen lassen, aber eine Sex-Verrückte? Jetzt reichte es allmählich. Und was sollte das mit Old Nat? Er war alt, das schon. Ob er sich früher Young Nat genannt hatte und dann aufgrund seiner Falten zum Old Nat befördert worden war?

»Nein, überhaupt nicht, das kann ich Ihnen versprechen. Er und ein Freund von ihm haben mich hierher bestellt, weil sie mir etwas sagen wollten.«

Old Nat kratzte sich den struppigen weißen Bart. »Das macht er nicht oft, schon gar nicht in der Nacht. Er hat doch ein Telefon bei sich, warum ruft er mich denn nicht an und sagt mir Bescheid?«

»Keine Ahnung. Vielleicht ist er sehr beschäftigt. Oder hat seinen abenteuerlustigen Tag.«

»So ein Blödsinn. Mr Jack ist nie abenteuerlustig.«

Claire hatte eine ironische Bemerkung dazu auf der Zunge, verkniff sie sich dann aber und sah ihn nur an.

»Und warum haben Sie nicht geklingelt wie jeder ordentliche Besucher? Sie müssen doch nur Ihre Dienstmarke zeigen.«

»Ich habe keine Klingel gesehen, und das Tor stand offen.« Claire fragte sich, ob sie gerade in einem dämlichen Traum gefangen war. Da stand sie hier im Gestrüpp einem bewaffneten Verrückten gegenüber. Wenn er noch ein paar Blumen im Haar getragen hätte, wäre sie sicher gewesen, dass sie träumte.

Old Nat starrte sie an, als würde er ihr kein Wort glauben. Claire beschloss, ein bisschen höflichen Polizei-Small-Talk zu machen. »Mr Holliday hat gar nicht erwähnt, dass er einen Nachtwächter beschäftigt. Offenbar verspätet er sich.«

»Klingt nicht nach Polizei, einfach hier reinzukommen und im Dunkeln rumzulungern.«

Offenbar war Small Talk nicht seine starke Seite. Zum Glück tauchten in diesem Augenblick Holliday und Black auf. Sie und Old Nat drehten sich synchron um und beobachteten den Sportwagen, der langsamer wurde und mit eingeschaltetem Fernlicht durch die Kurven fuhr.

Holliday saß am Steuer, wie sie es sich gedacht hatte. Er parkte unter dem Carport, er und Black öffneten die Türen und stiegen aus dem coolsten, glänzendsten schwarzen Ferrari-Cabrio, das sie je gesehen hatte. Kaum zu glauben, dass Holliday seine langen Beine in diesem teuren Wagen unterbrachte. Aber irgendwie ging es wohl.

»Tut mir leid, dass wir so spät kommen«, sagte Black und eilte zu ihr. »Bist du schon lange da?«

»Ein Weilchen, aber Old Nat hat mir mit seinem Gewehr Gesellschaft geleistet.«

»Was?« Holliday sah sie erschrocken an und drehte sich dann zu seinem kleinen, aber schwer bewaffneten Wächter um. »Tut mir leid, Old Nat, ich habe ganz vergessen, Sie anzurufen und Ihnen anzukündigen, dass Besuch kommt.«

»Ist schon okay. Haben Sie dem Mädel gesagt, es kann durchs Tor gehen und hier rumschnüffeln und versuchen, ins Haus zu kommen?«

Holliday und Blake sahen Claire an.

»Ich habe ein Mal die Klinke der Haustür angefasst. Ich dachte mir, vielleicht kann ich drinnen warten bei dem Regen. Tut mir leid.«

»Brauchen Sie noch irgendwas, Mr Jack?« Old Nat klang immer noch ziemlich mürrisch.

»Nein, es ist alles in Ordnung. Gute Nacht.«

Old Nat schnappte sich sein Gewehr und schlurfte über die Veranda, ohne noch ein Wort zu sagen. Niemand sagte irgendetwas, bis er weg war. Dann brach Black das Schweigen. »Rein mit uns. Wir müssen reden, Claire, es ist wichtig.«

»Das sagtest du schon. Hübsches Haus, Mr Holliday.«

»Danke. Es war der Stolz und die Freude meiner Großmutter. Old Nat arbeitet schon seit vierzig Jahren für sie und war auch davor hier. Er ist eigentlich harmlos.«

Bis er jemanden auf der Veranda erschießt, dachte Claire. »Ich dachte, Ihrer Großmutter gehört das Haus im Garden District.«

»Da wohnt sie gern. Dort ist sie aufgewachsen, es war ihr Elternhaus und davor das Haus ihrer Großeltern. Aber das hier war ihr großes Projekt.«

Groß war es auf jeden Fall. »Projekt?«

»Sie hat es für die Familie zurückgekauft, ich denke, das muss so vor zwanzig, dreißig Jahren gewesen sein. Es war total verfallen, eine Katastrophe. Mein Großvater hat es ihr gekauft und ihr freie Hand bei der Restauration gelassen. Er dachte wohl, wenn sie das hat, hält sie sich von anderen Schwierigkeiten fern.« Black und Claire hörten höflich zu, bevor sie endlich mit den geschäftlichen Themen anfangen konnten.

Holliday öffnete die Haustür, dann trat er zurück und ließ sie vor. Mein Gott, und Claire hatte sein Haus auf der St. Charles Avenue schon beeindruckend gefunden. Freie Hand bedeutete offenbar auch freies Konto. Das hier musste Millionen gekostet haben. Hier konnte man Ministerpräsidenten und Mitglieder von Königshäusern unterbringen. Oder besser noch Beyoncé und ihre gesamte Entourage.

Der Hauptflur war mit glänzenden schwarzen und weißen Fliesen belegt. Er war breit und lang und erstreckte sich bis auf die andere Seite des Hauses, wo dann vermutlich die Hintertür auf eine Terrasse führte. Alle Türen waren mit geätztem Glas verziert, überall waren die Lilien zu sehen. Ein großer Spiegel mit vergoldetem Rahmen hing zu ihrer Rechten und sah aus, als hätte Granny ihn beim Garagenbasar des Louvre erstanden. Eine breite Treppe erhob sich zu ihrer Linken. Ein glitzernder Kristalllüster – ungefähr achttausend Prismen – hing in der Mitte über einem runden Tisch mit weißer Marmorplatte. Eine riesige blau bemalte Gewürzurne – Ming-Dynastie, darauf konnte man wetten – stand darauf.

»Ich hatte ganz vergessen, wie schön es hier ist«, sagte Black.

Claire fügte hinzu: »Und hier leben Sie? Ganz allein?«

»Das Haus im Garden District ist mir zu förmlich. Zu viele Touristen. Hier draußen habe ich mehr Privatsphäre.«

Claire starrte ihn an. »Und das hier finden Sie nicht förmlich?«

»Nein, nicht so sehr. Großmutter besitzt das Stadthaus immer noch, aber dieses hier hat sie an mich überschrieben, als sie in ihre Pariser Wohnung zog, nachdem sie zur Konsulin ernannt wurde. Ich finde es hier ganz schön. Und es gehört mir. Old Nat ist ganz gut darin, Leute fernzuhalten.«

Konsulin. Nicht schlecht.

Der Regen prasselte immer noch aufs Dach und lief an den Fensterscheiben hinunter. Ein frischer Wind kam durch die offene Haustür herein. »Macht es euch bequem, ich bin gleich wieder da.« Holliday ging in den rückwärtigen Teil des Hauses.

Claire sah Black an. »Wie lächerlich ist das denn? Was ist eigentlich los?«

»Es geht um deinen Fall. Du willst das hören, glaub es mir. Ich habe ihn überzeugt, dich hierher einzuladen und dir die Wahrheit zu sagen.«

»Raus damit, verdammt noch mal!«

»Nur Geduld. Da kommt er schon.«

Holliday kam mit drei Flaschen Bier auf sie zu. Turbodogs, wie beim Cajun Grill, offenbar seine Lieblingsmarke. Was auch immer er ihr zu sagen hatte, er brauchte erst ein bisschen flüssige Aufmunterung. Oder dachte er, sie würde sie brauchen? Sie und Black nahmen ihre Flaschen, stellten sie aber gleich wieder auf dem Couchtisch neben ihnen ab.

Jack trank einen Schluck und setzte sich dann auf einen Sessel, der mit blauem Samt bezogen war. Black und Claire nahmen auf dem antiken roten Brokatsofa Platz. Claire hatte ein sehr, sehr schlechtes Gefühl und wollte nicht mehr warten.

»Was ist los, Holliday? Gibt es irgendwelche Beweise gegen Sie, die ich demnächst finden werde? Irgendetwas, was Sie uns bei der Vernehmung nicht erzählt haben? Seien Sie so gut und erzählen Sie mir jetzt nicht, Sie haben Madonna und Wendy ermordet.«

Holliday zog die Brauen zusammen. »Aber nein, ich hab niemanden ermordet.«

»Haben Sie uns angelogen, was Ihre Beziehung zu Madonna angeht?«

Er zögerte, scharrte mit den Füßen und schaute wild umher. Scheiße, das verhieß nichts Gutes.

Schließlich rückte er damit heraus. Jedenfalls teilweise. »Also, hören Sie zu, das ist ein bisschen kompliziert.«

Claire ließ ihn eine Weile nicht aus den Augen, dann sah sie Black an. »Ich bin ganz Ohr. Machen Sie nur weiter.«

»Es geht um Ihren Fall, aber auch um eine sehr persönliche Sache.«

Persönlich? »Vergessen Sie das Persönliche, sagen Sie mir nur, was es mit meinem Fall zu tun hat.«

»Ich will Ihnen von jemandem erzählen.«

Himmel, konnte er jetzt bitte endlich anfangen? Sie kämpfte den Drang nieder, ihre Waffe zu ziehen und ihm zu sagen, wenn er jetzt nicht redete, würde er auf der Stelle sterben. Aber so ging es natürlich nicht. Nur Geduld. Eine Tugend, die ihr sehr fernlag. »Klingt doch gut, Jack.«

Holliday ging zu einem Schreibtisch am anderen Ende des Raums und zog die oberste Schublade auf. Er holte einen dicken grünen Ordner heraus, der von einem roten Gummiband zugehalten wurde, und hielt ihn hoch. »Ich arbeite schon lange daran. Mehr als zehn Jahre, um genau zu sein.«

»Und was hat das mit meinem Fall zu tun?« Wenn er jetzt nicht gleich redete, würde sie es ihm aus der Nase ziehen.

»Also, erst mal habe ich Sie bei der Vernehmung angelogen. Ich war in Madonnas Haus, sogar mehrmals.«

Verdammt. »Sie haben die Polizei angelogen? Damit machen Sie sich strafbar, was denken Sie sich dabei?«

»Ich habe sie nie angefasst. Ich war aus einem ganz anderen Grund da, das schwöre ich. Aus einem persönlichen Grund. Und ja, ich habe aus dem Glas getrunken, das sie dort gefunden haben.«

»Warum lügen Sie mich an?«

Holliday stand auf und marschierte durch das Zimmer. Black lehnte sich wartend zurück. Er war viel geduldiger als sie. Claire verzog das Gesicht. Was für ein idiotisches Gespräch. Dann redete er weiter, während er ständig an ihr vorbeilief. »Gerade als ich anfing in der NFL zu spielen, wurden meine Mutter und mein Stiefvater ermordet.«

Das war das Letzte, was Claire erwartet hatte. »Tut mir leid, Jack, das wusste ich nicht.«

»Ja, es war eine ziemlich üble Geschichte. Ich kam zu Weihnachten nach Hause, sie wohnten in Arvada, Colorado.« Er blieb stehen und setzte sich, beugte sich vor und redete schnell weiter. »Es passierte an Heiligabend. Wir haben zusammen zu Abend gegessen, Geschenke ausgepackt, Weihnachtslieder gesungen, die ganze Familie. Dann gingen wir schlafen. In dieser Nacht ist jemand in das Haus eingebrochen, wir haben nie herausgefunden, wer das war. Meine Mutter und mein Stiefvater wurden erschossen, je eine Kugel in den Kopf und eine ins Herz, mit einer Schalldämpferpistole, wie bei einer Exekution. Und meine beiden kleinen Schwestern hat der Täter – oder die Täter – mitgenommen. Sie sind nie wieder aufgetaucht.«

Claire war entsetzt über den Schmerz in seinem Gesicht. Dieser Mann war nie über den Mordanschlag auf seine Familie hinweggekommen. Alles andere als das. Aber der Modus Operandi erinnerte sie sehr an die Beschreibung von Pater Gerard. »Und Sie, Jack? Sie waren doch auch dort.«

»Ich bin kurz nach Mitternacht weggefahren, um mich mit meiner Freundin zu treffen.«

»Na, Gott sei Dank, sonst wären Sie wahrscheinlich auch tot.«

Jack biss die Zähne aufeinander, sein Blick wurde hart. »Ich hätte dort sein müssen. Ich hätte ihn aufhalten können.«

»Sie sollten sich keine Vorwürfe machen, Jack«, sagte Black mit seiner ruhigen, perfekt modulierten Psychiaterstimme.

»Doch, genau das tue ich.«

»Es war nicht Ihre Schuld«, widersprach ihm Claire mit ihrer ganz normalen, unmodulierten Polizistenstimme.

»Wissen Sie, an diesem Abend … Ich zog mich um und wollte los, um mich mit Amber zu treffen, als eine von den

Zwillingen, meine kleine Halbschwester Jenny, in mein Zimmer kam. Sie war drei Jahre alt. Ich erinnere mich an jedes Wort, das wir sprachen.« Man sah es in seinen Augen. »Jenny und Jill waren unglaublich hübsche Kinder. Eineiige Zwillinge mit riesengroßen braunen Augen und glänzenden platinblonden Haaren, die ihnen in Locken über den Rücken fielen. Sie sahen aus wie meine Mom. In dieser Nacht war Jenny barfuß, und sie trug dieses kleine rote Fleece-Nachthemd mit Rudolph dem Rentier vorne drauf. Ich vergesse dieses Nachthemd nie. Die Nase war aus so einem flauschigen roten Pompon. Meine Mom hatte ihnen diese Nachthemden extra für Heiligabend gekauft.«

Er tigerte wieder durchs Zimmer. Claire schaute Black an, aber er schüttelte den Kopf.

»Jenny hatte Angst. Sie sagte, da wäre ein böser Mann im Garten. Sie hätte ihn gesehen, wie er sich unter den Bäumen versteckte, als sie aus dem Fenster sah. Ich hatte es eilig und war jung und dumm und egoistisch. Also sagte ich ihr, sie sollte nicht solchen Babykram erzählen, sondern ins Bett gehen. Da draußen wäre kein böser Mann. Und wenn sie nicht sofort ins Bett ginge, dann würde Santa Claus nicht kommen.«

Seine Stimme brach, als er das sagte. Claire verstand seine Schuldgefühle. Sie hatte so vieles aus ihrer Vergangenheit bereut und tat es noch. »Und Sie glauben, der Killer stand wirklich da draußen und wartete?«

»Ja. Und die Polizei glaubt das auch. Mom und Roger waren als Zeugen bei einem Bandenmordprozess vorgesehen. Im Februar sollte die Verhandlung sein, bei der sie aussagten. Die Polizei sah da ganz klar einen Zusammenhang. Aber der Killer war ein echter Profi, er hat keine Spuren hinterlassen. Irgendwann waren alle Spuren kalt.«

»Jack, es tut mir so leid.«

»Ich kam um drei Uhr morgens nach Hause und fand meine Mutter und meinen Stiefvater tot in ihren Betten. Die Hintertür stand offen, Jenny und Jill waren verschwunden. Ich rief die neun-eins-eins an, und dann ging der Albtraum erst richtig los.«

»Man hat Sie beschuldigt.« Claire war klar, wie das hatte passieren können, es war ganz normal. Erst mal wurden die Hinterbliebenen überprüft. »Aber Sie konnten beweisen, dass Sie unschuldig waren.«

Er nickte. »Meine Freundin und ihre Eltern bürgten ja für mich. Ich war die ganze Zeit bei ihnen gewesen.«

»Trotzdem machen Sie sich immer noch Vorwürfe.«

»Ich hätte ihn aufhalten können, das weiß ich. Wenn ich nicht weggefahren wäre, wenn ich auf Jenny gehört und draußen nachgesehen hätte, wenn ich meinen Eltern Bescheid gesagt hätte … Dann hätten sie die Polizei gerufen und könnten heute noch am Leben sein.«

In diesem Moment begriff Claire, dass sie diese Geschichte auf die Dauer kaum vor den Medien geheim halten konnten. »Ich habe Ihre Vorgeschichte überprüft, Jack, aber diese Geschichte ist mir nirgendwo untergekommen.«

»Meine Mutter war zum zweiten Mal verheiratet, sie hatte den Namen ihres Mannes angenommen. Wir lebten in verschiedenen Bundesstaaten, und ich hatte noch nicht beim Super Bowl mitgespielt, also war ich auch noch nicht so bekannt. Nur in Tulane. Die Medien haben nie etwas davon erfahren.«

»Und der Täter wurde nie ermittelt?«

»Nein. Aber es hatte irgendetwas mit organisiertem Verbrechen zu tun. Die beiden sollten gegen irgendeinen Mafioso aus Chicago aussagen. Ich konnte den Zusammenhang nie beweisen, und die Polizei gab irgendwann auf. Der Typ hat keine Spuren hinterlassen. Nach dieser Geschichte kam die Verletzung am Knie und ich konnte nicht mehr spielen. Also ging ich zur Army und diente ein paar Jahre als Hubschrauberpilot. Nach meiner Entlassung fing ich als Sport-Agent an, und nebenbei habe ich immer versucht, den Mörder auf eigene Faust zu finden. Aber es gibt keine Spuren. Also habe ich schließlich John Booker angestellt, damit er die Morde untersucht. Nick hat ihn mir empfohlen. Seit drei Jahren arbeitet er jetzt schon daran.«

Jack Holliday hatte also doch nicht so ein traumhaftes Leben geführt. Er hatte um seine Familie getrauert, litt unter Schuldgefühlen, weil er überlebt hatte. Und er war einsam. Claire wusste nur zu genau, wie sich das anfühlte. »Hat er irgendwas rausgekriegt? Meinen Sie, es war der Mann, nach dem wir suchen? Der Madonna und Wendy getötet hat?«

»Ja, das glaube ich allerdings. So weit ist Booker inzwischen. Er hat weitere Morde im ganzen Land gefunden, die nach dem gleichen Modus Operandi durchgeführt wurden wie der an meinen Eltern.«

»Dann sollten wir mit ihm sprechen, unsere Aufzeichnungen vergleichen und so weiter. Das könnte den Durchbruch bringen.«

Jack verzog das Gesicht, seufzte tief und trank noch einen Schluck Bier. »Nick möchte nicht, dass Sie sich da einmischen, aber was soll ich machen? Sie stecken ja schon mittendrin.«

Plötzlich wurde Claire wachsam. Es war ein sehr seltsames Gefühl, das sie überhaupt nicht einordnen konnte. Das alles verhieß nichts Gutes, so viel war klar. »Natürlich stecke ich schon mittendrin. Ich will diesen Kerl genauso sehr zur Strecke bringen wie Sie.«

Black legte ihr eine Hand aufs Knie. »Claire, einer der Fälle, die Booker aufgedeckt hat, betrifft Madonna und Wendy.«

Sie sah ihn an. »Es besteht eine Verbindung zwischen Madonna Christien und dem Mord an Jacks Familie? Wie sieht diese Verbindung aus?«

Jack seufzte wieder. »Es geht um die Entführung, als sie ein Kind war. Sie hat überlebt. Ihre Eltern wurden ebenfalls ermordet, vermutlich von einem Auftragskiller. Er hat Wendy und sie mitgenommen, aber sie konnten fliehen. Er hat sie an der Innenseite des Handgelenks mit diesem Voodoo-Symbol markiert, aber sein Gesicht haben sie nicht zu sehen bekommen. Er trug wohl eine Maske.«

Claire nickte. »Die Tätowierungen haben wir gesehen. Wendy hat uns auch von der Entführung erzählt, ebenso wie Madonnas Großmutter. Es muss derselbe Mann sein.«

»Das glauben wir auch. Er hat meine Schwestern mitgenommen, genau wie er Maddie und Wendy mitgenommen hat. Meine Schwestern waren bloß viel zu klein, um fliehen zu können.«

»Das macht unseren Fall komplizierter, aber vielleicht

helfen uns die Informationen von Booker trotzdem. Wir sind ganz nah dran, denn wir haben Informationen, dass es sich um jemanden hier aus der Gegend handelt. Einen Auftragskiller, der irgendetwas mit dem organisierten Verbrechen zu tun hat. Vermutlich hält er sich hier irgendwo auf und wartet auf den nächsten Auftrag.«

»Und Booker vermutet, dass er in der Zwischenzeit dabei ist, ein überlebendes Entführungsopfer nach dem anderen umzubringen.«

Alles, was er sagte, stellte konkrete Verbindungen zu ihrem Fall her. Claire konnte es kaum erwarten, die Aufzeichnungen zu vergleichen. Sie sprang auf. »Los jetzt, ich will mit Booker reden und die Akten lesen. Ich rufe Zee an und informiere ihn.«

Black schüttelte den Kopf. »Moment noch, Claire. Das ist noch nicht alles.«

Claire setzte sich wieder. »Was denn noch? Raus damit, beeil dich, wir müssen weitermachen. Das könnte genau die Spur sein, nach der wir die ganze Zeit gesucht haben.«

Holliday sah sie unbehaglich an. Offenbar hatte er sich den Knüller für zuletzt aufgespart. »Sie stehen selbst auch mit ihm in Verbindung, Claire.«

»Aber klar tue ich das. Ich werde Ihnen helfen, ihn zu kriegen. Ich kann es gar nicht erwarten. Allmählich kommt das ganze Puzzle zusammen. Erst gerade habe ich erfahren, dass dieser Auftragsmörder dafür bekannt ist, dass er Kinder entführt, wenn er einen Mord in einer Familie begangen hat. Verstehen Sie? Das ist die Verbindung zwischen Ihrer Familie und Madonna und Wendy, genau wie Sie sagen. Jetzt müssen wir die beiden Verbindungen nur noch zusammenbringen und rauskriegen, welches gemeinsame Dritte sie haben.«

»Es geht um mehr als das, Claire«, sagte Black ruhig. Jetzt hatte er sie am Haken. Sie hatte keine Ahnung, worauf er hinauswollte.

»Dann sag es mir! Bitte. Was ist denn los mit euch beiden?«

Holliday schaute an ihr vorbei, schaute wieder hin, ließ den Blick durchs Zimmer schweifen. »Er hat jemanden ermordet, der Ihnen sehr nahestand, Claire.«

Claire entspannte sich. Das war nun eindeutig Blödsinn. »Ich habe ein paar echt schlimme Sachen in meiner Kindheit erlebt, aber keinen Auftragsmord.«

»Es geht um Gabe, Claire«, sagte Black.

»Gabe?«

»Booker hat es rausgekriegt. Gabe ist als Kind auch entführt worden. Er und seine kleine Schwester Sophie. Und wir vermuten, dass es derselbe Täter war wie bei Jenny und Jill.«

»Stimmt doch gar nicht. Seine Eltern und seine Schwester sind bei einem Autounfall ums Leben gekommen, irgendwo in Alabama. Das war ein Jahr nachdem ich dort weggegangen bin. Gabe hat den Unfall überlebt. Ich habe erst Jahre später davon erfahren.«

Holliday schüttelte den Kopf. »Wir vermuten, dass Gabe und seine Schwester von demselben Mann entführt wurden. Einen Monat lang hat er sie festgehalten, nachdem er Gabes Eltern erschossen hatte. Genau wie meine Mutter und meinen Stiefvater.«

»Aber das ist doch verrückt! Das hätte mir doch jemand erzählt! Gabe hätte mir das erzählt.«

»Vielleicht hatte er seine Gründe, nicht darüber zu sprechen«, erwiderte Black. »Wir sind ganz sicher, was diese Geschichte angeht, Claire.«

Sie stand auf und lief nun selbst im Zimmer herum. »Warum vertuscht denn jemand so eine Geschichte? Das ergibt doch überhaupt keinen Sinn.«

Black stand auf. »Vielleicht sollten wir mal runter zu dem Boot gehen und die LeFevres-Brüder fragen. Oder Gabe. Mal sehen, ob sie uns dann die Wahrheit sagen. Wir müssen auf jeden Fall mit ihnen reden, Claire. Aber wir wollten dich erst in die Sache einweihen. Gabe hat überlebt. Es könnte sein, dass er etwas weiß, was uns zu dem Killer führt. Und wenn er etwas weiß, dann wollen wir es auch wissen.«

Claire starrte die beiden schweigend an. Sie stand regelrecht unter Schock. Sie starrte Holliday an, dann wieder Black. Was die beiden da sagten, ergab keinen Sinn, aber sie waren vollkommen überzeugt, dass es stimmte. Irgendetwas sehr Bizarres ging hier vor sich. »Wenn das stimmt, kann ich mir nicht vorstellen, warum mir niemand etwas davon sagt. Gabe und ich stehen uns sehr nahe. Ich habe ihn die letzten Jahre nicht viel gesehen, aber wir sind uns immer wieder begegnet.«

Jack sagte: »Vielleicht hat der Killer mitgekriegt, dass wir alle hier auftauchten. Er hat gesehen, dass ich mit Madonna sprach, hat Ihre Ermittlungen gesehen, das Zusammentreffen mit Gabe und so weiter. Vielleicht hat er deshalb die Handgranate geworfen. Um Gabe und Sie loszuwerden, weil Sie gegen ihn ermitteln. Vielleicht ist er einfach nervös geworden. Das wäre ja kein Wunder. Er hat angefangen, alle umzubringen, die ihn identifizieren könnten.« Er hielt inne. »Und das ist immer noch nicht alles.«

»Na, toll.«

»Madonna hat mich nicht aufgesucht. Als Booker mir sagte, dass sie und Wendy Entführungsopfer gewesen waren, bin ich auf Wendy zugegangen und habe versucht, mit ihr zu reden und rauszukriegen, ob sie sich an irgendwas erinnert. Und nachdem sie mir von Madonna erzählt hatte, war ich auch bei ihr, ohne ihr zu sagen, worum es ging. Erst danach fing es an, dass sie hinter mir her war. Wendy war vernünftiger. Ich wusste, dass sie beide Angst hatten, aber dass sie ihn nur mit der Maske und dem bemalten Gesicht gesehen hatten. Wir haben sogar eine Phantomzeichnung von der Maske angefertigt. Und all das hat er leider herausgefunden. Jedenfalls vermute ich das. Denn plötzlich war Madonna tot. Und dann war Wendy tot. Und dann gab es diesen Anschlag auf Sie und Gabe und Nick auf dem Boot. Da hat er wohl gedacht, er hat Sie auch erwischt.«

Claire versuchte, das alles zu verstehen. Sie brauchte Zeit. Und sie musste mit einer ganzen Reihe von Leuten reden. »Gut, ich glaube, jetzt verstehe ich. Gabe wird mit mir reden, wenn ich ihn damit konfrontiere. Er vertraut mir, er wird mir nichts verschweigen. Ich glaube das immer noch nicht. Die Sache mit Gabe. Aber Sie können sicher sein, ich kriege es raus. Und zwar jetzt gleich.«

»Ich komme mit dir«, sagte Blake.

Jack gab ihr Bookers Akte, und sie fuhren in Claires SUV davon, zurück in die Stadt. »Erst mal zum Boot,

Black. Ich will wissen, ob Clyde und Luc davon wissen, bevor ich auf Gabe zugehe.«

»Kommst du zurecht?«

»Ja, klar. Ich versuche nur, das alles zu verstehen. Das ist doch vollkommen verrückt. Wir reden von Verbrechen, die Jahrzehnte zurückliegen.«

»Schau dir Bookers Aufzeichnungen an. Vielleicht überzeugt dich das.«

Claire nahm die Akte und schaltete die Taschenlampe an ihrem neuen Smartphone ein. Sie musste es tun, ob sie wollte oder nicht. Sie öffnete den grünen Ordner, nahm das erste Blatt heraus und fing an zu lesen.

23

Die *Bayou Blue* sah verlassen aus, beide Restaurants waren schon geschlossen. Es regnete in Strömen, sodass Black kaum die Straße erkennen konnte. Er hielt den Wagen direkt vor der Gangway des Dampfers an. Claire war verwirrt. Was lief hier ab? Hatte Gabe wirklich mit den früheren Verbrechen des Killers zu tun, wie Jack Holliday vermutete? Waren die Morde an Madonna Christien und Wendy Rodriguez tatsächlich von dem Mann begangen worden, der auch Jacks Eltern ermordet hatte? Und warum hatte Gabe ihr nie davon erzählt und stattdessen behauptet, seine Familie sei bei einem Verkehrsunfall ums Leben gekommen? Erst gestern Abend hatten sie darüber gesprochen.

Das Ganze war einfach nur noch bizarr. Sie brauchte Antworten, und sie würde sie von den LeFevres-Brüdern bekommen, ob es ihnen gefiel oder nicht. Je länger sie sich während der Fahrt in die Fakten vertieft hatte, desto weniger gefielen ihr all diese Verbindungen. Black glaubte an Jacks Theorie, aber es musste doch noch eine andere Erklärung geben. Vielleicht handelte es sich um eine Verwechslung.

Clyde LeFevres saß an der Bar im Cajun Grill und entspannte sich in einem Feinripp-Unterhemd und Kaki-Hosen. Die Hosenträger hingen ihm an den Seiten herunter. Er trank das üble Gebräu, das er gewöhnlich als Kaffee bezeichnete. Als er Claire wild entschlossen hereinkommen sah, Black dicht auf den Fersen, stand er auf. Er schien sich zu freuen, sie zu sehen, winkte und grinste, aber das würde nicht mehr lange so bleiben.

»Was führt dich so spät hierher, meine Liebe? Ich mach dir ein Tässchen schönen starken Kaffee, ja?«

»Ja, gern.«

»Du auch, Nick?«

»Ja, danke.«

Ruhig bleiben, ganz ruhig bleiben und das Gespräch so führen wie eine Polizistin, nicht wie eine verratene Freundin. Claire setzte sich auf einen der Barhocker und beobachtete ihn, wie er ihnen Kaffee einschenkte. »Ihr kommt gerade zur rechten Zeit, Rene will noch eine Runde Poker mit uns spielen. Er muss gleich hier sein. Wie geht's dir, Nick?«

Black plauderte einen Moment mit Clyde, während Claire schweigend auf ihrem Hocker saß. Clyde stellte lächelnd einen weißen Becher vor sie hin. Sie starrte ihn nur schweigend und ungläubig an. Wie hatte er sie all die Jahre so anlügen können? Nicht einmal nachdem sie zurück nach New Orleans gekommen war, hatte Clyde ihr die Wahrheit gesagt.

»Wie sieht's aus? Probleme mit dem Fall, wo das arme Mädel hier im Sumpf getötet wurde? Geht dir was auf die Nerven?«

»Kann man wohl sagen.«

Black legte ihr im Schatten der Bar eine Hand aufs Knie und bat sie heimlich, ruhig zu bleiben. Im Moment wirkte er entspannt genug für sie beide. Aber bei ihr war das ganz und gar nicht der Fall. Sie fühlte sich betrogen und belogen. Clyde stützte beide Ellbogen auf den Tresen und sah sie besorgt an. »Was ist denn los, chère?«

Also gut, wenn er schon so fragte. »Ich habe gerade rausgefunden, wie Gabes Eltern gestorben sind. Und Sophie.«

Der entsetzte Blick auf seinem verwitterten Gesicht sagte ihr, dass alles stimmte, was Booker und Holliday über die LeFevres herausgefunden hatten. Er versuchte seine Reaktion zu vertuschen, aber er war nicht schnell genug, um sie zu täuschen. »Was meinst du damit?«

»Ich meine, dass ich jetzt weiß, dass sie alle ermordet wurden und dass ihr mich all die Jahre angelogen habt. Und ich weiß, dass auch Gabe als Kind ein Opfer dieses verrückten Mörders war, ebenso wie die kleine Sophie.«

Claire hielt inne. Sie verstand einfach nicht, wie man diese Täuschung so lange hatte aufrechterhalten können. Ihr saß ein Kloß im Hals, als sie weitersprach. Sie schluckte schwer und wappnete sich.

»Also, Clyde. Ich will jetzt die Wahrheit hören, und du wirst sie mir erzählen. Sofort. Und danach gehe ich zu Gabe und rede mit ihm.«

Clyde sah aus, als wollte er auf die Knie fallen und unter die Bar kriechen. »Wer hat dir das denn erzählt?«

»Ob du's glaubst oder nicht, Jack Holliday. Er hat es rausgekriegt und mir erzählt. Und jetzt will ich von dir die Wahrheit hören.«

»Was hat Holliday rausgekriegt?«

Die tiefe Stimme kam von der Tür. Rene Bourdain kam gerade herein. Na toll, jetzt war er auch in die Sache verwickelt. Sie wünschte, er wäre nicht gerade jetzt aufgetaucht, sie hatte schon genug am Hals.

»Jack Holliday hat etwas über dich rausgefunden, höre ich richtig?«

»Das hier ist ein Privatgespräch, Rene, ich würde wirklich gern mit Clyde allein reden.«

Das klang unhöflich, und man sah ihm an, dass er verletzt war. Sie bereute es sofort und regte sich nur noch mehr auf. Ging denn hier alles den Bach runter?

Black versuchte, ihr einen Rettungsring zuzuwerfen. »Wollen wir nicht rüber zur Creole's Bar gehen und was trinken, während die beiden reden, Rene?«

»Danke, aber ich glaube, ich muss das hören. Geht es um die Fälle Christien und Rodriguez, Claire? Du weißt genau, dass ich auch daran arbeite.«

»Okay, wenn du es wirklich wissen willst: Mich haben hier jahrelang alle angelogen, was den Tod von Gabes Familie angeht. Und Clyde soll mir jetzt die Wahrheit sagen: Was, warum und wann. Nicht wahr, Clyde?«

Rene und Clyde warfen sich einen ernsten Blick zu, der Claire in Sekundenschnelle sagte, dass Rene bis zum Hals mit drinsteckte.

»Mein Gott, Rene, sag mir nicht, dass du mich auch angelogen hast!«

Rene legte ihr eine Hand auf den Rücken. »Entspann dich, Kindchen, atme mal tief durch. Hier geht noch viel mehr vor, wovon du nichts weißt.«

»Ach, sag bloß. Dann erzähl mal. Du erzählst mir jetzt, was wirklich passiert ist und was das alles mit meinem Fall zu tun hat.«

Schweigen. Dann sagte Clyde: »Gabe darf nicht wissen, was mit seiner Familie passiert ist. Er glaubt, sie sind bei einem Unfall ums Leben gekommen.«

»Was?« Claire sah ihn ungläubig an. »Gabe kennt die

Wahrheit auch nicht? Mein Gott, wie konntet ihr ihm das antun?«

»Nein, er weiß es nicht, und wenn er es wüsste, würde es ihn umbringen.«

»Ja, und weißt du was? Letzte Nacht hat irgendwer versucht, ihn umzubringen. Und Black und mich. Und ich glaube, das hat etwas mit dieser faustdicken Lüge zu tun, die ihr ihm seit Jahren erzählt.«

»Er hat es aber überlebt, oder?«

»Mag sein. Wenn seine ausgerenkte Schulter, seine Gehirnerschütterung und die anderen Verletzungen geheilt sind, wird es ihm wohl sogar wieder gut gehen.«

Sie schwiegen wieder und tauschten schuldbewusste Blicke aus. Allmählich nahm der Begriff »Familienbande« hier eine ganz neue Dimension an. Es war ja alles noch schlimmer, als sie befürchtet hatte! Die Geschichte war nicht mehr nur schlimm, sie war sehr, sehr schlimm, unerträglich, unannehmbar, verdorben bis ins Mark. Trotzdem fragte Claire sich, ob die Männer vielleicht recht hatten. War es besser, wenn Gabe nichts davon wusste? Denn wenn er davon erfuhr, würde ihn das verändern. Etwas Ekelhaftes bewegte sich durch ihre Eingeweide, wie eine Spinne, die in ihrem Netz zu der Motte krabbelt, die noch um ihre Freiheit kämpft. Wer waren diese Leute, denen sie so lange vertraut hatte? Was war hier bloß los? Sie kämpfte den Drang nieder, einfach zu gehen und nie wiederzukommen.

Black sagte: »Also los, ihr müsst ihr die Wahrheit sagen. Es ist vorbei. Welchen Grund ihr auch hattet, es geheim zu halten, was auch immer da geschehen ist, jetzt ist es vorbei und sie muss es erfahren. Gabe genauso.«

Seine ruhige Stimme und seine unerschütterliche Präsenz halfen ihr, alles zusammenzuhalten. Sie atmete tief durch, verschränkte die Hände auf der Bar und sah die Männer an. »Los jetzt, ruhiger werde ich nicht mehr. Macht langsam, und vielleicht schafft ihr es ja sogar, ein bisschen Wahrheit reinzumischen. Jack hat mir gesagt, dass Gabes Eltern ermordet wurden. Und er hat mir gesagt, dass Gabe und Sophie als Kinder entführt wurden. Stimmt das so?«

»Ja«, sagte Clyde so zerknirscht, wie ein stolzer Cajun jemals werden konnte. »Das stimmt genau so.«

»Gut. Okay. So kommen wir allmählich weiter. Er hat mir auch gesagt, seiner Familie sei dasselbe passiert. Er glaubt, es sei derselbe Verbrecher, derselbe Killer. Und er stellt einen Zusammenhang fest. Was wisst ihr darüber?«

Seufzend nahm Clyde ein Geschirrtuch in die Hand und fing an, nicht existierende Pfützen vom Granit zu wischen. »Ich weiß nichts über Jack Holliday und auch nichts über seine Familie.«

Claire wandte sich an Rene. »Wie sieht's mit dir aus, Rene? Hast du Gabe auch was verschwiegen?«

»Nur zu seinem eigenen Besten.«

»Ach, um Himmels willen, wie kannst du so was sagen? Wir reden über den Tod seiner Eltern und seiner Schwester.«

Rene setzte sich auf den Hocker neben ihr, nahm ihre Hand und drückte sie. »Du musst mir jetzt zuhören. Lass die Fragen und hör mir einfach zu. Das mit Gabe und seiner Familie war eine sehr hässliche Sache. Es passierte kurz nachdem man dich aus deiner Familie rausgenommen und in eine Pflegefamilie gegeben hatte. Gabe war noch ein Kind, und er war so schwer verletzt, dass er sich an nichts erinnerte. Und das war ein Gottesgeschenk. Also haben wir ihn beschützt. Haben dafür gesorgt, dass er ohne diese Erinnerung groß werden konnte. Nur aus diesem Grund haben wir alles vertuscht.«

»Wann war das denn? Wie alt war er da?«

»Er war gerade zwölf geworden. Wie ich schon sagte, es war kurz nachdem man dich in die Pflegefamilie gegeben hatte.«

»Und später? Als er erwachsen war?«

»Da war es dann auch schon egal. Es ist besser, dass er nichts davon weiß. Verstehst du, damals, als es passierte, da wurde er sehr, sehr schwer verletzt.« Claire starrte ihn wartend an. Der Ausdruck in seinen Augen verwandelte sich in nackte Panik. »Dieser Mann, dieses Ungeheuer, das Gabe entführt hat … Er hat ihn fast zu Brei geschlagen. Als Gabe aufwachte, nachdem wir ihn halb tot im Sumpf gefunden hatten, erinnerte er sich an nichts, und wir wollten auch nicht, dass er sich erinnerte. Er war noch ein Kind, und wenn er mehr erfahren hätte, als dass seine ganze Familie tot war, dann wäre er wahrscheinlich endgültig verrückt geworden. Also haben wir ihm erzählt, es sei ein Unfall gewesen und all seine Verletzungen rührten daher, dass er aus dem Auto geschleudert worden war und in die Glasscherben gefallen war. Ja, und das hat er geglaubt. Er erinnerte sich ja an nichts. Warum sollte er uns nicht glauben?«

Gegen die Sicherheit in seinem Blick war nichts zu machen. Clyde wischte sich die Augen mit dem Geschirrtuch. Claire spürte, wie ihr Ärger verrauchte, ohne dass sie etwas dagegen tun konnte. Aber so ganz glaubte sie die Geschichte immer noch nicht. »Gut, ich verstehe, warum ihr ihn schützen wolltet. Und vielleicht erzähle ich ihm auch nichts. Aber ich will die Wahrheit wissen, jede Einzelheit, und zwar jetzt. Ich muss das wissen, weil es mit meinem Fall zu tun hat. Es ist wichtig!«

Clydes Stimme wurde dick und heiser, seine Wangen waren tränennass. Claire hatte ihn noch nie so traurig gesehen. Sie konnte sich nicht erinnern, wann sie ihn jemals auch nur ernst gesehen hatte. Es gefiel ihr gar nicht. »Nicht, chère. Ich kann daran gar nicht denken, ohne dass mir übel wird. Ich will nicht, dass er es weiß, und ich will nicht, dass du es weißt. Und du willst es auch nicht.«

Rene machte weiter, als Clyde nicht mehr weitersprechen konnte. »Gabe war entsetzlich geschlagen worden, schlimmer als alles, was ich jemals gesehen habe. Jedenfalls bei einem Lebenden. Man hatte ihn in den Sumpf geworfen, und das war's. Als wir ihn fanden, war er bewusstlos, und er blieb es auch noch ein paar Tage. Als er dann aufwachte, erinnerte er sich an fast gar nichts. Der Arzt sagte, er hätte eine Hirnverletzung oder vielleicht sei auch alles tief in einem Trauma eingeschlossen, weil seine Seele damit nicht zurechtkäme.«

Claire versuchte das zu verdauen. Ihr war es so ähnlich ergangen, auch sie hatte im Koma gelegen und sich nicht erinnern können, aber nur für kurze Zeit. Leider war alles zurückgekommen, und die Albträume mit den Erinnerungen waren furchtbar. Würde Gabe das wollen? Wollte sie ihm das antun?

Clyde sagte: »Es ist so lange her. Es war das Schlimmste, was ich in meinem Leben mitgemacht habe. Und all die Jahre musste ich damit zurechtkommen. Ich wollte nicht, dass Gabe etwas erfährt. Es war zu schrecklich.«

»Sagt mir, was man ihm angetan hat. Ganz genau.«

Rene sprach weiter. »Sie waren zu einem Familienpicknick draußen im Bayou. Sophie und Gabe waren mit dabei, es war in der Karnevalswoche. Gabe war zwölf, Sophie zehn. Der Mörder hat sie dort überfallen. Später hat ein Jäger Kristen und Bobby auf einer Decke liegend gefunden. Bobby hatte einen Kopfschuss, Kristen hatte eine Kugel in den Kopf und eine ins Herz bekommen. Die Kinder waren spurlos verschwunden. Die Stöcke, mit denen sie geangelt hatten, wurden etwa dreißig Meter flussaufwärts gefunden.«

»Und niemand hat irgendwas gehört oder gesehen?«

»Nein. Wir vermuten, der Killer hat sich im Gebüsch versteckt und sie beobachtet. Dann hat er sich die Kinder geschnappt, als sie sich ein Stück von den Eltern wegbewegten, hat sie betäubt oder so und ist zurückgegangen, um Bobby und Kristen zu erschießen. Mehr wissen wir nicht, und es macht mich bis heute krank, dass man den Kerl nie gefunden hat.« Rene sah sie vollkommen verzweifelt an.

»Und weiter? Irgendwelche Spuren?«

»Ein paar rote Federn, wie es sie an manchen Mardi-Gras-Masken gibt, aber die Quelle blieb unbekannt. Jeder Laden in New Orleans verkauft solche Masken, er hätte sie überall kriegen können.«

»Gab es Ermittlungen?«

»Natürlich, aber ich habe dafür gesorgt, dass die Akten unter Verschluss genommen wurden. Wenn du die Kopie sehen willst, ich habe sie noch. Aber es gab nicht viel zu ermitteln. Immerhin sind Fotos vom Tatort darin, solche Sachen.«

»Will ich sehen.«

»Ich habe die Akte im Safe bei mir zu Hause, du musst nur vorbeikommen. Vielleicht verstehst du dann, warum wir Gabe angelogen haben.«

»Das mache ich, aber jetzt werde ich erst mal nach Hause fahren und mit Gabe reden. Wenn er es wissen will, werde ich es ihm erzählen. Damit müsst ihr klarkommen.«

Sie sahen besorgt aus, aber Claire und Black ließen sie mit ihren Sorgen an der Bar sitzen. Gabe hatte ein Recht zu wissen, was ihm widerfahren war, und er war hart im Nehmen. Als sie wieder in den Range Rover stiegen, wandte sie sich Black zu.

»Was sagst du dazu?«

»Ich glaube, sie haben jetzt die Wahrheit gesagt, wenn sie auch nicht alles erzählen. Clyde lügt nicht, wenn er sagt, dass sie Gabes Wohl im Blick hatten. Aber ich sehe die Dinge genau wie du. Gabe muss darüber Bescheid wissen. Vielleicht haben seine Gedächtnislücken diese gefährliche Lebensweise erst möglich gemacht. Er hat es verdient, die Wahrheit zu hören. Aber ich überlasse das dir, du kennst ihn besser als ich.«

Dann fuhren sie auf direktem Wege zurück in das Haus auf der Governor Nicholls. Claire wappnete sich für die Begegnung mit Gabe. Sie konnte nur hoffen, dass er die

Sache gefasst aufnahm. Er würde einiges zum Verdauen bekommen, aber irgendwie wusste sie, er würde es wissen wollen. Obwohl ihr davor mehr graute als vor irgendetwas in ihrem ganzen Leben.

24

Gabe lag in seinem Bett und schlief. Julie Alvarez saß mit ihrem E-Book-Reader neben dem Bett. Black bat sie, eine Pause zu machen, sie müssten allein mit Gabe sprechen. Julie berichtete, die diensthabende Schwester aus seiner Privatklinik im Hotel Crescent hätte angerufen und gesagt, man brauche Hilfe bei einem Patienten. Offenbar hatte man die Dame vorerst beruhigen können, aber jetzt wartete man dort auf ihn wegen der Medikamente.

Julie sah Claire neugierig an, zog sich dann aber ins Gästezimmer zurück und machte wohl erst mal ein Nickerchen. Gabes Kopf lag auf dem Kissen, seine Augen waren geschlossen. Vielleicht war er jetzt das erste Mal entspannt und ohne jede Wachsamkeit, seit er sich mit dieser Bikerbande eingelassen hatte. Er trug immer noch das dünne Krankenhaushemd. Die meisten Wunden im Gesicht und an den Armen waren verbunden, weiße Flecken auf seiner dunklen Haut. Sein Arm war mit einer blauen Nylonschiene am Brustkorb fixiert.

Claire stand einen Moment da und fragte sich, ob sie ihn wecken sollte. Black ging, um zu duschen und sich zu rasieren, bevor er in die Klinik fuhr. Er wusste, dass sie und Gabe unter vier Augen reden mussten. Sie setzte sich in den Sessel am Kamin und überlegte, wie sie am besten vorgehen sollte. Wollte sie Gabes Seelenfrieden wirklich mit Schreckensnachrichten aus seiner Kindheit erschüttern? Gerade jetzt, wo er endlich in Sicherheit und außer Gefahr war? Und guter Stimmung? Natürlich hatte er ein Recht, die Wahrheit zu erfahren, aber die Entscheidung musste er selbst treffen. Also blieb sie ruhig sitzen und wartete.

Gabe wachte erst auf, als Black zum Hotel gegangen war. »Hallo, Gabe, wie geht's?«

Gabe blinzelte ihr im Halbdunkel zu, schläfrig und verwirrt. Als er sie erkannte, lächelte er. Er sah jetzt so verdammt gut aus, nachdem er wieder rasiert war und dieser blöde Flechtbart, die langen Haare und die schwarze Schminke weg waren. Blacks Friseur hatte einen Hausbesuch gemacht, damit er endlich wieder aussah wie ein Mensch. »Schön, beim Aufwachen ein freundliches Gesicht zu sehen. Vor allem deins«, sagte er.

»Ich bin einfach froh, dass du hier bist und wir nach dir sehen können.«

Aber Gabe kannte sie einfach zu gut. »Was ist los? Du siehst ziemlich aufgebracht aus.«

Statt einer Antwort fragte sie: »Irgendwas über die Skulls?«

»Sie arbeiten an den Anklagepunkten. Drogenhandel und Zuhälterei. Sobald die Anklagen raus sind und sie erfahren, dass wir Undercover-Cops sind, werden sie Leute losschicken, die nach Bonnie und mir suchen. Ich muss bis zum Prozess untertauchen.«

»Keine Sorge, so wie du jetzt aussiehst, erkennen sie dich gar nicht.« Ein mühsamer Versuch, etwas Heiterkeit in die Unterhaltung zu bringen. Es misslang ihr auch gründlich.

»Was ist los«, fragte er wieder, diesmal mit zusammengezogenen Brauen.

Claire versuchte einen guten Anfang zu finden. »Gabe, wenn es irgendetwas in deiner Vergangenheit gäbe, worüber du nichts wüsstest, würdest du es wissen wollen? Auch wenn es richtig übel wäre?«

»Ist das eine hypothetische Frage?« Gabe hatte immer schon ein gutes Gespür gehabt.

»Würdest du es wissen wollen?«

»Kommt drauf an. Worum geht's denn?«

»Ich habe Informationen über den Mörder, den wir gerade verfolgen.« Sie zögerte, weil sie wusste, jetzt würde sein Gedankenkarussell richtig in Fahrt kommen. Gabe schien körperlich und geistig auf der Höhe, sie war sicher, dass er zurechtkam, wenn sie es ihm sagte. »Informationen, die auch dich betreffen.«

»Ich habe eine Menge angestellt, solange ich undercover unterwegs war. Was meinst du?«

Sie atmete tief durch. »Du bist im Alter von zwölf Jahren von einem Verbrecher entführt worden. Du kannst dich nicht daran erinnern, und man hat es dir die ganze Zeit verschwiegen.«

»Das ist Quatsch.«

»Nein. Erst habe ich das auch gedacht, aber inzwischen habe ich Beweise.«

»Das meine ich nicht. Ich weiß, dass das passiert ist, ich erinnere mich daran.«

Jetzt war sie verblüfft, diese Äußerung hatte sie zu allerletzt erwartet.

»Sie haben es gut gemeint, und lange Zeit habe ich mich auch wirklich an nichts erinnert. Aber ich hatte jahrelang Albträume, in denen ich gefangen gehalten wurde. Und geschlagen. Und eines Nachts wachte ich schweißgebadet und vollkommen hysterisch auf und alles war wieder da. Als wäre mein Bewusstsein der Ansicht, jetzt käme ich damit klar. Vielleicht war es ja auch so.«

»Du erinnerst dich wirklich an alles?«

»Ich wünschte, es wäre nicht so.«

»Kannst du mir davon erzählen?« Sie zog den Sessel näher ans Bett. »Ich glaube nämlich, der Typ, der Madonna und Wendy ermordet hat, ist dein Entführer, Gabe. Ich glaube, er bringt schon seit Jahrzehnten hier in der Gegend Leute um.«

Gabe lag einfach nur da und starrte sie an. »Das habe ich eine Weile auch gedacht.«

»Und du hast Rene und Clyde oder sonst wem nie erzählt, dass du dich wieder erinnerst?«

»Nein, ich wollte das nicht alles wieder aufrühren. Es war alles so lange her. Und ich wusste ja, warum sie es mir verschwiegen. Trotzdem habe ich immer nach dem Maskenmann gesucht. All die Jahre habe ich die Augen und Ohren offen gehalten. Könnte ja sein, ich höre irgendwann seine Stimme. Er hatte sie verzerrt und immer nur heiser geflüstert, aber ich hoffte, wenn ich sie hörte, würde ich sie erkennen. Ich hoffte, ich würde ihm über den Weg laufen und könnte ihm auf meine Weise alles heimzahlen.«

Claire wusste, was das hieß. Sie konnte es ihm nicht verdenken. »Willst du mir davon erzählen? Oder wäre das für dich zu schmerzhaft?«

Gabe schwieg eine Weile und lehnte den Kopf zurück ins Kissen. Er starrte auf die Falten des Betthimmels. »Ich glaube, das geht. Wenn du meinst, es wäre derselbe Typ, und wenn du meinst, es hilft. Ich erinnere mich nicht an alles, aber doch an eine ganze Menge. Und einiges habe ich mir inzwischen zusammengereimt.«

»Wir sind so nah an ihm dran, dass ich ihn fast schmecken kann.

Gabe leckte sich über die Lippen und veränderte seine Position. Als er vor Schmerz aufstöhnte, zuckte Claire ebenfalls zusammen. »Wir waren im Bayou, zum Picknick. Es war Sophies Geburtstag. Mama und Papa saßen auf einer Decke und küssten sich, du weiß ja, wie sie waren. Er konnte einfach nicht die Finger von ihr lassen. Und sie wurde vielleicht mal rot und sagte, er sollte aufhören, nicht vor den Kindern und so.«

»Ja, ich erinnere mich. Sie waren ganz verrückt nach einander und nach uns.«

»Sophie wollte einen Fisch fangen. Das machte sie gern, also gingen wir ein Stück am Ufer entlang. Es war warm an diesem Tag, ich erinnere mich, dass ich schwitzte und meine Jacke auszog. Im Unterholz versuchte ich ein paar Würmer auszugraben, und da hat mich dieser maskierte Mann erwischt, hat mich gefesselt und mir Klebeband über den Mund geklebt.«

Er hielt inne. Claire wartete angespannt und dachte daran, dass sie damals noch kleine Kinder gewesen waren. Wie viel Spaß sie alle zusammen gehabt hatten und wie fertig sie gewesen waren, als die Fürsorge kam und sie mitnahm. Gabe hatte geschrien und geweint und sich an ihrem Hemd festgekrallt, als man sie aus dem Haus gezerrt hatte.

»Dann ging er und holte sich Sophie und fesselte sie

auch. Und dann ging er den Weg hinunter und erschoss Mama und Papa. Einfach so.«

»Hast du gesehen, wie er es tat?«

»Klar. Ich sehe es bis heute vor mir. Er hat ein Mal auf Papa und zwei Mal auf Mama geschossen, und dann kam er zu uns zurück, als wäre nichts geschehen.«

Jetzt war der Schmerz in seinem Gesicht deutlich zu sehen. Hässlich sah das aus. Claire bereute schon, ihn gebeten zu haben. »Hast du sein Gesicht gesehen?«

»Nein, er setzte sich so eine Mardi-Gras-Maske auf, bevor er uns holte. So eine Maske, die die obere Hälfte des Gesichts bedeckt, mit Troddeln und roten Federn. Er sah aus wie eine Schlange. Dann hat er uns chloroformiert.«

Claire wartete, während er einen Schluck Wasser trank. »Du musst das nicht alles wieder hervorzerren, Gabe. Ich weiß, dass das wehtut.«

»Aber du weißt nicht, wie viel mir daran liegt, diesen Typen zu erwischen. Ich habe mir so sehr eine Chance gewünscht, ihn zu töten, aber diese Chance kam irgendwie nie. Bisher jedenfalls nicht.«

»Ich kriege ihn. Ich kriege ihn für dich, Gabe. Ich höre nicht auf, bis ich ihn habe. Jetzt schon gar nicht.«

»Ich hoffe das sehr. Und ich hoffe, du tötest ihn.«

»Clyde sagt, er hat dich geschlagen.«

»Kann man wohl sagen. Es gefiel ihm, mich zu schlagen. Nachdem er uns in sein Höllenloch gebracht hatte, setzte er uns unter Drogen und hielt uns gefesselt in seinem Keller gefangen. Oben hatte er so eine Art Hindernisparcours und einen Voodoo-Altar, mit dem er uns erschreckte. Er nannte es sein Labyrinth des Schreckens.

Und genau das war es, Annie, genau das. Nur dazu da, uns zu Tode zu erschrecken.«

»Aber du hast keine Ahnung, wo das war?«

»Irgendwo draußen in den Bayous. Ich erinnere mich an einen Fluss in der Nähe. Wir konnten die Strömung hören, wenn es ansonsten sehr still war. Und er hat uns mit einem Boot da rausgebracht. Daran erinnere ich mich, weil ich während der Fahrt einmal wach geworden bin. Wir lagen auf dem Boden eines Bootes. Er hatte eine Taschenlampe bei sich und trug uns ein paar Stufen zu einer Art Veranda hoch. Und dann in das dunkle Haus.« Er hielt seufzend inne. »Glaub mir, ich suche seit Jahren nach dem Ort. Meine Erinnerungen sind sehr verschwommen, es war ja auch Nacht. Aber es war ein altes Haus, groß, überall knackte und knirschte es, es war dunkel und feucht und es gab Kakerlaken und Spinnen dort. Die Fenster waren vernagelt, und er hat uns in einer Art Erdkeller gefangen gehalten. Außerdem gab er uns Tabletten, um uns ruhigzustellen.«

Gabe starrte auf seine Hände und drückte die Fingernägel in die Handflächen. »Und dann hat er sich daran aufgegeilt, uns Angst zu machen. Hat mit uns schreckliche Versteckspiele gespielt. Wir sollten uns verstecken, dann würde er uns vielleicht nach Hause gehen lassen. Und der Erste, den er fand, den nahm er mit in sein Spielzimmer, wie er es nannte. Da gab es jede Menge Spielzeug und ein altes Himmelbett. Ich vermute, da schlief er auch. Es stank nach Zigarettenrauch. Und da hat er mich geschlagen. Er hat Plastikfolien auf den Boden und an die Wände gehängt, um mein Blut aufzufangen.«

»Mein Gott, Gabe!« Claire spürte, wie ihr die Übelkeit die Kehle hochstieg.

Gabe schluckte selbst ebenso schwer wie sie. »Er war unglaublich brutal, Annie, ein absolutes Monster. Du kannst dir nicht vorstellen, wie grausam er war.«

Sie nahm seine Hand und hielt sie fest. »Wir vermuten, dass er seine Opfer mit einer Tätowierung markiert. Kannst du dich an irgendwas in der Art erinnern?«

»Klar, und wie! Davor hatten wir am meisten Angst. Er muss uns geknebelt und an Stühlen festgebunden haben, denn als wir das erste Mal richtig wach wurden, hatten wir die Tattoos schon. Er prahlte unheimlich mit seiner Kunst und sagte, er hätte es selbst gemacht, mit seiner eigenen Tätowiermaschine.«

Er drehte das Handgelenk um. »Siehst du, da ist es. Clyde hat behauptet, ich hätte es vor dem Unfall machen lassen, und ich wusste es ja lange Zeit nicht besser. Ich trage immer die Armbanduhr darüber oder ein breites Lederarmband. Aber ich habe es nie wegmachen lassen. Es hält meine Entschlossenheit aufrecht, ihn zu finden und zu töten.«

Claire starrte auf sein Handgelenk. Dieselbe Schlange und die Sterne. »Genau das haben wir auch bei Madonna und Wendy gefunden. Und die beiden hat er umgebracht. Herrgott, Gabe, wie viele Menschen hat er wohl in all den Jahren ermordet und terrorisiert?«

Gabes Kaumuskeln arbeiteten, sie konnte hören, wie er mit den Zähnen knirschte. »Auf dem Rücken habe ich noch ganz andere Erinnerungsstücke.«

»Rene sagt, er hat dich ausgepeitscht.«

»Genau, und ich habe jede Menge Narben, die das beweisen. Sie haben mir gesagt, die hätte ich bei dem Unfall davongetragen, weil ich in die Glasscherben gefallen sei. Lange Zeit habe ich das geglaubt.«

Gabe drehte sich um und zog die Seiten des Krankenhaushemds auseinander. Claire keuchte entsetzt auf. Die Narben waren erhaben und blass auf seiner dunklen Haut, einige nur dünne Linien, andere so breit wie ein Trinkhalm. Dutzende, hervorgerufen durch eine Peitsche oder einen Gürtel, kreuz und quer über seinem Rücken, vom Hals bis zur Taille. Er war erbarmungslos geschlagen worden.

»Gabe, wie konnte jemand so etwas einem Kind antun?«

Gabe legte sich wieder auf den Rücken. »Sophie hat er auch wehgetan. Er hat mich im Keller angekettet, und ich musste mir ihre Schreie anhören. Sie rief mich um Hilfe. Aber ihr hat er nicht so wehgetan wie mir, Gott sei Dank. Er hat sie nicht geschlagen. Es war fast, als hätte er sie gern.«

Claire erinnerte sich an Gabes hübsche kleine Schwester mit dem feinen, weizenblonden Haar und den großen, vertrauensvollen dunklen Augen. Sie war noch sehr klein gewesen, als Claire hier gelebt hatte. Sie hatten sich ein Zimmer geteilt, mit Barbiepuppen und Büchern und Springseilen und einem riesigen Puppenhaus, das Bobby LeFevres für Sophie gebaut hatte.

»Jeden Tag schaue ich mir diese Narben im Spiegel an, und dann schwöre ich mir, dass ich diesen Teufel finde und ihn mit bloßen Händen erwürge.«

»Jack Holliday meint, der Mann, der dir und Sophie das angetan hat, ist derselbe, der auch seine Familie ermordet hat. In Colorado. Glaubst du, das könnte sein?«

Gabe zog die Schultern hoch. »Hat er seine Schwestern tätowiert?«

»Die Mädchen wurden nie gefunden. Genau wie Sophie. Sie waren erst drei Jahre alt, als seine Mutter und sein Stiefvater in ihrem Bett ermordet wurden. Jack hat sie nie wiedergesehen. Er sucht seit Jahren nach ihnen, und er hat einen Privatdetektiv engagiert, um sie zu finden. Die Spur führte zu Madonna, denn ihre Eltern sind bei einem ganz ähnlichen Doppelmord ums Leben gekommen. Und dann hat er gesehen, dass Madonna und Wendy die Tätowierungen trugen.«

»Er soll aufhören, nach ihnen zu suchen. Die Kinder sind schon lange tot, er bringt immer alle Kinder um, die er entführt. Das hat er mir selbst gesagt. Dass er uns umbringen würde wie alle anderen, die er in sein Labyrinth geschleppt hatte. Der einzige Grund, warum ich überlebt habe, ist, weil ich die letzte Schlaftablette nicht geschluckt habe. Dann ist es mir gelungen, ein Kellerfenster aufzustemmen, sodass wir beide rauskonnten.«

»Gott sei Dank.«

»Manchmal frage ich mich, ob es wirklich so gut war. Ich konnte ja Sophie nicht retten. Ich war zu geschwächt von den Schlägen und konnte sie nicht durch den Sumpf tragen. Sie stand noch unter Drogen und konnte nicht mehr laufen, also habe ich sie versteckt. Aber das hätte ich nicht tun dürfen. Ich hätte sie nie da draußen allein lassen dürfen. Aber ich dachte, wenn ich entkomme, kann ich

Hilfe holen und sie retten, bevor er sie findet. Danach erinnere ich mich nicht mehr an viel. Nur noch, dass ich durch den Sumpf gewatet bin und mich durchs Unterholz kämpfte und einen Weg suchte. Dann muss ich wohl bewusstlos geworden sein. Auch ans Krankenhaus erinnere ich mich nicht. Oder daran, wie man mich gefunden hat.«

»Jetzt fallen hier viele Dinge zusammen, Gabe. Ich gehe noch mal zu Rene und schaue mir die Akte über den Mord an deinen Eltern an.«

»Sei vorsichtig, der Kerl ist immer noch irgendwo da draußen. Wahrscheinlich hat er auch die Handgranaten geworfen. Wenn er seine überlebenden Opfer töten will, dann gehöre ich auch dazu. Und du bist ihm dicht auf den Fersen. So würde er zwei Fliegen mit einer Klappe schlagen. Nick war nur ein Kollateralschaden.«

»Du musst jetzt schlafen. Wenn Black zurückkommt und du wach wirst, sag ihm, ich bin zu Rene gefahren, um die Akte zu holen, und komme bald zurück. Er soll sich keine Gedanken machen, mit mir ist alles in Ordnung.«

»Aber er macht sich Sorgen. Er mag es gar nicht, wenn du allein losziehst.«

»Ich weiß.«

»Das ist eine gute Sache da zwischen euch. Er ist gut zu dir. Und zu mir auch, dabei kennt er mich doch überhaupt nicht. Ich weiß das echt zu schätzen.«

»Ja, ich weiß. Tut mir leid, dass ich dir solche schlimmen Fragen stellen musste, Gabe. Dass ich alles wieder aufgerührt habe.«

»Bring den Kerl zur Strecke. Für Sophie. Das wünsche ich mir so sehr. Keine Ahnung, was er mit ihr gemacht hat, nachdem er sie in dieser Nacht gefunden hat. Darüber will ich nicht nachdenken.«

»Ruh dich aus. Ich bringe die Akte mit und lasse dich reinschauen, wenn du willst.«

»Sei vorsichtig, der Kerl ist gerissen. Er ist lange durchgekommen, ohne dass man ihn erwischt hat. Und jetzt kriegt er Schiss, weil du ihm auf den Fersen bist. Pass einfach auf dich auf.«

»Keine Sorge, das habe ich ja nun wirklich auf die harte Tour gelernt.«

Und das war nur allzu wahr. Sie würde keine blöden Risiken mehr eingehen, sie wollte noch ein Weilchen leben. Aber dieser Mann – er war das reinste Böse, und sie musste ihn zur Strecke bringen. Sie war sicher, dass es ihnen gelingen würde. Sein brutales kleines Labyrinth des Schreckens würde bald schließen.

Der Maskenmann

Er war rasend vor Wut. Nichts lief nach Plan, gar nichts. Claire Morgan war immer noch mit dem Fall befasst, obwohl er sie mit der Voodoo-Puppe gewarnt hatte. Warum man sie nicht abzog, war ihm ein Rätsel. Und was tat sie? Sie fand noch eine Überlebende und besuchte sie sogar. Es war nur eine Frage der Zeit, bis sie und ihr Partner anfingen, zwei und zwei zusammenzuzählen und ihn zu verdächtigen.

Also hatte die arme kleine sexy Wendy auch sterben müssen, ob er wollte oder nicht. Allerdings wollte er das sehr wohl. Es war ohnehin höchste Zeit, dass er reinen Tisch machte. Damals war er jung und dumm gewesen, und er hatte sie entkommen lassen. Und noch dümmer war es gewesen, sie all die Jahre am Leben zu lassen. Zahllose Male hätte er die beiden umbringen können, ohne erwischt zu werden. Jetzt war es riskanter geworden, aber er musste es tun. Schnell und effizient und ohne Spuren zu hinterlassen.

Also hatte er den Überfall gründlich geplant und jeden Schritt durchgeprobt, wie er es immer tat. Diesmal ging er kurz nach Einbruch der Dunkelheit, als alle in Mimosa Circle entweder Abendessen kochten oder schon vor dem Fernseher saßen. Er hatte die Gegend einige Abende lang erkundet und festgestellt, dass es um diese Zeit dort sehr ruhig war. Es wäre relativ einfach, in das Haus einzudringen, ohne dass man ihn verdächtigte. Zu Fuß durch den Wald, über den Zaun und direkt zu ihrer Wohnung, dabei die Straßenlaternen vermeiden und in den Schatten bleiben. Kein Problem. Nur ein Jogger kam weiter hinten gelaufen, ansonsten war nichts los. Diesmal ging er nicht an die Haustür und klopfte. Wendys Nachbarn waren zu nah. Außerdem war Wendy viel schlauer als Madonna Christien. Sie würde ihn nicht einfach reinlassen. Aber er hatte keine Probleme, in ihre Wohnung zu kommen. Er knackte das Schloss an der Hintertür und schnitt die Kette mit einem Bolzenschneider durch. Inzwischen war er gut geübt darin, besonders im Schlösserknacken, weil er jeden Tag übte. Es dauerte nur ein paar Sekunden. Lautlos glitt er hinein, seine Voodoo-Sachen im Rucksack.

In der Wohnung angekommen, sah er sich um und

stellte fest, dass sie oben war. Leise schlich er die Treppe hinauf und zog die schweren Lederhandschuhe an. Sie war im Schlafzimmer und sortierte die Kleider in ihrem Schrank. Sie sah ihn nicht mal kommen. Er schlich hinter sie und schlug ihr mit der Faust auf den Hinterkopf. Das war's, sie fiel um, und diesmal nahm er sich Zeit, sie richtig zu verprügeln, bis sie fast tot war und er keine Lust mehr hatte. Sie war zu einem echten Problem geworden, und Probleme mochte er nicht. Im Schein des kleinen Nachtlichts an ihrem Bett nähte er ihr Augen und Mund zu. Hübsch gemacht, und so schwieg sie für immer.

Danach hatte er reichlich Zeit, ihr Gesicht zu bemalen und ein bisschen an ihr rumzufummeln, bevor sie starb. Dann kletterte er auf sie und erwürgte sie, bis ihre Kehle knackte und unter dem Druck seiner Daumen nachgab. Als er sicher war, dass sie tot war, putzte er gründlich und baute unten in der Diele den Altar auf, genauso wie den für Madonna im alten Haus der LeFevres. Mord war eine Kleinigkeit für ihn, ein höchst vergnüglicher Zeitvertreib. Jetzt, da sie tot war und nicht mehr plaudern konnte, fühlte er sich besser. Er würde weitermachen, würde alle töten, die überlebt hatten. Es waren ja nicht mehr viele, er machte seinen Job gut.

Und Claire Morgan lief immer noch im Kreis herum. Sie hatte offenbar keine Ahnung, was los war, und er würde ihr keine Hinweise geben. Sollte sie doch denken, dass ein Voodoo-besessener Verrückter sich daran aufgeilte, Lippen und Lider zuzunähen. Vielleicht würde ihr Sheriff diesmal angesichts der Puppe mit Claires Gesicht vernünftig und sie von dem Fall abziehen. Oder er würde – was noch besser wäre – ihren jungen, unerfahrenen Partner auf den Fall ansetzen. Ja, das wäre noch besser.

Sonst müsste er sie eben auch umbringen. Er lächelte bei dem Gedanken. Eigentlich war das gar keine so schlechte Idee. Er würde sie umbringen, oder vielleicht würde er sie auch entführen und in sein Labyrinth bringen. Endlich mal eine echte Gegnerin bei seinen grausamen Spielen. Es würde interessant sein herauszufinden, ob sie ihn überlisten konnte. Ja, wirklich, er musste eine Möglichkeit finden, sie in sein kleines Inselparadies im Sumpf zu bringen, damit sie sich richtig gut kennenlernten. Er konnte ihr so viel zeigen. Sie wollte wissen, was seine Opfer erduldet hatten? Kein Problem, er würde es ihr zeigen.

Entschlossen packte er seine Ausrüstung zusammen, wischte Wendys Wohnung sauber, um keine DNA-Spuren zu hinterlassen, schloss die Hintertür wieder ab und verschwand in der Nacht, sehr zufrieden mit seinem Job. Manchmal war Mord wirklich allzu einfach.

25

Claire brauchte nur ein oder zwei Minuten, um zu Renes Hause zu fahren. Er wohnte ebenfalls im Quarter, in einem alten Haus mit Innenhof wie Black. Es war nicht so groß, schick und ausgefallen möbliert, aber dafür ein Familienerbstück. Sie parkte auf der anderen Straßenseite. In seinem Wohnzimmer brannte Licht hinter dem weißen, schmiedeeisernen Balkongitter. Im Erdgeschoss befand sich ein automatisches Garagentor mit einem Fußgängereingang und einer Klingel daneben. Sie drückte auf den Knopf, trat zurück und schaute hinauf zu dem Balkon. Wenig später beugte sich Rene übers Gitter und schaute herunter zu ihr.

»Hallo, Claire, komm rauf.«

Von irgendwo drinnen hörte sie ein Klicken, die Tür ging auf und sie betrat einen dunklen Flur, der sie zu einer engen Treppe führte. Von dort aus ging es direkt in den Wohnbereich. Rene empfing sie oben an der Treppe. Er verbrachte den Abend zu Hause und trug einen dunkelgrauen Jogginganzug mit dem Zeichen der Polizei von New Orleans NOPD in großen weißen Buchstaben auf dem Rücken. Dazu trug er abgetretene schwarze Lederslipper, und in der Hand hielt er einen Cocktail, einen trockenen Martini mit drei grünen Oliven auf einem Zahnstocher darin.

»Was für eine unerwartete Freude«, sagte er. »Ich hatte dich nicht so bald erwartet. Magst du auch einen Drink?«

»Nein, danke. Ich habe nur ein paar Fragen, und dann würde ich gern die Akte sehen.«

Rene nickte und trank einen Schluck. Claire ging an ihm vorbei in sein Wohnzimmer. Es war groß und luftig mit zwei gut eingewohnten apricotfarbenen Sofas, die sich gegenüberstanden. Ein Flügel beherrschte die Ecke, moderne Kunst hing an den Wänden. Claire war einmal in dem Haus gewesen, am Unabhängigkeitstag, damals, als sie bei den LeFevres gelebt hatte. Viel hatte sich hier nicht verändert.

»Schönes Haus, Rene. Sieht immer noch so aus wie früher.«

»Meine Mama hatte einen guten Geschmack, ich kann mir für die Möblierung keine Verdienste zuschreiben. Bist du sicher, dass du nichts trinken willst? Einen Martini? Ich habe noch was im Krug, muss ihn nur eingießen.«

»Nein, ich glaube nicht.« Genug Small Talk. Sie drehte sich zu ihm um, damit er sie ansah. »Ich brauche wirklich diese Akte, Rene. Du hast sie doch hier, oder?«

Statt einer Antwort drehte er sich um und ging zu dem Barfach in dem großen antiken Schrank. Schweigend füllte er sein Glas noch einmal auf, aß die Oliven, spießte dann drei neue auf und ließ sie in den frischen Drink fallen. Claire schwieg ebenfalls und wartete. Sein Zögern gefiel ihr nicht, es fühlte sich an, als suchte er nach einer Ausrede, um ihr die Akte nicht geben zu müssen. Ihre Ungeduld brodelte leise unter der Oberfläche. Wenn nicht bald etwas passierte, würde sie hochkochen.

Rene trank wieder einen Schluck und sah sie über den Rand seines Glases an. Dann seufzte er hörbar. »Setz dich,

Claire, und lass uns in aller Ruhe und Vernunft darüber reden. Du musst wissen, wie leid mir das alles tut. Gabe ist wie ein Sohn für mich. Komm, trink was mit mir.«

»Ich habe dir schon gesagt, ich will jetzt nichts trinken. Ich will die Akte sehen.«

»Setz dich, bitte.«

Sie setzte sich auf das eine Sofa, Rene nahm in einem schwarzledernen Clubsessel ihr gegenüber Platz. Offenbar hatte er gelesen, als sie geklingelt hatte. Ein aufgeschlagenes Buch lag auf dem Tischchen vor ihm, eine Biografie von Andrew Jackson. Daneben lag Renes Lesebrille mit dem schwarzen Rahmen.

»Also, was willst du sehen?«

»Erst mal will ich die Akte sehen, die du über den LeFevres-Mord zusammengestellt hast. Ich weiß, dass du die Fakten auf Clydes Bitten hin vertuscht hast, um Gabe zu schützen. Aber die Akte hast du noch, das hast du vorhin gesagt.«

Er zögerte immer noch, als wäre er absolut nicht willens, darüber zu diskutieren. Zweifellos hatte er das meiste verdrängt und wollte es nicht wieder hervorzerren. »Ich habe nichts zerstört. Alles, was die Polizei seinerzeit ermittelt hat, liegt hier in meinem Safe. Nachdem der Fall abgeschlossen und unter Verschluss genommen worden war, habe ich alles hier aufbewahrt. Niemand weiß etwas davon, niemand darf etwas davon wissen. Ich habe keine Lust, meine Karriere zu ruinieren, weil ich vor zwanzig Jahren eine Polizeiakte beiseitegeschafft habe.« Bei dem Gedanken zog er die Brauen zusammen, dann trank er sein Glas leer und beugte sich zu ihr. »Claire, ich muss dich warnen. Die Fotos in der Akte sind schwer erträglich. Ich weiß, wie sehr du die LeFevres geliebt hast.«

»Hol sie, Rene, bitte. Sie könnte mir helfen, einen Serienmörder zu stellen, der schon viel zu lange frei rumläuft.«

Rene zögerte wieder, verschwendete Zeit. Die Geschichte zog sich hin wie zähflüssiger Sirup. Claire übte sich in Geduld, aber es fiel ihr wie immer schwer.

»Dann noch was. Etwas, was nicht mal Clyde und Gabe und die anderen wissen. Ich habe es nie übers Herz gebracht, darüber zu sprechen, es ist einfach zu hässlich.«

Claire spannte sich an, um den Schlag abzufedern. Dann begriff sie, dass es eigentlich nicht noch schlimmer kommen konnte. Hässlich war offenbar das Wort des Tages. Also los, noch ein Kapitel in einer unappetitlichen Geschichte. »Sag es.«

»Ich habe ein paar schmuddelige Sachen über Bobby rausgefunden. Echt fies. Mir hat es nicht gefallen, und so wird es auch dir gehen.«

Claire wappnete sich. Das gefiel ihr wirklich nicht. Sie hatte in der letzten Woche so viele Bälle abbekommen, dass sie sich schon fühlte wie ein Fänger in einer Top-Baseballmannschaft.

»Ich sage das nicht gern, aber er hatte irgendwie Schwierigkeiten mit der Gang aus Algiers. Hat für die Gelder eingetrieben.«

Das war wirklich ein harter Schlag, gerade auch für sie als Polizistin. Und sie konnte es kaum glauben. Wieder tauchte Blacks übler Bruder auf, und das war grundsätzlich schlecht. »Kann ich mir nicht vorstellen. Er war ein anständiger Kerl.«

»Ich hatte Beweise dafür und habe ihn damit konfrontiert. Er hat mich gebeten, Kristen nichts davon zu sagen, aber ich wollte mich auf nichts einlassen. Das war schlimm für ihn, er wollte vor ihr als guter Kerl dastehen.« Er hielt wieder inne, schaute sie unglücklich an, und die nächsten Worte zogen sich wie Gummi. »Weißt du, was ich glaube? Dass er Kristen umgebracht und dann Selbstmord begangen hat.«

Aber das Szenario passte überhaupt nicht zu dem, was Gabe ihr erzählt hatte. »Du willst mir sagen, sie wurden gar nicht ermordet?«

»Ich kann es jedenfalls nicht beweisen. Sie wurden mit einer .45 erschossen, und seine Dienstwaffe lag neben ihm.«

»Hat man eine ballistische Untersuchung gemacht?«

»Die Ergebnisse waren nicht eindeutig. Aber ich glaube, er wollte Schluss machen und konnte es nicht ertragen, sie zurückzulassen. Du weißt, was er für sie empfand.«

Ja? Das alles ergab überhaupt keinen Sinn mehr. Und es stimmte nicht mit Gabes Beobachtung überein. Er hatte gesagt, ein maskierter Mann habe seine Eltern erschossen. »Gabe hat etwas anderes beobachtet. Und wenn es ein erweiterter Selbstmord war, wer hat dann Gabe und Sophie entführt? Und warum?«

»Gabe hat den Mord beobachtet? Er erinnert sich? Warum hat er nie etwas davon gesagt?«

»Er hat es für sich behalten, weil er den Mörder finden und seine Familie rächen wollte.«

»Das heißt, er könnte ihn identifizieren?« Rene klang jetzt ganz aufgeregt. »Wir könnten ihn wirklich zur Strecke bringen?«

»Nein, der Killer trug eine Maske. Er glaubt aber, dass er die Stimme wiedererkennen könnte.«

»Kein Wunder, dass er so gefährlich lebt. Es tut mir leid, dass er sich daran erinnert, das muss furchtbar sein. Wenn ich noch dran denke, wie wir die Eltern im Bayou fanden, und die Kinder waren weg und so weiter. Wir haben tagelang nach ihnen gesucht, konnten aber nichts finden. Bis auf einmal Gabe auftauchte, halb tot und ohne jede Erinnerung.«

»Ich weiß, ich weiß. Gib mir die Akte, Rene. Ich muss sie lesen. Vielleicht sehe ich etwas, was dir entgangen ist, so nah, wie du dran warst.«

Rene gab es auf, erhob sich und verließ das Zimmer. Claire stand ebenfalls auf; sie war rastlos und voller unterdrückter Gefühle. Es ging alles zu schnell, es war zu heftig. Zu viele Möglichkeiten, zu viele Theorien, die einfach nicht zusammenpassten.

Sie ging zu einem der bodentiefen Fenster und atmete die kühle Nachtluft ein. Irgendwo da draußen erklang Weihnachtsmusik, der Jingle Bell Rock. Ein fröhliches Lied. Sie wünschte, sie könnte auch fröhlich sein. Sie wünschte, sie hätte nichts mit diesem Fall zu tun und sie und Black könnten endlich den riesigen Baum aufstellen, den er aus New York mitgebracht hatte. Oder einkaufen gehen, am Riverwalk Marketplace. Oder knutschen unterm Mistelzweig. Irgendwas. Irgendetwas Fröhliches und Angenehmes. Alles wäre besser, als jetzt eine Polizeiakte mit schrecklichen Fotos von Menschen anzusehen, die sie von Herzen geliebt hatte. Menschen, die tot waren. Irgendwo in der Ferne hörte sie Polizeisirenen, die die fröhlichen Weihnachtsklänge übertönten. Unentschieden. Sie hoffte nur, die NOPD wäre nicht auf dem Weg zu ihrem Haus.

Auf dem runden Glastisch neben ihr standen mehrere gerahmte Fotos. Sie beugte sich herunter und sah sie an. Viele von Rene selbst an unbekannten Orten, jung und gut aussehend, ein bisschen zerzaust, sonnengebräunt. Dann einige in Polizeiuniform, neue und alte aus der Zeit als Berufsanfänger auf Streife. Eins mit Bobby LeFevres, die beiden Männer nebeneinander in einem schwarz-weißen Polizeiauto, dazu ein dritter Mann, den sie nicht kannte. Er grinste arrogant in die Kamera. Dunkel, gut aussehend, stolz. Wer das wohl war? Er trug keine Uniform, hatte aber den Arm vertraulich um Bobbys Schulter gelegt. Als sie das Foto wieder hinstellte, fand sie dahinter ein kleineres in einem glänzenden Silberrahmen. Sie nahm es in die Hand.

Eine Gruppe junger Freunde, die sich einen Spaß daraus machten, vor der Kamera zu posieren. Umarmungen. Rene, Bobby und Kristen LeFevres. Der Vierte im Bunde sah aus wie ein sehr junger Clyde LeFevres mit dem üblichen unwiderstehlichen Lächeln. Sorglose Teenager, lachend saßen sie auf der Vordertreppe eines alten Hauses. Rene trug eine braun-weiße Jacke mit einem Football-Buchstaben und hatte Kristen den Arm um die Schulter gelegt. Bobby saß eine Stufe tiefer, lehnte sich gegen Kristens Bein und trug die gleiche Football-Jacke. Kristen hatte die Finger in Bobbys dickes schwarzes Haar gezwirbelt.

Sie lächelten direkt in die Kamera. Claire staunte über

die Ähnlichkeit zwischen dem erwachsenen Gabe und seinem Vater damals. Beide hatten diese ultra-intensiven braunen Augen. Clyde trug ebenfalls eine Football-Jacke, saß rauchend vor Kristen und schaute bewundernd zu ihr auf. Sie waren alle drei in Kristen verliebt gewesen, begriff Claire plötzlich, alle drei. Und sie war so schön gewesen mit ihrem hellblonden Haar und den klaren grünen Augen und dem leichten Lächeln. Auch als Claire bei ihr gelebt hatte, war sie schön gewesen. Daran erinnerte sich Claire noch ganz genau.

Sie betrachtete das Haus hinter den Leuten auf dem Foto und versuchte herauszufinden, ob es das Haus war, in dem sie gelebt hatte, der Christien-Tatort. Es sah sehr alt und verfallen aus, die weiße Farbe blätterte ab, hier und da war Holz gesplittert oder Bretter ganz abgerissen. Auf der Veranda hinter ihnen sah man eine vernagelte Haustür. Aber dann sah sie es, und ihr Herz setzte einen Schlag aus. Eine Lilie in dem Pfosten hinter ihnen. Sie betrachtete das Foto noch genauer, hielt es unter die Lampe, um sicherzugehen, dass sie sich nichts einbildete. Nein, kein Zweifel, dieselbe Lilienschnitzerei, die sie schon mal gesehen hatte. Der Schnappschuss war auf der Treppe von Rose Arbor gemacht worden, Jack Hollidays Plantagenhaus draußen an der River Road.

»Schönes Bild, hm? Das war im ersten Highschool-Jahr, bloß Clyde war schon weiter. Ein Jahr später ist er zur See gegangen.« Rene stand auf der Schwelle, einen großen Aktenordner in der Hand.

Claire hielt das Foto hoch. »Wo ist das aufgenommen, Rene?«

»Wir waren da bei einem alten, verlassenen Plantagenhaus am Fluss. Da haben wir uns immer rumgetrieben, haben Pecans gesammelt und später verkauft. Ein bisschen Taschengeld.« Er lachte. »Und wenn wir genug beisammenhatten, sind wir ins Kino gegangen. Und da haben wir uns dann gestritten, wer neben Kristie sitzen durfte. Waren einfache Zeiten damals. Ich vermisse diese Jungs, die wir damals waren. Wer hätte sich damals vorstellen können, was später passierte. Na, war vielleicht ganz gut so.«

»Wer hat das fotografiert?«

»Nat, denke ich mal. Keine Ahnung. Er war ein guter Freund von Clyde, etwas älter. Damals hat er als Hausmeister gearbeitet und irgendwo in der Nähe dieses Hauses gewohnt. Das tut er wohl immer noch. Das Haus gehört jetzt Jack Holliday, weißt du? Seine Familie hat es vor ewigen Zeiten gekauft und restauriert. Jetzt heißt es Rose Arbor.«

»Ja, ich habe Old Nat sogar da draußen getroffen. Wer hat die Lilie geschnitzt?«

»Nat, vermute ich. Er schnitzt gern, und er kann das auch. Oder konnte. Wie es jetzt ist, weiß ich nicht. Für Kristie hat er eine Kette mit Lilien gemacht. Ihre Mom hat beschlossen, sie ihr mit in den Sarg zu geben.« Rene schüttelte den Kopf. »Das war eine traurige Zeit damals. Für uns alle.«

»Erinnerst du dich noch, wann das Haus restauriert wurde?«

»Nein. Die Lage war immer schon schön da oben auf dem Hügel über dem Mississippi. Wir hatten es gut da. Nat ließ uns machen, solange wir nicht Fenster einschlugen oder irgendwas klauten.«

»Und er war damals schon Hausmeister dort?«

»Ja. Er liebt das Haus.«

»Ist das die Akte?«

»Genau, alles noch drin.«

Claire nahm sie in die Hand und setzte sich in einen Sessel unter einer bronzefarbenen Bodenlampe, deren Schirm mit hübschen Rosen bemalt war. Rene schenkte sich noch einen Drink ein, bot ihr diesmal aber nichts an. Dann setzte er sich auf die Couch, wo sie vorher gesessen hatte. Sie legte den Ordner auf ihre Knie und schlug ihn auf. Hauptsächlich drastische Tatortfotos, alles alte Polaroids, inzwischen verblasst und wellig an den Kanten. Außerdem einige maschinengeschriebene Berichte, auch sie auf vergilbtem Papier.

Sie starrte das erste Foto an. Kristen LeFevres. Sie lag auf einer weiß und rot karierten Steppdecke, ein Einschussloch in der Stirn. Claire musste schlucken, als sie an das warme Lachen der Frau dachte, ihre festen Gute-Nacht-Umarmungen, die selbst gemachten Kekse, die sie immer in einer Dose aufbewahrte. Gestorben war sie in einem blau karierten Kleid mit langen Ärmeln und Spitze am Kragen. Gelbe Blumen auf dem Rock. Eine große gelbe Rose steckte in ihrem seidigen blonden Haar hinter dem linken Ohr. Um ihren Hals bunte Mardi-Gras-Perlen. Auf dem Mieder des Kleids war ein großer Blutfleck zu sehen, wo der Angreifer ihr ins Herz geschossen hatte.

Irgendwo tief in ihrem Unterbewusstsein nahm ein nebelhaftes Bild Gestalt an. Kristen, die auf einem Weg im Bayou dahinspazierte, Sophie an der Hand, die Schuhe knirschten auf den kleinen weißen Muschelschalen. Sie drehte sich um und lächelte Claire und Gabe an. Sie waren oft zusammen beim Picknick gewesen, immer dort am Bayou.

Auf dem zweiten Foto war Bobby LeFevres zu sehen. Er trug ein weißes Sweatshirt und Jeans und ebenfalls Mardi-Gras-Perlen um den Hals. Er lag auf der Seite, seine Dienstwaffe auf dem Boden neben ihm. Hatte er sie wirklich benutzt, um sich und seine Frau zu töten? Spielte Gabes Gedächtnis ihm einen Streich nach all den schlimmen Erfahrungen? Bobbys Beine waren gespreizt, ein Arm verdreht. Die Augen offen, als würde er in die Kamera starren. Getrocknetes Blut über Nase und Mund von der Schusswunde in der Stirn.

Claire sah das Bild lange an. Nachdem sie seine Lage und die der Waffe gründlich studiert hatte, war ihr klar, er konnte sich tatsächlich auch selbst erschossen haben. Aber ihr Gefühl sagte ihr, dass das nicht der Fall war. Der Mann, an den sie sich erinnerte, hatte auf keinen Fall seine Frau getötet. Niemals. Die beiden waren unzertrennlich gewesen. Wenn er im Stehen geschossen hatte, konnte ihm die Waffe aus der Hand gefallen sein. Rene hatte seine Schlüsse daraus gezogen, aber sie glaubte es nicht. Sie versuchte, sich einen Reim auf all die vielen Informationen zu machen, versuchte ein plausibles Szenario herzustellen. Sie schaute Rene an, der sie genau beobachtete, das Glas auf einem Knie abgestellt.

»Ich glaube nicht, dass er sie getötet hat. Ich glaube nach wie vor, dass der Entführer die beiden getötet hat, so wie Gabe es sagt. Ein maskierter Mann, sagt er.«

»Natürlich ist das möglich, ich weiß. Aber es ist lange

her, und Gabe war ein Kind und hatte einen schweren Schock. Außerdem hat man ihm wohl irgendwelche Drogen gegeben. Der wahre Tathergang wird sich wohl nie rekonstruieren lassen. Glaub mir, ich habe mein Bestes getan, um etwas zu finden, irgendetwas. Ich sage dir nur, was passiert sein könnte. Ich will nicht glauben, dass Bobby Kristen umgebracht hat, genauso wenig, wie ich damals glauben wollte, dass er Dreck am Stecken hat. Aber möglich ist es. Ich habe jahrelang geschwiegen, um die Familie zu schützen, vor allem Gabe.«

Claire nahm das nächste Foto zur Hand. Es zeigte Gabriel. Er sah nicht viel älter aus als zu der Zeit, als sie bei seiner Familie gelebt hatte. Dunkel und klar und gut aussehend, auch damals schon. Bewusstlos lag er in einem Krankenhausbett. Beide Augen waren blau geschlagen und schrecklich zugeschwollen, er trug überall Verbände und hatte kein Hemd an. Sein nackter Oberkörper war nur noch Haut und Knochen, er hatte gehungert, und die widerwärtigen Striemen auf seiner Brust zeigten, wo man ihn ausgepeitscht hatte. Es gab auch eine Nahaufnahme von seinem Rücken mit all den Striemen und Zickzackmustern, die zeigten, wie sehr er geschlagen worden war. Wie konnte er damit leben? Unvorstellbar!

Dann kamen weitere Tatortbilder aus verschiedenen Blickwinkeln. Das Blut auf der Decke, die Angeln am Ufer, eine Kaffeebüchse voller Würmer im Gebüsch unweit der Stelle, wo die Kinder entführt worden waren. Gabes Version des Tathergangs wurde voll bestätigt.

Rene sagte: »Gabe hat kaum noch geatmet, als er am Ufer gefunden wurde. Er war total voll mit Blut und Algen und Schlamm. Die Ärzte sagten, es sei ein Wunder, dass er überlebt hätte. Schau dir bloß mal diese Verletzungen an. Und die meisten waren ja auch entzündet.«

»Wie kann man einem Kind so etwas antun? Wie krank muss man sein, um so was zu machen?«

»Ich habe weiß Gott einige psychotische Mörder kennengelernt, genau wie du, soweit ich weiß. Aber so was habe ich nie vorher und nie nachher erlebt. Er muss ein Sadist sein, ein Sadist mit einer verdrehten pädophilen Neigung, ein Kindermörder. Aber er kann eigentlich nicht mehr am Leben sein.«

Claire sah ihn an. »Kann ich die Akte mitnehmen? Ich will die Berichte lesen und alles noch mal gründlich durchdenken.«

Rene sah nicht begeistert aus, stimmte aber zu. »Okay, aber gib sie nicht aus den Händen.«

Als Claire mit dem Aktenordner in der Hand aufstand, umarmte Rene sie fest. Doch sie wollte nur noch weg, wollte allein sein und über alles nachdenken. Der Mörder, der Mann, der Gabe all diese unaussprechlichen Dinge angetan hatte, lief aller Wahrscheinlichkeit noch frei herum, egal was Rene dachte. Sie wusste es, sie spürte es in ihren Knochen. Er war der Mörder, den sie suchten. Sie mussten ihn fangen, und zwar schnell, bevor er wieder eine unschuldige Familie überfiel.

26

Claire stieg in ihr Auto, das gegenüber von Renes Haus stand, und blieb eine Weile nachdenklich auf dem Fahrersitz sitzen. Dann schlug sie den Ordner wieder auf und betrachtete im Licht ihrer Handy-Taschenlampe noch einmal die Fotos und Berichte. Sie sortierte sie, untersuchte jedes Foto ganz genau. Nach zehn Minuten lehnte sie sich zurück und schloss die Augen. Sie war entsetzlich müde, sie brauchte unbedingt etwas Schlaf. Aber sie konnte nicht aufhören, über all das Schreckliche nachzudenken, das Gabe erlebt hatte, nachdem sie sein Zuhause im Bayou verlassen hatte.

Zu ihrer eigenen Überraschung kehrten ihre Gedanken immer wieder zu einem bestimmten Foto zurück, das nichts mit den Tatortfotos zu tun hatte: die LeFevres, Clyde und Rene auf der Treppe von Rose Arbor. Irgendetwas war seltsam daran, falsch, daneben. Irgendetwas passte nicht. Es schien ihr ein zu großer Zufall, dass die jungen Leute ausgerechnet auf der Vordertreppe von Jack Hollidays Familienbesitz fotografiert worden waren, und dann auch noch von dem Hausmeister, der immer noch dort herumlief: der unheimliche, bis an die Zähne bewaffnete Old Nat. Aber das Bild war alt. Gabe hatte gesagt, er und Sophie wären in einem alten Haus gefangen gehalten worden. Konnte es dieses Haus gewesen sein? Und war es ein Zufall, dass Jack mit ihren derzeitigen Fällen zu tun hatte und in dem Haus lebte, das einmal dem Killer als Hauptquartier gedient hatte? Wie konnte das sein? Und warum kehrten ihre Gedanken immer wieder zu diesem Foto zurück?

Aber genau das taten sie. Sie verstärkte ihren Griff um das Lenkrad, machte eine schnelle Wende und fuhr in Richtung River Road und Rose Arbor. Vielleicht wusste Jack irgendetwas über die Geschichte des Hauses, das ihr einen Hinweis gab, irgendetwas, was er absichtlich oder unabsichtlich ausgelassen hatte. Wem hatte das Haus gehört, bevor seine Großmutter es gekauft hatte? Nat Navarro? Und hatte Nat wirklich diese Lilie in den Pfosten geschnitzt? Und wenn ja, wann? Die Schnitzerei war keine professionelle Arbeit. Sie sah ganz nett aus, aber sie war grob gearbeitet, das Werk eines Amateurs, vielleicht sogar mit dem Taschenmesser gemacht. Warum? Und warum hatte Jacks Großmutter sie dort belassen, wenn sie doch sonst alles im Haus verändert hatte? Das passte doch überhaupt nicht zu diesem sauberen, schönen, peinlich genau restaurierten Haus.

Das Foto war der Schlüssel zu allem, sie wusste es, vor allem nach dem, was Rene über seine Highschool-Freunde gesagt hatte. Verdächtigungen und Zweifel jagten sich in ihrem Kopf. Woher kamen diese unguten Gefühle? Das Foto beunruhigte sie mehr als die schrecklichen Aufnahmen von Gabe, den man misshandelt und ausgepeitscht und dann kalt lächelnd im Sumpf entsorgt hatte wie einen toten Hund. Sie dachte an ihn, fragte sich, wie er mit diesen Erinnerungen zurechtkam. Jetzt, da sie verstand, was er durchgemacht hatte, überraschte es sie im Grunde genommen, dass er auf der richtigen Seite des Gesetzes gelandet war. Dass er nicht als Alkoholiker oder Drogensüchtiger oder Verbrecher geendet war.

Um ihr schlechtes Gewissen zu beruhigen, rief sie Black an und erklärte ihm, wohin sie fuhr. Sie bat ihn um den Code für Jacks Tor. Er sagte, er würde Jack anrufen und sie würden sich dort treffen. Fünf Minuten später rief er zurück, sagte ihr den Code und gab ihr die Erlaubnis, aufs Grundstück zu fahren, bat sie aber, auf ihn zu warten.

Es war noch dunkel, als sie am Zaun von Rose Arbor ankam. Das Tor war geschlossen. Sie entschied sich, nicht noch einmal Old Nat auf die Füße zu treten, indem sie einfach reinfuhr. Er würde die Höflichkeit zu schätzen wissen, und sie würde es zu schätzen wissen, dass er sie nicht erschoss. Also stieg sie aus dem Range Rover und klingelte. Keine Reaktion.

Sie hatte das deutliche Gefühl, dass Old Nat schon irgendwo unter den Bäumen herumschlich und mit seinem Gewehr auf sie zielte. Wahrscheinlich machte ihm das sogar Spaß. Sie beide passten irgendwie nicht zueinander, hätte Zee gesagt. Tja, schade. Sie musste dem Alten ein paar Fragen stellen, und er würde sie ihr beantworten, ob es ihm gefiel oder nicht.

Also drückte sie den Code und beobachtete, wie das Tor aufging. Sie fuhr hinein, sah, wie das Tor sich schloss, und fuhr die Auffahrt hoch. Kein Wagen im Carport, niemand zu Hause. Na gut.

Sie nahm die Mordakte, stieg aus dem Auto, ging die Treppe hinauf und beleuchtete mit ihrer Taschenlampe den Pfosten. Die Lilie war noch da und sah genauso aus wie auf dem alten Foto. Eigentlich eine gute Arbeit. Jeder von ihnen, Bobby LeFevres oder Rene oder Clyde oder Kristen, konnte das gemacht haben. Sie setzte sich, richtete die Taschenlampe auf die Lilie und starrte sie an.

Nach ein paar Augenblicken ging sie zur Tür. Sie war unverschlossen, also spazierte sie ins Haus, als würde es ihr gehören. Sie hatte ja schließlich die Erlaubnis dazu, und sie würde schon keine Antiquitäten oder die kostbare Ming-Vase stehlen. Sie schaltete das Licht ein, der Lüster flammte auf. Einen Augenblick stand sie da und sah sich mit frischen, entschlossenen Polizistenaugen um. Konnte das hier wirklich das alte Haus sein, in dem Gabe gefangen gehalten worden war? Es sah aus, als wäre Rose Arbor ziemlich genau anhand der Original-Architektur restauriert worden. Langsam und methodisch ging sie von Zimmer zu Zimmer, nicht ganz sicher, wonach sie eigentlich suchte. Gabe hatte gesagt, er sei in einem Keller festgehalten worden, also musste sie einen Keller finden. Neben der Küche gab es einen großen Wirtschaftsraum mit verglasten Schränken mit schönem Goldrand-Porzellan und Kristallgläsern, alle mit dem Buchstaben H und jeder Menge Schnörkeln graviert. Noch mehr Kostbarkeiten von Granny Holliday.

Sie ging durch alle Zimmer im Erdgeschoss, schaltete einen Lüster nach dem anderen an, zog Türen auf und suchte. Nach irgendetwas, was ihr helfen würde. Ein Instinkt sagte ihr, dass sie dieses Haus durchsuchen musste, zwang sie dazu. Und wenn sie es Brett für Brett auseinandernehmen musste. Und sie hatte gelernt, ihrem Instinkt zu folgen.

Endlich, bei ihrer Rückkehr in den Wirtschaftsraum, fand

sie etwas. Eine kleine Tür hinter einem Vorhang, und dahinter Stufen, die in einen Erdkeller führten. Das Haus hatte kein echtes Untergeschoss, aber es stand etwa vier Meter über dem Erdboden. Sie schaltete das Licht oben an der Treppe ein. Die Stufen führten nach unten und machten dann eine scharfe Rechtskurve. Vorsichtig ging sie weiter, obwohl sie sich dabei sehr unwohl fühlte. Als sie unten ankam, zog sie ihre Waffe und hielt den Finger am Abzug der Glock.

War das der Raum? Hatte man hier Gabe und Sophie gefangen gehalten und gefoltert? Es war extrem dunkel hier unten, dumpf, kalt und ekelhaft. Es roch nach Schimmel, Erde und Lehm, aber sehen konnte man nicht viel. Die Ziegelwände waren weiß gestrichen, der Boden bestand aus festgetretener Erde. Sie schaute nach oben und fragte sich, warum es hier keine Spinnweben gab. Holliday musste eine verdammt gute Haushälterin haben. Es gab ein paar kleine rechteckige Fenster weit oben in der Wand. Wie musste es sich anfühlen, hier eingesperrt zu sein, wenn ein Ungeheuer die Treppe herunterkam, mit einer Maske über dem Gesicht und einer Peitsche in der Hand? Sie dachte an die kleine Sophie, die so niedlich gewesen war. Was für eine Qual für Gabe, nicht zu wissen, was mit seiner Schwester passiert war.

Als hinter ihr eine tiefe Stimme erklang, schrak sie heftig zusammen. Sie ließ die Akte fallen und fuhr herum, beide Hände an der Waffe. Entsetzt stellte sie fest, dass es Yannick war, der arrogante Butler, ausgerechnet. Der allgegenwärtige, unersetzliche Diener in dem Haus im Garden District. Diesmal sah er ziemlich verblüfft aus. Schnell hob er die Hände wie in einem Western.

»Du lieber Himmel, nehmen Sie doch die Waffe runter«, brachte er heraus. Er klang richtig zittrig, lange nicht mehr so hochmütig wie beim letzten Mal, als sie sich getroffen hatten. Schusswaffen hatten eine erstaunliche Wirkung auf hochnäsige Butler, interessant.

Claire senkte die Waffe und steckte sie in ihr Schulterholster. »Tut mir leid, Sir, Sie haben mich erschreckt.«

»Was machen Sie denn hier?« Yannick sah sich verwirrt um. »Schießen Sie immer gleich auf Leute?«

»Wenn sie sich von hinten anschleichen, ja. Und was machen Sie hier mitten in der Nacht? Ich dachte, Sie arbeiten in der Stadt.«

»Ich überprüfe den Nachtservice, der hier putzt. Sie kommen nachts und verschwinden vor Tagesanbruch. So wird Mr Jack nicht gestört. Im Moment sind sie oben und werden gleich mit ihrer Arbeit anfangen.«

»Und woher wussten Sie, dass ich hier unten bin?«

»Ich sah ihr Auto und rief Mr Jack an und fragte ihn, ob er heute Nacht noch Besuch erwartet. Er sagte mir, ich solle Ihnen und Dr. Black mitteilen, dass er auf dem Weg sei. Die Tür in der Pantry stand offen, und das Licht war eingeschaltet.« Er sah sie neugierig an. »Ehrlich gesagt, Detective, ich wundere mich ein wenig, Sie hier in Mr Jacks Keller vorzufinden. Mit einer Waffe in der Hand.«

Er sah sie misstrauisch an, als hätte er einen macheteschwingenden Ausbrecher aus einer psychiatrischen Klinik vor sich. Aber an Flucht dachte er offenbar nicht.

»Wie lange arbeiten Sie schon für die Familie Holliday, Yannick?«

»Oh, viele Jahre. Schon bevor Miss Catherine dieses

Haus kaufte. Nun, ich werde wohl nach oben gehen und auf Mr Jack warten.«

Ohne ein weiteres Wort drehte er sich auf dem Absatz um und ging die Treppe hinauf. Da der dunkle Keller Claire nervös machte, nahm sie den Aktenordner und folgte ihm. Sie fand ihn in der Küche, wo er gerade eine kleine Armee von Reinigungskräften instruierte, die schwarze Uniformen trugen und mit Staubwedeln, Besen, Mopps, Eimern und Wischern bewaffnet vor ihm standen. Sie starrten sie an wie eine Außerirdische, als sie aus dem Keller auftauchte. In diesem Moment hörte sie Blacks Stimme aus der Diele und eilte an Yannick vorbei. Black und Holliday standen unter dem Lüster.

»Was ist los, Claire? Warum sind wir hier?«, fragte Black. Er schaute ihr für einen Moment ins Gesicht, runzelte dann die Stirn und fuhr fort: »Alles in Ordnung?«

»Ich brauche bloß die Erlaubnis, mich in diesem Haus umzusehen.«

»Das hast du doch schon getan«, erwiderte Black trocken.

»Aus welchem Grund?«, fragte Jack.

»Ich folge nur meinem Instinkt. Es hat mit dem Fall zu tun. Du kennst mich, ich bin wie ein Hund, der einen Knochen wittert.«

»Erzähl uns doch einfach erst mal, worum es geht.« Das kam von Black.

Claire zog die Brauen zusammen. »Ich muss mit Jack sprechen und ihm ein paar Fragen stellen.«

Jack seufzte. »Okay, was wollen Sie wissen?«

»Erzählen Sie mir etwas über die Geschichte dieses Hauses. Alles, was Sie wissen.«

»Aber warum? Hat es etwas mit meinen Schwestern zu tun? Haben Sie eine neue Spur?«

»Vielleicht wurden Gabe und Sophie hier in diesem Haus gefangen gehalten. In Ihrem Keller.«

Jack keuchte leise, aber hörbar auf.

Black sah sie an. »Hier? Wie kommst du darauf?«

»In meinem Erdkeller? Hier? Auf Rose Arbor? Mein Gott!«

»Gabe sagt, er erinnert sich an einen dunklen Raum, einen Keller mit einem Boden aus festgestampfter Erde in einem alten Haus mit vernagelten Fenstern. Und ich glaube, es handelt sich um dieses Haus hier. Wenn der Kerl Gabe hier gefangen hielt, Jack, dann gilt das vielleicht auch für Ihre Schwestern.«

»Aber wie kann das sein? Meine Großmutter hat hier jahrelang gelebt, sie hätte davon doch etwas mitbekommen müssen.«

»Damals war es noch nicht ihr Haus. Und ich möchte wissen, wem das Haus gehörte, bevor sie es kaufte. Könnten Yannick oder Old Nat wissen, wer der Eigentümer war? Ich muss mit beiden sprechen. Mein Bauchgefühl sagt mir, dass ich da eine wichtige Spur gefunden habe.«

»Die beiden haben jahrelang für meine Großmutter gearbeitet. Ich bezweifle, dass sie den früheren Besitzer kennen, aber wir können sie fragen.«

»Die Fälle stehen in einem engen Zusammenhang, ich glaube, da hatten Sie von Anfang an recht. Der Mann, der Gabes Eltern umgebracht und Gabe entführt hat, dieser Mann hat auch ihre Eltern getötet. Und ich glaube, die jetzigen Morde an Madonna und Wendy und der Anschlag auf Gabe, das alles hat zum Ziel, Zeugen zu beseitigen. Der Mann tötet alle Überlebenden, die ihn womöglich identifizieren und uns auf seine Spur bringen könnten. Vielleicht hat er mitbekommen, dass Sie Madonna Christien befragt haben. Dann hat er Panik gekriegt und sie umgebracht.«

»Aber wie kommst du darauf, dass es dieses Haus sein könnte?«, fragte Black.

»Nur so ein Gefühl. Ich habe bei Rene ein Foto von Bobby und Kristen gesehen, das aufgenommen wurde, als sie Jugendliche waren. Rene sagt, Old Nat war mit ihnen da draußen, und ich sah die Lilie auf dem Pfosten. Die habe ich wiedererkannt.«

»Draußen an der Treppe?«, fragte Jack.

»Genau. Ich kann es nicht beweisen, aber ich glaube, das hier ist das Haus. Außerdem habe ich jetzt die Akte über den Mord an Gabes Eltern angeschaut. Hier.« Sie hielt sie hoch. »Rene hat sie zur Seite geschafft und all die Jahre bei sich aufbewahrt, um Gabe und seine Familie zu schützen.«

»Das gibt einen Riesenärger, wenn das rauskommt«, sagte Black.

»Die LeFevres haben ihn gebeten, die Sache zu vertuschen. Sie wollten nicht, dass Gabes Geschichte in die Öffentlichkeit kommt, wollten auch nicht, dass er erfährt, was wirklich mit ihm passiert ist. Also hat Rene dafür gesorgt, dass der Fall unter Verschluss genommen wurde. Und die Akte hat er später mitgenommen.«

»Lassen Sie mich mal sehen.« Das war keine Bitte von Jack, sondern eine Forderung.

Claire gab ihm den Ordner. Er ging damit in den Salon und setzte sich an den Schreibtisch. Sie und Black folgten ihm, Claire beobachtete sein Gesicht, als er die Fotos betrachtete. Er biss die Zähne zusammen, als er Gabes misshandelten Rücken sah. Dann gab er den Ordner an Black weiter.

»Das ist ein Tier. Ich will, dass wir ihn zur Strecke bringen. Dass er stirbt. Und zwar schnell.«

»Willkommen im Club, Holliday. Gabe sucht schon seit Jahren nach ihm. Er glaubt, dass er immer noch hier ist, irgendwo in den Bayous, dass er Leute ermordet und ihre Kinder entführt. Und ich glaube das auch.«

Black schaute auf. »Ich habe eine Idee, Claire. Eine, die uns vielleicht hilft.«

Normalerweise hatte er ganz gute Ideen. »Was?«

»Ich könnte Gabe hypnotisieren und schauen, ob wir noch mehr aus seinem Gedächtnis herausbringen. Bei dir hat es letzthin ganz gut funktioniert, vielleicht geht es bei ihm auch. Vielleicht erinnert er sich doch noch an das Gesicht des Mörders oder irgendetwas, was er verdrängt hat. Vielleicht sogar an die Lilie.«

Jack schaute sie beide an. »Hält Gabe das aus? Nach allem, was er durchgemacht hat?«

Claire nickte. »Ich vermute, Gabe würde alles tun, um den Kerl zu fassen, der ihm diese Narben beigebracht hat.«

Black hob beide Hände. »Ich habe alles, was ich dafür brauche, im Haus. Und Gabe ist auch dort. Wir könnten es versuchen.«

Alle hielten das für eine gute Idee. Zusammen fuhren

sie zurück ins French Quarter, Claire hatte beschlossen, ihr Gespräch mit Yannick und Old Nat noch aufzuschieben. Sie konnte nur hoffen, dass Gabe bereit war, seiner albtraumhaften Vergangenheit einen Besuch abzustatten.

27

»Sind Sie absolut sicher, dass Sie es machen wollen, Gabe? Ich muss Ihnen sagen, dass ein paar Dinge dabei an die Oberfläche kommen könnten, die Sie nicht wiederbeleben wollen.«

»Absolut. Ich beschäftige mich ständig mit Dingen, die ich nicht wiederbeleben will. Schon fast mein ganzes Leben lang.«

Nicholas Black saß an seinem Schreibtisch in der Governor Nicholls Street. Die Videoausrüstung zur Aufzeichnung der Sitzung war aufgebaut. So konnte Gabe im Haus bleiben – er litt nach seiner Gehirnerschütterung immer noch unter Schwindelanfällen. Gabe lag vor ihm auf einer gepolsterten braunen Ledercouch. Jack Holliday und Claire saßen am Besprechungstisch und beobachteten alles. Nick erinnerte sich nur zu gut an die Nacht, als er Claire hypnotisiert hatte. Das hatte viele Erkenntnisse gebracht. Erkenntnisse, die sie beide zu Tode erschreckt hatten.

Heute Nacht konnte er nur hoffen, dass in Gabes Unterbewusstsein noch irgendwelche Hinweise auf den Soziopathen versteckt waren, der sein Leben vergiftete. Gabe litt mit Sicherheit unter einer posttraumatischen Belastungsstörung und unter einem schrecklichen unterdrückten Zorn. Und nachdem er unter vier Augen mit Gabe gesprochen hatte, war er auch sicher, dass sich eine kräftige Dosis Überlebensschuld hineinmischte. Kein Wunder. Nach allem, was der Mann erlebt hatte, passten all diese Krankheitsbilder sehr gut. Black fürchtete, dass Gabe eine Zeitbombe war, die jeden Moment losgehen konnte. Wenn diese Sache ausgestanden war, brauchte er eine Therapie, und Nick würde dafür sorgen, dass er eine richtig gute bekam.

»Also, dann versuchen wir es. Es kann im Übrigen sein, dass Sie auf Hypnose nicht ansprechen, Gabe, das gibt es auch. Vielleicht kommt gar nichts dabei heraus.«

Gabe starrte an die Decke. »Ich will das machen, fangen Sie endlich an.«

»Ich kann dafür sorgen, dass Sie sich an keine Szene erinnern, in der Sie oder Ihre Schwester geschlagen, misshandelt oder sonst verletzt werden. Ich kann dafür sorgen, dass Sie sich nur auf die Episoden konzentrieren, in denen Sie mit Ihrem Entführer zusammen waren, auf Zeit und Ort und so weiter. Es wird sein wie beim Betrachten eines Films, Sie werden es nicht noch einmal erleben. Sie werden weder Schmerz noch Angst oder Panik empfinden. Verstehen Sie?«

»Wie auch immer, fangen Sie an.«

»Schließen Sie die Augen und versuchen Sie, sich zu entspannen.«

Gabe atmete ein paar Mal tief durch, schloss die Augen, bewegte sich noch ein bisschen und lag dann ganz still. Nick fragte sich, ob Gabe die Erinnerungen ertragen würde. Es würde ihm nicht guttun, sich an die Misshandlungen zu erinnern. Gabe hatte irgendwie überlebt und war ein anständiger Mann geworden. Das wollte Nick nicht zerstören. Er musste vorsichtig sein.

Er atmete selbst tief durch, dann begann die Sitzung. Er sprach leise, erzählte Gabe, wie entspannt er sei und wie er auf Wolken dahinschwebe, weit zurück in die Vergangenheit. Aber er war alles andere als sicher, dass Gabe darauf ansprach. Claire war leicht zu hypnotisieren gewesen, so wenig ihr das gefiel.

Aber es dauerte auch bei Gabe nicht lange. Eine halbe Stunde später gelang es Nick, Gabe in seine Kindheit zurückzuführen, dann zu der Entführung selbst. »Es geht Ihnen gut, Gabe. Niemand wird Ihnen wehtun. Sie beobachten nur, was in dem Keller passiert. Erzählen Sie mir davon.«

Gabe bewegte sich auf der Couch, als fühlte er sich unwohl oder gereizt. »Es ist sehr dunkel. Kalt und feucht, und es riecht komisch. Ein Junge ist da. Er zittert und versucht, sich warm zu halten. Die Hände hat er über die Ohren gelegt. Der Maskenmann hat diesmal nicht ihn geholt, sondern seine kleine Schwester. Er hat Sophie, sie ist oben mit dem Ungeheuer, sie schreit und weint und ruft ihren Bruder um Hilfe.«

»Wie hat der Mann den Jungen und Sophie entführt?«

»Er hat sie im Bayou gefangen. Er hat ihre Mama und ihren Papa umgebracht.« Gabe hielt inne, und obwohl Nick ihn instruiert hatte, keinen Schmerz zu empfinden, schluchzte er leise auf. Nick sah Claire an, die die Szene entsetzt betrachtete. Sie liebte diesen Mann, und es war nicht gut, dass sie das hier mitansehen musste. Er hatte versucht, sie zu überreden, dass sie draußen blieb, aber keine Chance.

Nick beugte sich vor und sprach beruhigend mit Gabe.

»Denken Sie daran, Gabe, es ist nur ein Film. Sie sind nicht dort. Sie leiden nicht. Sie haben keine Angst. Sie beobachten nur, was vor langer, langer Zeit geschehen ist. Es ist nicht real. Denken Sie daran, es ist nicht real.«

Gabe beruhigte sich, aber seine Wangen waren nass von Tränen. »Okay.«

»Wo sind sie jetzt, Gabe?«

»Sie sind immer noch in dem Keller, die Fenster sind vernagelt. Es ist so dunkel, dass sie einander kaum sehen. Er hält sie da unten gefangen, aber sie hören ihn, wenn er zurückkommt, um ihnen Angst zu machen. Sie hören ihn, wie er auf dem Boden über ihnen geht, sodass die Dielenbretter knarren.«

»Sind sie gefesselt, damit sie nicht fliehen können?«

»Nein, er hat sie nicht gefesselt, aber die Tür ist verriegelt. Manchmal zwingt er sie, Tabletten zu nehmen, damit sie schlafen.« Gabe zitterte wieder und stöhnte leise auf.

»Sie sind nicht dort, Gabe. Denken Sie daran, Sie beobachten die Szene nur. Sie sind in Sicherheit. Ihnen geht es gut. Niemand kann Ihnen etwas tun.«

Wieder beruhigte sich Gabe, aber sein Atem ging schnell und stoßweise. »Sie haben große Angst, wenn er kommt. Er ist böse, er tut ihnen weh. Sie versuchen sich zu verstecken, wenn er die Tür oben an der Treppe aufmacht, denn dann zwingt er sie, nach oben mitzukommen, und dort tut er ihnen weh.«

Nick schaute wieder zu Claire und Jack. Es ging ihnen nicht gut. Er musste auch daran denken, ihnen nicht zu viel zuzumuten. Vor allem Jack, der jetzt die Hände so fest verschränkt hielt, dass er den Bizeps anspannte. Nick wandte sich wieder Gabe zu. »Was passiert, wenn er sie mit nach oben nimmt?«

»Da ist es dunkel. Die Möbel sind mit Laken und Decken verhängt, und die Fenster sind zugenagelt. Sie hören Mäuse und Ratten, und die Spinnweben bleiben an ihnen kleben, wenn sie versuchen wegzulaufen. Aber sie können nichts sehen.«

»Wo liegt das Haus, Gabe? Erkennen Sie es? Wissen Sie, wie man dorthin kommt?«

»Es liegt an einem Fluss. Er hat sie mit einem Boot dorthin gebracht. Er hat ihnen den Mund zugeklebt und ihnen ein Tuch über den Kopf gelegt. Das Tuch riecht eklig, und sie sind davon eingeschlafen.«

»Wissen Sie, wie man dorthin kommt?«

»Nein. Als er sie aus dem Boot holt, ist es dunkel. Der Junge hört Äste rascheln und Grillen zirpen, aber ihm ist so schlecht von dem Tuch über seinem Kopf und er kann sich nicht wach halten.«

»Was passiert, als der Junge das erste Mal wach wird?«

»Er hat Angst, weil seine Arme über seinem Kopf an einem Dachbalken festgebunden sind. Seine kleine Schwester ist mit Klebeband an einen Stuhl gefesselt. Er kann sehen, wo der Mann ihn tätowiert hat. Es tut weh und blutet. Wenn er sich ein bisschen umdreht, sieht er, dass das Mädchen auch tätowiert ist. Der Mann mit der roten Maske kommt zurück und schlägt den Jungen mit einer Peitsche, die lauter verknotete Enden hat. Er tut ihm sehr weh. Das gefällt ihm. Er lacht, wenn er den Jungen schlägt. Den Jungen mag er nicht so gut leiden wie das Mädchen.«

Nick atmete wieder tief ein. Er wollte den Rest der Geschichte nicht hören. »Erzählen Sie mir von dem kleinen Mädchen. Was passiert mit ihm?«

»Nach einer Weile schreit sie nicht mehr nach dem Jungen. Dann wird es ganz still und der Junge hat Angst, dass sie tot ist, dass der Mann sie erschossen hat, so wie er ihre Mama und ihren Papa erschossen hat.«

»Sagt der Mann, warum er die Kinder mitgenommen hat? Warum er so gemein zu ihnen ist?«

»Er sagt, der Junge hat sein Leben zerstört. Er sagt, sie sind böse Kinder und er muss sie bestrafen. Er sagt, er ist jetzt ihr Daddy und sie sollen sich daran gewöhnen.« Gabe wurde wieder unruhig und trat um sich.

»Nimmt er die rote Maske irgendwann mal ab?«

»Nein. Manchmal trägt er eine andere, aber normalerweise sieht er aus wie eine Schlange mit Federn.«

»Kennt der Junge den Mann?«

Gabe schwieg ein paar Sekunden, und alle hielten den Atem an. »Manchmal glaubt er, dass er ihn kennt, dass er die Stimme irgendwoher kennt, aber er ist nicht sicher.«

»Sieht der Junge das Gesicht irgendwann mal ohne die Maske? Nur für einen Moment oder ein kleines Stück?«

»Nein, er trägt die Maske immer. Er flüstert und grollt und schreit sie an.«

»Was macht er noch?«

»Er malt sein Gesicht an, sodass es aussieht wie ein Totenschädel. Und er baut einen Platz mit vielen Kerzen und bindet sie an Stühlen fest. Und dann tötet er Tiere, und sie müssen dabei zusehen. Er schubst sie in dunkle Tunnel, durch die sie kriechen müssen, und dann springt er sie an und macht ihnen Angst oder packt sie und schüttelt sie oder schlägt sie mit der Peitsche.«

»Gott«, murmelte Claire. Sie stand auf. »Ich glaube, ich kann nicht mehr.«

Sie war aschfahl geworden, aber Jacks Gesicht machte Nick viel mehr Sorge. Jack sah nämlich inzwischen aus, als könnte er jemanden mit bloßen Händen töten.

»Soll ich aufhören?«

»Nein, wir müssen da durch. Wir müssen ihn kriegen.« Das kam von Jack, durch zusammengebissene Zähne. Er saß starr und entschlossen da.

Claire nickte ebenfalls, aber weniger sicher als Jack. Nick sah Gabe an, der sich wieder beruhigt hatte und ganz still lag.

»Kommen sie mal raus aus dem Haus? Können Sie sehen, wie sie entkommen?«

»Der Junge stellt sich auf die Zehenspitzen und versucht, ein Brett von einem Fenster wegzureißen. Das geht aber nicht, weil ihm so schlecht ist. Irgendwann schafft er es doch. Er öffnet das Fenster und schiebt das kleine Mädchen nach draußen. Dann quetscht er sich auch durch das Fenster, aber es geht nur so eben, er ist ja größer und dicker. Außerdem ist er so müde und schwach, weil der Mann ihn geschlagen hat und sein Rücken immer blutet. Er nimmt das Mädchen an der Hand, und sie laufen, so schnell sie können. Es ist dunkel in dem Wald, und überall sind Insekten, die sie stechen, und das Mädchen ist furchtbar müde, weil sie wieder Tabletten bekommen haben. Irgendwann kommen sie an eine Ziegelmauer. Die ist sehr hoch, da kommen sie nicht drüber.«

Gabe rührte sich wieder, seine Stimme klang laut und verängstigt.

»Sie sind nicht dort, Gabe«, wiederholte Nick. »Sie sind nicht dort. Sie beobachten die Szene nur wie in einem Film.« Als Gabe wieder ruhiger wurde und sich auch sein Atem beruhigte, sagte Nick: »Was machen sie jetzt?«

»Der Junge nimmt das Mädchen an der Hand, und sie laufen an der Mauer entlang. Dann sehen sie den Friedhof und die weißen Familiengräber, und sie bekommen Angst. Das Mädchen sieht ein weißes Kreuz im Mondlicht. Sie läuft hin, weil sie denkt, jetzt ist Jesus gekommen und rettet sie. Das Kreuz steht auf einem von den Familiengräbern, und der Junge schiebt seine Schwester hinein und sagt ihr, sie soll sich da versteckt halten und keinen Laut von sich geben. Er wird losgehen und Hilfe holen. Dann läuft er so schnell er kann in den Sumpf und versucht, irgendwen zu finden, der ihm hilft.«

Als Gabe schwieg, zögerte Nick. Das hier war schwierig. »Fängt der Mann den Jungen wieder ein?«

»Er holt ihn ein und springt ihn an und würgt ihn und schlägt ihm mit den Fäusten ins Gesicht. So lange und so fest, dass der Junge sich nicht mehr bewegen kann. Dann schiebt er ihn ins Wasser und lässt ihn da im Dunkeln liegen.«

»Und das Mädchen? Bleibt sie in der Gruft?«

»Das weiß er nicht. Er weiß es nicht! Er muss jemanden finden, der sie da rausholt. Er muss sie finden, bevor der Mann sie findet.«

Gabe schrie auf und wand sich auf der Couch. Claire lief zu ihm und umarmte ihn. Gabe klammerte sich an ihr fest. Jetzt weinte er heftig, schluchzte an ihrer Schulter. »Hol ihn zurück, Black! Hol ihn da raus, das reicht.«

Nick wartete, bis Gabe sich ein wenig beruhigt hatte, dann holte er ihn aus der Trance. »Gabe, hören Sie mir zu. Sie werden nichts von all dem Schmerz, der Angst oder der Grausamkeit spüren, die Ihnen und Ihrer Schwester angetan wurde. Sie werden nichts davon spüren, Sie werden sich nicht erinnern. Sie werden sich nur erinnern, wie Sie entkommen sind und ob Sie das Gesicht des Mannes oder eine Lilie am Eingang des Hauses gesehen haben. Sie werden keine Schuldgefühle mehr haben, weil Sie überlebt haben, Gabe. Was Ihrer Schwester passiert ist, das ist nicht Ihre Schuld. Was Ihren Eltern passiert ist, das ist nicht Ihre Schuld. Nichts davon ist Ihre Schuld. Sie werden wissen, dass Sie alles getan haben, um Ihre Schwester zu retten. Aber der Mann war größer und stärker als Sie. Sie haben getan, was Sie konnten. Sie waren ein Kind. Sie werden in der Lage sein, uns zu erzählen, woran Sie sich erinnern, ohne Wut, Traurigkeit, Hoffnungslosigkeit oder Hilflosigkeit. Ich werde Sie jetzt aufwecken. Wenn Sie die Augen öffnen, werden Sie sich gut fühlen. Sie fühlen sich sicher und ruhig und entspannt, und die Schuldgefühle, die Sie all die Jahre auf Ihren Schultern getragen haben, werden verschwunden sein. Ich zähle jetzt von fünf aus rückwärts, und dann wachen Sie auf und fühlen sich wunderbar und ganz. Verstehen Sie mich, Gabe?«

Gabe nickte. Black begann zu zählen, und Gabe öffnete auf sein Zeichen hin die Augen. Claire sagte: »Ist gut, Gabe, alles gut. Du hast das toll gemacht.«

Er lehnte sich zurück. »Der Mann hat immer diese Masken getragen, sein Gesicht habe ich nie gesehen. Er hat mit einer schrecklichen Stimme geflüstert, und er hat grausame Spiele mit uns gespielt. Ich bin ihm entkommen, aber Sophie hat es nicht geschafft.«

»Kannst du dich an irgendetwas in oder an dem Haus erinnern, Gabe? Irgendetwas?« Das kam von Jack, der leichenblass dasaß, weil er jetzt wusste, was mit seinen Schwestern passiert war.

Claire fragte genauer nach. »Gab es außerhalb des Hauses irgendwelche Schnitzereien?«

»Eine Lilie. Die habe ich gesehen, als er mich in der ersten Nacht über die Schulter warf und ins Haus trug. Das Licht von seiner Taschenlampe fiel darauf, als er mit mir die Treppe hochging. Meinst du so was?«

»Sie wurden in Rose Arbor festgehalten«, sagte Nick. »Das scheint mir jetzt ganz klar.«

Gabe sah sie alle fragend an. »Wo ist das?«

Claire antwortete ihm. »Das Haus gehört jetzt Jack, die Lilie ist immer noch an dem Pfosten zu sehen. Ich habe sie selbst bemerkt. Sie ist groß und kaum zu übersehen, wenn man zum Haus hinaufgeht.«

Nick stand auf. »Okay, das bringt uns weiter. Gibt es auf deinem Grundstück einen Friedhof, Jack? Vielleicht finden wir dort etwas.« Zögernd sah er die beiden Männer an. »Vielleicht gibt es dort noch Gräber, versteht ihr?«

Jack sah ihn entsetzt an. Allmählich wurde ihm wohl klar, dass er in dem Haus gelebt hatte, wo seine kleinen Schwestern gequält und ermordet worden waren. Aber sein Gesicht sah aus wie in Stein gemeißelt. Claire zitterte, sah aber entschlossen aus.

Endlich antwortete Jack. »Ich weiß genau, wo dieser Friedhof liegt. Er hat eine weiße Mauer und liegt in der Nähe des Sumpfs, genau wie Gabe gesagt hat. Manchmal gehe ich dort auf die Entenjagd. Die Familiengräber liegen auf einem Hang am Flutbett, wo der Fluss manchmal über die Ufer tritt, ganz hinten auf dem Grundstück.«

»Wie geht es Ihnen?«, fragte Nick Gabe und reichte ihm eine Flasche Wasser.

Gabe nahm sie und trank einen großen Schluck, bevor er antwortete. »Komisch. Es fühlt sich an, als hätte ich intensiv geträumt. Nicht von Sophie und mir, sondern einfach von zwei Kindern. Ich erinnere mich nicht mehr an den Schmerz, verstehen Sie, was ich meine?«

»Das ist gut. Das ist sehr gut.«

»Schaffen Sie es, dorthin mitzukommen, Gabe?«, fragte Jack. Er würde auf jeden Fall gehen, was auch immer passierte.

»Ja, ich komme mit. Vielleicht kommen noch mehr Erinnerungen, wenn ich dort bin.«

Damit war die Sache klar. Nick fuhr sie in seinem Wagen, sie schwiegen die ganze Zeit bis Rose Arbor. Er hielt am Tor, tippte den Code ein und fuhr hinauf zum Haus. Als sie ausstiegen, warf Gabe einen Blick auf das dunkle Haus. »Hier war das?«, fragte er mit einem Blick auf Claire.

»Ja.« Sie richtete die Taschenlampe auf den Pfosten mit der Schnitzerei.

Gabe ging ein paar Stufen hinauf und fuhr mit den Fingern über die Kerben. »Genau das habe ich gesehen.«

Jack ging ins Haus und schaltete das Außenlicht und die Lampen in der Diele ein. Dann leuchtete auch noch der

Brunnen auf. Als er wieder herauskam, fragte ihn Nick nach der Entfernung bis zum Friedhof.

»Vierhundert Meter vielleicht. Ziemlich viel Unterholz und sumpfige Gegend. Einige der Familiengräber da draußen gehen bis ins achtzehnte Jahrhundert zurück.«

Jack ging voraus. Gabe hielt mit ihm Schritt, angetrieben vom Adrenalin und dem Wunsch nach Klarheit. Die Nachtluft war kälter geworden, und der Weg ums Haus war dunkel. Sie leuchteten mit ihren Taschenlampen hinter Jack her, der sich am Rand seines Grundstücks entlangbewegte. Der Weg war mit Schlingpflanzen überwuchert, Dickicht und wilder Efeu behinderten sie. Das graue spanische Moos hing tief herunter und fuhr ihnen mit Geisterfingern durchs Haar. Erschrockene Vögel flatterten aus den Büschen auf. Nick wusste, dass sie sich dem Sumpf näherten, als der Geruch von stehendem Wasser und die Geräusche flüchtender Bisamratten wahrnehmbar wurden.

Jack blieb stehen und leuchtete mit der Taschenlampe durch die Bäume auf die verfallene Friedhofsmauer. »Da, seht ihr die Gräber? Einige sind verfallen, aber ein paar stehen noch.«

Sie leuchteten mit ihren Taschenlampen in die gleiche Richtung.

»Ist das der Ort, Gabe?«

Er nickte. »Hier ist Sophie gestolpert und gefallen. Und dann haben wir ihn gehört und sind in Panik geraten. Da habe ich sie hochgezerrt und wir sind auf den Friedhof gelaufen, um uns dort zu verstecken.«

Gabe ging los über den feuchten Boden, die anderen

folgten ihm und passten auf, nicht einzusacken. Die blassen, geisterhaften Gräber leuchteten ein wenig vor ihnen. Viele waren verfallen, andere mit Unkraut überwuchert. Gabe ging auf das nächste Grab am Hang zu. Es war etwa zwei Meter hoch und fast drei Meter lang. Er kniete sich hin, versuchte mit seinem gesunden Arm das Unkraut wegzureißen und kam schließlich zu einer morschen Holztür.

»Da drin habe ich Sophie versteckt. Genau hier.« Seine Stimme wurde brüchig, er konnte nicht weitersprechen. Erschöpft setzte er sich hin.

Sie versammelten sich um ihn und leuchteten mit ihren Lampen auf die Tür. Mit einiger Mühe schob Jack den rostigen Riegel zurück.

Gabe wollte hineinkriegen, aber Claire hielt ihn zurück. »Lass mich das tun, Gabe. Du hast genug.«

Sie beugte sich vor, leuchtete in die Gruft und ging dann hinein. Hier hatte die arme kleine Sophie vor so vielen Jahren gekauert, außer sich vor Angst. Nick hockte sich hin und sah, dass nichts darin war, kein Sarg, eine Überreste. Gott sei Dank. Bevor er ihn aufhalten konnte, kroch auch Gabe hinein. Nick und Holliday beobachteten die beiden anderen von draußen und leuchteten ins Innere. Claire und Gabe schoben Blätter und Kies zur Seite, suchten am Boden nach Hinweisen. Nach einer Weile entdeckte Claire offenbar etwas im Boden, denn sie grub etwas aus und hielt es ins Licht. Eine Kette, vom Schmutz der Jahrzehnte bedeckt, weil hier immer wieder Schlamm hochgekommen war. Sie entfernte den Schmutz, so gut sie konnte, und hielt die Kette hoch. Als Gabe sie sah, riss er sie ihr aus der Hand. »Das gehört Sophie. Sie hat die Kette mit dem Kreuz an dem Tag bekommen, an dem er uns entführt hat. An ihrem Geburtstag.«

Claire umarmte ihn, und sie sahen zu, wie er da saß, die Kette seiner kleinen Schwester in der Hand. Gemeinsam weinten sie um das unschuldige kleine Mädchen, das er vor so vielen Jahren in dieser Gruft zurückgelassen hatte.

28

Sie waren vollkommen fertig und brauchten lange, bis sie sich wieder gefasst hatten, aber es musste sein. Claire war jetzt sicher, dass sie dort standen, wo der Serienmörder seine Opfer verscharrt hatte. Sie konnten nur ahnen, wie viele Leichen auf diesem alten Friedhof lagen. Sobald Gabe wieder ruhiger wurde und Black mit ihm sprechen konnte, rief sie Russ Friedewald an. Jack sagte ihr, Rose Arbor läge schon auf dem Ortsgebiet von St. James. Russ würde also seinen Kollegen anrufen müssen, damit die Polizisten aus beiden Orten gemeinsam nach weiteren Opfern suchen konnten. Nachdem sie Russ kurz informiert hatte, setzte er sofort die Spurensicherung in Bewegung, ebenso sämtliche verfügbaren Kollegen und die technische Ausrüstung, die sie brauchen würden.

Bei Sonnenaufgang, als der Bodennebel noch wie Rauch über dem stillen grünen Wasser hing und leise über den alten Friedhof zog, waren schon alle da und hatten bereits drei kleine menschliche Skelette exhumiert. Und sie fürchteten, dass sie noch mehr finden würden.

Black half beim Graben, Jack ebenfalls. Sein Gesicht war wie tot, Claire konnte ihn gar nicht ansehen. Gabe war zurück ins Haus gegangen, er war erschöpft und zu schwach, um ihnen zu helfen. Tatsächlich konnte er sich kaum noch auf den Beinen halten. Sie schleppten Eimer voll kalter Erde aus den eingesunkenen Gräbern. Claire wusste, warum Jack so entschlossen aussah. Sie alle wussten es.

Doch dann fanden sie ein weiteres Skelett, das eines kleinen Kindes, in einem flachen Grab nur ein paar Meter von der Gruft entfernt, wo Gabe seine Schwester zurückgelassen hatte. Und Jack war trotz allem nicht darauf vorbereitet, als Nancy Gill die Erde von einem Stück Stoff bürstete. Rotes Fleece mit dem Gesicht von Rudolph dem Rentier darauf. Sogar die kleine rote Nase war noch da. Claire brach fast das Herz, als Nancy den Stofffetzen als Beweisstück auf ein Stück Papier legte.

Jack stand wie erstarrt da und schaute auf den Rest vom Nachthemd seiner kleinen Schwester. Er war so entsetzt, dass Claire ihn am Arm nahm, um ihn von dem Grab wegzuführen. »Du musst reingehen, Jack. Lass uns hier weitermachen.«

Aber er antwortete nicht, schien sie gar nicht zu hören. Niemand sagte etwas, nur die Vögel sangen ungerührt ihr Morgenlied in der kühlen Luft. Plötzlich fiel er neben dem kleinen Skelett auf die Knie, die Fäuste geballt. Dann schaute er wieder zu ihnen hoch, mit eiskalten Augen, die so tödlich aussahen, dass man sich fürchten musste. Seine Muskeln waren steinhart, und er zitterte vor unterdrückter Wut.

Besorgt legte Black ihm eine Hand auf den Rücken. Er sprach sehr leise. »Du musst ins Haus gehen, Jack. So wie Gabe. Du hast genug gesehen und getan. Komm, ich gehe mit. Wir reden dort darüber.«

»Ich gehe nirgendwo hin.«

Nancy und Claire tauschten besorgte Blicke, bevor Nancy weitergrub. Claire half ihr, Black blieb nahe bei Jack, um im Notfall eingreifen zu können. Ron Saucier erweiterte das Grab und fand ein zweites kleines Skelett. Die Zwillingsschwester in ihrem Rudolph-Nachthemd, ein unschuldiges Kind, das nur drei Jahre alt geworden war, bevor der »böse Mann«, wie die Kleine ihn genannt hatte, sich ins Haus geschlichen hatte und die beiden Mädchen mitgenommen hatte. Das Grauen war mit Händen zu greifen. Alle, die auf dem Friedhof arbeiteten, schwiegen aus Respekt vor Jacks Trauer.

Nachdem er zehn Minuten zugesehen hatte, wie Saucier und Nancy die Überreste der beiden Kinder aus der Erde nahmen, stand er schweigend auf und ging mit schnellen Schritten zurück zum Haus. Black sah ihm kurz nach, warf Claire dann einen Blick zu und ging ihm nach. Wenig später folgte Claire den beiden. Black stand in der Diele.

»Wie geht es ihm?«

»Nicht gut, aber er hält sich wacker. Ich habe versucht, ihn auf so etwas vorzubereiten, als wir Booker engagiert haben, aber er war so entschlossen, die Wahrheit über seine Schwestern zu erfahren, dass er mit den Folgen nicht gerechnet hat. Wir sollten in seiner Nähe bleiben. Er ist in der Bibliothek.«

Die Bibliothek lag im Erdgeschoss auf der Südseite des Hauses. Ein großer, rechteckiger Raum mit Fenstern zum Pool, Regale aus Kirschholz an drei Wänden. Jack saß hinter einem riesigen Schreibtisch aus Mahagoni. Die Ellbogen hatte er auf die glänzende Oberfläche gestützt, das Gesicht lag in seinen Händen verborgen. Eine große Tiffanylampe mit Libellen darauf war eingeschaltet und beleuchtete sein Haar. Vor ihm auf dem Tisch lag aufgeschlagen ein großes Buch.

Black machte Claire Zeichen, sich in einen Sessel vor dem Schreibtisch zu setzen. Er selbst blieb stehen. Claire wusste, dass er sich große Sorgen machte. »Jack, geht es? Können wir irgendwas für dich tun?«

Holliday hob das Gesicht, und sie wusste sofort, dass es gar nicht ging. Seine Augen waren rot und verschwollen, sein Gesichtsausdruck leer und verwirrt. Als er sprach, klang seine Stimme heiser. »Jetzt weiß ich, was passiert ist. Wahrscheinlich hat er das Gleiche mit ihnen gemacht wie mit Gabe und seiner Schwester. Ich halte das nicht aus. Mir wird schlecht, wenn ich daran denke, was sie durchgemacht haben, was er ihnen angetan hat. Sie waren doch noch kleine Kinder, Nick. Unschuldige kleine Kinder.«

Claire dachte an ihr eigenes totes Kind und was mit ihm passiert war. Das Trösten musste sie für diesen Augenblick Black überlassen. Ihr Schmerz war zu heftig, als sie an den kleinen Zach mit den blonden Locken und den riesigen blauen Augen dachte. Und dem fröhlichen Lachen. Sie schob die Erinnerung zurück hinter die hohe Mauer, die sie errichtet hatte, um einigermaßen bei Verstand zu bleiben. Aber diesmal gelang ihr das nicht ganz. Zach war erst zwei Jahre alt gewesen, als er in ihren Armen starb. Sie schloss die Augen und verdrängte das Bild mit aller Macht aus ihrem Kopf. Gott, sie vermisste ihn so sehr. Sie vermisste ihn jedes Mal, wenn sie ein Kleinkind im Supermarkt sah, wenn sie ein Kinderlied hörte, bei jeder Pampers-Werbung und beim Duft von Johnson's Babypuder. Sie würde nie darüber hinwegkommen. Nie. Sie verschränkte die Hände und versuchte verzweifelt, die Trauer zurückzudrängen, die sie überwältigte.

Black sagte: »Er ist ein Ungeheuer, Jack. Aber du kannst sicher sein, sie kriegen ihn. Früher oder später kriegen sie ihn.«

»Ich hätte Jenny glauben müssen, als sie zu mir kam. Ich hätte draußen nachsehen müssen, denn er war da draußen, in unserem Garten, und hat gewartet, dass wir ins Bett gehen.«

»Niemand konnte damals ahnen, dass deine Schwestern in Gefahr waren. Nicht in ihrem eigenen Zuhause, in ihren Betten, und dann auch noch am Heiligabend. Deine Eltern haben es auch nicht gewusst. Niemand hat es gewusst. Mach dir keine Vorwürfe, du kannst nichts dafür. Hör mir zu, Jack: Es ist nicht deine Schuld.«

Holliday antwortete nicht, aber man konnte leicht sehen, dass er mit seinen Schuldgefühlen kämpfte, genau wie Gabe. Sie waren gezeichnet von den Morden in ihren Familien, sinnlosen Morden, begangen von demselben wahnsinnigen Killer. Anständige Leute gaben sich immer selbst die Schuld. Claire hatte sich für so viele Dinge die Schuld gegeben, bis irgendwann Black gekommen war und ihr geholfen hatte, damit fertig zu werden. Jedenfalls einigermaßen.

Sie zögerte, dann atmete sie tief durch. Jack würde Monate brauchen, um einigermaßen klarzukommen, vielleicht Jahre. Sie wusste das nur zu gut. Aber jetzt musste sie ihm sagen, was er hören wollte. Und je mehr er davon hörte, desto besser. »Black hat recht, Jack. Wir sind ihm auf den Fersen, ganz dicht. Er wird dafür bezahlen, dass er Ihre Familie zerstört hat, Jack. Hören Sie mich, Jack? Er wird damit nicht mehr davonkommen. Jetzt nicht mehr.

Wir kriegen ihn. Er wird nie mehr in der Lage sein, einem kleinen Kind so etwas anzutun.«

»Ich bringe den Scheißkerl um. Ich will, dass er stirbt. Mehr will ich nicht. Dass er stirbt. Ich will es selbst tun, und ich will, dass er leidet, so wie sie gelitten haben.«

»Das wollen wir alle«, antwortete Black mit seiner ruhigen Psychiaterstimme. »Aber du wirst ihn nicht verfolgen. Das macht Claire. Sie ermittelt in diesem Fall. Lass ihr Zeit, dann findet sie ihn.«

»Genau, Jack. Es ist jetzt klar, dass wir es mit demselben Typen zu tun haben, der Madonna und Wendy umgebracht hat. Und wir sind ganz dicht an ihm dran, das spüre ich. Es ist nur noch eine Frage der Zeit.«

Jack biss die Zähne zusammen und ballte die Fäuste. Sein ganzer Körper war angespannt. Hilflos standen sie neben ihm und beobachteten, wie er um Fassung rang. Es dauerte eine Weile. Sie blieben bei ihm, aber Claire dachte schon wieder über das schöne Haus nach, in dem sie sich befanden. Wie hatte es wohl ausgesehen, als es noch leer gewesen war und der sadistische Killer Kinder hier im Keller gefangen gehalten hatte? Als er sie nach oben gebracht und gequält hatte, vielleicht sogar in diesem Zimmer. Sie konnte ihre ängstlichen Gesichter fast sehen und ihre qualvollen Schreie hören.

Wie oft war das wohl in all den Jahren passiert? Wie viele kleine Kinder hatten in dem Keller unter ihren Füßen gekauert und zugehört, wie das Ungeheuer hier herumlief und seine schrecklichen Spiele vorbereitete? Hatte er sich in ein anderes Haus zurückgezogen, als Jacks Großvater dieses Haus für seine Frau kaufte? Wohin brachte er seine Opfer jetzt? War im Moment irgendwo das draußen ein anderes Kind, das in einem feuchten Keller um Hilfe schrie?

»Ich bringe sie nach Colorado. Sie sollen neben meinen Eltern beerdigt werden.«

»Das ist eine gute Idee«, erwiderte Black. »Ich fahre mit, wenn du willst. Wir können den Learjet nehmen, dann hast du deine Ruhe.«

Wieder schwiegen sie, wieder starrte Jack vor sich hin. Nach ein paar Minuten sprach er ruhiger weiter. »Ich konnte mich nicht mehr genau erinnern, wo es war, Claire, aber jetzt habe ich es gefunden. Vielleicht hilft es dir ja.«

Claire begriff, dass er von dem Buch sprach, das vor ihm lag. Ein großer Band in teurem Leder, dunkelbraun mit Goldschnitt. Eine filigrane Spange hielt die Seiten zusammen. Kein Titel, kein Autorenname.

»Was ist das?«

»Meine Großmutter hat eine Geschichte dieses Hauses in Auftrag gegeben, als sie es gekauft und mit der Renovierung begonnen hat. Es muss ja jemandem gehört haben, als die Kinder hier waren. Wenn der Mörder sie hierher gebracht hat, muss irgendjemand, der mit dem Haus in Verbindung steht, etwas wissen. Oder sich jedenfalls an ihn erinnern.«

Claire dachte einen Moment nach. »Das glaube ich auch, und ich glaube, Old Nat weiß mehr, als wir denken. Ich muss ihn befragen, denn er war hier Hausmeister, als Gabes Eltern noch Jugendliche waren. Rene hat mir ein Bild gezeigt, da sitzen sie alle hier auf der Treppe. Eine Gruppe Jugendliche, zur Highschool-Zeit. Und er sagt, Old Nat hat erlaubt, dass sie sich dort aufhielten.«

»Ich weiß nur, dass er schon ewig für meine Großmutter arbeitet. Ansonsten sagt er nicht viel.«

»Hat er Familie?«

»Keine Ahnung. Mir war es immer egal, wer sich um das Haus kümmert. Er war eben da, Großmutters alter Hausmeister. Exzentrisch, aber harmlos. Dachte ich jedenfalls.«

»Stammt er von hier?«

»Keine Ahnung. Ich schätze, er ist ein Cajun. Glauben Sie wirklich, er hat mit der Sache zu tun?«

»Er hatte die Gelegenheit dazu, und er hält sich seit Jahren hier auf. Er könnte sogar der Mörder sein. Aber ich vermute eher, er weiß, wer der Mörder ist.«

Black fing an, in dem Buch zu blättern. »Hier heißt es, die Fundamente wurden Mitte der 1780er-Jahre gelegt. Ein Franzose namens Louis Bernard, ein reicher Zuckerpflanzer, hat das Haus für seine junge Frau bauen lassen.« Er blätterte weiter. »Es hat Wirbelstürme und Brände überlebt und wurde während des Bürgerkriegs von den Unionstruppen belegt. Und dann, hier steht es, verfiel es in den frühen Vierzigerjahren, wurde zugenagelt und verlassen.«

Claire kam näher und sah ihm über die Schulter. Jack saß nur da und beobachtete sie. »Das hier sieht so aus wie auf dem Foto von Rene. Die Veranda und die Treppe vorne. So muss es ausgesehen haben, als Ihr Großvater es kaufte. Von wem hat er es gekauft?«, fragte sie.

»Keine Ahnung.«

»Nun, jedenfalls hat sich jemand hier absolut sicher gefühlt. So sicher, dass er Leute im Keller einschließen konnte, ohne befürchten zu müssen, dass er erwischt würde.«

»Hier ist es«, sagte Black. »Jacks Großvater hat das Haus von einer französischen Familie gekauft, die nach Haiti gegangen ist. Sie haben das Haus einfach so stehen lassen und sind weggezogen.«

Black sah Jack kurz an, und auch Claire hatte das Gefühl, diese Diskussion war jetzt viel zu viel für Jack. Black sah das offenbar genauso.

»Also, Jack, du musst jetzt raufgehen und dich hinlegen. Gabe ist auch da. Ich kann dir was geben, damit du schläfst. Wir kümmern uns darum. Und wenn du so weit bist, erzählen wir dir alles.«

»Kommt gar nicht infrage.«

Claire zog die Brauen zusammen. »Ich denke, alles läuft auf Old Nat zu. Er lebt seit Jahrzehnten hier, und es klingt, als hätte er hier gehaust, als deine Großmutter ihn einstellte. Und als ich das erste Mal hier ankam, hat er total überreagiert. Wovor fürchtet er sich so? Halten Sie ihn für fähig, einen Mord zu begehen, Jack?«

»Ich sagte es ja schon, im Grunde kenne ich ihn kaum. Er war immer hier und hat sich um alles gekümmert. So wie Yannick auf der St. Charles Avenue. Er macht seinen Job, und dann geht er nach Hause, nehme ich an. Ich habe mich nie darum gekümmert.«

»Wo wohnt er?«, fragte Black.

»Am Rande des Grundstücks, ziemlich nah am Sumpf. In der anderen Richtung vom Friedhof.«

»Ich gehe hin und rede mit ihm«, sagte Claire. »Und ihr bleibt beide hier.«

»Denkst du«, erwiderte Black.

Es war ihr ganz recht, wenn er mitging. Er konnte so

was, außerdem war er stets bewaffnet, zumindest seit sie sich kannten. Und das war ein echter Vorteil. Sie vertraute ihm absolut. Aber Jack – Jack war vollkommen fertig, und er hatte geschworen, den Mörder umzubringen.

»Halten wenigstens Sie sich zurück, Jack. Überlassen Sie das der Polizei, Sie sind zu stark davon betroffen.«

Er schüttelte den Kopf.

Claire versuchte es noch einmal. »Ich glaube, der Typ hat nicht aufgehört zu morden, Jack. Ich glaube, er versucht uns zu manipulieren. Wer auch immer er ist, er hat Madonna und Wendy getötet, weil sie ihn vielleicht irgendwann mal gesehen oder gehört haben. Und wie ich schon sagte, ich muss Navarro vernehmen. Übrigens auch Yannick. Die beiden sind alles andere als koscher.«

Jack ging zum Fenster und starrte zu dem beheizten Pool und dem Wintergarten. Er sprach mit dem Rücken zu ihnen weiter. »Warum jetzt? Warum hat er jetzt angefangen, seine überlebenden Opfer zu töten?«

»Wie Sie schon sagten. Er hat gemerkt, dass Sie Booker engagiert haben und dass Sie ihm auf den Fersen sind. Sie haben mit Madonna geredet, und er hatte wohl Angst, dass sie sich an irgendetwas erinnerte. Er fühlte sich bedroht.«

Claire wollte nicht mehr warten. Sie waren nah dran, sie spürte es. »Denken Sie drüber nach, Jack. Madonna stirbt, wird ermordet und genau dort abgelegt, wo ich vor Kurzem angefangen habe zu arbeiten. Ihr Tattoo identifiziert sie als Opfer. Dann Wendy. Zwei Überlebende. Und Gabe. Vielleicht hat er gedacht, sie könnten ihn identifizieren. Er ist schlau. Er ist jahrelang davongekommen und hat immer weitergemordet. Er ist immer noch in der Nähe. Das muss er sein, sonst wüsste er nichts.«

Jack drehte sich um. »Old Nat ist wahrscheinlich in seinem Haus. Ich finde das raus, gebt mir fünf Minuten allein mit ihm.«

»Finden Sie es nicht ein bisschen seltsam, dass er noch gar nicht da war, um nachzusehen, was hier los ist? All die Polizeiautos und die Bewegung auf dem Grundstück. Er ist der Hausmeister hier, der Sicherheitsmann! Als ich ungebeten hier auftauchte, hat er mich fast angesprungen, und er hat mich mit der Waffe bedroht. Wo ist er also?«

Das entschied die Angelegenheit. »Also, dann gehe ich mit. Nein, halt mich nicht auf, Nick. Nat arbeitet für mich, und er wird mit uns zusammenarbeiten, wenn ich ihm die Fragen stelle. Ich kann doch nicht einfach hier rumsitzen und nichts tun!«

Sie widersprachen ihm nicht mehr, er hatte ja recht.

Jack hatte ganz blutunterlaufene Augen. »Los, ich will ihn sehen.«

Aber Claire hielt ihn auf. »Zee muss mitgehen, und Sie halten sich zurück und lassen uns unseren Job machen. Sie haben keine Befugnisse dazu, beide nicht. Wir machen das, sonst müssen Sie hier bleiben. Das gilt auch für dich, Black.«

Beide nickten widerstrebend, dann verließen sie das Haus, kehrten zum Friedhof zurück und holten Zee. Claire informierte auch Sheriff Friedewald, der gerade angekommen war. Sie sagte ihm, wohin sie gingen und warum, und fragte ihn, ob er mitkommen wolle. Aber er wies sie an, Navarro zur Befragung auf den Friedhof zu bringen. Er würde bei Nancy, Ron und den Kriminaltechnikern bleiben, die immer noch mit den Exhumierungen beschäftigt waren. Jack stand wartend da, die Lippen zusammengekniffen und die Muskeln starr, und schaute die kleinen Knochen an, die auf dem Papierbogen lagen. Claire wandte ihren Blick von den Stofffetzen der Nachthemden ab, sonst hätte sie wieder darüber nachdenken müssen, was mit Jenny und Jill passiert war.

»Also los, Jack, gehen Sie vor. Wo liegt sein Haus?«

Jack ging los, diesmal mit großen, eiligen Schritten, sodass sie kaum nachkamen. Vorbei am Pool und durch den gepflegten Garten hinter dem Haus. Ein gepflasterter Weg schlängelte sich zum Waldrand, von wo aus ein Feldweg sie weiter in den Sumpf brachte.

»Wie weit noch?«, fragte sie.

»Nicht mehr weit. Seine Hütte ist da drüben.«

Zee fragte: »Was ist denn los, Claire? Wer ist dieser Navarro?«

Sie erklärte ihm das Wichtigste und warum sie den Mann vernehmen wollten. Zee verzog das Gesicht, gab aber keinen Kommentar ab. Als sie endlich ankamen, war immer noch früher Morgen, der Nebel hatte sich noch nicht verzogen. Auf einer kleinen Erhebung blieben sie stehen. Zee und Claire zogen ihre Waffen und hielten sie am Oberschenkel abwärts gerichtet, aber in Bereitschaft. Nur zur Sicherheit.

Black zog seine Neun-Millimeter-Halbautomatik aus dem Halfter am Rücken und entsicherte sie mit einer Bewegung, die zeigte, dass er durchaus damit umgehen konnte. Sie wusste, dass es so war.

»Nimm sie lieber runter, Black. Ich gehe doch davon aus, dass du einen Waffenschein für Louisiana hast?«

»Allerdings, und ich nehme sie nicht runter.«

»Hör auf, wir sind hier nicht im Wilden Westen. Das gilt auch für Sie, Jack.«

Beide Männer blieben stehen und schauten sie wütend an. Sie hatten schon als Team gearbeitet, das sah man jetzt genau. Claire wartete ein paar Minuten, horchte und beobachtete, ob sich irgendetwas tat. Es war wirklich nur eine Hütte, normalerweise waren die Zimmer darin hintereinander angeordnet. Diese hier hatte wohl drei, höchstens vier Zimmer und stand einen guten Meter über dem Boden auf Stelzen. Sie war alt und verwittert und hatte ein graues, verrostetes Blechdach.

Claire drehte sich zu Jack um. »Wenn er sich bedroht fühlt, schießt er dann?«

»Ich glaube nicht, dass er da ist. Sein Wagen steht nicht da.«

»Was für ein Wagen?«

»Ein alter Ford-Truck, weiß mit grünem Streifen, ziemlich verrostet. Baujahr fünfundneunzig, glaube ich.«

»Gut. Ich gehe als Erste rein, bleibt hinter mir.«

Die Männer traten widerstrebend einen Schritt zurück. Sie gingen den Hang zum Haus hinauf, durch die Büsche, direkt hintereinander, weil es der Weg nicht anders zuließ. Der böse alte Nat bekam offenbar nicht viel Besuch.

Vor dem Eingang zum Vorgarten, wenn man es so nennen konnte, blieben sie stehen. Claire hatte fast mit einem wütenden Wachhund gerechnet, aber es blieb alles ruhig, geradezu friedlich. Vorsichtig bewegten sie sich zum Eingang, stiegen die brüchigen Stufen hinauf und starrten auf die große Blutpfütze auf der Schwelle. Schmierspuren zeigten, dass hier etwas oder jemand ins Haus gezerrt worden war. Sie betraten das Haus dicht an die Wände gedrückt, Black und Claire rechts, Jack und Zee links. Alle außer Jack hielten ihre Waffen in Bereitschaft.

»Also, hier gibt es Blut- und Ziehspuren, möglicherweise befindet sich ein Opfer im Haus. Das dürfte reichen, um unser Eindringen zu rechtfertigen. Zee, du gehst hinters Haus und sorgst dafür, dass niemand fliehen kann.«

Sie wartete, während Zee ums Haus lief.

»Ich rede mit ihm«, sagte Claire und sah Jack misstrauisch an. Er stellte im Moment das größte Risiko dar. »Black, du sorgst dafür, dass Jack bleibt, wo er ist. Haben Sie verstanden, Jack?«

Beide Männer nickten. Claire klopfte an die Tür. »Polizei. Öffnen Sie die Tür!«

Nur ein Vogelschrei aus der Ferne, sonst gab es kein Lebenszeichen. Nichts. Niemand zu Hause.

Claire klopfte wieder. »Wenn er weg ist, sollten wir uns einen Haussuchungsbefehl besorgen, nur zur Sicherheit.«

»Zum Teufel damit«, murmelte Jack, und bevor sich irgendjemand rührte, trat er gegen die Tür. Dann duckte er sich sofort, sodass Claire sah, es war nicht das erste Mal, dass er so etwas machte. Ganz klar, er und Black hatten Erfahrung in solchen Einsätzen, das hatten sie nicht im Studium auf der Tulane gelernt. Aber es folgten keine Schüsse von drinnen, kein Geräusch von einem alten Mann, der aus dem Bett sprang oder versuchte zu fliehen.

»Sie bleiben draußen«, befahl Claire Jack. »Ich meine es ernst.«

Sie ging mit der Waffe in beiden Händen hinein, den Rücken an der Wand neben der Tür. Drinnen war es dunkel, aber sie konnte bis zur Hintertür sehen. Sie drückte den nächsten Lichtschalter. Black kam herein, Zee schob die Hintertür auf und schaltete eine weitere Lampe ein. Er durchsuchte die hinteren Zimmer, während sie den vorderen Teil scannten. Als er »alles klar« rief, steckte sie die Waffe ein. Black tat es ihr gleich. Jack betrat die Hütte, er brauchte offenbar keine Einladung.

»Wir haben doch Ihre Erlaubnis, dieses Haus zu durchsuchen, Jack?«

»Selbstverständlich. Und dieses Haus gehört mir, jedes einzelne stinkende Brett und jeder Nagel.«

»Nichts anfassen. Zee und ich übernehmen die Durchsuchung.«

Sie zogen Handschuhe und Schutzkleidung an und schauten sich alle vier um. Auf dem Boden war auch noch Blut, irgendjemand war hier hereingezerrt worden. Aber wer? Ein Entführungsopfer? Ein Kind? Sonst sah man nicht viel. Dann kamen sie ins Schlafzimmer. Es war fast leer, das Laken war auf dem Bett so straff gezogen, dass man eine Münze darauf hüpfen lassen konnte. Ein bisschen wie in einer Mönchszelle. Claire schaute den Schrank an, der mit einem Vorhängeschloss verschlossen war.

»Da könnten wir eine Leiche finden. Dürfen wir dieses Schloss aufbrechen, Jack?«

Statt einer Antwort trat er die Tür auf. Keine Leiche,

kein Blut, kein Navarro, nur ein Koffer auf dem Boden, ein olivfarben gestrichener Militärkoffer aus Metall.

Zee nahm sein Taschenmesser und knackte das Schloss in wenigen Sekunden. Als er den Deckel hob, starrten sie alle hinein. Claire kniete sich hin und nahm die alten Zeitungsausschnitte heraus. Fast alles Artikel über vermisste Kinder und ungeklärte Mordfälle, ordentlich ausgeschnitten und in Plastikfolien aufbewahrt. Sie blätterte den Stapel durch, aber es waren so viele aus so vielen verschiedenen Städten, dass es ihr kalt den Rücken hinunterlief. »Mein Gott.«

Jack griff in den Koffer und holte eine Handvoll Schmuck heraus. Fast alles Schmuckstücke von Kindern, rosa Plastik mit kleinen Hunden und Katzen, alles Mögliche. Sie nahm eine Handvoll bunte Ketten heraus, wie sie im Karneval von den Wagen geworfen wurden. Kinderfotos lagen auch dort, die meisten fotografiert, während sie bewusstlos und mit geschlossenen Augen auf einem Bett lagen. Todesporträts, vielleicht waren sie auch noch am Leben und würden gleich in der Hölle aufwachen. Ein paar Fotos zeigten das Voodoo-Tattoo auf Handgelenken.

Jack blätterte hastig die Fotos durch. Als er ein ersticktes Geräusch von sich gab, nahm sie ihm das Bild aus der Hand. Ein kleines, hübsches blondes Mädchen im Weihnachtsnachthemd, das Gesicht wächsern und totenbleich. Ein zweites Foto zeigte die Zwillingsschwester, ebenfalls tot, klein und blass und still. Claire blätterte die restlichen Fotos durch, und als sie fand, wonach sie suchte, setzte sie sich auf den Boden. Das Gesicht der niedlichen kleinen Sophie, bewusstlos, langes Haar rund um ihr Gesicht, die

Augen geschlossen, die Arme ausgestreckt und an einen Stuhl gebunden, die Tätowierung des Ungeheuers auf dem Handgelenk. Schlange und Sterne.

»Mein Gott, ist mir schlecht.«

Black nahm ihr die Bilder ab und betrachtete sie. Zee warf den Schmuck zurück in den Koffer. »Wir müssen die Spurensicherung holen. Ist das schrecklich!«

»Sieht so aus, als wäre es wirklich Navarro«, sagte Black.

Claire atmete tief durch und nahm ihr Telefon. »Ich schicke eine Suchmeldung nach Navarro und seinem Truck raus. Baujahr fünfundneunzig, sagten Sie?«

Während Claire mit Russ sprach, hob Zee eine batteriebetriebene Tätowierpistole hoch. »Wir haben ihn gefunden, den Bastard. Ruf auch Rene an und sag ihm, er soll die NOPD in Alarmbereitschaft versetzen.«

Claire rief Rene auf dem Handy an, landete aber sofort auf der Mailbox. Er telefonierte offenbar. »Ruf mich zurück, Rene, wir haben ihn. Es ist Navarro. Wir sind alle hier und suchen ihn, und wir brauchen deine Unterstützung in deinem Bereich. Ruf mich bitte sofort zurück.«

Dann rief sie die Louisiana State Police an, damit eine Suchmeldung rausging, und kehrte zu ihren schweigenden Begleitern zurück.

Jack schüttelte den Kopf. »Er hat hier gewohnt, ganz in meiner Nähe. War so was wie ein Familienmitglied, bekam ein gutes Gehalt, verdammt. Und dabei hat er meine Familie ermordet.«

Claire dachte an Old Nat, der auf einmal aus der Dunkelheit gekommen war und sie mit dem Gewehr bedroht hatte. Er hatte gewusst, dass sie nach ihm suchte. Jetzt wollte sie ihn wirklich. Sie wollte ihn verhören, wollte jede Einzelheit aus ihm herauspressen. Vermutlich war noch viel mehr an diesen Verbrechen dran, als der Koffer zeigte. Viel mehr Opfer. Gott allein wusste, wie viele. Und sie wollte es auch wissen.

Ihr Telefon klingelte. »Rene? Hast du meine Nachricht gehört?«

»Ja. Aber … Nat? Der Alte? Bist du sicher? Ich kenne ihn seit ewigen Zeiten. Dass er ein Serienmörder sein soll, kann ich mir überhaupt nicht vorstellen.«

»Wir haben belastende Beweise in seinem Haus gefunden.«

»Was für Beweise?«

»Bilder von toten Kindern, darunter Jacks kleine Schwestern. Und eins von Gabe. Und von Sophie.«

»Mein Gott, lass das bloß Gabe nicht sehen. Das bringt ihn um.«

»Nein, das werde ich nicht tun.«

»Sonst noch was?«

»Wir haben die Tätowierpistole, und im Haus gab es eine Blutspur. Vermutlich gibt es noch ein Opfer.«

»Scheiße. Aber keine Leiche?«

»Noch nicht. Wir haben das Grundstück noch nicht durchsucht, aber das tun wir gleich.«

»Hast du eine Ahnung, wohin er geflüchtet sein könnte?«

»Vermutlich zum Flughafen oder zur mexikanischen Grenze. Wie schnell kannst du deine Leute losschicken? Vielleicht ist er noch in der Nähe.«

»Ich schicke die Suchmeldung sofort raus und rufe dich in einer Minute zurück. Sobald ihr die Beweise katalogisiert habt, würde ich sie gern sehen. Ich kann mir wirklich nicht vorstellen, dass der Alte zu so was fähig ist.«

Sie beendeten das Gespräch, sie legte den Schmuck zurück in den Koffer und versuchte, nicht an die hilflosen Kinder zu denken, die ihn zuletzt getragen hatten. Mörder-Souvenirs. Wahrscheinlich hatte er sie immer mal wieder zur Hand genommen, wenn er sich mit perversem Vergnügen an seine grotesken Verbrechen erinnerte. Er war wirklich ein Ungeheuer.

29

Bis zum Abend hatten sie alle Skelette exhumiert. Überall in Louisiana fahndete man nach Nat Navarro, aber er und sein Truck blieben wie vom Erdboden verschluckt. Und obwohl sie sich wirklich alle Mühe gaben, Jack Holliday davon abzuhalten, dass er die Nacht in Rose Arbor verbrachte, weigerte er sich, das Haus zu verlassen. Black beschloss daraufhin, bei ihm zu bleiben. Er wollte Jack nicht allein in dem Haus lassen, in dem seine Schwestern vermutlich gequält und ermordet worden waren. Claire fuhr Gabe nach Hause ins French Quarter und blieb bei ihm in der Stadt. Sie war genauso erschöpft und fertig wie alle anderen, geistig und körperlich. Weder Jack noch Gabe ging es besonders gut. Black hatte beiden ein Beruhigungsmittel gegeben. Gabe nahm die Tabletten, Jack weigerte sich. Gabe hatte es eindeutig übertrieben, er hatte Kopfschmerzen, ihm war schwindelig, und sein Arm und die Schulter taten wieder höllisch weh.

Jack Holliday war absolut am Ende, emotional, psychisch, alles. Für einen Tag hatte er wirklich genug gelitten. Aber vor allem hatte er immer noch diesen mörderischen Blick, als suchte er nur nach einem Opfer. Er erlebte jetzt dasselbe wie Gabe vor vielen Jahren. Es würde Zeit brauchen, bis er mit seinem Wissen um das Schicksal seiner Schwestern zurechtkam. Man konnte nur hoffen, dass die Mordgedanken irgendwann nachließen. Die Skelette seiner Schwestern waren wohl das Schlimmste, was ihm, dem großen Bruder, passieren konnte, zumal er sich Vorwürfe machte, er hätte die Entführung verhindern können. Claire hatte in ihrem Leben viele herzzerreißende Dinge erlebt, aber selbst sie konnte sich nicht vorstellen, wie es sich anfühlte, wenn ein geliebtes Familienmitglied aus der kalten Erde exhumiert wurde. Ein Albtraum war das, und sie verstand nur zu gut, dass Jack damit nur schwer zurechtkam. Er wollte Rache, weiter nichts, und so würde es noch lange bleiben.

Zurück in der Governor Nicholls Street ließ Claire einen stark sedierten Gabe in Julies fähigen Händen zurück und ging in ihr Schlafzimmer. Sie war todmüde, aber sie rief noch schnell Black an, um zu hören, ob in Rose Arbor alles so weit in Ordnung war. So wie die Dinge standen, würde wohl bald wieder etwas Schreckliches passieren.

Black klang müde, er war wie sie die ganze Nacht auf den Beinen gewesen, aber Jack schlief und Black sagte ihr immerhin, er wünschte, sie wäre da, denn sein Bett sei groß und leer. Sie beendeten das Gespräch, sie ging duschen und zog eins von Blacks schwarz-goldenen New-Orleans-Saints-T-Shirts an, bevor sie mit Jules Verne ins Bett kletterte. Sie schlief fast sofort ein, aber ihr letzter Gedanke galt dem zerfetzten Weihnachtsnachthemd und den kleinen Menschenknochen in der kalten Erde.

Viel später erwachte sie, weil jemand heftig klingelte und an die Tür hämmerte. Sie stützte sich auf die Ellbogen, sah, dass es draußen noch stockdunkel war, und drehte sich nach ihrem Wecker um. Dann erinnerte sie sich an die Ereignisse in Rose Arbor und war sofort hellwach. Sie zog sich schnell einen weichen schwarzen Jogginganzug und die Nikes über und nahm ihre Waffe. Jetzt war also wirklich irgendetwas Furchtbares passiert, wie sie schon befürchtet hatte. Als sie durch den weißen Marmorflur eilte, schaute sie kurz zu dem Gästezimmer, in dem Gabe schlief. Julie steckte den Kopf aus einem der anderen Zimmer, aber Claire verschwendete keine Zeit, um mit ihr zu sprechen. Sie lief zur Wendeltreppe, die in die Eingangshalle führte. Hoffentlich hatten sie Nat Navarro noch erwischt, bevor er das Land verlassen konnte.

Juan Christo war schon an der Tür, barfuß und in Jeans und weißem T-Shirt, das seine Muskeln gut zur Geltung brachte. Mit seinem durchgeladenen Gewehr sah er wirklich nicht mehr aus wie der Gärtner, sondern wie der Security-Mann, der er tatsächlich war. Er würde das Haus und alle Menschen darin beschützen, komme was da wolle. Vielleicht gehörte Juan ja auch zu Blacks kleinem Agentenclub. Sie öffnete das Fenster und sah Zee dort stehen, offensichtlich extrem besorgt.

»Haben wir ihn?«

»Nein, aber Rene meint, er wüsste, wo er sich versteckt. Komm, wir haben keine Zeit, wir müssen sofort los. Ich habe versucht, dich anzurufen. Warum nimmst du nicht ab?«

»Weil ich geschlafen habe, und dann höre ich manchmal das Telefon nicht. Was meint Rene denn, wo er sein könnte?«

»In einem Fischerlager irgendwo im Sumpf.«

»Ich muss Black Bescheid sagen, wohin wir fahren. Und Russ.«

»Keine Zeit. Rene meint, Navarro wird nicht lange dort bleiben. Er ist schon an der *Bayou Blue* und macht sein Boot fertig, weil wir auf dem Wasser viel schneller sind. Mit dem Sheriff habe ich geredet, von seiner Seite ist alles okay.«

»Was ist denn los?« Julie schaute übers Treppengeländern nach unten.

»Alles in Ordnung, aber wir haben eine Spur von dem Mörder und verfolgen ihn jetzt. Sagen Sie Gabe nichts davon, ja? Er regt sich nur wieder auf. Ich weiß nicht, wann wir zurück sind.«

Juan runzelte die Stirn. »Wenn Sie da rausfahren, wird Nick das wissen wollen.«

»Ja, ist klar. Ich rufe ihn auf dem Weg zum Boot an.«

Sie lief hinaus und lief zu Zees Wagen, der in zweiter Reihe auf der Straße parkte. »Und du bist sicher, dass Friedewald das genehmigt?«

»Ja, ich habe vor einer Minute mit ihm gesprochen. Er hat mir gesagt, ich soll dich abholen und von hier aus zu Rene fahren. Russ fährt mit Saucier und ein paar Jungs aus Lafourche zum Polizeiboot. Wir treffen uns irgendwo und fahren gemeinsam weiter, das hat Rene schon organisiert. Sie bringen uns auch die schusssicheren Westen mit.«

»Klingt nach einem guten Plan. Ich hole nur noch mein Gewehr aus dem Auto.«

»Beeil dich aber. Rene sagt, er wartet nicht lange auf uns.«

Als sie mit dem Gewehr zurückkam, saß er schon im Jeep, der Motor lief. Zwei Minuten später waren sie am Bootsanleger. Die *Bayou Blue* lag dunkel und still in der

Nacht. Rene wartete auf sie, sie parkten ein und liefen hinter ihm her zum Boot, das am Bug der *Bayou Blue* festgemacht lag. Renes Boot war eins von diesen langen, schlanken Rennboten, die er wohl auch auf dem Lake Pontchartrain fuhr, aber es sah aus, als wäre der Boden flach genug für die Bayous. Clyde hatte irgendwann mal erzählt, dass er und Rene damit manchmal den Fluss hinunter bis in den Golf fuhren, um vor der Küste zu fischen. Das Boot war schlank und schnell und kräftig und ziemlich neu. Damit würden sie schnell den Fluss hinunterkommen.

Rene blieb unter einer der Nachtlaternen im Hafen stehen. Er sah aufgeregt und ziemlich nervös aus. »Beeilt euch, steigt ein und zieht die Schwimmwesten an. Wenn er da ist, wo ich ihn vermute, dann wird er nicht lange bleiben. Ich hoffe nur, dass ich mich nicht irre. Saucier kommt von dort und weiß, wo er uns treffen kann. Wenn Nat uns kommen sieht und fliehen will, wird Saucier ihn aufhalten.«

Rene hatte schon die Leinen losgemacht, jetzt sprang er ins Boot. Sie waren kurz davor, einen berüchtigten Serienmörder zu stellen. Und er liebte es genauso sehr wie Claire, Verbrecher zur Strecke zu bringen. Außerdem hatte dieser Mann Bobby und Kristen auf dem Gewissen. Rene hatte Aktien in diesem Fall, genau wie sie alle. Claire und Zee kletterten ins Boot und setzten sich ins Heck, während er das Ruder übernahm und sie schnell vom Anleger weg auf den dunklen Fluss hinaussteuerte. Dann gab er Gas, und sie flogen förmlich den Fluss hinunter Richtung Bayous.

Das Boot sprang über die Wellen, fast zu schnell für Claires Geschmack. Sie hielt sich an einem der Griffe an der Steuerbordseite fest. Zee tat dasselbe an Backbord, aber sie kamen auf jeden Fall gut voran, das musste man sagen. Sie bewunderte das Boot, weil alles daran einfach perfekt war. Wenn sie sich recht erinnerte, hatte Rene immer schon Boote geliebt und war gern auf dem Wasser. Dieses Fahrzeug jedenfalls war eine Schönheit. Black würde wahrscheinlich sofort auch so eins haben wollen, wenn er es sah. Sie musste ihn anrufen, aber hier war es zu laut. Rene bediente das Ruder in aller Ruhe; er verfügte über großartige Geräte für die Navigation. Ein GPS-System, wie Black es für seine Boote auf dem See hatte, und ein Satellitentelefon, wenn er weiter draußen unterwegs war. Jetzt stand er unter dem Verdeck, den Blick nach vorn gerichtet. Sie hoffte, dass er den Fluss gut genug kannte, wenn er so schnell fuhr. Der Mississippi war eine schnelle, trügerische Wasserstraße, selbst für erfahrene Leute. Wenn sie mit diesem Tempo auf eine Sandbank auffuhren, waren sie verloren.

Claire wusste, dass sie auf dem Weg an Rose Arbor vorbeikommen würden. Sie hatte es noch nicht entdeckt, aber es war auch sehr dunkel. Irgendwann ging sie zu Rene nach hinten und schrie ihm ins Ohr: »Wohin genau fahren wir, Rene? Bist du sicher, dass du die Stelle im Dunkeln findest?« Ihre Worte verflogen im Fahrtwind sofort.

Aber Rene nickte und schrie ihr eine Antwort entgegen. Den Blick hielt er dabei fest auf das Wasser vor ihnen gerichtet, das von den Bootsscheinwerfern beleuchtet wurde. »Du weißt doch, dass ich die Bayous kenne. Ich habe darüber nachgedacht, wohin er wohl gehen könnte, und dann ist mir eingefallen, dass er mich und Clyde mal zu diesem alten Fischerlager mitgenommen hat. Weißt du, wer noch dabei war? Guy, den man auch Al Christien nannte. Madonnas und Rafes Dad. Später kam raus, dass er ein Junkie war, genau wie seine Kinder.«

Claire sagte: »Ist schon gut, du weißt also, wie wir dahin kommen.«

Rene nickte wieder, und sie setzte sich wieder ins Heck.

Wenig später wurde Rene langsamer und fuhr in einen engen Bayou hinein, wo das allgegenwärtige Moos von den Eichenbäumen hing.

Nachdem es jetzt ruhiger war, fragte Zee: »Wie weit noch, Rene?«

»Wir müssen ziemlich weit hinein, aber es dauert nicht mehr lange. Und ich habe wirklich das Gefühl, dass er dort ist.«

Zees Nerven lagen blank. Ständig zog er seine Waffe und überprüfte sie. Die beiden Männer machten Claire allmählich nervös. »Wo treffen wir Friedewald? Hier draußen im Dunkeln kann ziemlich viel schiefgehen. Wir sind hier irgendwo im Nirgendwo, und ich will den Kerl nicht noch mal verlieren. Vielleicht ist das unsere letzte Chance, ihn lebend zu erwischen.«

»Wenn er da ist, kriegen wir ihn«, sagte Rene mit einem Ton wilder Entschlossenheit.

Er schien viel sicherer als Claire. Sie legte das Gewehr über ihre Knie, während sie langsam durch die pechschwarze Dunkelheit fuhren. Es fühlte sich urweltlich an, als wären sie die letzten Menschen. Claire ging noch einmal ins Cockpit und fragte Rene, ob sie sein Satellitentelefon benutzen könne. Er nickte, sie tippte Blacks Nummer ein und berichtete ihm, was vor sich ging. Es gefiel ihm natürlich überhaupt nicht, er wollte ganz genau wissen, wo sie sich befanden, und stellte ihr noch jede Menge Fragen, aber sie wollte jetzt nicht mit ihm streiten. Also erklärte sie ihm, er solle sich keine Sorgen machen, sie hätten jede Menge Verstärkung dabei und sie würde ihn wieder anrufen, sobald sie Navarro verhaftet hätten. Dann beendete sie das Gespräch, aber wenn sie ehrlich war, wünschte sie sich sehnlich, er wäre bei ihr. Er und der Rest seines kleinen Mantel-und-Degen-A-Teams.

Danach saß sie nur noch schweigend da und machte sich Sorgen, ob Renes Plan funktionieren würde. Schließlich war Navarro ein erfahrener Killer und schlau noch dazu. Er würde jeden bemerken, der sich der Insel näherte, auf der sein Camp lag. Ihr Motorengeräusch war übers Wasser meilenweit zu hören. Sie hätten bis zum Tagesanbruch warten sollen. Das wäre sicherer gewesen, und außerdem hätten sie ihr Ziel besser gesehen. Komisch, dass Russ Friedewald nicht darauf bestanden hatte.

Der Mond kam plötzlich heraus und überschüttete sie mit schwachem silbrigen Licht. Das beruhigte Claire ein wenig, aber weiter drinnen in den Bayous würde es ihnen nicht viel nützen. Die hohen Zypressen verdeckten den Himmel, und sie waren jetzt schon in den ganz engen Seitenarmen, wo das graue Moos fast bis zur Wasseroberfläche reichte. Rene musste das Boot zwischen Bäumen hindurchlenken. Andererseits hatte er sein halbes Leben lang hier gefischt. Sie konnte ihm wirklich vertrauen. Black war sauer, kein Wunder, aber er konnte auch nicht ständig bei ihr den Babysitter spielen und an ihrer Seite traben, sobald sie einen Polizeieinsatz hatte. Damit musste er einfach leben. Verdammt, warum fing er nicht einfach bei der Polizei an? Die Fähigkeiten dazu hatte er ja wohl.

Im Licht des gelben Frontscheinwerfers sah sie, wie der Bug des Bootes sich durch eine dicke grüne Algenschicht bohrte, die aussah wie olivgrüner Zuckerguss. Mücken und Schnaken summten und eilten durchs Licht. Ein Alligator glitt von einem halb versunkenen Baumstamm unter Wasser. Wahrscheinlich würde er dem Boot folgen, weil er auf einen Mitternachtssnack hoffte. Sie mochte die Bayous mit fließendem Wasser, so wie den, wo das Hausboot gelegen hatte, aber diese tiefen, stehenden Sümpfe mit all den tödlichen Bewohnern gefielen ihr gar nicht. Bei Nacht war es hier wirklich zum Fürchten. Übrigens auch bei Tag.

Rene fuhr immer noch sehr geschickt und sehr langsam, manövrierte um Hindernisse und Baumstämme herum und durch das schlammige Wasser und die klebrigen Moosfinger. Er und Zee wirkten jetzt völlig entspannt. Sie waren in den Bayous geboren und aufgewachsen. Bei Claire war das anders. Sie mochte die Alligatoren nicht, die das Boot mit gelb leuchtenden Schlitzaugen beobachteten. Wenn sie doch nur bald da wären! Wenn Black doch nur mitgekommen wäre! Dann riss sie sich kopfschüttelnd zusammen. Wurde sie allmählich abhängig von ihm oder was? Keine gute Idee. Außerdem waren sie alle drei bis an die Zähne bewaffnet, ebenso wie die Verstärkung. Navarro konnte nur versuchen zu fliehen, also mussten sie dafür sorgen, dass er sie nicht zu früh bemerkte.

Sie dachte an seine kleinen Opfer. Hatte er sie auch über das dunkle Wasser hierher gebracht, war das ihr Weg gewesen? In die Hölle und in ein flaches Grab? Waren sie an den Hütten auf Stelzen vorbeigekommen, die sie auch jetzt sahen? Black hatte einen Freund, der hier draußen lebte, einen alten Mann namens Aldus. Vor Jahren hatte sie ihn mal getroffen, aber damals hatte sie Black auch noch nicht über den Weg getraut. Sie hatte so getan, als wüsste sie kaum etwas über die Bayous, weil sie nicht wusste, ob er ihr da draußen nicht die Kehle durchschneiden oder sie erschießen wollte. Lächelnd dachte sie, wie idiotisch ihr das jetzt vorkam. So viel war passiert, seit sie sich kennengelernt hatten.

Die meisten Leute, die so weit draußen lebten, folgten den alten Traditionen und sprachen den dicken französischen Cajun-Dialekt. Die meisten waren gute Leute, jedenfalls die, die sie durch Clyde, Rene, Zee und Black kennengelernt hatte. Es waren Männer und Frauen, die sich um ihren eigenen Kram kümmerten und ihre Familien ernährten, ohne sich groß um die Welt da draußen zu kümmern. Jetzt, so spät in der Nacht, war niemand zu sehen oder zu hören. Es gab ohnehin nicht viele Menschen hier draußen. Die Hütten lagen dunkel und still da, als würden sie sich ducken und auf etwas Schreckliches warten. Claire spürte eine böse Vorahnung. Sie atmete tief durch, um sie abzuschütteln. Natürlich war es unheimlich hier, aber das Camp konnte nicht mehr weit sein.

Tatsächlich, wenige Minuten später stellte Rene den Motor ganz ab und sie glitten lautlos durch das schlammige Wasser. Dann schaltete er auch das Licht aus und senkte die Stimme. »Es ist jetzt direkt vor uns. Den Rest müssen wir paddeln. Zee, schnapp dir das Paddel da hinten und hilf mir.«

Claires Augen gewöhnten sich an die Dunkelheit. Der Mond wurde jetzt von überhängenden Ästen verdeckt, sodass das Moos über ihren Köpfen silbrig glänzte. Überall lauerten Schatten wie Ungeheuer in einem Albtraum. Sie konnte Zees Rücken kaum noch erkennen, obwohl er nur einen Meter von ihr entfernt saß.

Rene flüsterte jetzt. Er klang aufgeregt. »Da drüben, seht ihr, bei der Insel da rechts. Ich wusste, dass ich es wiederfinde.«

Zee paddelte mit stetigen, tiefen Schlägen synchron mit Rene. Claire sah sich um und blieb wachsam. Sie verließ sich nicht gern so sehr auf andere. Und diese Nähe zu ihrer Zielperson ohne Verstärkung – ihr kam das alles ziemlich riskant vor. Nein, es gefiel ihr nicht. Die ganze Aktion gefiel ihr nicht. Sie hätten bis zum Morgen warten sollen. Ihr Herz schlug schneller, warnte sie eindringlich, sie sollte wachsam bleiben. Und noch etwas störte sie. Navarro war jahrzehntelang mit den übelsten Verbrechen davongekommen. Er musste ziemlich schlau sein. Er musste es mitbekommen, wenn sich jemand seinem Lager näherte. Also würde er sie erwarten, daran konnte gar kein Zweifel bestehen. Und sie wollte wirklich nicht einem psychopathischen, tödlichen kriminellen Genie in die Arme laufen.

Sie sprach sehr leise. »Rene, hör mal, ich glaube, das hier ist keine gute Idee. Wir sehen nicht genug, um ihn zu erwischen. Wo sollen wir denn die anderen treffen?«

»Bleib ruhig, wir machen jetzt noch gar nichts. Wir

schauen uns die Stelle nur mal an. Vielleicht ist er ja auch gar nicht da.«

Aber sie war nicht ruhig. Rene ging ein zu hohes Risiko ein, das tat er immer wieder mal, sie konnte sich gut daran erinnern. Bobby LeFevres war manchmal ziemlich sauer gewesen, wenn er sich allzu riskante Aktionen ausgedacht hatte. Aber Rene war auch nicht dumm, weiß Gott nicht, und inzwischen war er ein langjähriger, hochdekorierter NOPD-Beamter. Er würde sie nicht in Gefahr bringen.

Mittlerweile konnte Claire das Dach der Hütte ausmachen. Sie glitten noch näher heran und hörten Musik, mitreißende Cajun-Musik, die übers Wasser zu ihnen schallte, ein Klang wie aus einem alten Kofferradio. Das war schon besser. Die Musik würde das Geräusch ihres Bootes übertönen, und sie näherten sich sehr vorsichtig und leise. Wahrscheinlich deutete die Musik auch darauf hin, dass sich Navarro in Sicherheit wähnte.

Trotzdem schrie ihr sechster Sinn die ganze Zeit und sagte ihr, dass etwas nicht stimmte. Kämpfen oder fliehen, mach was, sofort, auf der Stelle. Ihre Muskeln warteten angespannt auf einen Angriff. Zee legte das Paddel weg, nahm ihr Gewehr und zielte auf die Insel. Er war genauso nervös wie sie.

Mondlicht schien auf die kleine Insel, gerade so viel, dass man die Hütte und einen kleinen Schuppen sehen konnte, vielleicht auch zwei, alles gut und trocken gebaut. Das Haus sah, so weit sie das erkennen konnte, grau und verwittert aus, auch ein wenig verfallen, als stünde es schon sehr lange dort. Es hatte eine Art Vorgarten. Sie suchte im Halbdunkel nach einem Wachhund oder – schlimmer noch – nach einem Rudel knurrender Pitbulls. Die meisten Cajuns hielten Jagdhunde. Aber sie hörte kein Gebell, keine Menschen, keine Anzeichen von Alarm. Nur die Musik, die über den Sumpf plärrte.

Zu ihrem großen Missfallen hielt Rene nicht an, sondern paddelte weiter. Er schien entschlossen, den Kerl selbst zu erwischen, jetzt, wenn Navarro es am wenigsten erwartete. Das war sein Plan, zweifellos von Anfang an. Er wollte höchstpersönlich den Mann zur Strecke bringen, der Bobby und Kristen ermordet hatte. Aber sie hätten sich trotzdem erst mit den anderen treffen müssen. Andererseits hatte er wahrscheinlich recht mit seiner Einschätzung. Zu dritt hatten sie eine größere Chance, Navarro zu überraschen, als wenn sie mit einer ganzen Horde Polizisten hier anrückten.

Als der Bootsrumpf endlich aufsetzte, zog Claire ihre Glock aus dem Schulterholster. Zee hatte bereits ihr Gewehr angelegt und zielte auf die Haustür. Sie fragte sich, ob Zee schon mal ein Haus gestürmt hatte, solange er im Drogendezernat gearbeitet hatte. Hoffentlich. Mit der Waffe in der Hand stieg Rene als Erster aus und watete leise an Claire vorbei ans Ufer. Sie saß starr und angespannt da und wartete, dass die Hölle losbrach.

Aber das passierte nicht. Die Musik spielte weiter, fröhlich wie auf einer Party mit Freunden. Claires Antennen warnten sie noch immer und stießen laute Alarmtöne aus. Rene machte ihnen mit dem Finger ein Zeichen, ihm zu folgen. Zee stieg aus und wartete, bis Claire ebenfalls ins Wasser geglitten war. »Mir gefällt das alles nicht«, flüsterte er ihr zu. »Irgendwas stimmt hier nicht.«

»Rene will ihn selbst zur Strecke bringen. Wegen Bobby, Kristen und Gabe, vermute ich. Ich verstehe ihn ja auch, aber mir ist das alles auch sehr unheimlich. Es ist einfach zu riskant.«

Aber jetzt war es zu spät, noch etwas daran zu ändern. Rene bewegte sich schon leise auf das Haus zu, also trennten Claire und Zee sich und gingen zehn Meter voneinander entfernt Richtung Tür. Sie mussten jetzt mit allem rechnen.

30

Sobald Claire das Gespräch beendet hatte, fluchte Nick Black los. Er versuchte sie zurückzurufen, kam aber nicht durch. Warum versuchten sie jetzt mitten in der Nacht einen Angriff auf Navarro? Das war absolut idiotisch! Sie hätten bis zum Morgen warten sollen. Schließlich bekam er Russ Friedewald ans Telefon und ließ sich den Weg zum Treffpunkt beschreiben. Viele Polizisten, gut bewaffnet, eigentlich konnte nichts passieren, fand Friedewald.

Nick sah das anders. Jack Holliday hing in einem Sessel neben ihm und starrte ins Kaminfeuer. Er wollte keine Beruhigungsmittel nehmen und auch nicht ins Bett gehen, also saß Nick bei ihm. Jetzt war er froh, dass es so gekommen war.

Als Nick die Situation wütend beschrieb, zog Holliday die Brauen zusammen. »Was denken die sich denn? Da draußen in den Sümpfen kann man doch nicht im Dunkeln herumpaddeln.«

»Hast du das Boot noch unten am Fluss?«

»Natürlich. Vollgetankt und fahrbereit.«

»Mit GPS?«

»Klar.«

»Kann es ein kleines Satellitentelefon orten?«

»Ja, sicher, es ist das beste Gerät, das man kriegen kann.«

»Gut. Dann fahren wir jetzt auch da rein, egal was sie sagen. Claire hat von Renes Telefon aus angerufen. Wir müssten sein Signal eigentlich auffangen und sie finden.«

Holliday war schon auf den Beinen, bevor Nick zu Ende geredet hatte. »Ich hole bloß schnell meine Waffen.«

»So viel du tragen kannst. Aber mach schnell.«

Sobald Jack wieder da war, bewaffnete sich Nick ebenfalls. Er war so sauer auf Claire, dass er sich kaum zusammenreißen konnte. Wie kam sie auf die Idee, sich praktisch allein in die Sümpfe zu begeben, um einen Mörder zu stellen? Nun, sie war ja auch nicht auf die Idee gekommen. Warum ihre Vorgesetzten es taten, war kaum zu begreifen. Gott sei Dank war Jacks Boot bereit, denn auf dem Landweg konnte man die Stelle sicher nicht erreichen.

Die Stufen zu Navarros Hütte bestanden aus aufgestapelten Ziegeln und alten Brettern, aber die provisorische Treppe war robuster, als sie aussah. Lautlos gingen sie zur Tür, die weit offen stand. Claire sah ein flackerndes Licht im Inneren des Hauses, vermutlich von einer Petroleumlampe oder einer batteriebetriebenen Laterne. So weit draußen gab es sicher keine Stromleitungen.

Zee stand schon mit dem Rücken zur Wand an der linken Seite, den Gewehrlauf nach oben gerichtet, aber bereit zum Feuern. Rene übernahm die andere Seite und dirigierte Claire hinter sich. Sie zögerte – in der Ausbildung hatte man ihnen immer wieder eingeschärft, einer müsse die Hintertür bewachen, aber dann drückte sie sich dicht hinter Rene an die Wand. Rene hatte viel mehr Erfahrung als sie, er wusste, was er tat. Das hoffte sie jedenfalls, denn ihr war nach wie vor überhaupt nicht wohl bei der Sache.

Rene schaute um den Türrahmen und zuckte sofort zurück. Er nickte, legte einen Zeigefinger auf die Lippen, zeigte dann auf die Tür und auf Zee, dann auf sich und Claire. Sie spürte das Adrenalin, ihr Herz schlug wie wild, als Rene mit den Fingern den Countdown herunterzählte, drei, zwei, eins. Dann stürmten sie hinein, hoch, runter, hoch, die Waffen gezogen und ausgestreckt. Und da war Old Nat. Aber er saß in einem Sessel mit hoher Lehne, gefesselt und geknebelt, ein schwarzes Einschussloch in der Stirn und Blut in den offenen Augen. Seine dicke Brille hing ihm von einem Ohr. Blut und Hirnmasse waren an die Wand hinter ihm gespritzt, und auf seinem weißen Anzughemd breitete sich ebenfalls ein Blutfleck aus wie eine rote Chrysantheme. Claires Waffe zitterte, dann sah sie sich erschrocken zu Rene um.

Er schien sehr zufrieden, lächelte sogar. Zee ging mit ein paar schnellen Schritten zu Navarro und schaute sich dabei immer noch prüfend um, damit sie niemand überraschte. Doch bevor er sich wieder umdrehen konnte, ertönte ein Schuss, ein ohrenbetäubender Knall, der den kleinen Raum mit Lärm und Rauch und Gestank erfüllte. Zee wurde im Rücken getroffen und ging in die Knie. Verletzt und stöhnend fiel er aufs Gesicht und rührte sich nicht mehr.

Claire kauerte sich hin, die Waffe erhoben. Aber es war Rene, der geschossen hatte, seine Waffe rauchte noch. Nach kurzem Zögern zielte sie auf ihn, mit zitternden Händen, aber Rene stürzte sich schon auf sie. Er duckte sich, als sie schoss, und schlug ihr mit dem Griff seiner Waffe so hart auf den Arm, dass sie spürte, wie ein Knochen brach. Der Schmerz schoss ihr bis zur Schulter, ihre

Finger wurden taub. Sie ließ die Waffe fallen, und Rene trat sie zur Seite. Sie versuchte, ihre .38 aus dem Beinholster zu ziehen, aber wieder kam er ihr zuvor und schlug ihr mit seiner Waffe gegen die Schläfe. Die .38 sprang ihr aus der Hand, als sie in die Knie ging, direkt in Navarros Leiche hinein. Der Sessel fiel um. Verzweifelt auf der Suche nach Deckung, warf sie den Tisch um. Das Radio und die Lampe fielen zu Boden, Batterien sprangen über den Boden. Die laute Musik verstummte, und es wurde stockfinster.

Claire kroch auf Händen und Knien zur Tür, immer noch verwirrt und ohne auf ihren verletzten Arm zu achten. Sie kam nach draußen und tat einen Sprung ins Gebüsch vor dem Haus. Der Mond war wieder hinter den Wolken verschwunden, und sie stolperte in die Dunkelheit, hoffte irgendwie, sie könnte im Schatten verschwinden. Ihren verletzten Arm hielt sie an die Brust gedrückt. Jetzt kam der Schmerz. Was war passiert? Rene? War er der Mörder? Wie konnte das sein? Und warum? Warum?

»Komm raus zum Spielen, Schätzchen. Wir werden ganz viel Spaß zusammen haben. Denn jetzt – jetzt gehörst du mir. Mein Lieblingsmädchen ist zurückgekommen.«

O Gott. Rene war es gewesen, er hatte all diese unschuldigen Menschen ermordet, die vielen kleinen Kinder. Rene war das Ungeheuer, das Bobby und Kristen kaltblütig erschossen hatte. Er hatte Gabe misshandelt und Sophie umgebracht. Sie bewegte sich tiefer ins Gebüsch am Rand des kleinen Vorgartens, so leise es ging. Zentimeterweise entfernte sie sich von seiner lockenden Stimme. Ihr Unterarm war gebrochen, sie spürte, wie zwei Knochen bei jeder

Bewegung aneinanderschabten. Der Schmerz war so furchtbar, dass sie fast ohnmächtig wurde.

Sie biss die Zähne zusammen, atmete schwer vor Schreck, Übelkeit und Angst um Zee. O Gott, vielleicht war er schon tot. Oder er lag da in der Hütte und verblutete langsam. Sie blieb in geduckter Stellung und versuchte, klar zu denken. Wie kam sie an ihre Waffen? Oder zum Boot? Dort war das Telefon. Sie musste Hilfe rufen. Aber wie sollte die Hilfe so schnell kommen? Rene war ihr dicht auf den Fersen.

Er war vor der Hütte, bewegte sich auf sie zu. Mit seiner großen Polizei-Taschenlampe leuchtete er die Büsche aus und durchbohrte die Dunkelheit auf der Suche nach ihr. Er rief laut ihren Namen. Vielleicht hörten Russ und die anderen ihn. Sie mussten doch irgendwo in der Nähe sein. Oder vielleicht kamen sie ja gar nicht, dachte sie mit neuem Schrecken. Vielleicht hatte Rene Saucier die falschen Koordinaten gegeben, vielleicht waren sie weit weg, saßen irgendwo und warteten, dass sie endlich auftauchten. Vielleicht kamen sie ja gar nicht. Rene hatte ihnen sicher nicht den richtigen Ort genannt. Sie musste sehen, dass sie auf eigene Faust wegkam. Aber vielleicht hatten sie ja den Schuss gehört. Er musste meilenweit zu hören gewesen sein.

Rene hatte sich jetzt etwas beruhigt und rief wieder nach ihr. »Du konntest es nicht lassen, nicht wahr, Annie? Du musstest dich immer weiter in diesen Madonna-Fall verbeißen. Du wolltest ihn selbst lösen, nicht wahr? Deshalb habe ich dein Gesicht auf die verdammte Voodoo-Puppe geklebt. Damit du aufhörst. Ich dachte, Russ zieht dich sofort von dem Fall ab. Aber nein, du musstest ihn überreden, damit du mich weiter verfolgen konntest. Damit hast du mich in fürchterliche Schwierigkeiten gebracht, weißt du. Und jetzt sind wir hier, wir zwei, du und ich. Und ich muss sehen, dass ich dich loswerde. Aber erst mal werden wir ein bisschen Spaß miteinander haben. Das bist du mir schuldig, du kleine Schlampe.«

Claire bewegte sich weiter weg von seiner Stimme. Sie hatte nur eine Chance, sie musste zurück in die Hütte und ihre Waffe finden. Oder das Gewehr, das Zee gehabt hatte. Zum Boot würde sie es kaum schaffen, es lag zu offen da. Im Moment spielte Rene nur mit ihr, also musste sie mitspielen, um ihn abzulenken. So konnte sie ihn vielleicht auch daran hindern, Zee zu erschießen. »Also hast du Gabe entführt? Du hast Bobby und Kristen getötet? Dabei hast du doch behauptet, du hättest sie geliebt. Für sie warst du wie ein Familienmitglied, du Schwein.«

Während ihre Worte noch verklangen, sprintete sie zur Rückseite der Hütte. Vielleicht würde Rene ihrer Stimme folgen. Sie brauchte ihre Waffen, sie musste ihn töten, bevor er sie tötete. Doch dann hörte sie ihn. Ein fürchterliches, groteskes Flüstern.

»Ich sehe dich, mein Mädchen. Komm zu Daddy. Weißt du was, Annie? Dich wollte ich unbedingt haben, als du noch bei ihnen lebtest. Du warst so niedlich mit deinen blonden Haaren und den großen blauen Augen, die immer so aussahen, als würden sie alle meine Lügen durchschauen. Und du hattest Feuer. Dich wollte ich mir holen, dich und Gabe. Die arme kleine Sophie war mir egal. Sie hatte überhaupt keinen Kampfgeist, schon nach einer

Stunde mit mir war sie fix und fertig. Aber du, Annie, du hättest mir Kontra gegeben. Zu blöd, dass man dich aus der Familie geholt hat, bevor ich so weit war. Aber jetzt, Kuckuck, jetzt bist du wieder da. Und jetzt habe ich dich in der Hand, endlich.«

Er war irgendwo zwischen ihr und dem Hinterhof, also rannte sie los in Richtung Boot, den verletzten Arm fest an die Seite gedrückt. Vielleicht konnte sie ihn von Zee weglocken. Aber Zee war wahrscheinlich ohnehin schon tot, Rene hatte ihm geradewegs in den Rücken geschossen. Und jetzt würde er alles Nat in die Schuhe schieben, vielleicht sogar Zee. Er würde behaupten, die beiden wären die Mörder, Nat und Zee hätten Claire umgebracht, bevor es Rene gelungen sei, die beiden Männer zu erschießen.

Auf halbem Weg zum Boot hörte sie seine Schritte nicht weit hinter ihr. Dann ertönte ein Schuss, die Kugel flog dicht an ihr vorbei. Er würde sie töten. Noch ein Schuss. Sie sprang in das kalte, stehende Wasser und versuchte, unter Wasser zu schwimmen.

Den gebrochenen Arm konnte sie nicht benutzen, aber sie trat mit den Füßen Wasser, so gut sie konnte, und zog sich mit dem gesunden Arm ins tiefere Wasser. Weitere Schüsse verfehlten sie nur knapp. Irgendwie erreichte sie eine Stelle, die dicht mit Lilien und Hyazinthen bewachsen war, und tauchte dort auf. Ihre Lungen schrien nach Luft. Irgendetwas glitt in der Nähe ins Wasser. Etwas Schweres. O Gott, das musste ein Alligator sein. Sie atmete tief und lautlos ein, während sie weiter Wasser trat, aber irgendwo war dieser Alligator. Irgendwo waren hier mehrere Alligatoren, nur Meter von ihr entfernt, im Mondlicht kaum zu erkennen.

Rene sprang ins Boot. Sekunden später brüllte der Motor auf, und er kam direkt auf sie zu. Als das Scheinwerferlicht sie erfasste, tauchte sie wieder unter, aber das Wasser war nicht besonders tief, und sie kam mit der Brust auf dem kalten, schlammigen Boden auf, als das Boot über sie fuhr. Das Ruder verfehlte ihren Rücken nur knapp.

Sie kam wieder hoch und drückte sich an eine Zypresse, wo sie vor dem Boot und den Alligatoren etwas besser geschützt war. Sie keuchte, der eine Arm hing an ihrer Seite, mit dem anderen versuchte sie, sich an dem Baumstamm festzuhalten und trotzdem so tief wie möglich im Wasser zu bleiben. Aber das Scheinwerferlicht erfasste sie wieder. Sekunden später war Rene wieder da, schaltete den Motor aus und beugte sich über die Reling, das Paddel hoch erhoben. Das Letzte, was sie sah, war das Paddel, das er ihr auf den Kopf schlug. Dann wurde alles schwarz.

Der Maskenmann

Rene hatte recht gehabt, was Annie anging. Oder besser gesagt, Claire Morgan. Sie hatte Kampfgeist. Aber jetzt hatte er sie. Als er ihren schlaffen Körper über die Schulter warf, um sie in sein Spielhaus zu bringen, musste er zugeben, dass es fast schiefgegangen wäre. Wenn er ihr nicht in den Arm geschossen hätte, dann hätte sie eine echte Chance gehabt. Lachend warf er sie in die Ecke, wo er seinen Altar für Papa Damballah aufgebaut hatte. Sein Gott war ihm wieder einmal gewogen. Er hatte zwei gut trainierte Polizisten ausgeschaltet. Und der richtige Spaß ging jetzt erst los.

Schnell band er Annie an dem Stuhl fest, den er beim Tätowieren benutzte. So fest, dass sie auf keinen Fall loskam. Er durfte kein Risiko eingehen, sie war stark und schlau. Deshalb würde er sie auch eine Weile hierbehalten. Friedwald und die anderen würden sie nie finden. Und selbst wenn, er musste ihnen nur zuvorkommen und dann sagen, Nat sei es gewesen. Nat hätte Claire und Zee getötet. Und Rene hätte ihn getötet. Das würde gut funktionieren. Aber Claire sollte sein Labyrinth des Schreckens kennenlernen, bevor er sie fertigmachte. Seit Jahren träumte er davon, sie in die Fänge zu kriegen, und jetzt war sie hier, ganz und gar seiner Gnade ausgeliefert. Wunderbar. Einfach nur wunderbar.

Sobald er sie richtig gut gefesselt hatte und er alle Kerzen um sie herum angezündet hatte, eilte er zurück zum Haus. Zee lag noch da, er blutete. Aber der Junge sollte nicht sterben, noch nicht. Also trug er ihn zurück zu dem Schuppen und legte ihn ausgestreckt vor die Kerzen. Er zog ihm Jacke und Hemd aus und untersuchte die Wunde. Böse, aber nicht tödlich. Rene war ein guter Schütze, er hatte absichtlich die wichtigeren inneren Organe verfehlt. Zwei Opfer für sein Labyrinth.

Er holte einen Eimer Wasser und schüttete ihn über Zee aus. Gott, der Kerl war ja voller Blut! Nein, so ging das nicht. Erst mal sauber machen. Dann Annie, die ganz mit grünem Schlamm bedeckt war. Ihre Kleider waren klatschnass. Er würde sie ihr später ausziehen, nach dem Tätowieren.

Er stand auf, ging zu dem Altar und nahm Nadel und Faden. Einen Moment stand er da und schaute seine beiden Spielzeuge an, überlegte, ob er ihnen gleich jetzt Augen und Mund zunähen oder bis später warten sollte. Bis er ein bisschen mit ihnen gespielt hatte. Er beschloss zu warten. Er wollte den Schrecken und die Panik in ihren Augen sehen, wenn er sie in das Metallgefängnis brachte, das er für sie gebaut hatte. Von allen Leuten, die er je hierher gebracht hatte, würden sie es am ehesten schaffen, daraus zu entkommen. Oder vielleicht auch nicht, schließlich waren sie beide verletzt. Trotzdem, es würde amüsant sein, sie dabei zu beobachten. Und darum ging es schließlich.

Er setzte die Lesebrille auf, kniete sich neben Zee und schüttete reichlich Betadine auf seine Wunde. Dann nähte er sie zu, eine hübsche, ordentliche Reihe von Stichen. Es würde nicht viel helfen, aber wenigstens blutete der Junge dann nicht mehr so. Er drehte seinen jungen Freund um und schloss auch das Austrittsloch auf der Brust. Es war größer, hier war mehr Gewebe verletzt, aber es ging schon. Er wickelte Zee einen Verband um den Brustkorb und zog ihn wieder an, damit er nicht an Unterkühlung starb. In dem Labyrinth war es sehr kalt. Zee sollte am Leben bleiben, er sollte mit Claire dort hinein, damit sie sich jede Menge Sorgen um ihn machte. Sie sollte leiden. Richtig leiden. Sie hatte ihm so viel Kummer gemacht, seine sichere kleine Welt erschüttert. Jetzt würde sie sterben, aber es würde kein leichter Tod sein.

Als er fertig war, tätowierte er schnell Zees Handgelenk.

Das dauerte nicht lange, er hatte ja jede Menge Übung. Bei Claire würde er sich mehr Mühe geben. Sie war eine berühmte Polizistin, und jetzt hatte er sie in seiner Gewalt. Lachend nahm er seine neue Tätowierpistole zur Hand. Er hatte ihre Arme so fixiert, dass die Handflächen nach oben zeigten. So kam er leichter an ihr Handgelenk heran. Als er ihr schmales linkes Handgelenk berührte, wo er mit der Tätowierung ansetzen wollte, zuckte sie heftig. Er hatte ihr mit dem Schuss wohl wirklich den Arm gebrochen, ganz wie es seine Absicht gewesen war. Nun gut, er würde ihn schienen, damit sie draußen im Labyrinth besser kämpfen konnte.

Als er die erste Schlange auf den gesunden Arm tätowierte, flatterten ihre Lider und sie öffnete die Augen ein wenig. Jetzt stöhnte sie, offenbar hatte sie Schmerzen. Er hielt inne, griff in ihre Haare und riss ihr Gesicht nach oben und sah sie an. »Hallo, mein Schatz, wie geht es dir?«

»Was …«

Sie war viel zu fertig, als dass sie seine Späße verstehen konnte, aber er flüsterte ihr trotzdem ins Ohr. »Willkommen in der Hölle, Schätzchen. Wir werden sehr viel Spaß zusammen haben, sobald ich mit der Tätowierung fertig bin. Hast du Lust, ein bisschen zu kämpfen?«

»Rene, was …« Sie versuchte sich zu bewegen, aber er hatte sie gut fixiert.

»Bleib still sitzen und spar dir deine Kräfte auf. Du wirst sie brauchen, Kleines. Nur Geduld, schön stillhalten. Wir haben alle Zeit der Welt.«

Rene ließ ihren Kopf los und machte sich wieder an die

Arbeit. Die zweite Schlange. Er wollte, dass diese Tätowierung besonders schön wurde. Auch wenn sie nie jemand zu sehen bekäme. Kichernd beugte er sich über den Arm. Gleich würde er sie in sein Labyrinth bringen. Lasst die Spiele beginnen.

31

Als Claire endlich die Augen aufbekam, sah sie nur Schwärze. Das Erste, was sie spürte, war eine ungeheure Übelkeit, als würde sie gleich erbrechen. Sie schluckte, spannte sich an. Es war klar, dass sie sich in tödlicher Gefahr befand. Dann spürte sie den fürchterlichen Schmerz in ihrem linken Handgelenk und stöhnte laut auf. Mit ihren Fingern berührte sie die schmerzende Stelle. Sie war geschient worden. Sie zitterte, es war unglaublich kalt. Ihre Haare und ihre Haut waren nass. Dann erkannte sie voller Schrecken, dass sie nackt war.

Im gleichen fürchterlichen Moment erinnerte sie sich an alles, was geschehen war. Die Gefahr, die Angst, der Verrat. Rene Bourdain war der Mörder, und jetzt hatte er sie in seiner Gewalt. Als sie sich aufsetzte, schlug ihr Kopf gegen Metall. Es dröhnte und hallte ein Stück von ihr entfernt wider. Wo auch immer Rene sie hingebracht hatte, hier gab es kein Licht, es war stockdunkel und sehr, sehr kalt. Sie konnte absolut nichts sehen.

Sie hatte eine Gänsehaut, und als sie um sich herumtastete, spürte sie, dass ihr unverletzter Arm ebenfalls schmerzte. Sie konnte sich an keine Verletzung erinnern, aber als sie ihr rechtes Handgelenk abtastete, wurde ihr klar, was Rene getan hatte. Ihr wurde noch kälter. Die Haut unter ihren Fingerspitzen war geschwollen und blutete und schmerzte. Sie konnte den Umriss der beiden Schlangen spüren, genau wie bei Madonna, Wendy und Gabe.

Sie schlug die Hand vor den Mund und unterdrückte so ein entsetztes Stöhnen. O Gott, er hatte sie mit seinem Zeichen tätowiert und in sein Labyrinth gesteckt. Sie war in seiner Gewalt, nackt und ohne Waffen. Es dauerte eine Weile, bis sich ihr Herzschlag wieder beruhigte und sie ihre Nerven wieder unter Kontrolle hatte. Aber irgendwie schaffte sie es, und dann versuchte sie verzweifelt, sich einen Ausweg zu überlegen. Was konnte sie tun?

Sie tastete blind über den Boden, bis ihre Hand etwas Nasses, Warmes erreichte. Sie zog die Hand wieder weg und tastete weiter. Es war niedrig und eng. Ein Sarg? Hatte Rene sie lebendig begraben?

Sie geriet in Panik, sie spürte es genau. Schnell kroch sie auf Händen und Knien vorwärts und erkannte bald, dass es sich nicht um einen Sarg handelte. Sie befand sich in einer Art Tunnel aus hartem, kaltem, undurchdringlichem Metall. Wo war sie? Hatte Rene sie von der Insel weggebracht, solange sie noch bewusstlos gewesen war? Oder waren sie noch bei der Fischerhütte?

Sie saß ganz still und lauschte. Dann hörte sie das Atmen. O Gott, da war noch jemand. Ohne nachzudenken, griff sie unter ihren linken Arm nach ihrer Waffe. Erst da wurde ihr wieder klar, dass sie unbewaffnet war. Sie hatte beide Waffen bei dem ersten Schlagabtausch verloren. Inzwischen war ihr so kalt, dass ihre Finger und Füße taub wurden. Sie musste sie bewegen, musste sich aufwärmen, aber sie konnte sich kaum rühren vor lauter Angst. Was, wenn er irgendein Tier zu ihr in das Labyrinth gesetzt hatte?

Also saß sie einfach da und versuchte, ihre Augen an die

Dunkelheit zu gewöhnen. Irgendwo musste doch ein wenig Licht durchschimmern. Sie fragte sich, wie viele Stunden vergangen waren. Als sie ein leises Knurren im Dunkeln hörte, erstarrte sie wieder. Nein, kein Knurren, da stöhnte jemand vor Schmerz. Zee? Hatte Rene Zee mit ihr zusammen eingesperrt? Sie tastete wieder herum. Ihr Gefängnis war offenbar eine Röhre, etwa einen Meter breit und hoch. Sie bewegte sich auf das Geräusch zu, tastete sich in der Dunkelheit vor, bis sie den Körper erreichte. Wieder ein Stöhnen. Sehen konnte sie ihn nicht. Sie konnte überhaupt nichts sehen.

»Zee, bist du das?« Sie spürte Flüssigkeit unter ihren Knien. Sein Blut? »Zee, antworte mir. Bitte, sag doch was!«

Aber sie hörte nur wieder ein Stöhnen. Sie tastete ihn ab. Rene hatte ihn nicht ausgezogen, er trug seine Jacke, das Hemd, T-Shirt und Jeans. Seine Kleider waren nass, aber seine Haut fühlte sich warm an, und seine Haare waren nass. Sie tastete nach der Schusswunde. Ein Verband, und sie konnte Desinfektionsmittel riechen. Rene hatte ihn verarztet. Aus irgendeinem Grunde erschreckte sie das noch mehr.

Warum hatte er das getan? Zee atmete noch, Gott sei Dank, aber er blutete. Sie fühlte sein Blut unter ihren Händen und Knien. So gut sie in der Enge konnte, zog sie ihm die Jacke aus, zog sie selbst an und machte den Reißverschluss zu. Sie musste sich warm halten, damit sie eine Chance hatte, sie beide hier rauszubringen. Zee fühlte sich fiebrig heiß an. Sie beugte sich über ihn und flüsterte ihm ins Ohr: »Hör zu, Zee, halt durch, ich bringe uns hier raus.

Hörst du mich, Zee? Komm jetzt bloß nicht auf die Idee zu sterben. Ich finde einen Weg hier raus.«

Zee gab keinen Ton von sich außer seinem langsamen, rasselnden Atmen. Er würde nicht mehr lange durchhalten, nicht ohne ärztliche Versorgung. Sie drehte sich schnell um und tastete sich durch den engen Tunnel. Es gab keinen Weg hinaus, das Ding war aus Stahl und gut verschweißt, aber hohl – eine lange, endlose Röhre. Es roch nach Öl. Ihre Angst wurde immer stärker. Rene war offensichtlich verrückt. Was, wenn er eine brennbare Flüssigkeit in die Röhre goss und anzündete, sodass sie bei lebendigem Leib verbrannten?

Claires Herz schlug heftig vor Grauen, aber sie zwang sich, zurück zu Zee zu kriechen und von seiner Wärme zu profitieren so gut sie konnte. Sie musste sie beide hier rausholen. Rene würde sie beide töten, wenn er genug mit ihnen gespielt hatte, genau wie seine übrigen Opfer. Daran konnte gar kein Zweifel bestehen. Nichts war zu hören außer Zees angestrengtem Atmen und ihren eigenen schnellen Atemzügen.

Was konnte sie tun? Wenn sie nicht zurückkam und Black sie nicht erreichte, würde er nach ihr suchen. Das tat er immer. Sie trug nach wie vor den St.-Michael-Anhänger um den Hals, den er ihr geschenkt hatte, das Teil mit der Ortungsfunktion. Vielleicht konnte er das Signal orten. Er hatte sie gebeten, nein, ihr befohlen, den Anhänger immer zu tragen, um sicherzugehen, falls sie irgendwann in Schwierigkeiten geriet. Also, er würde kommen. Er würde sie finden. Auf jeden Fall. Sie musste nur dafür sorgen, dass sie beide am Leben blieben, bis er kam. Aber wo war

Rene? Was machte er gerade? Was hatte er mit ihnen vor? Er hatte gesagt, er würde mit ihr spielen. Was für Spiele waren das? Und wann würde er damit anfangen?

Ein paar Minuten lang versuchte sie, ihre Nerven und ihre zitternden Hände zu beruhigen, dann drehte sie sich wieder um und kroch durch die Röhre davon. Ihr gebrochener Arm schmerzte höllisch, aber damit konnte sie sich jetzt nicht befassen. Sie musste ihn vergessen und weitermachen. Den Schmerz ausschalten, irgendwie. Sie konnte nichts sehen, tastete aber mit einer Hand vor sich, während sie sich durch die Finsternis bewegte. Es konnte ja sein, dass da noch etwas war. Oder jemand.

Alle paar Sekunden hielt sie inne und lauschte auf Geräusche außerhalb der Röhre. Aber da war nichts. Also weiter durch die endlose, kalte Metallröhre, diese höllische Falle. Vielleicht hatte er sie einfach dort eingesperrt und war gegangen, damit sie irgendwann verdursteten oder an Unterkühlung starben. Vielleicht würde er nie mehr wiederkommen. Sie bewegte sich weiter, sie musste einfach. Wie hatte er sie so weit in das Labyrinth hineinbekommen? Sie hatte ja in der Mitte des Tunnels gelegen, und irgendwo musste ein Eingang sein. Und ein Ausgang. Er konnte sie nicht beide so weit hineingezogen haben, das war viel zu anstrengend. Sie musste die Öffnung finden, die er benutzt hatte. Und sie musste hoffen, dass er nicht so bald zurückkam.

Es gab Abzweigungen von dem Haupttunnel, mal nach links und mal nach rechts und immer im rechten Winkel. Sie versuchte, sich lautlos zu bewegen, aber sie wusste nicht, wohin. Die Abzweigungen führten Gott weiß wohin, vielleicht gab es dort Sprengladungen oder andere fürchterliche Dinge.

Sie hielt inne und lauschte wieder. Kein Geräusch von draußen, aber sie hatte das Gefühl, Rene war dort und wartete, bis sie an eine bestimmte Stelle kam. Er hatte gesagt, er würde mit ihr spielen. Sie schauderte bei dem Gedanken. Gabe hatte die Quälereien genau beschrieben, die er und Sophie erduldet hatten. Plante Rene so etwas? Würde er sie an einen Deckenbalken binden und blutig schlagen? Oder Schlimmeres?

Also gut. Sie musste nachdenken. Sie musste schlauer sein als er. Vor allem aber musste sie sich weiter bewegen. Vielleicht fand sie ja etwas, irgendeine Art Waffe, die sie gegen ihn richten konnte, wenn er auftauchte. Sie würde nicht zulassen, dass Zee starb. Warum waren sie alle so blind gewesen und hatten nicht erkannt, was für ein Ungeheuer Rene war? Aber wer wäre denn auf eine solche Idee gekommen? Rene ein psychotischer Mörder? Er war Polizist, ein Leben lang, er war ihr Freund gewesen, ein Kollege, dem sie vertrauten. Sie hätten ihn nie verdächtigt.

So schnell wie möglich kriechend, bog sie bei der nächsten Möglichkeit rechts ab, um zu sehen, wohin der Abzweig führte. Irgendetwas musste sie ja tun. Der Tunnel erinnerte sie an die Spielplätze bei McDonald's, gebogen und gewunden und rauf und dann plötzlich wieder runter. Sie fand eine Steigung, aber als sie sich hinaufbewegte, erstarrte sie sofort wieder. Draußen waren schwere Schritte zu hören. Dann ein lautes Dröhnen, als würde jemand etwas werfen. Im gleichen Moment verschwand der Boden unter ihr. Sie rutschte in einen anderen Tunnel, spürte das

Metall unter ihren Händen und Knien und schrie. Ihr gebrochener Arm explodierte fast, für einen Moment wurde sie halb ohnmächtig. Draußen hörte sie Rene Bourdain lachen. Er war wirklich verrückt, kein Zweifel.

»Na, wie gefällt dir mein Labyrinth des Schreckens, Schätzchen? Das macht Spaß, nicht wahr?«, rief er ihr fröhlich zu, als würden sie Verstecken spielen.

Claire lag ganz still. Der neue Tunnel war größer und so hoch, dass sie gebückt darin laufen konnte. Das war besser für sie, hier musste sie ihren linken Arm nicht belasten. Sie lief weiter und hoffte, sie würde sich so lautlos bewegen, dass er nicht wieder eine Falltür bediente. Aber während sie diesen Gedanken noch formulierte, rutschte ihr nackter Fuß ab, und sie stürzte. Etwas Spitzes bohrte sich in ihre Haut. Als sie herumtastete, spürte sie Dutzende von Reißzwecken und Nägeln.

Sie wischte sie weg und zog die eingedrungenen Spitzen aus ihrer Haut. Einige Wunden bluteten und taten ziemlich weh. Rene spielte tatsächlich mit ihr, genoss ihre Angst und ihre Schreie. Ihr Magen wurde bleischwer, als sie daran dachte, dass er dieselben Spielchen auch mit anderen Leuten gespielt hatte, mit Kindern wie Jill und Jenny und vielleicht auch mit Sophie.

Sie lehnte sich an die Wand und beschloss, einfach zu bleiben, wo sie war. Wenn er sich daran aufgeilte, dass sie versuchte, seinem kleinen Gehege zu entkommen, dann würde sie eben einfach nicht mehr mitspielen. Wahrscheinlich gab es keinen Weg hinaus, jedenfalls keinen, den sie finden konnte. Du lieber Himmel, wie hatte er etwas so Kompliziertes bauen können? Ein Labyrinth aus

Metall, um seine Opfer zu quälen, weit draußen in den Sümpfen. Wie lange hatte er dafür gebraucht?

Sie atmete tief durch, um sich zu beruhigen. Gut, wenn sie sich einfach nicht mehr bewegte, verdarb sie ihm den Spaß. Vielleicht kam er dann herein und holte sie. Dann hätte sie wenigstens eine Chance gegen ihn. Sie konnte gegen ihn kämpfen, auch mit dem verletzten Arm. Also saß sie still und lauschte auf seinen nächsten Zug.

Es dauerte nicht lange. Plötzlich hörte sie wieder ein Dröhnen, dann ging direkt neben ihr eine Tür auf. Gedämpftes Licht strömte herein. Ein langes, scharfes Messer stach ihr in die Haut. Rene stach nach ihr, und sie kroch blitzschnell zur nächsten Abzweigung. Er konnte sie mit diesem Messer überall hinlenken. Sie tastete nach ihrer blutenden Seite. Ein paar kleine Stiche, nichts Schlimmes. Sie legte die Hand darüber, sie taten nicht mal besonders weh. Adrenalin strömte durch ihre Adern. Sie musste ihre Angst unter Kontrolle halten, das war das Wichtigste. Sie musste ruhig bleiben, was auch immer er mit ihr anstellte.

Jetzt war er wieder draußen, ganz in ihrer Nähe. Sie konnte ihn hören, er pfiff ein Liedchen. Verdammt, das Ganze machte ihm einen Riesenspaß. Das hier war seine Art von Sport. Aber es gab viele versteckte Türen hier, also musste es auch einen Ausweg geben. Vielleicht konnte sie eine Tür eintreten. Und wenn sie nicht stehen blieb, konnte er sie nicht von außen angreifen. Also rannte sie weiter, blieb ständig in Bewegung, tastete auf dem kalten Boden und an den Wänden nach einem Riegel oder einem Scharnier. Aber alles war dicht versiegelt, so dicht, dass sie mit ihren Fingern keine Chance hatte.

Vielleicht hatte Black inzwischen begriffen, dass etwas nicht stimmte, und würde nach ihr suchen. Sie kroch weiter so schnell sie konnte. Der gebrochene Arm verursachte ihr immer noch Übelkeit, manchmal bekam sie kaum noch Luft. Dann ging plötzlich direkt vor ihr eine Luke in der Decke auf, und für einen Moment konnte sie wieder sehen. Sie fuhr zurück. Eine große, sich windende Schlange fiel ihr direkt vor die Füße. Die Tür ging wieder zu, die Finsternis kehrte zurück. Sie konnte hören, wie die Schlange durch die Röhre verschwand, und lief so schnell sie konnte in die andere Richtung. Dabei schlug sie immer wieder mit der Faust gegen die Wand, um die Schlange zu vertreiben. Der Tunnel senkte sich.

Sie blieb stehen und lauschte wieder. Kein Geräusch, nicht mal die Schlange war noch zu hören. Sie hatte sich wahrscheinlich irgendwo zusammengerollt und wartete. Ob es eine Giftschlange war? Ob sie im Dunkeln sehen konnte? Schlangen konnten wahrscheinlich viel besser sehen als Menschen. Sie selbst jedenfalls sah überhaupt nichts. Noch nie war sie in einer solchen Dunkelheit gewesen. Sie konnte die Hand nicht vor Augen sehen. Und sie wusste nicht, ob der Tunnel im Kreis verlief und sie irgendwann der Schlange wieder begegnen würde, egal, in welche Richtung sie sich bewegte. Und was passieren würde, wenn die Schlange auf Zee traf.

Plötzlich nahm dieser Gedanke Gestalt an. Zee schrie auf, stöhnte dann wieder, Rene lachte. Er quälte ihn, vermutlich mit dem Messer. Aber sie wusste nicht mehr, wo Zee war, so verwirrt war sie von den Windungen des Tunnels. Er musste irgendwo über ihr sein, denn sie war durch die Falltür gestürzt und dann noch mal bei den Reißzwecken. Sie tastete nach einer Röhre, die nach oben führte. Aber diese Röhre vibrierte und dröhnte bei jeder Bewegung. Denken! Die Angst überwältigte sie wieder, das durfte auf keinen Fall passieren. Rene hatte offenbar ein Gerüst da draußen, auf dem er herumklettern konnte. Und es gab jede Menge Klappen, durch die er seine Opfer quälen konnte.

Schwer atmend blieb sie eine Weile sitzen und kämpfte die Verzweiflung nieder. Die Dunkelheit setzte ihr zu, außerdem hatte sie schreckliche Angst vor der Schlange. Bud war mal von einer Schlange gebissen worden, sie wusste, was Schlangengift anrichten konnte. Aber es war offenbar keine Klapperschlange gewesen, sie hatte nur gezischt und war davongeschlängelt.

Dann schlug Rene wieder zu. Eine Klappe öffnete sich direkt über ihr, und sie wurde mit etwas Körnigem, Grobem überschüttet. Im ersten Moment wusste sie nicht, was es war, dann spürte sie die krabbelnden Insekten in ihren Haaren und ihrem Gesicht und im Kragen der Jacke. Feuerameisen! Er hatte ein Nest Feuerameisen über ihr ausgeschüttelt. Als sie anfingen, sie zu beißen, schrie sie auf, konnte nicht mehr aufhören zu schreien, und schlug hilflos auf die Tiere ein. Aber es waren Hunderte, die auf ihr herumkrabbelten. Sie bewegte sich weg von der Klappe, zog die Jacke aus, bevor er noch mehr hineinschütten konnte. Von draußen hörte sie sein Gelächter.

Sie kroch ein paar Meter weiter, nahm dann einen anderen Tunnel und blieb wieder im Dunkeln sitzen. Sie musste die Ameisen loswerden. Jetzt zitterte sie wirklich vor Angst, genau wie er es beabsichtigt hatte. Aber sie biss die Zähne zusammen und zwang sich, eiskalt zu werden. Die Ameisen würden sie nicht umbringen. Sie konnten sie beißen und waren lästig, aber tödlich waren sie nicht. Sie musste sie nur loswerden. Er hatte noch nichts getan, woran sie sterben würde. Er genoss es, sie zu quälen, und so würde es bleiben, bis er keine Lust mehr hatte. Das hieß, ihre Überlebenschancen waren gut. Sie musste nur bei Verstand bleiben und irgendwann einen Weg nach draußen finden. Sie schüttelte die Insekten aus der Jacke, zog sie wieder an und lief weiter. Irgendwo musste wieder so eine Klappe sein. Oder eine Falltür. Sie würde einen Ausweg finden. Sie musste einen Ausweg finden. Zee lag irgendwo da hinter ihr in der Dunkelheit im Sterben.

32

Nick Black und Jack Holliday näherten sich ihrem Ziel. Sie befanden sich jetzt tief im Sumpf, und das GPS-Signal von Bourdains Satellitentelefon blinkte stetig. Ebenso das Signal von Claires St.-Michael-Anhänger. Sie fuhren genau auf sie zu. Diesmal hatte Nick wirklich Angst um sie. Claire, Zee und Bourdain hatten sich schon ewig nicht mehr gemeldet. Sie waren auch beim Treffpunkt mit Friedewald und seinen Leuten nicht aufgetaucht. Jemand hatte ihnen aufgelauert, er spürte es genau, und er fürchtete, es war der Voodoo-Mörder, den sie verfolgt hatten.

Diesmal würde er vielleicht zu spät kommen. Diesmal würde er nur noch Claires Leiche finden. Irgendjemand hatte sie vielleicht auf fürchterliche Weise ermordet und auf einen gottverdammten Voodoo-Altar gelegt, mit zugenähten Augen und Lippen. Oder man hatte sie irgendwo verscharrt und er musste ihre Überreste ausgraben, so wie sie es mit Jacks Schwestern gemacht hatten. Sein Herz fühlte sich an, als würde es von einer riesigen Hand zusammengequetscht. Es lag bleischwer in seiner Brust. Er fühlte sich regelrecht krank.

»Siehst du das da vorne, Nick? Zwischen den Bäumen?«, sagte Jack Holliday leise. Er benutzte das Nachtsichtgerät seiner Waffe, während Nick am Steuer saß und in der Dunkelheit kaum etwas erkennen konnte. Doch, da vorn war ein kleines Haus, direkt vor ihnen am Ufer. Mehrere Häuser. Oder eher Hütten. Sie waren jetzt sehr weit draußen. Nick hatte zusammen mit Jack und anderen Freunden oft hier draußen geangelt und gejagt, aber so weit drin war er nie gewesen. Sein GPS-Gerät zeigte ihm, dass Claire irgendwo auf dieser Insel da vorn war. Und er würde sie finden. Er schaltete den Motor ab, und sie paddelten weiter. Schon das kleinste Geräusch würde ihre Ankunft verraten. Lautlos tauchte er das Paddel in das dunkle, schlammige Wasser.

Wenn Claire und die anderen in diesem Haus festgehalten wurden, musste er den Mörder überraschen. Unbedingt. Sie schoben ihr Boot neben einem großen Rennboot ans Ufer, das schnell dort an Land gefahren worden war. Renes Boot? Sonst war kein Fahrzeug zu sehen, so weit Nick sehen konnte, aber es konnte auch noch ein Boot auf der anderen Seite der Insel liegen. Er und Jack schwiegen. Sie hatten solche Operationen schon gemeinsam durchgeführt, aber es war lange her, dass sie ständig in Lebensgefahr gewesen waren. Sie waren ein bisschen aus der Übung. Andererseits vergaß man so etwas nicht so leicht.

Nur ein paar Nachttiere waren zu hören. Sie stiegen aus dem Boot und bewegten sich in gebückter Stellung zur Tür. Auf dem Boden neben der Tür stand eine Petroleumlampe. Nick gab Jack ein Zeichen, auf die andere Seite des Hauses zu gehen. Es war sehr still hier, nur der Wind sauste in den Zypressen rund um das Haus. Drinnen rührte sich nichts, kein Geräusch, niemand sprach. Sie gingen schnell hinein. Old Nat Navarro lag auf der Seite, an einen umgestürzten Sessel gebunden. Er war wohl schon eine ganze Weile tot. An der Wand verkrustetes

Blut, auf dem Boden eine frische Blutpfütze, ein umgestürzter Tisch und Stühle und eine batteriebetriebene Lampe. Ein Radio. Überall lagen Batterien. Hier hatte es einen Kampf gegeben, so viel war klar. Und es war nicht der alte Mann gewesen, nahm er an. Das hier sah viel eher nach Claire aus.

Jack deutete auf die Blutspur, die zur Hintertür und hinausführte. Sie gingen ihr nach, durch den überwucherten Hinterhof und zu einem anderen Gebäude, das aussah wie ein Schuppen. Wieder blieben sie an der Tür stehen. Irgendwo da drinnen bewegte sich jemand. Lautlos betraten sie den Schuppen, hintereinander, die Waffen schussbereit. Es war dunkel da drin. Als sie ihre Taschenlampen einschalteten, standen sie verblüfft vor einem großen, komplizierten System von Röhren und Käfigen. Die Konstruktion nahm den gesamten Schuppen ein, vom Boden bis zur Decke. Es gab eine Art Bohlenweg darin und ein Gerüst mit Handläufen und Treppen. Du lieber Himmel, was war das hier?

Dann erinnerte er sich an die Erzählungen vom Labyrinth des Mörders. Und im gleichen Moment hörte er in der Totenstille einen entsetzlichen Schrei. Claires Schrei. Dann lachte jemand. Nick gefror das Blut in den Adern. Holliday neben sich, rannte er auf das Lachen zu.

Rene hatte sie wieder mit dem Messer erwischt. Claire beschloss, dass sie nur dann eine Chance hätte, wenn sie ihn ihrerseits angriff. Sie stellte sich neben die nächste Klappe und tat so, als würde sie schluchzen, damit er wusste, wo sie war. Dann bewegte sie sich ein paar Zentimeter auf die Öffnung zu. Irgendetwas würde er mit dieser Tür machen, früher oder später würde sie sich öffnen. Sie wartete ein paar Sekunden mit zitternden Muskeln und rasendem Puls. Dann ging die Klappe auf. Bevor er wieder irgendetwas in den Tunnel schütten konnte, griff sie mit aller Kraft nach seinem Arm. Er hatte das Messer in der Hand, und sie schrie auf, als er damit nach ihr stieß. Er lachte, aber das Lachen verstummte schnell, als sie an seinem Arm riss. Sie verdrehte ihm den Ellbogen, stemmte sich mit den Füßen gegen die Tunnelwand und zog ihn in einem unmöglichen Winkel zu sich herunter, bis sie hörte, wie sein Knochen brach. Rene kreischte auf. Das scharfe Filetiermesser fiel neben ihr zu Boden. Sie hielt ihn fest, wagte es nicht, ihn loszulassen. Sie zog und zerrte an dem gebrochenen Arm, wollte ihm wehtun, so sehr, dass er sich nicht mehr wehren konnte. Sie knirschte mit den Zähnen. Noch ein Knochen.

Rene schrie weiter, aber es gelang ihm, seine Pistole zu ziehen. Sie ließ ihn los, schnappte sich das Messer und rannte panisch davon, als er die Klappe mit einem Knall wieder zuwarf. Sie konnte ihn schreien hören, suchte sich eine neue Klappe, während er fluchend auf die Röhre schlug. Mit dem Vergnügen und den Spielchen war es jetzt erst mal vorbei.

Dann hörte sie wieder eine Klappe und danach Schüsse. Die Kugeln prallten von den Wänden ab, eine streifte ihr Bein, sie schrie auf. Rene lachte hysterisch. Dann hörte sie noch mehr Schüsse und Schreie. Jetzt würde er sie umbringen. Sie hielt das Filetiermesser in beiden Händen und blieb so weit von den Klappen weg wie möglich, damit er sie nicht erreichte.

In dem Moment ging eine Falltür auf und sie stürzte zwei Meter tief und kam mit dem Rücken auf einem Betonboden auf. Sie schnappte nach Luft, sah sich hektisch um. Sie lag in einer Art Käfig, irgendwoher kam ein Lichtschimmer, vermutlich Renes Taschenlampe. Neben ihren Füßen lag die verweste Leiche einer Frau. Sie zuckte zurück. In das Labyrinth zurückklettern konnte sie nicht. O Gott, sie saß in der Falle! Wenn Rene sie hier fand, würde er sie einfach erschießen, so wie er es vermutlich auch mit der anderen Frau gemacht hatte.

Sie hörte ihn direkt über sich. Er sprang zu ihr herunter, landete direkt vor dem Käfig, nah genug, dass er sie wieder mit einem Messer angreifen konnte. Eine Taschenlampe leuchtete ihr ins Gesicht, als sie hysterisch nach ihm stach. Wenn sie ihn nur irgendwie verletzen konnte!

»Aufhören, Claire, ich bin's.«

Das war Blacks Stimme. O Gott, das war wirklich Blacks Stimme. Sie ging in die Knie, unfähig, sich noch zu bewegen. Kein Muskel rührte sich mehr. Black zog an dem Gitter, versuchte den Käfig aufzubekommen. Als er endlich die Tür aus den Angeln gerissen hatte, zog er sie raus. Sie lehnte sich einen Moment an ihn, ohne ein Wort zu sagen. Dann murmelte sie: »Es ist Rene, Black. Er ist der Mörder. Und er ist noch hier. Er ist bewaffnet, er versucht uns zu töten.«

»Er ist abgehauen, als er uns sah. Jack ist hinter ihm her. Los, Jack braucht wahrscheinlich meine Hilfe.«

»Er hat Zee angeschossen. Wir müssen Zee da rausholen. Er ist da drin, in dem Labyrinth. Und er ist schwer verletzt. Er blutet, Black. Wir müssen ihn da rausholen.«

Black hielt ihre Arme fest und sprach leise auf sie ein. »Ist ja gut, Claire. Wir holen ihn da raus und kümmern uns um ihn. Aber jetzt müssen wir erst mal Bourdain zur Strecke bringen. Los jetzt, ich höre Jack schon rufen.«

Black rannte zur Tür, aber Claire war einfach zu erschöpft, um ihm zu folgen. Sie konnte nicht mehr laufen, sie zitterte, ihre Knie wurden weich, und sie konnte nur ganz langsam dem Licht seiner Taschenlampe folgen. Als sie ins Freie kam und die frische Luft spürte, brach sie zusammen. Sie konnte keinen Schritt mehr gehen. Zwei Männer kämpften unten bei den Booten. Im schwachen Mondlicht war nicht viel zu sehen, aber offenbar rannte Black zu ihnen hinüber. Dann wurde der Mond wieder heller, und sie sah, dass Jack Holliday rittlings auf Rene Bourdain saß. Er wirkte riesig dort, hielt Renes Arme mit den Knien fest und schlug ihm mit beiden Fäusten ins Gesicht. Links und rechts, immer wieder.

Claire stand auf und hinkte zu den anderen. Black stand da und sah in aller Ruhe zu, wie Jack Rene Bourdain verprügelte. Sie rang nach Luft, hielt ihren verletzten Arm fest, aber auch in ihrem Zustand konnte sie erkennen, dass Holliday absolut durchdrehte vor blinder Raserei. Er würde Rene umbringen, und das durfte sie nicht zulassen. Mit einer schwachen Bewegung griff sie nach seinem Arm, um ihn aufzuhalten, aber er spürte sie kaum, und sie war zu müde und benommen, um ihn richtig festzuhalten. Black griff nach dem anderen Arm und schrie Jack an, er sollte aufhören. Endlich gab Holliday nach und kehrte allmählich in die Wirklichkeit zurück. Seine blutigen Fäuste schwebten immer noch vor Renes Gesicht, das jetzt verschwollen und mit Platzwunden bedeckt war. Nicht einmal seine Mutter hätte ihn noch erkannt.

Claire kniete neben Jack. »Wir haben ihn, Jack. Und jetzt müssen wir ihn verhaften, verhören, rausfinden, wen er alles noch entführt und ermordet hat und wo die Leichen sind. Ich will wissen, warum er das getan hat. Also los, leg ihm Fesseln an. Wir müssen Zee aus dem Labyrinth holen, er ist angeschossen. Hörst du? Wir müssen Zee ins Krankenhaus bringen.«

Holliday schaukelte hin und her und starrte sie schweigend an. Allmählich ließ das Adrenalin nach, aber sein Gesicht war immer noch verzerrt vor Raserei. Trotzdem, er hatte seine Schwestern und seine Eltern gerächt. Claire begann zu zittern. Sie stabilisierte immer noch ihren gebrochenen Arm. Black begriff wohl, dass sie auch verletzt war, denn er zog seinen Mantel aus, wickelte sie darin ein und schaute sich dann ihre Verletzungen an. »Tut es sehr weh? Was hat er mit dir gemacht?«

»Mein Handgelenk ist gebrochen, aber ehrlich, Zee geht es viel schlimmer. Rene hat ihm in den Rücken geschossen. Jack, fessel ihn und bring ihn ins Boot. Wir müssen Zee holen.«

Sie ließen Jack mit Rene zurück und gingen zurück zum Schuppen mit dem schrecklichen Labyrinth. Claire war so erschöpft, dass sie kaum noch gehen konnte, also kroch Black in das Labyrinth und zog Zee heraus. Es dauerte eine Weile, und er musste auch noch die Schlange töten, aber dann hatte er ihn. Zee war bewusstlos und kaum noch am Leben. Im Scheinwerferlicht des Bootes versorgte Black seine Wunden so gut es ging, aber Zee sah wirklich schlimm aus. Richtig schlimm. Claire fürchtete, er würde ihnen unter den Händen wegsterben. Sie beeilten sich, nahmen Renes Boot und fuhren in den Sumpf hinaus. Claire saß an der Reling, Zees Kopf in ihrem Schoß. Auf halbem Wege zurück in die Zivilisation rief Black vom Satellitentelefon den nächsten Bootshafen an und bestellte mehrere Krankenwagen dorthin. Dann rief er Sheriff Friedewald an und reichte Claire das Telefon.

»Wo zum Teufel seid ihr, Claire? Wir warten seit einer Ewigkeit hier auf euch. Navarro ist sicher schon längst getürmt, das können wir doch vergessen!«

»Wir haben ihn, Russ. Es ist Rene. Rene hat all die Morde begangen. Er hat auch Madonna und Wendy umgebracht, und Navarro, und er hat versucht, Zee und mich umzubringen. Er ist schwer verletzt, genau wie Zee. Wir haben die Krankenwagen zum nächsten Hafen bestellt.«

Russ stellte noch ein paar Fragen, und Claire beantwortete sie, so gut es ging. Aber sie hielt den Blick auf Jack Hollidays Rücken gerichtet. Er steuerte das Boot, aber seine Knöchel waren aufgeplatzt, und am Arm blutete er. »Black ist bei mir, und Holliday. Ich vermute, mein Arm ist gebrochen. Sonst geht es mir gut.«

Dann beendete sie das Gespräch, und sie fuhren weiter durch das dunkle, stille Wasser, bis sie endlich auf einen größeren, schnell fließenden Bayou trafen. Die Scheinwerfer des Bootes waren die einzige Lichtquelle in der Nacht. Black telefonierte mit dem Notarzt und beschrieb die Verletzungen, Claire saß da und starrte Rene an, der sich nicht mehr gerührt hatte, seit Jack ihn bewusstlos geschlagen hatte. Er atmete aber, auch wenn es Claire fast lieber gewesen wäre, er täte es nicht. Er hatte verdient, für seine Verbrechen zu sterben. Was hatte er ihr und Zee und Gabe und all den anderen unschuldigen Opfern nicht alles angetan. Schweigend und wie betäubt saß sie da. Am liebsten hätte sie sich Blacks Gewehr geschnappt und Rene eine Kugel ins Herz gejagt, damit das alles ein Ende hatte. Ein solcher Gedanke sah ihr überhaupt nicht ähnlich. Sie hätte ihn auch über die Reling werfen können, damit die Alligatoren ihn sich holten. So, wie er es mit Gabe vorgehabt hatte und wie er es sicher mit anderen unschuldigen Kindern getan hatte, deren Namen sie vielleicht nie erfahren würden. Sie starrte auf das Wasser vor ihnen und betete, dass wenigstens Zee diese schreckliche Nacht überlebte. Der Mond bildete eine Straße aus Licht auf dem Wasser, als wollte er sie aus der Finsternis führen.

Die Notarztwagen warteten am Anleger, zusammen mit den Kollegen aus Lafourche. Rene und Zee wurden auf Tragen gepackt und in zwei Notarztwagen weggefahren. Black und Claire fuhren mit Jack in dem dritten Wagen. Eine Sanitäterin namens Meg schiente Claires Arm neu und legte ihn in eine Schlinge. Sie versorgte ihre Stichwunden, gab Salbe auf die Ameisenbisse und reichte ihr einen Eispack für den Kopf. Dann gab sie ihr ein starkes Schmerzmittel. Jack saß einfach da, während Meg seine blutenden Fäuste untersuchte. Er hatte den Kopf zurückgelehnt, die Augen geschlossen, schien vollkommen entspannt, nachdem er endlich den Mann gefunden hatte, der seine Familie ermordet hatte. Vielleicht würde sie sich eines Tages auch darüber freuen und froh sein, dass sie überlebt hatte. Im Moment war sie überhaupt nicht froh. Sie fühlte sich nur noch wie eine leere Hülle.

33

Im Krankenhaus in Thibodaux angekommen, wurden die Verletzten in die Notaufnahme gebracht. Claire und Black standen nicht weit von Zee entfernt, während die Ärzte verzweifelt versuchten, ihn so zu stabilisieren, dass man ihn operieren konnte. Aber Claire beobachtete auch Rene und sorgte dafür, dass man ihn mit Handschellen am Bett fesselte. Er war mit seinen Verbrechen viel zu lange davongekommen, aber diesmal hatte er keine Chance. Und wenn sie den Rest ihres Lebens jede seiner Bewegungen beobachten musste – er würde nicht noch einmal davonkommen.

Zee bekam Bluttransfusionen und Infusionen, aber er überlebte die Operation und wurde in ein Privatzimmer verlegt. Claire und Black gingen zu ihm, saßen an seinem Bett und warteten, dass ihnen irgendjemand gute Nachrichten übermittelte. Nach ein paar Stunden waren sie sicher, dass er es schaffen würde. Er war ein kräftiger junger Mann und körperlich so fit, dass er gute Chancen hatte. Claire ging aus dem Zimmer. Rene war ins Gefängniskrankenhaus von Lafourche verlegt worden. Russ hatte das so entschieden und Anklage gegen ihn erhoben wegen des Mordes an Madonna und weiterer Verbrechen. Jetzt ergab alles, was sie erlebt hatten, einen Sinn. Einen schrecklichen, grausamen Sinn.

Claire bestand darauf, gemeinsam mit Black dem Krankenwagen zu folgen, der zum Gefängnis fuhr. Sie wollte kein Risiko eingehen. Wenn sie neben Rene Wache halten musste, bis man ihn irgendwann hinrichtete, dann würde sie das tun. Rene durfte nicht noch einmal davonkommen.

Sheriff Friedwald stand vor dem Gefängnis, als Rene mit einem Rollstuhl hineingefahren wurde. Gabe war bei ihm. Er war blass und hager, und die Mordlust leuchtete ihm aus den Augen. Sie hielt ihn auf, bevor er dem Mann folgen konnte, der ihn vor so vielen Jahren bewusstlos geschlagen und halb tot liegen gelassen hatte. Er trug die Schlinge nicht mehr, dafür hatte sie jetzt eine. Sie trugen beide Verletzungen von diesem Mann. Diesem Mann, dem sie vertraut hatten.

»Woher wusstest du, dass wir hier sein würden, Gabe?«

»Nick hat zu Hause angerufen und berichtet, was dir passiert ist. Er hat mir alles erzählt. Kommst du zurecht? Du siehst ganz schön fertig aus.«

»Es ist mir schon mal besser gegangen.«

»Mir auch. Wie sieht es mit Zee aus?«

»Rene hat ihm in den Rücken geschossen, aber ich denke, er kommt durch. Gott sei Dank. Im Moment liegt er auf der Intensivstation, da kümmern sie sich gut um ihn. Black sorgt dafür, dass er dann ins Tulane Medical Center in New Orleans verlegt wird.«

»Das Schwein hat ihm in den Rücken geschossen? Claire, könntest du dafür sorgen, dass ich eine Weile mit Rene allein bin?«

»Nein, das kann ich nicht, und ich würde es auch nicht tun, selbst wenn ich es könnte.«

»Ich muss aber mit ihm reden, das schuldet er mir. Ich

will wissen, warum er Sophie und mir so wehgetan hat. Nur das. Ich will wissen, warum.«

»Natürlich willst du das, Gabe, aber du bist DEA-Agent, und ich bin Polizistin. Wir werden uns nicht aufführen wie der rasende Rächer, so sehr wir es uns vielleicht auch wünschen. Glaub mir, ich musste mich echt zusammenreißen, ihn auf dem Weg zurück nicht einfach zu erschießen. Aber ich habe mich zusammengerissen, also kannst du das auch.«

Gabe sah sie an, rieb sich über den Nacken und fluchte leise vor sich hin. »Meinst du, Russ lässt mich mit ihm reden? Allein, in einem der Verhörzimmer? Ich fasse ihn nicht an, das schwöre ich bei Gott.«

»Doch, das wird Russ sicher tun. Wenn alles aufgezeichnet wird und du ihn wirklich nicht anfasst. Aber ich weiß nicht, was sein Anwalt dazu sagt.«

Im Gefängnis angekommen, überraschte sie Russ mit der Mitteilung, Rene habe um eine Vernehmung durch Gabe und Claire gebeten. Sie stimmten zu.

Rene Bourdain saß im Verhörzimmer Nummer eins. Er war in keinem guten Zustand. Friedewald, Black und Nancy, die eine Viertelstunde nach ihnen gekommen war und fast alle Kriminalpolizisten von Lafourche mitgebracht hatte, saßen im Nebenzimmer und beobachteten das Verhör, das auch gefilmt wurde.

Vor der Tür legte Claire Gabe eine Hand auf den Arm und hielt ihn kurz auf. »Gabe, du musst mir versprechen, dass du ihn nicht anrührst. Dass du ihm nichts tust.«

»Ich bin doch nicht blöd, Claire. Jetzt, wo wir das Schwein endlich haben, werde ich doch nicht alles versauen und ihm einen Grund geben, uns wegen brutaler Verhörmethoden dranzukriegen.«

Da war sie nicht so sicher. Gabe war unglaublich wütend, sein Zorn schwelte seit Jahrzehnten, und er sah aus, als würde er Rene erwürgen, sobald die Tür hinter ihnen ins Schloss fiel. So wie es Jack Holliday beinahe getan hatte. »Versprich es mir. Bitte, Gabe.«

»Ich verspreche es dir. Wirklich. Und jetzt mach die Tür auf, ich will ihn sehen.«

Claire öffnete mit ihrer gesunden Hand die Tür. Rene saß an dem Stahltisch, seine Arme waren mit Handschellen an den Rollstuhl gefesselt. Ein Arm war eingegipst. Wenigstens das, sie hatte ihn richtig schwer erwischt. Sein Gesicht war so verschwollen, dass sie ihn kaum erkannten. Sein Nasenbein war gebrochen, die Augen schwarz und violett unterlaufen und fast zugeschwollen, er hatte keine Schneidezähne mehr, und der Rest seines Gesichts sah einfach nur fürchterlich aus.

»Hat Holliday das gemacht, Bourdain? Erinnere mich daran, dass ich dem Kerl einen ausgebe«, sagte Gabe durch seine zusammengebissenen Zähne.

Rene schnaubte nur leise, aber schon davon begann seine Nase wieder zu bluten. Claire spürte, wie Gabe sich anspannte und anfing zu zittern. Sie nahm seinen Arm und drückte ihn. Gabe beruhigte sich wieder etwas, aber sein Arm war immer noch ganz starr.

Rene wischte sich die Nase an der Schulter ab, dann sagte er mit schwer verständlicher Stimme: »Danke, dass ihr gekommen seid, Kinder.«

Claire spürte, wie der Zorn in ihr aufwallte, aber sie

kämpfte die Regung nieder und schaute zu dem Spiegelfenster, hinter dem Black und die anderen saßen. »Okay, wir sind da, Rene, sag uns, was du zu sagen hast.«

»Setzt euch, fühlt euch wie zu Hause. Ich hatte mich schon gefragt, wie es enden würde, vor allem nachdem du zurückgekommen warst, mein Mädchen.« Er brauchte lange, das Sprechen fiel ihm schwer.

»Hör auf, mich so zu nennen.« Claire setzte sich zu Gabe, beide auf der anderen Seite des Tisches. Gabes Kaumuskeln arbeiteten wie verrückt, er war kurz vor dem Durchdrehen, das konnte sie deutlich sehen. Sie hoffte nur, dass er genug Willenskraft besaß, um sich unter Kontrolle zu halten. Und dass sie selbst auch genug Kraft besaß. Es war irgendwie immer noch unglaublich. Rene, ihrer beider Lieblingsonkel. Für Gabe war er eine Vaterfigur gewesen. Und er hatte sie beide töten wollen. Warum?

Sie atmete tief durch. »Rene, du kennst deine Rechte, oder?«

»Sollte ich wohl, ich habe das schon mit Verbrechern durchgezogen, da warst du noch nicht mal geboren.«

Wieder brauchte er sehr lange für diesen Satz. Claire wiederholte die vertrauten Worte laut und deutlich, damit im Film alles korrekt dargestellt wurde. Sie fragte ihn, ob er alles verstanden habe. Rene war schlau, er war viele Jahre lang davongekommen, obwohl er entsetzliche Verbrechen begangen hatte. Sie würde ihm keine Chance geben, wegen eines Formfehlers entlassen zu werden. Auf keinen Fall.

Rene lächelte, so gut er konnte. Es sah eher nach einer hässlichen Grimasse aus. »Ja, alles verstanden. Und jetzt zu dem, was ich will. Ich erzähle euch alles, was ihr wissen wollt. Und ihr stimmt einer Absprache über das Strafmaß zu. Keine Todesstrafe. Ist das fair? Ich weiß genau, dass ihr mehr über die Opfer wissen wollt und darüber, wo die Leichen sind. Aber ihr bekommt die Informationen nur, wenn ihr auf die Todesstrafe verzichtet.«

Seine Nase blutete wieder, es gab hässliche Flecken auf seinem Krankenhaushemd, aber das kümmerte sie nicht.

»Wir haben deinen Souvenirkoffer, Rene. Da erfahren wir schon ziemlich viel.«

Er kicherte. »Da drin ist nur ein Bruchteil dessen dokumentiert, Schätzchen. Ich habe eine lange, erfolgreiche Karriere hinter mir, das kannst du mir glauben.«

Sie blieb cool, hatte selbst keine Ahnung, wie ihr das gelang. Es fiel ihr sehr schwer, und Gabe ging es nicht besser, aber er hielt sich gut. Sie hatte bereits mit Sheriff Friedewald und dem Staatsanwalt gesprochen, und sie hatten zugestimmt, auf die Todesstrafe zu verzichten und eine Gefängnisstrafe ohne vorzeitige Entlassung anzustreben. Aber nur, wenn Rene auf jede Revision verzichtete und ihnen die Namen sämtlicher Opfer und ihre Fundorte nannte.

Claire nannte ihm die Bedingungen. Dann sagte sie: »Das alles natürlich unter der Voraussetzung, dass du uns die Wahrheit sagst und wirklich was zu erzählen hast. Mir wäre es offen gestanden lieber, man stellt dich an die Wand, am liebsten gleich hier. Ich würde es sogar selbst tun, Rene.«

»Natürlich würdest du das. Du warst immer schon so, schon als kleines Kind. Ich konnte das Feuer in dir sehen, deshalb hast du mir ja so gut gefallen.« Er sah Gabe an.

»Und du warst der härteste Gegner, den ich in all den Jahren hatte. Du hast unglaublich viel Schläge ausgehalten. Stundenlang.«

»Genau, und du bist der mieseste Abschaum, der jemals auf dieser Erde herumgelaufen ist.«

Rene seufzte, dann sprach er weiter, als wollte er sie zur Weißglut bringen. »Alles lief so gut. Ich hätte es beinahe bis zur Pensionierung geschafft. Wenn du nicht gewesen wärst, Claire, dann wäre ich jetzt immer noch da draußen im Labyrinth und hätte meinen Spaß.«

»Fang einfach von vorn und an und erzähl uns alles.«

Also begann er. Langsam und unter Schmerzen, aber mit Genuss, als könnte er sich beim Erzählen noch ein letzte Mal an den Morden aufgeilen.

»Gabes Familie war die erste, abgesehen von denen, die ich in Übersee erwischt habe. Madonna und Wendy und Jacks Schwestern, die habe ich alle mitgenommen, nachdem ich die Eltern erledigt hatte. Aber es gibt noch viele, viele, von denen ihr gar nichts wisst. Ich werde euch davon erzählen, aber erst, wenn die Vereinbarung über das Strafmaß unterschrieben ist. Ich bin ja nicht blöd.«

Gabe sagte: »Warum hast du jetzt angefangen, die Überlebenden zu töten, Rene? Die meisten von uns leben seit Jahren hier und konnten dich nicht identifizieren. Warum jetzt?«

»Weil dieser verfluchte Jack Holliday und sein Privatdetektiv anfingen rumzuschnüffeln. Sie waren mir auf der Spur. Ich hatte am Anfang ein paar Fehler gemacht, als ich noch nicht so genau wusste, wie es läuft. Die musste ich jetzt ausmerzen, es hätte ja sein können, irgendwer erinnert sich an etwas und hetzt mir die Polizei auf den Hals.«

»Also hast du schon mal für alle Fälle diese beiden unschuldigen Mädchen umgebracht.«

»Die eine hätte womöglich draufkommen können. Ich war echt nervös, verstehst du.« Er hielt inne und sah Claire an. »Vor allem, nachdem du aus heiterem Himmel hier aufgetaucht bist und dich in den Mord an Madonna eingemischt hast. Ich wollte den Fall selbst übernehmen und dafür sorgen, dass keine Spuren bleiben. Ich dachte, ich könnte dich mit der Voodoo-Puppe so verschrecken, dass du mir den Fall übergibst, nach allem, was du in letzter Zeit durchgemacht hattest.« Er leckte sich das Blut von der Lippe, als würde es ihm gut schmecken. Seine Stimme klang wie Kieselsteine, aber er redete weiter. »Hat ja auch funktioniert, bis ihr in ihrer Wohnung wart und einfach weitergemacht habt, du und dein Partner. Holliday hat überall im Quarter rumgeschnüffelt. Nach dir hat er gefragt, nach Gabe, euren Eltern, was ihnen passiert ist. Es war bloß noch eine Frage der Zeit, bis jemand mit dem Finger auf mich zeigte.«

»Warum hast du Gabes Eltern umgebracht? Bobby war wie ein Bruder für dich, das hast du selbst gesagt. Sogar zu mir hast du das gesagt.«

»Bobby hat mir Kristen weggenommen. Eigentlich war sie mein Mädchen.« Rene schwieg wieder, diese Erinnerung regte ihn offenbar auf. Er keuchte auf, versuchte schneller zu sprechen. »Wir wollten heiraten, hatten Zukunftspläne und so weiter, bevor ich die Schwierigkeiten bekam. Dann kam Bobby und hat sie mir weggenommen. Danach habe ich die beiden nur noch gehasst. Und natürlich dich, Gabe. Dich hasse ich auch immer noch. Du bist der Grund, warum sie Bobby geheiratet hat.« Jetzt blutete er heftig, sein Hemd war schon ganz verschmiert. Er keuchte. »Er hat Kristie ein Kind gemacht, der Idiot. Deshalb habe ich dich so geschlagen. Ich habe auf den richtigen Zeitpunkt gewartet, und dann habe ich es ihnen heimgezahlt. Und dich habe ich mitgenommen, weil du der Grund für den ganzen Schlamassel warst.«

Er ist vollkommen verrückt, dachte Claire. Er hatte wirklich Freude daran, ihnen von seinen Verbrechen zu erzählen. »Und du bist auch der Auftragskiller, den sie die Schlange nennen?«

Rene versuchte zu grinsen, aber er konnte den Mund kaum mehr bewegen. »Du bist echt eine bessere Polizistin, als ich dachte. Wie bist du an diese Information gekommen? Ich dachte, das ist vorbei und begraben, das kriegt nie jemand raus.«

»Antworte. Bist du die Schlange?«

»Natürlich bin ich das. Was glaubst du denn, woher das ganze Geld kam, Schätzchen? Von der Arbeit als Polizist? Schaut euch doch an, ihr zwei.«

»Du hast gesagt, du hast es geerbt.«

»Ja, und das haben auch alle geglaubt. Jedes Wort, das ich sagte, haben sie geglaubt. Das muss man erst mal schaffen.«

»Warum hast du Sophie umgebracht?« Jetzt sprach Gabe wieder, mit einer kaum beherrschten, eiskalten, grauenhaften Stimme.

»Das wollte ich gar nicht. Ich wollte euch beide nach einer Weile laufen lassen, weil du ja mein Gesicht nicht gesehen hattest. Aber dann bist du abgehauen, und in dieser

Nacht hat sie mich gesehen. Also musste ich sie loswerden. Du bist schuld an ihrem Tod. Da hast du was zu kauen für den Rest deines Lebens.«

Claire war es jetzt wirklich satt, sie wollte nur noch aufstehen und raus. »Was ist mit Jack Hollidays Familie?«, fragte sie. »Warum? Sie lebten in Colorado, warum hast du sie umgebracht?«

Er lehnte sich zurück, schluckte ein paar Mal und leckte sich über die Lippen. Sein Kiefer war noch dunkler geworden. »Jacks Stiefvater hatte einen Auftragsmord in Colorado beobachtet und war bereit, im Prozess auszusagen. Es hat eine Weile gedauert, aber dann habe ich ihn gefunden. Du weißt ja, ich bin ein guter Polizist.«

»Und Jacks kleine Schwestern?«

»Ich mag halt gern kleine Kinder. Immer schon.« Er hielt wieder inne, jetzt atmete er schwer. »Sie hatten so viel Angst, haben immer gemacht, was ich sagte. Und die Angst in ihren Augen, die macht mir Spaß. Bloß du nicht, Gabe. Du hast mich immer mit einem solchen Hass angesehen, dass ich fast selber Angst bekam. Auch als du gefesselt und hilflos warst.«

»Dreckiges pädophiles Schwein«, stieß Gabe zwischen zusammengebissenen Zähnen hervor. »Ich wünschte, ich hätte dich heute Nacht erwischt. Dann würdest du jetzt mit dem Gesicht nach unten im Sumpf treiben.«

»Das glaube ich dir sofort. Du trägst den Hass immer noch in dir, Gabe, das sehe ich dir an. Deshalb hast du mir immer so gut gefallen.«

»Ich sollte dich umbringen. Sollte dich einfach erwürgen.«

»Gabe, hör auf.« Es war widerlich, dass Rene hier saß und ihnen mit seiner krächzenden Stimme voller Stolz von seinen Verbrechen erzählte. Aber sie hatten Glück gehabt. Sie lebten noch, sie atmeten noch. Und Zee, wenn er es überlebte. Und das würde er, sagte sie sich. Er würde wieder gesund.

»Okay, wer sind die anderen?«

»Ich sagte schon, darüber berichte ich erst, wenn die Vereinbarung über das Strafmaß unterschrieben ist. Die meisten waren allerdings Kinder meiner Auftragsopfer, so viel kann ich schon mal sagen. Ich konnte sie doch nicht allein bei ihren toten Eltern lassen, oder? Schließlich habe ich auch so was wie Mitgefühl. Ich dachte, bei mir haben sie's besser, jedenfalls, solange sie leben. Mehr sage ich nicht dazu. Erst mal muss mein Anwalt die Dinge für mich regeln.«

»Du hast sie ermordet und auf dem Friedhof in Rose Arbor verscharrt, ist das richtig?«

»Die meisten. Einige habe ich auch an die Alligatoren verfüttert. Ganz nach Lust und Laune.«

»Wie viele?«

»Achtzehn oder so, ganz genau weiß ich das nicht mehr. Die meisten Auftragsopfer hatten ein paar Kinder. Du hattest echt Glück, dass du da rausgekommen bist, Gabe.« Rene hustete heftig. »Die meisten haben es nicht geschafft, und von denen, die ich draußen im Labyrinth hatte, gar keins. Aber am Anfang habe ich Fehler gemacht. Es war so einfach, und ich war noch nicht so geübt.«

»Madonna und Wendy sind dir auch entkommen.«

»Ja, Madonna und Wendy, das war eine andere Geschichte. Ich hatte Madonnas Eltern erschossen, aber als ich sie dann zu meinem Voodoo-Altar brachte, kam jemand vorbei. Da musste ich sie dort zurücklassen. Das ist mir aber wirklich nur ein Mal passiert. Ich war mir nicht sicher, ob sie mein Gesicht gesehen hatten. Deshalb habe ich das dann später erledigt.«

Gabe beugte sich vor. »Du hast sie einfach so »erledigt«, wie du sagst? Nur um deine Spuren zu verwischen?«

»Sie waren auf einmal Teil der Ermittlungen, das konnte ich nicht riskieren. Dafür ist Claire zu gut. Obwohl ich dich mit dieser falschen Spur zu Jack Holliday ganz schön aus der Bahn geworfen habe, nicht wahr, Annie? Das hat ganz gut funktioniert.« Er versuchte, Claire anzulächeln. Das Atmen machte ihm Mühe, er klang fürchterlich. »Auf euch beide war ich immer irgendwie auch stolz. Ihr seid tough, ihr seid ganz ordentliche Polizisten geworden.«

»Und der alte Mann? Nat Navarro? Was für eine Rolle spielte er?«

»Er war mein Mentor, hat mir den lukrativen Teil der Sache beigebracht, die Auftragsmorde für die Banden. Aber am Ende wusste er einfach zu viel. Er hat mir erlaubt, den Erdkeller in Rose Arbor zu benutzen, als ich mit den Kindern anfing. Wir waren zusammen bei der Handelsmarine, da hat er mir gezeigt, wie man Leute umbringt. Aber am Ende hätte er mich wahrscheinlich reingeritten, denn du hattest ihn ja im Verdacht. Da habe ich mir gedacht, ich hänge ihm das alles an. Hat ja auch funktioniert. Ich war überrascht, wie gut es funktionierte, aber die Beweise waren ja auch verlockend.«

»Ich hoffe, du hast einen hässlichen Tod, Rene«, sagte

Gabe. »Ich hoffe, du wirst schwer leiden und irgendwann in der Hölle schmoren.«

»Ach, da habe ich keinen Zweifel.«

Claire schaute zu dem großen Spiegel, aber im Grunde war es ihr egal, wer ihre nächsten Worte hörte. »Ich hoffe, du leidest mindestens so sehr wie Gabe und Sophie. Ich hoffe, dass du in deinem ganzen elenden Leben nie mehr einen Augenblick der Freude oder des Friedens erlebst.«

Gabe stand auf und ging einen Schritt auf den Mann im Rollstuhl zu. Sein Gesicht war wie versteinert. Claire stand ebenfalls auf. »Komm, raus hier, Gabe. Wir haben gehört, was wir hören wollten, das war's. Den Rest können andere erledigen.«

Gabe zögerte. Mit geballten Fäusten drehte er sich um und ging hinaus. Claire folgte ihm, aber dann blieb sie noch einmal stehen, weil Rene ihren Namen rief.

»Dich hatte ich immer am liebsten, Annie. Wirklich. Damals schon, und auch, als du wieder hier auftauchtest. Du hast mich gestört und am Ende besiegt, aber ich mag dich immer noch. Du wirst immer mein Lieblingsmädchen bleiben.«

Für einen Moment verstand Claire, was Gabe und Jack empfanden. Reine, schlichte, schwarze Wut, die ihren ganzen Kopf erfüllte. Aber sie hatten sich von ihm befreit. Er würde den Rest seines Lebens für seine Verbrechen bezahlen, für alle seine Opfer. Es war vorbei. Claire ging hinaus. Black wartete auf dem Flur auf sie. Sie schaute nicht mehr zurück. Es war wirklich vorbei.

Stunden später gingen Claire und Black endlich die geschwungene Treppe in ihrem Haus im French Quarter hinauf. Sie duschten lange zusammen, dann tupfte Black ihre Verletzungen ab. Sie gingen ins Bett und machten langsam und zärtlich Liebe. Sehr lange. Und danach lagen sie sich in den Armen und sprachen kein einziges Wort über das, was passiert war. Sie hatten genug Elend und Trauer gesehen, hatten genug Schrecken und Verzweiflung aufgedeckt. Ihre Gedanken gehörten ihnen allein, und sie waren nicht besonders hübsch, vor allem Claires Gedanken. Aber es fühlte sich gut an, neben Black ausgestreckt zu liegen, und sie hielt sich an ihm fest und war froh, ihn bei sich zu haben. So viel Sicherheit. Sein Herz schlug ruhig an ihrem Ohr. Die scheußlichen Albträume würden zurückkommen, wenn sie die Augen schloss und zu schlafen versuchte. Aber Black war da, wenn sie ihn brauchte, und heute Nacht brauchte sie ihn definitiv. Sie liebte ihn – aus diesem Grund und aus vielen anderen.

Epilog

Am Tag vor Heiligabend flogen Claire und Black zurück zu ihrem See. Claire war glücklich wie nie, als sie dort ankamen. Sie waren beide in Sicherheit und relativ unverletzt. Ihrem Arm ging es schon besser, sie musste die Schlinge nicht mehr tragen, nur noch eine kleine Schiene. Das Schlangentattoo hatte sie bereits entfernen lassen, obwohl an dieser Stelle immer eine Narbe bleiben würde. Aber in ihrer kleinen Hütte war es warm und schön, und draußen vor der Tür lag der zugefrorene See, und der frisch gefallene Schnee bedeckte alles rundum. Es war schön und sauber, und Claire freute sich, wieder zu Hause zu sein. Sie hatte ihre neuen Freunde nicht gern zurückgelassen, vor allem Zee, der noch im Krankenhaus lag. Aber er verstand sie, und sie waren bei ihm geblieben, bis er außer Gefahr war. Mama Lulu und seine anderen Freunde und Verwandten waren ja bei ihm.

Mit Gabe war es so ähnlich. Er war bei seinen Verwandten auf der *Bayou Blue.* Sie alle standen noch unter Schock wegen Renes Verrat und seiner unmenschlichen Verbrechen. Sie hoffte, dass sie bald darüber hinwegkämen. Gabes DEA-Kollegen hatten die Skulls ausgehoben, die jetzt einen langen Prozess erwarteten. Aber er sagte, er hätte jede Menge Beweise gegen sie. Die wenigsten von ihnen würden so bald wieder auf freien Fuß kommen. Sie hoffte, dass das zutraf, denn die Biker hatten eine Belohnung auf seinen Kopf ausgesetzt. Er hatte versprochen, so bald wie möglich an den See zu kommen. Darauf freute sie sich schon.

Bourdain war wegen einer großen Zahl von Morden angeklagt worden und würde das Gefängnis nicht lebend verlassen. Auf seiner Insel im Sumpf waren weitere Leichen gefunden worden. Die meisten Opfer hatte er aber wohl wirklich an die Alligatoren verfüttert. Er würde nie wieder auftauchen, außer in ihren Träumen, wo auch einige andere Mörder ihr Unwesen trieben und sie nachts ängstigten. Jack hatte sich an dem Mörder seiner Familie gerächt, aber frei war er nicht. Sie hatte das Entsetzen in seinen Augen gesehen, als sie das schreckliche Labyrinth untersucht hatten. Hier hatte Rene wohl auch Jill und Jenny und zahllose weitere Opfer gequält und terrorisiert, bevor er sie tötete.

Sie konnte gar nicht darüber nachdenken, aber vielleicht fand Jack doch irgendwann Ruhe und konnte nach vorn schauen, so wie auch Claire es vorhatte. Das hatte sie Black zu verdanken. Sein Verständnis und seine Fähigkeit, mit ihr alles zu besprechen, halfen ihr ohne Ende. Sie liebte ihn. Sie liebte ihn mehr, als sie sich selbst gegenüber jemals zugegeben hatte.

Aber Black hatte sich seit der schrecklichen Nacht in den Bayous verändert. Er war sehr still und nachdenklich geworden, seit sie von dort zurückgekehrt waren, mit dem halb toten Zee im Boot. Er wirkte müde, sehr gestresst und reizbar. Nach wie vor machten ihm die Gefahren ihres Berufes zu schaffen. Jetzt war er draußen im Garten, allein und wieder einmal tief in Gedanken versunken.

Claire ging zum Fenster und beobachtete ihn einen Moment. Er stand im Schnee, in seinem grauen Parka, Jeans und Schneestiefeln, ohne Mütze, die Hände in den Taschen vergraben, und starrte auf den See. Sie fragte sich, was er wohl dachte, und fürchtete fast, dass sie es wusste. Er hatte sein Leben für sie in Gefahr gebracht, und sie dankte Gott dafür. Aber vielleicht war er es jetzt wirklich leid, dass sie sich ständig in Gefahr brachte und ihn da mit hineinzog.

Tatsächlich befürchtete sie, dass er es nicht mehr lange aushielt. Er liebte sie, keine Frage. Er hatte nichts gesagt und auch nicht mit ihr über die eigene Detektei gesprochen, die sie eröffnen sollte und für die er bürgen würde. Das war sein Kompromissvorschlag gewesen. Seit ihrem letzten Fall war er immer nur aufmerksam und liebevoll gewesen, aber er sprach nicht viel. Und er versuchte auch nicht, sie zum Sprechen zu bringen. Etwas war anders geworden. In seinen klarblauen Augen hing immer eine Traurigkeit, eine Sorge. Ihr gefiel das alles gar nicht. Sie war schuld an dieser Traurigkeit, und sie konnte es nicht ertragen, ihn so unglücklich zu sehen. Aber ihren Beruf aufgeben – das ertrug sie eben auch nicht.

Weil sie ihn so gern ein bisschen aufmuntern wollte, weil sie seine wunderhübschen Grübchen so gern mal wieder sehen wollte, schlüpfte sie in ihren Mantel und die Stiefel und ging zu ihm hinaus. Ein paar Meter von ihm entfernt blieb sie stehen, bückte sich, nahm eine Handvoll Schnee und drückte sie zu einem großen Schneeball zusammen. Sie zielte, warf und traf ihn genau am Hinterkopf. Er drehte sich um, und sie bückte sich wieder, um noch mehr Schnee aufzunehmen, aber da war er schon bei ihr und rempelte sie an, und sie fielen zusammen in ein weiches Bett aus Schnee. Sie lachte, als er sich rittlings auf sie setzte und ihr Gesicht in seine kalten Hände nahm.

»Das war ein schwerer Fehler, Claire. Das wirst du mir büßen.«

Aber jetzt lächelte er, und sie kannte die Buße schon. Er rieb ihr das Gesicht mit Schnee ein, und es fühlte sich kalt und frisch und sauber an. Und gut. Sie lächelte ihn an – ihr Herz war voll mit lauter Sachen, die sie ihm selten sagte. Aber jetzt wollte sie sie sagen. Sie wurde ernst, suchte seinen Blick, und sein Lächeln verschwand ebenfalls.

Sie legte ihre gesunde Hand an seine Wange. »Heirate mich, Black. Jetzt sofort. Ich möchte dich heiraten.«

Im ersten Moment sah er absolut verblüfft aus und wusste wohl nicht, was er sagen sollte. Aber das dauerte nicht lange. Dann grinste er, kniete sich vor sie hin und zog ein kleines Samtkästchen aus der Manteltasche, das er ihr reichte. »Okay, wenn du unbedingt willst.«

»Das kann nicht sein, Black. Das kann kein Ring sein. Ich habe dich doch gerade erst gefragt.«

»Ich bin immer auf alles vorbereitet. Dieser Ring war die Überraschung, von der ich dir bei meiner Rückkehr aus New York erzählt habe. Und gerade jetzt habe ich mir hier draußen überlegt, ob ich dich noch mal fragen soll oder ob du mir wieder einen Korb gibst.«

»Woher wusstest du, dass ich dazu bereit bin?«

»Ich wusste es nicht. Aber ich wollte den Ring parat haben, falls du es wärst. Wir haben schon genug Zeit vertan.«

Lächelnd setzte sie sich auf und öffnete das Kästchen. Der schönste Diamant-Solitär, den sie je gesehen hatte, lag auf dem schwarzen Samt. »Mein Gott, Black, den kann ich doch gar nicht tragen. Was ist denn, wenn ich den verliere? Ich verliere ständig Sachen. Vor allem deine Handys. Irgendwann überfällt mich jemand und klaut ihn mir.«

»Er ist gut versichert.«

»Das musst du nicht tun. Ich mache mir gar nichts aus Ringen. Nur aus dir.«

»Du hast keine Ahnung, wie lange ich auf diesen Tag gewartet habe. Wir werden eine Riesenhochzeit feiern und unsere Flitterwochen irgendwo weit weg verbringen. Irgendwo, wo du willst. Ich persönlich würde ja am liebsten an die Amalfiküste fahren. In Italien. Das würde dir gefallen.«

»Wir könnten auch jetzt sofort nach Las Vegas fliegen, es schnell hinter uns bringen und die Flitterwochen im Bellagio verbringen.«

»Gute Idee. Lass uns das so machen, bevor du es dir anders überlegst.«

»Ich überlege es mir nicht anders. Auf keinen Fall. Mir gefällt nicht, wie Jude ständig um dich herumstreicht. Sie will dich wiederhaben, glaube ich.«

Black grinste und zog sie hoch. »Der Learjet ist vollgetankt und startklar. Und ein Hochzeitstag am Heiligabend, das kann man sich doch wenigstens merken.«

Da musste Claire ihm zustimmen. Ob sie jetzt nach Las Vegas flogen, eine kleine Feier mit all ihren Freunden in Cedar Bend machten oder ob es eine Riesenhochzeit im Ballsaal seines größten Hotels würde, ihr war es egal. Wenn er wollte, würde sie auch gern eine Riesenhochzeit feiern. Hauptsache, sie blieben zusammen und waren glücklich.

Jetzt lächelte er wieder. Er war wieder glücklich, und das war ihr wichtig. Vieles würde sich ändern. Vielleicht würde ihr Leben weniger gefährlich, vielleicht würde sie dieses komische Detektivbüro eröffnen. Als Black sie noch einmal küsste, umarmte sie ihn und ließ es geschehen. Mrs Black. Du lieber Himmel, sie konnte es noch gar nicht glauben. Sie hatte sich irgendwann geschworen, dass sie nie wieder heiraten würde, nie mehr, unter keinen Umständen. Aber das war lange her. Damals hatte sie ihn noch nicht geküsst. Sie hatte ihn noch nicht einmal gekannt. Sie schloss die Augen und ließ es geschehen, wie immer, wenn er sie berührte. Das Leben war gut zu ihr. Das Leben war wirklich gut.